한국 문예비평의 해석학적 연구

한국 문예비평의 해석학적 연구

남송우 지음

글숲

 비평 공부를 하면서, 나에게 지워진 시지프스의 돌덩이는 '비평이란 것이 과연 무엇인가'였다. 단순하게 비평의 개념만을 이해하는 데서 끝날 수 없는 질문이었기 때문이다. 비평가로 등단해서 비평문을 쓰면서도 이 질문에 제대로 된 해답을 얻을 수가 없었다. 비평의 근본도 제대로 이해하지 못한 상태에서 비평이랍시고 글을 써왔으니, 그 비평이 온전할 수가 있으랴. 비평가라는 면허증 같은 이름표만 앞세우고 비평 아닌 졸평을 써온 지난날이 부끄럽다. 자기 성찰 없는 비평가의 비평은 절제되지 않은 칼을 휘두르는 행위에 가깝다. 분명 칼을 사용해야 하지만, 그 칼은 문학이 품고 있는 병을 향한 치료의 칼이 되어야 한다. 비평이란 용어의 어원이 의사가 환자를 진단한 결과 위독하다는 판단을 임상적으로 진단할 때 처음 사용되어졌다는 사실을 확인하면, 비평이 지녀야 할 본래의 의미가 더욱 뚜렷해진다.

 소위 비평의 본질을 찾아보고자 헤매기 시작하면서 만난 것은 비평행위의 필수적인 과정인 이해와 해석의 본질에 대한 공부였다. 작가가 창작해둔 작품을 일차적으로 읽고 이해하고 해식해야만 그 작품의 수준과 질에 대한 평가가 이루어지기 때문이다. 이 공부에 동행했던 친구가 해석학이었다. 해석학에 대한 전공자나 연구자가 별로 없던 시절, 오직 번역된 해석학 책들이 나의 연구실에 드나들었다. 독학은 늘 허기를 면하기 힘들었다. 주로 서구 해석학자들의 해석학의 흐름과 접하면서, 그들의 논의가 지닌 해석학의 역사와 본질을 찾아 서성거리기는 했지만, 이를 문학비평에 적용하기란 더욱 난감했다. 분명 문학비평은 해석의 과정을 통과해야 하지만, 해석학 이론이 보여주는 내용들은 말 그대로 탁상공론과 같은 고담준론에 가까웠기 때문이다. 이론과 실제 현실의 거리는 언제나 공부하는 자가 하나로 이어가면서 뛰어넘어야 할 지난한 간극이었다.

그런데 본격적인 한국문예비평의 시작이라 할 수 있는 1930년 대 한국문학비평에 관심을 가지면서 이 시대의 비평가들을 중심으로 해석학의 이론들을 접맥시켜 보고 싶었다. 비평가들의 비평담론을 다시 해석해봄으로써, 비평의 과정 속에 진행되는 이해와 해석의 문제를 해명해 보고 싶었다. 이 책에 실린 논의 대상이 된 1930년대 비평가는 이 실험을 위해 소환된 조작된 피의자들이다. 이들은 1930년대라는 엄중하고도 새로운 문화적 격변이 일상이 된 상황 속에서 남다른 열정과 개성으로 당대를 이해하고, 문학작품을 논하고 해석했다. 당시 비평가들의 입장에서는, 자신들의 비평이 가장 온당한 이해와 해석을 통한 작품의 평가라고 생각했을 것이다.

그러나 시간이 지난 지금에서 보면, 그들의 작품이해는 더 나은 작품의 이해와 해석을 위한 각기 다른 이해와 해석을 남겨두고 있는 형국이다. 이는 비평의 필수적인 요소인 이해와 해석이

한 번으로 끝날 수도 없으며, 무한히 계속될 수밖에 없는 운명임을 보여주는 장면이다. 그 장면을 독자들도 함께 기웃거리며 이해할 수 있었으면 좋겠다.

원래 소박한 꿈은 한국 문예 비평사를 해석학적 관점에서 관통해 보는 것이었다. 그러나 아직 하늘은 그것까지 허락하지 않고 있는 것 같다. 「이원조 비평의 해석학적 연구(Ⅱ) - 해방공간을 중심으로」와 「1950년대 고석규 비평의 해석학적 연구」가 뒷자리 구석에 끌어다 놓은 보릿자루처럼 웅크리고 있는 이유가 그것이다. 1930년대 중요한 활동가였던 최재서와 김기림을 다룬 것은 해석학에서 논의되는 선이해의 개념이 영향사와 직접적으로 연관되어 있기에, 당시 한국문단에 미친 T.S 엘리어트의 영향을 우선 두 비평가를 대상으로 살펴보았다. 이와 함께 N. 프라이가 한국문학 연구에 미친 영향을 논한 글 두편도 덧붙였다.

출판문화의 새로운 지평을 꿈꾸며 시작하는 <글넝쿨> 출판사가 이 거친 원고를 도맡아서 책 단장을 곱게 해주었다. 고마움과 함께 미지의 먼 길을 함께 갈 수 있기를 기원한다.

정년을 보낸 지 2년을 맞으며

남송우

목차

1장

1930년대의 사회문화적 상황변화

　일제강점기인 1930년대는 서울을 중심으로 자본주의의 토대가
형성되면서 소비와 유통이 정착되기 시작하는 시기로 볼 수 있
다. 일터를 구하여 돈을 벌어 시장에서 생필품을 사는, 시장 교환
에 바탕을 둔 현대적인 삶의 방식이 조금씩 일상화되던 시기이
다. 이 시기는 명치유신 이후 산업혁명에 성공한 일본 자본주의의
한 전성기이기도 했다. 이때 한반도는 그 지배하에 있었고, 일제
는 시장안정을 위해 강력한 정치권력을 행사하여 도시화, 공업화
정책을 추진하였다. 이러한 일련의 상황들은 당시의 사회상을 이
해하기 위해서는 반드시 고려해야 할 사항이다. 서울(당시 경성)
은 그런 분위기가 가장 첨예하게 드러났던 곳이다.

　1930년대의 서울은 정치, 경제 양면에서 힘든 상태에 놓여 있
었다. 세계공황의 여파로 위기에 직면한 일본은 새로운 시장 개
척과 대륙진출을 위해 만주침략을 감행하고, 선만(鮮滿)경제블
록의 구축을 통해 자국의 경제적 위기를 식민지와 종속국에 떠

넘겨 희생을 강요함으로써 공황타개를 시도했다. 그 과정은 경제적인 면에서의 한반도 공업화와 정치적인 면에서도 무단정치(군국주의)의 강화로 나타났다.[1]

당시 서울은 남만주로 이어지는 경의선, 북만주로 통하는 경원선, 부산으로 연결되는 경부선이 통과하는 교통과 상업의 중심지로서, 한반도 내의 가장 큰 시장이었다. 뿐만 아니라 정치, 경제, 사회, 문화의 중심지였다. 총독부의 꾸준한 도시화 정책을 통해 서울을 신흥 상공업도시로 만들어가면서 상권에 따라 분할통치하는 교묘한 방법을 사용하였다.

조선신궁과 총독관저가 있고 일본인이 많이 거주하는 남산 및 충무로·진고개 일대를 본정통이라 이름 붙이고 일찍부터 개발하여 신시가지를 조성, 경성의 메인 스트리트로 삼았다. 이곳에 조선은행·경성우체국 등의 관청을 짓고 미쓰코시 백화점을 비롯한 미즈나카이·히라타 등의 대형 유통업을 진출시켜 이 지역의 상권을 장악하여 서울시장을 그들의 대자본으로 좌지우지하였다. 이 지역은 당시 남촌으로 불리었다. 이와 달리 청계천을 끼고 있는 종로통 일대의 북촌은 한국인이 상권을 갖고 있던 지역이다. 남촌만큼 화려하진 않았지만 화신상회·기독교청년회관·한청빌딩과 같은 현대식 백화점과 건물, 경성상인들의 전방이 자리 잡고 있는 종로 도로변에는 밤이면 야시가 개설되어 상거래를 촉진시켰다.

---

1) 서준섭, 「자본주의의 화려한 옷으로 변신한 1930년대 경성거리」, 『역사비평』15, 1991, p.96.

서울의 외적 팽창은 그에 따른 지역적 분화, 인구집중, 주택난을 심화시키는 결과를 가져왔다. 새로운 주택들이 들어선 문화촌(동소문 안 근방), 빈민촌(수구문 밖 신당리 지역), 서양인촌(정동 일대), 공업촌(용산 일대), 노동촌(경성역 부근 봉래교 일대), 기생촌(다옥정, 청진동, 관철동 일대)과 같은 특수촌이 형성되면서, 각각 거기에 걸맞은 생활풍속도가 형성되었지만, 그보다도 두드러진 변화는 인구의 급증 현상이었다.

인구증가의 요인으로는 농민의 이농과 전입, 서울의 공업화로 인한 다른 지역주민의 흡입현상을 들 수 있는데, 그에 따른 주택부족률이 심해서 영세민의 대다수는 행랑살이를 하거나 제방, 하천, 다리 밑, 성벽의 그늘, 언덕, 삼림 부근에 토막을 짓고 살아야 했다. 신당동, 아현동 일대가 그 대표적인 지역이었다. 당국에서는 홍제동, 돈암정, 아현정에 별도로 부영의 토막수용지를 설정하여 토막인들을 관리하기도 했는데, 이들의 삼분의 이는 이농민이고 나머지는 원주민이었다. 이들의 생활수단은 대개 날품팔이, 인부, 직공, 행상 등으로 생활수준이 극히 낮고 주거환경이 불결하고 영양상태가 좋지 않아 자녀사망률이 높았다. 여자의 취업률은 남자에 비해 낮았고, 하루 평균 수입이 남자 일원 이십전(여자 오십육전)으로 총수입의 칠십 퍼센트가 음식비로 지출되는 형편이었다. 이러한 행랑살이나 토막살이와 다를 바 없는 비참한 생활을 영위하는 사람이 당시 조선에는 도시 농촌 할 것 없이 상당수에 달했다.

이에 비해 일본식 정원을 둔 일본식 저택을 짓고, 본정통 백화점에서 쇼핑을 하고, 금강산유람, 일본 관광을 하고, 여름철이면

원산 송도원 해수욕장으로 피서 떠나고, 겨울철이면 관북지방 스키장에 가서 스키를 타고, 각종 온천지, 휴양지를 찾아 나서며 안락한 생활을 즐길 수 있는 계층은 친일관료, 매판자본가, 지방 부호 같은 특수계층이었다.[2]

이렇게 하루하루의 삶을 지탱해야 하는 도시빈민과 안락한 생활을 즐기는 몇몇 특수계층을 제외한 보통 소시민들은 눈앞에서 전개되고 있는 자본주의화 되어 나가는 현실을 어쩔 수가 없었다. 그런 삶 속에서도 일본을 통해 유입된 각종 현대적 소비시설과 유흥업소가 증가일로에 있었던 것이 당시 현실이었다.

당시에 번창한 소비시설 중에서 가장 대중적인 것은 다방과 영화관이었다. 한 시인의 표현을 빌면, 이 다방은 제철공장의 노동자, 외과 의사, 경찰관, 검사, 날품팔이꾼, 천만장자의 독자 등 그 신분을 묻지 않고 장시간 평등이 보장되는 곳으로, 거기에는 오직 평화가 있고 불성문의 정연하고도 우아 담백한 예의준칙이 (이상, 「후등잡필」)있는 공간이었다. 다방은 당시 소시민들이 매료되었던 도시 속의 새로운 명소이자 위안의 공간이었다. 어쩌면 삼십 년대의 모더니즘 문학은 이 다방을 거점으로 하고 있다[3]고도 볼 수 있다.

정치적 경제적 억압 속에서 힘든 삶을 지탱하고 있던 시민들에게는 영화는 괴로운 현실을 망각할 수 있는 환상적인 도피처였다. 단성사, 조선극장과 같은 영화관에 가면 이국적 풍물을 배경

---

2) 서준섭, 위의 글, p.101.
3) 서준섭, 위의 글, p.102.

으로 미모의 남녀배우가 어울려 만들어 내는 스크린의 환상에 빠져들 수 있었다. 모던보이, 모던 걸들이 외국 영화배우의 옷차림, 머리 모양을 모방하는 풍조가 나타나기 시작한 것도 이즈음이다.

자본주의적 생활양식이 정착되어감에 따라 시장의 기능은 강화되었고, 양복·양장을 입은 신사·숙녀이든 허름한 무명옷을 걸친 시민이든 각자의 수입의 정도에 따라 생필품을 구매하였다. 당시의 시장으로는 본정통, 종로통, 황금정통 일대의 상가 외에 남대문시장, 동대문시장, 중앙집산장, 경성어시장, 용산수산주식회사 시장, 일환수산주식회사 시장이 있었다. 쌀, 잡곡, 생선, 소금, 고기, 채소와 같은 필수품을 비롯하여 담배, 술 등의 기호품, 비단, 옥양목, 모시, 무명, 삼베, 양복감 등의 옷감을 구할 수 있었으나, 삼십 년대 후반 중일전쟁 이후에는 물자난으로 생필품의 가격이 폭등하고, 그마저도 부족하여 쌀 배급제가 실시되기도 하였다.

이러한 경성주민의 생활상은 염상섭, 이태준, 박태원의 삼십 년대 소설 속에 생생하게 그려져 있다. 청계천 주변의 빨래터와 뒷골목의 이발소를 무대로 하여 경성사람들의 삶의 애환을 묘사하고 있는 박태원의 『천변풍경』은 그 중에서도 대표적인 예에 속한다.

경제적 토대가 이런 자본주의 시스템으로 변하면서 자연스럽게 문화계의 유통도 이에 걸맞게 변화가 시작된다. 많은 잡지들이 생겨나게 되고, 문예지뿐만 아니라, 종합 잡지에서도 문학을 중요한 문화콘텐츠로 삼게 된다.

잡지발행과 사회문화적 변화

　1930년대, 특히 1930년대 중·후반이 문학시장의 번성기였다. 그러나 그 번성이 왜 그 시기에 일어났는지, 그것이 어떤 경로를 거쳐서 발생했고, 그것의 구체적 양상이 무엇인지에 대해서는 제대로 해명되지 않았다. 이 문제를 본격적으로 다룬 글이 유석환의 「경쟁하는 잡지들, 확산되는 근대문학 : 1930년대《삼천리》와《비판》,《신동아》의 사례」, 「경쟁하는 잡지들, 확산되는 문학(2) -1930년대《중앙》과《사해공론》,《조광》의 사례」이다.

　1930년대에 접어들어 총독부는 신문지법에 의한 잡지 발행을 전면 불허하는 대신 출판법에 의해 잡지에도 정론취급을 허용했다. 이 조치는 종합지 시장이 팽창하는 기폭제로 작용했다. 종합지 시장을 둘러싼 법적 장벽이 무너지면서 종합지 시장은 매체 간 경쟁으로 달아올랐다. 이때 경쟁의 강도를 한층 높이면서 시장의 재편을 주도했던 것이 신문사였다. 1931년 11월에 창간된 동아일보사의《신동아》를 필두로 1933년 11월에는 조선중앙일보사의《중앙》이, 1935년 11월에는 조선일보사의《조광》이 출현했다. 이 신문사의 종합지들은 우월한 자본력을 바탕으로 시장을 잠식해 나갔다. 그렇다고 신문사의 잡지가 종합지 시장을 완전히 독점한 것은 아니었다.《삼천리》나《비판》등 잡지사의 종합지도 종합지 시장에서 나름의 입지를 확보하고 있었다. 다만 1930년대에는 그 어떤 잡지사도 1920년대의 개벽사처럼 여성지, 아동지 등 동시 발행을 실현하지는 못했다. 끊임없이 시도되었지만 막강한 자본력을 갖췄던 신문사만 그 일을 성취했다.[4]

그렇지만 당시에 정론이 신문지법이 아니라 출판법, 곧 사전검열을 통해 이루어짐으로써 정론의 균질화라고 할 만한 현상이 종합지들 사이에 두드러졌다. 잡지의 발행기일을 엄수하기 위해서라도 검열절차를 최대한 신속하고 순조롭게 통과하도록 잡지의 내용을 편집단계에서부터 사전 조율하는 것이 불가피했다. 여기에는 시장의 경쟁으로 대변되는 경제적 압력의 상승 때문에 조선총독부의 정치적 압력에 대해 저항보다는 순응할 수밖에 없었던 사정이 있었다. 그 결과 1933년에 조선총독부는 사전검열의 강도를 좀 더 완화한 교정쇄 검열의 도입을 추진할 수 있었다. 임화가 당시의 잡지를 두고 정론적인 종합잡지로 《개벽》과 《조선지광》을 들 수밖에 없었던 이유[5]도 여기에 있다. 또한 박영희가 1920년대와 다르게 1930년대에는 잡지에 민담이나 야담이니 혹은 색정에 관한 것, 유행에 관한 것 등이 많으며, 오히려 잡지로서 그런 것이 없으면 가치를 인정치 않을 만큼 되어 있다[6]고 지적했던 이유도 마찬가지다. 이렇게 종합지들 사이에서 정론이 균질화될수록 생존 및 경쟁의 수단으로서 문학의 가치는 제고되었고, 문학은 종합지를 대표하는 구성물로 격상되어 갔다.

　《삼천리》와 《비판》은 소설보다는 시가와 평론을 배치하는데 더 많은 힘을 쏟았다. 《삼천리》 평론의 가장 큰 특징은 이른바 요절한 작가들에 초점을 맞춤으로써 문학의 역사화 작업에 주력

---

4) 유석환, 「경쟁하는 잡지들, 확산되는 문학(2) -1930년대 《중앙》과 《사해공론》, 《조광》의 사례」, 『한국문학연구』 53, 2017, p.418.
5) 임화, 「잡지문화론」, 『비판』 제45호, 비판사, 1938, 5, p.115.
6) 박영희, 「신흥문학의 대두와 『개벽』 시대 회고」, 『조광』 제32호, 조광사, 1938, 6, p.59.

했다는 것이다. 《삼천리》에서 가장 많은 분량의 평론이었던 김동인의 「춘원연구」 역시 그런 특징을 엿보게 한다. 이러한 문학의 역사화 작업은 삼천리사가 추구했던 문학의 정전화 작업과 연계되어 있었다. 잘 알려진 대로 삼천리사는 『근대문학전집』, 『신문학선집』, 『이광수 전집』, 『조선명작선집』 등을 기획·제작했다. 이렇게 《삼천리》는 문학시장의 활성화와 함께 문학의 정전화에 초점을 맞춘 것이다.

《삼천리》와는 달리 《비판》의 평론은 문학의 과거가 아니라 동시대의 문학에 관심을 두었다. 이를 위해 『비판』은 「문예시평」과 같은 평론을 싣는 데 초점을 맞추었다. 잡지의 제호가 시사하는 것처럼 정론 지향적인 잡지 성격에 맞춰 비판적인 언어를 통해 문단 상황을 평가하고, 문단이 나아가야 할 방향에 대해 치중했던 것이다. 이를 통해 독자로부터 문학적 권위를 평가받고자 했던 것이 《비판》이 추구했던 바였다.

《신동아》의 경우를 살펴보면, 현상문예와 더불어 독자투고란을 설정했다. 그 중에서도 '신동아 시단'을 운영하였다. 《신동아》는 독자에게 잡지 지면을 제공함으로써, 독자의 직접적인 참여를 유도했다. 투고란을 통해 작품 수준이 검증된 작품을 기성작가의 작품으로 게재함으로써 독자들을 적극적으로 유인했다. 즉 《신동아》는 작가지망생 혹은 아마추어 작가를 전문작가로 육성하는 터전을 마련한 셈이다. 《신동아》의 기획소설인 '독자공동제작소설'도 그 소산물 중 하나였다. 이와 같이 1930년대의 종합지는 문학시장의 교환장치로서 저마다의 특색을 선보이며 자신의 입지를 확보하려 했다. 종합지들의 문학적 독자성이 독자들과 활발한 교섭을 이루게 되면서 1930년대 중·후반에 문학시장의 팽창과 호황을 유도했던 동력원이 되었다. 문학을 다루는 데 있어서 종합지들은 서로를 비교하면서도 언제나 자신만의 독자성을 잊지 않으려고 노력했다. 이렇게 문학의 성장과 지속에 대한 종합지들 간의 기여도 차이가 어우러지면서 작가의 육성, 장르의 확산, 독자층의 확대 등 문학의 제 영역이 활력을 얻어[7] 가는 시기가 1930년대 후반이었다. 이러한 문학적 분위기 속에서 1930년대 후반의 문학비평도 다양한 모습을 펼치기 시작했다.

1930년대 중반 카프의 공식적인 해체로 문학담론이 활기를 잃게 되리라는 예상과 달리, 오히려 문학 전반에 걸친 다양한 담론들이 쏟아지게 된 그 근본 토대는 이러한 다양한 잡지들의 창출과 무관하지 않다. 그리고 이 잡지들이 생존을 위한 전략으로 문학영역의 지면을 확대해 나간 결과이다. 그러므로 1930년대 전환기 비평의 다양한 모습은 이러한 당시의 문화적 상황의 결과라고 할 수 있다.

1930년대 비평의 다양한 전개양상

1930년대 초기의 비평 활동은 주로 프로문학파, 민족문학파, 해외문학파에 의하여 전개되었다.[8] 프로문학파는 1920년대 경

---

7) 유석환, 앞의 논문, p.436.
8) 정인섭은 「조선문단에 호소함」이란 글에서 1930년대 초 한국문단을 프로문학파, 민족문학파, 해외문학파 세 흐름으로 파악하고 이들을 대등적 대립의 입장에서 파악하고 있다. 《조선일보》 1931. 1. 3~17자 참조.

향파 문학에서 출발하여 카프를 결성하고 마르크스주의 문학이론을 실현하고자 했다. 그래서 이 집단은 유물론적이고 선전적이며 계급투쟁적이고 반드시 세계성을 띠어야 했다. 이에 반해 민족문학파는 프로문학파의 마르크스주의 문학이론에 반대하여 국민문학운동을 펴게 된다.

그런데 프로문학파는 마르크스주의 이데올로기에 기초한 이데올로기 일변도에 전념하여 문학비평을 위축시켰고, 민족문학파는 신념적, 심정적 이데올로기의 매너리즘에 빠져 더 이상 진전된 모습을 보이지 못하고 있었다.[9]

이런 가운데서 외국문학을 전공한 해외문학파가 등장하여 조선 비평문단을 새롭게 해갈 소지를 확보하게 된다. 특히 해외문학파는 문학의 예술성, 창작과 개성, 민족적 특수성으로서의 고전과의 관계들을 논하게 됨으로써[10] 민족 문학파와 손을 잡고 그들과 공동으로 프로 문학파에 대립하는 자리에 서게 된다.[11]

그러나 1931년 카프의 1차 검거가 있고, 1934년 박영희의 전향선언에 이어 1935년 카프가 공식 해체되면서 이 집단과 대립하던 민족문학파와 해외문학파의 비평집단도 의미를 잃게 된다.

이렇게 1930년대 초 중심적 비평집단이 해체된 후,[12] 1930년대에 개인적으로 이전과는 다른 새로운 비평을 시도한 비평가

---

9) 김윤식, 『한국 근대 문예비평사 연구』, 일지사, 1985, 제7판, p.134.
10) 윤수영, 『전환기의 문학비평연구』, 이화여대 대학원, 석사학위 논문, 1968, p.80.
11) 김윤식, 같은 책, p.162.
12) 이 시기를 비평사에서는 일반적으로 전환기로 명명하고 있는데, 그 시기에 대해서는 대개 1931~1940년까지 잡고 있다.

들이 등장하게 된다. 이들이 김환태, 김문집, 최재서, 백철, 홍효민, 이원조, 임화 등이다. 이 비평가들은 소위 전환기로 명명되는 1930년대 비평을 주도해 왔다. 그런데 전환기란 비평사적 측면에서 새로운 단계로 나아가는 시기이기에 일반적으로 많은 논의점을 남기기 마련이다. 그러나 지금까지 1930년대 비평에 대한 연구는 이에 상응할 만큼 다양하지 못했다. 그래서 본고에서는 기존의 연구를 바탕으로 1930년대 전환기 비평을 좀 더 체계화해 보고자 한다. 1930년대 전환기 비평을 총체적으로 체계화하기 위해서는 앞서 예거된 모든 비평가들이 논의 대상이 되어야 하지만, 본고에서는 우선 김환태, 김문집, 최재서, 임화, 백철, 이원조에 한정하고자 한다.

그 이유는 첫째, 김환태의 경우는 프로비평의 폐해를 강하게 의식하여 순수비평을 주창하고 나섬으로써 전환기 비평에 있어서 순수비평의 토대를 마련했다는 점에서, 둘째, 김문집과 최재서는 이전의 비평가들과는 달리 전문성을 띤 비평가들이었고, 30년대 당시에 비평집을 한 권씩 낼 정도[13]로 활발한 활동을 보였다는 점이다. 그리고 셋째, 임화인 경우는 프로비평이 퇴조한 30년대이지만, 프로비평의 재건을 기도하며 비평활동을 계속함으로써 백철, 이원조 등에 비해 30년대 후반 프로비평의 대표격으로 인식되고 있기 때문이다. 김환태, 김문집, 최재서와는 다른 입장을 내보이고 있는 임화를 이들과 함께 논의함으로써 1930

---

13) 김환태는 그의 사후에 현대문학사에서 1972년에 『김환태 전집』을, 김문집은 1938년에 『비평문학』을, 최재서는 1939년에 『문학과 지성』을, 임화는 1940년에 『문학의 논리』를 각각 펴내어 활발한 활동을 하였다.

년대 전환기 비평을 통시적으로 좀 더 폭넓게 체계화할 수 있을 것이다.

또한 임화와는 다른 지점에서 자신의 목소리를 지니고 있었던 백철과 이원조를 함께 논의함으로써 전환기 비평의 다양성을 확인할 수 있을 것으로 기대한다.

그래서 본고에서는 앞서 연구 대상이 된 여섯 비평가들의 문학비평이론, 그들의 비평이론의 기초가 된 이론이나 사상, 그리고 그들의 실제비평을 해석학적 관점[14]에서 살펴보고자 한다. 즉 이들의 비평에 있어서 해석적 관점은 무엇이며, 그 관점은 어떤 문학관에 기초를 두고 있는가? 또한 그들의 비평이론이 받은 영향과 실제 비평에 나타난 해석관, 그리고 실제비평이 그들의 문학관이나 비평관 즉 해석적 입장과 일치하는가 등의 문제를 고찰해 보고자 한다.

---

14) 문학비평의 한 방법론으로서 해석학적 방법론이 몇 사람에 의해 시도되기도 했다. 원형갑의 「해석적 비평」, 『문예비평론』, 서문당, 1982, 백운복의 「해석학적 비평의 이론과 실제」, 『현대문학비평론』, 학연사, 1981, 고위공의 『해석학과 문예학』, 서린문화사, 1983 등이다. 그러나 본고에서 원용하고자 하는 해석학이란 이러한 비평의 한 방법론으로서의 해석학이 아니라 해석학 이론 자체의 원용이다. 해석학이 그 동안 성경해석학이나 경전의 해석을 위한 방법을 탐구하기 위해 이 영역에 국한되어 있었으나, 인문과학의 방법론으로 새롭게 인식되기 시작하면서 해석학을 이해할 수 있는 번역서나 논저들이 늘어가고 있다. 몇가지 예를 들면 다음과 같다.

알뷘디머, 백승균 역, 『철학적 해석학』, 경문사, 1982, 리챠드 E. 팔머, 이한우 역, 『해석학이란 무엇인가』, 문예출판사, 1988, 조셉 볼라이허, 권순홍 역, 『현대해석학』, 한마당, 1983, 에머리히 코레트, 신귀현 옮김, 『해석학』, 종로서적, 1985, 에릭 D. 허쉬, 김화자 역, 『문학의 해석론』, 이대출판부, 1988, 데이빗 호이, 이경순 역, 『해석학과 문학비평』, 문학과 지성사, 1988, 김영한 『하이데거에서 리꾀드까지』, 박영사, 1987, 김용옥 『절차탁마대기만성』, 통나무, 1986.

2장

문학비평과 해석

　해석학은 언어표현에 담겨진 의미의 이해를 다룬다. 즉 원전 해석의 방법론에 관계된 영역이다. 성서, 역사적 기록, 옛날의 법전, 문학작품은 모두 언어로 표현된 원전이다. 그런데 이러한 모든 원전은 인간으로부터 현실 또는 역사 속에서 생겨나고 현실적, 역사적 상황 속에서 전달된다.

　그러나 언어표현의 의미는 언어 자체로부터 모든 의미가 직접적으로 전달되지는 않는다. 그러므로 언어표현의 의미는 그 역사적 원천으로부터, 역사적 사고, 형식과 표현방법 등으로부터 이해되어야 한다. 여기에 객관적 이해의 방법으로서 해석학이 필요하게 된다.

　해석학은 초기에는 문헌의 올바른 이해를 위한 해석이론이었으나, 그 후에는 작품의 시대와 관련되는 언어에 대한 지식, 작품에서 유래하는 역사적 문화적 배경에 대한 지식, 언어의 문체적 특성, 작품이 창작된 구체적 상황과 작가의 본래의 의도 파악, 전체적 원문과 관련한 개별적 해석[15] 등을 요구하는 이해의 기술이론으로 발전[16]한다.

그런데 문학비평은 문학의 해석 자체이거나 문학작품의 해석을 전제로 하는 활동이므로, 문학비평을 해석학의 한 분야로 볼 수 있고, 문학비평 자체도 문학에 관한 언어표현이므로, 문학비평에 관한 연구도 해석학적 관점에서 수행될 수 있다.[17] 이 점에

---

15) 에머리히 코레트, 신귀현 옮김, 『해석학』, 종로서적, 1985, pp.3-5 참조.
16) 현대 해석학의 흐름은 크게 세 가지 지류로 나눌 수 있다. 첫째는 인문과학의
     방법으로서 해석에 관한 일반이론의 문제들에 초점을 두고 있는 쉴라이에르 마
     허, 딜타이, 베티, 허쉬로 이어지는 해석학 이론(hermeneutical theory), 둘째
     는 방법적인 절차를 사용하며 객관적 지식에 도달하려는 것이 아니라 역사성과
     시간성의 차원에서 인간 현 존재의 현상학적 기술과 설명에 그 목적을 두고 있
     는 하이데거, 가다머로 이어지는 해석학적 철학(hermeneutic philosophy), 셋
     째는 해석학이론이나 해석학적 철학에 근거하고 있는 관념론적 전제를 비판하고
     방법론적이며 객관적인 접근방법을 실천적으로 관련된 지식에 대한 추구와 결합
     시키는 아펠, 하버마스로 대표되는 비판적 해석학(Critical Hermeneutics)이
     다. 그런데 첫째의 해석학적 흐름은 해석의 객관성을 강조하여 올바른 해석과 그
     렇지 못한 해석을 내세우며 해석의 객관성을 획득하기 위해 저자의 의도라는 개
     념을 살려 해석의 객관성을 강조한다. 그러나 둘째의 해석학적 방법론에 기대고
     있는 자들은 해석자의 주관성이 배제된 객관적 해석이란 불가능하다고 보아 서
     로 상충된 입장을 보인다. 그래서 나타난 것이 베티와 가다머, 그리고 가다머와
     허쉬의 해석학적 논쟁이다. 그리고 세 번째 비판적 해석학은 관념적 전제를 비판
     함으로써 유물론적 해석학의 길을 틔워 놓았다. 마르크스주의자들에게 있어 해
     석학은 부정되었으나 비판적 해석학이 제기됨으로써 마르크스주의자들에게도
     해석학의 논의가 가능하게 되었다. 그리고 이러한 세 흐름을 선명히 대조시켜 주
     고 보다 폭 넓은 틀 속으로 이 세 지류를 종합해 보려는 한 흐름이 구문이론에 기
     초를 두고 있는 리꾀르의 현상학적 해석학이 있다.
       조셉 블라이허, 권순홍 역, 『현대 해석학』, 한마당, 1983, pp.8-13 참조.
       데이빗 호이, 이경순 역, 『해석학과 문학비평』, 문학과 지성사, 1988, pp.15-17
     참조.
       리챠드 팔머, 이한우 역, 『해석학이란 무엇인가』, 문예출판사, 1988, pp.98-99
     참조.
17) 데이빗 호이는 『해석학과 문학비평』에서 해석학이 인간탐구의 모든 분야에 이
     해와 해석이론을 적용하려 하지만, 각 분야마다 약간의 문제를 안고 있다. 그러
     나 문학연구 분야는 해석이론을 발전시킬 수 있는가를 테스트할 수 있는 매우 중

서 본고에서 다루는 문학비평의 연구는 연구되는 문학비평의 작품이해에 관한 해석학적 관점을 고찰하는 것과, 문학비평 자체를 해석학적 관점에서 고찰하는 것을 포함한다.

해석 활동에 포함되는 요소는 매우 다양하고 방대하지만, 이것을 단순화시키면, 해석의 주요 요소는 해석의 대상인 작품과 해석의 주체인 해석자로 구분된다.[18] 그러므로 비평의 해석학적 연구에서 노력을 집중해야 할 것은 해석의 대상으로서의 작품과, 작품을 해석하는(비평하는) 주체인 해석자(비평가)를 확인하는 것이다. 원래 해석되는 작품과 해석하는 주체는 분리되어 있다.

더구나 작품과 해석자 사이에 시간적, 공간적, 언어적 차이가 있을 때 두 존재 사이의 거리가 더욱 멀어진다.

그러므로 문학작품의 비평에 있어서나 문학작품의 비평연구에 있어서 작품과 해석자 또는 해석자(비평가)와 연구자 사이의 거리를 될 수 있는 한 줄이는 노력이 필요하다.

해석학에는 크게 두 가지 접근 방법이 있고, 이 두 가지 접근 방법은 각각 작품의 의미에 대한 상이한 기본 가정에 근거를 둔다. 하나의 접근 방법은, 작품을 외부 세계로부터 독립된 자율적 객체로 보며, 작품의 의미는 해석자와 관계없이 유일하다고 생각하는 가정에 기초를 둔다. 이러한 가정에 기초를 두는 해석학

요한 분야로 다루고 있다. 이는 문학비평과 해석학이 그만큼 동일시 되는 기능을 수행하고 있음을 반증하는 것이다. 데이빗 호이, 이경순 역, 『해석학과 문학비평』, 문학과 지성사, 1988, p.19.

18) 조셉 블라이허, 권순홍 역, 같은 책, p.68.

이론은 작품의 부분들이 전체와 관계가 있으므로, 부분들로부터 부분적인 의미를 이해하고, 부분적인 의미들로부터 전체적인 의미를 이해할 수 있다고 생각한다. 또 이 이론은 문헌학적, 문법적, 심리적 방법을 사용하여 작품의 의미와 작가의 의도를 재구성하려고[19] 한다.

또 하나의 접근 방법은, 작품의 의미가 해석자에 따라 다양하다는 가정에 근거를 둔다. 해석자는 특정한 작품을 이해하기 이전에 이미 그의 현실적 상황에서 역사적 전통으로부터 이어받은 선이해를 지니고 있다. 이러한 선이해는 모든 이해의 근원[20]이다.

같은 시대 같은 사회에 사는 사람은 선이해에 있어서 공통점을 가질 수도 있으나, 개인마다 구체적인 삶의 상황과 과정이 다르므로, 모든 해석자의 선이해는 동일할 수 없고, 시대와 사회가 다른 사람들은 이해에 더 큰 차이점이 있다. 그러므로 같은 작품의 의미가 해석자에 따라 다르게 이해된다.

작품 해석자로서의 비평가는 작품의 의미를 작품 자체의 언어표현으로부터 해석하려는 태도,[21] 작품의 의미를 해석자의 현실적 역사적 상황과 관련지어서 해석하려는 태도[22] 중에서 어느

---

19) 조셉 블라이허, 같은 책, pp.70-71.
20) 이규호, 「해석학적 지식론」, 『앎과 삶』, 연세대학교, 1972, pp.69-71 참조.
21) 이러한 입장의 해석태도는 허쉬의 해석이론이 대표적이다. 허쉬가 해석에 대한 문제를 새롭게 제기하게 된 것은 해석의 타당성에 관심을 둠에서부터 시작된다. 그래서 그의 문제작 「Vality in Interpretation」에서 그는 정당한 해석의 가능성에 대한 회의주의를 극복하기 위한 방법론을 제시하고 있으며, 현재 일반화되어 가고 있는 작품해석에 있어서의 상대주의가 가진 위험성을 경고하고 있다. 그 위험성이란 작가의 의도는 단일하나 작품의 의미는 다양하게 이해·해석되고 있음에서 오는 해석의 혼란을 말한다. 그래서 허쉬는 타당한 해석을 위한 방법론의 필요성을 역설하고 있다. 이는 해석의 혼란을 극복하기 위한 객관주의

적 관점으로서 타당한 해석을 위한 방법론을 작가의 의도와 관련시킴에서 찾으려는 이해와 해석의 주된 관심사이며, 이를 위해 작품의 의미(meaning)와 의의(significance)를 구분하는 데 있다. 즉 이해와 해석의 대상이 되는 작품을 철저하게 작가의 의도의 산물로 본다. 그래서 그는 일단 작품에 나타난 작가의 의도를 파악하는 것이, 이해 혹은 해석이 담당해야 할 과제라고 생각한다.

이렇게 작가가 의도한 세계를 객관적으로 파악하기 위해서 의미의 영역을 설정하고 있지만, 실제로 다양한 해석자는 작품의 의미에만 매이지 않고 각자 나름의 작품이해가 가능한 것이다. 여기에 허쉬이론의 난점이 나타난다. 그래서 허쉬는 이를 해결하기 위해서 작가가 의도한 의미를 파악하는 것이 이해와 해석이고, 각자 해석자가 작품에 대해 다양하게 반응하는 것을 의의로 구분하고 있다. 즉 한 텍스트의 의미는 작가가 의도하고 있는 대로 단일하지만, 그 의미 또는 그 텍스트의 어떤 성질에 대한 각자의 반응은 천차만별일 수 있다는 것이다. 그래서 허쉬는 이러한 다양한 반응을 텍스트가 독자에게 가지는 의의로 보고 있다. 이렇게 허쉬가 작품의 의미와 의의를 구분하고 있는 것은 해석의 객관성을 획득하기 위한 방법이며, 그것은 해석 주체보다는 해석대상인 작품을 우선적으로 생각하는 해석 태도이다.

김용권, 「E.D. Hirsh의 해석론」, 《세계의 문학》, 83년 가을호, (서울: 민음사, 1983), pp.69-77 참조.

E.D. Hirsh, Validity in Interpretation, (Yale University Press, 1967), p.8.

David Couzens Hoy, The Critical Circle, (University of California Press, 1978), p.51.

22) 이러한 해석 태도는 가다머의 해석이론에서 찾아 볼 수 있다. 허쉬는 작품해석에 있어서 타당성을 획득하기 위해 의미와 의의를 구분하고, 특히 의미파악에 있어서도 그 과정을 이해와 해석으로 구분하고 있지만, 여기에 대해서 가다머는 부정적인 입장을 취한다. 가다머는 이러한 이해와 해석의 구분은 단지 추상적인 것이라고 주장한다. 그의 입장은 모든 이해는 바로 해석이라는 관점에 서 있다 (Alles Verstehen ist Auslegung). 즉 모든 이해는 해석을 포함하고 있다고 말한다.

이러한 관점은 이해는 해석자 자신이 처한 상황에 기초하고 있다고 보는 투시주의에 근거하고 있다. 그래서 가다머의 입장은 허쉬가 주장하는 바와 같은 온당한 하나의 해석이란 존재할 수 없다고 본다. 해석은 과거와 현재의 지속적인 고려를 통해서 가능하기 때문에, 문학 작품의 해석을 저자의 의도나 각자 당시의 시대상황을 통한 이해로 국한시킬 필요가 없다고 주장한다. 즉 가다머는 텍스트의 의미의 재인식은 해석자 자신의 역사성에 의해서 제약되며, 해석자에 따라 새롭고 상이한 것이며 원저자의 의미의 재인식은 반드시 필요한 것이 아니라고 본다. 텍스트의 의미를 확정짓는 저자의 전권을 부정하고 있는 이러한 가다머의 입장은 미국의 신비평의 반의도주의와 맥을 같이 하고 있는 것이다.

즉 작품에 나타난 텍스트란 작가의 주관성의 표현만이 아니라, 본문의 의미는 해석자와 대화를 갖게 될 때 나타난다고 본다. 그래서 해석자의 상황은 본문을 이해하는 중요한 조건이 된다고 본다. 이러한 관점에서 해석자는 해석적 경험을 제대로 수행하기 위해 열린 마음의 상태가 필수적이라고 본다.

Hans-Georg Gadamer, Truth and Method, The Crossroad Publishing Company, 1982, pp.321-325 참조.

한 가지 태도를 취하거나, 이 두 극단적인 태도 사이의 무수한 중간적 태도 중에서 어느 한 가지 태도를 취할 수 있다.

그러나 이러한 해석학적 두 관점은 서로 대립된 것이 아니라 하나의 해석학으로 이어져 있음을 밝히기도 한다. 통상 전통적 해석학이 주장하는 나은 이해는 객관적 이해의, 그리고 철학적 해석학이 주장하는 다른 이해는 자의적 이해의 극단화된 표현으로 오인되어 두 이해의 대립이, 그리고 이에 근거하여 해석학의 대립이 속견처럼 유포되어 왔다[23]는 것이다. 김창래의 주장에 의하면 '나은 이해는 오직 다른 이해로서만 가능하며, 다른 이해는 나은 이해여야만 한다'는 것이다. 이 결론은 어떤 의미에서는 논증이 불필요할 정도로 자명한 이야기이다. 같음에 머무는 한 나음은 허용되지 않고, 또 다른 이해가 나은 이해가 아니라면 이것은 당연히 거부되기 때문이다. 따라서 나은 이해와 다른 이해의 대립은 애당초 잘못된 것이다. 나음은 다름의 한 형태이기 때문이다. 같은 논리에서 다른 이해 역시 같은 이해에 대립한다. 왜냐하면 다름과 같음은 병존할 수 없기 때문이다. 따라서 나은 이해와 다른 이해는 - 둘 모두 같은 이해를 배제한다는 점에서 - 원래 같은 것이다.

여기서 두 해석학 논란과 관련해서 논자의 제안은 나은 이해의 해석학과 다른 이해의 해석학이 서로 대립할 것이 아니라 이 두 해석학이 함께 같은 이해의 해석학에 대립했어야 함을 주장한

---

23) 김창래, 「나은 이해 또는 다른 이해?」, 『범한 철학』 51, 2008, p.274.

다. 즉 해석의 다름을 통해 해석의 더 나음에로 돌아가야만 했다는 것이다. 그래서 두 해석학 사이의 거리는 별로 멀지 않아 보인다[24]고 본다. 나은 이해를 추구하는 전통적 해석학은 다름을 통로로 삼지 않을 수 없고, 다른 이해를 시도하는 철학적 해석학도 나음을 목표로 하지 않을 수 없다는 것이다. 전통적 해석학은 <꼭 같이 잘> 이해함의 근본적인 한계를 인정한다는 점에서 인간 유한성에서 출발하는 철학적 해석학과 입장을 같이 한다는 것이다. 모든 다른 이해는 지양되어 다시 달리 이해되어야 하며, 따라서 이해는 '결코 종결에 이를 수 없다'고 주장하는 철학적 해석학도 이해를 '무한한 과제'로 간주하는 전통적 해석학과 다르지 않다는 것이다. 양자 사이에는 다만 미묘하지만 원래는 차이가 아닌 차이만이 있을 뿐이라고 본다. 전통적 해석학은 이해의 근원적 한계를 너무도 잘 알기에 더 큰 진지함과 심각함으로 추구해야 할 가장 나은 이해, 무한히 접근해야 할 과제와 목표에 초점을 맞춘다. 철학적 해석학도 쉬지 않고 다른 이해를 통해 나은 이해, 가장 나은 이해를 추구하지만 이들의 시선은 일차적으로는 이 추구가 결코 완결에 이를 수 없다는 인간적 현존재의 존재론적 규정성과 현실로 향한다는 것이다.

그러나 분명한 것은 철학적 해석학이 저 과제와 목표를 추구하지 않는 것도 아니고, 전통적 해석학이 이 현실적인 규정성과 한계를 외면하는 것도 아니라는 점이다. 다만 전통적 해석학은 추

---

24) 김창래, 앞의 논문, p.276.

구의 목표에, 그리고 철학적 해석학은 추구의 현실에 강조점을 둔다는 점이 다를 뿐이라는 것이다. 그런데 어차피 추구는 하나이고 강조점의 다름은 결코 다름이 아니라고 본다. 왜냐하면 두 해석학 모두 이 규정과 현실에 발을 디디고 저 과제와 목표를 추구하고 있기 때문이다. 현실과 목표의 사이, 우리의 존재와 당위의 사이, 우리가 처해 있는 곳과 처해야 할 곳의 사이 – 바로 이 사이(Zwischen)가 원래 플라톤이 추구하는 자리라면 누구나 처할 수밖에 없다고 말했던 중간자의 처소라는 것이다. 플라톤의 철학자가 '무지와 지'라는 두 극단의 중간에 놓여 있었듯이, 슐라이어마허도 의미의 최소치와 최대치의 중간에 서 있었고, 딜타이도 완전히 생소한 삶의 표출과 완전히 친숙한 삶의 표출의 중간에 서 있었던 것이다. 또한 하이데거도 존재라는 표현에 대한 무지 때문에 생긴 당혹스러움과 이 물음에 답할 수 있음의 중간에서 다만 평균적이고 애매한 존재 이해만을 붙들고 서 있었고, 가다머 역시 '역사적으로 의미된, 간격이 존재하는 대상성과 하나의 전통으로의 귀속성' 그 중간에 서 있다는 것이다. 이들은 모두 중간적인 현실에서 현실을 넘어서는 어떤 것을 추구하고 있다고 본다. 즉 나아졌지만 아직도 더 나아져야 하는 이해만을 소유한 채, 여전히 더할 나위 없는 이해를 추구하고 있다는 것이다. 그런 한에서 슐라이어마허, 딜타이, 하이데거, 그리고 가다머는 모두 말의 본래적인 의미에서 예지자, 즉 철학자들이라고 할 수 있다고 본다. 그래서 김창래는 이 네 사람을 모두 '철학으로서의 해석학'이라는 하나의 타이틀 아래 포괄하고 있다. 그리고 이 해석학의 과제는 단 하나라고 결론을 짓는다. 그것은 다른 이해를 통한 나은 이해의 추구, 나은 이해를 목표로 한 다른 이해의 시도[25]라는 것이다.

앞에서 이미 밝힌 이 연구의 목적을 지금까지 논의한 해석학적 연구방법과 관련지어서 정리하면, 이 연구의 목적은 김환태, 김문집, 최재서, 임화, 백철, 이원조의 비평의 방법과 관점이 작품의 의미를 작품 자체의 언어표현으로부터 이해하고 해석하려는 태도에 기초를 두는가, 또는 작품의 의미를 해석자의 현실적 역사적 상황과 관련지어서 해석하려는 태도에 바탕을 두는가 하는 점이다. 즉 객관적 해석학의 관점과 철학적 해석학의 관점에서 작품을 어떻게 이해하고 해석하려 했는가를 밝히고자 함이다.

1930년대 문학 현실을 두고 여러 비평가들이 다양한 해석적 관점을 내보이고 있다는 것은 결국 비평가 각각의 다양한 다른 이해를 통해 더 나은 이해에 도달하려는 노력의 일환이었음을 해명해 보려는 바이기도 하다. 그러나 그 해석의 관점이 전통적 해석학이든, 철학적 해석학이든 해석의 결과는 언제나 해석의 한계를 남기고 있다는 점도 동시에 확인하게 될 것이다.

---

25) 김창래, 앞의 논문, p.276.

3장

김환태의 재구성적 해석

김환태 비평가에 대한 연구는 김윤식의 「訥人 金煥泰 硏究」
로부터 시작된다. 그는 이 글에서 김환태 비평의 특징을 '김환태
특유의 겸허와 처녀적 순수성의 문체'로 정리하고 있다. 카프 중
심의 비평에 도전장을 내밀기는 했지만, 김환태가 보인 겸허는
도리어 체계적이고 정밀한 이론적 논쟁을 비껴가게 만들고 처녀
적 순수성을 지닌 해설적 문체는 날카롭고 신선한 비평적 감수
성을 보이는데 부족할 수밖에 없었다[26]고 평가한다. 이후 김환
태 연구는 전집이 발간되면서 본격화되었다고 할 수 있다. 첫 전
집은 현대문학사에서 발간한 『김환태 전집』(김영진 편, 1972)이
었다. 이후 앞선 전집에서 누락된 부분을 보완하여 다시 『김환
태 전집』(문학사상 자료연구실 편, 1988)이 출간되었다.
  이러한 텍스트를 중심으로 김주연은 김환태 비평이 비평에 대

---

26) 김윤식, 「눌인 김환태 연구」, 『서울대 교양과정부논문집』, 1969, p.99.

한 원리를 제기하고 있다는 점에서 새로운 비평의 탄생[27]이라고 평가했다. 또한 전영태는 김환태의 비평론이 보여주는 외부로 드러나는 선명함은 결국 비타협적인 정결의식으로 이어지고, 실천비평의 영역으로 구체화될 수 없는 영역에 속한 것인 바 절필단계에까지 자신의 비평방법의 순수성을 지키고 있었지만, 그 안에서 조용히 변화의 몸부림을 치고 있었다[28]고 평가하기도 한다. 또 이은애는 김환태는 문학의 자율성을 중시하는 본질론에 입각한 비평관을 가지고 있었다 할지라도 그의 비평태도와 실제 비평의 방법은 효용론의 한 측면인 효과론비평론으로 흐르고 있는 것이다. 가치기준으로서의 인상이 그것이다. 인상비평은 효과론 비평의 전형적인 예가 되는 것이다. 그러나 이 같은 비평방법은 객관적 기준을 가질 수가 없는 것이다[29]라고 하여 김환태 비평론이 지닌 미학이론으로서의 한계를 지적하고 있다.

한편 김윤식은 김환태의 비평론이 '몰이해적 관점', '창작적 힘의 우위', '인상주의적 관점' 이라는 시각에서 새롭게 규명되어야 함을 지적하며 칸트 미학을 논의하는 일, 페이트의 심미주의를 논의하는 일은 따라서 헤겔미학을 논의하는 일과 나란히 간다는 사실을 알아차리는 일이 김환태 비평에 대한 새로운 연구시각을 제시해줄 것이라[30]고 지적하기도 했다. 그리고 권성우는 김환태 비평이론의 선명함은 뿌리가 없는 선명함이었고, 역사의

---

27) 김주연, 「비평의 감성과 체계」, 『문학과 지성』 10호, 1972. p.841.
28) 전영태, 「김환태의 인상주의 비평 – 그 효용과 한계」, 『개신어문연구』 4, 1985, pp.274 - 275.
29) 이은애, 「김환태의 인상주의 비평 연구」, 서울대 석사학위논문, 1985, p.129.
30) 김윤식, 「김환태 비평의 비평사적 의의」, 『김환태 전집』, 문학사상사, 1988.

특정한 시기에는 이데올로기적으로 이용당할 수밖에 없는 이데올로기적 선명함이었다[31]고 평가하기도 했다. 방경태는 더 나아가 김환태의 인상주의 비평은 본격적인 예술비평으로서 여러 미비점이 있음에도 불구하고 프로문학의 이데올로기 비평에 대한 반발로 시작하여, 예술의 순수성을 주장하면서 개성을 높이 평가하고, 그에 따르는 감동을 예견, 주관적인 지평을 넓혀 예술주의 비평을 본궤도에 올려놓고 김문집의 탐미주의의 비평을 낳는 초석을 이루었다[32]는 점에서 그 의의를 찾고 있다.

그러나 임명진이 지적하고 있듯이 김환태가 비평을 창작의 영역으로 이해하고 있지만, 실제비평에서 확인할 수 있듯이 그가 역설했던 작품 자체로부터 받은 인상이나 평자의 몰이해적 관심이 상당히 훼손되었다[33]는 점은 그의 한계로 지적된다. 그러나 이런 한계에도 불구하고 우찬제는 김환태가 비평 역시 창조적 개성을 가지는 예술을 소망했고, 그 비평의 창조성이 문학작품의 창조성에 생산적으로 기여할 수 있기를 바랐다는 점을 긍정하기도 한다. 즉 심미적인 것과 윤리적인 것의 소통을 통해 그 창조적 생명력이 극대화될 수 있기를 기대했다[34]는 것이다.

그러나 오하근은 김환태가 예술 또는 문학이 시대정신과 어떤

---

31) 권성우, 「한국근대문학비평에 나타난 타자의 현상학 연구 -김환태의 비평을 중심으로」, 《세계의 문학》 68호, 1993, p.339.
32) 방경태, 「1930년대 예술주의 비평 연구」, 『대전어문학』 16호, 1999, pp.119-122.
33) 임명진, 「김환태 문학비평의 특성과 그 문단사적 의의」, 『한국문학논총』 30, 2002, p.330.
34) 우찬제, 「비평예술의 심미성과 윤리성」, 『김환태가 남긴 문학 유산』(권영민 편), 문학사상사, 2004, p.153.

관련을 맺고 어떻게 역사와 사회를 작품 속에 구조화할 것인가에 대한 작가적 고뇌와 미학적 탐색의 가치를 그리 높게 보고 있지 않다[35]는 점에서 한계를 지적하기도 한다. 또한 엄성원은 김환태가 주장하는 인상주의 비평은 미학상의 인상주의와 다른 측면에서 이해되어야 할 것[36]이라는 주장을 펼치기도 한다.

그리고 서형범은 김환태 비평을 심미적 구조로서의 문학작품에 대한 분석과 해석의 구체적 방법론으로서 전제하고 비평가를 한 사람의 해석적 독서행위를 수행하는 독자로서 상정하여 정밀하게 검토하는 것[37]이 앞으로의 과제임을 밝히고 있다.

김은정은 『1930년대 한국심미주의 비평연구』를 통해 심미주의 비평가들의 비평론과 비평적 실천 사이의 괴리 혹은 거리가 비평론 자체의 이론으로서의 완성도 측면 등 여러 가지 논리적 모순과 한계가 분명히 있으나, 오늘날 우리 비평과 문학이 당연히 문학을 하나의 예술적 심미적 대상으로 받아들이는 것이 가능하게 한 점은 의의가 있다[38]고 평가한다.

이러한 논자들의 평가를 토대로 하여 김환태 비평이 지니는 해석학적 자리를 살펴보고자 한다.

---

35) 오하근, 「김환태의 인상비평과 윤규섭의 경향비평」, 『한국언어문학』 57호, 2006, p.399.
36) 엄성원, 「1930년대 인상주의 비평 연구 – 김환태 비평론의 정립과정과 실제 시 비평을 중심으로」, 『민족문화연구』 46호, 2007, p.159.
37) 서형범, 「비평가의 자리와 비평의 기능론을 통해 본 김환태 비평론 연구」, 『한국현대문학연구』 32, 2010, p.439.
38) 김은정, 『1930년대 한국심미주의 비평연구 –김환태와 김문집을 중심으로』, 대구카토릭 대학교 대학원 박사학위 논문, 2015, pp.142-143.

비평원론에 나타난 재구성적 해석

 김환태의 비평에 나타난 해석의 입장을 파악하기 위해서는 우선 그의 비평원론을 살펴볼 필요가 있다. 일반적으로 비평가의 비평원론은 자신의 비평관에 기초를 두고 있으며, 여기에 비평가의 작품에 대한 해석적 입장이 포함되어 있기 때문이다.

 김환태의 비평적 태도를 집약적으로 보여주는 것은 「문예비평가의 태도에 대하여」, 「나의 비평의 태도」, 「비평 문학의 확립을 위하여」 등이다. 그러므로 먼저 이 비평원론[39]을 검토하면서 여기에 나타난 해석적 입장을 정리해 보고자 한다.

 「문예비평가의 태도에 대하여」, 「나의 비평의 태도」에서 김환태는 문예비평을 다음과 같이 정의하고 있다.

 문예비평이란 문예작품의 예술적 의의와 심미적 효과를 획득하기 위하여 대상을 실제로 있는 그대로 보려는 인간정신의 노력입니다.[40]

 비평은 작품에 의하여 부여된 정서와 인상을 암시된 방향에 따라 가장 유효하게 통일하고 종합하는 재구성적 체험입니다.[41]

---

39) 김환태의 비평원론은 3편 정도로 압축할 수 있지만 「나의 비평의 태도」에서 자신은 「문예비평가의 태도에 대하여」와 본고에서 자신의 비평에 대한 견해와 비평태도 전부를 표명하였다고 공언하였기에 실제 그의 비평원론의 내용은 이 2편으로 다시 압축할 수 있다.
40) 김환태, 「문예비평가의 태도에 대하여」, 『김환태 비평선집』, 형설출판사, 1982, p.9.
41) 김환태, 같은 책, p.33.

김환태의 비평관은, 일차적으로 작품을 실제로 있는 그대로 보아야 하고, 부여된 정서와 인상을 암시된 방향에 따라 통일하고 종합해야 한다는 것, 다시 말하면 재구성적으로 체험해야 한다는 것이다.

이렇게 대상을 있는 그대로 파악하려는 비평가의 태도는 해석의 주체보다는 해석 대상에 관심하여 작품의 의미를 파악하는 것이며, 그 해석의 실제는 재구성적 체험으로 나타난다. 그래서 이러한 문예비평을 실천하기 위해서는 비평가 작품의 예술적 의의와 딴 성질과의 혼동으로 일어나는 모든 편견을 버려야 한다고 주장한다. 다시 말하면 "비평가는 그 무엇보다도 작품 자체에 관심해야 하며, 그 작품의 모습을 제대로 파악하기 위해서 비평가는 작가가 작품을 사상(思想)한 것과 똑같은 견지에서 사상하고 음미하여야 한다."[42]고 말한다. 그래서 결국 작가의 내면에 들어가 작가와 같이 느끼고 사상하여야 한다는 것이다.

이러한 김환태의 비평관을 문학작품 해석과 관련시켜 보면, 작가의 의도 파악이 비평에서 가장 주요한 작업이 된다. 즉 비평에 있어서 비평가의 주된 임무는 작가가 작품 속에서 의도한 것을 파악해 내는 것이다. 이를 위해 비평가는 작가의 창작 과정에 접근할 수 있어야 한다.

이는 해석자가 작가의 창작 의도와 과정을 재구성하며 해석하는 것이 비평임을 뜻한다. 재구성적 해석[43]이란 바로 비평가가

---

42) 김환태, 같은 책, p.9.
43) 이 용어는 쉴라에르마허의 해석학적 용어이며 Betti의 해석학적 유형에 의하면 재인식적 해석에 해당하는 측면이 많다. Betti는 해석의 유형을 해석자가 이끌어

작품을 이해하는 하나의 기술로서 작품을 창작한 작가의 원래의 정신적(심리적)과정을 다시 체험(추체험)하는 것이다. 이는 달리 말하면 창작 과정의 역전이라고 할 수 있다. 왜냐하면 추체험은 이미 고정되고 완결된 표현에서 시작하여 원래 그것을 표현한 정신적 삶에로 거슬러 올라가는 것[44]이기 때문이다.

그런데 슐라이에르마허에 의하면, 이러한 재구성적 해석은 두 개의 상호 작용하는 계기로 이루어지게 된다. 그 하나는 문법적 계기이고, 다른 하나는 심리적 계기(저자의 정신적 삶에 의해 포괄되는 모든 것)이다.

문법적 해석은 객관적이고 일반적인 법칙들에 의거하여 작품을 재구성함으로써 진행된다. 여기에 반해 심리적 해석은 주관

나가는 관심의 견지에 입각해서 재인식적 해석, 재생산적 해석, 규범적 적용으로 나눈다. 재인식적 해석은 해석자 자신을 위한 이해이며, 재생산적 해석은 어떤 체험을 전달하는 것을 목적으로, 규범적 적용은 행동의 지침을 마련해 주는 것으로 나누고 있다. 조셉 블라이허, 권순홍 역,『현대해석학』, 한마당 1983, p.51.

44) 리차드 팔머, 이한우 역,『해석학이란 무엇인가』, 문예출판사, 1988, p.133.

45) 편의상 이렇게 양분하지만, 실제 해석에 있어서는 이 두 가지 측면의 해석은 모두 다 필요하며 사실상 지속적으로 상호작용한다. 개별적인 언어 사용은 언어자체의 변화를 야기하지만, 저자는 언어와의 대립을 넘어서서 자신의 개성을 언어에 각인시키기 때문이다. 그래서 해석자는 저자의 개성을 보편자와 관련하여 이해하지만, 동시에 적극적이며 직관적인 방법이 함께 동원되는 것이다. 해석학적 순환이 부분과 전체의 순환을 포함하듯이 하나의 동일체로서의 문법적·심리적 해석은 특수자와 보편자를 포함한다. 왜냐하면 후자의 심리적 해석은 개별적이고 적극적일 뿐만 아니라 보편적이고 경계 설정적이기 때문이다. 또 문법적 해석은 언어와의 관련에서, 즉 문장들의 구조와 작품의 상호작용하는 부분들을 통해서 작품을 보여준다. 따라서 문법적 해석에서도 부분과 전체의 해석학적 원리가 작용하고 있음을 알 수 있다. 이와 마찬가지로 저자의 개성과 작품의 독창성도 그 저자의 생애 및 다른 사람들이나 다른 작품들이라고 하는 보다 큰 맥락에서 인식되어야 한다. 그러므로 부분과 전체의 상호작용 및 상호조명의 원리는 문법적 해석과 심리적 해석 모두에 대해 기본적인 것이다. 리차드 E. 팔머. 이한우 역, 같은 책, pp.136-137 참조.

적이고 개별적인 것에 초점이 맞추어진다. 즉 전자는 표현된 언어에 의하여 작품의 의미를 파악하는 것이고, 후자는 작품의 의미를 작가 내면에서 일어난 하나의 사고로서 이해하는 것이다.[45]

그래서 슐라이에르마허는 이를 재구성적 해석으로 소극적 측면과 적극적 측면으로 설명하기도 한다. 즉 문법적 해석은 소극적이고 일반적이며 더 나아가 경계설정을 하는 절차라고 하면, 심리적 해석은 작가의 독특한 개성과 고유한 개성을 탐색해 내는 것이기에 해석자에게는 작가와의 동질성이 요구되는 적극적인 측면이 나타난다[46]는 것이다. 그런데 재구성적 해석의 과정 속에는 이 두 가지 측면이 모두 필요하며, 사실상 지속적으로 상호작용한다. 한 작품을 해석하기 위해서는, 문법적 계기와 심리적 계기는 재구성적 해석의 과정 속에서 서로 순환한다는 것이다.

그런데 김환태의 비평원론에 나타나는 재구성적 해석은 이 두 계기 중 심리적 해석에 중점을 두고 있다. 그것은 김환태가 "비평가는 작품 그것에로 들어가서 작가가 작품을 사상(思想)한 것과 똑같은 견지에서 사상하고 음미하여야 한다"고 주장할 뿐 아니라, "진정한 비평가는 한 작품의 있는 그대로의 얼굴을 보려면 평자는 몰이해적 관심과 가장 유연성이 있고 가능성이 있는 심적 포즈로 그 작품에 몰입하지 않으면 안된다."[47]고 밝히고 있기 때문이다.

---

46) 리차드 팔머, 이한우 역, 『해석학이란 무엇인가』, 문예 출판사, 1988, p.136.
47) 김환태, 같은 책, p.68.

김환태는 결국 작가의 내면에 들어가 같이 느끼고 사상하여야 한다고 고집함으로써 심리적 해석에 기울어져 있는 것이다. 이러한 재구성적 해석을 위해서 김환태가 제안하고 있는 비평가의 태도 중 의미있는 부분은 지도성의 문제이다.

지도성이란 창작방법을 가르치고 창작과정을 감시하는 것이 아니라, 작가의 창작력의 성장과 발현에 필요한 분위기와 관념의 계열을 준비하는 것이다. 따라서 비평의 지도성은 언제나 비평 스스로의 겸손에서 오는 것이며, 비평가의 권위는 그가 입법자나 재판관이 될 때가 아니라 작가의 좋은 협동자가 될 때에 가능하다[48]는 것이다.

즉 비평가는 어떠한 원리나 규준을 통해 작품의 잘잘못을 평가하고 문학의 방향을 제시하는 비평의 주도성을 포기하고, 작품에 충실히 접근해야 한다. 김환태가 이러한 비평 태도를 내세운 이유는 이전까지의 프로비평이 작품의 충실한 해석에 무관심하고 비평의 주도성을 강조하였기 때문이다. 그리하여 김환태는 작품해석, 특히 재구성적 해석을 강조한 것이다. 그는 어떤 원리를 제시하고 그 원리에 의해 작품을 평가하는 것을 올바른 비평으로 보지 않는다. 그는 작가의 의도를 파악하는 것을 비평이라고 생각하였다. 그래서 원리나 규준, 선입견이나 편견을 버려야 했다. 결국 김환태의 이러한 비평적 태도는 "문예비평이란 문예작품의 예술적 의의와 심미적 효과를 획득하기 위하여 대상을 있는 그대로 보려는 인간정신의 노력"이라고 정의하기에 이른

---

48) 김환태, 같은 책, pp.115-116.

다. 이러한 김환태의 비평적 담론은 카프 중심의 문단운동에 대해 처음으로 문학 진영 내부에서 비판을 제기했다는 점에서 비평의 다양성을 향한 계기가 된다. 뿐만 아니라 카프에 대한 전면적 재검토와 재해석을 문학 진영 내부에서 본격적으로 촉발시키는 기능을 수행했던 것으로 비평사적으로 매우 의미 있는 사건으로[49] 보기도 한다.

김환태는 재구성적 체험을 어떻게 표현할 것인가 하는 점에서 창조적 해석으로의 발판을 마련하고 있다.

> 나는 비평에 있어 인상주의자다. 즉 비평은 작품에 의하여 부여된 정서와 인상을 암시된 방향에 따라 가장 유효하게 통일하고 종합하는 재구성적 체험이요, 따라서 비평가는 그가 비평하는 작품에서 얻은 효과 즉 지적 정적 전 인상을 표현하고 전달하기 위하여 어느 정도까지 창조적 예술가가 되지 않으면 안 된다고 믿어 움직이지 않는 자이다.[50]

재구성적 체험이 작품해석에 있어서 작품과 비평가가 만나는 첫 과정이라고 하면, 다음 단계로 비평문으로 성립되기 위해 표현과 전달의 단계에 있어서는 창조적 예술가가 되어야 한다. 창조적 해석의 특징의 하나는 해석자의 상상력을 최대한 살리려고 함에 있다. 즉 작품 자체가 제시하는 의미를 재구성하는데 그치지 않고 새로운 세계를 만들어간다는 것이다. 그래서 김환태는

---

49) 서형범, 「비평가의 자리와 비평의 기능론을 통해 본 김환태 비평론 연구」, 『한국현대문학 연구』 32, 2010, p.410.
50) 김환태, 같은 책, p.33.

이러한 창조적 해석을 위해 평자는 위대한 상상력과 감상력을 가져야 한다[51]는 입장을 보인다. 즉 김환태는 재구성적 해석을 통해 작가의 의도를 작품 속에서 찾아내는 데만 만족하지 않고, 더 나아가 이러한 재구성적 체험을 창조적으로 표현해야 한다고 주장하지만, 그의 실제 비평에는 이러한 주장이 실천되어 나타나지 못하고 있다. 뿐만 아니라 재구성적 해석을 통해 작가의 의도를 파악하는 것이 비평의 내용이라고 하면 작가의 의도가 작품 속에 어떻게 나타나며 그 의도를 파악하는 방법론[52]에 대한 논구가 심화되어야 하나, 김환태는 비평은 작품에 의해 부여된 인상과 정서를 암시된 방향에 따라 유효하게 일하고 종합하는 재구성적 체험이란 선에서 벗어나지 못하고 있다. 그래서 비평은 늘 작가의 작품에 뒤따르는 것이요 결코 앞서지 못한다[53]는 소박한 논리에 입각해 있다. 이러한 김환태의 비평적 입장을 김윤식 교수는 "이는 비평의 태도이지 결코 비평방법은 아니"라고 평가[54]하기도 한다. 그러면 김환태의 비평원론이 이러한 소박한

---

51) 김환태, 같은 책, p.10.
52) 일반적으로 각자의 의도는 작품 속에 나타나는 의도로 통용되는데 그 의미가 생성되는 경우를 7가지로 나누어 설명하고 있다. ① 독자들의 목적이나 관심에 의해 ② 해석자가 내세우는 어떤 규준이나 해석적 표준에 의해 ③ 작품의 미적 상태에 의해 ④ 앞서 제시된 3가지의 경우의 비평가의 규준이나 목적, 미적가치 추구 등과 관계없는 해석을 통해 ⑤ 비평가가 처해 있는 역사적 상황에 의해 ⑥ 작품의 언어적 규칙과 작품의 유일성과 다양성을 따른 해석에 의해 ⑦ 작가의 의도에 의해서 등이다. P.D Juhl, Interpretation An Essay in the Philosophy of Literary Criticism, Princeton University press, 1980, pp.4-10 참조.
53) 김환태, 같은 책, p.12.
54) 김환태는 비평의 방법을 제시하며 비평의 방향전환을 시도할 생각은 전혀 없고, 종래 비평의 방법론적 과학주의엔 하등의 관심이나 비평을 하지도 않고 다만 겸허한 비평의 태도만을 지극히 소박하게 내세웠을 따름인 것이다. 이러한 심정

차원에 머무르고 있는 이유는 어디에 있는가. 그 첫째 이유는 김환태가 펼치고 있는 원론들이 그의 비평초기에 씌어진 글이며 그런 만큼 그의 원론들은 그에게 영향을 미친 문학이론들의 영향권을 크게 벗어나지 못했기 때문이다. 즉 자신이 습득한 문학이론들이 완전히 자기화되지 못한 상태에 있음을 말한다. 이런 의미에서 김환태의 재구성적 해석에서 창조적 해석으로의 지향점이 어떤 선이해[55]에 기초해 있는지를 살펴볼 필요가 있다.

주의는 좋게 말해서 비평의 폭력을 거부한 것이라 할 수 있고, 나쁘게 말하면 이태준을 위시한 당시의 비평에 불만을 띤 작가들에게 아부하는 저자세라 할 수 있어, 그 때문에 문단, 특히 작가들의 지지를 받을 수 있었고, 그 때문에 일부 비평가로부터 패배주의자로 비난의 대상이 되었던 것은 당연한 귀결이 아닐 수 없다.
　김윤식, 「순수문학의 의미 - 눌인 김환태 연구」, 『근대 한국문학 연구』, 일지사, 1973, p.146.

55) 선이해(Vorverstandnis)란 이 용어는 하이데거의 영향을 받은 신학자 불트만이 이 말을 사용함으로써 부각되었는데, 이는 하이데거의 해석학에서 비롯된다. 하이데거는 해석은 결코 미리 주어진 대상에 대한 무전제적인 파악이 아니다 라고 선언함으로 무엇을 무엇으로서 (als) 해석하는 일에는 본질적으로 선취, 선견, 선파악이 들어있다고 보았다. 다시 말하면 해석과 이해는 언제나 문헌에서 찾는 내용에 대한 선이해에 의하여 유도되고 있다는 것이다. 이러한 입장이 하이데거와 동일선상에 있는 가다머에 오면 선판단(Prejudice)이란 용어로 바뀌나, 그 의미는 어떤 대상을 만나기 전에 그것은 언제나 이미 선이해 되어 있다는 것으로 그 의미가 밝혀진다. 그런데 이러한 선이해를 구성하는 요소는 역사, 전통 등도 있으며 한 개인에 있어서는 학습하는 교육내용 등 광범위하다. 김환태에게 있어 문학적 선이해는 여러 가지 요소가 있을 수 있으나, 그의 영문학 수업을 통해 받은 영향에서 찾을 수 있다고 본다.
　Hans-Georg Gadamer, Truth and Method, Cross Road, Newyork, 1982, p.240.
　R. 불트만, 유동식, 허혁 옮김, 『성서의 실존론적 이해』, 현대신서8, 대한기독교서회, 1969, p.75.
　알뷘 디이머, 백승균 역, 같은 책, pp.160-161, 각각 참조.

선이해로서의 영향

비평가가 비평이론을 제시하거나 실제비평을 행함에 있어, 그의 문학적 선이해는 상당히 중요한 요소가 된다. 일반적으로 작품해석에 필요한 이론적 도구는 학습을 통해 습득되는 것이며, 그 이론의 실천이라고 볼 수 있는 실제비평에 있어서 작품의 해석적 경험은 선이해에 바탕을 두고 실현되기 때문이다. 그런데 이러한 선이해는 그 당대까지 영향을 미치고 있는 문학적 전통과 불가분리의 관계 속에 있다. 그러므로 한 작가에게 있어 선이해는 그 당대 혹은 전 세대의 문학적 전통으로부터 비롯되는 영향에서 크게 벗어날 수 없는 것이다. 김환태의 독서력에 따르면, 그는 많은 작가의 작품에 접한 것으로 되어 있어[56] 어느 한 작가나 비평가에 한정하여 영향관계를 확인하는 데는 무리가 있겠지만, 가장 큰 영향력을 행사한 서구문학 이론가는 M. 아놀드와 W. 페이터이다. 그래서 이들이 김환태에 미친 영향을 밝힘으로써 김환태의 선이해의 폭과 깊이를 가늠해 보고자 한다.

우선 김환태 비평에 나타난 아놀드의 영향을 살펴보려면, 아놀드의 평문을 김환태가 수용하는 과정부터 고찰해 보아야 한다. 이 과정은 김환태가 영향을 받은 아놀드에 대한 관심 혹은 학습으로 나타나는데 다음과 같은 그의 자필 독서력은 이러한 과정을 잘 엿볼 수 있게 한다.

---

56) 김환태는 「외국문인의 저상-내가 영향받은 외국작가」에서 <언제나 모든 작가 모든 비평 모든 문학이론에서 최대한의 영향을 받아들이려 하였기에 내가 영향을 받은 외국문인이란 열 손가락으로 꼽을 수 없을 만큼 많다>라고 밝히고 있다.

지금까지 나의 독서한 양의 8,9할은 문학서적이요 또 그 중의 8,9할은 외국의 문학 서적이다. 언제나 모든 작품 모든 비평 모든 문학에서 최대한의 영향을 받아들이려 하였다. 내가 지금까지 읽은 외국의 시나 소설이나 희곡이나 평론이나 그 하나라도 오늘날 나의 가지고 있는 것만의 감상안을 열고 비평적 태도를 정하고 문학이론을 형성하는데 어떠한 형식으로든지 도움이 되지 않은 것이 없겠으므로 내가 영향을 받은 외국의 문인이란 열 손가락으로 꼽을 수 없을 만큼 많다….

그 다음 대학에 들어간 후는 전공하는 영문학 텍스트 공부 때문에 이런 낭만적 독서는 할 수 없었으나 대체로 1학년 때에는 각국의 고전주의 작품을… 2학년생이 되면서는 미학과 예술 철학이 주로 나의 독서 범위였다…. 3학년 2학기가 닥쳐 창황히 「매슈 아놀드」와 「페이터」를 되는 둥 마는 둥 읽어매어 졸업입네 하고 내어놓고는 쫓겨나왔다. 그런데 나온 후 나는 소설가가 되려던 이상과는 엇비뚤어져 평론이랍시고 무엇을 끄적거리고 되고 보니 직접 글 쓰는데 우려먹는 것은 이때까지 읽은 문학작품보다 문학론이나 예술론이다. 그러고 보니 지금까지 나에게 직접 표면으로 나타나는 영향이 있다면, 앞에 적은 그런 미학이나 예술철학 서적의 그것이겠다. 그리고 또 하나 내가 대학에 있는 동안 늘 독일 철학 강의 듣기에 턱없이 부지런했으므로 독일관념 철학이 나의 사고 방법 같은데 어떤 영향을 미쳤을지도 모른다.[57]

이상의 긴 인용 내용에서 주목해 볼 만한 대목은 ① 김환태는 자신의 문학관을 형성하는데 있어서 최대한의 영향을 받아들이

---

57) 김환태, 「외국문인의 제상- 내가 영향을 받은 외국작가」, 《조광》 5권3호. 1939.3.1.

려고 했다는 점, ② 졸업논문이 매슈 아놀드와 페이트에 관한 정
리하는 점 등이다.

첫째 대목에서 다시 한번 논의되어야 하는 것은 왜 김환태는
최대한의 영향을 받아들이려고 했느냐 하는 점이다. 이 점은 김
환태의 문학에 있어서의 영향관인데, 그는 문학에 있어 영향이
란 독창을 위한 전제로 생각하고 있다.

> 예술가의 개성은 가장 심대한 교양을 즉 원만한 조화와 보편성을
> 具有할 때에만 그가 생산하는 예술작품에 위대한 독창을 부여할 수
> 가 있는 것이다. 그리하여, 예술가의 개성의 원만한 조화와 발달을
> 촉진하고 또한 그의 원동력이 되는 것이 곧 예술가가 그와 전 시대
> 의, 그리고 동시대의 딴 예술가에게서 받은 영향을 받았다는 것은
> 그의 자랑은 될지언정 결코 부끄러움은 되지 않는다.[58]

영향이란 딴 사람의 가치에 동감하여 그를 자신의 가치 속에
섭치, 동화시킴을 의미한다. 그러므로 영향은 개성의 확대를 통
하여 예술가로 하여금 그가 산출한 작품의 특수성에 보편적 가
치를 부여하여 그곳에 예술의 진정한 독창성을 창출하게 된다.
그러므로 김환태는 영향을 받았다는 사실을 부끄러움보다는 자
랑으로 생각하고 있다. 동시대 혹은 전 시대의 예술가로부터 받
은 영향이 한 예술가의 개성의 원만한 발달의 원동력이 될 뿐 아
니라, 촉진의 매개가 된다고 생각하기 때문이다. 즉 예술가의 진
보는 영향의 원천인 전통 속에서 자신을 키워갈 때 가능하다는

---

58) 김환태, 「예술에 있어서의 영향과 독창」, 《사해공론》 9호, 1936. 1. 1.

것이다.

전통은 과거에 지반을 두면서도 이를 지반으로 미래를 생성해 나가는 인간의 현재적 활동이란 의미[59]를 지니고 있다. 그래서 김환태는 동시대 혹은 전 시대가 빚어낸 영향을 창조를 위한 바탕으로 삼고 있으며, 적극적으로 그것을 수용하고 있는 것이다. 이러한 영향관을 가지고 다양한 작가나 작품에 두루 관심을 갖고 있었기에 김환태는 어떠한 작가를 골똘히 연구해 오지 못했다고 고백하며, 자신의 연구를 이 작가 저 작가 이 작품 저 작품으로 뛰어다니는 낭만적 연구[60]였다고 명명하고 있다.

이러한 관점에서 보면 김환태의 영향소를 어느 한 사람에게 국한하기는 힘들지만, 자신이 밝히고 있는 바와 같이 미학, 예술철학, 독일의 관념철학과의 접맥과 졸업논문으로 아놀드와 페이터를 정리했다는 점은 주목의 대상이 되는 부분이라고 생각한다. 그리고 "귀국한 후 소설가가 되려던 이상과는 엇비뚤어져 평론이랍시고 무엇을 끄적거리게 되고 보니 직접 글 쓰는데 우려먹은 것은 이때까지 읽은 문학작품보다 문학론이나 예술론이었다"는 고백은 그의 영향의 진원지가 어디인지를 가늠하게 된다.

1. 아놀드의 경우

김환태가 아놀드를 어떻게 수용했는가 하는 수용양상은 그가

---

59) 김환태, 「외국문학 전공의 변」, 《동아일보》, 1939. 11. 19.
60) 김환태, 「외국문학 전공의 변」, 《동아일보》, 1939. 11. 19.

구주제대 법문학부를 졸업하면서 졸업논문으로 제출한 「문예비평가로서의 매슈 아놀드와 월터 페이터」에서 잘 나타난다.

이 논문은 아놀드와 페이터에 관한 내용을 한데 묶은 것으로 대부분이 인용문으로 채워져 있어 이들의 문학관이나 이론을 충분히 소화하고 비판적 입장에서 체계화한 글로 보기는 힘들다.[61]

매슈 아놀드의 부분을 살펴보면, ① Critical Power and Creative Activity ② The Rule of Criticism ③ The Historical Estimate and the Personal Estimate ④ Poetry ⑤ Poetry and Science ⑥ Poetry and Philosophy ⑦ Poetry and Religion ⑧ Poetry and Morals ⑨ The Subjects of Poetry ⑩ The Greek Poet and Mordern Poet ⑪ Matter and Form.

로 구성되어 있는데, 이 논문이 《조선중앙일보》에 1934년에 8월 24일부터 31일까지 번역되어 연재가 되었다. 연재된 제목은 「매슈 아놀드의 문예사상 일고」인데 이 내용은 논문목차에서 빠져 있던 <그의 생활>이란 제목의 생애가 첨가되어 있을 뿐 논문 내용과 동일하다. 그러면 이러한 아놀드의 비평적 입장이 김환태 자신의 평문을 통해 어떻게 드러나고 있는지를 살펴보기로 한다. 김환태는 「문예비평가의 태도에 대하여」에서 다음과 같이 논하고 있다.

---

61) 김윤식, 「김환태의 비평의 비평사적 의의」, 《문학사상》, 86년 5월호, 1986, p.192.

비평가는 언제나 실용적 정치적 관심을 버리고 작품 그것에로 돌아가서 작가가 작품을 사상한 것과 똑같은 견지에서 사상하고 음미하여야 하며 한 작품의 이해나 평가란 그 작품의 본질적 내용에 관련하여야만 진정한 이해나 평가가 된다는 것을 언제나 잊어서는 아니 됩니다.[62] (윗점필자)

김환태는 비평가가 작품의 진정한 이해와 평가를 위해서는 실용적 정치적 관심을 버려야 한다고 주장한다. 실용적 정치적 관심을 버린다는 것은 순수하게 작품 자체에만 관심하여 작품의 의미를 파악하고자 하는 <무관심적 관심>의 태도를 말한다. 이러한 무관심적 관심의 비평태도는 바로 아놀드가 「현대에 있어서 비평의 기능」에서 밝히고 있는 내용 그대로다.

영국 비평은 이제 그 앞에 열리는 영역을 활용하고 장래에 성과를 거두기 위해서 그 진로에 대하여 어떤 규칙을 이해해야 할 것인가를 정하는 일이 가장 중요하다. 그 규칙은 한 마디로 요약해서 사심없음이다. 그러면 비평은 어떻게 해야 사심없음을 나타내는가? 소위 실제적인 사물관을 멀리하고, 그것이 건드리는 모든 주제에 대한 사상에 관한 그 어떤 이면적인, 정치적인, 실제적인 고려에 도움주기를 한사코 거부하는 것이다.[63] (윗점필자)

아놀드가 비평의 규칙으로 제안하고 있는 실제적인 사물관을 멀리하는 사심없음은 김환태가 주장하는 실용적 정치적 관심을

---

62) 김환태, 「문예비평가의 태도에 대하여」, 《조선일보》, 1934. 4. 21.
63) 매슈 아놀드, 윤지관 역, 『삶의 비평』, 민지사, 1985, pp.106-107.

버리고 작품자체에 관심하는 태도와 맞닿아 있음을 확인할 수 있다. 즉 김환태는 아놀드의 평문에서 비평가가 우선 지녀야 할 태도로 무관심의 관심 혹은 사심없음(김환태는 이를 대상으로 실제로 있는 그대로 봄이라고 함)을 채용하고 있는 것이다. 그런데 이러한 수용의 내용이 아놀드의 비평본질과 어느 정도 거리가 있느냐 하는 점이다. 즉 이 개념이 아놀드만의 비평적 입장이냐 하는 점과 아놀드 비평의 중심개념이 이것으로 해명될 수 있느냐 하는 점이다.

전자의 문제 즉 대상을 있는 그대로 본다는 입장은 아놀드에서 비롯된 것으로 보기 보다는 이동민의 경우는 칸트에게까지 거슬러 그 원천을 규명하고자 한다.

김환태 비평에 있어서 가장 중심되는 개념인 대상을 있는 그대로 본다는 것은 바로 이 감동의 문제와 직결된다. 원래 이 말은 김환태가 아놀드에게서 빌려온 것으로 되어 있으나 우리는 그 근원을 칸트에게까지 거슬러 올릴 수 있다. 즉 대상을 있는 그대로 본다는 개념은 칸트에게 있어서는 이성 또는 오성의 능력과는 관계없이 미의 파악이 이루어진다는 개념이다.[64]

이동민은 김환태의 대상을 있는 그대로 본다는 개념을 칸트에서 그 연원을 찾고 있다. 그러나 아놀드의 사심없음이 칸트의 무목적의 목적 개념에서 비롯되었다 하더라도 그 영향의 진원지 자체는 김환태에게는 크게 문제가 되지 않는다. 중요한 것은 아

---

64) 이동민, 「김환태의 비평이론」, 《현상과 인식》, 6권 2호, 82년 여름호, p.125.

52 • 한국 문예비평의 해석학적 연구

놀드에게 있어, 이 무목적의 목적 개념이 당시 영국의 상황으로 보아 몰교양과 실제적 이익에 몰두해 있는 비평계에 대한 비판 용으로 자신의 입지점이 될 수 있었던 것과 같이, 1930년대에 들어 여전히 문학에 있어서 목적의식이 강조되는 프로문학의 잔 존세력에 대한 비판용으로 아놀드가 채용한 이러한 사심없음 혹 은 무관심적 관심의 입장이 김환태에게 수용된 점이다. 그러므 로 남겨진 문제는 아놀드의 무관심적 관심의 입장과 김환태의 대상은 있는 그대로 본다는 입장 사이에 놓여 있는 거리이다.

  아놀드는 비평에 있어서 중요한 규칙으로 무관심적 관심을 제 안하고 있지만 비평은 자유로운 정신의 활동으로 지적 감수성을 필요로 하고 있다[65]고 본다. 이런 점에서 아놀드는 비평에 있어 서 지성적 측면을 강조한 것으로 파악할 수 있다. 그러나 김환태 는 대상을 있는 그대로 보면서 관조적인 태도로 작품을 대하여 그 대상과 자기 자신과의 감정적 교감만을 필요로 하였다[66]고 본다. 그래서 아놀드는 사심없는 활동을 통하여 헬레니즘이 추 구하는 이상에까지 나아가 휴머니즘의 추구를 목표로 시는 인생 의 비평이라는 상태에까지 이르렀으나 김환태는 이에 미치지 못 했다. 그래서 실제적인 사물관을 멀리하고 자체의 법칙을 따른 다는 사심없음은 김환태에게 있어서는 아놀드가 추구했던 깊은 의미는 상실된 채 태도적인 측면만 차용된 것이다. 또한 아놀드 의 비평정신은 무관심적 관심에만 머물러 있는 것이 아니라 폭

---

65) 윤지관, 「아놀드의 문학사상과 사회사상」, 『삶의 비평』, 민지사, 1985, p.259.
66) 이동민, 앞의 책, p.126.

넓게 인생 전반에 걸쳐 전개되어 나간다.

즉 문학은 인간과 사회에 큰 힘으로 작용한다는 문화의식을 볼 수 있다. 이 의식은 결과적으로 문학 자체보다는 인생을 기법보다는 내용을 중시하는 문학관을 낳았고 동시에 그의 문학관이 문학의 기능에 초점을 두는 효용론에 귀속하도록 만들었다.[67]

그러나 김환태가 파악하고 있는 아놀드의 문학관은 여기에 미치지 못하고 있다. 그러면 김환태가 왜 이렇게 아놀드의 비평적 입장을 부분적으로밖에 수용하지 못했는가. 이는 김환태 자신이 밝히고 있듯이 3학년 2학기가 닥쳐 창황히 매슈 아놀드와 페이터를 되는 둥 마는 둥 얽어매어 졸업입네 하고 내어놓고는 쫓겨나왔다는 고백처럼 그의 아놀드 수용이 충분한 시간적 여유를 가지고 이루어진 것이 아니었기 때문이다. 한 작가의 사상이나 문학론에 대한 충분한 이해를 통한 전반적 수용이 아니었기에 김환태의 평문에서 나타나는 아놀드의 영향은 일부분에 그치고 있다고 할 수 있다.

지금까지 김환태의 비평이론에 나타나 있는 아놀드와의 영향으로 비롯되는 내용들을 살펴보았다. 김환태의 문학수업의 편력으로 미루어 보아 아놀드의 영향은 부정할 수 없는 기정의 사실

---

67) 물론 아놀드 문학과 인생 기법과 내용 따위의 이분법에 매달린 것은 아니며 오히려 최고의 작품에서 이 둘은 서로 결합되어 있다고 말한다. 이 결합은 곧 그가 말하는 도덕적 깊이와 자연적 마력의 결합이며, 이것이 이루어지고 있는 문학이 최고의 문학, 다시 말해 고전이 되는 것이다. 그러나 아놀드는 문학은 결국 삶을 해석함으로써 우리를 돕는다고 봄으로써 인생비평을 지향하고 있다. 즉 비시적인 시대, 가치관이 무너져가고 있는 시대에 어떻게 사는 것이 올바른 것인가 하는 사회·정치적 판단을 그의 문학 속에서 구현하고자 했던 것이다. 윤지관, 앞의 책, p.258.

로 밝혀진다. 그러나 그 영향의 정도는 심도가 그렇게 깊지 않음도 확인할 수 있다. 이는 그의 영문학에 대한 연구가 어느 한 작가에 한정되지 않는 낭만적 연구였기 때문이기도 하지만, 아놀드에 대한 지속적 탐구가 계속되지 못했기 때문이라고도 할 수 있다.

2. 페이터의 경우

김환태는 페이터를 소개하는 「페이터의 예술관」[68]에서 그가 이해하고 있는 페이터의 일단을 보여주고 있다. 이 글에서 김환태는 "아놀드는 내용에 대해 말하였으나, 페이터는 아놀드와 동일한 입장에서 주로 예술의 형식과 기교에 대해 말하였다"고 밝힘으로써 그의 페이터에 대한 영향의 내용을 파악하는 단초를 제공하고 있다.

김환태가 소개하고 있는 페이터의 예술관은 페이터의 「문예부흥사연구」의 서문 「문체론」이 주를 이루고 있는데, 그 핵심은 「문예부흥사연구」 서문에 나타난 인상주의 비평론에 놓여 있다. 그래서 이를 중심으로 그 영향을 살펴본다. 페이터의 비평관은 다음 일절에서 명확히 드러나고 있다.

문학의 美는 소재 속에 침투해서 그것을 비추는 작자의 靈의 광휘라고 하면, 그리고 비평가의 태도는 아무런 선입관에도 구속되지 않

68) 김환태, 같은 책, pp.140-148.

은 무관심적 태도요, 완전에 대한 애모로서 세계에 있어서 일찍이 사상되고 표현된 최신의 것을 소개하여 우아와 광명을 초래하는 것이라면, 비평가는 그 자신을 위한 사랑으로서 인상을 사랑하고 美를 사랑하여, 체험한 바를 그 자신을 위하여 표현하면 그만이 아니냐.[69]

　비평가의 태도가 아무런 선입관에 구속되지 않는 무관심적 태도이어야 한다는 주장은 이미 아놀드의 비평관에서 나타난 무관심적 관심과 동일한 의미이다. 그러나 페이터는 여기에 머물지 않고 "그 자신을 위한 사랑으로서 인상을 사랑하고 美를 사랑하여 체험한 바를 그 자신을 위하여 표현하면 그만이다"는 쾌락주의에까지 다가서고 있다. 페이터는 심미적 경향에 경도함으로써 지성과 행동의 세계로부터 완전히 인상과 정관의 세계로 몰입하고 있다.[70] 그래서 페이터는 "심미적 비평가의 직능은 미의 부속물과 그것에 의하여 회화나 풍경, 인생이나 서적 속에 있는 아름다운 인물이 그것이 표현되어 있는 情狀에 비례하여 美와 희열의 독특한 인상을 산출하는 그 가치를 판별하고 분석하고 분리시키는 데 있다"[71]고 보았다. 이러한 예술작품이 낳는 미 또는 쾌락의 특수한 인상을 그 부수물로부터 구별하고 분리하여 그 인상을 찾고 다시 어떠한 조건 아래서 그것이 체험되는가를 제시한다는 심미적 태도는 인상주의적 비평의 목적과 방법을 암시

---

69) 김환태, 같은 책, p.140.
70) 최재서, 「현대비평의 성격」, 『최재서 평론집』, 현대문학사, 1972, p.142.
71) 김환태, 같은 책, p.142.

하는 것이다. 이는 인상의 세련화이며 그 인상을 충실히 표현하는 것에 다름 아니기 때문이다. 그러면 페이터는 왜 이러한 심미적 비평으로 빠져들게 된 것인가. 그 이유를 김환태는 페이터의 「인생과 예술」에서 다루고 있는데, 페이터는 인생과 예술에 대한 근본적 태도를 모든 사물은 유동하여 정지하지 않는다는 사실에 두고 있다.

이러한 만물유전 사상은 외적 세계에 대해서만이 아니라 사상과 감정의 내적 세계에 대해서도 마찬가지다. 그래서 모든 사물은 결코 사람에 대하여 그의 객관적 존재를 확보하지 못한다. 왜냐하면 그들은 단지 飛過하는 幻影에 지나지 않기 때문이다. 그런데 이들 환영과 환상을 페이터는 개성이 창출하는 것들로 보고 있다. 개성이 각각이듯이 그 개성들이 창출하는 인상 역시 각각일 수밖에 없다는 것이다. 그 인상을 그의 부속물에서 분리하여 판별하고 분석하고 그 인상의 이유와 배경을 탐색하는 것이 비평이란 것이다. 그러면 이러한 페이터에 대한 김환태의 이해가 어느 정도 그의 비평관에 소화되어 있는지를 살펴본다.

김환태는 「나의 비평의 태도」에서 "나는 비평에 있어서의 인상주의자다. 즉 비평은 작품에 의하여 부여된 정서와 인상을 암시된 방향에 따라 가장 유효하게 통일하고 종합하는 재구성적 체험이다. 따라서 비평가는 그 비평하는 작품에서 얻은 효과 즉 지적 정적 전인상을 표현하고 전달하기 위하여 어느 정도까지 창조적 예술가가 되지 않으면 안 된다고 믿어 움직이지 않는 자

---

72) 김환태, 같은 책, p.13.

이다."[72]라고 밝히고 있다. 김환태는 자신을 인상주의 비평가로 우선 단언하고 왜 자신이 인상주의 비평가인가를 해명하고 있다. 즉 자신이 인상주의 비평가인 이유는 작품에 의하여 부여된 정서와 인상을 암시된 방향에 따라 가장 유효하게 통일하고 종합하기 때문이란 것이다. 그래서 작품이 준 전 인상을 표현하고 전달하기 위해서는 비평가는 창조적 예술가가 되어야 한다는 선에까지 다가서고 있다. 이러한 김환태의 발언은 앞서 논의된 페이터의 비평관에서 확인한 내용과 동일선상에 놓인다. 즉 비평은 작품에서 받은 인상을 표현한다는 점에서 김환태는 페이터의 비평관을 수용하고 있다. 김환태는 자신의 이러한 비평적 과정을 다음과 같은 비유로서 설명한다.

> 나는 상징의 화원에 노는 한 마리 나비고저 한다. 아폴로의 아이들이 가까스로 형형색색으로 곱게 피워논 꽃송이를 찾아 그 美에 흠뻑 취하면 족하다. 그러나 그때의 꿈이 한껏 아름다웠을 때에는 사라지기 쉬운 그 꿈을 말의 실마리로 엮어 놓으려고 안타까운 욕망을 가진다. 그리하여 이 욕망을 채우기 위하여 쓰여진 것이 소위 나의 비평이다…. 한 작품에서 얻은 인상의 기록이 작가에게 작품제작의 방법을 가르칠 도리가 없는 것이며 그 인상만을 기록하여 놓으려 하는데 기준이니 방법이니 하는 것을 세울 필요가 없는 것이다. 그러나 나에게는 인상에 충실하려는 노력이 인상을 보편성에까지 승화시키려는 노력이 그리고 그 인상을 가장 적절하게 표현하려는 노력이 있다.[73]

---

73) 김환태, 같은 책, p.253.

여기에서 화원에 노는 한 마리 나비는 두말 할 것 없이 비평가이다. 나비와 꽃의 관계 속에서 비평가와 작품의 관계를 설정하고 있다. 그런데 우선 비평가는 미를 상징하는 그 꽃에 흠뻑 취하면 족하다는 김환태의 표현 속에서 페이터의 심미주의적 경향을 강하게 감지할 수 있다. 그리고 그때의 한껏 아름다운 때의 사라지기 쉬운 그 꿈을 말의 실마리로 엮어 놓으려는 욕망을 채우려고 쓴 것이 그의 비평들이란 발언에서 인상비평가로서의 태도를 엿볼 수 있다. 이러한 김환태의 심미적 경향과 인상비평가로서의 자신의 비평적 태도는 앞서 논의된 페이터의 비평적 입장과 크게 다르지 않다. 그래서 김환태는 비평의 창조성을 주장하고 비평에서 가치판단을 무시하고 있다. 그러면 왜 인상주의 비평가들은 비평에 있어서 가치의식을 무시하고 있는가? 인상주의 비평가들은 이 세상에 있는 모든 것이 유전한다고 생각하기 때문이다. 그래서 예술에 있어서 판단 그 자체는 편견이라고 본다. 하나의 작품이 가지는 전체적 가치는 도저히 개인에 의해서 평가될 수 없는 것이다. 개인적 편견과 능력의 한계를 가진 비평가가 작품의 가치에 대하여 판단을 내린다는 것은 잘못이다. "사람은 스스로 변하기 쉬운 존재이면서 변하기 쉬운 물건을 판단한다. 절대의 진리라는 이름으로 판단하려는 자는 누구냐"라는 생트뵈브의 말을 전적으로 지지하는 인상주의자들에게 있어 비평에 있어 가치의식은 무시될 수밖에 없다. 그래서 김환태는 이러한 판단의 보류를 비평가의 미덕(겸손)으로까지 받아들이고 있는 것이다. 그런데 이러한 심미적 경향의 인상주의 비평은 결국 비평을 일종의 창작행위로 바라보게 한다.

나는 작품에서 얻은 인상을 정착하기 위하여 나에게 그 인상을 낳아 준 작품 속에 그만한 생활을 기록한다. 그러므로 나의 비평이 창작과 다른 점은 창작이 현실생활의 기록인데 대하여 나의 비평이 작품 속의 생활인 데 있다. 그리고 어떠한 작품 속의 생활은 현실생활을 받아들이는 그 작가의 감성을 포우즈와 형식에 의하여 결정된 것이기 때문에 결국은 그 작가가 새로이 창조한 생활인 것과 마찬가지로 나의 비평 속의 생활도 작품 속의 생활을 받아들이는 나의 감성의 포우즈와 형식에 의하여 결정된 것이기 때문에 내가 새로이 구성한 생활이다. 이에 비평을 쓸 때에 나는 작가가 창작을 할 때에 느끼는 것과 비슷한 창작의 기쁨을 느낀다. 따라서 외람하나마 나는 나의 비평이 창작으로서 감상되기를 원하여 마지않는다.[74]

이렇게 김환태가 비평의 창작성을 주장하게 된 배경은 페이터의 심미주의적 경향의 인상주의 비평의 영향이다. 그러나 김환태의 페이터에 대한 영향 역시 아놀드의 경우와 마찬가지로 페이터의 가장 일반적인 비평론을 수용하면서 인상주의라는 구의(究意)속에 머물렀다[75]는 한계를 보이고 있다.

실제비평에 나타난 해석의 모습

김환태의 실제비평은 월평이나 시사평이 몇 편 보이기는 하나 본격 실제비평으로 볼 수 있는 것은 「정지용론」과 「시인 김상용

---

74) 김환태, 같은 책, p.255.
75) 홍경표, 「눌인 김환태의 비평론고」, 「김환태 비평 선집」, 형설출판사, 1982, p.224.

론」이다. 이 두 편을 대상으로 실제비평에 나타난 해석적 입장을 살핀다.

김환태는「정지용론」을 시작하면서 한 천재의 생활의 습성을 알 때 그의 예술을 이해하는데 도움이 된다[76]고 전제하고 시인 정지용을 말하기 전에 인간 정지용을 먼저 풀어내고 있다. 이러한 비평가의 태도는 작품의 의미파악을 작가의 의도 파악에 두고 있는 해석적 입장이다. 즉 작품의 의미를 파악하는 것은 작가가 이 작품에 의도한 의미를 파악하는 것이기에 이를 위해 작가를 이해할 필요가 있다는 것이다. 해석자가 지니고 있는 선입관이나 어떠한 이데올로기에 기초해서 작품을 해석하려는 것이 아니라 가능하면 해석자의 주관을 배제하고 작품을 이해하기 위하여 작품의 원인이 되는 작가를 통해 작품을 이해하려는 것이다.

이러한 해석적 입장에서 김환태가 파악한 정지용의 인간 모습은 낮과 밤처럼 기쁨과 비애, 낙천과 염세의 이중적 구조로 나타난다. 이중적 구조의 인간성을 토대로 김환태가 해명해 낸 정지용 시의 내용은 첫째가 감각의 시인이라는 점이다. 즉「곤로봉」작품을 통해 김환태가 해명하고 있는 지용 시인의 모습은 감각을 정서화하고, 정서는 곧 감각이 되는 작품을 창작하는 시인으로 밝히고 있다. 그러나 지용 시인의 면모는 여기에서 끝나는 것이 아니라, 지성과 감각과 감정의 미묘한 하모니를 이룸에 있다고「바다2」작품을 통해 확인하고 있다. 뿐만 아니라「다른 한울」을 통해 신앙의 시인으로,「할아버지」를 통해 동심의 시인임

---

76) 김환태, 같은 책, p.80.

을 각각 밝히고 있다.

그러나 김환태는 여기서 카톨릭시즘의 시인으로서 정지용을 말하고 있지는 않다.[77] 김환태가 정지용의 인간성을 기초로 해서 밝혀내고 있는 비평문의 구성적 특징은 각 해당 시편들에 대한 체계적인 분석이나 해명[78]보다는 작품 전체를 하나의 증거물로 그대로 인용하는 방법을 사용하고 있다. 즉 그의 비평문의 전제가 되었던 인간성의 이중적 구조가 작품 속에 어떻게 변형되고 있는지에 대한 논리적 분석은 찾을 수 없다. 단지 단선적인 작품의 해설적 해명이 있을 뿐이다. 이는 일반적으로 비평에 있어서 비평대상이 되는 작품들을 직접 인용하는 방법으로 재구성적 해석을 실행할 때 사용하는 가장 일상적인 방법이다. 비평대상이 되는 작품들을 비평가의 주관적 통일성에 의해 재배열하여 작가의 면모를 재구성하고 있는 것이다. 이런 점에서 재구성적 해석은 비평에 있어서 기초작업의 형태를 띠며 다른 비평가들에게 새로운 비평작업을 할 수 있는 토대를 마련하기도 한다.

김환태의 「시인 김상용론」은 김 시인의 시집 『망향』을 중심으로 펼쳐지고 있다. 그런데 김환태는 김상용론 서두에서 『망향』 시집 첫 장에 있는 "내 生의 가장 진실한 느낌을 여기 담는다"는 한 마디로 그는 적절히도 스스로 자기를 우리에게 설명하여 주었다고 전제함으로써 시인과 시를 밀착시키고 있다. 즉 "김상용 시

---

77) 홍경표, 앞의 책, p.227.
78) 연구논문이기는 하지만 정지용 시에 대한 그 동안의 연구현황과 그를 바탕으로 한 체체적 접근의 한 모형을 보여준 작업으로 양왕용의 『정지용 시 연구』(경북대학교 대학원, 박사학위 논문, 1987)가 있다.

인은 생에 대하여 가장 진실하게 느끼는 시인이요, 생에 대한 그 진실한 느껴움을 담은 것이 곧 그의 시"라는 입장을 견지하면서 김상용의 발언을 중시하고 그 발언에 근거해서 작품을 이해하려고 한다. 이 태도는 작품 해석은 철저하게 작가의 의도를 찾아내려는 선에서 이루어져야 한다는 그의 작품해석관 때문이다.

이러한 작품 해석관을 토대로 김환태는 김상용론에서 우선 시를 생에 대한 느껴움으로 정의하고 있다. 이 정의는 앞서도 제기된 바와 같이 김 시인의 "내 생에 가장 진실한 느낌을 여기에 담는다"는 발언에서 차용한 논리이다. 김 시인을 다른 시인과 구별하는 부분은 단순한 느낌이 아니라 진실한 느껴움이라는 사실이다. 그래서 진실함이란 이 형용사의 의미만 이해하면 시인 김상용의 그 독특한 면모는 밝혀질 수 있다고 본다.

그 진실함이란 의미를 ① 김환태는 시인 김상용의 눈에 비친 외롭고도 슬프며 서글픈 생을 그대로 고독이나 비애나 우울로 표현하지 않고 있다는 점에서 찾고 있다. 김상용의 시「마음조각」1, 3, 4의 한 부분씩을 인용해 김환태는 회의, 고독, 암흑 등의 이미지를 통해 고독, 우울, 비애를 드러내기는 하지만 여기에 묶여있지는 않다고 본다. 그래서 이러한 그의 시의 독특한 표정에 진실함의 의미가 숨어 있다고 해명한다.

② 진실이란 말이 감정을 수식할 때는 자기부정과 비과장과 무수식을 의미한다는 점이다. 이러한 자기부정과 비과장, 무수식을 위해서 김 시인은 모든 느껴움에 자기를 내어 맡기고 마음을 비워 그 속에 생의 온갖 느껴움을 조금도 흘림없이 받아들이려고 한다. 그리고 이 단계에서 끝나지 않고 그 "생의 느껴움에 공

정(公正)함으로써 그의 시는 심각하거나 열렬하지 않다"고 김환태는 보고 있다. 이런 김 시인의 시적 태도는 자기를 거부한 대상에 대한 이해와 사랑의 결과라는 것이다.

그래서 김환태는 김 시인이 결함 많은 생을 연민하고 어루만져 그대로 받아들여서 조용히 관조할 수 있는 경지에 다다르고 있다고 「남으로 창을 내겠오」를 통해 논증하고 있다. 김환태가 파악하고 있는 관조란 대상을 있는 그대로의 한 전체로서 파악하려고 하는 것으로, 이것을 일종의 직관적, 상상적 작용의 하나로 생각하고 있다. 그래서 관조의 시인으로 명명된 김상용은 「괭이」나 「한잔 물」 같은 작품에서는 물체나 물질까지도 그 스스로 한 전체를 이룬 존재로서 파악하고 있다고 해석한다. 그리고 「노래 잃은 뻐꾹새」, 「새벽 별을 잊고」 등 두 작품을 통해서는 풍경을 대할 때 김상용 시인의 관조는 한층 더 靜閑하여지고 명료하여지고 있기에 진실로 월파는 관조의 시인이라고 결론을 내리고 있다.

이러한 김환태의 김상용론을 통해서 확인할 수 있는 것은 김상용론에서 제일 중심부에 놓이는 작품이 「남으로 창을 내겠오」라는 한 작품이란 점이다. 진실한 느껴움을 드러내고 있는 시인으로 김상용을 지목한 김환태는 그 진실이란 의미를 결국 관조에서 찾아내고 있기 때문이다. 즉 인용된 「마음 조작」 1, 3, 4 세 편의 시에서는 김상용 시인은 생의 외로움, 슬픔, 비애 등등을 솔직히 드러내고 있지만, 그러한 생의 비애나 고독, 슬픔이 「남으로 창을 내겠오」에 오면 완전히 사라지고 관조의 상태로 나타나고 있는데, 이것이 전환점이 되어 그의 다른 작품들(「노래 잃은 뻐꾹새」,「새벽 별을 잊고」)이 이러한 선상에서 의미가 확대되고 있다고 보기 때문이다.「남으로 창을 내겠오」가 정말 그의 시집『망향』에서 볼 때 그런 의미를 지니는지는 또 다른 측면에서 논의되어야 할 것이지만,[79] 역시 김환태의 김상용론은 부정적 해석이나 그의 작품에 대한 비판적 가치판단이 배제되어 있다는 점은 정지용론과 마찬가지다. 인용되는 시편들이 분석비판되기보다는 시인의 의도를 충실히 드러내는데 필요한 설명을 위한 논증 대상 이상의 의미를 찾기는 힘들다. 이런 점에서 김환태의 김상용론은 시인 김상용이 작품 속에 의도한 의미를 최대한 재구성해 보려는 비평가의 입장이 명백히 드러나고 있다. 이렇게 비평가가 시인의 작품을 통해 작가가 의도한 의미를 충실히 재현하려고 할 때, 비평가는 작가의 작품을 애정의 눈길로 바라볼 수밖에 없고, 그 애정의 눈길은 작품에 대한 부정적 비판보다는 긍정적 해석 위주로 나타날 수밖에 없는 것이다. 이러한 작품 해석의 입장은 해석의 측면에서 볼 때 재구성적 해석으로 명명할 수 있으며, 그 해석은 작품에 대한 가치평가가 유보되어 있는 것이 특징이다. 이는 오직 작가의 의도를 파악하기 위해서 작품의 의미를 재구성하는 데만 급급하기 때문에 나타나는 자연스런 결과이다.

---

79) 이 문제에 대해서 노재찬 교수의 경우 다음과 같은 입장을 피력한다. 김환태는 「남으로 창을 내겠오」를 날관의 경지까지로 나아간 시로 보고 있지만『망향』시집 속에서 이 시는 다른 시편과 비교해 볼 때 이질적이라고 본다. 다른 시편들은 인생의 나그네, 허무, 고독, 운명 등으로 요약될 수 있는 시편들이나「남으로 창을 내겠오」는 그렇지 않고 달관의 경지가 나타나고 있는데 이는 이백의「산중문답」의 영향이며, 이에 의해 시사되고 촉발된 시편으로 보고 있다. 노재찬,『한국 근대문학논구』, 삼영사, 1981, p.133.

김환태는 단순히 비평이 재구성적 해석에서 끝나는 것이 아니라 그 표현의 측면에 있어서는 창조적 비평의 형태로 나아가야 한다는 입장이지만, 그의 실제비평인 정지용론과 김상용론의 비평을 살펴보면 이러한 창조적 비평으로까지는 나아가지 못하고 있다. 온전한 창조적 비평이 되기 위해서는 비평대상이 되는 작품에 한정되어 있지 않고, 그 대상에 대한 체험을 바탕으로 새로운 세계를 만들어 내어야 하지만, 두 편의 비평에서는 이러한 창조적 해석을 통한 창조적 비평보다는 단순한 재구성이 강하게 나타나고 있기 때문이다.

그러면 왜 김환태의 실제비평에서 재구성적 해석이 강하게 나타날 수밖에 없었는가? 그것은 일차적으로 비평은 작품에 의하여 부여된 정서와 인상을 통일하고 종합하는 재구성적 체험이란 그의 비평관에 기인하기도 하지만 또한 그것은 김환태와 정지용, 김상용과의 인간적 관계 때문이기도 한다. 이들은 선후배 혹은 스승과 제자 간의 특별한 관계를 가지고 있다.[80]

이러한 관계는 이들의 작품을 논하기에 앞서 인간을 이해하려는 입장을 그의 비평 서두에 내보이고 있으며, 이를 바탕으로 김환태는 이들을 평하고 있는 것이다. 즉 작품의 해석에 앞서 그 작품의 원인인 시인의 이해를 전제하고 있다는 점이다. 재구성적 해석에 있어서 해석자는 시인의 창조적 행위를 다시 체험하기 위하여 시인의 지평에 자기 자신을 전이시켜야 한다. 그런데

---

80) 김환태와 정지용은 동지사대 선후배 관계며 김상용은 보성고보의 제자와 스승 관계이다.

이 전이 과정을 용이하게 주는 것은 공통된 인간성, 공통된 심리적 구조 혹은 동족 의식이다.[81] 그러므로 해석자가 자신과 인간적인 유대관계를 가졌던 시인을 재구성적 해석의 대상으로 삼는 것은 가장 손쉬운 방법이면서도 필연적인 결과이다. 이런 점에서 김환태의 정지용론과 김상용론이 재구성적 해석으로 기울어져 있다고 본다.

　지금까지 김환태의 비평원론과 그 원론의 진원지였던 선이해의 내용, 그리고 실제 비평에 나타난 해석의 모습을 살펴보았다. 김환태는 비평원론에서 비평을 재구성적 체험이라고 파악함으로써 작가의 의도 파악에 주력하는 재구성적 해석의 입장에 서 있다. 그러나 여기에 만족하지 않고 그 체험을 표현하고 전달하기 위해서는 어느 정도 비평가가 창조적 예술가가 되어야 한다고 봄으로써 창조적 해석의 단계로 나아가려 한다. 이러한 비평원론들은 아놀드와 페이터의 이론의 영향권에서 크게 벗어나지 못한 것으로 나타나며 실제비평에서도 이 점은 그대로 나타나 김환태의 작품해석과 비평은 소박한 재구성적 해석 차원에 머물고 있다.

　그래서 그의 해석적 입장은 작품에 나타난 작가의 의도를 파악

---

81) 이해의 대상은 더 이상 접할 수 없는 과거로부터 현재까지 전수되어온 텍스트 원래의 의미이다. 과거와 현재, 텍스트와 해석자 간의 다리가 있을 때만 일어날 수 있는 재구성은 이 다리가 저자와 독자라는 두 사람 긴의 관계로 구성될 때는 심리적인 것이다. 딜타이의 경우 텍스트는 저자의 사상과 의도의 표현이다. 해석자는 창조적 행위를 다시 체험하기 위해 저자의 지평에 자기 자신을 전이시키지 않으면 안된다. 그 시차가 아무리 크다 할지라도 저자와 독자를 근본적으로 연결시켜 주는 것은 공통된 인간성, 공통된 심리적 구조, 혹은 동류의식이며 이것은 타자와의 감정이입을 위한 직관적 능력을 기반으로 하고 있다. David C. Hoy. 이경순 역, 『해석학과 문학비평』, 문학과 지성사, 1988, p.22.

하는 데 주력하여 해석 대상인 작품을 우선적으로 생각하며, 해석 주체는 해석 대상에 늘 추수하는 입장이 된다. 이런 결과로 작품에 나타난 작가의 의도를 파악하기 위해서 작가를 이해해야 한다는 선으로 나아가게 된다. 그러나 그 작가 이해가 작가를 둘러싼 사회나 현실 속의 작가 이해가 아니라 단순히 한 개성이란 점에 갇혀 있어 김환태가 보여준 재구성적 해석은 오직 작품의미의 재구성이라는 선에 갇혀 있다. 이것은 프로비평의 폐해를 너무나 의식한 결과로 문학을 이데올로기로부터 지킨 공적은 있지만[82] 그의 해석이 작품 자체에 제한되어 있다는 한계를 또한 지니고 있는 것이다. 즉 당시 지나친 이념지향, 이론지향의 카프 비평이 형해화한 문학의 미적 감수성을 복권시킨다는 의미에서는 분명 가치있는 방향의 설정이었지만, 그가 제시했던 문학의 자율성과 비평의 독자성, 비평가의 심미적 감수성 등이 구체적이고 실질적인 결과물을 왜 만들어낼 수 없었던 것이었는지는 근본적으로 되물어보아야[83] 할 과제로 남겨져 있다.

---

82) 「김환태의 인상주의 비평연구」에서 이은애는 김환태 비평이 비평사상에서 갖는 의의를 다음과 같이 제시하고 있다. 첫째, 그가 프로문학에 대해 처음으로 이론적인 체계를 가지고 맞섰다는 점, 둘째, 문학을 이념의 도구에서 탈피시켜 문학 자체의 본질적 문제에 국한시키며, 문학의 독자성을 강조하여 문학의 본질적 문제를 생각하는 계기를 마련했다는 점, 셋째, 인상주의 비평을 선언함으로써 창조적 성격을 강조하여 창조적 예술비평이 가능할 수 있는 계기를 마련해 주고 김문집에 의해 그 영역이 확대될 수 있는 여건을 성립시켰다는 점, 넷째, 한국적 상황에 맞지 않는 외국문학의 무조적적 수용으로 혼란되어 있던 비평에 맞게 발전시키려 했다는 점 등이다. 그러나 김환태의 비평에서 발견되어지는 역사의식에 대한 안이성과 이론에 대한 미숙성은 지적되어야 할 사항으로 논의되고 있다. 이은애, 「김환태의 인상주의 비평연구」, (서울대학교 대학원 석사학위논문, 1985), p.130.
83) 서형범, 앞의 글, p.438.

4장

김문집의 창조적 해석

　김문집 비평에 대한 주요한 논의는 김윤식의 「김문집론」을 시
작으로, 노상래의 「김문집 비평론」, 이보영의 「Oscar Wilde
문학의 수용과 그 한국 변용」, 강경화의 「한국문학비평의 존재
론 지평에 한 고찰」, 신재기의 『한국 근대문학 비평가론』, 「창
조 비평의 주창과 그 실천」, 이은애의 「김문집의 예술주의 비
평 연구」, 장도순의 「김문집의 비평예술가론」, 홍경표의 「김문
집 비평의 몇 가지 논거들」 등이 있다. 2010년대 이후 연구로
서 주목할 만한 연구는 한형구의 「한국 탐미주의 비평의 한 사
례 -1930년 후반 김문집 비평의 문단 위상과 그 미적 이론의 형
성 배경」,[84] 황경의 「김문집의 일본어소설 연구 -『아리랑 고개』
를 중심으로-」,[85] 서승희의 「식민지 데카당스의 정치성」, Shim

---

84) 한형구의 「한국 탐미주의 비평의 한 사례 -1930년 후반 김문집 비평의 문단 위
　　상과 그 미 이론의 형성 배경」, 『어문론집』 47, 2011
85) 황경, 「김문집의 일본어소설 연구 -『아리랑 고개』를 중심으로-」, 『한민족문화
　　연구』 39권, 2012.

Sang-wook, Park Kyoon-cheol 「Difference between Kim Munjip's Mark Criticism and Ch'oe Chaeso's 'Realism' on Yi Sang's "Wings"」[86] 서승희의 「식민지 데카당스의 정치성 - 김문집의 일본어 글쓰기론」,[87] 우문영의 「김문집 비평연구 -비평문학을 중심으로」,[88] 김은정의 「소설쓰기와 비평행위의 함수관계- 김문집의 경우」,[89] 김선의 「1930년대 중후반 문화 담론과 김문집의 '散論'」[90] 등이 있다.

한형구는 '1930년대 후반 비평사의 실상을 점검하기 위해서라면 누구보다 먼저 김문집의 자리부터 검토해 두지 않으면 안된다'[91]는 입장에서 출발한다. 특히 소설사와 관련성이 있는, 김유정, 이상의 소설과의 관련성에 주목한다. 그래서 그는 조선주의 언어미학이라는 관점에서 김유정 소설과의 관계를 파악하고 있으며, 오스카 와일드의 영향을 받은 그가 소설가 지망생에서 비평가로 변신하는 과정을 추적하고 있다. 나아가 당시의 소위 리얼리즘의 비평관념에 대한 저항을 다루고 있다.

황경은 김문집의 일본어 소설들을 다루고 있다. 일본문학도 아

---

86) Shim Sang-wook, Park Kyoon-cheol, 「Difference between Kim Munjip's Mark Criticism and Ch'oe Chaeso's 'Realism' on Yi Sang's "Wings"」, 『일본어문학』 68권, 2016.
87) 서승희, 「식민지 데카당스의 정치성 - 김문집의 일본어 글쓰기론」, 『한국문학이론과 비평』 57권, 2012.
88) 우문영, 「김문집 비평연구 -비평문학을 중심으로」, 『청람어문교육』 57, 2016.
89) 김은정, 「소설쓰기와 비평행위의 함수관계- 김문집의 경우」, 『인문과학연구소』 33권, 2018.
90) 김선, 「1930년대 중후반 문화 담론과 김문집의 '散論'」, 『한국학연구』 55, 2019.11.
91) 한형구, 앞의 논문, p.343.

니고 한국문학도 아닌 그야말로 "문학사적 미아"로서, 우리 문학의 변방에 방치되어 있는, 김문집의 일본어 소설 쓰기가 순전히 "신사대주의"에 사로잡힌 "반역사적인 지식인"의 산물이라 해도, 그 이면에 놓인 역사적 문맥을 고려한다면, 이는 김문집이라는 작가 개인의 한계이면서 동시에 식민지시대를 살아야 했던 우리 문학의 상처이기도 하다는 사실을 간과할 수 없기 때문이라는 것이다. 새삼 김문집의 일본어 소설을 읽어야 하는 이유가 여기에 있고, 실제로『아리랑 고개』에 실린 그의 소설들은 매우 특이한 방식으로 식민지시대를 살아가는 조선 지식인의 내면의 상처와 고뇌를 보여주고 있다고 평가한다.

그러나 김문집은 현실을 벗어난 미(美)의 자리에서 문학적 이상의 실현과 완성을 꿈꾸었지만, 그의 소설들은 그가 결국 현실로부터 자유로울 수 없었음을 보여준다. 요컨대, 일본의 근대 또는 일본에 이식된 서구의 근대를 배우기 위해 유학을 떠났던 조선의 청년들이 최남선과 이광수로 대표되는 문명 개화, 계몽의 근대를 배워왔다면, 김문집은 "미"가 모든 것에 우선한다는 탐미적 예술지상주의를 품고 왔으며, 그것이 바로 소설『아리랑 고개』의 "모발미학"이고 그의 "예술비평론"이었다고 해석하고 있다[92].

Shim Sang-wook, Park Kyoon-cheol은 이상의 「날개」를 분석한 재일한국인 김문집의 논문과 최재서의 논문의 차이점을 살피고 있다. 최재서는 경성제대(현재 서울대학교)에서 영문학을

---

92) 황경, 앞의 논문, p.77.

전공하여 한국문단에 서구문학에 대한 논문을 발표하면서 한국 작가의 작품을 일본어로 번역하여 일본문단에 발표했는데, 그 중 이상이 1936년에 발표한 「날개」에 대해 「리얼리즘의 심화와 확대」란 논문을 발표하여 오늘날까지도 한국의 리얼리즘 문학을 논할 때 반드시 읽어야 할 논문으로 이상의 작품을 독자들에게 알리는 시금석이 된 글로 평가한다. 김문집은 친일비평가로 일 본작가들의 작품을 표준삼아 한국작가의 작품을 보다 낮게 평가 하는 소위 '채점 비평'을 채용하여 작품을 평가했다. 그는 이상의 「날개」를 59점으로 평가하여 동경문단에 발표했다. 이러한 내용 을 알게 된 이상은 문우 김유정을 소재로 하여 창작한 「소설 김 유정」에서 김문집을 '족보도 없는 비평가'라고 비하해 꼬집었다. 이것은 최재서가 서구의 리얼리즘론으로 이상의 작품을 평했던 반면에 김문집은 그러한 이론과는 거리가 먼 오직 일본의 문학 경향을 좇아 한국문학을 평가했기 때문으로 보고 있다.[93]

서승희는 식민지 조선에서 태어나 일본에서 성장한 김문집은 일본어로는 소설을, 조선어로는 비평을 썼다고 본다. 따라서 제 국과 식민지, 도쿄문단과 경성문단, 일본어와 조선어, 소설과 비 평 등 두 가지 범주를 모두 고려할 때 김문집의 글쓰기가 지닌 의미를 온전히 파악할 수 있다는 입장이다. 그래서 김문집의 일 본어 소설 분석을 통해 그의 문학적 욕망을 확인한 후, 이것이 조선어 비평과 어떠한 내적 연관성을 지니는지 밝힘으로써 김문 집의 문학 세계를 재검토하고자 했다.

---

93) Shim Sang-wook , Park Kyoon-cheol, 앞의 논문, p.197.

도쿄문단에 진출한 식민지 조선인들은 조선적인 것을 전략적으로 활용하였다. 계급적 의식에서 출발한 장혁주 문학이 조선 농촌을 소재로 삼았던 것과 달리, 일본 신감각파 및 모더니즘의 영향력 아래 순예술파를 자처한 김문집은 식민도시 경성을 작품의 무대로 선택했다. 그 예가 되는 「京城異聞」과 「貴族」은 멸망한 조선의 귀족들을 주인공으로 한 데카당스적 환멸의 서사를 그려내고 있다. 그런데 데카당스의 전위성 내지 급진성을 소거한 채 데카당스적 분위기만 차용하고 있는 것이 이 소설들의 특징이다. 그는 여기서 조선적인 것을 오로지 미적인 것으로 향유하였다. 특히 작품의 무대가 된 모던 경성은 이국적이고도 낯선 장소로 묘사되는 과정에서 고유성과 역사성을 상실하고 있다. 그의 목적은 식민지라는 특수 소재에 에로, 그로, 난센스적인 취향을 추가하고 데카당스 미학을 덧칠함으로써 도쿄문단의 관심을 끄는 데 있었다.

　그러므로 김문집의 데카당스 서사는 식민지 근대에 대한 비판적 사유에 이르지 못했다. 미적 스타일에 대한 그의 관심은 조선문단에 비평가로서 진입한 이후에도 계속되었고, '조선어' 예술의 가능성에 대한 탐색으로 이어진다. 그러나 이때의 조선어란 현실연관성이 삭제된 박물화된 조선어, 토착어로서의 조선어에 한정되었으며, 결국 미의 세계에서는 식민지와 제국이 화해롭게 공존할 수 있다는 논리에 서게 된다. 김문집은 시종일관 예술지상주의자를 자처하였으나, 그의 예술은 예술 그 자체를 위한 것이 아니라 제국 일본을 위한 것으로 귀결되었다[94]고 평가한다.

　이문영은 탐미주의 비평의 장을 열었다고 하는 김문집의 비평의 공과 과는 고스란히 그가 쓴 『비평문학』에 녹아들어 있다고 전제하고는, 지금까지 김문집에 대한 연구가 영향론적 방법이나 최재서와의 대립관계, 1930년대 문학 비평 속에서의 김문집의 위치를 평가하는 연구가 주를 이루었다고 본다. 그래서 그는 김문집의 비평이론과 사상이 담겨 있는 『비평문학』 분석과 해석을 토대로 하여 그의 한계를 중점적으로 다루고 있다. 그가 내린 김문집 비평의 한계는 주장이 논리적으로 모순되어 있을 뿐만 아니라 자기 자신의 실제비평의 모습과 이론이 거리가 멀었던 점, 비평에 대해 일정한 기준이 없었다는 점, 지나치게 일본문단에 의존하여 근거 없이 조선문단을 폄하한 점 등으로 정리된다. 김문집 비평의 한계의 원인으로는 장기간 일본생활로 인한 일본 사대주의를 넘은 친일성향과 그로 인한 조선문화와 조선어 능력 부족, 깊이 없는 학문에 의한 유행에 기댄 논리, 불우한 생활에서 기인한 성격적 결함을 들 수 있다[95]고 보았다.

김은정은 김문집의 문학세계를 파악하기 위해 그의 소설과 비평과의 깊은 연관성을 파악하고 있다. 이를 위해 김문집의 대표적인 소설과 비평을 연대순으로 범주화하고, 외국작가들의 영향과 문학적 입장을 검토하고 있다. 즉 김문집의 『문학비평』과 소설 『아리랑 고개』를 분석하고 있다. 그 결과 김문집은 일본제국주의의 경계를 가로지르는 많은 작품을 통해 일본과 조선에 대한 갈망을 보여주고 있다고 평가한다. 결국 김문집의 의식은 전

---

94) 서승희, 앞의 논문, p.505.
95) 이문영, 앞의 논문, p.255.

통과 창조를 추구하는 소설과 비평 사이의 관계를 보여주고 있다[96]고 평가한다.

김선은 1930년대 중후반 활발한 문학적 활동을 보였던 김문집의 문학사적 의미는 특히 동시기의 김환태와 함께 예술주의, 탐미주의 비평의 흐름으로서 묶이는 측면이 있었다고 판단하고, 동시대의 임화 역시 지상주의의 새로운 논객의 일원으로 김문집을 지목하여 그 비평의 무형식주의와 관념론적 성격을 비판하였다. 그러나 김문집은 최재서와 함께 한국최초의 비평집 『비평문학』(청색지사, 1938)을 간행하였고, 동아일보에 고정필자로 1930년대 후반 문단에서 활발히 활동하는 등 우리 문학사에서 그 의미가 적지 않기 때문에 재고가 필요한 문학가로 평가한다.

김선은 이 논문에서 중심적으로 검토하고 있는 김문집의 '산론' 개념은 그간 문학사에서 평가되어온 김문집의 예술주의, 인상주의, 비평관의 요체를 담고 있는 개념으로 본다. '산론' 개념의 형성에는 예술을 교양과 문화, 산업적 가치로 인식하던 그의 저널리즘과 문화산업과 관련된 동시대적 인식과의 관련성이 전제되어 있다.

1930년대 중후반 우리 문학장에 전개되었던 대중문화와 문화산업은 임화 등의 논자에게 대중문화에 대한 인식을 불러일으켰으며, 다른 측에서 최재서는 교양담론을 김남천은 풍속문학론을 전개하는 데 영향을 미쳤다[97]고 의미를 부여하고 있다.

---

96) 김은정, 앞의 논문, p.2.
97) 김선, 앞의 논문, p.247

이렇게 김문집에 대한 연구는 비평가로서의 그 특징을 살피는 입장보다는 소설가로서의 그의 면모와 비평가로서의 그의 특징이 어떻게 상호 작동하고 있었는지에 대한 연구 나아가 문화 비평적 관점으로 확대되고 있음을 확인할 수 있다. 또한 일본어 소설 창작으로 인해 일본문학 연구자들에게 관심의 대상이 되고 있기도 한 점을 부기할 수 있다.

이런 기존의 연구를 바탕으로 김문집의 비평을 해석학적으로 검토해 보고자 한다.

비평원론에 나타난 창조적 해석

1. 미적 가치의 강조

김문집은 「비평예술론」에서 그가 생각하는 비평에 대한 전반적 입장을 피력하고 있다. 김문집이 나름대로 발견했다고 하는 예술비평의 모습은 다음의 발언에서 단적으로 나타난다.

> 일반적인 의미의 창조의 대상은 실용가치에 있지마는 그 가운데도 예술적 창조의 의의는 미적 가치의 구성에 있음은 물론이다. 이에 대해서 비평은 창조된 그 가치를 판단함이 보편적 직능이지만 그 중에도 예술비평의 성격은 그 미적 가치 즉 작가자신에게 이미 판단받아 조성된 그 미적 가치를 재판단함으로써 제2의 새로운 가치체를 창조하는 데 있다. 이것이 本論에 있어서의 나의 테제이다.[98]

---

98) 김문집, 「비평예술론」, 『비평문학』, 청색지사, 1938, pp.60-61.

인용 내용에서 주목되는 것은 김문집이 비평을 작품에 대한 가치평가로 생각하는 것이 아니라, 비평의 예술성을 강조하고 있다는 점이다. 즉 비평이란 비평대상인 작품이 지닌 가치를 토대로 새로운 가치체를 창조하는 것으로 생각한다. 그래서 비평은 창작의 단순한 부산물이 아니고, 비평대상 작품과는 별개의 가치체로서 비평대상 작품을 원료로 하는 또 다른 하나의 정제품으로 이해하고 있다.

즉 비평은 비평대상에 대한 단순한 해석이나 판단에서 그치는 것이 아니라 그 대상과 융합해서 새로운 가치체를 다시 창조하는 것임을 말한다. 그래서 비평은 더 나은 가치를 지닌 예술작품이 되어야 한다고 봄으로써 창조적 해석을 통한 창조적 비평을 기도하고 있다.

그러면 김문집이 생각하는 가치체란 무엇인가? 김문집은 비평대상 작품이 지닌 가치를 뛰어넘어 예술비평이 구현해야 하는 새로운 가치라고 주장하고 있기에, 그가 말하는 가치의 내용을 밝혀 볼 필요가 있다.

김문집이 비평예술론을 펼치면서 원용하고 있는 가치론은 일반적인 가치론이 아니고 예술가치론이다. 그리고 다른 의미의 가치보다는 미적 가치에 국한하고 있다. 그래서 그 가치란 아름다움의 깊이 정도로 정의[99]되고 있는 소박한 가치론이다. 그런데 비평이란 비평하는 작품의 아름다움의 가치가 여하히 높고 깊을지라도 그를 비평함으로써 보다 더 높고 깊은 가치를 창조

---

99) 김문집, 같은 책, p.63.

하는데 있다[100]고 봄으로써 가치창조의 당위성만 강조하고 있다. 이러한 가치를 창조하는 비평가를 판사에 비교함으로써 비평가의 미적 창조를 새롭게 부각시키고 있다.

> 판사의 이상은 법률의 완성에 있지만 비평가의 그것은 미의 완성에 있음은 제언의 필요도 없다. 그러나 같은 완성에의 이상이면서도 그 수행단에 있어서 전자는 與材(피고)의 법적 비이상성을 그 이상에서 제거하는 소극적 심판을 사무하는 것이, 후자는 그의(작품의)미적 비이상성을 재심판함으로써 그를 이상화 시키는 적극적 행위를 창조한다는 근본적 상위가 있다. 사무와 창조 그렇기 때문에 심판동업자이면서도 법관은 소인이요, 비평가는 예술가라는 것이다.[101]

판사나 비평가의 대상에 대한 판단행위는 동일하나, 판사의 판단은 소극적이고 사무적인 것이라면 비평가의 판단행위는 적극적이요 창조적이라고 대비시킴으로써 비평가의 미적 가치창조를 역설하고 있다. 판결문 모양으로 작품을 소위 분석하고 종합해서 논리화하는 것은 예술로서의 비평이 될 수 없다고 본다. 김문집이 생각하는 진정한 비평은 이 모든 것을 재료로 삼아 미적 완성의 이상을 실현하는데 있기 때문이다.

이렇게 미적 가치를 창조함으로써 창조적 비평을 실현하고자 한 김문집은 가치의 창조라는 점에서 다시 비평가를 완전한 신에 비유하고 있다.

---

100) Loc, cit.
101) 김문집, 같은 책, pp.68-68.

대저 신의 가치를 구현시키려는 당돌이 예술가의 병이요, 그것이 그것 아닌 다른 어떤 것으로서 구상된 만큼 예술의 가치는 신의 가치는 아니라는 사실에 숙명적인 그의 미완성성이 있다. 진실로 이 미완성성 가치성에 비평가의 질환이 발생하는 것이다. 신의 그것과 같은 완전한 가치였든 어찌 비평의 충동이 일어날 것이며 그 실천에 당위성이 下附될 것인가.[102]

신이 지닌 완전성을 지향해 가려는 숙명적 의식을 가진 자가 비평가라고 봄으로써 비평의 가치 지향적 성격을 드러내고 있다. 그리고 그 실천의 당위성을 강조한다. 신이 지닌 완전한 가치창조에의 끝없는 실천이 있을 때, 비평가는 비평대상으로 삼은 작품보다 더 나은 가치를 창조해 갈 수 있다는 것이다. 이렇게 가치창조라는 점에서 비평가의 입장을 신과 대비시킴으로써 완전을 추구하는 가치 창조자로서의 비평가의 위치를 재정립하고 있다.

2. 미적가치 창조를 위한 백치론

김문집은 비평을 미적 가치의 창조로 보고 있으나, 이 단계에서 바로 미적 가치가 실현된 비평예술이 성취되는 것은 아니다. 그래서 김문집은 이 작업을 성취하기 위해 다음과 같은 구체적 자세를 다시 비평가에게 요구하고 있다.

---

102) 김문집, 같은 책, pp.64-65.

첫째 그가 미적가치 재창조에의 본능체일 것인 동시에 그 구상화에의 시공자일 것, 둘째 落成된 그 공사가 설계의 과오작업시 粗暴 재료의 杜撰 등 일체의 건축학적 죄악을 범함이 없어야 할 것 등등의 조건이 엄제하나 그보다도 더 기초적이요 전제적인 조건 하나가 따로 있다. 다름이 아니고 그가 예술의 순수한 감상력의 소유자일 것 즉 무단히 맑고 날카로운 감수성의 소유자일 것, 이것이다. 최선의 의미의 백치-방맹이와 장고와 신열과 泄瀉와 안경과 때(垢)와 그리고 法과 罪를 갖지 않는 백치가 아니면 비평예술가라는 재주꾼이 될 수 없다는 것이다.[103]

미적 가치의 창조로서의 비평예술을 실현하기 위해서는 미적 가치 창조의 본능체임과 동시에 그 구상화에의 시공자가 되어야 한다고 주장한다. 시공자가 된다는 의미는 미적 가치 창조의 구체적 작업을 실천하는 자가 되어야 한다는 것이다. 그래서 김문집은 그러한 가치창조의 작업을 건축에 비유하고 있다. 그런데 여기서 건축을 하는 시공자로서 비평가가 지녀야 될 자세를 주문하면서 더 근본적인 조건 하나를 제시하고 있다는 점에 유의할 필요가 있다. 그것은 다름 아닌 순수한 감상력의 소유자 즉 맑고 날카로운 감수성의 소유자 나아가서 백치가 되어야 한다는 것이다.

결국 미적 가치를 창조하기 위해서는 백치가 되어야 한다는 김문집 특유의 백치론을 펼치고 있다. 김문집의 백치론은 그의 「채점비평」이란 글에 제법 상세히 논의되고 있는데, 그는 예술

---

103) 김문집, 같은 책, p.81.

에는 제한과 상대가 없는 완전자유와 순수절대만 있기에 여기에
예술의 백치성이 있다고 주장한다. 그의 백치론을 좀 더 이해하
기 위해 그의 백치론에 대한 비유를 살펴볼 필요가 있다.

> 연애를 하거든 절절히 하고 밥을 먹거든 곁에서 한 놈이 죽어도 모
> 르게 먹어라. 이 절절함과 그렇게 또 맛있게 먹는 그 꼴이 다름 아닌
> 지상주의요 人生의 백치성이다. 백치의 미! 그것이 신의 미다.……
> 가장 높은 문예비평가는 가장 백치에 가까운, 따라서 가장 신에 가
> 까운 사람이다.[104]

　김문집의 백치론의 요체는 그 무엇에도 제한받지 않는 자유 자
재성과 그것 자체에 몰두하는 순수절대에서 찾을 수 있다. 이것
은 사실 신에게나 가능한 것이지 인간에게서 기대하기는 힘들다.
그래서 김문집은 백치의 미가 신의 미라는 논리를 전개한다. 뿐
만 아니라 가장 높은 위치에 있는 비평가는 가장 백치에 가까운,
따라서 가장 신에 가까운 사람으로 규정짓는다. 이러한 김문집의
백치론을 살피면 그가 앞서 비평가를 신이 지닌 완전성을 추구하
는 가치지향의식을 가진 자로 보았던 사실과 맞닿아 있음을 알게
된다. 즉 백치가 되어야만 이 신이 지닌 완전한 가치를 창조해 갈
수 있다는 김문집 특유의 논리를 발견하게 되는 것이다.

　그러면 이러한 일련의 김문집의 비평론은 비평에 있어서 해석
적 관점과 관련시켜 볼 때 어떠한 의미를 갖는가, 우선 김문집이
비평가의 위치를 가치의 완전을 지향한다는 점과 백치론을 통해

---

104) 김문집, 같은 책, p.34.

신과 접맥시켜 논하고 있다는 점에서, 그의 해석적 입장은 창조적 해석이라 이름 지을 수 있다. 신이 지니는 이미지는 다양하게 논의될 수 있지만, 김문집은 더 나은 가치의 창조라는 점에서 비평가를 신의 속성과 동일한 차원에서 다루고 있기 때문이다. 즉 김문집이 비평가를 가치의 재창조자로 인식함으로써 비평의 창조성을 주장하고 있는데, 이 창조성은 창조적 해석을 통해서 성취되기 때문이다. 창조적 해석은 비평의 대상이 되는 작품과의 관계성에 있어 작품 자체에 부수되지 않는 특징을 지니고 있다. 그래서 이러한 해석적 입장을 고수하고 있는 김문집은 '대저 비평은 그것이 독립한 일개 장르의 문학예술이니만치 비평대상인 작품과는 하등의 연대성도 갖지 않는 것이다'[105]라는 결론에 이른다.

창조적 해석은 비평 자체를 독자적인 창작물로 생각함으로써 별개의 세계를 창조하는데 더 관심이 가 있다. 그래서 비평대상이 되는 작품을 읽지 않더라도 그것 자체만으로도 완전히 예술작품이 되도록 하는 데 주력한다. 다시 말하면 비평대상 작품 없이도 비평이 가능하다고 봄으로써 창조적 해석을 통한 창조적 비평을 기도하고 있는 것이다.

그래서 창조적 해석은 일반작품의 창작과 마찬가지로 비평에 있어서 표현과 전달 즉 구성력에 더욱 힘을 쏟는 것으로 나타난다. 이러한 결과로 김문집은 비평에 있어서 기술의 문제를 중시하고 "長短의 구별없이 비평 全文이 소유주인 양 일개 작품으로

---

105) 김문집, 같은 책, p.82.

서의 저 자신의 구성을 가질 것은 물론, 그 스타일이 개성적 체취와 유니크한 매력, 비평각도의 依時場的 樂幻의 묘미, 그리고 그 비평형식의 비형식적인 고답성 등 이들 요소의 건축학적 교향악적 유기관계에서 온양되는 바 미적 재건의 眩氣로운 생명감"[106])을 강조하고 있는 것이다.

또 하나 김문집의 비평예술론이 창조적 해석에 기초하고 있다는 근거는 비평을 남편과 아내 사이에서 새롭게 탄생하는 생명체로 봄에서도 나타난다. 김문집은 비평의 창조성을 강조하기 위해 자주 비평을 남편인 비평가가 아내인 작품 사이에서 태어나는 옥동자[107])로 표현하고 있다.

이러한 비유 속에 드러나는 속뜻은 비평은 작품에 부수되거나 비평가의 일방적 주도에 의해서 성취되는 것이 아니라 해석자인 비평가와 해석대상인 작품과의 융합을 통해 나타나는 제2의 또 다른 가치체로 본다는 점에 있다. 제2의 새로운 가치체라는 것은 새로운 생명체로서 창조된 또 다른 미적 대상이다. 그것은 김문집에 의하면 비평의 대상이 된 작품보다 더 나은 가치를 지닌 가치체이기 때문에 단순히 재구성적 해석 차원을 벗어난 창조물로 인식되고 있는 것이다. 이러한 창조물을 비평을 통해 완성하기 위해서는 무엇보다도 비평에 있어서 창조적 해석이 전제되지 않으면 안된다. 그러므로 김문집의 평문들을 살펴보면 작품평인

---

106) 김문집, 같은 책, p.81.
107) 「채점 비평」에서 비평을 옥동자로 「행동주의 문학 분석」, 「문단원리론」 등에서는 문학을 남편과 아내 사이에서 태어나는 생명체로 보고 있다.

실제비평에 있어서도 비평대상이 되는 작품들을 인용하거나 그 인용된 작품들을 객관적으로 해석하면서 비평문을 써 나간 예는 거의 없다. 이는 비평에 있어서 창조적 해석의 한 특징으로 비평의 대상이 되는 작품들을 이미 비평가 자신이 자기화하고 그것을 넘어서 새로운 가치체 혹은 미적 대상을 만들어 가야 하기에 비평대상 작품들에 대한 인용은 그의 평문에서 찾아볼 수 없는 것이다.

3. 비평예술의 방법론

그러면 이제 김문집은 창조적 해석을 통해 그의 예술비평을 전개해 나가기 위해 어떠한 방법들을 사용하고 있는지를 살펴보기로 한다. 김문집이 비평을 예술로서의 창작성을 확보하고 어느 창작과 똑같은 위치에 두기 위해서 구체적 실천방안을 제시하고 있는 글이 「비평방법론」이다. 그 중심내용을 살피면 다음과 같이 비평이 경계해야 할 항목들로 나타난다.

가) 비유의 비예술성, 모든 글이 다 그러하지만 특히 비평에서만큼 비유의 적절을 요하는 글은 없다. 비유 하나 잘하고 못하는 데 따라 對者의 이론적 감수성이 녹아 떨어지기도 하고 그와 反對로 뿔뿔이 흩어지기도 한다. 천재적 비평가의 능력의 큰 하나는 이 비유의 융합에 있다.

나) Irrelevant Conclusion의 비예술성, 이것은 論鋒이 的中치 않는 경우 즉 자기 논리의 무기능에도 불구하고 대상을 俎上

에 올리려고 애를 쓰나 결국 지엽적인 흠잡이에 그치는 것으로서 잃은 것은 자기 파손이요 그 뿐인 경우의 비예술성을 가르침이다.

다) 그 비평의 예술적 내지 이론적 진실성 여하에 불구하고 그 비평인의 다른 어떤 후천적 약점을 잡아서 얼토당토 않는 논리를 해조하는 재비판의 경우

라) Argumentum ad Ignorantiam의 비예술성, 이것은 비평대상의 주인공이 이론적으로나 교양상 비평인 자신보다 역량의 떨어짐을 알고 즉 다시 말하면 저놈들은 무식하니 내가 무슨 말을 해도 그 말이 진실성이 있건 없건 저 자신도 모르는 말이건 아니건 그냥 글자를 늘여서 어떤 결론 하나를 지어 놓는다는 其實 저 자신의 무지를 폭로하는 희비극으로서 이 현상은 수년전까지 조선문단서는 可謂 압도적이었다.

마) 논점망각 또는 변경의 비예술성,「제논」와「아키레스와 거북」의 論같은 것은 이 例의 가장 유명한 者이거니와 小人的 才士가 흔히 보이는 자기만의 소피스티케션(견강부회)이다. 한동안 동경문단서 유명한 惡癖이다.

바) The fallacy of appealing to the emotion의 비예술성, 이것은 對者 또는 일반독자의 시의적 감정 혹은 당파적 편견에 영합하는 비겁한 문장으로서 일부「히니꾸 레루」한 푸로파 평가 또는 작가의 특징임은 주지와 같다.

사) 도용의 비예술성, 이것은 가령 아무런 필요도 근거도 없이 저 자신의 논법의 虛疎와 문장적 의미를 캄푸라쥬 하기 위해서 공연히 막스의 한 구절이 나오는가 하면 지드 가로대가 不意

에 튀어나오는 등[108]이다. 김문집은 이밖에도 歸結的 虛僞의 비예술성, 오류 원인의 교착이라는 비예술성, 多疑的 추리법의 그 것, 순환논증의 그것 등등 무한하다고 지적하고 있으나, 비평의 예술성 확보를 위해 그가 지적하는 사항은 (가)-(사)의 내용으로 요약할 수 있다. 그런데 (가)는 비유적 표현의 정확성을, (나)는 작품해석에 있어서 부분과 전체의 문제로 부분해석을 통해 전체를 판단하려는 데서 오는 무리한 논지 전개를, (다)는 작품비평과는 관계없이 자행되는 인신공격을, (라)는 소화되지 않는 이론을 작품에 마구잡이로 적용해서 독자를 무시하는 풍조를, (마)는 비평의 시류성과 당파성을 문제시 하고 있으며, (사)는 근거없이 남의 이론을 인용하는 자들의 허구성을 각각 경계하고 있다.

　그러나 김문집의 이러한 비평에 있어서의 비예술성의 지적은 주로 당시 비평문단의 현실적 문제를 자신의 비평적 입장에서 논한 소극적인 비평예술방법론이고, 김문집이 비평예술론의 입장에서 적극적으로 내세우는 바는 (가)의 표현에서의 비유 문제이다. 김문집의 주장에 의하면 비유는 비평이 예술로서 자리잡기 위해서는 절대적인 요소이기 때문이다. 그래서 김문집은 「평단파괴의 긴급성」이란 글에서 한국평단의 평문들이 너무 난잡하고 어려운 논문으로 꽉 차 있음을 개탄하면서 <비평의 알레고리성>을 통한 재미를 회복해야 한다고 불평하고 있다.

　이러한 자신의 논지를 뒷받침하기 위해 일본의 中野重治의 평

---

108) 김문집, 같은책, pp.201-206.

론 한 구절을 인용하고 그것이 지닌 알레고리가 쉽고도 문학적이며 또한 평론적이라고 상찬[109]하고 있다. 그러면 왜 김문집이 이렇게 비평에 있어서 비유를 중시하고 있으며, 그의 평문들이 작품의 충실한 분석이나 해석에 기초하지 않고 비유를 통해 표현되고 있는가? 그 이유를 해명하기 위해 그의 평문에 나타난 비유의 모습을 살펴 볼 필요가 있다.

비유적 표현과 창조적 해석

김문집의 평문에 나타나는 비유적 표현의 일단을 고찰하기 위해 그의 『비평문학』 평론집에 실린 7부의 평론에서 각각 2편씩을 임의로 선택하여 그의 비유적 표현을 개관해 본다.

① 인간은 육과 골의 조합으로 구성된 혼의 기구인 것처럼 문학은 형식과 제재와의 화합으로 조성된 에스프리의 기구란 것이 사실이라면…(「언어와 문학개성」 p. 3)
② 추상명사인 문단이 要컨대 이 남편이요, 작가가 시악씨요, 국수가 문학임을 다시 말할 것도 없으니 문단이 만약 맛있는 문학을 요구하면은 그만한 조건을 작가에게 부여치 아니치 못할 것이 분명하지 않나.(「문단 원리론」 p. 23)
③ 문단이란 병든 장미원이다… 장미의 꽃동산은 드디어 송장의 공동묘지로 化했다.(「장미의 병리학」 p. 120)

---

109) 김문집, 같은책, p.429.

④ 그시 그시의 문단적 정세에 있어서는 마치 사변에 當事한 외교관이 소속정부 외무성의 수뇌부보다 더 緊重한 지위와 역할을 연출하게 되는 것처럼 時評이 평론에 앞이어야 할 때가 많다.(「판결례문학론」 p. 127)

⑤ 문학의 표현매재는 물론 말이다. 也一故로 문학예술의 원형적 원리를 고구할려면 그 방법론의 토대를 언어미학에서 찾지 아니치 못할 것이다. 그 견지에서 이 단문을 초한다면 문학의 표현작용의 현상을 시간적으로 관찰할 때 그 기본사유를 지속하는 것을 볼 것이다. 이 지속하는 것은 하나의 전체로 생각할 때에 그것은 동시에 공간적인 지속체로 보지 않을 수 없다. 그는 어떤 공간적인 Extension을 가진 지속체를 뜻하는 것으로 음성의식으로서의 말의 Quantitaet이다. 이 퀀티테드를 시간적으로 보면 그의 강도성의 방향으로 개최되는 것과 그의 높이의 성격을 연출하는 것과 그의 색성 여하를 전개하는 것과의 3방도로 분석할 수가 있을 것이다…. 어떻든 이상과 같은 언어미학의 3차적 공간성에서 과연 우리는 문학예술의 상대성 원리와의 관련성을 재인식치 못할까.(「3차원 문학원론」 p. 187)

⑥ 하늘을 봐야 별을 따지! 이것은 아마 경상도 이언인가 본대 남자를 모르고 어찌 자식을 낳겠느냐 하는 뜻이다. 정말 세계 어느 나라 문단보다도 다정다감해서 풍조적으로 연애하기로만 일삼는 동경문단이란 여자가 행동주의 문학이라는 자식을 낳기에는 너무나 남자를 몰랐던 것이다. 연애만으로는 아이를 못 낳는다. 어머니가 되고 어린애 젖먹이는 쾌감을 상상하고 의욕할 수는 있어도 생리적 경험이 없다면 그는 영원의 공상 영원의 동경

에 지나지 못한다. 동경문단이란 아가씨가 행동주의 문학을 낳아서 길러 보려고 애쓰고 힘썼다는 것은 사실 그대로이다. 그러나 과연 그것이 산아할 모성적 발육을 다하였으며 혹은 수태라도 하였던가 하는 것이 나의 제일의 의문이요 뿌린 씨가 채전에서 발아 하기는 했나 하는 것이 다음 의문이요 마지막 의문은 설사 수태한 것만은 사실이라 하더래도 그러면 유산도 사산도 아니 완전 분만으로 옥동자 하나를 낳았느냐 하는 것이다. (「행동주의 문학 해석」 p. 237)

⑦ 문학작품이 인생극장에 있어서의 검사의 조서문학이라고 비켜 말할 수 있는데 對해서 문예평론을 판사의 판결 문학이라고 볼 수 있는데(「영원의 불행」 p. 292)

⑧ 나는 문학이 없는 하루를 내 人生에서 상상치 못할 만큼 문학을 사랑하면서도 마치 유복한 남자가 어떤 반동으로 最愛의 본처를 소박하듯이 이따금 문학을 염증을 내곤 다른 領野의 예술에로 외입을 가는 수가 있다.(「세잔느 무정」 p. 293)

⑨ 소위 약하다는 친구가 큰 작가가 되기는 부자 천당가기 보다 낙타가 바늘 구멍을 통하기 보다도 어려운 일이다.(「Promendae」 p. 305)

⑩ 나는 자신을 아무런 학자도 아니다 하면서 고현학자라고는 했다. 그렇다. 나는 고현학자다. 사회부의 신문기자들이 2류 고현학자이라면 소위 문학예술에 종사하는 친구들은 일류의 고현학자들이 아닌가.(「의상의 고현학」 p. 317)

⑪ 나의 얕은 공부에 따르면 철학상의 리얼리즘과 문학상의 그것과는 소와 말과의 상위가 있다. 같은 소이면서도 소에는 종류

가 허다한 것처럼 같은 철학상의 Realism이라도 가령 Plato가 그의 유명한 대화에서 암시한 바 리얼리즘은 보다 더 아이데아리즘의 성분을 갖춘 것이요, 훨씬 내려와서 포이엘 바하가 추구한 리얼리즘은 보다 더 실체의 변증법적 원리를 포착하려는 학구적 에스프리의 내재율을 의미한 것이라고 간주할 수 있으며 (「문단주류설 비판」 p. 389)

⑫ 결혼생활이 사랑의 眷회(마끼에)인 한편 증오의 상극사인 것처럼 작가와 평가와의 同棲史에도, 그러나 이 반복의 지구전이 있다.(「채점비평」 p. 342)

⑬ 한 마당에 모인 백대의 전차에는 예민이 없다. 기능을 나타내지 못하기 때문이다. 그러나 山上에 홀로 장치된 기관총에는 예상 이상의 공과를 보이는 법이다. 전신적이니만큼 결사적이기 때문이다. 하물며 조종사도 화약도 없는 백대의 고물상적 전차가 좁은 한 마당에서 질서 없이 첩첩으로 쌓여 있다는 경우에 있어서 일까.(「평단파괴의 긴급성」 p. 430)

⑭ 자살이냐 예술이냐! 우리의 본능은 그 어느 한 길을 택하게 한다. 피묻은 이 선택에도 불구하고 마침내 그 어느 한길에도 도달치 못한 자에게 한해서 조물주는 그에게 휴식을 준다. 어떤 휴식을 발광이란 휴식을! 니체는 그만큼 싸우고 나서 겨우 휴식을 얻었다. 그런데 우리 조선 문인은 어떠냐 하면 싸와 보기도 전에 이불을 덮어 쓰고 (아! 연로한 이몸이거니) 한다. 앞으로 이 친구들에게 자살이라도 할만한 열정을 상상한다는 것은 도야지에게 철학을 공산한다는 것과 마찬가지의 로맨티시즘이다.(「예술이냐 자살이냐」 p. 420)

위에 길게 인용한 평문들은 ①②는 제1부「문학평론」에서 ③④는 2부「비평예술론」, ⑤⑥은 3부「Academy」, ⑦⑧은 4부「문예춘추」, ⑨⑩은 5부「산문예술」, ⑪⑫는 6부「예술시평」, ⑬⑭는 7부「분단시평」에서 각각 편의상 임의 추출한 것이다. 이렇게 보면 김문집은 그의 평문에서 자신이 주장하듯이 비유적 표현을 그의 중요한 예술비평 방법론으로 사용하고 있음을 확인할 수 있다. 비유 내용을 편의상 도식화 해보면 다음과 같다.

①	직유	문학의 형식과 제재의 결합을 인간의 골과 육의 구성에 비유
②	은유	문단을 남편, 작가를 씨악씨, 작품을 씨악씨가 만든 국수로 비유
③	은유	한국문단의 모습을 병든 장미원으로 나아가 송장의 공동묘지로 비유
④	직유	시평을 사변에 當事한 외교관으로 비유
⑤	은유	언어미학인 문학이 지닌 3차원적 공간성을 상대성원리에 비유
⑥	은유	동경문단의 행동주의 문학의 현황을 옥동자를 낳을 수 없는 아가씨에 비유
⑦	직유	문학을 검사의 조서문학이라면 평론은 판사의 판결문학이라 비유
⑧	직유	평론가인 자신이 다른 영역에 관심을 가지는 것을 예술적 외입으로 비유
⑨	직유	약은 자가 큰 작가가 된다는 것이 낙타가 바늘 구멍을 통하기보다 힘들다는 비유
⑩	은유	문학예술가를 일류의 고현자로 비유
⑪	은유	철학적 리얼리즘과 문학상 Realism의 다름을 소와 말의 다름에 비유
⑫	직유	작가와 평자와의 관계를 남편과 아내의 결혼 생활에 비유
⑬	은유	조선 평단의 모습을 아무런 능력도 발휘할 수 없는 고물상적 전차에 비유
⑭	직유	열정없는 조선문인의 상태를 도야지가 철학을 공상할 수 없음에 비유

김문집은 그의 평문에서 위와 같이 직유와 은유와 같은 비유를 통해 자신이 드러내려고 하는 의도를 표현하고 있다. 비유자체의 적절성에 대한 논의는 또 다른 측면에서 고구가 되어야 하겠지

만, 왜 김문집이 이렇게 비유를 통해 평문을 써가려고 했는가 하는 점은 본고의 주제와 관련되어 있기에 해명을 필요로 한다.

첫째 비평을 표현으로 보고 있음에서 찾을 수 있다. 언어를 표현의 수단으로 보고 있는 김문집은 "표현으로써 표현을 표현하는 것 이것이 비평예술"[110]이라고 봄으로써 표현주의적 경향을 보이고 있다. 이러한 표현주의적 입장은 문학의 창조성과 생명성 그리고 주관성을 강하게 드러내는 것이 그 특징이며 이를 성취하기 위해서 비유법은 표현주의의 중심적 문제가 된다.[111]

그러므로 김문집이 비유적 방법을 통해 그의 평문들을 써가고 있는 것이다. 즉 자기주관성에 기초한 생명력 있는 새로운 세계를 창조하기 위한 하나의 방편으로 비유적 표현이 동원되고 있는 것이다. 그러나 그의 비유를 통한 표현주의 경향은 진정한 의미의 표현주의라고 보기는 힘들다. 표현주의의 근본정신은 생명과 힘을 예찬하기 위해 자아의 표현과 창조 · 열정적 환희와 가차 없는 전통의 부인 등이 요구[112] 되나 김문집은 단순한 자아의 표현과 창조라는 선에 머물고 있기 때문이다.

---

110) 김문집은 藝를 호흡을 호흡시키는 호흡으로 정의하면서 꼭 같은 논리로 비평을 이렇게 단정하기도 한다. 김문집, 같은책 p.174.
111) 표현주의라고 알려진 운동이나 그런 경향이나 성향은 갖가지 특징이 엇섞인 지적인 풍토를 배경으로 유럽에서 태동되었다. 이들 중, 니체의 활력주의 (vitalism), 마리네티의 미래주의(futurism), 휘트만의 범신주의(pantheism) 등과 도스토에프스키의 몰이성적인 암흑에 대한 심리적인 탐색이 중요한 역할을 하였다. 또 하나의 추진력은 베르그송에서 왔다. 「의식의 일차적 소여에 관한 연구」에서 베르그송은 표면으로 부상하는 잠재적 자아와 바깥의 껍질이 파멸하면서 터져 나오는 억제할 수 없는 힘을 기술하고 있는데, 이것은 주관적인 힘과 극단적인 변화를 더욱 강조한 것이다. 자아의 표현과, 창조성과, 열정적 환희와, 가차없는 전통의 부인이 표현주의를 잉태한 토대가 된 것이다.
    R.S. 퍼니스, 金吉中역, 「표현주의」, 1985, pp.19-24 참조.
112) R.S. 퍼니스, 같은 책, p.19.

둘째 비평은 감동과 재미가 있어야 한다고 봄이다. 조선의 평단의 문제를 지적하고 있는「평단파괴의 긴급성」이란 글에서 김문집은 조선평단에서 가장 문제가 되는 것을 재미없고 어려운 문장의 평문으로 지적하고 있다. 김문집이 내세우고자 하는 평문은 재미가 있어야 한다는 점이다. 김문집은 평문은 '얘기의 얘기'이기에 재미가 있어야 하고 그 재미가 글을 이끌어 가는 힘[113]이라고 생각하고 있다. 그래서 이러한 감동과 재미를 가지고 있는 구체적 예문으로 中野重治의 평론 한 구절을 인용해 가면서 평문은 쉽고 재미있게 씌어져야 한다는 점을 강변하고 있다. 이러한 자신의 논리를 바탕으로 조선 평단에 재미없고 감동 없는 평문들을 먹지 못할 잡작, 전차, 구두, 屍肉, 말똥 등으로 비유하면서 이러한 평문들을 청산하자고 역설한다.

그러면 비유적 표현이 이러한 재미와 감동을 어떻게 줄 수 있기에 김문집은 비유적 표현을 주장하는가, 그것은 비유가 지닌 기능 때문이다.

비유가 지닌 기능에 대한 연구는 아리스토텔레스 이래로 계속되어져 왔는데, 그 내용은 유추를 통한 인식적 기능과 장식적 측면의 문체와 관련된 기능으로 양분된다.[114] 그러나 비유의 핵심은 여전히 전이를 통해 새롭거나 특수하거나 보다 정확한 의미를 달성하고자 함에 있다. Ogden and Richard에 와서는 본 관념과 보조관념 사이에 작용하는 구심력과 원심력의 융합으로 나

---

113) 김문집, 같은책, p.19.
114) MARCUS B, HESTER. The meaning of poetic metaphor, MOUTON & CO, 1967, p.14.

타나고 Martin Foss에 오면 비유는 세계와 자아 사이의 융합을 통한 살아 있는 실체를 만드는 작업으로 그 기능이 새롭게 밝혀져 비유는 어떤 사실을 드러내는 가장 동적인 방법으로 인식[115] 되고 있다. 이는 비유적 표현이 비유가 아닌 문장보다 동적이며 생동감을 가진다는 것을 말한다. 그래서 김문집은 동적이며 생동감을 갖는 비유적 표현을 통해 재미와 감동을 획득하려고 한 것이다.

그러나 그의 비유적 표현들이 모두 재미와 감동을 주느냐 하는 점에는 이의가 많다. 김문집이 비유적 표현을 통해 비평의 예술성과 함께 재미를 획득하고자 했던 의도는 좋았지만, 그의 실제 비평문에서 확인되는 것은 단순한 비유적 표현이라는 선에서 크게 벗어나지 못하고 있기 때문이다. 그가 모델로 제시한 中野重治의 평문에 비교될만한 평문을 남기지 못하고 있다는 것은 이를 단적으로 보여주는 것이다.

김문집의 평문에서 볼 수 있는 비유들은 참신성과 함께 깊이를 더하기 보다는 시류적이며 속되다는 쪽으로 받아들여지고[116] 있기 때문이다.

---

115) 위의 책, pp. 16-17.
116) 이 점에 대해 김윤식 교수는 다음과 같은 입장을 피력하고 있다. "손뼉을 칠 만큼 적절한 비유"를 비평예술의 첫째 조건으로 내세운 바 있는 그는 물론 "손뼉을 칠 만큼" 뛰어난 것도 있으나, 대부분은 과도한 혹은 작위적인 육욕적 감상에 전락하고 있는 것이다. 가령, 「여류작가 총평서설」에서 "그대들은 설레이지만 껍데기 한 벌만 벗기면 꼴 불견… 그대들 전부를 xx하겠다는 不天之痴漢의 선언"이라든가 모윤숙을 "벌판에 해방된 분방의 未通馬"라든가 또 최정희를 '익조 에미'따위로 표현한 것은 야비한 것이라 할 수 있다.
　　김윤식,『한국근대문예비평사 연구』,1985, pp.313-314.

그런데 본 관념을 중심으로 해서 보조관념과의 관계를 설정하는 비유적 표현은 작가에게 있어 상상력을 필요로 한다. 상상을 통하지 않고는 본 관념과 유사한 혹은 부조화스러운 대상과를 관계 지어 비유적 표현을 한다는 것은 불가능하기 때문이다. 여기에 상상력이 비유와 맺고 있는 중요한 관계를 발견[117]하게 된다. 즉 비유를 통해서 상상력의 주변을 조장하고 확대해 가게 되는 것이다. 그래서 이러한 비유적 표현은 상상력을 통해 새로운 현실을 만들어 간다는 점에서 또한 창조성을 지니고 있다. 이렇게 창조적 해석을 위해 김문집은 비유적 표현을 사용하고 있을 뿐 아니라, 비유를 통해 새로운 세계를 창조해 가는데 주력하고 있다. 그래서 김문집은 작가나 비평가를 똑 같은 창작자의 위치에 두고 있으며, 극단적으로 비평대상 없이도 비평이 가능하다고 생각하고 있는 것이다.

창조적 해석의 도구로서의 언어

김문집이 고토(故土)에 돌아와서 비평 활동을 시작하면서 가장 먼저 부딪힌 문제는 말이다. 불행하게도 자신은 조국과 언어

---

117) 마치 운동이 사지를 튼튼하게 하는 것과 같은 방법으로 그 기능을 강화하는 과정이 은유의 과정이다, 은유의 상투적인 연결의 작용 그리고 터득시킨 동일성을 만드는 작용이 상상력을 자극하고 유발한다, 그러므로 은유는 사실들에 대한 공상적인 장식이 아니라 사실을 체험하는 한 방법이다, 그것은 사고와 생활의 한 방법이고 사실의 상상적인 투영인 것이다. 테레네 하케스, 심명호 역, 「Metaphor」, 1978, p.53.

와 문물을 달리하는 곳에서 생활해 왔기 때문이다. 그래서 자신
이 제 고장에 대한 지식과 말에 무지하고 그 무지를 느낄수록 우
리말과 글에 대한 욕심은 더욱 점층될 수밖에 없었다. 이런 이유
로 그는 이 땅에 와서 첫 평론인「전통과 기교문제」에서 말에 대
한 관심을 표명하고 있으며「언어와 문학개성」,「민속적 전통에
의 방향」,「어휘와 언어미와 知文學의 고금」등에서 계속 언어
에 대한 집착을 보여주고 있다. 김문집의 말에 대한 입장은 다음
과 같은 그의 발언에서 우선 엿볼 수 있다.

> 말보다 깊은 예술은 없고 말보다 넓은 文化는 없다. 광의의 조선
> 문학자들은 문화와 문학을 운위하기 전에 먼저 이 깊고 넓은 말-조
> 선말을 연구할 의무가 있다.[118]

말보다 깊은 예술이 없고 말보다 넓은 文化가 없다는 것은, 말
이 없으면 예술이나 문화는 있을 수 없고 말에 의해서 예술이나
문화는 가능하다는 것을 말한 것이다. 그래서 문화나 문학을 말
하기 전에 말을 연구할 필요가 있다고 주장한 것이다. 이렇게 김
문집이 말에 관심하고 조선말을 연구할 의무가 있다고 그의 조
선에서의 첫 평론에서 밝힌 이유는, 조선에서 가장 부족한 것이
말을 통해 건설해야 할 문화적 전통으로 보았기[119] 때문이다. 특
히 김문집은 다른 문화영역에 비해서 문학예술에 있어서는 그
문화적 전통수립이 빈약[120]하다고 생각한다. 그래서 김문집은

---

118) 김문집, 같은 책, p.176.
119) 김문집, 같은 책, p.173.
120) 김문집, 같은 책, p.3.

조선말에 대한 관심과 연구를 통해서 조선에서 가장 부족한 문학예술 전통을 세워가려고 했던 것이다. 그 결과 언어는 김문집에게 있어 미학적 문예학 건설의 가장 기초적인 수단이 된 것이다. 그러나 실제에 있어 김문집이 언어를 통해 문학예술의 전통을 건설해 간다는 것은 지극히 원초적이며 실로 막연한 것[121]이었다. 문학은 형식과 제재의 화합으로 결합된 에스푸리(정신이라기보다는 미)의 器機인데, 김문집은 이 형식과 제재를 말 이상의 것이 아니[122]라고 생각함으로 언어를 통한 미학의 추구 즉 언어미학 추구로만 나아갔기 때문이다. 김문집은 말로써 미를 만들어 내는 재주가 문예작가에게 부여된 숙명으로 보고, 가장 조선적인 문학을 건설하기 위해서는 말 재주를 가장 빛나고 무섭게 나타내야 하는데, 이를 위해서는 언어를 닦고 갈도록 주문함으로써 결국은 기교적 표현차원으로 떨어지고 있다. 이는 "문학예술은 표현이요, 표현은 기교요, 기교는 호흡을 호흡시키는 호흡이요, 다시 이를 한자로 표시하면 藝요, 藝는 곧 예술인 소이의 전조건이니 이 조건을 언어 기호로서 성과함이 문학"[123]이라는 김문집 특유의 논리에서 나타난다. 그래서 결국 "작가의 최후의 조건은 눈에 보이는 기호(글자)로써 보이지 않는 그 호흡을 독자에게 호흡시키는 재주에 있다"[124]고 봄으로써 언어를

---

121) 김윤식, 앞의 책, p.304.
122) 하이데거가 존재의 집으로 본 언어 탐구는 그의 존재론적 과제였지만 김문집의 언어관은 하이데거는 물론 오오든이나 발레리의 언어 관념과도 차원이 다르다. 김문집에 있어서의 그것은 한국적인 얼, 혹은 민족적인 막연한 내용 항목이었다. 김윤식, 앞의 책 p.304.
123) 김문집, 같은 책, p.185.
124) 김문집, 같은 책, p.174.

통한 새로운 전통의 건설 혹은 비평예술의 재건은 감각적인 표현의 선으로 떨어져 버리고 만 것이다. 이는 언어를 통해 새로운 문학예술 전통을 수립해 보려는 그의 언어관이 논리가 아닌 감상에 기초하고 있었기[125) 때문이며 또한 신감각파의 예술관[126)에서 비롯되었기 때문이다. 어떻든 김문집이 조선어의 발견과 새로운 탐구를 통해 조선의 문학전통을 세워 보려고 한 기도는 그의 창조적 비평예술론의 실천과 맞부딪혀 언어표현의 차원 즉 언어미학 추구의 방향으로 치우쳐 버린 결과를 낳고 만 것이다.

창조적 비평의 파행성

창조적 해석의 근원적 수단인 언어를 갈고 닦음으로써 궁극적으로 비평대상인 작품이 없을지라도 비평이 가능하다고 보았던 김문집, 결국 문학비평의 본령을 떠나 구체적 작품비평보다 문화전반에 걸친 넓은 의미의 문화비평을 감행하게 된다. 그는 이

---

125) 자신이 고백한 바와 같이 김문집은 언어학자가 아니었으며, 토착어에 관한 그의 생각에는 다분히 그것은 한국적인 얼, 또는 민족적인 어떤 것 이상의 학문적 근거를 가질 수 없었다. 그렇기 때문에 자연히 그의 평문에 나타나는 언어관은 논리가 아닌 심정 감상 영탄이 되어버리고 말았다. 배주자, 「김문집 연구」부산대학교 대학원, 석사학위논문, 1982, p.44.
126) 김문집이 토착어 탐구를 통한 전통론을 제기하게 되었으나, 결국 언어미학 탐구로 나아가게 된 바탕을 김윤식은 세 가지로 지적하고 있다. 첫째, 당시 동양문화권에의 반성과 국수주의적 경향에 의해 나타난 일본 낭만파의 사조 영향. 둘째, 김문집이 동경문단에서 日文으로 수업했으나, 龍膽寺雄에 의해 패배한 의식이 일본문단에 대해 향수적 대결의식을 분비했고, 그것이 곧 조선어의 옹호로 나타난 점. 셋째, 그의 예술관이 독일 낭만파의 철학적 미학의 편견에다 일본의 신감각파의 표현을 결합한 점. 김윤식, 앞의 책, p.309.

러한 다른 영역으로의 관심 이동을 다음과 같이 변명하고 있다.

> 나는 文學 없이는 하루를 내 인생에서 상상치 못할 만큼 文學을 사
> 랑하면서도 이따금 文學에 역증을 내곤 다른 여러 領野의 藝術에로
> <외입>을 가는 수가 있다. 내가 가장 잘 다니는 戀人의 집은 음악과
> 미술이다.[127]

　자신은 음악과 미술영역으로만 주로 외도를 한다고 했지만, 그
의 평문들을 보면 문화 전반 혹은 예술전반이라 할 정도로 광범
위하다. 이러한 광범위한 자신의 관심을 잘 보여주는 것이 문명
비판이란 부제를 달고 있는 「衣裳의 考現學」에 나타난 자신의
입장표명이다.
　김문집은 이글에서 자신은 아무런 종류의 학자도 아니나, 그러
면서도 아무런 종류의 글이라도 쓰라면 써 보인다는데 있어 고
현학자로서의 자신의 존재의의가 있다고 자부한다. 그가 말하는
고현학이란 현대의 세상 – 광의의 인정 풍속과 문화현상을 연구
하는 학문인데, 현존 인류의 생활과 문화상태를 분석하고 그를
종합하는 학문이요 그 연구대상은 문화도시에 두는 것이[128] 원
칙이라고 정의한다. 그리고 구체적으로 그 내용을 ①현대인의
동작과 행위 ②주거와 직장 ③음식과 기호 ④의상과 화장 등 이
를 중심으로 다시 수십 수백 가지의 분과로 나눌 수 있다고 예시
한다.

---

127) 김문집, 같은 책, p.293.
128) 김문집, 같은책, p.315

이러한 김문집의 관심 영역을 살필 때, 그의 비평예술론의 모습이 어디까지 파행적으로 진행되어왔는가 하는 점을 살필 수 있다. 언어를 통해 조선문학의 전통을 수립해 보려했고, 그 언어 미학을 기초로 비평을 예술의 차원으로 끌어올리려고 문예학과 비평예술론을 주장했던 그가 비평의 대상 작품 없이도 비평이 가능하다는 창조성을 너무 강조한 결과, 그의 비평은 비평예술로서 심화되기보다는 막연히 관심의 영역만 확대해 갔던 결과를 낳은 것이다. 즉 창조적 해석을 통해 창조적 비평을 완성하려고 한 김문집은 자신이 그토록 바라던 예술다운 비평문 한 편도 창조해내지 못하고 잡문129)만 남긴 것이다.

---

129) 김문집은 동경문단의 일류 비평가들을 본받자는 구호와 함께 그 표면적 사실만 볼 줄 알았지, 내적 비밀은 알 수도 없었고 또 알려고도 하지 않았다. 그 결과 김문집에게 남은 것이 藝라는 이름의 奇인데, 이것이 문장화될 땐 감각적 표현에 한정된 것이라 할 수 있다. 결국 철학이 없는 奇나 감각성은 조만간 잡문상으로 전락될 위기를 스스로 지니고 있었다고 본다. 김윤식, 앞의 책, p, 319

5장

최재서의 규범적 해석

최재서에 대한 연구는 그 동안 다양한 입장에서 여러 논자들의 연구 대상이 되어왔다. 김정수·송기숙의「일제하(日帝下) 영국문학리론(英國文學理論)의 수용태도(受容態度) -1930년대(年代) 최재서(崔載瑞)의 경우-」(『용봉인문논총』 7권, 1977), 전규태의「최재서연구(崔載瑞研究)(I)」(『국어국문학』 87, 1982.05), 권영민의「최재서의 소설론 비판」(『동양학』 16권 1호, 1986), 홍성암의「최재서연구」(『동아시아문화연구』 15권, 1989), 김활의「최재서 비평의 인식론적 배경」(『동서문화』 24, 1992.12), 김춘식의「최재서 비평연구」(『동악어문학』 28, 1993.12), 서준섭의「문학과 지성 - 1930년대 최재서의 주지적 문학론 비판」(『한국현대문학연구』 2, 1993), 진정석의「최재서의 리얼리즘론 연구」(『한국학보』 23권 1호 1997), 허윤회의「최재서의 근대문학 인식론」(『상허학보』 4, 1998.11), 박노현의「內鮮人과 국민문학 : 신민족에 의한 신문학 고안의 기획 -최재서의 민족문학과 국민문학 개념을 중심으로」(『동악어문학』 42, 2004.02), 채

호석의 「과도기의 사유와 '국민문학'론 : 1940년을 전후한 시기, 최재서의 문학론 연구」(『외국문학연구』 16, 2004.02), 고봉준의 「지성주의의 파탄과 국민문학론 : 중일 전쟁 이후의 최재서 비평을 중심으로」(『한국시학연구』 17, 2006.12), 고봉준의 「전형기 비평의 논리와 국민문학론 -최재서 비평을 중심으로」(『한국현대문학연구』 24, 2008), 이진형의 「소설, 서사시, 국민문학 : 식민지 시기 최재서의 문학 정치학」(『한국근대문학연구』 18, 2008.10), 이양숙의 「일제 말기 비평의 존재양상 : 최재서의 '국민문학론'을 중심으로」(『비평문학』 28, 2008.04), 하수정의 「최재서의 모더니즘과 영문학자로서의 위상」(《작가세계》 20(4), 2008.11), 이진형의 「지상(地上)의 해도(海圖) : 최재서론」(《작가세계》 20(4) 2008.11), 홍기돈의 「신체제 문화론의 친일 파시즘 논리 : 최재서의 경우」(《작가세계》 20(4), 2008.11), 이상옥의 「최재서의 '질서의 문학'과 친일파시즘」(『우리말글』 50, 2010.12), 이혜진의 「신체제 시기 최재서의 '국민문학론'」(『한국학』(구 『정신문화연구』)33(3), 2010.09), 송병삼의 「감성의 재현 양상과 문학담론 : 일제 말 근대적 주체되기의 감성과 문화담론 - 1930년대 후반 《인문평론(人文評論)》지(誌) 문화론을 중심으로」(『용봉인문논총』 36권. 2010), 서승희의 「1930년대 최재서의 문화기획연구」(『한국문학이론과 비평』 47권, 2010), 이혜진의 「총동원체제하의 최재서의 일본어소설」(『비평문학』41, 2011.09), 윤대석의 「재조在朝 일본인 문학, 경성제대, 그리고 최재서 : 『詩 · 硏究』(日韓書房, 1935)」(『근대서지』 4, 2011.12), 정은경의 「최재서의 풍자문학론과 그 이후」(『우리

문학연구』37, 2012.10), 배경렬의「최재서의 모더니즘 규정에 대한 비판적 고찰」(『한국사상과 문화』67, 2013), 이혜진의「최재서 비평론의 연속과 단절」(『우리어문연구』51권, 2015), 곽은희의「제국과 경계 : 감각의 조형술: 아비투스와 로컬리티 사이 - 최재서의 국민문학론에 대하여-」(『인문연구』73권, 2015), 장문석의「출판기획자 최재서와 인문사의 탄생」(『근대서지』11, 2015.06), 최영의「최재서 교수의『셰익스피어 예술론』을 읽고」(『Shakespeare Review』, 52(4), 2016.12), 김동식의「낭만주의·경성제국대학·이중어 글쓰기 - 김윤식의 최재서 연구에 관한 몇 개의 주석」(『구보학보』22, 2019) 등의 연구가 전개되었다. 이들 연구 중 몇 편을 통해 최재서 연구의 흐름을 살핀다.

서준섭은「문학과 지성 - 1930년대 최재서의 주지적 문학론 비판」에서, 문학을 중심으로 한 최재서의 '지성'론이 지닌 자체의 문제점에도 불구하고 문학사적 의미를 획득하는 것은 바로 이와 같은 지식인·문인 내부의 자기성찰의 계기를 마련해주었다는 데 있다[130]라고 평가한다. 이는 지성(이성) 자체의 대화적 성격에서 비롯된 것으로 보았다. 그리고 이러한 문학과 지성의 상호관계에 대한 관심 문제는 1960년에 와서 4.19세대 문인들에 의해 새로운 형태로 계승된다고 보고 있다.

고봉준은「지성주의의 파탄과 국민문학론 : 중일 전쟁 이후의 최재서 비평을 중심으로」와「전형기 비평의 논리와 국민문학론

---

130) 서준섭,「문학과 지성 -1930년대 최재서의 주지적 문학론 비판」,『한국현대문학 연구』2, 1993, p.266.

- 최재서 비평을 중심으로」를 발표했다. 「지성주의의 파탄과 국
민문학론 : 중일 전쟁 이후의 최재서 비평을 중심으로」에서는
중일전쟁 이후 최재서의 내선일체의 논리가 주지주의 비평에 어
떻게 습합되었는가를 살피고 있다. 1930년대 중반 영미의 주지
주의에 근거해 비평활동을 시작한 그는 개성, 지성, 모랄론, 풍
자문학론, 리얼리즘론 등 30년대 비평계의 주요한 논점을 제공
함으로써 카프 해체 이후의 비평계에 새로운 방향성을 제시했
다고 본다. 그리고 《인문평론》(1939), 《국민문학》(1941)의 창
간과 편집을 맡으면서 친일문학에로 기울었다. 고봉준은 이 글
에서 최재서의 식민지 시기 비평을 대략 세 시기로 구분하고 있
다. (1) 평론집 『문학과 지성』(1938)으로 대표되는 주지주의 시
기, (2) 《인문평론》, 《국민문학》을 창간하고 일제의 국책문학에
동조하던 시기, 일문 평론집 『전환기의 조선문학』(1943)은 바
로 이 시기의 사상을 집약하고 있다. (3) 1944년 1월 이시다 고
조(石田耕造)로 창씨개명하고 일제의 천황제 파시즘과 문학적
이념인 국민문학론에 매진하던 시기, 1944년 4월 《국민문학》에
「받드는 문학」은 이 시대의 대표적 비평문으로 보고 있다.

　　1930년대 후반 일본은 조선에 대해 내선일체를 강요했지만 조
선의 비평계가 그것을 받아들이는 방식은 사상의 편차에 따라 매
우 다른 양상을 보였는데, 이런 관점에서 최재서의 내선일체 논
리가 주지주의 비평에 어떻게 습합되었는가를 살피고 있다.[131]

---

131) 고봉준, 「지성주의의 파탄과 국민문학론 : 중일 전쟁 이후의 최재서 비평을 중
　　심으로」, 『한국시학연구』 17, 2006.12, pp.5-6.

그리고 고봉준은 「전형기 비평의 논리와 국민문학론 – 최재서 비평을 중심으로」에서 최재서는 역사적 패러다임의 전환을 '위기'라고 사유하며, 그 위기를 새로운 전통의 발견을 통해 극복하려 했지만, 중일전쟁을 기점으로 급속하게 일본이라는 국가주의로 귀결되고 말았다고 보았다. <일본=조선>이라는 등식으로 요약되는 내선일체론은 보편과 특수의 동일성이라는 이율배반과 오인(誤認)의 구조 속에서 작동했다는 것이다. 이런 점에서 국민문학이라는 개념에는 <조선=일본>이라는 등식의 내면화를 통해서 스스로를 세계사의 보편에 위치시키려는 식민지 지식인의 욕망 또한 깊숙이 개입되어 있다고 해석했다. 그래서 최재서의 일제말기 비평은 내선일체의 불가능성과 국민문학의 오인 구조를 신념으로 돌파하려는 노력의 하나였는데, 이런 관점에서 본다면 그의 뒤늦은 창씨개명은 "일본인이 되기 위해서는 조선인이라는 것을 어떻게 처리해야 하는가?"라는 질문에 대한 심정적 해답의 확인 작업이라고 말하고[132] 있다.

송병삼은 「감성의 재현 양상과 문학담론 : 일제 말 근대적 주체되기의 감성과 문화담론 - 1930년대 후반 《인문평론(人文評論)》지(誌) 문화론을 중심으로」에서 1930년대 후반의 문학 위기를 문화담론으로 극복하기 위해 《인문평론》이 역할을 했다고 본다. 즉 1930년대 후반 세계의 변화와 문단의 침체를 극복하기 위해서는 비평가들에게 새로운 분학정신이나 비평원리에 토대

---

132) 고봉준, 「전형기 비평의 논리와 국민문학론 –최재서 비평을 중심으로」, 『한국현대문학연구』24, 2008, p.268.

한 새로운 문학담론이 필요했는데, 이 역할을 《인문평론》이 자청했다는 것이다. 그런데 《인문평론》이 담고 있는 문화담론은 일본화를 위한 전체주의 문화를 주장했다는 점이다. 비평의 기능은 새로운 문화를 창출하는 것이었고, 모든 사람들은 일본화를 위해 노력해야만 했다. 그래서 이러한 문화담론은 논리를 초월해 있었다고 본다. 《인문평론》의 비평은 논리를 초월하는 데 기초한 논리적 기획이라고 평가한다. 그래서 결국 《인문평론》은 제국주의화된 조선에 전체주의와 일본화를 위한 당시 지식계급을 위한 교화였다[133]는 것이다.

서승희는 「1930년대 최재서의 문화기획연구」에서 최재서의 비평은 서구 유럽의 근대 자유주의에 기울어져 있는 개인주의 이데올로기를 찾아볼 수 있는 하나의 예로 보고 있다. 그는 세계적인 표준 형태인 문화로써 한국문학을 평가하려했다고 본다. 문화는 옛 그리스 로마 시대부터 지금까지 고전 속에 축적된 인간 존재의 정신을 말하고 있는데, 이는 문화적 수련을 통해 이상적 인간의 완성을 강조한 영국의 전통적인 휴머니즘에 바탕을 둔 정의라고 보았다. 최재서는 20C 휴머니스트였던 흄, 배빗, 엘리어트, 리드 등의 이론가를 한국문단에 주지주의라는 이름으로 소개했다. 그는 휴머니즘에 기초한 절제와 규범을 통해 한국 문단의 빈약함과 무질서를 정리하려 했다는 것이다. 그러나 이를 통해 실현시킨 것은 많지 않다고 평가한다. 최재서는 19C 낭

---

133) 송병삼, 「감성의 재현 양상과 문학담론 ; 일제 말 근대적 주체되기의 감성과 문화담론-1930년대 후반 《인문평론(人文評論)》지(誌) 문화론을 중심으로」, 『용봉인문논총』 36권. 2010, p.25.

만주의 문학을 문학의 무질서의 상징으로 보았다. 그래서 카프 문학은 반문화적인 상징으로 여겼다. 그리고 그의 문화적 이데 올로기를 강화하려 했다. 이것이 그의 비평이 정치적인 경향으로 기울어진 모습을 보인 이유[134]라고 보고 있다.

배경렬은 「최재서의 모더니즘 규정에 대한 비판적 고찰」에서 30년대 모더니즘에 대한 그간의 연구는 작가의 천재성이나 실 존적 정신분석이라는 차원에서 궁극적인 답을 찾거나 이와 더불 어 기법이나 기교에 대한 형식적이며 추상적인 탐구가 중심 국 면을 차지해 왔다고 보았다. 결국 이러한 인식론적 장애물이 모 더니즘 문학 연구를 정신사적, 사상적 차원으로 상승시키는 면 에 있어서 결정적인 한계로 작용했다는 것이다. 그런 점에서 앞 으로의 모더니즘 연구는 사상 혹은 이데올로기의 제반 영역과 연관지어 탐구하면서 작가의 총체적인 세계관을 해명하거나 내 면 풍경의 섬세한 변화 과정을 과학적인 논리로 규명하는 방향 으로 나아가야 한다고 본다. 게다가 30년대 모더니즘 연구로 이 상, 박태원 등의 작가나, 그들의 작품을 다각도에서 조명하는 연 구들은 많고, 당시 문단에서 객관적인 논리에서 모더니즘이 자 리매김할 수 있었던 계기가 되는 모더니즘 - 리얼리즘 논쟁 역시 김기림의 시론을 중심으로 한 기교주의 논쟁에 대한 연구는 많 으나 최재서를 중심으로 한 「날개」-『천변풍경』 논쟁에 대한 연 구는 아주 미미한 상황이라고 평가한다. 모더니즘-리얼리즘 논

---

134) 서승희, 「1930년대 최재서의 문화기획연구」, 『한국문학이론과 비평』 47권, 2010. p.455.

쟁의 발단은 잘 알려진 바와 같이 최재서가 1936년 발표된 두 소설 이상의 「날개」와 박태원의 『천변풍경』을 대상으로 한 평론에서 이상의 소설을 '리얼리즘의 심화', 박태원의 소설을 '리얼리즘의 확대'라 평가한 데 있다.

『천변풍경』이 청계천 주변에 사는 서민의 애환과 생활상을 다루어 작가의 외면 세계를 충실하게 묘사한 작품이라면 「날개」는 작가의 내면세계를 탁월하게 분석한 작품이라는 것이다. 이들의 창작수법이 인간 내면의 주관조차 객관적으로 묘사하는 영화적 기법 즉, 카메라의 존재를 연상시킨다고 하였다. 그는 작가의 객관적 관찰의 영도와 묘사의 수법에 주목하여 대상을 객관적 서술태도로 '카메라 시각'을 들어 영화적 기법과 상관성을 주장했다. 하지만 최재서의 「'천변풍경'과 '날개'에 관하야」에서 문학작품을 분석하는 틀은 양분되어 있다는 것이다. 형식 분석은 작가의 태도라는 틀로 그리고 내용 분석은 모럴이라는 틀로 분리되어 있는데, 우선 문학작품을 형식과 내용으로 분리해서 분석하는 태도는 작품의 미적인 가치를 훼손한다는 의미에서 문제이며, 무엇보다 두 가지의 틀을 통합된 하나의 분석틀로 구성해 내지 못한다는 점에서 문학 작품의 가치를 제대로 드러낼 수 있는 비평이론이 되지 못한다는 것이다.

　일반적으로 작품 분석을 할 때 비평가에게는 미적인 태도에 있어 일관된 비평 기준을 요하는데 비평가는 유연한 태도로서 그때 그때 시의 적절하게 분석의 틀을 변용할 수 있어야 하며 개개작품 분석에 더 적합한 부분과 적합하지 않은 부분을 구분해 낼 줄 알아야 한다. 왜냐하면 비평이 궁극적으로 추상적인 이론이 아니라면 문학 작품 분석틀은 개개 작품의 특질을 가장 잘 보여줄 수 있는 것이어야 하기 때문[135]이란 것이다. 이런 관점에서 최재서의 비평을 다루고 있다.

이혜진은 「최재서 비평론의 연속과 단절」에서 식민지시기부터 해방 이후까지 최재서 비평론을 연속적인 흐름으로 볼 때, 직면하는 곤란함은 하나의 통일된 결론을 도출해낼 수 없다는 점이다. 이는 최재서 비평론이 서구문학-조선문학-일본문학(국민문학), 그리고 낭만주의-주지주의(고전주의)-황도주의라는 이중의 삼각구조가 횡단하고 있기 때문으로 보고 있다. 그런 까닭에 최재서 비평 연구는 주지주의, 낭만주의, 국민문학, 영문학 등과 같이 일정한 범주를 취사선택하여 개별적으로 전개되어왔다는 것이다.

현재까지 최재서에 대한 평가가 낭만주의자, 모더니스트, 친일문인에서 벗어나지 못하고 있는 것은 바로 이 때문이다. 그러나 이러한 연구들이 보여주는 난점은 (1) 낭만주의론과 주지주의론의 인식론적 단절, (2) 현실변혁 사상으로서의 문학정신을 신뢰했던 그가 급격하게 '국민문학'으로 이행한 과정에서의 단절, (3) 최후의 준거점으로서 셰익스피어 문학으로의 회귀가 보여주는 단절과 전환의 과정을 해명해주지 못한다는 데 있다고 본다. 이러한 문제의식에 입각하여 이 논문은 경성제대 영문학과 시절에 집중되어 있는 낭만주의 문학론과 주지주의 문학론은 당시

---

135) 배경렬, 「최재서의 모더니즘 규정에 대한 비판적 고찰」, 『한국사상과 문화』 67, 2013. p.63

세계문학이론의 흐름과 동시대적이었다는 것, 그리고 그 이론적 흐름을 경유하여 형성된 그의 비평원리는 해방 이후 『文學原論』에 그대로 반영됨으로써 내적인 연속성을 유지했다는 것, 따라서 신체제 시기의 '국민문학'은 그의 비평적 사유 전체의 맥락에서 볼 때 완전한 단절을 의미한다는 것을 차례로 논증하고[136] 있다.

곽은희는 「감각의 조형술 : 아비투스와 로컬리티 사이 -최재서의 국민문학론에 대하여-」에서 최재서의 국민문학론은 국민문학에 관한 윤리를 구축하는 데 그치지 않고 작품을 창작하는 작가의 감각과 작품을 향유하는 독자의 감성까지 조형하고자 했다고 본다. 규범으로서의 국민문학론에 머무르지 않고 사회 구조와 개인의 행동 사이를 매개하는 아비투스로 자리잡고자 했던 것이다. 이러한 감각의 조형술은 국민문학의 아비투스가 식민 시기에 국한되지 않고 포스트식민 시기까지 지속되도록 만들어주는 핵심적인 요인으로 작동했다고 평가한다. 아비투스는 제국이 식민지에 이르는 경로이기도 하지만, 식민지에서 공적 영역으로 이르는 경로이기도 하다.

최재서는 조선문학의 특수성, 즉 '로컬리티'는 제국의 윤리적 정당성을 확보하기 위해 필수적임을 주장하였다는 것이다. 최재서에게 '로컬리티'는 '국민문학'이라는 공적 영역 안에 '조선문학'을 배치하기 위한 하나의 전략이었다. '국민문학으로서의 조선문학'이라는 독특한 로컬리티는 공적 공간(public space)을

---

136) 이혜진,「최재서 비평론의 연속과 단절」,『우리어문연구』51권, 2015. p.421.

확보함으로써 사적인 영역으로 물러나지 않기 위한 방도였다. 최재서가 국민문학론을 토대로 구사했던 프로파간다의 복합적인 면모는 바로 이러한 아비투스와 로컬리티 사이, 그 틈새에 존재한다[137]고 봤다.

　김동식은 「낭만주의·경성제국대학·이중어 글쓰기 - 김윤식의 최재서 연구에 관한 몇 개의 주석」에서 김윤식의 최재서 연구를 다시 읽으면서 그가 남겨 놓은 문제들을 첨예화하는 메타적인 글이다. 최재서(1908-1964)는 경성제국대학 영문과에서 영국 낭만주의 문학을 공부하였으며, 1934년에는 T. E. Hulme, T. S. Eliot, H. Read, I. A. Richards 등을 소개한 현대 주지주의(Intellectualism) 문학이론을 발표하였으며, 한국의 모더니즘 문학자인 김기림, 이상, 박태원에 대한 뛰어난 비평을 남긴 바 있다고 평가한다. 그러나 최재서는 1942년 『국민문학』의 편집인으로 활동하며 친일문학으로 나아갔으며, 해방이후에는 셰익스피어 연구자로서 많은 업적을 남겼다. 김윤식은 1966년에 「최재서론」을 발표한 이래로, 1984년에는 「개성과 성격-최재서론」을 발표했으며, 2009년에는 단행본 『최재서의 『국민문학』과 사토 기요시 교수』를 출간한 바 있다. 「최재서론」(1966)은 한국근대문예비평사의 관점에서 최재서가 소개한 주지주의 문학이론의 성취와 한계에 대해서 고찰했다. 「개성과 성격-최재서론」(1984)에서는 최재서의 문학 연구가 경성제국대학

---

137)　곽은희, 「감각의 조형술: 아비투스와 로컬리티 사이 -최재서의 국민문학론에 대하여-」, 『인문연구』 73권, 2015, p.1.

영문과와 낭만주의 상상력에 근거하고 있음을 밝혔다. 또한『최재서의『국민문학』과 사토 기요시 교수』(2009)에서는『국민문학』이 경성제대의 문화 자본이 투입된 이중어 글쓰기 공간임을 규명한 바 있다. 김윤식의 연구는 주지주의, 경성제국대학, 이중어 글쓰기로 확대되어 왔다고 평가한다. 이 글에서는『경성제대 영문학회보』를 통해서 경성제대 영문과의 학문적 분위기를 살펴보았으며, 일본어로 발표된 최재서의 주지주의 이론의 의미를 점검하고[138]있다.

이러한 최재서에 대한 기존 연구를 바탕으로 그의 비평을 해석학적 관점에서 살피고자 한다.

모랄론에 나타난 규범적 해석

1. 모랄을 내세우게 된 문단적 상황

30년대 전환기적 문학상황의 특징은 문단을 주도해오던 중심 체계였던 프로비평이 허물어짐으로써 비평의 가치체계가 사라지고, 새로운 가치체계는 성립되지 않는 과도기가 계속되고 있었던 것이다. 그래서 이러한 혼란을 질서화 할 수 있는 도그마나 규범이 절실히 요청되었던 것이다. 최재서는 1930년대의 상황을 일단 심각한 사회문화적 혼돈으로 파악했고, 문학과 비평이

---

138) 김동식, 「낭만주의·경성제국대학·이중어 글쓰기 -김윤식의 최재서 연구에 관한 몇 개의 주석」『구보학보』 22, 2019, p.189.

란 이 혼란의 세기에 새로운 질서를 세우고자 하는 노력이어야
한다는 전제를 준비[139]하였다. 이런 요청을 강하게 의식하고 비
평에 있어서 질서, 모랄, 도그마 등을 강조하면서 가치체계의 정
립에 부심한 비평가가 최재서이다.

최재서는 서구 영미비평의 흐름을 개관하고 있는「비평과 모
랄의 문제」란 글에서 현대를 특징지어 "모랄리티가 없이 모랄
에의 지향만 있고 도덕적 주제가 없이 도덕적 감정만이 충만한
시대"[140]라고 결론짓고 있다. 이러한 결론을 내리게 된 이유는,
18C 영미 비평이 판단직능을 상실하고 아놀드와 페이트로 대표
되는 심미비평으로 기울어진데 대한 반대급부로 리챠드, 엘리
어트, 리이드 등의 비평가들이 비평의 가치판단 직능을 회복하
기 위해 모랄을 추구하고 있지만, 그 구체적 내용을 제시하지 못
하고 있기 때문이다. 그러나 최재서가 리챠드, 엘리어트, 리이드

---

139) 최재서는 이러한 전제를 준비하기 위해 서구 비평가들의 이론에 우선 눈을 돌
리고 있다. 그래서 그가 흄의 기하학적인 미, 엘리어트의 전통론, 리이드의 정신
분석, 리챠즈의 흥미체계론 등을 통해 삶과 문학을 포괄하는 가치체계를 세워가
려고 한다. 그가 이러한 가치체계를 추구하고 있다는 것은 가치상실이 극심했던
당시에 있어 문학과 문학비평은 새로운 삶의 원리와 신념을 줄 수 있어야 한다
고 생각했기 때문이다.
　김홍규,「최재서 연구」,『문학과 역사적 인간』, 창작과 비평사, 1980, pp.281-
286 참조.
140) 최재서는「비평과 모랄의 문제」란 글에서 그가 추구하는 모랄의 내용을 ①모
랄과 도그마 ②내적양심과 외적권위 ③리챠드의 가치설 ④엘리옷의 전통론 ⑤
리이드의 고민 ⑥정치와 모랄 등으로 나누어 고찰하고 있다. 그런데 이 글의 결
론에서 최재서는 현대는 "모랄리티가 없이 모랄에의 지향만이 있고, 도덕적 주
체가 없이 도적적 감정만 충만한 시대"고 밝히고 있다. 그래서 현대는 현대 작
가의 데카당스와 스켑티시즘 속에서 이 두 개의 요소를 분별하는 일은 현대의 비
평가에 부과된 바 하나의 중대한 임무로 보고 있다.
　최재서,「비평과 모랄의 문제」『최재서 평론집』, 형설출판사, 1982, pp.22-38
참조.

등의 비평가들이 지향하는 비평에 있어서 가치판단 직능 회복을 위한 모랄에의 지향의지 자체를 부정한 것은 아니다. 그래서 그들의 비평에 있어서 가치판단 회복을 위한 모랄론들을 긍정적으로 검토하고 있는 것이다.

이러한 영미비평에서의 비평의 가치판단 상실에서 회복에의 새로운 흐름이 1930년대 당시 한국비평단에 의미를 띠게 된 것은 첫째, 당시의 우리 평단은 일종의 공백기로서 새로운 질서나 가치체계를 세워가야 할 상황이었기 때문이다. 최재서가 비평활동을 활발하게 하던 30년대 중반 이후는 평단의 구질서가 무너지고 새로운 질서를 세워가야 할 시기였다. 그러므로 영미비평의 새로운 흐름은 자연히 당시 한국평단의 새로운 질서를 세우는데 호재가 될 수 있었던 것이다. 둘째는 당시 비평활동을 같이 하던 김환태와 김문집이 인상주의 비평론과 나아가 비평의 창조성을 강조함으로, 비평에 있어서 가치판단 직능을 도외시해버린 비평이 문단에 공존하고 있었다는 점이다. 이러한 비평경향은 아놀드와 페이터의 영향권 안에 머물고 있는 비평이기에 비평의 가치판단 직능을 회복해야 한다는 리챠드, 엘리어트, 리이드 등의 비평적 흐름 가운데 서 있었던 최재서의 입장에서 보면 빨리 벗어나야 할 과제이었다.

2. 모랄을 내세우게 된 사회적 상황

최재서가 문학비평에 있어서 가치판단의 직능을 회복하기 위한 가치체계 확립을 위해 모랄론을 주장하게 된 이유는 문단적 상황에도 있지만 사회적 원인도 무시할 수 없다.

최재서가 비평활동을 시작하던 1930년대는 세계사적으로는 파시즘의 물결이 도도히 흘러넘치기 시작한 시대이다. 1930년의 선거에서 승리하고 1933년 수상으로 집권한 나찌 히틀러의 독일, 1919년 전투자 동맹을 결성한 뒤 1922년 수상이 되고 통치권, 입법권을 탈취하여 독재자가 된 무솔리니의 이탈리아, 1936년 육군 총사령관이 되고 1939년 쿠데타로 정권을 장악한 프랑코의 스페인, 유고의 정변, 1934년 프랑스와 오스트리아의 대폭동 등이 서구의 파시즘의 물결에 깊이 연루되어 있었다. 뿐만 아니라 식민통치를 하고 있던 일본의 경우도 1930년을 고비로 정당내각은 막을 내리고 군부가 실질적으로 정권을 조정하는 군국주의 시대에 들어서게 된다. 그래서 1931년의 만주사변은 군부의 독자적 행동에 의해서 저질러진 일본 군국주의의 단면을 보여준 사건으로 해석되고 있는 것이다. 이렇게 일본은 서구의 파시즘과는 성격을 달리하는 군국주의 체제를 구축하였지만, 지식인과 문인에게 불안사조를 고조시키고 허위의식을 강요하며 신념과 자폐적 개인주의의 환상에 빠지도록 유도한다는 점에서는 역시 파시즘의 속성을 드러내었다[141]고 본다. 파시즘은 적극적으로 무단 폭력과 획일화된 이념을 통해 지식인의 사상, 사고 및 언론을 통제하였다. 그러므로 지식인은 신념의 붕괴에 따른 불안을 감당하지 못해 스스로 파시즘에 뛰어 들거나 현실과 거

---

141) 오세양, 「30년대의 문학적 상황과 순수문학의 대두」, 『한국문학 연구 입문』, 지식산업사, 1982, pp.593-595 참조.

리가 먼 예술지상의 심미적 문학세계에 빠져들게 되었다. 이러한 세계사적 변화와 식민지 통치권 내에서 삶을 지탱하고 있던 최재서가 직면한 현실에 대한 대응논리는 어떠했던가.

> 말할 것도 없이 우리는 과도기에 서 있다. 이 과도기의 성질과 내용을 일일이 나열할 필요는 없을 것이다. 다만 우리가 현재 당면하고 있는 과도기는 국부적이나 지역적 과도기가 아니라 세계인류가 생활의 근거로부터 동요를 받고 있는 과도기라는 것을 부언하면 그만이다.[142]

최재서는 이러한 현실을 과도기로 인식하고 있으며, 그 과도기는 국부적이거나 지역적이 아니라 세계사적이라고 인식함으로써 그의 인식논리가 한국이라는 국부적 현실자체에서 출발하기보다는 세계사적 위기에서 비롯되고 있다. 즉 일제의 강점아래 놓인 식민지적 특수성을 배제한 채 단순히 현재에 당면하고 있는 과도기는 국부적이거나 지역적 과도기가 아니라 세계인류가 생활의 근거로부터 동요를 받고 있다는 과도기 인식논리에서 그의 역사의식의 한계를 발견[143]하게 된다. 그래서 그의 이러한 역사의식에 기초한 비평논리는 서구편향주의적 비평논리를 전개하게 되었고, 이것은 극단적으로 외국문학의 중개자로 평가[144]되기도 한다. 그러나 그가 이러한 현실인식 논리를 지니고 있었다 할지라도 당시 문단의 과도기적 상황에 대응할 비평적 논리

---

142) 최재서, 현대주지주의 문학이론,「최재서 평론집」, 청운출판사, 1961, p.373.
143) 박남훈, 최재서론, 부산대학교 대학원, 석사학위논문, 1983, p.25.
144) 조동일, 최재서,「한국문학 사상사 시론」, 지식산업사, 1979, p.373.

를 모랄의 건설에서 찾았다는 것은 결코 무시될 수는 없다.

3. 모랄의 규범적 성격

(1) 「비평과 모랄의 문제」에 나타난 모랄의 성격

최재서가 내세우는 모랄이 무엇인지를 파악하기 위해서는 이 모랄의 문제를 제시하고 있는 글들을 살펴보아야 한다. 「비평과 모랄의 문제」에서 최재서는 비평에 있어서 모랄의 필요성을 다음과 같이 밝히고 있다.

> 비평은 궁극에 있어서 작품의 가치판단이고 가치판단은 어떤 의미에 있어서나 선악의 변별을 포함하기 때문에 비평은 모랄을 가지지 않으면 안된다.[145]

최재서는 리챠즈의 비평의 판단기능 회복을 위한 전환적 선언을 바탕으로 비평과 모랄의 문제를 풀어내고 있다. 그러나 이러한 당위적인 발언만 가지고는 최재서가 논의하고 있는 모랄의 본질을 제대로 캐내기가 힘들다.

> 이 적극적인 비평태도는 가치의식을 전제로 하게 되는데 그 근저에 일정한 척도를 요구한다. 펠르당데스의 말을 빌린다면 그것은 가치체계이다. 그러나 가치의식이 단순한 의식에 그친다면 그것은 아

---

145) 최재서, 「비평과 모랄의 문제」, 『최재서 평론집』, 청운출판사, 1961, p.12.

직 모랄이라 할 수 없다. 가치의식이 모랄이 되려면 도그마로 합리화 되지 않아선 안된다. 도그마는 신념의 결정이고 또 그것의 표백이다. 그것 없이는 비평가는 그 자신의 신념을 유지할 수도 없거니와 표현할 수도 없다.[146)]

여기서 최재서가 리챠즈에서 빌려온 비평과 모랄의 관계성에 대한 논의가 다시 리이드의 이론에 의해 전개되고 있는 모습을 읽어낼 수 있다. 이러한 모랄론의 제안은 앞서 비평의 궁극적 목표는 가치평가이기에 비평에서는 모랄이 필요하다는 당위성에서 보다는 한 발 진전된 모습이기는 하나, 신념의 결정인 도그마가 어떻게 합리성을 얻어 모랄이 되는지 그 과정에 대한 구체적 설명이 생략되어 있다.

그래서 이 정도의 모랄의 개념파악에 의해서는 비평에 있어서, 나아가 문학에 있어서의 모랄의 의미가 명확히 정의되기가 힘들다. 그래서 최재서는 비평에 있어서의 모랄의 의미를 좀 더 구체화하기 위해서 「내적양심과 외적권위」, 「리챠즈의 가치설」, 「엘리어트의 전통론」, 「리이드의 고민」 등으로 나누어 모랄을 탐색해 보고 있다.

「내적양심과 외적권위」는 낭만주의를 표방하는 <아델휘>지와 고전주의를 선언하는 <크라이테리언>지를 각각 배경으로 한 마리와 엘리어트의 논쟁을 모랄은 결국 내재적이냐 외재적이냐 하는 문제로 풀어 본 것이다. 이 글에서 최재서는 마리는 자신의

---

146) 최재서, 같은 책, p.13

내적 양심에 따르지 않으면 안된다는 의식으로 비평작업을 한다고 봄으로써, 그들 내부의 음성에 따라 가면 반드시 보편적인 법칙에 도달되리라는 것을 믿고 있다고 보았다. 그러나 여기에 비해 엘리어트는 비평가가 자기의 존재를 정당화 하려면 부절히 그의 개성을 멸각하여 오로지 인류의 공통한 판단에 도달하도록 노력하지 않으면 안된다고 보았다. 결국 이들 논쟁의 의미는, 모랄이 개성 내부로부터 생성되는 것이냐 아니면 외적인 권위 즉 전통에 의해서냐 하는 점을 낭만주의와 고전주의라는 상반된 입장에서 파악하고 있는 것이다.

다음 「리챠즈의 가치설」에서는 가치론의 근거를 개인 내부에 둔 리챠즈의 가치론을 통해 모랄을 논하고 있다. 리챠즈는 비평에 있어서, 모랄을 가치의식을 합리화시킨 가치체계로 보고 있다. 순심리학적 가치론에 의거하여 모랄론을 펼치고 있는 그는 일체의 형이상학적 설명을 배척하며, 인습적인 도덕론과 추상적인 윤리설을 배격한다. 그래서 리챠즈는 어떻게 하면 우리가 가능한 최대의 가치를 획득할 수 있는가 하는 점에 관심한다. 이러한 그의 모랄론은 결국 개인의 생활과 개인 대 개인의 생활에 있어서 조직과 조정의 문제로 귀결된다. 그러나 최재서는 이러한 모랄론을 편의주의적 모랄론이라고 보고 있다. 리챠즈의 모랄론은 종래의 형이상학적 추상론으로부터 모랄을 구출한 것은 큰 공적이지만, 그 근거를 선연 개인적 심리내부에 둔 것은, 그 자신을 구할 수 없는 막다른 골목으로 몰아넣은 것으로 생각하기 때문이다. 즉 리챠즈가 모랄의 근거를 오직 개인의 심리내부에 두었다는 것을 바꾸어 말하면, 그의 모랄론에는 행동의 요소가 전연 결여되어 있다는 것이다. 이러한 리챠즈의 모랄론은 결국 스켑티시즘으로 인도되며 그 영역은 씨니시즘과 풍자의 시선을 벗어나지 못하는 한계를 지닌다고 판단한다.

그리고 「엘리어트의 전통론」에서는 외적 권위에 따라 자기의 감수성을 교정훈련하는 것을 비평가의 모랄로 삼은 엘리어트의 모랄을 논하고 있다. 엘리어트는 비평가가 정당한 판단에 도달하려면 작품을 개개의 산물로서가 아니라 문학 전체의 일부분으로서, 다시 말하면 전통 속에서 고찰하지 않으면 안 된다고 보았다. 그래서 엘리어트가 휴머니즘과 결별하고 카톨릭적 도그마 속으로 나아갔던 것을 카톨릭적 모랄의 현실적 확립이라기보다는 하나의 이상으로 추구된 것이라고 단정하고 있다. 뿐만 아니라 그가 추구하는 신념의 핵심이라고 할만한 도그마에 관한 신념의 동요와 변명들을 모랄의 방황으로 보고 있다. 그래서 이러한 모랄에 대한 고민과 방황을 가장 절실하게 드러내고 있는 비평가인 리이드의 모랄론으로 글을 이어가고 있다.

「리이드의 고민」에서 최재서가 파악하고 있는 리이드의 모랄은 지성에 의한 가치의 직관적 파악인데, 그것은 개성과 성격의 종합 없이는 실현되지 않는다고 보았다. 그런데 리이드에게 있어 개성과 성격의 조화는 쉽게 이루어지는 것이 아니었다. 왜냐하면 개성은 심적 조직의 내면적 통일이고, 성격은 이 심적 조직이 어떤 외부적 이상에 맞도록 제한되고 고정된 것이기 때문이다. 그래서 최재서는 모랄은 늘 주체와 객체, 감성과 지성, 정서와 사상이 종합하는 곳에 성립된다고 보았다. 그러므로 리이드의 경우도 도처에서 모랄의 지향을 표명하였으며, 모랄을 파악하는 방식이라든가 도그마와 지성의 관계에 대해서는 꽤 깊은 해석을 하고 있으나, 도그마의 성질 - 모랄의 내용에 관해서는 아무것도 제시하는 바가 없다고 결론을 짓고 있다.

이상과 같이 마리, 리챠즈, 엘리어트, 리이드 등의 비평이론을 중심으로 그들이 비평에 있어서 모랄을 얼마나 추구하고 있으며, 그 구체적 내용이 무엇인가를 최재서는 탐색해 보고 있다. 그러나 그의 결론은 이 모든 비평가들이 비평은 모랄을 가져야 한다는 점에서는 일치하지만 한 걸음 더 나아가서 모랄의 내용론으로 들어가 보면 서로 의견을 달리하고 있어, 실제에 있어 그들은 모랄의 기준에 관해서는 아무런 확신에 도달하지 못하였다는 것이다. 그러면 이러한 결론의 밑바탕에 깔린 최재서의 모랄에 대한 입장은 무엇인가. 마리와 엘리어트의 논쟁에서 나타난 모랄은 결국 내재적이냐 외재적이냐는 문제에서부터 리챠즈의 순심리학적 가치설에 기초한 모랄론의 비판, 엘리어트의 카톨릭적 도그마에의 일방적인 안주에 대한 비판, 그리고 리이드의 개성과 성격의 종합 등에 이르는 일련의 과정을 통해 드러나는 최재서의 입장은 내적인 개성과 외적인 성격의 조화 혹은 통일의 지향이 그가 생각하는 비평적 모랄의 방향이었다. 그러나 이 글에서 확인되는 것은 모랄 자체에 대한 이해보다는 모랄생성의 방향성이다. 그래서 최재서가 사용하고 있는 모랄의 내용을 좀더 구체화해 보기 위해 그의 「문학과 모랄」을 살핀다.

(2) 「문학과 모랄」에 나타난 모랄의 내용

최재서는 「문학과 모랄」에서 우선 리챠즈의 입장을 통해 모랄을 인생관 혹은 신념이란 의미로 파악하고 있다.

> 시는 제식과 주술과 마찬가지로 이 인생태도를 만족시키기 위해서 탄생하였고 또 사실 만족시켜 왔다. 또 시는 이 인생관에 의하여 생명과 실재성이 부여되어 왔다… 그러나 그 기반을 형성하던 우주관 그 자체가 붕괴하여 버리자 시는 소멸하든가… 리챠즈가 작별한 것은 이러한 위기였다.[147]

마술적 세계관이 인류의 마음을 지배하고 있던 시절에 있어, 시의 세계와 실제의 세계는 동일한 신념에 의해 연결되어 있어 별 문제가 없었으나 자연과학의 발달로 마술적 세계관이 무너짐으로 시에 있어서 위기가 생겨나기 시작했다는 것이다. 여기에서 최재서가 시의 위기를 한 세계관의 붕괴에서 찾고 있는 리챠즈의 논리를 그대로 수용하고 있다는 점에서, 그가 생각하는 모랄은 세계관 혹은 인생관이란 폭넓은 의미를 내장하고 있음을 볼 수 있다. 즉 그 당대의 모든 사람들이 의식 혹은 무의식 속에 깊이 공유하고 있는 보편적인 시대정신이라고도 할 수 있다. 최재서가 이상하고 있는 문학에 있어서의 모랄을 이렇게 범주화해 본다면, 사실 이러한 모랄을 획득한다는 것은 참으로 지난한 일임은 두말할 필요가 없다. 한 시대의 세계관이 무너지고 그 세계

---

147) 최재서, 같은 책, p.28.

관을 대신할 새로운 세계관을 세운다는 것은 어떻게 보면 개인적인 능력을 넘어서는 일이기도 하고, 단시일 내에 구축될 성질의 것도 아니다. 이런 점에서 최재서가 내세우는 모랄이 지니는 추상성을 지적할 수도 있다. 그러나 마술적 세계관의 붕괴로 인해 생겨나는 문학적 위기를 리챠즈는 시와 신념을 분리함으로써 해결하려고 했다는 사실에 관심함으로써 최재서의 모랄론은 세계관 혹은 인생관에서 신념의 통합문제로 넘겨지고 있다. 최재서는 시인이 그 자신의 신념으로부터 분리하여 시를 쓴다는 것은 있을 수 없고, 또 독자가 시인의 신념(예컨대 그의 인생관)을 이해하지 않아도 그 시를 충분히 감상할 수 있다는 것도 허위라고 판단함으로 그가 추구하는 모랄이 신념으로 규정되어 있다.

그러나 휴머니스트 예술을 논하는 자리에서는 다시 모랄이 윤리적 실재성이란 의미로 파악되고 있다. 이는 P. E 모어의 모더니즘에 대한 비평에서 제시된 것으로 윤리적 실재성이란 개성의 책임있는 선별력에 의하여 존재하고, 또 그 선택의 질은 그 결과의 행동에 의해 시험된다는 것이다. 그러므로 윤리적 실재성은 언제나 행동을 부수하기 마련이라고 본다. 여기에서 내재적이라 할 수 있는 신념의 세계에서 외적 행동을 수반하는 윤리적 실재성으로 나아가는 최재서의 모랄론의 변이과정을 살펴 볼 수 있다. 이러한 최재서의 태도는 전후파라는 일군의 시인인 스티븐 스펜더, W. H 오든, C. D 루이스, 루이스 맥니스 등을 다루는 이 글의 마지막 부분에서는 또 다른 모습으로 구체화 되고 있다. 그것은 그가 추구하는 모랄을 여기에서는 정치생활 그리고 도덕적 주제로 파악하고 있음이다. 엘리어트의 『황무지』를 논하는 스펜더의 논문을 통해 이러한 입장을 드러내고 있다.

> 그는 문명의 거친 파도에 표랑하는 전통의 파편들을 주서 모아 역
> 사적 질서를 부여함으로써 그가 믿는 세계를 인상(印象)시키려 한
> 다. 그도 역시 모랄 - 정치 생활 - 을 그리려 하지만 모랄의 주제가
> 없다. 따라서 사회에 대하여 적극적이라야 할 태도가 소극화 하고
> 현대에 대한 진술은 암시로 되어 버렸다. 말하자면 그의 작품은 도
> 덕적 주제를 가지지 않고 도덕적 감정만 가지고 있다.[148]

최재서가 말하는 도덕적 주제를 가지지 않고, 도덕적 감정만
가지고 있다는 표현은 이미 최재서가 「비평과 모랄의 문제」에서
결론으로 삼은 "현대는 모랄리티가 없이 모랄의 지향만 있고 도
덕적 주제가 없이 도덕적 감정만 충만한 시대"[149]라는 발언과 동
의 반복적 표현임을 넘어서지 못하고 있다.

그러므로 이 발언에서 확인되는 것은 그가 모랄을 도덕적 주제
로 파악하고 있음과 동시에 정치적 생활로 이해하고 있다는 점
이다. 정치적 생활이란 스펜더의 논지로서 그는 위대한 문학은
모랄을 가지며, 그 모랄이란 정치적 생활이라고 단언하고 있는
내용을 옮겨온 것이다. 그리고 이 모랄은 결코 일정한 이데올로
기가 아니라 어디까지나 하나의 사실로서 존재하는 생활이라고
보았다.

세계관 혹은 인생관으로부터 신념, 윤리적 실재성, 그리고 도

---

148) 최재서, 같은 책, p.37.
149) 최재서, 같은 책, p.26.

덕적 주제, 정치적 생활 등으로 이어지는 최재서의 영미비평을 통한 모랄 탐색의 과정은 그가 얼마나 모랄을 추구해 왔는가를 살필 수 있게 한다.

이는 최재서 자신이 처한 개인적 상황이나 문학적 상황이 전통적인 세계관이나 가치관이 사라지고 새로운 삶의 원리를 필요로 하는 위기 혹은 과도기적 시대였음을 반증하는 것이다.

그러면 최재서가 내세우는 모랄은 무엇인가? 그것은 최재서가 모랄을 논의한 지금까지의 글들을 통해서 알 수 있듯이 확실하게 자신의 결론으로 내세운 것은 없다.[150] 그러나 내재적인 혹은 개인적인 측면에서의 신념, 세계관, 인생관 등에서 윤리성, 행동, 정치생활 등의 외재적인 혹은 사회적인 측면으로 이어지는 그의 논의를 종합해 볼 때 이는 개인과 사회 혹은 자아와 세계와의 조화로운 삶을 있게 하는 하나의 삶의 원리라고도 할 수 있으며, 그러므로 이는 또 달리 개성과 보편의 통합[151]이라 할 수 있다. 그래서 그의 모랄론은 하나의 상태를 상정하는 비현실적 논

---

150) 최재서 자신이 이 문제에 대해 직접적인 개념규정을 하지 않고 서구 비평가들의 이론들을 통해서 모랄을 모색해 보고 있는 입장이기에, 그가 의미하는 모랄이 무엇인지 구체적이고도 단적인 개념규정을 하기가 힘들다. 그래서 김흥규도 최재서가 이 문제에 대해서 직접적인 개념 규정을 하지 않았기 때문에 우리는 우회적 검증을 통해 이를 규명할 수밖에 없다고 밝히고 다음과 같이 최재서의 모랄을 규정짓고 있다.
　"최재서는 H. 리드의 논지를 원용하면서 가치의식의 결정이 모랄이라고 말한다. 그것은 신념의 체계이며 현대에 전통적 도덕률이 없기 때문에 더욱 緊切한 문학적 이상이다. 환언하면, 시대현실의 변화 및 그 속에 있어서의 개인의식을 통일하는 질서부여적 가치원리가 곧 모랄이라는 것이다. 이 모랄이 정립되기 위해 외부적 현실(시대, 정치)과 개인의 가치의식이 상호융화 속에서 통합되어야 할 것을 역설한 데에 최재서의 모랄론의 기조가 발견된다." 김흥규, 「최재서 연구」, 서울대학교 대학원, 석사학위논문, 1972, p.51.
151) 박남훈, 「최재서론」, 부산대학 대학원 석사학위논문, 1983, p.73.

의라고 할 수 있는 동시에 그러한 통합의 가능성을 열어 놓고 있음으로 해서 최재서의 비평은 심리주의와 사회적인 성격을 동시에 포괄할 수 있는 장점을 지니고 있다[152]는 평가도 가능한 것이다.

최재서는 1930년대 과도기란 현실을 지탱해 갈 비평에 있어서의 모랄을 찾기 위해 앞서 논의된 것처럼 서구의 비평가들의 비평들을 살피고 있다. 비록 구체적인 모랄이 제시된 것은 아니지만, 그 방향을 찾아내고 있다는 점에서 일단 그의 비평에 임하는 해석적 입장은 규범적 해석[153]이라 할 수 있다.

비평에 있어서 규범적 해석태도를 지닐 때 비평가는 언제나 작품을 비평할 원리나 도그마를 창출해 내려고 한다. 이런 점에서 최재서가 모랄을 왜 그토록 주장했으며, 그 구축을 그의 과제로 삼았는가 하는 이유가 어느 정도 드러난다. 그리고 「질서로서의 문학」, 「문학원론」 등의 작업을 통해 자신의 문학체계를 세우게

---

152) 그러나 그러한 통합의 전제에는 개성의 존재가 최우선인 것이 되며 그러한 개성을 통한 보편적인 어떤 것의 획득 및 통합이 가능할 수 있기 때문에 주관적인 특성을 띠게 마련이며 개성과 보편의 양 극단을 선택할 수 있는 여지를 남겨 놓는다는 면에서 미완성적이며 가변적인 특성을 지니고 있는 것으로 이해되고 있다. 박남훈, 위의 논문, p.73.

153) 이 해석방법은 원래 성경이나 법전 같은 의미체를 해석하는데서 생겨난 것으로 어떤 잣대나 원칙이 필요할 때 생겨나는 해석적 태도이다. 즉 어떤 원칙이나 원리가 없을 때나 혹은 그러한 것이 필요할 때 내세우는 해석적 방법으로서 가치체계가 혼란한 시대에 있어서는, 이러한 규범적 해석을 통해 가치체계를 세우려 하고, 그 원칙에 의해 질서를 만들어 가고자 하는 것이 일반적이다. 그리고 규범적 해석은 단순한 체험 전달보다는 해석을 수용하는 측에 어떠한 행동지침을 마련해 주고자 함이 급선무이다. 그래서 이러한 해석적 입장이 될 때, 비평가는 자신이 비평의 대상으로 삼은 작가나 작품보다는 독자를 더욱 의식하게 마련이다. 죠셉 블라이허 권순홍 역, 『현대해석학』, 한마당, 1983, p.58. 참조.

되는 그의 도정을 살펴볼 때 어떤 원리나 가치체계에 준하는 규범적 해석자로서의 최재서의 모습을 확인하게 된다.

그러면 1930년대 최재서가 한국문학의 비평을 위해 혹은 문단의 방향 설정을 위해 내세운 하나의 규범적 해석틀은 무엇인가. 여러 가지로 논의할 수 있지만 본고에서는 그가 당시 문단의 위기를 타계할 새로운 문학론으로 제시한 풍자문학론에 관심하고자 한다.

문단위기 극복을 위한 규범으로서 풍자문학론

최재서는 당시의 문단을 문학적 위기로 보았고, 그 위기는 창작 불능 내지 좌절의 상태를 가져오기에 이르렀다고 판단한다. 그러면 왜 최재서가 이러한 1930년대 문단위기 상황에서 풍자문학론을 유독 주창하고 있는가. 이는 풍자문학이 다만 비평하는데 그치는 것이 아니라, 나아가 혼돈된 질서의 교정과 새로운 질서의 회복을 최종 목표로 삼고 있는 기능을 지니고 있기[154] 때문이다.

최재서는 풍자문학론의 입론을 위해 작가의 태도와 기술에 중점을 두는, 즉 작가가 외부세계에 대하여 어떠한 태도를 취하느

---

154) 풍자문학의 기능이 혼돈된 질서의 교정과 새로운 질서의 회복을 최종 목표로 삼고 있기에 풍자작가는 비판정신과 역사의식을 지니고 있어야 한다. 역사의식과 비판정신 없이는 사회의 부조리와 인간의 결함을 지적, 고발할 수 없기 때문이다. 김중하, 「풍자문학론서설」, 『국어국문학』 12집, 부산대국어국문학과, 1975, p.45.

냐에 관심을 두고 있다. 그래서 작가가 세계에 대하여 가질 수 있는 태도를 수용적 태도와 거부적 태도 그리고 비평적 태도인 세 가지로 구분하고 있다. 첫째, 수용적 태도란 외부세계를 현재 있는 그대로의 상태에서 승인하고 접대하는 태도를 말하는데, 이것은 문학창작엔 가장 적절한 태도라고 보고 있다. 그러나 대부분의 현재 작가는 우선 사회인으로서 이러한 태도를 가질 수 없다고 생각한다.

둘째의 거부적 태도는 외부세계를 전체적으로 부인하고 거절하려는 태도로 신세계를 건설함에 분망한다. 따라서 기능적으로 볼 때 이 태도는 건설적 태도이다. 그런데 이 태도 역시 예술적 양심에 충실한 현대 작가로선 용이하게 취할 수 없는 태도로 본다. 왜냐하면 억지로라도 건설적 태도를 취하려면 실재성의 일부분을 왜곡내지 묵살하여 인위적으로 태도를 작성할 수밖에 없게 되며, 이것은 벌써 진정한 의미에 있어서의 예술적 태도가 아니기 때문이다.

현대와 같은 과도기에 있어서는 전통을 그대로 수용할 수도 없고 또 그렇다고 실질적으로 거부할 수도 없는 곤란한 시대이기에 이 시기에 인간 예지가 할 수 있는 최선의 방법으로는 셋째의 비평적 태도가 최적이라는 것이다. 이 태도는 인생과 사회를 도매금으로 거부한다는 모험을 하지 않을 뿐더러, 목전에 살아 있는 사람과 제도를 끌어다가 비판의 도마에 올려 현실에서 우리가 목격하면서도 잘 인식하지 못하는 모든 결함과 악을 확대하고, 혹은 적출하고, 혹은 야유하고, 혹은 매도한다. 현대와 같은 과도기에 있어서는 수용적 태도와 거부적 태도 사이에 게재되어 있는 비평적 태도가 가장 합리적이란 것이다. 이러한 작가의 태도를 가장 잘 표현하는 문학으로 최재서는 풍자문학을 들고 있다. 그가 믿기로는 작가가 적극적으로 시대를 통일할 수 없는 이상 소극적으로나마 인심의 기미를 포착하려면 이 태도가 가장 적절하다고 보기 때문이다.

이렇게 최재서는 풍자문학의 필요성 그리고 현대에 있어서의 당위성을 논하고, 다시 풍자문학의 형식을 전개하고 있다. 풍자문학의 형식은 현대에 생겨난 것이 아니기에 그 내용에도 인류문화사와 더불어 병행하는 변천이 있었는데, 그것은 개인공격의 저급한 풍자로부터 시대의 정치적 권력을 비판하는 소위 정치적 풍자를 거쳐 인류 전체를 조소하는 고급한 풍자에 이르기까지 많은 계단이 있었다고 파악한다. 이러한 풍자의 역사를 통해 최재서가 의미있게 건져 올리는 풍자는 작가가 자신을 해부하고 비평하고 조소하고 질타하고 욕설하는 자기풍자이다. 이는 일찍 보지 못하던 예술형식으로 이 같은 새로운 문학을 최재서는 루이스, 엘리어트, 헉슬리 가운데서 발견해 내고 있다. 최재서는 조선문단에도 이러한 풍자문학이 나타나기를 대망하면서, 당시의 조선문단의 위기를 타개할 수 있는 하나의 방안으로 혹은 자신이 지녀야 할 문학적 모랄의 가능성의 하나로 풍자문학론을 주장하고 있다. 그런데 중요한 것은 이러한 자신의 비평적 도그마가 실세비평에서 어느 정도 그리고 어떻게 실현되고 있는지 하는 점이다. 이 풍자문학론을 최재서가 생각하는 하나의 규범으로 상정한다면, 이 규범이 실제비평에서 어떻게 사용되고 있는지를 확인함으로써 그의 규범적 해석의 모습을 파악할 수 있을 것이다, 그래서 그의 실제비평 중 「리얼리즘의 확대와 심화」와 「현대시의 생리와 성격」을 중심으로 이 문제를 살펴보고자 한다. 이 비평문들은 최재서가 풍자문학론을 제기하고 난 이후에 쓴 평문들이며, 또한 이 비평에 나타나는 작품들을 바라보는 시선이 그의 풍자문학론을 기반으로 하고 있기 때문이다.

실제비평에 나타난 규범적 해석

1. 「현대시의 생리와 성격」에 나타난 규범적 해석

「현대시의 생리와 성격」은 김기림의 장편시 『기상도』에 대한 고찰이다. 그러나 최재서가 서두에서 밝히고 있는 내용 - 이 글은 현대시에 대한 몇 가지 의견을 말함과 동시에 이 시 『기상도』를 이해하는데 도움이 되고 또 일면 그 비평도 되기를 기대한다-을 참조한다면 충분히 그의 『기상도』에 대한 해석적 입장을 살필 수 있는 글로 생각된다. 이 시를 이해하는데 도움이 되는 작업을 하겠다는 발언은 이 작품의 특성, 성격 다시 말하면 내용을 해석함으로써 독자들에게 안내의 역할을 하겠다는 표시이며, 동시에 비평도 기대한다는 것은 단순히 작품의 해석에만 국한하지 않고 자신이 지닌 비평적 원리에 의해 가치평가까지 실천하겠다는 입장으로 이해할 수 있다.

최재서는 우리가 일반적으로 시를 볼 때는, 우선 그 주제가 무엇이냐고 라고 묻고 그래서 그 시의 내용을 대강 예상하려고 하는데 이『기상도』는 이러한 전통적 방법으로는 이 시를 이해할 수 없다고 본다. 왜냐하면『기상도』라는 제목부터가 상식적 예측을 벗어나는 데다 이 시를 읽고 나서도 그 주제를 포착하기가 곤란하기 때문이다. 그 곤란함의 하나는 이 시가 시간적으로 현대를 대상으로 삼고, 공간적으로 전 세계를 소재로 삼았다는 점이다. 이러한 방대한 스케줄 때문에 이 시를 한 말로 부를 수 있는 단일한 주제를 찾기가 힘들다는 것이다. 그래서 최재서가 제시하는 이 시 이해의 방법은 전통적 선입관을 버리고 시인이 끌고 가는대로 따라가는 방법이다. 그렇게 하면 우리(독자)도 시인이 본 현대세계의 환시를 볼 수 있다는 것이다. 이러한 최재서의 작품이해의 태도는 작가-작품-비평가-독자의 입장에서 보면 작가와 작품 쪽으로 기울어져 있는 입장이다. 이러한 태도는 어떤 규준을 통해 작품을 해석하고 가치평가를 하려고 하는 그의 비평적 태도와는 약간 이질적인 모습을 보인다. 그러나 앞선 전제로부터 출발한 최재서의『기상도』이해 방법은 주제로부터 출발하여 사상적으로 접근하는 것이 아니라, 기교를 통해 접근하는 길이다. 이러한 기교로의 경도는 김기림이 이『기상도』에서 많은 기교적 실험을 하였고, 그 새로운 기교는 또 내용과 불가분의 관계를 맺고 있다고 보기 때문이다. 그래서 최재서는 김기림의『기상도』에 나타난 기교의 몇 가지 특징을 제시한다. 그 기교의 내용은 ① 이미지 심상의 잡다성 ② 논리적 연락의 결여 ③ 수약적(收約的)효과이다. 그런데 이러한 기교내용의 제시는 앞서 최재서가 김기림의『기상도』를 이해하기 위해서 전통적 선입관을 버리고 시인이 끌고 가는대로 따라가는 것이 아니라, 여기에는 시인의 작품을 이해하고 평가하기 위한 원리를 먼저 제시하고 있다. 이는 최재서의 해석적 관점의 한 특징으로 한 작품을 이해하기 위해서 그 작품의 해석에 필요한 규준이나 원칙을 먼저 제시하고 있다는 점이다. 그래서 그 제시된 잣대에 의해서 그 작품은 해석되고 있는 것이다.

　이런 점에서 그의 비평에 있어서의 해석적 입장은 규범적 해석의 범위 안에 놓여 있다고 할 수 있다. 이러한 해석적 입장에 서 있기에 최재서는 『기상도』를 평함에 있어, 이 작품평을 「주제와 기교」, 「감각과 지성」, 「비애와 풍자」 등 3항의 비평원리를 통해 실제비평을 하고 있는 것이다.

　「주제와 기교」 항에서는 앞서 제시된 3가지 규준을 제시하여 『기상도』의 내용을 비평하고 있다. 여기에서 최재서는 현대파 시인들은 작품 속에서 내면적 통일성을 가져야 하는데 『기상도』는 이런 점에서 <자취>, <병든 풍경> 2장이 내면적 통일성을 성취하였지만 <시민행렬>과 <태풍의 기침시간>에서는 실패했다고 판단한다. 이러한 평가를 내리게 된 이유는 현대시는 한 이미지와 다음 이미지 한 줄과 다음 줄, 한 절과 다음 절 사이에 아무런 논리적 연락은 없지만, 감정의 일관성에 의한 내면적 통일은 지니고 있어야 한다는 현대시의 수법에 근거하고 있기는 하지만 더 근원적인 이유는 현대시의 수법은 이러해야 한다는 하나의 잣대, 혹은 규준에 의해서 이 작품을 바라보고 있기 때문이다. 이러한 하나의 규준을 통한 최재서의 작품비평 태도는 『기상도』 비평의 제2항인 「감각과 지성」에서도 그대로 적용되고 있다.

이 부분에서 최재서는 김기림은 대상을 설명하지 않고 감각 속에 지적 요소를 함축시키는 테크닉을 발휘하고 있다고 밝히고, 그 구체적 증거로 <병든 풍경>의 1장을 들고 있다. 여기에는 거의 전부 단일한 이미지로써 이중의 내용을 함축시킨 이중적 심상으로 되어 있는데, 이러한 김기림의 시적 감각은 메타피지칼 시인의 작품을 연상시킨다는 것이다. 그러나 메타피지칼 시의 본질을 사상의 정열적 파악이라고 정의한다면, 김기림의 시가 엄밀한 의미의 메타피지칼 시가 되기엔 배후에 사상적 요소가 희박하다고 평가한다. 즉 메타피지칼 시가 지닌 시적 원리를 <병든 풍경> 1장에 적용시킴으로써 부정적 평가를 내리고 있다.

그리고 제3항 「비애와 풍자」에서는 『기상도』에 흐르고 있는 비애의 정조를 포착하고 그 비애가 끝나는 곳에서 비롯되는 풍자적 수법을 이 시에서 파악해 내고 있다.

『기상도』의 작가는 천문기사가 되어 이곳저곳에 나타나는 생활현상을 민감하게 포착하여 다금다금 『기상도』 안에 기입만 하고 아무런 주석을 붙이지 않더라도 결과는 우리의 웃음을 폭발시키기 충분하다고 판단한다. 그래서 이것이 대단히 능란한 풍자적 수법이라고 최재서는 규정한다. 그리고 『기상도』에 나타난 시들 중 대상을 희화화하는 풍자와 유머러스한 풍자[155] 등을 지적하고 있다.

이러한 풍자적 기법에 의한 『기상도』의 해석은 이미 최재서가

---

155) 풍자가 지닌 속성상 희극성을 배제할 수는 없다. 희극 자체가 풍자문학과 동일시 될 수는 없지만, 그 발생학적 전지에서 본다면 같은 근원이라 할 수도 있다.

풍자문학론에서 마련한 규범을 밑바탕으로 삼고 있는 것이다. 그러나 그의 풍자문학론의 적용범위는 풍자가 지니는 깊은 의미가 작품 속에서 밝혀지는 것이 아니라 풍자적 수법이라는 기교적 측면에 한정되어 있다.

『기상도』에 대한 최재서의 비평을 통해 확인할 수 있는 것은 앞서도 지적했듯이 그는 작품해석에 필요한 하나의 원리를 늘 전제하고 있으며, 그 원리에 입각해서 작품을 해석하고 평가해가는 규범적 해석 태도를 견지하고 있다는 점이다. 특별히 최재서는 풍자문학론을 통해 과도기적인 현대에 있어 가장 정확한 문학적 규범으로 풍자적 수법을 제시했을 뿐만 아니라, 외국작가의 작품과 평론을 읽을 때, 풍자를 느껴온 그가 우리 사회에도 풍자문학이 나타나기를 고대했기에 김기림의 시에 나타나는 풍자적 수법에 특별히 관심을 두지 않을 수 없었을 것이다. 그래서 『기상도』를 논하면서 자신의 풍자문학론의 적용이라 할 수 있는 「비애와 풍자」 항에서는 긍정적인 평가 외에 부정적 평가는 유보하고 있는 것이다.

그러나 단순히 어리석고 우스꽝스러운 인물이 등장한다고 해서 풍자가 되는 것은 아니다. 희극은 그 자체만으로 표현되거나 인간존재의 한 타입이라 캐리커츠로 나타나 행위하는 것으로 끝나 버리지만, 풍자는 이러한 인물이 자기 능력 이상의 역학적 지배력을 행사하려고 함에 있다. 그래서 풍자는 이중적 구조를 지니며 현실적 질서를 깨고 새로운 질서를 세우려는 의도가 숨겨져 있다. 그러나 최재서가 『기상도』에서 파악하는 풍자는 이러한 현실과 관련된 즉, 부조리한 질서를 깨고 새로운 질서를 세워가려는 의미의 풍자가 아닌 희극성 정도에 그치고 있다. 김중하, 앞의 논문, pp.43-45 참조.

2. 「리얼리즘의 확대와 심화」에 나타난 규범적 해석

최재서는 박태원의 『천변풍경』과 이상의 「날개」를 비평의 대상으로 삼으면서 작가의 의도가 어느 정도까지 작품 위에 실현되어 있음을 기뻐한다고 밝히고 있다. 이러한 비평가의 발언은 작품 속에 나타난 작가의 의도를 해명하는 것이 비평의 중요한 부분임을 드러내고 있는 것이다. 그래서 최재서는 이 두 작품을 이해하고 해석할 공통된 원리를 찾아내고 있다. 그 원리가 작가가 지닌 관찰의 태도와 묘사의 수법이다.

박태원은 객관적 태도로서 객관을 보았고, 이상은 객관적 태도로서 주관을 보았다고 이 두 작가의 태도를 분석하고 있다. 분석의 결과 이 두 태도는 현대문학 세계의 두 경향 - 리얼리즘의 확대와 심화 - 를 대표하는 것으로 판단된다. 그래서 리얼리즘의 확대와 심화를 예증하기 위하여 인간의 심리적 타입을 원용하고 있다. 즉 인간의 유형을 외향적 타입과 내향적 타입, 이 양자를 조화한 중간타입으로 나눌 수 있는데, 예술가의 입장을 정할 수 있는 것은 외향적 그리고 내향적 두 타입으로 나눈다. 그리고 이 양자 어느 하나의 선택이 아니라 외부이건 내부이건 그것을 진실하게 관찰하고 정확하게 표현하도록 하는데 리얼리즘의 본령이 있다고 생각한다.

왜냐하면 최재서가 생각하는 예술의 리얼리티는 외부세계 혹은 내부세계에 한해 있는 것이 아니라, 그 어느 것이나 객관적 태도로써 관찰하는 데서 리얼리티가 생겨난다고 보기 때문이다.

그래서 문제는 재료(객체)가 아니라 보는 눈에 있음을 강조하고, 그 눈의 역할을 카메라에 비유[156]하고 있다.

카메라의 기능에서 작품을 해명할 원리를 도출해 낸 최재서는 『천변풍경』을 우리 문단에서는 드물게 보는 선명하고 다각적인 도회묘사를 성공적으로 하고 있는 것으로 평가한다. 그러나 이 작품은 카메라를 지휘하는 감독적 기능에는 성공하지 못하고 있다고 부정적 평가를 내린다. 즉 이 작품은 사회에 대한 경제적 비판이나 인생에 대한 윤리관 등에 해당하는 통일적 의식이 작품 속에서 느껴지지 않는다는 것이다. 다시 말하면 『천변풍경』 배후에 깔려 있는 작가 자신의 의식이 드러나지 않는 점을 문제로 지적하고 있다. 그러나 그의 비평이 총체적 작품평이 되기 위해서는 이 작품이 지닌 기교적 차원의 설명과 함께 이 작품에 나타난 사회적 연관의식이 해명되어야 한다. 즉 『천변풍경』은 단순히 세태의 한 장면만을 보여주고 있는 것인지 아니면 사회적 연관의식이 어떻게 주제화되고 있는지 그리고 그것이 당대에 무슨 가치가 있는가를 평가해야 옳았으리라[157]는 것이다.

이렇게 최재서는 『천변풍경』의 비평에서 카메라의 일반적 기

---

156) Leon Edel은 『novel and Camera』에서 소설가들은 최초부터 카메라가 되려고 애써 왔다고 밝히고, 19C 이후 소설가들이 카메라의 눈(Camera-eye)과 카메라의 이동수법을 세련시키고 있음을 지적하고 있다. Henry James 는 이런 소설 속의 영화적 수법, 즉 카메라의 눈을 회화적 용어를 사용하여 그림(Picture)이니 장면(Scene)이니 하였지만, 이후 소설 속에서 거의 사진 같은 장면을 경험할 수 있을 정도까지 수법을 고안했다. 그래서 얼마 지나지 않아 초현실주의자들과 도스파소스(John Dos Passos)의 카메라의 눈이 나오게 되었다.
  Leon Edel, novel and Camera, 김병욱 편, 최상규 역, 『현대소설의 이론』, 대방, 1983, pp.516-522 참조.
157) 신동욱, 한국현대비평사, 한국일보사, 1975, p.96.

능에는 성공하고 있지만, 그 카메라를 조정하는 통일성이라는 점에서는 만족스럽지 못하다는 부정적 평가를 내리고 있다. 이는 최재서의 작품해석에 있어서의 특징이며 한계이기도 한 것으로 하나의 잣대에 상응하는 면은 긍정적 평가가 가능하지만 그렇지 못한 면은 부정적으로 평가되는 양면성을 지니고 있다.

이러한 박태원의 『천변풍경』에 대한 최재서의 평가에 비해 이상의 「날개」에 대한 해석과 평가는 상대적으로 더욱 의미 있는 것으로 나타나고 있다. 이는 우리 문단에 주지적 경향이 결실을 보이기 시작했다는 증거일 뿐만 아니라, 순의식의 세계를 표현하는 이상의 「날개」가 현대정신의 증거를 대표 혹은 예표하는 작품[158]으로 최재서에게 이해되었기 때문이다. 최재서는 이러한 긍정적 선이해를 바탕으로 「날개」는 패배를 당하고 난 뒤의 현실에 대한 분노라고 해석하고 있다. 그래서 이상은 그 현실에 대한 분노를 현실에 대한 모독으로 해소시키려 하였는데, 그 형식이 풍자, 윗트, 야유, 기소(譏笑), 과장, Paradox, 자조, 기타 모든 지적 수단을 가지고 가족생활과 금전, 성, 상식, 안일에 대한 모독을 감행했다고 해석한다. 그래서 최재서는 「날개」에서 우리 문단에 드물게 보는 리얼리즘의 심화를 가졌다고 평가할 뿐 아니라, 현대의 분열과 모순에 이만큼 고민한 개성도 없거니와 그 고민을 부질없이 영탄하지 않고 이만큼 실재화한 예를 보지 못한다고 상찬하였다. 이러한 해석과 평가는 앞서 논의된 그의 풍자문학론에서 그 토대를 찾을 수 있다. 그는 풍자문학론에서 현

---

158) 최재서, 『문학과 지성』, 인문사, 1938, p.107.

대는 자의식의 시대이기에 자기 분열을 경험하지 않을 수 없고, 그래서 자기풍자는 현대의 독특한 예술형식으로서 사명과 아울러 매력을 지니고 있다고 주장하였다. 뿐만 아니라 현대인이 자기 자신에 대한 성실성과 날카로운 지성의 두 모순을 포용하고 있는 동안, 이 분열을 성실하게 표현하는 외는 달리 처치할 도리가 없기에 현대사회에서 풍자문학은 필연적으로 발생할 것으로 생각하고 있음과 동시에 우리 사회에 이러한 작품이 나타나기를 대망하고 있었다. 그런데 이러한 최재서 자신의 풍자문학론을 정당화시켜 줄 수 있는 가능성을 「날개」가 보여주고 있기에 최재서는 이 작품을 일단 긍정적으로 평가하고 있는 것이다. 그리고 최재서는 이렇게 풍자문학론이란 하나의 문학적 규범을 통해 30년대 한국문단의 위기를 극복할 수 있는 가능성을 모색해 보았지만, 최재서가 기대하는 것만큼의 실제작품을 만나지 못하고 있다. 이것은 근본적으로 최재서의 풍자문학론의 이론이 외국문학에서 비롯된 것으로, 그래서 그의 풍자문학론은 풍자문학을 역사적 장르로서 구축하지 못하고 미래적이고 예언적인 이론적

---

159) 최재서의 풍자문학론을 장르론적 측면에서 고찰한 김준오 교수는 최재서의 풍자문학론이 과도기의 문학형식으로 제기된 것은 장르비평상 의의가 있으나, 그의 한계를 다음과 같이 지적하고 있다. "무엇보다도 그의 풍자문학은 당대 한국문학의 관찰에서 나온 것이 아니라는데 그 한계가 있다. 그는 실제 작품분석을 하지 않았지만, 서구의 작품들을 예로 들었고, 자기 풍자의 발견도 외국어 작품과 비평에서 느꼈다고 실토한다. 조선조 후기 사설시조나 판소리, 박지원의 한문소설같은 고전문학은 관찰하지 못할망정 당대 이상의 시와 소설, 김유정과 채만식 등의 소설을 관찰한 소산으로 그의 풍자문학론이 나왔어야 했다. 따라서 그의 풍자문학은 풍자문학을 역사적 장르로 구축하지 못하고 미래적이고 예언적인 이론적인 장르로 제시된 결과가 되어 버렸다" 김준오, 『한국 근대문학의 장르론에 대한 연구』, 계명대 대학원, 박사학위 논문, 1986, p.15.

장르로 제시된 결과가 되어 버렸기 때문[159]이다. 여기에 최재서의 풍자문학론의 한계가 있다는 지적은 온당한 것이다. 앞서 논의한 김기림의 『기상도』와 이상의 「날개」를 통해 풍자문학론의 그 한 가능성과 그 방향성을 찾고 있기는 하지만, 한국문학 속에서 계속 이 풍자문학론을 심화해 가기보다는 오히려 「학슬리의 풍자소설론」, 「비평가로서의 학슬리」, 「사상가로서의 학슬리」 등 헉슬리를 중심한 영문학을 통해 풍자문학론을 전개해 가고 있기 때문에 그의 풍자문학론은 당대 한국문학의 관찰에서 나온 것이 아니라는 한계[160]를 지니고 있는 것이다.

최재서는 역사적으로 과도기인 1930년대를 대응할 논리를 찾기 위해 나름대로 혼신의 힘을 쏟은 비평가다. 그래서 그는 상실된 가치체계를 세워가기 위해 부단히 영미비평의 원리를 원용해 모랄을 추구했으며, 문단적 위기를 타개하기 위해 풍자문학론을 제기하기도 했다. 그러나 그의 비평적 근거가 영문학에 기초하고 있었기에 한계를 지니기도 했다. 그렇지만 그 시대에 삶과 문학을 하나로 묶어줄 가치체계를 세우려 하고, 그 원리에 의해 방향을 찾아 보려했던 원리에의 탐구정신은 과소평가할 수 없다고 본다. 그러나 그가 일본 군국주의 체제에 주도적으로 야합한 지식인의 전형적인 모습을 지닌 비평가로서의 치욕은 씻을 수 없다.

---

160) 김준오, 위의 논문, p.15.

6장
임화의 유물론적 해석

    임화에 대한 연구는 그의 비평에만 국한되지 않고, 그가 전 방위적으로 활동한 전 영역으로 펼쳐져 있다. 서준섭의 「문학과 정치 : 임화의 문학비평」(『인문과학연구』 6, 1988), 허형만·이훈의 「1930년대 임화의 리얼리즘론 연구」(『한국언어문학』 42권, 1999), 김외곤의 「1930년대 후반 임화의 문학론 재론」(『현대문학이론연구』 13권, 2000), 김주언의 「임화(林和)의 낭만주의론(浪漫主義論), 그 의미와 한계」(『어문연구』 29권 4호 2001), 김영택의 「임화의 『신문학사』에 관한 연구」(『한국문예비평연구』10권, 2002), 임경순의 「비평 행위와 현실 인식의 상관성에 관한 연구 -임화의 문학 비평을 중심으로-」(『한국언어문학』 51권, 2003), 이찬의 「임화와 조동일의 문학사비교 연구」(『우리어문연구』26권, 2006), 권성우의 「임화의 메타비평연구 : 비평의 자의식에 대한 고찰을 중심으로」(『상허학보』19, 2007), 권성우의 「현대문학과 새로운 담론 -임화시에 나타난 탈시간성 연구」(『한국문예비평연구』24권, 2007), 김영범의 「임화비평

연구 : 언어의 주체문제를 중심으로」(『한국어문학 국제학술포
럼 학술대회』, 2008), 박정선의 「임화 문학의 현재성 ; 민족국가
의 시쓰기와 탈식민의 수사학 -해방 후 임화 시에 대하여-」(『민
족문학사연구』 38권, 2008), 김동식의 「임화 문학의 현재성 :
"리얼리즘의 승리"와 텍스트의 무의식 -임화의 「의도와 작품의
낙차와 비평」에 관한 몇 개의 주석-」(『민족문학사연구』 38권,
2008), 신두원의 「임화 문학의 현재성 : 변증법적 사유와 실천
의 한 절정 -1940년을 전후한 시기의 임화-」(민족문학사연구 38
권, 2008), 손유경의 「임화의 유물론적 사유에 나타나는 주체의
위치(position)」(『국현대문학연구』 24, 2008.04), 김현양의 「임
화 문학의 현재성 : 임화의 "신문학사" 인식과 전통 -"구소설"
과 "신소설"의 연속성-」(『민족문학사연구』 38권 2008), 방민호
의 「임화와 학예사」(『상허학보』 26, 2009) 등이 있으며, 2010
년 이후에는 장용경의 「해방 전후 임화(林和)의 정치우위론(政
治優位論)과 문학의 독자성」(『역사문제연구』 24권, 2010), 신
재기의 「임화의 비평론 연구」(『우리 말글』 50, 2010), 김응교의
「임화와 일본 나프의 시」(『현대문학의 연구』 40권 2010), 김수
이의 「임화의 '신성한 잉여'의 세 가지 의미 : 임화의 비평에 나
타난 시차(視差, parallax)」(『우리문학연구』 29, 2010), 이기성
의 「"운명"과 "고백" 사이 -1930년대 후반에서 해방기까지 임
화의 시쓰기」(『민족문학사연구』, 46권, 2011), 고연숙의 「임화
시에 나타난 바다의 싱징성 연구 - 현해탄 연작시를 중심으로」
(『인문학연구』 83권, 2011), 백문임의 「임화(林和)의 조선영
화론 - 영화사의 좌표와 "예술성과 기업성"의 변증법을 중심으

로」(대동문화연구 75권, 2011), 전철희의 「1930년대 후반 임화의 "학문적 글쓰기" 전략」(『민족문학사연구』 49권, 2012), 권성우의 「임화와 김남천 -동지, 우정, 고독-」(『한민족문화연구』 39권, 2012), 권성우의 「임화의 산문에 나타난 연애, 결혼, 고독」(『한민족문화연구』 42권, 2013), 이성혁의 「1920년대 후반 임화평론에 나타난 아방가르드 수용과 예술의 정치화」(『미학예술학연구』 37권, 2013), 배지연의 「해방기 "민족" 이라는 기호의 변화 양상과 그 의미 -임화의 "민족", "민족문학" 개념을 중심으로」(『현대문학이론연구』 55권, 2013), 권성우의 「임화의 산문에 나타난 연애, 결혼, 고독」(『한민족문화연구』 42권, 2013), 최호진의 「혁명적 낭만주의로 본 임화의 시관」(『현대문학이론연구』 55권, 2013), 이철호의 「카프문학비평의 낭만주의적 기원 : 임화와 김남천 비평에 대한 소고」(『한국문학 연구』 47권, 2014), 최은혜의 「변혁에의 갈망과 과학적 사회주의의 조우 -1920년대 중후반 임화의 평론을 중심으로」(『민족문학사연구』 54권, 2014), 신제원의 「임화의 '현실'과 사회주의 리얼리즘」(국제어문 66권, 2015), 김학중의 「임화시에 나타난 태평양의 의미 연구」(한민족문화연구 52권, 2015), 김지혜의 「임화의 단편서사시의 의미와 감정의 분화」(『현대문학의 연구』 55권, 2015), 김진희의 「1930년대 후반 임화의 저널리즘론과 비평」(『어문연구』 44권 2호, 2016), 김세익의 「임화 시에 대한 마르크스주의 이론적 분석 −단편서사시를 중심으로」(『시민인문학』 30권, 2016), 최은혜의 「저변화된 낭만, 전면화된 사실 : 1920년대 후반~30년대 중반 임화 평론에 나타난 낭만성의 재검토」(『우리

문학연구』, 임동현의 「1930년대중반 임화와 홍기문의 사회주의 민족어 구상」(『민족문화연구』 77권, 2017), 이도연의 「박영희, 임화비평의 사유체계와 인식소들」(『우리문학연구』 62권, 2018), 김영범의 「임화초기문학론 재론」(『현대문학의 연구』 67권, 2019), 최병구의 「비평정신과 테크놀로지 -식민지 시기 임화의 근대성 인식과 성찰」(『구보학보』 21, 2019), 전철희의 「운명과의 만남 -김윤식의 임화론에 대한 몇 가지 주석」(『동아시아문화연구』 76권 2019), 김여범의 「임화초기 문학론 재론」(『현대문학의 연구』 67권, 2019), 강계숙의 「명확성의 원리로서의 문학어 - 문학의 언어를 둘러싼 임화의 비평적 사유」(『인문학연구』 59, 2020) 등의 다양한 연구가 진행되었다. 이들 중 2000년대 이후의 주요 연구를 살펴보면 다음과 같다.

김주언은 「임화(林和)의 낭만주의론(浪漫主義論), 그 의미와 한계」에서 林和의 浪漫主義論은 무엇보다도 그의 일련의 詩批評의 연장선상에서 이해되어야 한다고 본다. 林和가 1934~36년 사이에 전개한 '신로맨티시즘'은 그에게 시의 浪漫性과 現實性을 매개해 줄 수 있는 原理的 範疇를 제공한다는 것이다. 여기서 浪漫性은 결국 리얼리즘에서 작가(시인)의 主觀的 意志가 중요시되어야 한다는 인식인 것이다. 이러한 林和의 낭만주의론은 現實의 객관성과 認識 主體의 주관성 사이의 균형이라는 美學的 難點을 해결하지 못한 채 마감된다.

그러나 시와 낭만주의, 소설과 리얼리즘과의 관계가 별다른 反省 없이 等式關係로 인식되는 시점에서 浪漫主義와 리얼리즘의 결합을 詩批評에서 구체화한 시도는, 그의 論理가 갖고 있는 限

界에도 불구하고 오늘날에도 여전히 유효한 問題意識을 던지고 있다고 볼 수 있다[161]고 평가한다.

임경순은「비평 행위와 현실 인식의 상관성에 관한 연구 -임화의 문학 비평을 중심으로-」에서 임화는 리얼리즘을 문학과 예술 세계를 창조하는 방법으로 생각했다고 본다. 특히 임화는 엥겔스의 리얼리즘과 사회주의 리얼리즘을 통해서 주제를 재구성하려고 암중모색했다는 것이다. 임화는 문학의 전형기에 생활문학을 통해 길을 찾으려고 노력했는데 실제 현실세계에서 시련의 정신을 발견함으로 작가는 실재를 볼 수 있다고 생각했다는 것이다. 임화는 이론적 해결을 위해 노력했고, 자신의 이데올로기에 고착했다. 그러나 그는 압박 속에서 새로운 이론적 해결책을 제시하지 못했으며, 짧은 수필과 문학사만을 썼다. 카프비평은 그의 세계관에 따라 다양한 모습을 보여주었다고 본다. 카프비평은 압박 가운데서도 창조적 글쓰기를 하는 과정의 문제를 극복하는 것이다. 이것이 비평적 작업에서 의미 있는 창조적 글쓰기이며, 문학 비평이론을 찾는 행위였다[162]고 보고 있다.

김현양은「임화 문학의 현재성 : 임화의 "신문학사" 인식과 전통 -"구소설"과 "신소설"의 연속성-」에서 임화(林和)의 '신문학사(新文學史)'는 중세문학과 근대문학의 질적 차별성을 전제로 서술되어 있는데, 임화는 조선의 근대문학으로서의 신문학은

---

161) 김주언,「임화(林和)의 낭만주의론(浪漫主義論), 그 의미와 한계」,『어문연구』29권 4호, 2001, p.157.
162) 임경순,「비평 행위와 현실 인식의 상관성에 관한 연구 -임화의 문학 비평을 중심으로-」,『한국언어문학』51권, 2003, p.605.

"근대정신을 내용으로 하고 서구문학의 장르를 형식으로 한 조선어로 쓰여진 문학"이라 규정하면서, 신문학사는 중세문학과 단절된 서양문학의 이식(移植)문학사라고 했다고 평가한다. 그런데 '신문학사'를 구체적으로 기술하면서, '신소설(新小說)'을 '구소설(舊小說)'의 형식과 외국문학의 내용(정신)이 결합된 양식적 특성을 보이는 '과도기(過渡期)의 문학'이라 했다. 그런데 '구소설'의 형식을 계승하고 있는 것을 승인한 것은 신문학이 서구문학의 장르를 형식으로 한 조선의 근대문학이라고 한 그의 인식논리와 모순된다고 판단한다. 형식뿐만 아니라 내용에 있어서도 임화의 인식논리와 구체적 기술은 모순된다고 보았다. 임화가 「혈의루」, 「은세계」, 「치악산」, 「귀의성」 등을 통해 예로 들고 있는 신소설의 내용적 특성은 「사씨남정기」, 「최척전」, 「춘향전」 등 탈봉건적 지향을 드러내는 구소설에서도 포착되기 때문이다. 임화의 인식논리에 따르면, '신소설'은 근대문학이라 할 수 없으며 본격적인 근대문학은 「무정(無情)」으로부터 출발하게 된다. '신소설'은 '구소설'과 역사적으로 연속된 양식이며, '신소설' 시기까지의 소설사는 근대문학의 전사(前史)가 된다. 그러므로 임화는 '이식'을 말했으나 실제로는 '계승'을 서술한 것으로[163] 보고 있다.

신두원은 「임화 문학의 현재성 : 변증법적 사유와 실천의 한 절정 -1940년을 전후한 시기의 임화-」에서 임화에 대해 1940년

---

163) 김현양, 「임화 문학의 현재성 ; 임화의 "신문학사" 인식과 전통 -"구소설"과 "신소설"의 연속성-」, 『민족문학사연구』 38권 2008, p.47.

전후한 시기에 사상 전향을 하였다거나 친일의 길로 경사하였다는 오해가 아직 불식되지 못하고 있다고 보았다. 그러나 임화는 이 무렵에도 결코 사상 전향을 하지 않았으며 따라서 친일문학의 길로 나아가지 않았다는 것이다. 파시즘의 압력 속에서도 파시즘이 강요하는 전체주의 문화가 결코 새로운 인간 합일의 문화가 될 수 없음을 밝혔고, 프롤레타리아가 그 문화의 진정한 주체가 되어야 함을 암시하는 등 저항문학의 길을 모색하였다고 본다. 그리고 역사의식과 관련해서는 역사 전개가 온갖 다양한 우회로를 통해 이루어질 수밖에 없음을 수용하면서도 결국에는 필연성이 관철되어 나간다는 의식을 견지하였다고 판단한다. 문학과 정치의 연관에 대해서도 파시즘의 정치성에 저항하기 위해 문학의 정치성을 부정(순수성 옹호)하는 길로 나아간 것이 아니라 오히려 진정한 정치와 문학의 결합의 필요성을 역설하였다고 본다. 아울러 언어 문제와 관련해서도 저항민족주의와 제국주의라는 양 편향에 기울어지지 않는 가운데 '조선어'를 옹호하는 지혜를 보여주었고, 이러한 임화의 사유는 1930년대 중반부터 시작된 그의 변증법적 사유의 한 절정에 해당하며, 이 무렵의 어느 누구에 비해서도 탁월한 경지를 보여준다[164]고 평가하고 있다.

  김동식은「임화 문학의 현재성 : "리얼리즘의 승리"와 텍스트의 무의식 -임화의「의도와 작품의 낙차와 비평」에 관한 몇 개의 주석-」에서 널리 알려진 대로 이 시기에 전개된 임화의 문학비

---

164) 신두원,「임화 문학의 현재성 ; 변증법적 사유와 실천의 한 절정 -1940년을 전후한 시기의 임화-」,『민족문학사연구』38권, 2008, p.20.

평에서 가장 주요한 주제는 주체의 재건이었다고 해석한다. 임화는 주체와 리얼리즘이라는 두 가지의 문제를 결합함으로써 자신의 비평적 거점을 마련하고 있는데, 그 배후에는 엥겔스가 제시한 '발자크의 리얼리즘의 승리'에 대한 지속적인 탐구가 가로놓여 있었다고 보았다. 임화의 비평 「위대한 낭만정신」은 혁명적 낭만주의에 대한 주장이면서 '리얼리즘의 승리'에 대한 강렬한 기대를 표현한 글로 평가한다. 또한 「사실주의의 재인식」과 「주체의 재건과 문학의 세계」에는 작가를 올바른 세계관으로 인도하는 상징적 기제로서의 리얼리즘이 제시되어 있는데, 임화는 이를 두고 리얼리즘을 통한 주체의 재건이라고 불렀다고 해석한다. 중요한 것은 리얼리즘의 승리에 근거해서 주체의 재건론이 주장되고 있다는 점이다. 1938년에 발표된 「의도와 작품의 낙차와 비평」은 리얼리즘의 승리에 대한 임화의 해체론적인 읽기가 제시된 비평이라고 보았다. 이 글에서 임화는 '신성한 잉여'를 제시하고 있는데, 놀랍게도 비평과 작품의 경계가 허물어지고 텍스트의 무의식을 발견하는 지점에 도달하고 있다고 본다. 이는 리얼리즘의 승리와 주체의 재건이라는 비평적 주제를 지속적으로 탐색했기 때문에 가능한 일이었다[165]고 평가한다.

　박정선은 「임화 문학의 현재성 : 민족국가의 시쓰기와 탈식민의 수사학 -해방 후 임화 시에 대하여-」에서 탈식민주의와 수사학을 분석틀로 하여 해방 후 임화 시에 대한 새로운 읽기를 시

---

165) 김동식, 「임화 문학의 현재성 ; "리얼리즘의 승리"와 텍스트의 무의식 -임화의 「의도와 작품의 낙차와 비평」에 관한 몇 개의 주석-」, 『민족문학사연구』 38권, 2008, p.94.

도하고 있다. 해방 후 임화는 '인민'이 주체가 되는 부르주아 민주주의 혁명의 완수를 통한 민주주의 민족국가 건설을 희망했으며, 임화의 민족문화론과 민족문학론은 이 같은 제3의 근대기획이 문화와 문학에 적용된 탈식민 담론이란 것이다. 그리고 임화에게 시 쓰기는 이러한 제3의 근대기획의 실현을 위한 문학적 실천이자 민족문학론의 창작적 구현이었다고 본다. 임화는 시 쓰기를 탈식민 저항으로 간주했기 때문에 시 쓰기에서 탈식민 주체의 구성과 그러한 주체의 투쟁의 형상화에 역점을 두었다는 것이다. 그가 시에서 구성한 주체는 해방기에는 '인민'이라는 집단주체였고, 월북 후에는 인민유격대와 같은 이른바 '인민의 영웅'이었다고 본다. 그는 이러한 주체의 자기해방 투쟁을 형상화함으로써 시를 통한 선전, 선동적 효과를 극대화하고자 했다는 것이다. 해방 후 임화 시는 '우리/너희', '인민/원수', '동지/적'과 같은 주체-객체의 이분법에 기초하고 있는데, 이런 점에서 임화 시의 수사학은 차이의 수사학이라 명명한다. 임화 시에서 차이의 수사학은 의미 층위에서는 '우리-인민-동지' 대 '너희-원수-적'이라는 상반된 은유적 의미계열체로 나타나며, 통사 층위에서는 대조, 반복과 같은 구문적 수사와 돈호, 청유와 같은 감정적 수사로 나타난다는 것이다. 그래서 의미 층위와 통사 층위에서 활용된 수사들은 모두 탈식민적 시 쓰기를 위한 문학적 장치로 기능했다[166]고 해석한다.

---

166) 박정선, 「임화 문학의 현재성 ; 민족국가의 시쓰기와 탈식민의 수사학 -해방 후 임화 시에 대하여-」, 『민족문학사연구』 38권, 2008, p.71.

김응교는 「임화와 일본 나프의 시」에서 임화 시와 일본의 프롤레타라이 시에서 공통적인 세 가지 사항을 정리하고 있다.

1) 임화의 단편 서사시는 일본 나프의 장시와 유사한 면이 있다는 것을 지적하고 있다. 따라서 일본 장시의 영향을 받았을 가능성이 있겠으나, 그렇다고 그것이 임화 단편 서사시가 나프의 장편 프롤레타리아 시를 모방했다고 단언할만한 근거는 안된다고 본다. 그 이유는 첫째, 임화는 단편 서사시를 쓰기 전에 다다이즘시나 모더니즘 시도 긴 형식으로 썼고, 둘째, 임화가 썼던 배역시(配役詩)는 임화가 갖고 있는 개성 중의 하나였다는 점이다. 1928년 임화는 연극을 배울 목적으로 도쿄에 갔고, 또 영화배우를 했다는 사실, 그리고 조직에서도 키노 분과에 있었다는 점을 들고 있다. 셋째, 임화가 이상화 시인을 좋아했고 한국시의 서사적 전통을 의식했다는 것을 기억해야 한다는 것이다. 당시 이상화의 「빼앗긴 들에도 봄은 오는가」(1927)는 최고의 걸작으로 회자되고 있는 상황이었다. 따라서 임화의 단편 서사시를 단순히 일본 나프시의 모방으로 평가할 근거는 없다는 것이다.

2) 임화 시에 나타나는 여성 화자는 당시 1920년대와 30년대에 한국와 일본 프롤레타리아 시에서 자주 등장하는 인물 유형이라는 것을 지적한다. 그러나 임화 시에 나타나는 여성 화자는 지극히 수동적인 유형임을 밝히고 있다.

3) 임화 시와 일본의 프롤레타리아 시와 다른 점은, 일본 나프 시에서 많이 나타나는 유형인 반전시는 임화 시에서 나타나지 않는다는 점이다. 반면 임화 시에는 일본 나프 시에서 나타나지 않는 유이민시가 나타나며, 임화 시에 나타나는 현장성, 종로 네 거

리, 현해탄, 만주는 일본 프롤레타리아 시에서 나타나지 않고, 표현되더라도 그 의미는 다르다는 것이다. 나프시와 임화 시를 비교할 때 임화의 단편 서사시에 대한 신선한 충격은 다소 축소되지만, 그렇다 하더라도, 임화의 단편서사시는 지금에 이르기까지 한국 시의 구비적 상상력에 자양분이 되었다[167]고 평가한다.

김수이는 「임화의 '신성한 잉여'의 세 가지 의미 : 임화의 비평에 나타난 시차(視差, parallax)」에서 임화의 '신성한 잉여' 개념은 1930년대 후반의 혼돈의 현실에서 임화가 마련한 비평적 저항 기제이자 비평의 위상을 문학과 현실을 새로운 질서로 재편하려는 최종심급으로 정립하고자 한 기획의 산물이었다고 본다. 이 개념에는 당시 임화가 지닌 유물변증법에 대한 과거와 현재의 시차, 문학작품의 본질과 완성도에 대한 과거와 현재의 시차, 비평의 역할에 대한 과거와 현재의 시차들이 반영되어 있다고 보아 임화의 '신성한 잉여'의 구체적 의미를 세 가지로[168] 해석하고 있다.

백문임은 「임화(林和)의 조선영화론 -영화사의 좌표와 "예술성과 기업성"의 변증법을 중심으로」에서 임화의 「조선영화발달소사」와 「조선영화론」(1942)을 중심으로 40년대 초 영화사가 놓인 좌표 및 "예술성과 기업성"의 명제가 갖는 의미를 규명하고 있다. 「조선영화발달소사」는 1940년 무기명으로 발표되었던 「조선영화발달사」를 초안으로 하였고, 1941년 동경에서 간행된

---

167) 김응교, 「임화와 일본 나프의 시」, 『현대문학의 연구』 40권 2010, p.379.
168) 김수이, 「임화의 '신성한 잉여'의 세 가지 의미 : 임화의 비평에 나타난 시차
   (視差, parallax)」, 『우리문학연구』 29, 2010.02, p.213.

이치카와 사이(市川彩)의 『アジア映畵の創造及建設』에 재수록 되었다. 이 영화사는 넓게는 대동아공영권에서 "아시아 영화"를 기획한다는 제국의 프로젝트 하에 식민지 영화 사업에 대한 대대적인 조사와 정리가 벌어지던 상황 속에서 "조선영화"의 위상을 마련하는 작업의 일환으로, 좁게는 "최초의 문화입법"인 조선영화령 실시를 계기로 조선에서 영화의 "재출발"을 위한 기반을 마련하는 과정 속에서 생산된 것이면서, 동시에 조선에서 그 문화적 위상이 급격하게 변화되고 있는 영화에 대한 평론가 임화의 담론적 개입으로 보고 있다. 임화의 영화론을 관통하는 문제의식으로서 "예술성과 기업성"이라는 명제가 변증법적 대립물로 상정되어 있으며, 임화는 그것을 "국민영화와 조선영화"의 변증법과 중첩시킴으로써 "조선영화의 예술적 성격"이라는 범주를 도출했음을 규명하고 있다. "예술성과 기업성"이란 30년대 후반 이후 조선 영화담론의 핵심을 포착한 것으로, 기업화가 확립되어야 예술이 가능하다는 주장을 돌파하는 논리가 제시되고 있다는 것이다. 즉 기업성이라는 것이 당시 조선 영화계가 해결해야 할 근본적인 모순처럼 현상하고 있으나 그것은 예술성의 문제를 변증법적 대립물로 하는 통일적 관계 속에 있는 것이라는 점을 지적하고, 나아가 이 과제란 국민영화라는 일반적 방향 속에서 조선영화의 위치를 지정하는 문제와 필연적으로 얽혀 있음을 주장하고 있다는 것이다. 이러한 논리는 영화에 있어서 물질적 기반의 문제를 본질적인 것으로 상정하고 그리하여 필연적으로 조선영화를 제국의 기획 속으로 해소시키게 되는 논리에 대해서도 비판적일 뿐더러, 영화를 산업이나 국가권력의 문제와

동떨어진 예술로 파악하는 추상적이고 낭만적인 관념과도 거리가 먼 것으로 판단한다. 임화가 이 논리를 바탕으로 영화사 서술에 있어서 "조선영화의 예술적 성격"을 규명한 양상, 이 영화사가 "아시아 영화"라는 정치적, 문화적 지평 속에서 조선영화를 설명하는 것으로 좌표가 옮겨지면서 일어나는 변화, 그리고 그에 대한 임화의 대응 논리를[169] 해명하고 있다.

이기성은 「"운명"과 "고백" 사이 -1930년대 후반에서 해방기까지 임화의 시쓰기」에서 1930년대 후반과 해방기의 임화의 시쓰기를 "운명"과 "고백"이라는 키워드를 통해서 살펴보고 있다. 그간의 연구에서는 식민지 말기와 해방기 사이의 단절의 계기가 강조되어, 두 시기의 내적 연속성을 해명하지 못하였다고 본다. 따라서 이 글에서는 해방기에서 출발하여 1930년대의 시를 다시 읽는 플래시백의 독법을 통해서, 임화의 시적 의식의 연속성을 살펴보고 있다. 1930년대 임화의 시에서 주요하게 등장하는 "운명"의 문제는 해방기 자기비판의 언어와 마주침으로써 "시인으로서의 자의식"을 확보하는 것으로 이어진다고 본다. 이것은 해방기의 격정적인 정치적 언어가, 운명의 문제에 근접해 갔던 1930년대 시와 더불어 의미를 지닌다[170]고 평가한다.

전철희 「1930년대 후반 임화의 "학문적 글쓰기" 전략」에서 1930년대 후반 임화는 객관적 "현실의 묘사로서의 의식"을 새

169) 백문임, 「임화(林和)의 조선영화론 -영화사의 좌표와 "예술성과 기업성"의 변증법을 중심으로」, 『대동문화연구』 75권, 2011, p.309.
170) 이기성, 「"운명"과 "고백" 사이 -1930년대 후반에서 해방기까지 임화의 시쓰기」, 『민족문학사연구』 46권, 2011, p.258.

로운 주체로 세우겠다는 "주체재건론"을 제시한다고 보았다. 이후에 그는 카프 시기의 투쟁적 어조를 버리고, 문학적 당파성을 강조하지 않으며, 상세한 문학 분석에 치중함으로써 "학문적 글쓰기"를 시작했다는 것이다. 학문적 글쓰기는 결코 시대적 이데올로기에 대한 투항이 아니었고, 여전히 사회주의의 전 단계로써 자본주의 근대를 일관되게 지향한 계몽주의자였다고 본다. 더 이상 저항적인 글을 발표할 수 없는 엄혹한 현실 속에서 학문적 글쓰기는 투쟁을 이어가기 위한 궁여지책이었다는 것이다. 임화는 학문적 외양을 띤 글 속에서 자신의 문제의식을 예각화시키기 위해 역사철학을 전유했고, 신문학사와 본격소설론에서는 정치한 분석을 통한 이데올로기 비판이 수행되었다고 평가한다. 이런 작업들을 통해 임화는 견고한 논리를 정초한 비평가로 자리매김하는데, 이것이 임화의 "주체재건"이었다[171]고 명명하고 있다.

권성우의 「임화와 김남천-동지, 우정, 고독」은 식민지시대 비평사에서 가장 중요한 족적과 흔적을 남긴 대표적인 비평가들이지만, 흥미로운 사실은 이 둘의 관계라는 점에 주목하고 있다. 이들은 비판, 연대, 제휴, 존경 등의 다양한 방식을 통해 비평적 우정을 맺으면서 비평 활동을 전개해왔기 때문이다. 이들은 카프(KAPF)의 실세이자 주역이었으며, 카프문학운동, 해방 직후의 진보적 문학운동, 죽음에 이르기까지 함께 비평적 동지로서

---

171) 전철희, 「1930년대 후반 임화의 "학문적 글쓰기" 전략」, 『민족문학사연구』 49권, 2012, p.444.

함께 해왔다. 이런 맥락에서 볼 때, 이들은 뤼시엥 골드만의 "두 사람이 함께 책상 들기"의 관계에 가깝다고 본다. 임화의 입장에서 볼 때 김남천은 끊임없는 갱신과 정진이 요구되는 후배이자 동지였기에, 임화가 때로 김남천에게 신랄한 비판을 수행한 것은 동지적 비판의 차원에서 이해해야 한다는 것이다. 이에 비해 김남천에게 임화는 존경하는 선배이자 위대한 스승이었다고 본다. 임화와 김남천은 당대의 어떤 비평가보다도 당시의 문단 시스템과 구조에 대한 근원적인 비판을 전개했는데, 이 점은 그들이 문단에서의 지위와 상관없이 투철한 비판정신을 지닌 비평가라는 사실을 의미한다고 평가한다. 임화와 김남천은 일제 말 군국주의 파시즘이 휘몰아치는 와중에 협력과 저항 사이에서 절묘한 입지를 보여주었고, 때로 이 둘은 대일 협력이라고 해석될 수 있는 흔적을 보여주었으며, 동시에 소극적 저항이라고 해석될 수 있는 글을 남기기도 했다는 것이다. 저항과 협력 사이의 줄타기는 이 두 비평가의 비평적 운명이었을지도 모른다고 판단한다. 그들의 죽음도 바로 이 지점에서 비롯되었다고 할 수 있다[172]는 것이다.

이성혁은 「1920년대 후반 임화평론에 나타난 아방가르드 수용과 예술의 정치화」에서 1차세계대전 전후에 등장한 아방가르드는 기성의 예술이 삶으로부터 분리되어 제도화되었다는 점을 비판하면서 예술과 삶의 일치를 꾀한 집단적인 예술운동이라고

---

172) 권성우, 「임화와 김남천 -동지, 우정, 고독-」, 『한민족문화연구』 39권, 2012, p.311.

규정하고 아방가르드는 기존 예술의 재현 양식을 파괴하고 여러 실험을 통해 실생활을 예술적으로 재조직하고자 했다고 본다. 그런데 일제 강점기 한국에서 이러한 아방가르드의 요건과 상당히 부합하는 활동을 보여준 이는 임화라고 본다. 그는 당시 아방가르드 예술의 급진성을 그 누구보다도 열정적으로 수용했고, 이를 소화하여 전위적이고 정치적인 시의 창작으로까지 나아갔다는 것이다. 그는 창작만이 아니라 아방가르드 이론을 수용한 평론을 발표하면서 전위적인 예술활동을 전개했다고 본다. 임화는 이탈리아 미래주의와 소용돌이파를 소개하는 평론을 발표하면서 아방가르드 이론을 수용하기 시작했지만, 그는 현대의 속도와 새로움을 재현하고자 했던 이탈리아 미래주의를 비판하고, 원시적 생명력을 비재현적으로 표현하고자 했던 소용돌이파를 받아들였다는 것이다.

아방가르드의 이러한 선별적인 수용을 통해, 그는 "프로문학"을 프롤레타리아의 억압된 생명력이 표출되는 문예로서 이론화했으며, 그는 프로문학은 아방가르드처럼 미리 정해진 양식이 없기 때문에 어떠한 "물건"도 가능하다고도 주장하기도 했다는 것이다. 여기에서 프로문학이라는 "물건"을 어떻게 제작할 것인가의 문제에 봉착하게 되는데, 이때 그는 무라야마 토모요시와 마보(MAVO)의 예술론과 만나게 되었다고 본다. 1920년대 중반. 일본의 예술계를 뒤흔든 무라야마와 마보는 직업예술가로서의 전문가가 되길 거부하고 비예술 영역을 횡단하면서 작품 제작을 아방가르드적으로 실천해나갔는데, 이들에게 중요한 것은, "형성예술"(buildende kunst)의 제작 활동을 통해 혁명하고 창조하고 첨단에 서는 일이었다고 본다. 조각가 김복진은 마보의 예술론을 수용하여 프롤레타리아 예술운동과 "형성예술"을 결합시키려고 했고, 임화는 이를 이어받아 마보의 횡단적인 예술 활동 방식을 선전선동 활동으로 전환시켜 의식적으로 정치화하자는 주장을 폈다는 것이다. 그는 "프로문학"이 현실을 담는 재현물이 아니라 아방가르드처럼 현실에 직접적으로 작용하여 현실을 변화시키려는 선전선동 예술이라고 주장했다고 본다. 그런데 임화는 선전선동 문학을 의식적으로 창작해야 한다는 주장을 펴기 위해서 프롤레타리아 생명력의 표출이라는 프로문학론에서 더 나아가야 했다는 것이다. 이는 무라야마 토모요시가 다다(DADA)와 결별하고 프롤레타리아 예술로서 러시아의 구축주의를 수용하는 전환과 관련되어 있다고 본다. 이 수용을 통해 무라야마는 기능적이고 실용적인 예술관을 받아들이게 되는데, 이 예술관은 바로 임화가 주장한 프로문학의 실용성인 선전선동과 상통하는 점이란 것이다. 더 나아가 임화는 예술을 부정함으로써 예술을 미학에서 해방시키려고 한 러시아 구축주의를 수용하면서, 예술이란 범주를 완전히 지양해야 한다는 과격한 발언까지 하게 되었다고 본다. 이와 더불어 임화는 기술과 실험, 재료의 조직이 사회를 전진시킨다는 러시아 구축주의의 주장을 받아들여, "프로 예술"을 세상을 바꾸는 "무기로서의 기술"이라고 정의한다는 것이다. 그 이후에 그는 당시로서는 첨단적인 기술이 필요한 예술 장르인 영화계에 들어가고, 여기서 습득한 영화적 기술을 활용하여 "단편서사시"를 창작하게 되었다[173]고 평가한다.

권성우는「임화의 산문에 나타난 연애, 결혼, 고독」에서 임화
는 누구보다도 마르크스주의를 깊이 있게 체득했던 진보적 비평
가였지만 동시에 그는 예민한 감성을 지닌 전형적인 로맨티스트
였기에, 당대의 어떤 문인보다도 연애와 여성에 대해 깊은 관심
을 가지고 있었으며, 결혼과 연애에 대한 다양한 글을 남겼다고
본다. 청춘시절 연애에 몰입되었던 임화는 1920년대 중반부터
연애를 철저하게 계급적 시각으로 바라보았다는 것이다. 그러나
1930년대 후반 이후에 개진된 임화의 연애관은 현저히 연애의
개인적 자유와 다양성을 강조하고 있다고 본다. 임화의 연애관
은 계몽주의와 미학주의 사이에서 끊임없이 진동했다는 것이다.
그래서 이귀례, 지하련과의 두 번에 걸친 임화의 결혼 역시 흥미
로운데, 이귀례와의 결혼은 혁명과 계급투쟁을 위한 동지적 결
합에 가깝다고 본다. 몇 년간의 결혼생활을 거쳐, 이귀례와 헤어
진 임화는 이후 지하련과 마산에서 재혼했는데, 임화는 "자유"
와 "제도"라는 결혼의 두 가지 속성을 모두 인식하면서도 궁극
적으로 결혼의 자유를 강조했다는 것이다. 누구보다도 신뢰하고
아끼는 동지이면서 동시에 누구보다도 서로 상처를 주었던 관
계가 임화와 지하련의 결혼생활이었으며, 그 책임의 커다란 부
분은 임화의 자유로운 연애관과 결혼관에서 연유한다[174]는 것이
이 글의 결론이다.

---

173)　이성혁,「1920년대 후반 임화평론에 나타난 아방가르드 수용과 예술의 정치
　　　화,」『미학예술학연구』 37권, 2013, p.3.
174)　권성우,「임화의 산문에 나타난 연애, 결혼, 고독」, 『한민족문화연구』 42권,
　　　2013, p.287.

최호진은「혁명적 낭만주의로 본 임화의 시관」에서 1930년대 중·후반 임화의 시론과 그의 시, 그가 비평의 대상으로 삼은 작품을 비교 분석하는 작업을 통해 임화가 창조하고 체현하고자 한 시관과 특성이 무엇인지 역추적하는 작업을 하고 있다. 임화는 서정주의「서풍부」와 안용만의「강동의 품」, 윤곤강의「희망」을 각각 현실이 고매한 상태에 도달한 시, 민족성과 향토에 대한 사랑이 잘 드러난 시, 아이러니와 패러독스로 시정신을 담보한 시라고 극찬하며, 이를 통해 임화가 경향시에서 사상성과 계급성뿐 아니라 내용과 형식의 통일을 중요시하고 경향시를 역사적인 의미의 전체적인 시로 발전시키기 위해 노력했다는 것을 알 수 있다고 본다. 임화가 비판한 정지용의「고향」과 신석정의「밤이여, 그것은 단조(單調)한 비극(悲劇)이 아니다」의 작품 분석을 통해서는 그가 시인의 대상적 실천과 관계된 부분을 매우 중요하게 생각한다는 것을 역추적할 수 있다는 것이다. 임화가 중요하게 생각하는 혁명적 낭만주의와 주체의 실천적 모습을 이들 시에서 찾을 수 없는데, 이것으로써 임화 시론의 중심 줄기는 시대정신을 반영할 뿐만 아니라 실천이 전제된 생활이 담보돼야 한다는 것을 알 수 있다는 것이다. 또한 방언을 시어로 선택한 백석의 시를 거론하지 않은 것을 통해 방언은 시가 담당해야 할 사회적 기능을 수행할 수 없으며, 임화에게 민족어로서의 시어는 역사성과 계급의식을 드러내는 현실 반영의 수단이자 혁명적 교화기능까지 수행하는 도구여야 함을 알 수 있다고 본다. 이러한 분석을 토대로 1930년대 중·후반 임화의 이데올로기는 시론의 추진력을 부여했으며, 그의 시관은 현실과 생활, 그에 따른 시대정신의 중요성을 강조하면서도 시의 속성으로서 혁명적 낭만주의, 감정, 고매한 시정신과 수단으로서 언어를 중시했다[175]고 평가한다.

　배지연은 「해방기 "민족" 이라는 기호의 변화 양상과 그 의미 -임화의 "민족", "민족문학" 개념을 중심으로」에서 '민족'이라는 기호를 통해 상징투쟁을 벌였던 해방기 문학장에서 임화가 사용했던 '민족'의 기호가 지닌 의미의 변화 양상을 살피고 그 의미를 규명하는 것을 목적으로 하고 있다. 아울러 해방기 '민족' 및 '민족문학'의 지형도에서 임화가 차지하는 위치를 함께 고찰하고자 한다. 해방기 문학장에 선편을 잡았으며 그 속에서 중심적 역할을 해온 임화의 '민족' 기호는 해방기 '민족'이라는 기호의 다양성을 내포하고 있다고 본다. 해방 직후 임화는 전 민족세력들을 결집하기 위해 추상적이고 다소 모호한 개념으로 '민족'이라는 기호를 사용하지만, 이후 박치우로 대표되는 문학가동맹 논자들의 개념화 과정을 통해 추상성을 극복하게 되고, '민족문학'이라는 기호 또한 근대적 의미의 민족문학이라는 의미에서 계급문학으로 변하는 양상을 보인다는 것이다. 또한 인민문학으로서의 '민족문학'과 계급문학으로서의 '민족문학' 사이를 진동함으로써 양자가 지닌 다양성을 수용할 가능성을 지닌다는 측면에서 임화가 주창했던 '민족문학'은 의미 있다[176]고 평가한다.

---

175) 최호진, 「혁명적 낭만주의로 본 임화의 시관」, 『현대문학이론연구』 55권, 2013.
176) 배지연, 「해방기 "민족" 이라는 기호의 변화 양상과 그 의미 -임화의 "민족", "민족문학" 개념을 중심으로」, 『현대문학이론연구』 55권, 2013, p.153.

이철호는「카프문학비평의 낭만주의적 기원 : 임화와 김남천 비평에 대한 소고」에서 카프 해체 이후 임화와 김남천 모두 카프 문학의 공식주의적 오류를 지양하는 대신에 새로운 비평적 준거를 확립하고자 고심했지만, 주체 재건의 방식에 있어 분명한 차이를 보여준다 본다. 그것은 '생활'이라는 용어를 재전유하는 방식의 격차에서 비롯된 것으로, 임화의 경우 '사실'로부터 분리시키거나 '생활'과 접합시키는 방식을 통해 '현실' 개념의 담론적 권능을 재탈환하고자 하지만 김남천은 '현실'에 내재된 어떤 본질을 여전히 고수하려 한다는 점을 들어 임화를 비판했다고 본다. '현실'이란 어떤 완미한 조화의 이상 속에 있는 것이라기보다 오히려 그 반대이기에 김남천은 작가나 주인공의 분열된 의식을 전제로 삼지 않고서는 주체 재건이 불가능하다고 역설했다고 본다.「유다적인 것과 문학」에서 '자기 고발'을 주체 재건의 핵심으로 내세웠던 김남천은 『1945년 8·15』에서도 주인공을 형상화하는 가운데 무엇보다 자기반성의 수준을 그 전형성의 기준으로 삼았다는 것이다. 주인공 지원이 자신과 자신이 속한 공동체의 자기고발을 통해 보여준 통찰은 정치와 문학의 관계 속에서 문학이 무엇을 할 수 있는가를 예증해준다[177]고 평가하고 있다.

최은혜는「저변화된 낭만, 전면화된 사실 : 1920년대 후반~30년대 중반 임화 평론에 나타난 '낭만성' 재검토」에서 1926년부

---

177) 이철호,「카프문학비평의 낭만주의적 기원, : 임화와 김남천 비평에 대한 소고」,『한국문학 연구』 47권, 2014, p.195.

터 1930년 무렵까지 임화는 프로문예가로서의 정체성을 뚜렷하게 가지게 되는데, 이 시기 그는 처음으로 평론을 쓰기 시작해서 카프의 일원으로서 자리매김하게 되었다는 것이다. 특히 1926년도의 평론들은 그가 어떤 이유로 비평을 시작했는지를 보여주는 데, 그 내용은 개인(들)에게 가해진 억압의 해방을 가능케 하는 예술, 그리고 보수적인 예술로부터 벗어나려는 예술 그 자체의 해방과 관련된 것이었다고 본다. 이런 지점은 그가 평론을 작성했던 시작점에서부터 문예의 정치적인 가능성에 주목하고 있었음을 보여주는 대목이란 것이다. 동시에 이는 그가 프로문예에 대해서 관심을 가지게 된 내적인 동력을 해명할 수 있는 실마리를 제공한다고 본다. 1927년 임화는 아나키즘 논쟁에 가담하는데, 이때부터는 본격적으로 카프의 대표적인 논자로서 자기정체성을 형성해나간다고 보았다. 이 논쟁에서 그는 카프가 아나키스트 세력과 분화되어야 한다고 주장하면서도, 그들 세력이 가지고 있는 감정작용의 유의미성에 대해서 충분히 인정하는 태도를 보인다는 것이다. 감정 작용과 과학적 사회주의가 접합하는 가운데, 프로문예가 전개되어야 함을 주장한 것으로 본 것이다. 이때의 감정작용이란 혁명을 위한 내적 동력을 의미하고, 과학적 사회주의란 혁명을 현실화하는 외적 원칙을 의미한다는 것이다. 이후 1930년 동경에 넘어가기 전까지 그는 문학, 영화, 연극, 미술 등 문화의 다양한 분야에서 평론을 작성했는데, 이 평론들의 논리는 '내용-형식의 일원론'에 입각해 있었다. 박영희 주도의 목적의식론, 내용 우위의 문예 창작을 강조하는 흐름에 영향을 받고 있었다는 것이다. 그러면서도 '형식 혁명'을 강조했다는 점에서 박영희류의 평론과 변별된다고 본다. 이를 통해 그의 평론이 당대 카프가 주도하던 문예의 정치주의적 경향으로 온전히 수렴되지 않았다는 것을 알 수 있는데, 이런 지점을 강조하는 것은, 임화가 의도했든 의도하지 않았든, 정치적 예술뿐 아니라 예술의 정치성 자체에 관심을 가지고 있었던 면모를 새롭게 발견할 수 있게 해준다[178]고 평가한다.

　김학중은 「임화 시에 나타난 태평양의 의미연구」에서 임화의 시들 중 바다가 등장하는 시편들에서 그동안 주목받지 못한 "태평양"의 의미를 살펴보고자 하는 시도를 하고 있다. 임화의 시에 등장하는 바다는 "태평양"과 "현해탄"인데, 기존의 연구에서는 "태평양"의 의미에 대해서 연구된 바가 없다는 것이다. 기존의 논의에서 '바다' 시편들로 분류되는 시들에 더해 "태평양"이란 해양명이 등장하는 「우산 받은 요코하마 부두」를 포함시켜 임화 시에 나타난 "태평양"의 의미를 분석하고 있다. 「우산 받은 요코하마 부두」는 「비내리는 시나가와驛」의 답시로 이 시의 내적인 구조인 귀환의 구조를 내재하고 있는데 임화는 이 귀환의 구조의 한축에 "태평양"을 두었다는 것이다. 임화는 당시 요코하마에서 조선으로 가는 배가 없는 상태임에도 시에서는 이러한 항로를 상정했다는 것이다. 임화는 여기에 "추방"의 바다로서 "태평양"을 자리매김하고 이 "추방"의 바다를 통해서만 고국에 귀환할 수 있다고 노래했다고 본다. 그때에 임화가 노래하는

---

178)　최은혜, 「저변화된 낭만, 전면화된 사실 : 1920년대 후반~30년대 중반 임화 평론에 나타난 '낭만성' 재검토」, 우리문학연구 51, 2016.

"추방"은 "연대의 가능성"을 여는 의미를 내포하는 것이라 본다. 「우산 받은 요코하마 부두」에서의 귀환은 요코하마에서의 계급 연대를 이루는 것이었다는 것이다. 그래서 이 시에서 귀환의 구조는 일본에서 시작해 조선을 거쳐 일본으로 돌아오는 구조였다고 본다. 임화는 이러한 귀환을 통해 새로운 가능성인 프롤레타리아 해방과 계급 연대를 이루어낼 수 있다고 생각한 것으로 본다. 임화는 이를 위해 시적 상상력을 통해서 "태평양"에 상상의 항로를 개척하려고 했다는 것이다. 이러한 시적 도정은 카프 해산과 같은 시련을 겪은 후에도 임화에게서 지속되고 있었다고 본다. 프롤레타리아 해방과 계급 연대의 가능성이 희박해진 때에 임화는 "현해탄" 연작을 통해 기존의 귀환 구조를 변화시킨다는 것이다. 여기서 큰 힘을 제공하는 것도 "태평양"으로 본 것이다. 이때에 "태평양"은 귀환의 바다로 우리에게 주어진 것으로 본다. "태평양"은 이전의 귀환의 구조를 변화시켜 조선에서 시작해 조선으로 돌아오는 귀환의 구조를 시적으로 형성하도록 이끈다는 것이다. 여기에서 "태평양"은 호명되는 바다인데 묘사되지 않고 내밀하게 주어지는 가능성으로 나타난다. "추방"의 바다였던 "태평양"은 이 "추방"의 항로를 내재함으로써 "가능성"의 바다로 마주할 수 있게 되었다고 본다. 이 결과에 따라 "현해탄 콤플렉스"의 근간으로 이해된 "현해"의 내적 구조가 사실은 그와는 다른 구조를 가지고 있음이 드러났다고 본다. "현해"는 "태평양"이 밀려들어오는 장소이고 이에 따라 조선 또한 이러한 영향 아래 있는 장소로 변모함을 밝힐 수 있었다는 것이다. 그것은 외양적으로는 임화가 추구하였던 사상, 즉 프롤레타리아 해방과 계급 연대였지만 내적으로는 이것의 실현 불가능함에 근거해 끊임없이 가능성을 호출하려는 시도에서 의해 내적으로는 "가능성"의 차원으로 우리 앞에 귀환하는 힘이었음을 드러낼 수 있었다고 본다. 이 "가능성"을 귀환시키는 힘, 그것은 로맨티시즘의 외양을 지닌 상상력이란 힘이었다는 것이다. 결론적으로 임화 시에서 "태평양"은 미래를 사유하는 것을 가능하게 한 매개체이며 미래를 현재에 귀환하도록 이끄는 그러한 의미를 지닌 시어였다고 본다. 이런 점을 살펴볼 때 현해탄 콤플렉스에 기반한 임화의 시에 대한 기존의 평가는 달라져야 할 필요가 있다[179]고 판단한다.

신제원은 「임화의 '현실'과 사회주의 리얼리즘」에서 1930년대 중·후반 사회주의 리얼리즘을 지지하고 해설하며 이를 조선현실에 적용하려했던 임화의 담론을 다루고 있다. 임화는 주객변증법을 바탕으로 '세계관'과 '창작방법론', '현실'에 대해 논하고 있는데, 특히 '낭만'에 대한 두 글은 그의 기본적 사유체계를 내포하고 있는 것으로서 주목을 요한다고 본다. 유물변증법적 세계관을 내포하고 있는 주체를 상정하고 그 주체의 우세를 논했던 '낭만'론의 구조는 일반적 인식과 달리 '주체재건론'에서도 계속되기 때문이라는 것이다. '주체재건론'에 있어서 주체의 '세계관'과 세계관의 바탕으로서의 '현실'의 의미를 분석하고 그것을 비판적으로 검토하여 그 한계와 의의를 밝히고 있다. 이 모

---

179) 김학중, 「임화시에 나타난 태평양의 의미연구」, 『한민족문화연구』 52권, 2015, p.161.

든 이론적 바탕에는 임화 자신의 유물변증법적 '세계관'이 전제되어 있고, '현실'과 '실천'을 주장하는 시점에도 그에게는 주관주의적 관념편향이 드러난다고 본다. 30년대 후반, 임화 자신의 비평가적 주체나 사회주의 리얼리즘의 현실적용 문제가 스스로에게 반성되는데, 이는 이러한 논리적 한계 위에서 설명된다[180]고 본다.

김지혜는 「임화의 단편서사시의 의미와 감정의 분화」에서 임화의 단편서사시 「우리 오빠와 화로」의 의미를 프로시의 새로운 양식이라는 점에서 찾는 기존 논의가 여전히 미학/이데올로기라는 이분법적 시각에 의거해 시의 사적 의의를 밝힌다는 점을 유념하고, 오히려 단편서사시가 미학/이데올로기라는 이분법을 넘어서는 통합적 감수성을 형성하는 텍스트임을 드러내고 있다. 결론적으로 말해, 「우리 오빠와 화로」의 출현으로 인해 김기진과 임화는 프로시의 중요한 자질로서 "감정"을 발견하고 각기 다른 방향으로 "감정" 의미를 분화시켜 갔음을 알 수 있었다고 본다. 통상적으로 이 시기 프로시는 문학의 이념화 또는 운동으로서의 문학이라는 정치적 입장을 강화하는 방향으로 나아갔다고 이해될 수 있지만, 이 시기 주목받은 작품 「우리 오빠와 화로」를 둘러싼 논의들을 보면, 동시에 그것은 일종의 프로시적인 감수성의 형성에 관한 담론이기도 했다는 것이다. 그 과정에서 "감정"이 중요한 자질로서 선택되고, 그 외연과 내포를 구축하

---

180) 신제원, 「임화의 '현실'과 사회주의 리얼리즘」, 『국제어문』 66권, 2015, p.225.

고 있었던 것으로 본다. 구체적으로 김기진은 「우리 오빠와 화로」처럼 프로시가 "동정"의 감정을 형성하여 독자의 계급적 감수성을 자극함으로써 프로시의 대중화에 성공할 수 있다고 보았지만, 임화는 김기진의 감정론이 사실상 부르주아 지식인의 감상주의에 불과하며 동정의 감정이 관찰자의 감정이라는 점을 간파하고, 자신의 시에 대한 자아비판을 감행하게 되었다는 것이다. 주목할 것은 프로시에서 이념성의 강화가 결코 감정의 약화로 직결되지 않는다는 점이며, 오히려 단편서사시를 통과하면서 임화는 감정의 사회적 역할을 구체화시켰다고 할 수 있는데, 궁극적으로 그것은 혁명적 감수성의 형성으로 나아간다고 본다. 즉, 임화는 감정을 문학의 본질일 수 있는 이유로서 감정이 사상과 행동을 요체로 한다는 점을 적극적으로 드러내고, 감정을 "행동에의 충동"이라는 정치적 실천의 의미로서 확정했던 것으로 본다. 단편서사시 「우리 오빠와 화로」의 의미는 이 시로 인해 프로시에서 감정이 배제되는 미학적 자질이 아니라 혁명의 실천을 가능하게 하는 이념적 자질로 자리매김하게 되었다[181]고 평가한다.

김세익은 「임화 시에 대한 마르크스주의 이론적 분석 –단편서사시를 중심으로」에서 임화 시의 형식적 특성 중 가장 특징적인 것은 서사성의 도입이라고 보고, 그것은 시작품의 대중성 향상에 기여함으로써 기존의 프로시들이 갖고 있던 한계를 어느 정

---

181) 김지혜, 「임화의 단편서사시의 의미와 감정의 분화」, 『현대문학의 연구』 55권, 2015, p.401.

도 극복해주었고, 주관적 서정의 세계에 서사성을 도입함으로써 서정 양식을 확대했다는 의의를 지닌다고 평가한다. 그러나 가장 큰 의의는 계급 현실의 구체화와 적극적 현실대응을 추구했다는 점으로 본다. 당대 식민지 현실에 대한 시적 대응은 역사의 총체적인 왜곡 상태에서 우리 민족 전체가 신음하고 있던 당시에 개인 서정의 주관적 진술만으로는 표현하는 것이 거의 불가능한 상황이었기 때문에 임화는 이 현실을 객관적이고도 감성적으로 드러내기 위해 산문이 지니고 있는 서사구조를 도입한 것이며, 시 속에 담긴 이야기는 당대의 현실을 적확하게 반영함으로써 프로시로서의 사회 비판 기능과 시문학으로서의 미학을 함께 득할 수 있는 발판이 되었다[182]고 판단한다.

김진희는 「1930년대 후반 임화의 저널리즘론과 비평」에서 1930年代 中半 以後 '저널리즘'이라는 問題意識 下에 쓰인 林和의 평문들을 중심으로, 저널리즘의 槪念, 당대 저널리즘에 대한 임화의 批判的 認識, 그리고 批評의 危機에 대한 임화의 代案的 방향 등을 논의하고 있다. 임화는 저널리즘에 대한 비판적 논의를 토대로 당대 비평의 방향을 提言했고, 실제 작품 분석과 비판을 수행했다고 본다. 임화는 통시적, 공시적으로 근대 저널리즘 고찰을 통해 자유주의 정신을 강조함으로써 당대 일제의 출판물 허가제나 검열제, 그리고 시장성의 확대에 대한 상업성을 비판했고, 이런 문제적 현실이 저널리즘의 본질적 특성인 현

---

182) 김세익, 「임화 시에 대한 마르크스주의 이론적 분석 –단편서사시를 중심으로」, 『시민인문학』 30권, 2016, p.139.

실 비평정신의 상실과 잡지의 몰락, 그리고 문학 비평의 위기 역시 가져왔다고 진단한다는 것이다. 임화는 이를 극복할 대안으로 비평 주체의 창조적 비평정신을 강조함으로써 현 시대와 미래 역사에 대한 해답을 문학 주체들이 획득하기를 요청했다고 본다. 이런 의미에서 1930년대 후반 임화의 저널리즘에 대한 집중적인 탐구와 논의는 상업적·정치적 저널리즘의 폭력성에 대한 비판이었으며 현실에 대한 비평정신의 회복을 토대로 한, 비평가의 주체적인 세계관과 정신의 복권이었다[183]고 평가한다.

임동현은 「1930년대 중반 임화와 홍기문의 사회주의 민족어 구상」에서 임화와 홍기문은 조선어학회의 언어규범화운동을 비판하면서 사회주의 민족어를 주장했다고 판단한다. 임화와 홍기문은 민족을 하나의 형식으로 이해했고, 그 안에 프롤레타리아적 문화요소를 채우는 것을 사회주의 민족문화라고 보았다는 것이다. 민족어도 언어가 사회경제적 조건에 규정된다는 유물론적인 인식과 언어의 발전은 언어 간의 상호접촉으로 진행된다는 언어관을 기반으로 해야한다고 본다. 임화와 홍기문은 사회주의 언어관을 바탕으로 다수 인민이 사용하는 일상어를 표준어로 제시했고, 조선어학회의 표준어가 노동계급의 언어를 간과하고 부르주아 계급의 언어를 강제한다고 비판했다는 것이다. 당시 조선의 부르주아 계급은 사회경제적 한계로 인해서 독자적인 문화 수립의 역량이 없기 때문에 많은 문제가 있었고, 따라서 언어규

---

183) 김진희, 「1930년대 후반 임화의 저널리즘론과 비평」, 『어문연구』 44권 2호, 2016, p.53.

범화운동을 사회주의자들이 대신 진행해야 했다는 것이다.

임화와 홍기문이 말하는 다수 인민은 노동자·농민이었고, 이들은 언어 인구의 다수를 차지했고, 고유한 조선어를 많이 사용하고 있었기 때문에 표준어 기준이 되었다는 것이다. 하지만 임화와 홍기문은 사회주의 민족어를 만드는 방법론에 있어서 입장이 달랐다고 본다. 언어 학자였던 홍기문은 민족어 규범의 통일화와 표준화에 필요한 근대적 시스템이 식민권력에 장악되어있기 때문에 언어규범화운동은 해방 이후의 사업이고, 식민지 상황에서는 조선어 정리만 해야 한다는 유보적인 입장이었고, 반면에 임화는 사회주의 문학가들을 통한 민족어 형성을 구상했다는 것이다. 문학을 통해서 노동계급의 일상어를 표준화하고 문학작품을 통해서 전국적인 통일화를 이루려고 했다[184]고 본다.

이도연은 「박영희, 임화비평의 사유체계와 인식소들」에서 박영희와 임화 비평에 나타난 사유체계의 얼개와 그 인식론적 특성을 비교, 검토하고 있다. 그리고 이를 마르크스주의(비평)의 중핵적 인식소로서 객관적 존재와 주관적 의지의 상호관계를 중심으로 살펴보고 있다. 박영희 비평의 전반적 혼선은 양자 간의 균형감각의 상실에서 기인하는 것으로 보았고, 어떤 면에서는 박영희의 비평적 본질은 전혀 변하지 않았다고 말할 수도 있을 듯하다고 평가한다. 그것은 박영희의 비평이 일관된 주관적 의지의 산물로 여겨지는 때문이라는 것이다. 결국 그는 자신이 속

---

184) 임동현, 「1930년대중반 임화와 홍기문의 사회주의 민족어 구상」, 『민족문화연구』 77권, 2017, p.287.

해 있는 경험적 현실에 대한 객관적 인식에 도달하지 못한 것으로 판단하고 있다.

이에 비해 임화 비평은 객관과 주관의 변증법적 통일을 지향하는 사유의 모험을 지속적이고 일관되게 실천하고자 노력했던 것으로 보고 있다. 임화 비평의 사유의 원천과 인식론적 지반은 낭만적 정신으로 표상되는 주관적 의지의 구상력(構想力) 및 정신의 합목적적 실천활동이었다는 것이다. 그리고 이는 낭만주의와 사실주의의 길항관계 속에서도 변함없는 비평의 원리로서 임화의 사유 전반을 지탱하는 거멀못으로서 기능하였다고 본다. 이와 같은 양상은 해방 이후의 비평에까지 면면히 이어지는데, 특히 1930년대 후반기는 임화 비평의 진경이 펼쳐지는 순간들로 기억돼야 마땅하다[185]고 평가한다.

전철희는「운명과의 만남 -김윤식의 임화론에 대한 몇 가지 주석-」에서 한국의 문학(연구)사에서 임화와 김윤식은 독보적인 위치에 놓여 있다고 보고, 김윤식의 임화론을 메타적으로 독해하고 있다. 이 작업은 김윤식의 연구방법론을 추출하고 임화에 관한 평가 하나를 복원시키는 작업에 일조할 수 있을 것으로 판단하기 때문이다. 김윤식은『한국근대문예비평사연구』에서 정치와 문학의 관계를 검토했고, 이후 그는 사상사에 몰두하면서 정치적 문제와 현실적 상황이 개별 문인들의 내면에 침투하는 양상에 천착했다고 해석한다. 임화의 존재는 그로 하여금 방법

---

185) 이도연,「박영희, 임화비평의 사유체계와 인식소들」,『우리문학연구』62권, 2018, p.90.

론적 전환을 하게끔 부추긴 매개 중 하나가 되었다는 것이다. 김윤식은 임화가 현실을 극복하려는 노력(진정성)을 지녔다고 말하기 위해 루카치로부터 "운명" 개념을 차용했으며, 김윤식은 중기나 후기의 루카치보다 초기의 루카치를 호의적으로 수용했는데, 이는 한국의 비평가-연구자로서 이색적인 이력이었다고 본다. 초기 루카치의 "운명" 개념에 천착한 드문 비평가였기에, 김윤식은 임화가 진정성을 투철히 추구한 결과 비극적인 죽음을 맞았다는 독창적인 평가를 제시할 수 있었다는 것이다. 한편 김윤식은 1970년대까지 임화가 근대의 양가적 속성을 총체적으로 살피지 못했다면서 '현해탄 콤플렉스'를 비판했으나, 『임화연구』에서는 비판의 강도가 현저히 약해져 있다고 본다. 그리고 이후의 저작인 『임화와 신남철』에서는 임화에 대해 더욱 우호적인 태도가 드러나고 있다고 보았다. 이런 태도 변화는 김윤식의 문학관이 달라진 경과를 집약하여 보여준다는 것이다. 「임화연구」를 쓸 때까지 김윤식은 '자주적'인 문제의식을 견지하고 있었기에 제도적 근대성을 강조한 임화에 대해서는 이견을 표현할 수밖에 없었다고 본다. 김윤식이 임화를 우호적으로 평가하게 된 것은 '가치중립성으로서의 근대' 개념을 받아들인 결과였다는 것이다. 이 둘은 각자의 시대정신을 체현한 것처럼 느껴질 만큼 우직하게 자신들이 설정한 목적을 추구했다는 점에서, 후대의 문학인들에게 귀감이 될 만하다[186]고 평가한다.

---

186) 전철희 「운명과의 만남 -김윤식의 임화론에 대한 몇 가지 주석-」, 『동아시아문화연구』 76권, 2019, p.89.

최병구는 「비평정신과 테크놀로지 - 식민지 시기 임화의 근대성 인식과 성찰」에서 일제 말기 임화의 비평과 문학사에 나타나는 과학기술의 문제를 살펴보고 있다. 그간의 임화 연구가 장르와 특정 시기를 중심으로 이념에서 감성으로 방향이 이동했다면, 다양한 장르에서 발견되는 과학기술에 대한 임화의 통찰을 분석하고자 한 것이다. 1920년대 후반 새로운 예술사조와 연극의 형식을 소개하는 글들에서 드러나듯, 식민지시기 임화는 기계 문명에 바탕을 둔 새로운 양식을 소개하고, 기술의 진보가 만들어 낸 사회 현상에 지속적인 관심을 보였다는 것이다. 일제 말기 제국의 파시즘이 확장되던 시기에, 임화는 기술의 진보가 생산력 향상이라는 목적과 결부되어 어떻게 식민지 지식인들의 삶에 영향을 미치는지를 목격하며, 기술로부터 자유로운 정신의 추구를 주장했다고 본다. 근대 미디어와 영화에 대한 임화의 비평에서 발견되는 상품과 표현의 구분, 전통과 농촌에 대한 임화의 재발견은 이를 보여주는 결정적인 증거[187]라고 해석한다.

김영범은 「임화초기문학론 재론」에서 선구적인 학자들의 연구 이후, 후속 연구들은 카프 가입 이전 임화의 평문들은 상대적으로 도외시되었다고 보고, 반면 그의 시에 대한 연구들은 카프 가입 이전까지 포괄하는 양상이었다고 평가한다. 이는 계급문학 이론가로서 그가 성취했던 문학사적 입지를 규명하는 일이 우선이었던 것이 주요한 원인이었다고 본다. 그러나 카프에 가입하

---

187) 최병구 「비평정신과 테크놀로지 -식민지 시기 임화의 근대성 인식과 성찰」, 『구보학보』 21, 2019, p.279.

고 주요 인사가 되기 전, 문학인 개인으로서 행했던 문학적 모색 이후 그의 이론적 행보와 전혀 무관할 리가 없다고 본다. 이러한 판단 아래 이 시기 그의 평문 4편을 집중적으로 재검토하고 있다. 이러한 과정을 통해 선구적인 연구들이 준 선입견을 어느 정도 해소할 수 있었다는 것이다. 임화는 새로운 민중예술이 개인의 내면에서 출발해야 한다고 생각했고, 정기간행물이 마련할 제3기의 부동문학에서 그러한 민중문학의 가능성을 점쳤는데, 부동문학은 고정문학이 상실해버린 민족적 위대성을 되찾을 수 있다고 여겼기 때문이었다는 것이다. 한편으로 그는 아방가르드 예술은 물론이고 문단에 새로운 지향을 제시했던 잡지들에까지 신경향파라고 호명했고, 소용돌이파를 소개한 글에서 그는 수직적 예술과 수평적 예술의 구분에 가치판단을 더했다고 본다. 척박한 토지에서 탄생한 후자의 특성이 타민족을 정복하게 만들었다는 설명에는 그의 현실인식이 담겨 있었고, 그는 찰나주의의 의미를 바로잡고자 했는데, 이것이 찰나로서 영원을 사는 예술의 방법이라고 생각했던 이유에서였다는 것이다. 그의 카프 가입은 이러한 문학적 모색이 이루어진 다음에 행해졌고. 그것은 숙고의 결과였다[188]고 판단한다.

강계숙은 「명확성의 원리로서의 문학어 - 문학의 언어를 둘러싼 임화의 비평적 사유」에서 임화의 언어론 중 문학어와 관련된 내용을 집중적으로 분석하고 있다. 그의 언어론은 복합적인 형성 배경을 바탕에 두고 있는데, 첫째 마르크스주의 언어학인 마

---

188) 김영범, 「임화초기문학론 재론」, 『현대문학연구』 67권, 2019, p.157.

르주의의 수용, 둘째 형상 개념의 이론적 정립 및 비평적 전유, 셋째 복고주의와 기교주의 문학에 대한 지속적인 비판, 넷째 '문학어로서의 조선어의 완미한 개화'에의 요구, 다섯째 기교주의 논쟁의 영향 및 카프시에 대한 자기반성이 그것이란 것이다.

임화는 '형상의 구체성'을 문학의 예술적 특수성으로 인식하였는 바 '문학어=형상적 언어'로 정의한다고 본다. '형상적 언어'는 구체적인 의미전달에 충실한 언어로서 일상생활에서의 인간적인 느낌, 감정, 의식 등을 직접 이야기하는 형식의 언어를 가리킨다는 것이다. 그는 이러한 언어는 '생생한 생활의 말'을 통해 구현된다고 보았고, 그가 일상어를 문학어의 좋은 소재(素材/所在)로 지목한 까닭은 복고주의 문학의 언어적 퇴행 현상을 조선어의 발전에 큰 장애요인으로 보고 이를 '조선어의 완미한 문학적 개화'를 통해 극복할 필요가 있다고 판단하였기 때문이란 것이다. 한편 기교주의 논쟁을 거치며 임화는 문학어를 대상의 형상화에 정합적으로 일치하는 언어로 재정리하고 이를 '명확한 언어'라고 지칭한다고 보았다. 그리고 이러한 문학어는 '언어의 명확성의 원리'에 따라 실현되는 것으로 설명하고 있다. 주목할 것은 이러한 원리가 일상어를 통해서만 실현된다고 전제하였다는 점이다. 그는 일상어의 합리적 기능과 실행을 가리켜 '완전한 현실성의 표상'이라 표현하며, 이를 언어의 기본성질이자 언어의 소박한 상태로 꼽고, 이러한 언어가 바로 예술의 소재가 되는 언어라고 보았다는 것이다.

중요한 것은 그가 일상어의 문학적 가치를 중시한 것과는 별개로 문학어와 일상어를 엄밀히 구별하였다는 점이다. 그는 문학어란 일상어가 예술적 구축에 요구되는 '선택과 정련의 과정'을 거쳐 미적으로 재탄생한 언어이며, 이는 장르를 불문하고 모든 문학어에 해당하는 것으로 문학어는 그 외형에서만 일상어와 유사할 뿐 실은 별개의 언어임을 분명히 한다는 것이다. 요컨대 문학어는 예술적 선택과 정련의 과정을 통과한 '일상어의 현실성의 에센스'라는 것이다. 임화는 이러한 문학어의 특징이 가장 현저하게 구현되는 영역으로 시를 꼽았고, 훌륭한 시적 언어는 시의 고유한 창조 가운데 일상어를 내용상 형태상 재구성하여 전혀 다른 언어로 만들고, 그 과정에서 언어적 미감과 사실적 내용은 잊히지 않는 아름다움이 되어 강한 정신적 충동을 남긴다[189]고 보고 있다.

이런 다양한 임화론에 바탕을 두고, 그의 비평을 해석학적 관점에서 고찰해 보고자 한다.

역사관과 비평원론에 나타난 유물론적 해석

1. 임화의 역사관과 30년대에 대한 시각

1935년에 카프가 공식적으로 해체됨으로써 프로비평체계가 완전히 사라지는 듯 했지만 임화에 의해 소위 프로비평체계의 재정립이 시도되고 있었다. 임화는 우선 무엇보다도 현실 혹은

---

189) 강계숙, 「명확성의 원리로서의 문학어- 문학의 언어를 둘러싼 임화의 비평적 사유」, 『인문학 연구』 59, 2020, p.125.

역사에 깊이 관심한 비평가다. 그러므로 그의 해석적 입장을 해명하기 위해서는 임화의 역사관을 이해하는 것이 필요하다. 그의 역사관은 우선 다음 일절에서 확인할 수 있다.

> 역사를 가령 하나의 면이라고 보면 우리는 그것을 회전하는 면이라고 볼 수가 있지 않은가 한다. 즉 면의 회전운동 가운데 시간이 표시된다. 이 용적(면-공간) 가운데 작용하는 시간 때문에 역사는 항상 변화하는 존재의 의미를 띄운다 할 수 있다.[190]

임화는 역사를 변화의 실체로 보고 있다. 그 변화의 주체가 시간이다. 시간의 흐름에 의해 역사는 변화해 간다는 것이다. 그리고 역사적 시간을 임화는 자연적 시간과 구분하고 있다. 즉 시간이란 자연사적 시간과 사회사적 시간으로 나누어 볼 수 있는데, 자연사적 시간이란 생물사적 시간으로 이는 인간의 역사와 무관한 시간이다. 인간의 역사란 사회사적 시간으로 이는 인간이 자연사적 시간을 깨트리고 정복하고 지배한 위에 수립된 새 시간이다. 그런데 이러한 사회사적 시간을 만들어 내는 것은 인간의 능동적인 주체성에 있다고 본다. 즉 현재란 자연적 시간을 가능한 사회적 시간으로 현실화시켜 나가는 것이 인간의 역사란 것이다. 그러므로 현재란 사회적 시간으로서의 창조 가능성과 자연적 시간이라는 현실성이 교섭하고 혼재하여 서로 상주하는

---

190) 임화, 「문단적인 문학의 시대」, 『문학의 논리』, 학예사, 1940, p.257.
191) 이러한 역사의 특징을 임화는 또 다른 측면에서 다음과 같이 파악하고 있다. "역사란 엄밀히는 이미 되어진 일의 총칭이다. 금일과 명일을 史書에 써놓을 수 없다. 그러나 역사에의 의식은 결코 과거에의 회고와 동의어는 아니다. 그것은 과

순간이며 장소라고 할 수 있다.[191] 그래서 임화는 역사를 단순한 변화로만 파악하지 않고 두 세력 간의 운동으로 이해하고 있다.

> 역사란 것을 면의 회전운동에 비길 수 있다면, 자연히 중심과 주변의 개념을 쉽게 상상할 수 있는 때문이다…. 외측을 주변이라 하고 내핵을 중심이라 할 것 같으면 그 표현 형식은 실상 면이 아니라 선과 점이다. 외측의 면이 선이요 중심이 점이 된다. 이것은 같은 면적상에 동일한 운동 가운데 표시되는 두 개의 상이한 차이이다. 여기엔 회전운동의 방향의 상대성이 또 있다. 즉 중심으로 향하여선 구심운동이 일어나고 외측을 향하여선 원심운동이 일어난다. 중심은 점에의 집중과 응결, 주변은 선의 분리와 해체! 역사가 이렇게 면의 회전을 통한 부단히 다른 면에로 이행하는 도정이라면 그 운동의 연속은 나선 운동이다. 다시 말하면 중심이라고 불러질 선을 통하여 새 면이 창조되고 주변의 원심화로 낡은 면이 파괴 소멸된다.[192]

역사를 자연적 시간의 사회적 시간에로의 변화로 보고 있을 뿐 아니라 임화는 그 변화과정 속에서 빚어지는 두 힘 사이의 운동으로 파악하고 있다. 그 운동은 중심세력의 새로운 창조와 주변세력의 소멸을 낳게 되는 나선운동으로 인식되고 있다. 이렇게

거 가운데 살고 있음에 불구하고 우리가 의식하는 것은 과거 가운데 살아 있는 현재가 아니라, 현재 가운데 살아 있는 과거다. 그것은 곧 현재 가운데 살아 있는 미래에 대하야 우리의 주요한 관심이 향해 있기 때문이다. 현재란 현재 가운데 살아있는 과거와, 현재 가운데 살아 있는 미래의 실로 데리케이트한 연속점에 불과할지도 모른다. 그러면 현재란 과거와 미래와의 사이에 게재한 하나의 의미 연관점에 불과한 영점이냐 하면, 그렇지는 않을 것이다. 언제나 현재란 과거가 미래로 살아가고 혹은 이와 반대로 미래가 과거 속에 새 세계를 만들어 내는 의미 깊은 생성의 순간이다." 임화, 같은 책, pp.727-728 참조.
192) 임화, 같은 책, pp.257-257.

원심력과 구심력 간의 긴장 가운데서 역사가 진행된다는 그의 비유적 표현 속에는 임화가 생각하는 역사관이 깊이 내재해 있음을 보게 된다. 이는 사물은 끊임없이 생성발전의 과정 속에 놓여 있음으로 해서 새로운 면이 생성되고 낡은 면이 소멸된다는 변증법적 역사관이다.[193]

  이러한 역사관을 지니고 있기에 임화는 30년대 프로문학이 퇴조한 이후의 현실을 정상으로 보고 있지 않다. 왜냐하면 30년대 프로문학의 퇴조가 역사적인 두 세력 간의 자연스런 갈등의 결과가 아니고 외적 강압에 의한 카프의 해체에서 비롯되었다고 보기 때문이다. 그래서 그는 30년대 프로비평이 퇴조했지만, 그 이전의 프로비평의 시행착오를 인정하면서 또 다른 차원에서 프로비평을 재건해 가려고 한다.

  현재 조선 문단의 그 중 큰 변화는 경향문학의 퇴조에 있다. 그러면 이미 퇴조한 경향문학을 대신하여 문단의 중핵을 차지하고 문단의 전부면에 퍼진 새 조류는 무엇이냐 하면 우리는 곧 그 동안 논단에 명멸 부침한 여러 가지 토론 제목 예하면, 휴머니즘론이라든가 주체론이라든가 최근에 왜 서서히 人目을 짓는 지성논의라든가 이 일련의 현상을 답한다. 그러나 3, 4년 내의 이런 여러 가지 논의는 많은 사람이 지적하듯 하나도 변변히 결실한 것이 없고 차라리 무엇을 파악하기 위한 논쟁이었다기보다 오히려 아무 것도 제 손에 견지할 수 없는 문학자의 초조, 불안한 암중모색과 덧없는 영탄과 방황이 아니었는가 한다.[194]

---

193) 로베르트 하이스, 황문수 역, 『변증법』, 일신사, 1981, p.71.
194) 임화, 같은 책, pp.268-269.

한 시대의 주류 혹은 중심부였던 프로비평이 사라지고 새로운 가치체계에 의한 문단이 형성되지 않았기에 이 시기를 암중모색을 계속하는 과도기로 파악하고 있다. 그래서 임화는 이러한 문단 사정을 통일적 방향의 상실이란 말로 표현하고 있다. 이러한 통일적 방향의 상실이란 미래에 대한 확실한 투시도를 찾지 못하고 있다는 말에 다름 아니다. 역사의식이 늘상 문제가 되는 시기는 미래와 현재를 과거와 더불어 일관하게 이해하지 아니할 수 없는 때이다. 재래에 통용되어 오던 현실이해의 방법이나 행위의 기준, 내지는 공상의 구도가 일체로 정지되는 순간이며, 사람들의 생각과 외부의 현실이 조화를 잃고 모순하고 있는 때다.

　그러므로 미래에 대한 투시와 구도를 세우지 못하고 방황하게 되며 인간의 의식활동은 극도로 혼란에 빠지게 된 시기다. 이런 입장에서 보면 임화가 프로비평 퇴조 이후의 문단 모습을 문학사적인 측면에서 미래가 보이지 않는 통일적 방향의 상실 혹은 과도기로 인식하고 있다는 것은 자연스런 것이다. 역사의 혼란 혹은 과도기가 심화되면 될수록 더욱 역사의식에의 고양은 필연적인 것이 된다. 그것은 과거와 현재와 미래를 통한 일관된 역사이해를 통해 그 혼란을 벗어나고자 하기 때문이다. 이러한 임화의 30년대 당시의 현실을 보는 역사관과 함께 짚고 넘어가야 할 그의 역사관 중의 하나가 경제사관이다.

> 　경제사는 그러므로 일체의 역사 더구나 정치사와 문화사의 기반이다. 정치에 있어 문화에 있어 가능한 현실성의 토대로서 경제사는 존재해 있다.[195]

임화는 역사의 모든 것을 생성하는 원천으로서 경제사를 바라보고 있을 뿐만 아니라 물질적 토대 위에서 다른 역사는 전개된다고 생각한다. 이것은 일반적으로 유물론적 역사관으로 즉 사회구조 중에서 생산관계는 가장 기초적인 동시에 본질적인 것으로서 하부구조가 되는 것이며, 상부구조는 하부구조가 유지되는 한 그리고 종속하는 조건과 형태 하에서 규정되며 또한 상부구조에 대응해서 사상, 문화, 교육, 종교 등의 규정이 가능하다[196]는 것이다. 이런 점에서 임화의 유물론적 사관을 엿볼 수 있게 된다. 그러나 임화는 역사의 전환기인 30년대를 필연적인 결과로만 인식하는 입장이 아니라 역사는 주체적 인간의 행위에 의해 현재 속에 가능성을 실현해가는 과정으로 바라봄으로써 새로운 문학사를 만들어 가기 위해 작업을 부단히 계속하고 있다. 그 내용들은 비평원론, 사실주의론, 세대론 등에 나타나고 있다. 그래서 이를 살펴봄으로써 그의 비평에 내재해 있는 해석적 입장을 해명해 보고자 한다.

2. 임화의 비평원론에 나타난 유물론적 해석관

임화가 펼치고 있는 본격 비평원론이라 할 만한 것은 「조선적 비평의 정신」, 「비평의 고도」, 「의도와 작품의 낙차와 비평」의 세 편이다. 이 세 편을 중심으로 그의 비평관을 살펴본다.

---

195) 임화, 같은 책, p.744.
196) 김권호, 「마르크스주의 문학론」, 『고신대학 논문집』 10집, 1982, p.42.

임화는 조선적 비평의 특징을 다음과 같이 개관하고 있다.

> 오늘날까지의 조선의 문예비평은 작가 작품과 심미학적으로 관계하는 대신에 더 많이 사회학적 또는 정론적으로 교섭한 것입니다. 이것이 조선적 비평이 다른 제외국의 문예비평과 본질적으로 그 성질을 달리하는 주요점일 것입니다. 즉 정론적 성질을 다분히 가진 사회적 비평 그것입니다.[197)]

임화가 파악하고 있는 조선비평의 특징은 문학이 문학으로서 필요로 하는 현실상의 요구나 문학고유의 미학적인 수요를 대변하기보다 오히려 문학이 자신의 토대로 하고 있는 현실조선의 보다 일반적인 광범한 욕구와 의욕을 대변하는데 주력했다는 것이다. 그래서 어떻게 하면 더 곱게 그릴 수 있느냐 하는 심미적 요구에 관심하기보다는 무엇을 의미하며 꿈꾸며 이상하며 이야기할 것인가에 기울어져 있었다고 본 것이다. 이러한 모습을 임화는 정론적 성질을 다분히 가진 사회적 비평으로 명명하고 있다.

이것을 임화는 "비평자신의 자의적 욕구라든가 志向으로 말미암음도 아니요, 오직 우리들의 생활적인 제 관계를 구성하고 있는 객관적인 현실의 제 내용과 그 한 가운데를 뚫고 있는 역사가 갖는 바 철(鐵)의 필연성에 의해 만들어진 숙명적 정신"이라고 해명하고 있다. 비평은 현실을 바탕으로 할 수밖에 없으며 현실이 만들어내는 역사적 흐름에 철저히 제약당할 수밖에 없다는 것이다. 그래서 임화는 20년대 이후의 조선의 비평을 살필 때

---

197) 임화, 같은 책, p.687.

카프 비평이 비평다운 비평이었으며, 조선의 비평이 나아갈 길은 유일하게 이 방향이라고 주장하고 있다. 즉 카프 비평이 너무나 이데올로기적이었다는 점, 과분의 정치성에 기울어져 작가들의 창조적 도정에 대한 미학적 조명과 지시에 부족하였다는 점 등을 인정하나 임화는 조선적 비평의 방향은 카프가 지녔던 기본적 노선인 유물론적 미학과 문예과학 위에서 설정되어야 한다고 주장하고 있다. 이러한 주장을 자신의 비평적 토대로 삼고 있는 이유는 문학적 사유는 사실의 과학인 유물론적 미학과 문예과학에 근거해야 한다[198]고 생각하기 때문이다. 즉 산 현실의 객관적 과학적 인식 위에 선 유물론적 미학과 문예과학의 전제 위에 조선적 비평을 건설해야 한다고 믿고 있기 때문이다. 그러면 임화는 비평을 어떻게 파악하고 있기에 이러한 입장을 고수하고 있는가, 「비평의 고도」에서 임화는 비평을 위해서는 일정한 고도가 필요하다고 말한다.

> 한편의 소설이나 한 편의 시뿐 아니라 모든 작품을 이해하고 그것을 서로 비교하여 문학상 혹은 문화상에서 차지하는 위치를 결정한다든가, 더욱이 현실 생활 가운데서 그것들이 점유해야 할 지위 같은 것을 밝히기 위해서는 비평의 정신이란 필연적으로 창작의 정신보다 넓은 한계를 필요로 한다. 그것은 언제나 일정한 높이의 고도가 필요하기 때문이다.[199]

문학작품의 가치를 제대로 평가하여 그 자리매김을 하기 위해

---

198) 임화, 같은 책, p.698.
199) 임화, 같은 책, p.698.

서는 비평이 시나 소설보다는 높은 위치에 있어야 한다는 것이다. 그런데 임화가 생각하는 비평적 고도란 작품 자체만을 평가할 고도가 아니라 현실과도 관련된 고도다. 그러므로 비평가는 작품에 대한 고도와 함께 현실에 대한 고도를 가져야 한다는 것이다. 이런 입장에 서 있기에 임화는 당시의 현대비평을 작품과 작가에 대한 고도는 있지만 현실에 대한 고도인 사회적, 정치적, 사상적 고도는 상실하고 있다고 비판한다. 그 구체적 예로 일체의 원리론, 즉 문예이론의 잠적, 그것에 따르는 필연적인 현상인 논쟁의 종식, 공연한 의견대립의 별무, 평단의 체계성의 결여 등을 지적하고 있다. 그래서 평론이나 비평활동에 있어 명석한 판단을 구경할 수 없으며, 현대의 비평은 비평이나 평론이라기보다는 단순한 해석의 지대가 된 감이 있다[200]고 평한다. 이러한 당시 평단에 대한 비판적 태도는 비평에 있어서 가치판단을 유보하고 그래서 비평의 주도성을 상실해 작품을 뒤따르던 김환태나 김문집류의 심미주의적 경향의 비평과 오직 작품자체에서만 가치판단의 원리를 구하려고 한 최재서의 비평을 겨냥하고 있음을 쉽게 감지[201]할 수 있다. 그래서 임화는 작품 뿐만 아니라 일

---

200) 임화, 같은 책, p.702.
201) 임화는 최재서 같은 이가 도그마에의 매혹을 표시하는 것도 당연한 일이나 지금이야말로 어느 의미에선 도그마를 경계하지 않으면 안된다고 경계함으로써 최재서의 비평적 입장을 비판하고 있다. 왜냐하면 프로비평 전성시대는 공식의 횡행시대라 할 수 있는데, 공식 자체가 문제가 아니라 공식을 도그마로 사용했기 때문에 문제가 생긴 것으로 판단하기 때문이다. 그래서 공식을 공식으로 살릴 수 있는 길을 탐구해야 한다고 주장하며, 그 길은 문학과 현실을 같은 입장에서 처리할 수 있는 수미일관한 체계의 건설이라고 보고 있다. 임화, 같은 책, pp.703-704.

반의 현실에 대해서도 당시보다는 훨씬 높다란 고도를 유지하고 있던 카프시대의 비평을 다시 꿈꾸고 있는 것이다.

어떤 의미에서 보면 그 때(카프 비평시대)는 판단의 횡행시대, 지도성이 교권처럼 군림했던 시대였지만, 오늘날의 평론과 비평이 가지지 못하는 일관된 논리, 체계성, 여기에 따르는 권위, 현실생활과 문학과를 교섭시키는 기능, 판단과 판정의 용기, 그리고 행동을 가능케 하는 전망의 고도 등을 카프 비평은 확보하고 있었다. 임화는 궁극적으로 카프 비평이 남긴 오류인 작품과 이론의 유리를 극복하고 작품과 현실을 같은 입장에서 처리할 수 있는 비평이론을 그의 비평방향으로 삼고 있는 것이다.

임화는 또 다른 차원에서 문학비평이 본질상 현실과 관련지어져 있음을 「의도와 작품의 낙차와 비평」에서 밝히고 있다. 이 글은 비평의 기능을 임화 나름대로 논술하고 있는데 그 중심은 잉여물이란 실체이다. 그래서 그가 펼치고 있는 잉여물의 내용을 먼저 살핀다.

작품에는 작가가 의도한 외의 일종의 잉여물이 생기기 마련인데, 이 잉여물은 작가의 지성이 채 지배해 버리지 못한 감성계의 여백에서 생겨나는 것으로 설명한다. 의도를 창작과정 가운데 작용하는 작가의 지성적 한계 내의 것이라면, 지성이 끝나는 데로부터 전개되는 감성계, 직관의 세계를 생각하지 않을 수 없는데 여기로부터 작가의 의도와는 관계없는 잉여물이 생성된다는 것이다. 지성과 감성의 대립, 그것으로 말미암아 생기는 잉여의 영역은 실상 작가에게 형성된 지성이 채 정복할 수 없는 새세계의 一幅으로 명명된다. 이 잉여의 영역은 작가의 의도에 反하는 것이며, 의도의 의식성에 비하여 그것은 무의식성을 띄운다. 그런데 이러한 잉여의 세계가 새 세계가 탄생할 입증자가 된다는 점에서, 임화는 신성한 잉여물로 명명하여 높이 평가한다. 이는 잉여의 세계가 작가의 의도한 세계와 대등한 하나의 독자의 사상이 될 뿐 아니라, 의도된 작품 세계에 대하여 하나의 독립된 질서를 형성하는데 고유한 의미가 되기 때문이다. 즉 작가의 의도란 것이 작품 가운데서 현실을 구성하는 하나의 질서의식이라면, 잉여의 세계란 작가의 직관작용이 초래한 현실이 스스로 만들어낸 질서 자체란 것이다. 그래서 이것은 이미 직관 이상의 것이며 세계에 대한 새로운 관념체계의 의미를 갖는다고 할 수 있다. 그러나 이는 아직 잉여의 세계로서 작가 가운데 우발되는 한 어디까지든지 작가에 의하여 의식되지 않고 은폐된 새 사상의 편린에 불과한 것이다.

임화는 비평의 기능은 이미 만들어진 작품 가운데서 작가의 의도와 독자의 향수가 채 알아내지 못하고 방기해 둔 미경(未耕)의 옥토를 발견하여 새 가치를 부여하는 데 있는 것이라고 규정함으로써, 비평의 관심은 작품 속에 내재해 있는 잉여물을 찾고 그 의미를 체계화하는 작업임을 밝히고 있다. 비평의 직능은 작가의 의도가 의식하지 않고 직관으로 초래한 잉여의 세계, 만일 그것이 의식된다면 작가에 의하여 부정될지도 모르는 새 세계를 작품으로부터 분리하여 그것의 독립적 가치를 승인하고 나아가 그 존재와 성장의 가능성을 증명하는 데서 찾고 있다.

비평가는 직접적으로 작가와 대립하나 그 작품이 생산된 기반인 현실과 밀착하고 잉여의 세계를 작가의 의도보다 가치있는 것이라고 승인하는 기준을 또한 그 현실에서 끌어내야 한다. 비평의 기능이 작품의 잉여적 세계를 발견하고 그 가치를 긍정하려면, 적어도 잉여의 세계의 원천인 늘 새롭게 변해가는 현실 즉 세계와 공감력을 가져야 한다. 잉여의 세계가 작가의 의도를 넘어 우발되는 것이 아니라 작가에 의하여 의도된 신성하고 가치있는 세계라는 것을 지시함으로써 새로운 현실과 모순된 낡은 지성의 무가치를 선언하고, 그 와해를 촉진시켜 새 현실에 적합한 가치있는 지성 체계의 형성을 돕고 새로운 문학이 창조될 기반을 작가 앞에 닦아 놓을 수 있다. 그래서 비평가는 창조의 원천으로서만 아니라 비평의 원천으로서의 현실을 재음미할 수 있어야 한다고 현실에의 인식을 강조하고 있다.

리얼리즘 논의에 나타난 유물론적 해석관

비평에 있어서 현실성을 강조한 임화는 그러한 현실을 가장 과학적으로 인식하는 문학론을 리얼리즘이라고 생각함으로써 이를 그의 중심적 문학론으로 주창하고 있다.

임화는 「사실주의의 재인식」에서 이 글이 혼돈으로부터 새로운 문학적 탐구를 위한 작업임을 전제해 두고 있다. 이러한 전제는 30년대 들어 카프비평이 공식 해체되고 난 뒤의 문학적 현상

---

202) 임화의 평론집 『문학의 논리』에는 그의 낭만주의론, 사실주의론 뿐만 아니라 휴머니즘론, 소설론, 개별작가론, 언어론 등의 다양한 논의가 수록되어 있으나, 이들 다양한 논의를 뚫는 것은 그의 리얼리즘에 대한 천착이다. 신승엽, 『식민지

을 혼돈으로 인식하고 있음을 말함과 동시에, 이 혼돈을 넘어설 문학적 방향을 임화는 리얼리즘[202]에서 찾고 있음을 드러내고 있는 것이다.

이 글에서 우선 임화가 관심하는 것은 그동안 리얼리즘 논의가 많이 오용되었다는 점이다. 그 예로 최재서가 이상의 「날개」를 리얼리즘의 심화로, 박태원의 『천변풍경』을 리얼리즘의 확대로 규정한 것은 파행적인 리얼리즘이라고 본다. 이러한 파행적인 리얼리즘을 임화는 관조주의와 주관주의의 두 경향으로 분류하여 각각 비판[203]하고 있다.

관조주의는 사물에 대한 관조적 태도로부터 출발하여 세상의 수포만을 추종하는 외면적 리얼리즘으로 이는 문학의 깊은 인식적 기능을 감쇄(減殺)할 뿐만 아니라, 그 실천적 의의를 불문에 付함으로써 현실에 대하여 완전히 타협적인 태도를 반영한다[204]고 보았다. 그래서 이러한 관조적 리얼리즘은 문학현실의 철저한 인식과 생활적 과제의 실천이란 높은 기능으로부터 생활현상의 단순한 기술의 지위로 떨어져버렸다고 비판한다. 뿐만 아니라 이러한 리얼리즘의 경향의 비평에 있어서 사상적 질의 저하,

---

시대 임화의 삶과 문학』, 마쯔모토 세이쯔. 김병걸 옮김, 『북의 시인 임화』, 미래사, 1987, p.330.
203) 유물변증법적 미학가로서 루카치는 현실인식과 문학의 문제를 초기에는 <총체성 구형과 문학적 형태>를 중심으로 억사, 철학적 시각에서 다루며, 후기에 와서는 초기의 문학적 문제가 현실의 반영이란 주제로 표현되면서 예술적 반영의 특수성에서 유물변증법적 인식자세를 구체화 시키고 있는데, 사실주의 문학을 다루고 있는 루카치의 문학연구는 왜곡된 사실주의적 시각을 곧 사이비 사실주의를 비판하는 작업으로 일관하고 있다. 이런 측면은 임화의 사실주의 비판도 닮아 있다. 차봉희, 「루카치 사실주의 문학관」, 한신대 논문집 4집, 1987, p.137.
204) 임화, 같은 책, pp.73-74.

역사적 전망의 결여, 작가와 독자에 대한 지도적 임무의 포기, 작품에의 무제한적인 추종으로 나타나는 비평퇴하의 형태를 각각 그 문제로 지적[205]하고 있다.

여기에 비해 주관주의는 사물의 본질을 객관적 사물 현상으로부터 찾는 대신 작가의 주관 속에서 만들어 내려는 것으로 보고 있다.[206]

그래서 주관주의 리얼리즘이 비평상에 나타날 때는 일찍이 백철이 고조한 것과 같은 극단의 감상주의, 인상주의로 떨어지는 것이며, 문예이론으로선 무이론주의, 무가치론을 지나 風流說과 같은 복고주의나 기타 모든 종류의 유해한 경향과 결부될 수밖에 없다[207]고 판단한다.

결국 관조주의와 주관주의 리얼리즘은 전자는 외적 자기로 후자는 내적 자기에로 돌아감으로써 현실 뒤에 숨겨져 있는 심오한 본질을 밝혀내지 못한다는 것이다. 이런 입장에서 임화가 주장하는 리얼리즘은 결코 주관주의자의 객관주의가 아니라, 객관적 인식에서 비롯하여 실천에 있어 자기를 증명하고 다시 객관적 현실 그것을 개변해 가는 주체화의 대규모적 방법을 완성하는 문학적 경향이다. 그러나 이런 리얼리즘은 결코 리얼리즘 일반이 아니라 사회주의 리얼리즘이다.

사회주의 리얼리즘의 방법론상의 특징은 마르크스주의 세계관의 토대 위에서 미래를 결정짓는 요소들을 현재 속에서 발견

---

205) 임화, 같은 책, p.82.
206) 임화, 같은 책, p.82.
207) 임화, 같은 책, p.82.

해 내고, 이를 선택하여 예술적으로 형상화시킴으로써 현실의 모사가 어디로라는 방향 즉 실재하는 가능성으로 안내를 해주는 역할을 하는 데[208] 있다. 여기서 전제된 마르크스주의 세계관의 기초를 이루는 것은 유물변증법적 사관이다. 사물은 끊임없이 생성발전해 가며 거기서 끊임없는 모순이 생겨나고, 그러면서 그 모순이 변증법적 논리에 의해 해결되어 간다는 것이다. 이러한 유물사관으로부터 비롯되는 것이 역사적 필연관인데, 유물사관의 역사적 필연관에 의하면 결국 경제적 물질적인 생산관계와 생산력 사이의 모순에 의해 사회의 변혁은 필연적으로 이루어지며, 현재의 경우 자본주의 사회로부터 공산주의 사회로 변혁되어 간다는 것은 결정적인 일[209]이라는 것이다. 역사가 이렇게 필연적인 방향으로 가기 때문에 이를 위한 실천이 무엇보다 필요하며, 그 구체적 방법이 문학 속에서 실천된 것이 바로 사회주의 리얼리즘인 것이다. 그래서 사회주의 리얼리즘은 이러한 세계관에 입각한 소비에트 작가회의에서 1934년 공포되었는데,

---

208) 사회주의 리얼리즘이 무엇인가를 비록 사회주의적 내용을 지닌 모든 예술이 다 사회주의 리얼리즘이라고 불리워질 수 없다 하더라도 다음과 같이 규정할 수 있다. 마르크스주의자들에게는 발전의 방향이 과학적으로 명백하다. 합법칙적으로 진행되는 자본주의에서 사회주의에로의 이행과정에 대한 과학적 통찰을 신뢰하는 사회주의 이론가들은 그들의 미래상에 대한 현실성 여부에 대해 모든 의심을 물리친다. 즉 그들의 예술은 유토피아 사상이 아니고, 오히려 리얼리즘 혹은 혁명적 낭만주의라고 한다. 이때 리얼리즘이라는 용어가 정당성을 얻게 되는 것은 오직 사회주의가 실현되는 구체적 조건들이 표현될 때 뿐이다. 만약 미래를 묘사하는 데 있어서 이러한 구조적인 요소가 결여된다면 현재와 원대한 목표 사이의 매개는 결코 있을 수 없게 되며 <소시민적 유토피아주의> 혹은 <사회주의적 관념론>이라는 판정이 내려지게 된다.
   스테판 코올, 여균동 역, 『리얼리즘의 역사와 이론』, 한밭출판사, 1982, pp. 151-152.
209) 로베르트 하이스, 황문수 역, 『변증법』, 일신사, 1981, p.274.

Zhdanov는 "사회주의 리얼리즘이란 현실적 생활을 혁명적 발전 속에서 묘사하는 것이며, 그 혁명적 발전 속에서 진실성과 역사적 구체성을 기본으로 하여 일하는 자를 사회주의적 정신에 의하여 이데올로기적으로 개조하고 재교육시키며 문학의 경향성, 당성이 있어야 하며 낙천적 영웅적이어야 한다. 그것은 혁명적 낭만주의(Revolutionary Romanticism)로 젖어야 하며 소비에트 영웅들을 그리며 미래를 예시하는 것이어야 한다"[210]고 밝히고 있다.

　이러한 Zhdanov의 발언을 근거로 할 때 예술 방법으로서 사회주의 리얼리즘에 대해서는 두 가지 중요한 특징을 지적할 수 있다.

　첫째는 현실주의적이란 점이다. 즉 항상 생활의 진정한 사회내용에 따라 전면적으로 진실하게 생활의 예술을 반영하고 인식하는 것이다. 이런 점에서 임화가 철두철미 문학에 있어서 현실성을 강조하며 현실적 고도 없이는 비평 자체조차 완전하지 못하다는 그의 주장을 이해할 수 있게 된다.

　둘째는 공산주의의 당성예술이다. 즉 작품의 영혼을 구성하는 것은 공산주의 승리를 위한 자각적인 목적적인 투쟁의 진행이며 공산주의적 이상에서 생활을 고도로 평가하는 것이다. 다시 말

---

210) 김권호, 같은 논문, p.67.
211) 사회주의 리얼리즘의 예술창작은 생활과 신사회 건설의 실천과의 긴밀한 연결을 근거하고 있다. 이러한 내용은 1934년 5월 6일 소련공산당 기관지인 <프라우다>에 공포된 창작방법을 제시한 정관문에서 확인할 수 있다.
　소비에트 문학과 소비에트 문학비평의 기본 방법인 사회주의 리얼리즘은 작가

하면 공산주의 세계관과 공산당의 사상은 사회주의 리얼리즘의 기초를 이루고 있는[211] 것이므로 마르크스주의자들은 문예사조로서의 리얼리즘과 사회주의 리얼리즘을 철저히 구분하며, 마르크스주의자들에게 있어 유일무이한 리얼리즘은 사회주의 리얼리즘이 될 수밖에 없다.

임화가 30년대 한국문단에서 논의되고 있는 많은 리얼리즘론들을 앞서 살펴본 것처럼 주관주의와 관조주의로 나누어 비판하고, 이들은 결국 자기라는 한 개인을 중심한 외적 자기와 내적 자기로 떨어져 갔다고 판단하며, 자신이 추구하는 진정한 리얼리즘이 아니라고 한 것은 이런 선에서 이해할 수 있는 것이다. 즉 사회주의 리얼리즘은 공산주의 이데올로기나 당의 변증법을 가미하지 않고 실체를 객관적으로 묘사하는 경우 그것을 부르주아의 데카당으로 배척할 뿐 아니라, 독자들로 하여금 개인주의적인 양상에 공감하도록 가르치는 예술상의 리얼리즘은 진정한 리얼리즘으로 평가하지 않고 있는[212] 것이다.

임화는 철저하게 현실에 바탕을 두고 그 현실을 개혁해 가는 마르크스주의에 입각한 사회주의 리얼리즘을 그의 비평의 방향으로 삼고 있는 것이다. 여기에 시종일관한 임화의 비평관이 드

들로 하여금 현실을 혁명적인 발전에서 진실하게 역사적으로 그리고 구체적으로 묘사하도록 요구한다. 이와 더불어 예술이 묘사한 진실성과 역사적인 구체성은 반드시 노동자 인민을 사회주의자 정신으로 사상적으로 개조하고 교육하는 임무와 연결시켜야 한다. 사회주의 리얼리즘은 예술창작에 있어서의 창작의 창조성을 표현할 수 있는 특별한 기회를 약속하며 여러 가지 형식, 수법, 체제를 선택할 수 있도록 보장한다.
212) 김권호, 같은 논문, p.68.

러나고 있다. 그것은 어떤 작품이든지 간에 그 작품들을 매개로 하여 실제적인 생활과정 즉 현실에 접근해 나가야 하는 필요성으로부터 이론적 근거를 유도해 내는 유물론적 해석관[213]을 기초로 한 그의 비평관이다.

신인론에 나타난 변증법적 역사관

신인론을 통해 세대론이 제기된 것은 그 사회가 전환기에 처해 있음을 반증하는 것이라는 지적과 함께, 그 의미를 김윤식 교수는 광범위하게 역사적으로 파악[214]하고 있다.

김윤식 교수는 임화의 신인론의 근본적 의도로서 1939년을 전후한 문단의 세력을 확보할 소위 순수성을 견지하는 예술파에 대한 비판이 외형적으로 신인론을 가장하여 나타난 것으로 볼

---

213) 유물론적 해석학은 Hans Sandkuhler가 유물론적 변증법으로 유물론적 해석을 논증하고자 시도함에서 적극적인 의미를 띠기 시작했다. 유물론적 해석학이란 분명히 유물론적 변증법의 분류체계 내에 들어와 있는 해석학이다. 여기서 먼저 등장하는 물음들은 인식이론의 문제이고, 역사범주의 문제이며, 그러므로 더 나아가서 변증법적 유물론에서 언제나 탁월한 해결책을 찾아왔던 과학적 사실 영역의 물음 등을 포함하고 있다. 그래서 유물론적 해석학은 언어적인 문헌들을 매개로 하여, 실제적인 생활과정에로 접근해 나가야 하는 필요성으로부터 이론적 근거를 유도해 낸다. 그리고 유물론적 해석학은 정치·경제학, 변증법적 인식론, 유물론적 역사주의의 결과들과 이데올로기 비판에 근거하고 있다. 그런데 그 중에서도 변증법적 인식론이 특별한 관심의 대상이 된다.
    조셉 블라이허, 권순홍 역, 『현대해석학』, 한마당, 1983, p.194 참조, 알빈디이머, 백승균 역, 『철학적 해석학』, 경문사, 1982, p.122 참조.
214) 김윤식, 『한국 근대문예 비평사 연구』, 일지사, 1985, pp.354-386 참조, 여기서 김윤식 교수는 세대론의 의미를 7가지 항목으로 정리하고 있다.
215) 김윤식 교수는 임화가 신인론을 제기하게 된 근본적 의도를 1939년을 앞뒤로 하여 문단세력 확보를 위한 것으로 본다. 그 이유를 우선 신인론이 세대론으로

수 있다[215]고 밝힌다. 당시의 문단현실을 감안할 때 이러한 논거도 충분히 설득력을 지닌다. 그러나 필자의 관심은 그 세대론의 한 논자였던 임화의 신인론을 중심으로 본고에서 임화가 펼치고 있는 신인론의 저변에 깔려 있는 의미를 그가 지닌 유물사관의 입장에서 파악해 보고자 함에 있다. 즉 임화의 문학 작품에 대한 해석적 입장을 파악하기 위해서 그의 이러한 해석을 가능하게 하는 비평가의 의식구조 혹은 세계관의 기초를 해명해 보고자 함이다.

임화의 신인론은 「신인론」, 「소설과 신세대 성격」, 「시단의 신세대」 등으로 대표되는데, 「신인론」은 신인에 대한 정의와 신인이 갖추어야 할 자질 내용 등을 다루고 있으며 「소설과 신세대 성격」은 소설에 있어서의 신인론, 「시단의 신세대」는 시 부문에 있어서의 신인론의 실제비평이라고 할 수 있다.

> 문예적인 새것 그것은 신인의 절대가치이다. 전번에 우리는 문학적으로 새로운 것, 그것만이 신인의 절대가치라 하였다. 다시 말하면 기존의 문학 위에 새로운 가치를 기여할 수 있는 사람이 신인이다.[216]

임화는 문학적인 새 것을 소유한 자가 신인이라고 정의함으로써 당시의 문단에 관습화되어 있는 문단경력이나 나이가 적어

발전되다가 드디어 순수와 비순수로 대립되는 것에서 찾고 있다. 또 이 사실을 신인들이 춘원, 민촌, 지용, 태준의 아류가 되었다고 비판한 점에서 밝히고 있다.
즉 기성작가인 춘원, 이태준, 정지용은 민족주의 혹은 고전적 체질의 작가라 할 수 있고, 이태준과 정지용은 예술파라 할 수 있는데, 이들을 따르는 신인들을 매도함으로써 임화는 자신이 바라는 프로비평의 입지를 확보하려 했다고 보았다. 김윤식, 같은 책, p.348.
216) 임화, 같은 책, p.467.

이름이 잘 알려져 있지 않는 자를 통칭하는 신인론에 반기를 든다. 즉 문단에서 미미하나마 일정한 이름을 가지고 있으나, 아직 중견이나 대가의 대열에 끼지 못한 일군의 작가를 신인이라 칭하는 당시의 통념을 깨고 신인의 의미를 문학작품 자체의 질에서 찾고 있다. 그것이 문학적으로 '새것'이란 말로 표현하는, 새로운 세계를 내보이는 자가 신인일 수 있다는 것이다. 그래서 문학상의 새로움과 연령상의 약소나 문단경력의 짧음과를 혼동하고 신인이면 으레 문학의 새 요소를 가진 것으로 오인하는 병폐를 지적한다. 그런데 여기서 신인이 지녀야 할 새로운 문화적 가치가 문제가 된다. 즉 이 문학적인 새로운 것은 어떻게 해서 창조될 수 있느냐 하는 점에서 임화의 신인론에 대하는 비평적 입지점을 확인할 수 있다는 것이다.

결코 창조란 무에서부터 유를 만들어 냄을 의미하지 않는다. 그것은 마술이지 창조는 아니다. 그러므로 새것의 창조를 위해서는 어느 때나 낡은 것으로부터 문제되는 법이다. 낡은 것이 새로운 창조의 거점이며 기존의 것이 항상 창조의 모태인 때문에 - 그러나 새로운 창조의 앞에 나타나는 낡은 것이란 언제나 부정될 대상으로 나타나는 법이다. 만일 그것이 부정되지 않으면 지향이 새로운 것의 창조로 움직이지 않는다. 한 고비의 부정을 통하여 기존의 것은 새것의 형성의 질료가 되고 전승된다. 즉 기존의 것은 이 전승을 통하여 제 구래의 가치를 상실하는 것이 아니라 오히려 확대 재생산되고 이런 과정을 통하여 문학은 발전하는 것이다. 그러므로 문학상의 새로운 <제너레이션>이란 항상 기존의 문학세계에 대하여 부정적 태도를 취한다. 이리하여 기존의 문학가치라든가 권위라든가에 대한 부

정의 포즈란 신인에 고유한 것이다.[217]

결국 임화는 기존의 가치를 부정하는 데서 새로운 가치가 생성된다고 보고 있다. 그러므로 새로운 문학의 가치를 그 생명으로 삼고 있는 신인은 기존의 문학가치나 권위를 부정해야 한다고 생각한다. 여기서 임화가 생각하는 신인론에 나타난 세대론의 본질을 확인할 수 있고, 그 세대론은 그의 역사관과도 무관하지 않다는 것을 발견하게 된다. 즉 임화의 역사관은 과거가 지닌 모순을 현재가 부정함으로써 새로운 미래로 나아갈 수 있다는 변증법적 사관이다. 그래서 문학의 발전도 기존의 것을 부정하는 새로운 세대의 힘에 의해 발전해 간다고 보고 있는 것이다. 즉 역사의 모든 걸음은 진전하는 것이며, 그 진전의 이면에는 현실을 부정하고 지양하는 힘이 있어서 역사는 생성과 소멸을 계속하며 앞으로 나아간다[218]는 것이다.

그러나 신인이 기존에 대한 부정의 포즈만 취하고 있다고 해서 새로운 가치있는 문학이 탄생되는 것은 아니다. 그래서 임화는 그 구체적 방법들을 제시한다. 신인들의 중요한 과제는 조선문학의 역사와 현상에 대해 누구보다도 상세, 명석한 지식을 얻기에 전력을 다해야 한다[219]는 것이다. 새로운 것의 창조를 위한 일반적 필요에서도 그러하고 더욱 중요한 것은 신인의 목적이 기성의 어떤 작가의 수준에 오른다거나 혹은 기존의 수준에

---

217) 임화, 같은 책, p.468.
218) 로베르트 하이스, 황문수 역, 『변증법』, 일신사, 1981, p.71.
219) 임화, 같은 책, p.470.

도달하려는데 있는 것이 아니라 실로 그 수준의 돌파 위에 새로운 세계를 건립하려는데 있다. 기존의 것을 제대로 파악하고 그것을 부정할 수 있어야 그 부정의 토대 위에 새로운 것을 건설해 갈 수 있다는 것이다. 그래서 임화는 좀 더 구체적으로 신인이 알아야 할 내용을 다음과 같이 제안하고 있다.

> 그러므로 문단의 영역적인 넓이, 작가의 특질, 상호관계 그리고 정신상의 계보적 관계 등의 인식은 총체적으로 조선 문학의 현재의 도달점을 알 수 있게 하는 것으로 우리는 꽤 容易히 그 수준을 뛰어넘을 가능성을 얻게 된다.[220]

신인론에서 출발한 임화의 논리는 「소설과 신세대의 성격」에서는 세대론으로 발전하고 있다.

> 결국 제너레이션이란 이렇게 해서 한 시대의 주조와 습관과 콘벤숀 그리고 그러한 것들을 일신상에 체현하고 있는 주인공들의 무리가 시대가 마치 사람의 역사에 있어 代가 바뀌는 것처럼 代가 바뀌어지는 데 따라 생산되는 즉 시대적으로 표현되는 사회적 세대를 이름일 것이다.[221]

신인에 의해 새로운 가치가 제기되었다고 해서 바로 기존의 가치체계가 허물어지는 것은 아니다. 그것은 그 가치체계를 유지해온 세대에 의해 지탱되고 유지되면서 서서히 새로운 가치체계에 의해 자리를 바꾸는 것이다. 그러므로 서로 다른 제너레이션

---

220) 임화, 같은 책, p.473.
221) 임화, 같은 책, pp.477~478.

이 공존하고 있는 동안은 서로 간의 부조화가 필연적인 것이다. 서로 다른 제너레이션은 제각기 당연하다고 생각하는 정신의 습속, 사고의 방법 등 정신적 콘벤숀을 지니고 있다. 그래서 임화는 문단에 있어서 당시의 신인과 30대 작가들 사이에 있던 부조화를 이러한 세대론에 의해 해명하고 있다. 그런데 임화가 바라보는 소설에서의 신세대의 특징은 구세대와 구별되는 무이상주의적 성격이란 점에서 상당히 비판적 시각을 견지하고 있다. 즉 신인의 특징은 현실을 뛰어넘을 현실에의 부정의식에 있는데 소설 문단의 신인들은 그러한 의식을 보여주지 못하고 있다[222]는 것이다.

소설의 신세대에서는 그렇게 만족스러울 정도의 작가나 사조를 발견하지 못한 임화는 「시단의 신세대론」에서는 상대적으로 긍정적인 결론을 내리고 있다. 이는 우선 그가 펼치고 있는 시와 소설이 갖는 각각 장르의 시대정신과의 특징 때문인 것으로 보인다. 그는 새 시대의 감정과 기분과 지적 상태를 직감하는 데는 시는 아무래도 소설보다 일보 長하다[223]고 본다. 소설은 어느 정도까지 새 시대의 정신과 기풍이 일반 생활 가운데 편만하지 않으면 그것을 자기의 거창한 양식 위에 반영시키기 어려우므로

---

222) 임화는 「소설과 신세대의 성격」에서 다음과 같이 결론을 내리고 있다.
　　　이 시대가 <제 시대의 書>라고 일컬을 만한 걸작은 아니라 할지라도 좌우관 시대의 호흡과 맥박이 거세게 뛰는 소설을 일편 창작했느냐 하면 유감이나 다음 시대의 사람이 그 작품 일 편을 읽어 이 시대의 풍모를 상상할만한 작품은 아즉 한 편도 생산되지 아니하였다고 고백하는 것이 현대 문학자의 당연한 임무가 아닌가 한다.
　　　임화, 『문학의 논리』, 학예사, 1940, p.487.
223) 임화, 같은 책, p.492.

구시대의 무너짐이나 새 시대의 모습을 시가 먼저 발견하고 소설이 그 뒤에 이것을 형성해 가기 때문이다.

이런 점에서 새 시대의 커다란 퇴조의 파동을 독자에게 외친 것이 시였다고 판단한다. 그 중요한 시편으로 한 시대의 종언을 고한 시로 김기림의 「백조의 노래」를 든다. 이 시편들은 기울어져 가는 시대의 엘레지였을 뿐만 아니라, 실로 새 시대의 도래를 고하는 하나의 경종으로 보았기 때문이다.

그러나 임화의 관심은 구시대의 종언을 알리는 시편이 문제가 아니라 새 시대의 모습이다. 그 모습을 오장환의 시집 『헌사』에서 발견하고 있다. 오 신인의 「황무지」란 작품을 통해 임화는 시인들이 이미 떠나 버린 현대인의 황무한 시정신을 떠올리며 「나의 노래」 가운데서는 신세대가 읊은 자기의 모습을 발견하고 있다. 또한 『헌사』에서 가장 백미라고 평가하고 있는 「The Last train」²²⁴⁾에서는 불행한 시 정신이 嗚咽하는 한 절정을 그리고 현대의 순결한 피가 고조에 달한 절정을 파악해 내고 있다. 임화는 이 시집에서 서정시의 현대적 운명의 一端을 발견했다. 그가 발견한 서정시의 현대적 운명이란 서정시는 기교주의와 무관하다는 점이며, 이를 통해 구세대의 시단에 만연해 있던 무사상의

---

224) 임화가 오장환의 『헌사』 시집에서 제일 우수한 작품으로, 그리고 근간시집 가운데서 뛰어난 작품으로 평가하는 「The Last train」의 전문은 다음과 같다.
저무는 驛頭에서 너를 보냈다/悲哀야!/開札口에는/못쓰는 車票와 함께 적힌 靑春의 조각이 흐터저 있고/病든 歷史가 貨物車에 실리어간다//待合室에 남은 사람은/아직도/누굴 기둘러//나는 이곳에서 카인을 만나면/목노하 울리라/거북이여 느릿느릿 追憶을 싣고 가거라/슬픔으로 通하는 모든 路線이 너의 등에는 地圖처럼 펼쳐 있다.

기교주의를 비판할 토대를 마련하고 있다. 오장환의 시집 『헌사』가 신세대로서 의미를 갖는 것은 이렇게 구세대의 시 세계를 넘어설 수 있는 기존의 것에 대한 부정의식이 드러나고 있기 때문이며, 시의 기교주의는 그 시대 시가 지녀야 할 시대정신을 잃어버리고 있다고 보기 때문이다.

다음으로 임화가 지적하는 새세대의 시의 모습은 김광균의 『와사등』이다. 『와사등』은 이미지의 내면화를 통해 우리 시단에 모더니티를 몰고 온 대표적인 시집이다. 현대시의 한 조류는 이미지를 만드는 데서 출발했는데, 이는 저 세기말의 심볼리즘이 울리던 처량한 음악에 대한 반동으로 나타난 것이다. 심볼리즘의 전통에서 벗어나고자 하는 이러한 이미지즘의 새로운 기운을 『와사등』이 한국 시단에 접맥시켰다는 점에서 신시단의 새 표식이라는 것이다. 구시대의 시의 흐름을 극복해 보려는 의지가 이를 통해 표명되고 있다는 것이다.

그리고 마지막으로 윤곤강의 『동물시집』을 들고 있다. 이 시집은 이미 아프리넬이 보여준 구시대와의 결별에서 빚어지는 혼란과 방황이 있기는 하지만, 아프리넬의 의상을 빌어서 그를 초월해 보려는 패기와 도전이 있다는 점에서 새로운 시대정신으로 평가한다. 그리고 『동물시집』에 나타나는 광란과 방황은 낡은 경향파시에서 자라난 자신들의 시정신을 회의하고 반성함으로써 구시대를 벗어나려는 의지가 보인다는 점에서 새 시대의 맹아로 지적하고 있다.

지금까지의 임화의 비평원론, 사실주의론, 세대론 등을 통해 그의 유물론적 해석관을 살펴보았다. 임화는 카프 비평체계가 상실된 전환기에 있어서도 그 비평체계를 가장 온당한 비평방법이라 생각하였다. 그러므로 그는 카프가 해체된 이후에도 마르크스주의 세계관에 기초한 유물론적 사관을 통해 문예비평의 체계를 재확립해 가려고 한다. 그래서 그의 비평은 철저하게 현실에 기초한 유물론적 해석의 입장에 서 있다.

그의 시야는 언제나 현실에서 출발했으며 현실에 기초하지 않고 그 현실을 극복해 보려는 의지가 없는 무사상의 작품은 비판의 대상이 될 수밖에 없었다. 이런 점에는 유물론적 해석은 해석의 주체와 대상과의 관계에 있어서 해석자가 처해 있는 상황을 중시한다고 볼 수 있다.

그래서 임화는 작품의 의미를 그 작품을 해석하는 비평가가 서 있는 현실을 바탕으로 추구했다. 이는 임화가 작품을 해석하는 시야를 작품 자체에 국한시키지 않고 현실을 통해 바라볼 수 있게 함으로 작품을 바라보는 시야를 넓혔다고 할 수 있다. 그러나 그는 현실 자체에 집착한 나머지 사회주의 리얼리즘만이 유일의 길로 인식하여 하나의 이데올로기에 자신을 가두어 버린 결과를 낳았다는 부정적 평가도 남기고 있는 것이다.

7장

이원조 비평의 해석학적 연구(I)
-해방 전의 비평을 중심으로-

1930년대의 문학 특히 비평문학은 현실의 변화에 어떤 형태로든 대응해야 하는 전환기적 특성을 지닌다.[225] 카프문학의 해체에 따른 새로운 주조의 모색이 요청되었기 때문이다. 이 시기에 활동한 최재서, 김문집, 김환태, 임화 등의 모색논리도 나름의 분명한 흔적으로 비평사에 남아 있지만, 이에 못지않게 이원조의 비평적 성과도 과소평가할 수 없다. 당시 이미 문단에서 문학과 삶의 하나됨을 일관되게 주장했으며, 저널비평의 독특한 위상을 보여준 이원조는 1930년대 비평가 중에서 평문이 가장 선명하고 날카로운 비평가로 평가되었기 때문이다. 그러나 이원조 비평에 대한 연구는 그가 월북문인이라는 점에서 그 동안 활

---

225) 모윤숙 외, 여류작가회의 <삼천리> 1938. 10.
　　평가의 질의 문제 뿐만 아니라 양에 있어서도 1932 『조선중앙일보』에 발표한 「신춘당선문예개평」에서 1941년 《인문평론》에 발표한 「2.3月창작평」까지 합치면 해방 전의 평문은 전부 90여 편에 이른다.

발하게 이루어지지 못했다. 현실정치적 제약과 자료정리의 미비라는 두 가지 요인이 크게 작용했던 것이다.[226] 그러나 이제 전자의 제약 조건은 풀려졌고, 후자의 자료 문제도 완벽한 것은 아니지만[227] 이동영 편으로 이원조의 문학평론집인 『오늘의 문학과 문학의 오늘』(1990)이 간행됨으로써 이원조 비평연구의 기본토대는 마련되었다고 본다.

이런 이원조 비평연구의 현실을 감안할 때 이원조 비평연구는 이제 시작에 불과하다고 할 수 있다. 이에 이원조의 비평연구의 필요성이 제기된다. 그러면 지금까지 이원조 비평연구는 전무한 실정이었는가. 그런 것은 아니다. 몇 중요한 연구들이 있어왔다. 이 연구성과들을 검토해 봄으로써 본 연구의 방향을 설정하고자 한다.

이원조 비평의 본격 논의는 김윤식의 『한국근대문예비평사』(일지사, 1976)에서 비롯된다. 김윤식은 30년대 비평을 이론성이 무력해지자 비평계는 무풍지대를 이룩했고, 이 카오스가 아직도 질서적 생성을 발견치 못한 전형기 즉 문단의 공백기를 극복하기 위해 제시된 이원조의 논리가 포오즈론이란[228] 것이다.

프로문학의 퇴조 이후 위축된 작가들에겐 먼저 시대에 처하는

---

226) 송현호, 「이원조 문학론 연구」, 『한국근대소설론연구』, 국학자료원, 1990, p.295.
227) 이동영은 『오늘의 문학과 문학의 오늘』 간행사에서 월북이후 이원조가 저서를 출간한 것으로 보고 있으며, 이 저서는 출간되자마자 곧 비판을 받은 것으로 되어 있다. 이러한 자료들이 완비될 때 이원조의 비평의 전모는 좀 더 완벽하게 드러날 수 있을 것이다.
228) 김윤식, 『한국근대문예비평사연구』, 일지사, 1976, p.265.

자세를 어떻게 가질 것인가가 급선무였고 이것이 모랄과 직결되는 포오즈론으로 나타났다는 것이다. 김윤식은 이러한 포오즈론의 태반을 이원조의 「태도의 문학」에서 찾고 이 과정을 거쳐 나타난 것을 포오즈론[229]으로 보았다.

옳다고 생각하면서도 프로파나 민족파 할 것 없이 일제의 강요에, 그 힘에 집단적으로 대항할 수 없었다. 그래서 작가는 이 시대에 있어서는 진리가 무엇인지 분명히 자각하고 갈릴레오와 같은 몸가짐을 가질 수밖에 없었는데 이것이 바로 이원조의 모랄론의 골자[230]라는 것이다. 다시 말하면 이원조 자신이 말한 주권적 자각적인 몸가짐으로써 이는 결국 김남천의 자기고발 문학론으로 발전하였다고 보았다.

이러한 김윤식의 이원조 비평론의 파악은 비평사적인 견지에서 이원조 비평의 중요한 한 핵심을 정리하고 있긴 하지만 이원조 한 개인의 비평세계를 총체적으로 다룬 것으로 보기는 힘들다.[231]

그래서 김윤식은 다시 이원조론을 총체적으로 다루고 있는데, 이것은 이원조 평론집 『오늘의 문학과 문학의 오늘』이 발간되고 난 후의 글들이다.[232] 여기서 김윤식은 이원조 비평이 지닌 내면

---

229) Loc. cit
230) 김윤식, 위의 책, p.269.
231) 김윤식, 위의 책, p.265.
232) 이원조 평론집 발간 이후의 김윤식의 연구는 다음과 같다. 「이원조의 인민민주주의 민족문학론」, 《한길문학》, 1991년 여름호. 「시민성 파시즘 인민성」, 《현대예술비평》, 1991년 가을호, 「이원조론-부르조아 저널리즘과 비평」, 『한국학보』, 1991년 가을호.

세계와 그 사적 의미 그리고 그의 비평이 지닌 특징과 한계를 짚어냄으로써 이원조 비평의 총체적 면모 갖추기에 접근하고 있다. 특히 김윤식의 관심은 이원조의 해방기 비평활동에 놓이면서 이원조를 인민민주주의 문학론의 이론정립에 힘쓴 이론가로 자리매김해놓고 있다.[233] 그러나 김윤식의 이원조 연구는 역사주의 방법에 기초한 정신사적 접근에 치중해 있어 또 다른 방법론에 의한 해명을 필요로 하고 있다.

송현호는 「이원조의 문학 연구」(『국어국문학』, 제39호, 1985)에서 당대의 상황에서 이원조가 현실에 어떻게 대응해 갔는지를 행동의 문학, 태도의 문학, 또는 제 3의 논리 속에서 해명하고 있다. 이원조는 초기에는 엄연히 문학에 있어 행동을 중요하게 생각했으나 「비평의 잠식 - 우리 문학은 어디로 가나」를 계기로 태도의 문학을 주장하고 있다[234]는 것이다. 그리고 태도의 문학이 당대의 상황에서 한계에 부딪히자 이원조는 「비평의 정신의 성실과 논리의 획득」을 계기로 다시 제 3의 논리를 피력한다[235]고 보았다. 결국 송현호의 관심은 문학에 있어서 현실을 중요시했던 이원조가 변하는 현실에 대응해서 어떠한 변모를 보여주었는가 하는 점이다. 이원조 문학에는 모색기의 문학론에서 태도의 문학론 나아가 제 3의 논리로 파악한 그의 논지는 이원조

---

233) 김윤식은 이원조를 인민민주주의 문학론의 이론 정립과 이론의 최고 수준의 보인 비평가로 평가하고 있다. 김윤식, 앞의 책, 일지사, p.221.
234) 송현호, 앞의 책, p.306.
235) 송현호, 앞의 책, p.308.

의 문학론의 변천을 의미 있게 파악한 점을 이후 연구자들에게
도 하나의 모델을 제시한 연구였지만 해방 이후의 논의까지 이
어지지 못한 아쉬움이 있다.

신재기는 「이원조의 비평의 전환논리」(『문학과 언어』 제10집,
1989)에서 이원조 문학에 대한 인식체계나 비평의 이론적 틀이
어떻게 지속 변화하는가를 검토하고 있다. 이원조의 초기비평에
나타나는 그의 문학관은 현실의 정확한 인식, 즉 현실의 변혁을
위한 정치적 실천으로서의 행동의 문학으로 요약하고 있다.[236]
그러나 이원조의 행동문학은 정신적 태도 혹은 하나의 문학적
신념으로 전환하게 되어 이원조의 실천적 지성이 약화되었다고
본다.[237] 그 구체적 내용을 신재기는 「태도문학론」, 「교양론과
제 3의 논리」에서 찾아내고, 그의 이러한 비평적 입장 변화는 객
관적 상항의 악화가 원인이지만 결국 이원조의 상황논리도 무시
할 수 없다는 입장이다.

즉 이원조의 문학관은 제 3의 논리에 이르면 완전히 시대순응
주의로 전락하고 만다[238]고 평가한다. 그리고 해방 후의 이원조
문학관을 민주주의 민족문학론으로 교정하면서 해방공간의 문
학적 지향점이나 인식체계는 해방 전과는 확연한 차이를 보인다
는 결론을 내리고 있다. 그런데 문제는 신재기의 논점이 해방 전
의 전환논리에 치중됨으로써 해방 전 절필의 시기와 해방 후의
이원조의 현실대응에 대한 정신사적 맥락이 제대로 해명되지 않

---

236) 신재기, 「이원조 비평의 전환논리」, 『문학과 언어』 10집, 1989, p.356.
237) 신재기, 위의 논문, p.357.
238) 신재기, 위의 논문, p.264.

고 있다는 점이다. 일반적으로 시대순응주의자로 단정함으로써 1941년 4월 이후부터의 이원조의 절필이 지닌 의미가 제대로 복원되지 않고 있다는 것이다.

이러한 입장의 이원조 연구는 김태웅에 와서 이어지고 있다. 김태웅은 「이원조 비평연구」(『홍익어문』 제 9집, 1990)에서 이원조 비평의 전개 양상을 모색기의 비평과 전환기의 비평문학으로 나누어 살피고 있는데, 모색기의 이원조 비평을 순수문학을 비판하고 프로문학을 옹호하는 행동주의 문학을 주장했으며 이는 부르주아 문학을 비판하는 리얼리즘에 기초한 현실변혁을 위한 행동의 문학이라고 보았다.

그리고 그의 이러한 행동문학은 사회조건의 변화로 전환하는데 그것이 이원조의 「태도문학론」, 「상식문학론」, 「제 3의 논리」로 발전한다는 것이다. 즉 태도의 문학론이 한계에 부딪히자 이원조는 상식문학론에서 발판을 마련하여 제 3의 논리를 들고 나왔다고 판단하여 그의 전향논리를 비판한다.

이러한 이원조 비평에 대한 논리전개는 신재기의 「이원조 비평의 전환논리」에 나타난 시대순응논리에 상당히 기대고 있어 김태웅 자신의 새로운 논지는 발견하기 힘들다.

진영백의 「이원조 비평연구」(부산대학교 석사학위논문, 1992년) 기존의 연구에서 이원조의 태도연구문학론을 창작이론과 연관시켜 그의 문학에 있어서 행동성의 포기로 간주한 점과 작가와 비평가에 대한 내면성의 강조논리라 할 수 있는 지성론과 교양론에 대한 연구가 소홀한 점 등에 주목하여 이원조의 비평의식과 그 자세를 파악하고 있다.

즉 이원조는 독자 - 작가 - 비평가의 3원적 관계에서 비평의 영도적 직능을 회복하기 위한 노력을 해왔으며, 그 구체적 작업으로 문학 창작을 현실 변혁의 추구과정으로 인식하고 창작방법론을 제출했다는 것이다. 그러나 35년 카프가 해산된 이후는 그가 지속적으로 추구했던 변혁의식은 독자 - 작가 - 비평가에서 문제되었던 작품창작이라는 행동이 매개되는 것이 아닌, 작가 비평가의 '구체적 조건 확보'라는 작가와 비평가의 정신과 자세의 강제로 전환된[239]다는 것이다. 이 결과로 나타난 것이 이원조의 포오즈론과 교양론이란 것이다. 그러므로 이러한 포즈론과 교양론을 당시와 같은 자유로울 수 없는 상황 하에서의 지식인의 고뇌에 찬 보존논리로 보아야 하며 그가 지속적으로 추구해 왔던 문학형성을 포기했다고 볼 수 없다는 논지이다. 이를 절필의 행동과 연관시켜 확인하고 있다. 그러나 진영백의 연구는 해방 전의 논의에 국한되어 해방 이후의 그의 실천논리에 대한 해명이 과제로 남겨져 있다.

진영백과 같은 선상에서, 이원조의 비평논리를 단순한 순응논리가 아니라 불변의 기조를 지닌 시대 현실의 대응논리로 파악하고 있는 연구가 이동영의 「이원조 문학 비평의 변모」이다. 이동영은 이 글에서 이원조 비평에 있어서 불변의 기조가 무엇인지를 그의 문학정신, 문학이론, 역사관, 비평논리 등을 통해서 살피고, 이러한 불변의 기조가 시대적 상황에 따라 어떻게 변모

---

239) 진영백, 「이원조 비평의 연구」, 부산대학교 대학원, 석사학위 논문, 1992, p.52.

되어 가는지를 검토하고 있다.[240)]

우선 이원조가 지닌 불변의 기조는 문학정신을 강조했다는 점, 리얼리즘 문학이론과 유물사관을 견지했다는 점, 그 토대 위에 변증법적인 비평논리를 펼쳤다는 것으로 파악한다. 그리고 이러한 이원조의 불변의 기조는 시대상황에 따라 변화된 현실대응의 논리로 나타나는데, 그 첫째가 행동의 문학에서 태도의 문학으로의 변모이며, 이는 간접화 또는 내면화의 과정이라고 할 수 있으며 시대상황에 대응하는 의식적인 노력의 결과로 보고 있다.

둘째 이원조 비평의 한 중요한 담론인 제 3의 논리란 비평정신을 획득하기 위한 역사적인 시대의식 내지 사회의식을 말하는 것으로 4년에의 절필기 뿐만 아니라 해방공간에서 보여준 심화된 이론과의 연계 선상에서 이해되어야 할 현실대응의 논리란 것이다. 그리고 그의 공백기를 거쳐 해방공간에 나타난 그의 문학론은 인민적 민주주의 민족문학론으로 대표된다[241)]는 논지이다.

이러한 이동영의 논지는 앞서 살핀 이원조의 전환논리를 현실순응논리라고 평가한 신재기나 김태웅의 논리에 대한 반론으로서의 의미를 지니면서 절필기와 해방공간의 이원조의 활동을 연속적 맥락 속에서 파악했다는 강점을 지닌다. 그러나 이원조의 이러한 불변의 기조와 현실대응논리가 어디에 바탕을 두고 있는 것인가에 대한 해명은 과제로 남겨두고 있다.

---

240) 이동영, 「이원조 문학비평의 변모」, 『한국동립유공지사열전』, 육우당기념회 간, 1992, p.100
241) 이동영, 위의 논문, pp.117-119

지금까지 살펴본 이원조 연구들은 이원조의 비평을 역사적 상황과 관련해서 그의 비평론이 어떻게 변모 혹은 발전해 갔는지를 긍정적으로 또는 부정적으로 살펴본 나름대로의 의미를 지닌 연구였다. 그러나 이원조 비평이 지향한 내면에 내재해 있는 근원적 세계관까지를 해명해 내는 데는 미흡한 부분들을 남기고 있다. 본 연구는 바로 이 점에서 출발한다.

이원조가 행동의 문학에서 태도의 문학으로, 포오즈론에서 상식문학론으로 그리고 제 3의 논리를 선언하기까지의 과정으로 나아가게 되는 그 근본 토대를 해석할 때 이원조의 비평세계는 좀 더 뚜렷한 모습으로 드러날 수 있으리라 기대하기 때문이다.

이를 위해서는 그의 내면의식을 소명할 수 있는 정신사적 접근 방법이 하나의 길이 될 수 있다. 그래서 본고에서는 해석학적 방법으로 접근해 가고자 한다. 해석학은 그 근본이 세계의 이해에 대한 방식을 탐색하는 작업으로써 이원조의 세계이해 방식을 해명하는 참조들이 될 수 있다고 보기 때문이다.

즉 이원조가 남겨 놓은 평문들을 통해 그 시대 현실에 대한 개인의식의 반응 추이와 급변하는 당대 현실대응력 등을 해석학적 입장에서 이해함으로써 그의 비평의 의미가 새롭게 체계화될 수 있으리라 기대한다.

해석학적 방법론

모든 문학작품들이 세계에 대한 작가나 시인들의 해석인 것처럼 비평 역시 작품세계에 대한 비평가의 해석물로 볼 수 있다. 이러한 작품에 대한 비평가의 해석관은 현실에 대한 해석과 밀접히 관련되어 있기에 비평가의 세계 해석관은 비평가가 처해 있는 당시의 상황에 크게 영향을 받기 마련이다. 즉 1930년대 후반과 같은 전환기에 있어서는 비평가의 세계해석관이 문학적 지향점 뿐만 아니라 자신의 삶의 지향점을 결정하는데 나아가 비평적 작업을 하는 데 매우 중요한 기능을 했다고 볼 수 있다. 그러므로 이원조의 비평을 해석학적 측면에서 해명하는 것은 그의 평가 자체를 이해하는 것뿐만 아니라 삶의 저변을 깊이 비추어 볼 수 있으리라는 기대도 함께 하게 된다.

본고에서 다루는 이원조 문학비평의 연구는 연구되는 이원조 문학비평의 작품이해에 관한 해석학적 관점을 고찰하는 것과, 그의 문학비평 자체를 해석학적 관점에서 고찰하는 것을 포함한다.

해석자는 특정한 작품을 이해하기 이전에 이미 그의 현실적 상황에서 역사적 전통으로부터 이어받은 선이해를 지니고 있다. 이러한 선이해는 모든 이해의 근원이다.[242]

같은 시대 같은 사회에 사는 사람은 선이해에 있어 공통점을 가질 수도 있으나, 개인마다 구체적인 삶의 과정과 상황이 다르므로, 모든 해석자의 선이해는 동일할 수 없고, 시대와 사회가 다른 사람은 이해에 더 큰 차이점이 있다. 그러므로 같은 작품의 의미가 해석자에 따라 다르게 이해된다.

작품 해석자로서의 비평가는 작품의 의미를 작품 자체의 언어

---

242) 이규호, 「해석학적 지식론」, 『앎과 삶』, 연세대학교, 1972, pp.69~71.

표현으로부터 해석하려는 태도,[243] 작품의 의미를 현실적 상황
과 관련지어 해석하려는 태도[244] 중에서 어느 한 가지를 취하거

---

243) 이러한 입장의 해석태도는 허쉬의 해석이론이 대표적이다. 허쉬가 해석에 대
한 문제를 새롭게 제기하게 된 것은 해석의 타당성에 관심을 둠에서부터 시작된
다. 그래서 그의 문제작 『Vality in Interpretation』에서 그의 정당한 해석의 가
능성에 대한 회의주의를 극복하기 위한 방법론을 제시하고 있으며, 현재 일반
화되어 가고 있는 작품해석에 있어서의 상대주의가 가진 위험성을 경고하고 있
다. 그 위험성이란 작가의 태도는 단일하나 작품의 태도는 다양하게 이해, 해석
되고 있음에서 오는 혼란을 말한다. 그래서 허쉬는 타당한 해석을 위한 방법론
의 필요성을 역설하고 있다. 이는 해석의 혼란을 극복하기 위해 객관주의적 관
점으로서 타당한 해석을 위한 방법론을 작가의 의도와 관련시킴에서 찾으려
는 이해와 해석이 주된 관점사이며, 이를 위해 작품의 의미(meanning)와 의의
(significance)를 구분하는 데 있다. 즉 이해와 해석의 대상이 되는 작품을 철저
하게 작가의 의도의 산물로 본다. 그래서 그는 일단 작품에 나타난 작가의 의도
를 파악하는 것이, 이해 혹은 해석이 담당해야 할 과제라고 생각한다.
　이렇게 작가가 의도한 세계를 객관적으로 파악하기 위해서 의미의 영역을 설정
하고 있지만 실제로 다양한 해석자는 작품의 의미에만 매이지 않고 각자 나름의
작품이해가 가능한 것이다. 여기에 허쉬 이론의 난점이 나타난다. 그래서 허쉬는
이를 해소하기 위해서 작가의 의도한 의미를 파악하는 것이 이해와 해석이고, 각
자 해석자가 작품에 대한 다양하게 반응하는 것을 의의로 구분하고 있다. 즉 한
택스트의 의미는 작가가 의도한 대로 단일하지만, 그 의미 또는 그 택스트의 어
떤 성질에 대한 작가의 반응은 천차만별일 수 있다는 것이다. 그래서 허쉬는 이
러한 다양한 반응을 택스트가 독자에게 가지는 의의로 보고 있다. 이렇게 허쉬가
작품의 의미와 의의를 구분하는 것은 해석의 객관성을 획득하기 위한 방법이며
그것은 해석 주체보다는 해석대상인 작품을 우선적으로 생각하는 태도이다.
　김용권, E. D Hirish의 해석론, 〈세계의 문학〉, 83년 가을호, 민음사, 1983,
pp.t69~77
　E. D Hirish, Validity in Interpretation, (Yale University ress, 1967), p.8.
　David Couzens Hoy, The Critical Circle, (University California Press,
1978), p.51.
244) 이러한 해석 태도는 가다머의 해석이론에서 찾아볼 수 있다. 허쉬는 작품 해석
에 있어서 타당성을 획득하기 위해 의미와 의의를 구분하고, 특히 의미파악에 있
어서도 그 과정을 이해와 해석으로 구분하고 있지만, 여기에 대해 가다머는 부정
적인 입장을 취하고 있다. 가다머는 이러한 이해와 해석의 구분은 단지 추상적이
라고 주장한다. 그의 입장은 모든 이해는 바로 해석이라는 관점에서 있다(Alles
Verstehen Auslegung). 즉 모든 이해는 해석을 포함하고 있다고 말한다.
　이러한 관점은 이해는 해석자 자신이 처한 상황에 기초하고 있다고 보는 투시
주의에 근거하고 있다. 그래서 가다머의 주장은 허쉬가 주장하는 바와 같은 온당
한 하나의 해석이란 존재할 수 없다고 본다. 해석은 과거와 현재의 지속적인 고

나, 이 두 극단적인 태도 사이의 무수한 중간적 태도 중에서 어느 한 지점을 취할 수 있다. 그런데 이원조의 경우는 해석자의 현실적 역사적 상황과 관련지어 모든 현상을 해석하고 파악하려는 입장으로 많이 기울어져 있다. 이는 1930년대 후반이 문단적으로 전환기란 이유도 크게 작용했지만, 그의 선이해가 이러한 세계 해석을 가능하게 하는 바탕이 되었으리라 본다. 그래서 이원조 비평에 나타나는 현실대응의 문학적 논리를 해석학적 입장에서 파악하고 그의 선이해를 추적해 봄으로써 이원조 비평의 한 근거에 접근해 보려고 한다.

문학인식 체계에 나타난 유물변증법적 해석

어떤 존재든 주어진 상황에 대응하여 살아가기 위해서는 자신이 처한 상황과 세계를 먼저 이해해야 하며 이를 바탕으로 자신의 세계를 세워나가는 것이 인간의 삶의 방식이다. 그러므로 한

려를 통해서 가능하기 때문에, 문학작품의 해석은 저자의 의도나 각자 당시의 시대 상황을 통한 이해로 국한 시킬 필요가 없다고 주장한다. 즉 가다머는 텍스트의 의미의 재인식은 해석자 자신의 역사성에 의해서 제약되며 해석자에 따라 새롭고 상이한 것이며 원저자의 의미의 재인식은 반드시 필요한 것이 아니라고 본다. 텍스트의 의미를 확정짓는 저자의 전권을 부정하고 있는 이러한 가다머의 입장은 미국의 신비평의 반인도주의와 맥을 같이 하고 있는 것이다.

즉 작품에 나타난 텍스트란 작가의 주관성만 표현함이 아니라, 본문의 의미는 해석자와 대화를 갖게 될 때 나타난다고 본다. 그래서 해석자의 상황은 본문을 이해하는 중요한 조건이 된다고 본다. 이러한 관점에서 해석자는 해석적 경험을 제대로 수행하기 위해 열린 마음의 상태가 필수적이라고 본다.

Hans-Georg Gadamer, Truth and Method, (The cross road Publishing Company 1982), p.321-325.

존재의 세계관을 이해하는 것은 그가 어떻게 세계를 이해하고 있었는지를 해명하는 일이 필요하다.

다시 말하면 이원조의 세계해석의 논리를 찾는 일은 이원조가 세계를 어떻게 이해하고 있었는지를 확인하는 것과 같다는 것이다. 이원조의 세계해석 층위는 여러 가지 측면에서 논의가 가능하나, 본고에서는 그의 유물변증법적 세계인식론에 근거한 해석적 입장을 먼저 살펴보고자 한다.

1. 계층인식에 나타난 유물적 해석

이원조는 자신이 밝히고 있듯이 카프의 맹원은 아니었지만 카프가 지향해 오던 방향에 동조하는 입장이었고, 또는 카프가 지닌 문제점도 비판적 입장에서 바라보는 어느 정도는 유연한 태도를 취했다. 그러나 그의 기본적 세계이해의 토대는 카프의 세계이해에서 크게 벗어나 있지 않다. 이는 그의 선이해[245]와 깊이 관련되어 있는 점이기는 하나, 그의 평문들에는 이러한 세계 이해를 바탕으로 한 세계인식 드러나 있다. 「詩에 나타난 로맨티시즘에 대하여」에서 그는 이미 비평을 부르주아 비평과 프롤레타리아 문학비평으로 나누어 문학의 계층적 인식태도[246]를 보여주고 있다.

---

245) 이원조가 1932년 일본대학 전문부(약간)를 졸업하고 법정대학 불문과로 전학할 시기의 동경의 지적 분위기는 맑시즘이 지성계를 지배하고 있었기에 식민지 지식인이 이에 경도되기는 어렵지 않은 일이었다. 그리고 그가 실제로 사회주의 운동에 가담한 적이 있고, 이찬 등과 사회주의 학습을 한 바 있음은 알려져 있다.
　구모룡, 「이원조 연구」, 미발간 논문, p.3.

프롤레타리아트의 史的 階級的 모든 活動의 最高標準은 그 階級 ××이라는 한 포인트에 집중되어 있는 것이다. 그러므로 이 階級의 모든 活動의 所産이 오직 그 階級××이라는 條件의 한 포인트에서 그 價値設定의 最高標準을 發見할 것도 事實이므로 프롤레타리아 문학비평의 基準이 當然이 여기 있는 것이며 따라서 프롤레타리아 문학의 - 여기서 문제삼는 史的 階級的으로 요구되는 傾向이 우렁찬 一側의 傾向을 가질 수 있는 것이니 그것은 뒤에서도 잠깐 말한 바와 같이 프롤레타리아트의 階級的 實踐의 自己階級의 鋼鐵과 같은 團結組織이라든지 ×의 牙城에 모든 英雄的 肉迫이라든지 生産에 對한 巨大한 힘의 發露 等等의 傾向을 가지는 것이며 또 가져야 한 것이다.[247]

이원조는 프롤레타리아트의 계급은 당연히 자기계급의 세계관과 삶 나아가 바람을 문학에 그대로 그려내야 한다는 논지를 펼치고 있다. 즉 문학을 계층화하여 바라보고 있으며, 어느 특정 계층이 생성하는 문학적 특징은 그 계층 고유의 것이므로 그들의 세계관이 드러나야 한다는 것이다. 이러한 계층의식에 의한 문학의 인식은 「순수문학과 대중문학의 문제」에서도 그대로 이어지고 있다.

---

246) 유물론적 문학론은 바로 마르크스주의 문학론을 말하는 것인데, 마르크스주의 문학론의 본질은 〈형상적 사유로〉로 요약된다. 그런데 여기서 말하는 형상이란 작가의 사회적 사유와 계급적 관념의 특수한 표현형식인 것이며, 작가의 계급적 존재에 예술작품의 조직적 근원이 되는 것으로 보고 있어 맑스주의 문학에 있어 계층의 문제는 중요한 항목이다.
　　김윤식, 『한국 근대문예 비평사 연구』, 일지사, 1976, pp.45~46.
247) 이동영편, 이원조평론집 『오늘의 문학과 문학의 오늘』, 형설출판사, 1990, p.25 이하 이원조 평론집은 『평론집』으로 약칭해서 사용.

이원조는 이 글에서 순수문학과 대중문학 논의가 일어나고 있는 이유를 그 근본에서 해명함으로써 새로운 시대의 주체가 담당해야 할 문학의 모습을 定向하고 있다. 즉 순수니 대중이니 하는 논의는 서로 상반되는 문학장르의 구별이 아니고 부르주아 문학이라는 한 圈範 안에서의 자기분해 현상으로 일어난 것으로 본다.

부르주아 문학이 적어도 부르주아 경제조직의 공황이전에는 '순수'니 '문학'이니 하는 兩個의 관사를 가지지 않았다는 것이다. 그때는 그냥 한 개의 문학으로 존재했으나 부르주아 사회기구 전체의 동요가 계급대립의 첨예화를 촉진시키면서 그 사회기구의 생산부대인 프롤레타리아의 계급적 대중이 독사적 이데올로기와 문학을 가짐으로써 대중의 생활감정을 조직시키고 앙양시키는 문학의 본질역할을 단념하게 되었다[248]는 것이다. 여기에 부르주아 문학의 위기가 논의되며 필연적으로 프롤레타리아 문학이 등장하게 되었다는 논지이다. 그래서 프롤레타리아 문학에는 대중적이니 순수니 하는 세기말적 관사가 필요치 않다고 본다. 이원조의 세계인식에 기초할 때 부르주아 계층의 문학은 비판의 대상이 되었고 프롤레타리아 계층의 문학은 긍정되었던 것이다.

그래서 당시 프로문학적 성향을 지니지 못한 현실을 특징으로 하는 낭만파와 현실이해에 전연 무력한 감각파는 비판의 대상이 될 수밖에 없었다. 「시에 나타난 로맨티시즘에 대하여」를 논하

---

248) 평론집, p.35.

면서 이원조는 이는 문화사적 견지로 볼 때, 로맨티시즘의 발생이 중세봉건시대라는 것은 시대의 계급적 편재의 특징적 산물이기에 현실유리를 그 특징으로 하지 않을 수 없었고, 그래서 낭만적 시들은 비현실적이며 비유물 변증법적이라고 비판하고 있다.

김기림의 시를 비판하고 있는 「시학도의 눈에 비친 근대시단의 한 경향」에서 보이는 감각파에 대한 이원조의 비판적 태도도 이러한 계층적 인식에 근거하고 있다. 감각파 문학경향은 부르주아 문학의 한 방계적 현상으로서나 부르주아 인텔리층을 대표하는 것으로 섬세한 감각에서 일어나는 델리키트한 신비감 그리고 그 신비감의 추구에 대한 부절한 갈망 이런 것들이 감각파의 전면적 특징이란 것이다.[249]

그런데 부르주아 문학이 이런 경향을 보이는 것은 부르주아의 가장 근본적인 철학적 방법이 현실을 이해하기에 전연 무력하게 되었기에 이들의 생활면에 감촉되는 현실이 하나도 관련있는 전체로서 인식되지 못하고 다만 단순한 감각적 현상으로만 인식될 따름이어서 신비주의적 경향이나 엑소티즘의 모습을 보인다[250]는 것이다.

이렇게 문학의 성격을 그 문학담당층의 위상에서 찾아보고자 하는 이원조의 입장은 「불안의 문학과 고민의 문학」에서도 그대로 나타난다.

원래 문학적 기술을 가진 지식군은 중간층인데, 이들이 두 개

---

249) 평론집, p.41.
250) 평론집, p.40.

의 부류로 나누어져 그 하나가 부르주아적이라면 다른 하나는 프롤레타리아적이라는 것이다. 전자는 철저히 개인적이고 주관적이며 공간적이고 원환적이며 영역적이라고 구분한다.[251] 그런데 부르주아 문학이란 불안의 문학으로서 역사적 告終의 문학이라면 후자는 프롤레타리아에 접근한 일군의 중간층 문학으로서 고민의 문학이란 것이다. 그래서 자본주의의 발달이 지지하고 유치한 우리의 실정으로는 부르주아 문학적 전통이란 거의 없으며, 따라서 엄밀한 의미의 불안의 문학이란 존재하지 않기에 현실적으로 고민의 문학이 관심의 대상이 된다는 입장에서 프롤레타리아 계층의 문학을 옹호하고 있다.[252]

이상의 이원조 비평에서 엿보이는 계층의식을 종합해 볼 때, 그는 프롤레타리아 계층의 문학을 당대에 있어서는 현실적 의미를 지니는 문학임을 주창함으로써 유물론적 세계인식에 근거한 문학이해를 드러내고 있다고 할 수 있다.

2. 문학론 전개에 나타나는 변증법적 해석

이원조는 30년대 비평가 중 누구보다도 당대의 현실에 민감하게 반응하면서 자신의 문학적 태도를 보여준 비평가다. 문학에

---

251) 평론집, p.49.
252) 그렇다고 이원조의 비평논리가 당시의 모든 카프문학을 일반적으로 긍정한 것은 아니다. 프롤레타리아 문학비평이 지닌 공식주의 경향을 비판하며 생경한 이론적 논의를 배격한 입장이다. 그래서 그는 안막, 한한광, 한효 등과는 다른 입장에 서 있다.

대한 이러한 현실주의자의 태도는 그의 유물론적 세계적 인식에서 비롯된 것이기는 하나 전환기적 상황 속에서 새로운 변화를 창출하려는 문학론의 제기를 통해 비평단의 침체를 극복해 보려고 한 노력으로 평가된다.

그런데 이원조가 펼쳐 보인 그의 문학론의 전개는 단선적 사유나 지향이 아니라 변증법적 사유를 통한 통합적 세계의 제시라는 점에서 그 특징이 드러난다. 이 점을 그가 펼친 문학론을 통해 살펴봄으로써 그의 변증법적 세계해석의 특징을 해명하고자 한다.

이원조가 본격 문학론으로 제기한 글은 「순수문학과 대중문학」[253]이 첫 번째다. 이 글에서 이원조는 순수문학과 대중문학을 꼭 상반되는 개념을 지닌 문학으로 바라보고 있는 것은 아니지만, 일반적인 개념으로 해석하고 있는 그의 개념 전개 방법은 순수문학이 지닌 질적 의미와 대중문학이 지니는 양적 의미의 이원대립적 인식에서 출발한다. 즉 순수는 이론적, 昂揚的, 組織的, 高級的이며 대중은 정책적, 迎合的, 追體的, 통속적이라는 것이다.[254]

이러한 이원대립적 개념의 인식과 논의를 통해 결국 이원조가 제시하고자 하는 바는 순수니 대중이니 하는 이원적 상대가 아니라 대중성과 순수성이 함께 공유된 즉 일치된 문학을 기대하고 있다. 그러한 문학이 프롤레타리아 문학이라는 것이다.[255]

결국 프롤레타리아 문학의 정당성과 필연성을 도출하기 위한

---

253) 이 평문은 1933년 3월 13~20일 「조선일보」에 발표되었다.
254) 평론집, p.36
255) 평론집, p.36

논의의 한 방편으로 당시 문학현상을 순수문학과 대중문학으로 나누어 그 의미를 규정하고 있는 것이다. 즉 하나의 보편타당한 현실적 문학론을 제시하기 위해 이에 필요한 논의의 대상을 대립적 관계 속에서 파악함으로써 두 개념 사이의 대립을 넘어선 통합적 시선을 도출해 내는 사유방식을 보이고 있다. 이러한 사유방식은 그만큼 논의 대상의 폭을 넓게 할 뿐만 아니라 세계이해의 넓이도 확산시켜 준다는 점에서 해석자의 기대지평의 새로운 열림으로도 볼 수 있다.

이러한 이원조의 사유 방식은「不安의 文學과 苦悶의 文學」[256]에서도 그대로 이어지고 있다. 불안의 문학과 대립적 자리에 고민의 문학을 놓음으로써 변증법적 사유의 기초를 마련하고 있다. 불안의 문학은 그 존속하는 근거가 역사적으로 보아 필연적인 운명의 박두와 함께 고민의 문학에 代置될 것으로 보지만 고민의 문학 역시 자기존속을 계속하지 않으면 딜레탕티즘에 빠질 수밖에 없다[257]는 입장이다.

이를 극복하는 길은 오직 객관에 주관의 침투와 통일이 이루어져야 한다는 점에 있다고 봄으로써 부단한 변증법적 사유의 토대를 드러내고 있다. 그리고 그러한 변증법적 사유는 늘 변하는 현실 혹은 역사에 근거하고 있다는 점에서 이원조의 사유는 또 다른 특징을 드러낸다. 이러한 입장을 거의「오늘의 문학과 문학의 오늘」[258] 변증에서 더욱 확실히 확인할 수 있다.

---

256) 이 평문은《조선일보》에 발표되었다.
257) 평론집, p.52
258) 이 평문은 1935년 6월 2~7일《조선일보》에 발표되었다.

이원조는 '오늘의 문학과 문학의 오늘'이라는 약간은 반어적이고 대립적인 의미가 함축된 제목을 통해 당시 문학이 지향해야 할 방향을 모색하고 있다. 오늘의 문학이란 일반적으로 현대의 문학이란 말과 같은 의미이기도 하지만, 어느 시대든지 항상 진정한 문학은 오늘의 문학이었다는 점에서 역사성을 강조하고 있다. 그런데 이원조가 파악한 이런 당시의 오늘의 문학 특징은 우선 이데의 상실로 나타난다. 현실을 어떻게든 관념상으로 통제할 이데를 상실했다는 것이다. 그래서 현대문학은 불안적 요소를 지니며 자아탐구와 심리적 해부에만 급급한 주관적 문학이나 여행 혹은 탈주문학이 나타난다[259]고 본다.

그래서 오늘의 문학이 지닌 이러한 문제를 넘어설 문학의 오늘 개념을 상정함으로써 그의 변증법적 사유를 내보인다. 즉 이데를 상실하고 불안의 형태로 나타난 오늘의 문학을 넘어설 문학 개념이 '문학의 오늘'이 함축한 문학논리라는 것이다.

그런데 이원조가 말한 '문학의 오늘' 개념은 무엇인가. 이원조가 사용하는 '오늘'은 흔히 사용되는 이때라는 시간적 의미만의 개념이 아니라 이때에 다시 여기라는 영역적인 요소가 함께 공유된 개념이다. 즉 오늘이라는 의미는 "문학은 생활의 표현이니 생활의 인식수단이니 할 때 생활이라는 말은 시간적이고 연속적인 생명이 영역적인 객체와 관련되는 장면을 이르는 것인 만큼 오늘이라는 말은 곧 우리의 생활이라는 말과 같다"[260]는 것이다.

---

259) 평론집, p.63.
260) 평론집, p.65.

그래서 이런 의미의 문학이 이루어지기 위해서는 이 사회의 모든 제도와 시설에 대해서 그대로 복종하고 추종하는 것이 아니라 그것을 능동적으로 개혁하고 발전시키는 대응력이 필요하다[261]고 본다. 주관과 객관이 통일되고 이때와 여기가 통일되었을 때 완전히 오늘의 독자적인 전체성이 보일 수 있으며, 이것이 이원조가 생각하는 〈문학의 오늘〉이 지닌 합의라는 것이다.

이렇게 이원조는 그의 문학론을 전개시켜 갈 때 실제로 개념 분석에서 출발하여 그 개념 범주를 상대적 범주와의 관련 속에서 변증법적으로 파악하면서 그의 논지를 전개해 가고 있다.[262]

이는 인식의 상승과 확대를 가져오는 변증법적 사유형태로서 세계관으로서 사적유물론을, 철학으로는 유물변증법을 자기화하고 있는 결과로 보인다. 그리고 이러한 사용방식은 두 극단을 지양하고자 하는 중용적인 혹은 제 3의 방법적 시각과 같이 나아가고 있다고 본다. 또한 이러한 사유는 이원조 자신이 자주 사용하고 있는 편견 없는 정신과도[263] 밀접하게 연관되어 있는 듯하다. 하나의 극단으로의 치우침 없는 과불급의 사상[264]인 편견

---

261) 평론집, p.66.
262) 이동영, 「이원조 문학비평의 변모」, 『한국독립유공지사열전』, 육우당기념회 간, 1992, p.107
263) 이원조는 『文壇異議』에서 무엇보다 필요한 것은 事理에 對한 엄숙한 태도인데, 이를 '편견없는 정신'으로 표현하고 있으며 「현단계의 문학과 우리의 포즈에 대한 성찰」에서도 진실이라는 것은 내가 아닌 다른 것에 대한 '편견없는 봉사(service)'라고 명명함으로서 편견없는 태도를 강조하고 있다.
264) 이 사상을 김윤식 교수는 윤리적 감각으로 명명하고 있으며 이 절묘한 균형감각 유지는 그가 몸담고 있는 부르조아 저널리즘과 박해당하는 카프 사이에서 비로소 가능하였다고 본다.
　김윤식, 『한국현대문학사상사론』, 일지사, 1992, p.229.

없는 정신의 실체와 맞닿아 있기 때문이다.

　그러면 이러한 제 3의 방법적 시각 갖기는 어디로부터 연유한 것인가. 이 점에 대해 김윤식 교수는 맑스주의와 주자학의 두 이념의 융합에서 찾고 있다. 한편에는 주자학에의 아지랑이가 가물거리고 다른 한편에서는 맑스주의가 내면화되어 있는 자리, 그것이 굽어보기 시각의 정체며 이를 논리화한 것이 제 3의 논리[265]라는 것이다. 이러한 제 3의 논리 저변에 놓인 이원조의 선이해에 대한 해명은 또 다른 차원에서 밝혀져야 할 과제이기도 하지만, 그는 늘 자신의 문학론을 전개함에 있어 변증법적 사유를 통한 제 3의 논리창출로 나아가고 있다는 점은 확실하다. 이것이 이원조가 보여주는 문학론 전개에 나타나는 변증법적 해석의 한 모습이다.

현실지평의 변화와 해석자 지평의 대응

　이원조는 어느 비평가보다 문학의 현실성을 강조한 비평가다. 그는 현실성에 근거하지 않은 문학은 가치가 없다고 생각했기 때문이다.

　　오늘의 文學이라면 이것은 時代의 文學이라는 말과 같은 意味를 가지는 것이다. 그러나 文學이란 그 時代相의 反映이고 또한 生活

---

265) 김윤식, 위의 책, p.238

의 認識手段의 하나라는 것이 真理에 가깝다면 文學이란 어느 時代이든지 항상 오늘의 文學일 것이다. 그러므로 어떠한 文學이든지 이러한 意味에 있어서의 오늘의 文學이 아닌 것은 오히려 그 文學的 價值를 지극히 높은 水標에서는 評定할 수 없다고 해도 過言이 아닐 것이다.[266]

모든 문학이 오늘의 문학이 되어야 하고 또한 그렇지 못한 문학은 가치가 없다고 한 이원조의 문학의 현실인식론의 정수는 무엇인가. 그것은 문학은 철저히 지금-여기의 삶을 드러내는 문학이어야 함을 강조함이다. 이원조의 생각에는 문학의 본질은 항상 사회현상에 대해서 무엇보다도 먼저 비판적이고 반역적이어야 하는데 그러기 위해서는 오늘의 사회현실의 객관적 정세를 바로 파악할 수 있어야 한다는 것이다. 그래서 이원조는 이세 문학에 뜻을 두고 있는 신인들을 향한 비판적인 고찰인 「신인론」에서도 신인은 무엇보다도 정열이 필요하다고 말하면서도 문학의 현실성을 더욱 강조하고 있다.

萬若 新人이라는 것이 참다운 文學的精神의 담당자이라면 이러한 현실 면에 가장 열렬하게 着手하지 아니하지 못 할 것이다. 아니 이러한 現實에 着手하지 못한다면 못하는 그대로의 苦悶이라도 있어야 할 것이다. 실상 우리가 좋은 文學史를 가진 것은 그 文學史에 나타나는 作品을 통하여 그 作品이 存在했던 그 時代, 그 社會의 活動하던 面貌를 具體的으로 알아낼 수 있다는 것이다.

그러나 萬若 오늘날의 우리 文學과 같이 이렇게도 無力氣하고 이

266) 평론집, p.61.

렇게도 현실과 流離한다면 훗날에 아무리 위대한 文學史家가 있어서 우리의 文學史를 쓴다고 한들 우리는 무엇으로서 複雜하고 多端하던 이때 여기의 살아 움직이는 社會相을 想像할 수 있을 것인가.[267]

이원조는 현실이 드러나지 않는 문학은 가치가 없기에 문학사에서 평가대상이 될 수 없다는 입장이다. 그러면 이원조가 주장하고 있는 현실에 집착하는 문학은 어떤 내용인가. 일차적으로 오락적 혹은 취미의 문학이 아니고 현실변혁 의지가 살아 움직이는 문학정신에 바탕을 두고 있는 행동주의적 성향이 짙은 것이다. 그래서 이러한 정신에 기초해서 현실에 집착하지 못하면 못하는 그대로의 고민이라도 있어야 한다고 말한 것은 그만큼 현실변혁에 대한 의욕을 내장하고 있어야 함을 말한다. 즉 이원조가 말하는 문학적 고민이란 그의 「고민론」[268]에서 말하고 있듯이 문학적 의욕을 말한다.

작가의 의욕이 진로를 차단당했을 때 고민이 나타날 수밖에 없는데, 이러한 고민의 근원인 작가의 의욕이 살아있을 때, 문학은 항상 더 높은 질서 더 새로운 질서를 창조해낼 수 있다는 것이다. 이러한 작가의 현실에 대한 의욕을 통해 현실적 가치와 질서를 더욱 높은 단계로 끌어 올렸을 때 문학사에서 평가될 수 있는 작품으로 자리를 잡는다는 것이 이원조의 문학에 대한 가치평가이다.

---

267) 이 평문은 1935년 10월 1-17일 《조선일보》에 발표되었다.
268) 평론집, p.79.

그래서 이원조는 문학에 있어서 현실인식력을 중시했다. 이 현실인식력이란 객관적 현실정세가 좋으니 나쁘니 하는 것이나, 시대적 중압감이 있느니 없느니 하는 데에 대한 주체적 대응력을 말하는 것이다. 즉 현실에 대한 주체의 자각과 반성이 어떻게 나타나고 있느냐 하는 점이다.

그런데 이런 객관적 현실 조건은 늘 변하는 역사성 속에 놓여 있다는 점에서 이원조 비평에 나타나는 현실대응력을 살펴볼 필요가 있다. 변하는 객관적 현실을 어떻게 해석하며 그 현실에 대응해 왔느냐 하는 점이다. 지금까지 이원조 비평의 연구에 있어서 문제가 되는 것 중의 하나가 이원조가 카프문학의 동조자로서 행동의 문학을 내세우다가 결국 태도의 문학이나 포즈의 문학으로 나아간 것이 현실순응주의자의 면모를 보인 것이 아닌가 하는 점이 논란이 되어 왔기 때문이다.[269]

이원조의 현실에 대한 대응적 변모를 확실히 보여주는 글은 「현 단계의 문학과 우리의 포즈에 대한 성찰」[270]이다. 여기서 이원조는 문학과 정치와의 관계를 논하면서 카프문학이 성한 때에

---

[269] 지금까지 이원조 비평을 논하면서 연구자들의 관심이 되고 있는 부문 중의 하나가 이원조의 비평론이 행동의 문학에서 태도의 문학 나아가 제 3의 논리로 변모한 점에 대해, 송현호는 이런 변모는 발전이면서도 태도의 문학은 상황극복을 위한 자구책내지 위장이란 입장이며, 신재기는 시대순응논리로, 김태응은 시대순응을 넘어 국책문학과의 야합이라는 입장까지 나아가고 있다. 여기에 대해 이동영은 이들의 논지가 이원조 비평의 전부를 일관성 있게 보지 못한 결과로 비판하며, 이원조 비평을 해방공간까지 전체로 바라보면 일관성을 지닌, 당시 현실에 진실하게 대응한 결과로 나타난, 시대상황에 대한 주체적 조건 확보를 위한 성실한 대응이라고 반박하고 있다.
　이동영, 「이원조 비평의 변모」, 『한국독립유공지사열전』, 육우당기념회간, 1992, pp.108~115 참조.
[270] 이 평문은 1936년 7월 11-17일 《조선일보》에 발표되었다.

는 문화적 활동과 정치적 실천이 완전히 통일되어 있었으나 파시즘이 대두되고 객관적 정세가 악화됨으로써 문학하는 사람들의 역동성의 범위가 극도로 협착해졌다고 밝힌다. 그런데 이원조의 관심은 단순히 정치와 문학과의 관계 파악이나 당시의 객관적 경세에 따른 문학의 현단계를 개관하는 데 목적이 있는 것은 아니다. 그의 관심은 객관적 정세가 저항할 수도 없을 정도의 현실적인 힘으로 다가섰을 때 이에 어떻게 대응해야 하는가 하는 점이다. 이에 대용하는 문학적 논리가 포오즈론이다.

> 힘의 敗北가 반드시 事實의 敗北를 意味하는 것도 아니며 또한 文學은 힘의 顯化가 아닌 때문에 文學의 魅力은 行動 그것보다도 도리어 '포즈' 거기에 있는 것이다.[271]

이러한 포오즈론의 정체를 이원조는 갈릴레오의 종교재판과 관련해서 설명하고 있는데, 갈릴레오는 지동설을 믿지 않겠다고 서약은 하였지만 그의 입안에서는 '그러나 움직인다.'라고 하였는데, 이것이 한 개의 진리를 위한 사람의 포즈이며 모랄이란 것이다. 그래서 이원조는 아무리 객관적 정세가 악화되더라도 문학자는 최소한 한 개의 포즈라도 가져야 한다고 역설하면서 이는 자기 자신에 대한 의무의 자각이라고 보았다.

한 개의 질서적인 모랄을 창조하고 건설하자면 거기에는 집단적 행동이 필요하나 당시는 그러한 집단의 유대가 끊어졌고 행동의 세계가 좁아진 만큼 우선 제 자신에 대한 의무의 자각이 필

---

271) 평론집, p.119.

요하다는 것이다. 다시 말해 역사적으로 제가 처해 있는 그 위치에서 제 몸가짐을 어떻게 해야 할까 하는 한 개의 포즈를 정하는 것이 문학하는 자들에게 무엇보다 긴요한 일로 여기고 있다.[272]

그리고 더욱 강조하는 사항은 이 포즈라는 것은 일정불변하는 어느 한 지점에 고착되어있는 것이 아니라는 점이다. 유동과 변천하는 중에서도 일정한 포즈를 가질 수 있다고 보며 그 구체적 예로 지드를 들고 있다.

그러면 이러한 이원조의 포오즈론이 지니는 해석학적 의미는 무엇인가. 카프문학에 동조하며 현실인식에 근거한 문학의 행동성을 긍정적으로 바라보았던 이원조가 객관적 정세의 악화로 문학적 행동이 제약당하는 현실 속에서 제기하고 있는 포오즈론이 과연 어떤 의미를 지닐 수 있느냐 하는 점이다. 이에 대해 어떤 이는 현실순응의 논리라고 폄하하기도 하고 또 다른 측면에서는 하나의 발전적 모색이라고 평가하기도 한다.[273] 이는 분명 이원조가 내세운 문학은 현실인식을 바탕으로 더 높은 가치를 형상화해야 한다는 입장에서 보면, 상당히 후퇴한 느낌을 주는 것도 사실이다. 그러나 객관적 정세의 강압에도 불구하고 거기에 일방적으로 순응하지 않고 대응의 논리를 모색하고 있다는 점에서는 현실지평에 대한 해석자 지평의 적극적 가담이라고 할 수 있다. 해석자 지평이 강압된 현실지평과 만나 빚어내는 지평융합의 결과가 포오즈론이란 것이다. 즉 해석자 지평이 강압된 현실

---

272) 평론집, p.120.
273) 연구사에서 확인했듯이 전자 입장에 선 논의로 신재기의 「이원조 비평의 전환 논리」가 있고, 후자의 경우는 송현호의 「이원조의 문학론 연구」가 있다.

지평 속에서도 살아있었다는 의미를 지닌다.

　이러한 해석자 지평의 고수가 있었기에 그의 포오즈론은「비평정신의 상실과 논리의 획득」[274]에서는 제 3의 논리의 모색으로 이어지고 있는 것이다. 해석자 지평을 포기하지 않았기에 당시의 현실 속에서도 상실된 비평정신을 회복하기 위해서는 제 3의 입장이라는 하나의 시대적 논리를 내세울 수가 있었다는 것이다. 그러나 이는 내면적 바람이지 구체적 논리나 방법이 아니라는 점에서 포오즈론을 뛰어넘는 단계는 아니다. 새로운 문학을 획득하기 위해서는 먼저 한 개의 포즈를 가지지 아니하면 안된다는 내면적 자기확인인 포오즈론과 솔직히 자신이 내놓을 수 있는 문학논리가 없다는 제 3의 입장논의는 동일선상에 놓이는 비평논의이기 때문이다.[275]

　이는 바로 현실지평과 해석자 지평이 만나 지평융합을 통한 제 3의 지평을 열어야 하나 현실지평의 강압이 너무 커서 해석자 지평의 영역이 그만큼 축소되고 내면화된 현실을 보여주는 부분이라고 본다. 그러나 이원조는 해석자 지평의 존재를 양심의 차원에서까지 부정하지 않고 지키려 함으로써 추상적이기는 하지만 현실지평을 넘어설 제 3의 논리를 모색해 보고 있다는 의의

---

274) 이 평문은 1930년 10월《인문평론》제 1호에 실려있다.
275) 평론집, p.168.
276) 이원조 비평에 있어서 여러가지 특징들이 많이 있지만 가장 큰 특징을 든다면 그것은 비평가의 윤리감각이 전면에 드러나 있다는 점이다. 이러한 현상을 달리 말해 일제파시즘 하에서의 생존윤리로 명명하기도 한다. 그의 비평에서 고민, 포즈(몸가짐), 모랄, 성실성, 교양, 상식 등은 윤리의 문제와 관련된 담론의 주요 개념어들이라 할 수 있다.
　구모룡,「이원조 연구」, 미발표 논문, p.8.

를 지닌다. 이는 바로 그의 윤리성[276]과도 뗄 수 없는 관계에 놓인 문제라 여겨진다. 즉 이러한 그의 윤리적 실천의 마지막 단계가 1941년 이후의 절필이라 생각한다. 극대화된 파시즘의 현실 정세 악화 속에서 포즈론 그리고 제 3의 방식으로 내면화된 자신의 문학적 실천이 더 이상 허용되지 않는 상황 속에서 그가 취할 수 있는 길은 절필이었다고 본다. 이는 행동과 실천을 가장 우선된 미덕으로 삼는 유가적 교양주의자들에게는 자연스런 현상이었을 것이다. 그러면 이렇게 파시즘의 대두에 대응하는 나름대로의 문학적 선언을 제시하고 있는 이원조의 지금까지의 세계해석에 기초한 비평적 입지는 어떠한 선이해에 바탕하고 있는가가 과제로 남는다.

이원조 비평의 선이해

지금까지 확인해 본 이원조의 비평에 나타난 해석학적 기본항목은 현실에 대한 철저한 변증법적 인식으로 비롯되는 현실인식과 이항대립 범주를 설정하여 이를 통합 혹은 지양해 가려는 제 3의 시각갖기로 명명해 볼 수 있다. 즉 현실지평에 대한 해석자 지평의 변증법적 지평 융합을 부단히 시도해 왔다고 할 수 있다.

이러한 세계인식과 문학론의 전개는 세계와 문학에 대한 이원조의 해석 결과이기는 하지만 이런 해석을 가능하게 한 저변에는 그의 선이해를 무시할 수 없다. 모든 인간은 어떤 대상이나 현상을 이해함에 있어서 언제나 주어진 자기관념적 선이해

(Sebst bezogenes Vorverstandnis)로부터 출발하기 때문이다.[277] 즉 무엇을 무엇으로서(Etwas als Etwas)해석함은 근본적으로 선취(Vorhave)와 선견(Vorsicht)과 선파악(Vorgrit)에 기초할 수밖에 없다는 것이다.

이런 해석학적 견지에서 볼 때 이원조의 비평세계를 좀 더 근원적으로 파악하기 위해서는 그의 선이해를 점검해 보는 일이 필요하다. 이원조의 선이해에서 우선 지목되는 항목은 그의 학습이다. 학습에는 그의 유년기의 학습과 동경유학 때의 학습이 문제가 되며 유학 중 그가 접하게 된 맑스주의에 대한 선이해를 무시할 수 없다.[278]

그러므로 이원조의 선이해는 이 세 방향에서 고구되어야 하나 본고에서는 우선 유년기의 학습과 관련된 유가적 사유, 나아가 주자학적 사유에 국한해서 점검해 보려고 한다.

이원조는 잘 알려진 바와 같이 퇴계의 14세 손이요, 亞隱公 家鎬와 金海許氏의 아들 源祺, 源祿, 源一, 源朝, 源昌, 源淇의 6형제 중 4째로 1909년 음력6월 2일에 고향 안동군 도산면 원촌에서 태어났으며, 祖父 痴軒公에게 한문을 배웠으며, 위당 정인보 門下에도 다닌 것으로 나타난다.[279]

---

277) 강돈구,「해석학적 순환의 인식론적 구조와 존재론적 구조」,『한신대 논문집』제5집 1988, p.75.

278) 구모룡은 이를 이원조의 정신적 기제로 보며 맑스주의로 대표되는 유물변증법과 앙드레 지드로 대표되는 서구적 지성, 주자학적 전통에 의거한 실사구시학으로 삼분하고 있다. 이들은 각각이 아니라 상호견제하며 넘나드는 관계였고 상호작용의 관계로 나타난다고 본다.
구모룡,「이원조 연구」, 미발표 논문, p.13.

279) 평론집, p.7.

이러한 가문과 유년시절의 학습 분위기로 보아 그의 성장기의 교양은 유가적 사유에서 크게 벗어날 수 없는 것은 명약관화한 사실이다. 그래서 이원조도 「조선적 교양과 교양인」[280]에서 조선인들이 공통적으로 토대를 두고 있는 교양의 내용을 다음과 같이 밝히고 있다.

이러한 意味에서 朝鮮的 敎養이란 무엇이냐 하면 朝鮮文化란 적어도 지금부터 以前 五六世는 東洋哲學 中에서도 가장 實踐 倫理學이라고 하는 儒敎思想에서 成長해온 것인만큼 비록 敎養이란 語彙는 가지지 않았어도 이러한 意味의 敎養으로서는 가장 래디컬한 것이 있었던 것이 事實이다.

그러면 그것이 무엇인가? 우리는 『中庸』에 보면 率性之謂道, 修身之謂敎라고 한 것이 있다. 修身之謂敎라는 道는 무엇이냐 하면 『大學』에 大學之道 在明明德, 在親民, 在止于至善이라고 한 다음에 古之慾明明德於天下者 先治其國 欲治其國者 先齊其家 欲齊其家者 先修其身 云云이라고 한 바와 같이 모든 社會理念의 根本을 修身이라는 一項目에 두고 이 修身이야말로 모든 敎育의 根本이 되어 있는 것이다.

그러므로 儒敎思想에 있어서는 어떠한 學問이든지 躬行實踐을 하지 않고는 死文에 지나지 못함으로 修身이라는 人格的 陶冶를 떠나서는 學問을 생각할 수 없게 되었다. 다시 말하면 모든 學問은 人格의 陶冶만을 위해서 存在의 意義와 價値가 있지 人格을 떠난 學問의 純粹性이란 認定받을 수 없었던 것이 마치 저 歐羅巴의 中世宗

---

280) 이 평문은 《인문평론》 제 2집(1939. 11)에 실려 있다.

敎文化 時代에 모든 學問이 神의 奉仕를 떠나서는 存在할 수 없었던 것과 마찬가지였던 것이다.[281)

이원조는 조선인들의 교양전반에 나아가 교육이나 학문의 궁극적 목적이 어디에 있으며 그 저변을 형성한 사상이 무엇임을 밝히고 있다. 여기서 우리가 주목해 볼 수 있는 것은 동양문화권 속에서 집단무의식으로 작용하고 있는 사상이 유교적 사유 나아가 주자학적 사유라는 점이다. 이는 일반인들에게도 별 무리없이 받아들일 수 있는 견해임과 동시에 이원조 자신의 사유의 터 역시 여기에서 출발하고 있음을 넌지시 암시하고 있는 부분이다.

즉 그가 궁극적으로 지향하는「조선적 교양과 교양인」은 단순히 修身을 통한 躬行實踐만으로 끝나는 것이 아니라, 일상생활에서 유교사상의 교양을 준수하면서 과학적 방법의 추구로 나아갔던 김정희를 한 모델로 제시하고 있기는 하지만, 그의 세계에 대한 그리고 삶에 대한 기본적 사유는 주자학적 세계관에서 출발하고 있음을 부인할 수 없다는 것이다.

그러면 그의 유년의 사고에 영향을 미쳤다고 불 수 있는 유가적 사유는 무엇인가. 퇴계의 사상에 나타난 몇 가지 항목을 통해 살펴본다. 퇴계의 사상 중 이원조의 비평에서 선이해로 우선 지적될 수 있는 것이 그의 일상성 혹은 현실 삶에 대한 관심이라는 부분이다.

---

281) 평론집, p.180.

퇴계는 일반적으로 주자학의 전통을 계승한 단순히 성리학의 이론가로 이해되고 있지만 그렇지만은 않다. 그는 주자의 敎學精神을 체득하여 철두철미 躬行하는 실천가였다. 이것은 퇴계학의 특징이라 할 수 있는 두 가지 측면에서 입증될 수 있다. 그 하나는 퇴계가 형이상학적 사연을 애써 기피하려는 태도요, 다른 하나는 이것과 관련하여 일상적 비근한 인륜생활에서 知行의 下手處를 찾고 있다는 사실이다.[282]

이렇게 퇴계는 학문을 하는 데 있어 그 인식의 근거를 삶에 둠으로써 일상적인 체험의 일부에서 출발하여 고차적인 체험 전체로 나아가는 사고의 방식을 보여주고 있는데[283] 이러한 현실 삶에 우선하는 인식태도를 이원조의 평문에서도 발견할 수 있다는 것이다.

그러므로 여기에서 新興文學의 作家나 批評家가 萬諾 正常한 意味의 新興文學을 樹立하려고 한다면 무엇보다도 먼저 問題가 되는 것은 文學 以前의 生活問題이었던 것이다. 背馳되는 자기내의 生活感情을 마치 禁慾主義者와 같이 無理로 禁斷하려는 努力보다도 먼저 자기 내의 日常生活에서 感融되고 誘發되는 生活感情이 자기 내의 그와 渾然이 融和하고 또한 그것을 成할 수 있는 生活面을 가지지 않으면 안 될 것이다.[284]

작품을 창작하는 작가나 작품을 비평하는 비평가 모두가 문학

---

282) 韓明洙 「퇴계의 敬에 관한 연구」, 『퇴계학 연구』 제1집, 경상북도, 1973, p.35.
283) 한명수, 위의 논문, pp.35~36.
284) 평론집, p.57.

다운 문학을 하기 위해서는 우선 생활 자체에 관심을 가져야 하며 자신이 생활과 융합되어 있어야 제대로 된 문학이 가능하다는 것이다. 이 생활은 구체적인 삶이며 삶은 바로 오늘이라는 구체적 현실인 것이다. 그래서 이원조는 위대한 문학은 항상 오늘의 문학임을 강조하며[285] 이러한 현실에 적극적이지 못한 문학을 비판하고 있는 것이다.

그런데 이원조는 현실 삶을 산다는 것, 즉 생활한다는 것은 이 사회의 모든 제도와 시설에 대해서 그대로 복종하고 추종하는 것이 아니라, 이러한 모든 기성적인 사회현상에 대해서 능동적으로 그것을 개혁하고 발전시키는 것인 만큼 그것은 항상 추진적이요 활동적인 성향을 지닌다[286]고 본다. 그러므로 이러한 생활을 그린 문학작품 가운데서 우리는 약동적이요 생성적인 생명의 흐름을 보게 된다는 것이다. 그러나 이원조는 약동적이요, 생성적인 생명의 흐름 자체만을 중시하지는 않았다. 이도 필요하지만 무엇보다도 작자의 이데올로기가 필요하다고 생각한다. 이는 바로 이념이며 세계관으로서 우리의 생활을 조직하고 지도하며 어떤 방향으로 나아가게 하는 힘이라 보기 때문이다. 여기서 우리는 이원조가 주자학적 사유의 근간이 되는 이기이원론적 사유 나아가 퇴계의 主理的 理氣二元論의 입장에서 문학을 바라보고 있음을 확인 할 수 있다. 퇴계의 사유가 비근한 일상성에서 출발하지만 그는 일상성을 통해 하나의 체계를 세워가는 입장을

---

285) 평론집, p.64.
286) 평론집, p.66.

보이고 있기에 형이하학적인 이정표를 세워나간 것이 아닌가 한다.[287] 그런데 이원조는 문학의 현실성도 중시하지만 이데올로기를 더욱 내세움으로써 理氣 중 理에 치중해 있음을 알 수 있다.

理는 일반적으로 도덕적 원리를 의미하고, 도덕적 원리는 현실의 사회질서를 이념적으로 뒷받침해 주는 까닭에 현실에의 위기의식이 고조되면서 도덕성, 인리성, 명분성이 언제나 문제가 되는 것이다.[288] 그 이유는 하나의 가치를 세워나가야 하는데 이러한 가치지향은 理와 더욱 긴밀히 관련되어 있기 때문이다.

이런 측면에서 이원조가 비평에 있어서 영도성, 제도성을 주장하면서 하나의 방향성을 내세운 것이나 당시의 위기적 국면을 타개할 논리를 모색한 것은 그의 선이해의 한 요소인 맑스주의적 영향도 무시할 수 없지만, 理를 중시하는 퇴계의 유가적 사유의 영향도 무시할 수 없다고 본다.

또 다른 하나의 유가적 선이해는 이원조가 강조하고 있는 윤리성과 관련해서 나타난다. 주자학적 사유는 앞서도 지적했듯이 원래는 단순한 공리공론이 목적이 아니었다. 修身을 통해 결국 躬行함에 있었다. 실천성을 말한다. 이러한 실천은 늘 윤리성을 수반하고 있기에 보통 인륜도리의 실천이란 명제로 나타난다. 그래서 이원조는 문학에 있어서 구체적 현실을 중시하는 것만큼 윤리와 실천의식을 강조하고 있다.

---

287) 퇴계의 사유가 일상성에서 출발한다는 점은 그의 학문하는 태도 내지 입장이고, 이기이원론은 어떤 사물의 현상이나 본질의 생성을 밝히는 원리이기 때문에 이들의 관계에 대한 고구는 좀 더 이루어져야 한다.
288) 최완기, 『한국성리학의 맥』, 느티나무, 1993, pp.92~93.

오늘날 우리들의 작가나 비평가가 문학으로서 가장 근본적인 태도인 한 개의 의욕을 가지려면 나는 작가나 비평가에게 바라는 것은 단지 한 개의 강한 윤리적 관념을 먼저 가져야 할 것이라는 것일 따름이다.[289]

그러므로 過去의 젊은 文學者들이 너무 성급한 생각에서 自己의 測定레벨이 철없이 올라간 것을 보아서는 차라리 現代의 作家에게서 바라야 할 것은 作家倫理性이 아닐까 한다. 고리키의 行程도 그러하거니와 지드의 一生도 우리에게는 많은 敎訓을 주는 때문이다.[290]

위의 인용문들은 당시 이원조가 현실문단의 위기를 타개하려는 입장에서 펼치고 있는 「사색문학론」과 「오늘의 문학과 문학의 오늘」론들인데. 이 문학론 전개의 결론 부분에서 이러한 작가의 윤리성을 내세우고 있다는 것은 무엇을 의미하는가. 그의 근본체질이 이 윤리성에 근거하고 있음을 말한다고 볼 수 있다. 인격수신의 중심점이 된 유교사상이 결국 윤리성으로 내재화되었다고 할 수 있다.

그래서 김윤식 교수도 「문필가협회와 카프에 대한 사견」을 논하면서 그가 카프맹원이 아니면서 카프에 대한 동정자의 처지를 내보이고 있는 것은 그의 윤리적 태도 때문으로 보고 있다.[291] 문제는 그가 지닌 이러한 윤리적 감각이 그로 하여금 중용의 사

---

289) 「산책문학론」, 평론집, p.86.
290) 평론집, p.71.
291) 김윤식, 「현실주의 문학사상 비판」, 『한국현대문학사상사론』 일지사, 1992. p.29.

상으로 나아가게 했다[292)는 점이다. 이는 그가 강조하고 있는
'편견없는 정신'의 구체적 실현이라고 본다.

이렇게 이원조는 그의 평문에서 유가적 사유의 편린들을 드러
내고 있는데, 이는 그의 유년기 시절부터 비롯된 유교적 학습과
교양체험이 바탕이 되었다고 할 수 있다.

맺으며

지금까지 이원조의 비평 중 1930년대 후반에서 1940년대 초반
까지의 평문을 중심으로 그의 비평세계를 해석학적 측면에서 고
찰해 보았다. 논의 결과 다음의 몇 가지 결론을 얻을 수 있었다.

① 이원조는 문학을 통한 세계인식에 있어, 문학을 부르주아
문학과 프롤레타리아 문학으로 나누어 프롤레타리아 문학을 옹
호하는 유물론적 세계 해석을 보인다.

②「순수문학과 대중문학」,「불안의 문학과 고민의 문학」,「오
늘의 문학과 문학의 오늘」 등의 문학론 전개에 있어서 이원조는
개념분석에서 출발하여 그 개념의 범주를 상대적 개념 범주와
관련시키는 변증법적 세계해석관을 보인다.

③ 1930년대 후반 극도로 악화된 현실변화에 대해 이원조는
그 현실에 대응해야 하는 해석자 지평을 포기하지 않고, 포오즈

---

292) 김윤식, 위의 책, p.229.

론과 제 3의 입장 등을 내세움으로써 양심의 차원에서까지 해석자 지평을 지켜가려는 윤리성을 보인다.

④ 이원조의 세계해석의 토대가 되는 선이해는 여러 가지 요소가 있으나 우선 확인할 수 있는 것은 유가적 사유라 할 수 있다.

그러나 본고에서 확인한 이러한 이원조의 비평에 나타나는 해석적 관점들이 어떠한 선이해에 기초해 있는지에 대한 연구는 앞으로 좀 더 고구되어야 할 문제이다. 이는 남겨진 과제임을 부기해 둔다.

8장

1930년대 백철 비평의 해석학적 연구

머리말

한국문학의 흐름을 사적으로 조명해 볼 때, 1930년대는 소위 문제적 시기로 명명된다. 1930년대를 두고, 그 앞 시기와 뒤의 시기에 논의된 문학론과 발표된 작품수를 비교해 보더라도[293] 양적으로나 질적으로 우세한 모습을 보이고 있기 때문이다. 그래서 1930년대 문학연구는 그동안 상당히 폭넓게 진척은 되었지만, 총체적 모습을 제대로 재구하기 위해서는 전반적으로 혹은 부분적으로 기우고 메워가야 할 부분이 아직 많이 남겨져 있다. 장르적 측면에서 시, 소설, 희곡 등의 연구도 보완해 가야 할 많은 여지를 남기고 있지만 특히 비평영역은 새롭게 논의되어야 할 부분들이 많다.

---

293) 이선영 편 『1930년대 민족문학의 인식』(한길사, 1990)에서 편자는 30년대 작품 수량은 20년대보다는 3배가 훨씬 넘고, 40년대보다는 2배가 넘으며, 심지어 50년대보다 많은 것으로 나타났다고 밝히고 있고, 문학론도 사실주의론, 풍자문학론, 고발문학론, 세태소설론, 휴머니즘론, 행동주의론, 주지주의론, 전통론, 문화옹호론, 세대론, 순수문학론 등으로 어느 시대보다 다양하게 제기되었다고 평가한다.

이렇게 1930년대 연구에서 비평영역으로 그 연구범위를 좁혀 보면, 크게 두 갈래의 영역으로 나누어 볼 수 있는데, 그 하나가 문학론 즉 비평이론을 중심한 30년대 비평의 체계화이며, 다른 하나가 비평가론을 통해 30년대 비평을 조망하는 일이다. 결국 이 두 가지 작업은 1930년대 비평을 조감하기 위해서는 서로 보완되어야 할 것들이지만, 연구의 효율성을 위해서는 비평가론에서 출발해서 문학론의 정리로 나아가는 것이 손쉬운 일로 생각된다. 이런 측면에서 우선 1930년대에 활동한 비평가들에 대한 개별 연구는 1930년대 비평사를 위해서도 선결되어야 할 과제이다.

그런데 1930년대에 대표적으로 활동했던 임화, 최재서, 김환태, 김문집, 이원조, 백철, 김기진, 박영희 등을 두고 볼 때, 백철에 대한 본격적인 연구는 다른 비평가들에 비해 상대적으로 적은 편이다. 즉 1930년대 비평에서 백철이 차지했던 당시의 비중을 생각한다면, 상대적으로 그에 대한 연구결과가 그리 많지 않다는 것이다. 그래서 1930년대 비평사 정리를 위해서는 백철 개인에 대한 연구가 우선 다각적으로 이루어질 필요가 있다고 본다.

이를 위해 우선 지금까지 백철에 대한 연구가 어떻게 이루어져 왔는지를 살피고, 다음 그의 비평론에 접근하는 연구방법을 모색해 본 연구를 전개시키고자 한다. 본 논문에서는 백철 비평을 해석학적 방법으로 해명하고자 하는데, 이는 해석학이 궁극적으로 지향하는 인간이해와 세계해석을 위한 방법적 모색이 한 비평가의 세계해석과 인간이해의 방식을 살피는데 유효한 방법이 되리라 기대하기 때문이다. 이에 먼저 백철에 대한 연구사를 개관함으로써 본격적인 백철 연구의 토대를 마련하고자 한다.

백철 비평에 대한 연구사

비평가로서의 백철에 대한 논의는 그가 한창 활동하던 1930년 대에 이미 있었다. 즉 안석주, 임화, 박영희, 정비석, 新山子 등이 당대 백철의 비평 활동과 관련해서 총평을 하고 있는데, 이들의 논의는 본격 백철 연구라기보다는 백철 인간 면모에 대한 인상기가 주조를 이루고 있다.[294]

이후 한효(「조선문예비평사의 일면」,《우리문학》2호)와 조연현(「우리나라의 비평문학」,《문학예술》3권 1호)에 의해 비평사적 입장에서 백철의 비평세계가 단편적으로 다루어졌으며, 60년대에 들어와서는 임종국의『친일문학론』(1966)과 홍사중의『한국지성의 고향』(1966)에서 언급되고 있다.『친일문학론』에서는 일제의 국책문학에 야합하여 활동한 그의 친일문학론이 논의되고 있으며,『한국지성의 고향』에서는 백철의 사실수리론을 중점적으로 다룸으로써 백철 문학론의 어두운 부분들이 논의되었다. 그러므로 이전까지 백철의 전반에 대한 본격연구는 사

---

294) 안석주,「투계가튼 백철, 박세철씨」,《조선일보》. 1933. 6
임 화,「동지 백철군을 논함」,《조선일보》. 1933. 6. 16-17
박영희,「현역비평가의 군상-문장으로 본 그들의 인상」,《조선일보》. 1936. 9. 2
정비석,「작가가 본 評家 : 백철」,『풍림』. 1937. 3
新山子,「현역평론가 군상-속문단지리지」,《조광》. 1937. 3

실 거의 없었다고 해도 과언이 아니다.

백철 연구가 본격적으로 시작된 것은 김윤식의 「비평과 열정 - 백철론」(『청파문학』 7집, 1967)에서부터라고 할 수 있다. 본격 연구라고 하지만, 이 논문에서도 백철 연구에 필요한 기초적 자료목록 제시, 백철 연구의 방향설정이 주요내용으로 제시되어 있기에, 여기서의 논의내용 역시 백철 연구의 서설이라 할 수 있다. 그래서 김윤식은 이를 토대로 그의 『한국근대문예비평사연구』(1973)에서는 백철 비평의 세계를 전형기의 주조탐색을 위한 하나의 논의인 휴머니즘론에서 집중적으로 다루고 있다. 즉 백철의 인간탐구론의 실질적 내용과 특성을 휴머니즘 논의에 초점을 맞추어 해명해 내고 있다. 백철의 인간론이 처음에는 인간묘사론의 형태로 제기되었고, 또 그것은 프로문학과 부르주아문학의 종합이지만 실제로는 심리적 인간묘사 쪽에 기울어지고 있었다[295]고 본다. 그리고 일 단계는 <기존비평과 감상비평의 결합>이며 이 단계로는 리얼리즘론으로 이어지고 있다고 파악하며, 이는 부르와 프로의 종합을 한 몸에 담아 주류 형성을 시도한 것이지만 바탕의 허약으로 각종 모순을 빚게 되었다[296]고 평가한다. 이러한 백철 인간묘사론에 대한 평가는 당시의 백철 비평의 비중을 그만큼 크게 인식한 결과이며 백철을 전형기 비평의 한 주도자로 상정하고 있기 때문에 가능한 논의라고 생각한다.

---

295) 김윤식, 『한국근대문예비평사연구』, 일지사, 1976. p.218.
296) 김윤식, 위의 책, p.218.

김윤식의 관심은 백철이 제기한 인간묘사론 나아가 인간탐구론에 국한되어 있는 것이 아니라 문단의 주된 논의로 부상하게 된 휴머니즘 논의이다. 백철이 이 논의의 중심위치에 자리하고 있었고, 그를 통해 많은 논쟁이 빚어졌기 때문에 휴머니즘론 속에서 백철의 논의들을 집중적으로 다루고 있다. 즉 휴머니즘론에서의 백철과 김오성의 변별점, 백철의 논의에 대한 임화의 비판, 휴머니즘 토착화의 한계 등을 정리하고 있다.

이런 정리결과로 김윤식은 휴머니즘론이 시대적 요청에 의해 제기되었고, 그만큼 문단의 관심사가 되었기에 전형기 비평의 선구를 이루기는 했지만, 비평의 기능으로는 심정적인 것이었다[297)]는 결론을 내리고 있다.

이러한 김윤식의 백철에 대한 비평사적 정리는 1930년대 비평에서 백철이 차지하는 위치를 자리매김해 주는 데는 선구적 작업이었으나, 백철 개인의 총체적 면모를 살피는 데는 소홀한 점이 있었다. 이런 한계점을 의식했는지 김윤식은 앞선 백철에 대한 논의가 있은 지 오랜 뒤에 「임화와 백철」(《한국문학》89년 3월-5월호)에서 이 두 사람의 당시 관계를 작가론의 입장에서 재구성함으로써 백철의 인간면모를 새롭게 조명하는 작업을 하고 있다. 이광수, 염상섭, 임화, 김동인, 이상, 안수길, 김동리 등의 작가론을 남긴 김윤식은 결국 작가론『백철연구』(소명출판사, 2008)를 펴냈다.

이후 백철에 대한 연구는 신동욱의『한국현대비평사』(한국일

---

297) 김윤식, 같은 책, p.233.

보사, 1975), 조연현의 『문학논쟁집』(태극출판사, 1977), 홍문표의 『한국현대문학논쟁의 비평사적 연구』(양문각, 1980), 김상일의 「한국문학평론약사」(어문각, 1981), 권명민의 「1930년대 초기의 농민문학론」(온누리, 1983), 이주형의 「1930년대 한국 장편 소설연구」(서울대박사학위논문, 1984) 등에서 단편적으로 언급되어 있을 뿐이다. 이렇게 백철 연구가 김윤식 연구 이후에 본격화되기 힘들었던 이유 중의 하나는 그의 생존과도 밀접하게 관련되어 있을 것으로 보인다. 일반적으로 문학연구에서 연구대상은 그의 문학적 생애가 완결되었을 때 본격화되는 것이 상례이기 때문이다.

그래서 1985년 백철이 타계한 전후로 백철 연구가 새롭게 논의되기 시작했다. 그 주요한 연구로는 박용찬의 「1930년대 백철 문학론 연구」(경북대 대학원 석사학위논문, 1984)와 김재홍의 「백철의 생애와 문학」(《 문학사상 》, 85년 11월호) 그리고 백철이 재직했던 중앙대학교 국어국문학과에서 펴낸 『어문논집』에서 백철 교수 추모특집을 마련했는데 여기에 이명재의 「백철 문학연구서설」과 김종대의 「1930년대 휴머니즘 논쟁에 대한 고찰」이 실려 있다. 이들에 대한 연구의 내용을 통해 백철 연구의 전개상황을 살핀다.

박용찬은 「1930년대 백철문학론 연구」에서 백철의 비평활동을 카프시대의 문학론과 카프해산 이후의 시기로 나누어 고찰하고 있는데, 이런 시기 구분의 근거는 카프의 공식적 해산이 백철의 문학론 전개과정에서 볼 때 중요한 획으로 작용하고 있다는 판단이 전제되어 있는 것 같다.

<카프시대의 문학론>에서는 농민문학론, 해외문학파 및 순수 문학파 비판, 창작방법론, 전향론 등을 다루고 있다. 농민문학론에서는 당시 안함광이 주장한 농민문학론보다 한 걸음 진전된 형태라고 평가한다. 그리고 창작방법론에 있어, 백철은 프롤레타리아 리얼리즘과 유물변증법적 창작방법 나아가 사회주의 리얼리즘을 소개하는 업적을 남겼지만, 사회주의 리얼리즘을 조선 현실에서 구체화시키지는 못했다고 보고, 그 이유를 새로운 외국이론의 도입에 민감한 반응을 보이던 백철의 체질문제와 그가 카프에서 이탈하기 시작했기 때문으로 판단하고 있다.[298] 백철에게 있어 가장 중요한 문제 중의 하나인 전향론에서는 그의 전향의 요인을 크게 세 가지로 분석하고 있다. 첫째가 백철의 자유주의적 기질과 과잉된 정열의 표면화, 둘째 코뮤니즘을 하나의 철저한 사상으로 선택한 것이 아니라 하나의 유토피아로 선택한 점, 셋째 가족주의로의 회귀 및 사회주의로부터의 고립감을 들고 있다. 결국 백철의 전향은 외적 강제에 의한 타율적 측면보다는 자기성장에 따른 사상의 굴절이란 자율적 측면이 더욱 긴밀히 작용하고 있다[299]는 해석이다.

이러한 백철 문학론에 대한 해명은 앞서 논의된 창작방법론과도 긴밀히 연관되어 있는 측면이기에 그의 창작방법론 변화와도 관련지어 해명해야 할 부분이다. 즉 창작방법론에 있어 백철이 프롤레타리아 리얼리즘, 유물변증법적 창작방법, 사회주의 리얼

---

298) 박용찬, 「1930년대 백철문학론 연구」, 경북대 대학원 석사학위논문, 1984, p. 44.
299) 박용찬, 같은 논문, p.58.

리즘을 소개하는 업적은 남겼지만 사회주의 리얼리즘을 조선현실에 구체화시키지는 못했다고 보고, 그 원인의 하나로 그의 체질문제와 백철의 전향요인으로 제기된 자유주의적 기질은 동일선상에서 제대로 해명되어야 한다는 것이다.

<카프해산 후의 문학론>으로는 휴머니즘론, 리얼리즘론, 장편소설의 방향모색, 사실수리론으로 나누어 고찰하고 있다. 사실 30년대 백철 문학론의 중심은 휴머니즘론인데, 박용찬은 백철의 휴머니즘론의 출발을 「현대문학의 과제인 인간탐구와 고뇌의 정신」(조선일보, 1936.1.12-21)으로 보고, 이후에 제기된 「문예 왕성을 기할 시대」(중앙, 1936.3), 「문학의 성립 인간으로 귀환하라」(조광, 1936.4), 「인간탐구의 문학의 과제인 인간탐구와 고뇌의 정신」에서는 프로메테우스적 고민 또는 고뇌의 길만이 새로운 인간형을 탐구하는 유일의 血路로 보고 있음에 대해 박용찬은 이것이 당시 위기에 처한 정세 앞에서 작가가 처할 자세 문제를 논한 것으로 30년대 후반의 폭넓은 리얼리즘 논의의 선구에 서게 되었다[300]는 평가를 내리고 있다.

그러나 이 대목은 정말 백철이 제시하고 있는 이런 인간형 탐구가 가장 바람직한 것이었던가 하는 평가는 또 다른 차원에서 이루어져야 하는 과제를 남기고 있는 부분이라고 본다. 점차 악화되어 가는 현실에 대응하여 행동하는 적극적 인간형의 제시보다는 내면화된 인간형을 제시하고 있기 때문이다. 이는 당시 이원조가 「고민론」(조선일보, 1936.6.3.- 4)에 이어서 <포

---

300) 박용찬, 같은 논문, p.64.

즈론>(「현 단계의 문학과 우리의 포즈에 대한 성찰」(조선일보, 1936.7.11.- 17)을 통해 문학의 출구를 찾아보려고 한 상황과 동 궤이기 때문이다.

카프해산 이후의 백철 문학론에서 박용찬이 새롭게 조명하고 있는 항목은 <장편소설의 방향모색>이다. 백철의 휴머니즘론에 가려 백철의 장편소설론이 제대로 논의되지 않았기 때문이다. 당시의 장편소설론은 임화의 본격 소설론, 김남천의 로만개조론 과 함께 백철의 종합문학론이 제기되었는데, 백철은 「종합문학 의 건설과 장편소설의 현재와 장래」(조광, 1938.8)에서 이를 밝 히고 있다. 여기서 백철이 말하는 종합문학론은 시, 단편, 희곡, 수필, 일기, 논문까지 다 포함한 작품으로서의 장편소설을 제기 하고 그 예로 지드의 「위폐제조자」을 들고 있다. 이러한 백철의 장편소설론에 대해 박용찬은 위기 타개를 위한 문제제기는 의의 가 있었지만 실현이 힘든 이상론에 그치고 말았다[301]는 평가를 내리고 있다. 그리고 30년대말 백철이 「시대적 우연의 수리」(조 선작품연감, 1939) 이후 그가 일제의 국책문학을 수용하는 과정 을 사실수리론으로 정리하고 있다.

이렇게 박용찬은 1930년대에 국한해서 백철이 전개해 온 문학 론을 시대적 흐름에 따라 전반적으로 정리 체계화함으로써 백철 한 개인에 대한 연구의 폭을 넓혀주었다. 즉 백철 문학론이 지닌 의의를 프로문학 비평이 지닌 정론성을 극복하는 계기가 된 점, 예술비평을 열게 된 계기를 마련한 점, 침체기의 평단에 뚜렷한

---

301) 박용찬, 같은 논문, p.90.

논점을 제공한 점 등으로 정리함으로써 백철 문학론을 정리하는 데는 한 몫을 했다고 볼 수 있다. 그러나 연구자의 시선이 문학론 자체의 현상을 분류 체계화하는데 가 있었기 때문에 그 문학론의 근저를 이루는 백철 개인의 정신사적 맥을 잡는 부문에까지는 이르지 못하고 있다.

백철의 사후에 발표된 백철 연구로는 이명재 교수의「백철문학연구 서설」(『어문논집』19집, 중앙대학교 문과대학 국어국문학과, 1985)과 김종대의「1930년대 휴머니즘 논쟁에 대한 고찰」(『어문논집』19집, 중앙대학교 문과대학 국어국문학과, 1985), 그리고 김재홍의「백철의 생애와 文學」(《문학사상》, 1985년 11월호)이 있다.

이명재 교수는「백철문학연구 서설」에서 백철의 문학적 활동과 업적 등을 그의 삶의 역정과 연결시켜 총체적으로 검토해 보고 있다. 즉 철저한 역사전기적 방법에 의해서 백철의 전반적 면모를 그려내고 있다. 그래서 그가 우선 관심한 것은 백철의 성장과정과 문학적 연보를 작성하는 일이다. 여기서 그는 백철의 문학적 연보를 유소년시절-학창수업기, 청년시절 - 프로문학기, 장년시절 - 전향활동기, 완숙시절 - 문학사서술기, 노년시절 - 국제문화교류기, 노후시절 - 노후정리기 등으로 6단계로 설정하고 있다.[302] 이를 바탕으로 이명재 교수는 백철문학의 특징을 휴머니즘 추구의 문학, 변증법적인 삶의 문학, 세계적인 시공지향의 문학으로 그 특징을 짚어내고 있다. 그리고 그 특징들이 백철의

---

302) 이명재,「백철문학연구 서설」,『어문논집』19. 1985, p.20.

긍정적인 측면을 주로 부각시키고 있는 입장이어서, 백철이 지닌 부정적인 측면이나 한계는 본격적으로 논의되지 않고 있다. 이는 이 논문의 성격이 백철 교수의 사후에 쓰인 추모 논문이란 점에서 이미 그 한계를 근본적으로 지니고 있었다고 할 수 있다. 그러나 역사전기적 연구방법을 통한 백철에 대한 기초적인 연구라는 점에서 이후 백철 연구자들에게 주는 전기의 정보적 측면은 무시할 수 없다.

김종대의 「1930년대 휴머니즘 논쟁에 대한 고찰」은 1930년대 휴머니즘 논쟁 중 백철의 휴머니즘론을 중점적으로 다룬 글이다. 휴머니즘론의 발생, 전개, 그리고 휴머니즘론의 전개와 동양적 풍류성과의 관계를 다루고 있는데, 여기서 이 논문의 핵심은 휴머니즘론의 전개와 동양적 풍류성과의 관계에 놓인다. 결국 백철이 왜 휴머니즘의 토착화를 위해 동양적 풍류성을 주창하게 되었는지에 대한 세밀한 정신사적 전이과정의 논의가 필요한데, 이 글은 이를 만족시켜 주지 못하고 있다. 그리고 결론에 이르러 백철의 휴머니즘론이 탁상공론화 되어 버린 이유를 이론만의 추구 혹은 단편적인 외국이론의 수용에다 두고 있어[303] 결론에 이르는 과정에 대한 논의가 면밀하지 못함을 당장 읽어낼 수 있다.

김재홍의 「백철의 생애와 문학」(《문학사상》85년 11월호) 역시 백철 사후에 바로 문예지에 발표된 글이기에 그렇게 심도 있는 논문은 되지 못한다. 김재홍 교수는 백철의 생애를 중심으로 그의 문학역정을 살펴보고 있는데, 이명재 교수와는 달리 그는

---

303) 김종대, 「1930년대 휴머니즘 논쟁에 대한 고찰」, 『어문논집』 19. 1985, p.43.

백철의 문학적 생애를 다섯 시기로 나누어 살피고 있다. 즉 학창 수업기(1908-1930), 문단데뷔기(1931-1934), 전향활동기(1935-1937), 친일방황기(1938-1945), 문학사 연구기(1945-1985) 등으로 나누고[304] 그의 비평이 신념과 일관성이 부족하고, 항상 새로운 것, 강한 것의 편에 서기를 좋아했다는 점에서 약점이 드러나고 있긴 해도 그가 남긴 흔적으로 보면, 이 땅 비평사의 한 자리를 차지하고 있는 대형비평가라는 점은 부인할 수 없다고 평가한다. 이러한 백철에 대한 해석과 평가는 꼼꼼한 백철 비평 읽기 후의 논의가 아니라 저널적 시각이기에 좀 더 백철 비평을 따져 읽은 후에 보완되어야 할 내용들이다.

　박용찬의 본격 연구 이후에 보이는 백철 연구에 대한 논의는 김기한에서 나타난다. 김기한은 「백철의 30년대 비평 연구」(건국대학교 대학원 석사학위논문, 1988)에서 문예비평사의 확립을 위해서는 작가 개인사가 제대로 복원되어야 한다는 입장에서 백철의 비평문학을 다루고 있다. 그는 백철의 문학관을 <전향>을 기준으로 그 전후로 나누어 고찰하고 있는데, 이는 <전향>이 백철비평의 흐름으로 보면 정신사적으로 큰 변화를 가져왔다고 보기 때문이다. <전향> 이전의 비평은 프로문학의 외부적인 것과 내부적인 것으로 다시 크게 나누어 외부적인 것은 프로문학의 출현을 경계하는 것과 문학의 사회적 역할에 시선을 두지 않는 문학집단에 대한 비판을 들고 있다. 내부적인 것으로는 30년대의 농민문학론과 창작방법론, 인간묘사론을 중점적으로 다루

---

304) 김재홍, 「백철의 생애와 문학」, 《문학사상》 85년 11월호, 1985, p.129.

고 있다. 안함광과 논쟁을 야기한 농민문학론은 일본의 藏原과 壺井의 이론을 그대로 수용한 것이나, 백철이 일본 NAPF에서 겪은 논쟁의 과정과 결과를 농축하여 정제된 이론으로 제공함으로써 <카프>의 무모한 에네르기 발산과정을 축소시킨 의미를 높이 평가하고 있다.[305]

그리고 창작방법론에서는 사회주의 리얼리즘을, 인간묘사론에서는 작품의 표현형식 문제에 관심을 집중시킨 것으로 보고 있다. <전향> 이후의 비평론에서는 <인간탐구론>, <휴머니즘론>, <종합문학론>, <친일문학론>으로 나누어 해명하고 있다. 인간탐구를 통해서 작가가 지녀야 할 태도로 <고민>, <개성>, <극단> 등을 들어 구체적인 창작태도의 방향을 제시했다고 보고 있으며, 휴머니즘론을 통해서 궁극적으로는 휴머니즘을 우리나라의 전통적 맥락 속에 수용하려고 시도한 것으로, 종합문학론을 통해서는 당시의 소설문단이 나아가야 할 새로운 돌파구를 찾으려 한 것으로, 친일문학론에서는 그의 사실수리론과 전쟁문학론을 통해 일제에 동조하는 당시의 현실적 상황을 각각 살피고 있다.[306]

그러나 김기한의 1930년대 백철비평 연구는 전향을 전후해서 백철의 정신사적 맥을 통해 문학론을 점검해 보았다는 점 외에는 박용찬의 백철연구와 비교해 볼 때 크게 진전된 부분은 없다. 오히려 연구대상의 폭과 깊이는 좁아진 편이다. 그래서 김기한 자신도 백철에 대한 총체적인 연구를 기대하고 있다.

---

305) 김기한, 「백철의 30년대 비평연구」, 건국대학교 대학원 석사학위논문, 1988, p.16.
306) 김기한, 같은 논문, p.63.

90년대로 넘어오면 류은랑의 백철연구가 눈에 띈다. 류은랑은 「백철의 문예비평 연구」(전북대학교 교육대학원 석사학위논문, 1990)에서 백철의 비평적 역정과 그의 전체적인 비평에 나타나는 비평관의 흐름 파악이 필요하다는 입장에서 <백철의 비평배경과 비평관>, <백철 비평의 주요 전개양상>을 논쟁사 중심으로 살피고 있다. 류은랑은 백철비평의 역정을 초기(1931-1934), 중기(1935-1942), 말기(광복이후-1985)로 나누어 살피고 있는데, 이런 역정에 따라 백철은 문학의 현실대응력을 농민문학론에서, 문학적 주체의 의미탐색을 인간묘사론과 인간탐구론 그리고 휴머니즘론에서, 비평적 안목의 작품화를 세대론에서, 그리고 이런 변화에 따라 그의 비평관도 분석-감상-종합의 순서를 거쳐 왔다[307]는 입장으로 그의 비평관을 파악하고 있다.

류은랑은 이렇게 백철비평의 흐름을 논쟁사 중심으로 파악하여, 그의 비평사적 의미를 세 가지로 요약하고 있다. 첫째, 문학 현실을 포착하는데 항상 남보다 앞선 저널리스트 비평가였다는 점, 둘째, 외국·외래사조를 현실에 성급하게 끌어들여와 끊임없는 논쟁을 유발했다는 점, 셋째, 두 차례의 전향이 있었으나 두 번째 전향은 역사의식이 확고하지 않은 데서 비롯되었다는 점[308] 등이다. 이상과 같은 류은랑의 백철문예비평 연구는 백철의 비평을 특정 시기에 국한하지 않고 그의 전생애를 대상으로 하고 있다는 점에서 의의를 가지나 그가 백철의 해방 이후의 문

---

307) 류은랑, 「백철의 문예비평 연구」, 전북대학교 교육대학원 석사학위논문, 1990, p.28.
308) 류은랑, 같은 논문, pp.70-71.

학론을 민족문학론으로 획일화하는 부분은 좀 더 논의가 필요한 부분이라 생각한다.

90년대 접어들어서 백철에 대한 연구는 1930년대 비평사를 다루는 데서 함께 논의되는 경우가 많은데, 그 중의 하나가 정영호의 「1930년대 문예비평관 연구」(동아대학교 대학원 박사학위논문, 1991) 속의 백철연구 부분이다. 이 논문에서 정영호는 1930년대 비평가 중 김환태, 김문집, 임화, 최재서, 백철 등을 다루고 있는데, 이들의 비평관을 그들이 중심적으로 터잡고 있던 문학관을 중심으로 해명하고 있다. 정영호는 백철이 인간묘사론에 이어 제기한 휴머니즘론을 통해 그의 비평관은, 그가 문학을 근본적으로 인간이 지닌 가장 선하고 고귀한 인간성의 계발과 함양에 두고 있는 르네상스 이후의 휴머니즘론과 거리가 멀지 않다는 점에서, 문학이 인간에게 무엇을 할 수 있을 것인가에서 출발하는 효용론에 바탕을 두고 있다[309]고 해석하고 있다. 그러나 이러한 백철의 비평관 해명은 휴머니즘론과 문학의 효용론이 근본적으로 어떻게 만날 수 있는지에 대한 논의가 좀 더 심화되어야 할 과제를 남기고 있다.

정영호의 연구처럼 90년대에 들어서면, 백철연구는 1930년대 비평사를 다루는 가운데서 휴머니즘과 관련해서 논의되고 있는 경우가 많다. 1930년대에 있어 백철의 문학론의 중심은 휴머니즘론이기에 이는 자연스런 현상이다. 그런데 백철의 휴머니즘론

---

309) 정영호, 『1930년대 비평관 연구』, 동아대학교 대학원 박사학위논문, 1991, p. 61.

을 인식하는 방법이, 70년대에 김윤식이 30년대 비평사를 바라
보는 시각에서는 약간 벗어나 있다는 특징이 나타난다. 김윤식
은 전형기 비평의 한 양상으로 그리고 주조탐색의 한 방향으로
서 휴머니즘론을 인식하여 체계화하고 있지만, 하정일은 「30년
대 후반 휴머니즘논쟁과 민족문학의 구도」(『1930년대 민족문학
의 인식』, 한길사. 1990)에서 계급적 인식을 바탕으로 휴머니즘
논쟁을 해석해내고 있기 때문이다.

　하정일이 여기서 논하는 모랄론, 지성론, 포오즈론 등까지도
결국 휴머니즘론의 파생 결과[310]라는 입장은 김윤식 교수가 이
미 파악한 선에서 크게 벗어나 있지 못하다. 그런데 하정일이 휴
머니즘 논의를, 중간파의 문단 주도를 위한 의도가 깔려 있다는
해석을 하고 있는 부분은 시각의 차이 혹은 새로운 해석으로 받
아들여진다. 이는 하정일의 시각이 근본적으로 민족문학의 논
리를 세워본다는 인식하에서 30년대 비평논의를 바라보고 있기
때문이며, 휴머니즘론 논쟁 이전의 카프가 내세운 문학론이 당
시로서는 민족문학의 근간이며 주조였다고 생각하는 인식이 전
제되고 있는 것이다. 그래서 하정일은 백철을 중간파 휴머니즘
론을 대표하는 주자로 임화와 안함광을 휴머니즘론에 대한 프로
문학측의 대표주자로 구조화하고 있는 것이다.[311] 이런 구도 속
에서 백철의 휴머니즘론을 정리 비판하면서 내린 결론은, 백철
의 휴머니즘론은 개인적으로 인간묘사론-인간탐구론에서 이어

---

310)　하정일, 「30년대 후반 휴머니즘논쟁과 민족문학의 구도」, 『1930년대 민족문
　　　학의 인식』, 한길사, 1990, p.686.
311)　하정일, 같은 책, p.695.

지는 이론적 귀결점인 동시에 해외문학파에서 본격적으로 제기된 자유주의적 휴머니즘론을 대표하는 것으로 평가한다. 따라서 그것은 30년대 후반의 민족문학을 바라보는 중간파 문학인들의 기본관점을 반영하고 있다[312]고 보았다. 그래서 하정일은 백철의 휴머니즘론을 한 마디로 자유주의 이데올로기에 입각하고, 중간층 계급을 기반으로 한 탈정치적이고 지식인 중심적인 문화주의의 한 표현으로서, 소시민적 지식인의 동요성을 정당화하고 프로문학의 퇴조를 틈타 중간파 문학의 헤게모니를 확보하려는 노력의 일환으로 보고 있다.

그런데 이런 하정일의 백철 휴머니즘론의 해석과 평가는, 당시 안함광이 휴머니즘론을 철저히 중간계급의 문학론으로 규정한 것에 바탕을 두고 있어, 그 시각은 현재적 의미의 새로운 시각이 아니라는 점에서 아쉬움이 있다. 지나간 역사적 사실을 정확히 재구하는 실증적 연구방법도 우리에게 필요하지만, 방법론의 새로움에 의해 대상을 새롭게 보는 작업 역시 더욱 필요하기 때문이다.

김영민 역시 한국문학비평을 논쟁사 중심으로 체계화하면서, 백철의 휴머니즘을 사적 측면에서 다루고 있다. 즉 김영민은 「파시즘에 대한 저항과 휴머니즘이론 논쟁」(『한국문학비평논쟁사』, 한길사, 1992)에서 1935년을 기준으로 그 이전의 휴머니즘 논쟁은 창작방법론의 문제와 관련해서, 그리고 그 이후는 국제작가회의와 제7차 코민테른이라고 하는 국제적 문단상황에의

---

312) 하정일, 같은 책, p.705.

영향으로 시작된 논의로 나누어 살피고 있다.

창작방법론과 관련한 백철의 휴머니즘 논의는 「창작방법문제」에서는 유물변증법적 창작방법론을, 「인간묘사시대」에서는 사회주의 리얼리즘을 주장한 것으로 분석하고 있다.[313] 그리고 이러한 백철의 입장에 대해 함대훈과 임화의 비판을 정리하고 있으며, 안함광의 「인간묘사론 시비에 관하여」가 시기적으로는 늦었지만 백철이 제기한 인간묘사론의 한계가 어디에 있는 것인가를 가장 명쾌하게 그리고 구체적으로 짚어낸 글로 평가하고 있다.[314] 김영민의 판단에는 안함광이 백철의 문학론을 구체적으로 따져가면서 그가 관념론자이며 그의 인간묘사론이 비역사적·초역사적·초계급적 이론임을 임화나 함대훈보다 설득력 있게 제시하고 있다고 보았기 때문이다.

1935년 이후의 백철의 인간탐구는 국제작가회의에서 주창된 휴머니즘 문학론의 본질을 직시하기보다는 이를 단지 그 용어상의 유사성을 빌미로 과거 자신의 인간묘사론을 부활시키는 일에 활용했다[315]고 평가한다. 그래서 백철의 인간탐구론은 문학과 정치적 이데올르기의 분리, 정치성과 사회성으로부터 문학의 독자성을 옹호, 외부의 불순한 조건에서 벗어난 순수한 인간성의 탐구 등으로 나타나고 있다[316]고 해명한다. 백철이 이런 입장에서 자신의 휴머니즘론을 펼쳐가고 있었기에 서구 휴머니즘론의

---

313) 김영민, 「파시즘에 대한 저항과 휴머니즘 논쟁」, 『한국문학비평논쟁사』, 한길사, 1992, p.462
314) 김영민, 같은 책, p.468.
315) 김영민, 같은 책, p.479.
316) 김영민, 같은 책, p.473.

전개가 지닌 파시즘에 대항하는 양심적 지식인들의 규합으로부터 비롯된다는 사실은 무시하고 있었고, 이 휴머니즘론이 우리 현실에 어떻게 적용될 수 있을지에 대해서는 고작 복고주의적인 「동양인간과 풍류성」밖에는 내놓을 것이 없다[317]고 본다.

그래서 김영민은, 결국 백철은 「지식계급론」「휴머니즘의 본격적 경향」에서 현대 휴머니즘이 추구하는 새로운 인간은 지성과 육체가 서로 상반되지 않고 균형을 이루는 조화로운 인간이어야 함을 강조함으로써 현실에 안주하고 말았다고 본다. 즉 현실묘사에서 복고주의로 다시 현실안주로 돌아온 것이 백철 휴머니즘의 여정이란 것이다.[318] 이런 연유로 백철은 결국 식민치하의 지배세력과의 조화를 현실로 수리할 수밖에 없었다는 것이다.

김영민이 휴머니즘 논쟁을 다루면서, 다른 논자들과는 달리 인식하고 있는 내용은, 백철의 휴머니즘 여정을 현실묘사 - 복고주의 - 현실안주라는 흐름의 맥으로 파악하고 있는 점이다. 백철의 문학론을 통해 그의 정신사적 내면을 현실대응의 측면에서 이렇게 구조화하고 있는 것은 백철에 대한 새로운 인식이다. 그러나 이러한 백철의 현실대응력의 구조화는 그의 정신사적 추이가 문학론과 함께 충분히 논의될 때 완벽한 모습으로 재구될 수 있으리라 본다.

지금까지 백철비평문학에 대한 연구자들의 연구내용을 전반적으로 개관해 보았다. 개관에서 나타나듯이 백철이 비평사에서

---

317) 김영민, 같은 책, p.468.
318) 김영민, 같은 책, p.479.

차지하는 비중을 생각할 때, 그에 대한 연구는 상대적으로 적다는 사실이 우선 지적된다. 백철에 대한 연구가 그렇게 활발하게 진행되어 오지 못한 이유는 근본적으로 우리 비평사 연구가 아직까지 그렇게 두텁지 못하다는 점도 있으며, 그동안 우리 비평문학연구가 어느 한 쪽으로 너무 편향되어 있었기 때문이 아닌가 하는 점도 무시할 수 없을 것 같다.

연구사 개관에서도 논의 되었듯이 백철 비평문학에 대한 연구는 70년대 김윤식에 와서야 본격적으로 시작된다고 할 수 있다. 그리고 그 이후 연구대상에서 백철은 한동안 배제되어 있다가 다시 본격논의가 되기 시작한 실정이다. 그러므로 백철에 대한 연구는 이제 겨우 역사전기적 방법에 의해 그의 연구대상 비평목록들이 확정되었으며, 이를 바탕으로 1930년대 휴머니즘론의 논의에 주로 한정되어 있다. 다시 말하면 백철의 문학생애를 총체적으로 재구성하는 일과 다양한 방법론에 의해 그의 면모를 해석하고 평가하는 일이 남아 있다는 말이다. 이는 아직 단선적으로 파악되어 있는 백철의 문학적 행로를 다층적으로 읽어내는 몫이 백철 연구자들에게 과제로 남겨져 있다는 것이다.

본고에서는 앞서 연구사에서 확인한 바대로 백철의 연구가 정신사적 측면에서 정리될 필요가 있기에 그의 비평론을 해석학적 관점에서 해명해 보고자 한다. 즉 백철 비평이론의 기초가 된 이론이나 사상, 그리고 그들의 비평론을 해석학적 관점에서 살펴보고자 한다.[319]

이 연구의 목적은 백철의 1930년대 비평론을 선이해의 측면과, 현실을 어떻게 이해하고 해석했느냐 하는 점, 그리고 그의 휴머니즘론 속에서의 인간이해와 해석을 중점적으로 해명함으로써 백철의 정신사에 접근해 보고자 한다.

백철 비평에 나타나는 선이해

 한 비평가의 비평론이나 실제비평은 언제나 자신이 이미 체득한 문학적 이해에 기초하며 이를 벗어날 수 없다는 점에서 그 비평가의 비평세계를 이해하는 데는 선이해를 파악해 보는 것이 무엇보다 필요하다. 백철의 경우도 마찬가지다. 그가 1930년대 전환기 비평의 한 몫을 담당했지만, 그의 비평논리와 실제비평은 그가 학습한 문학적 정보나 선이해한 문학론에 의해 전개될 수밖에 없었다. 여기에 백철 비평세계의 이해를 위해 그의 선이해를 해명해야 할 필요성이 제기된다.

---

319) 문학비평의 한 방법론으로서 해석학적 방법론이 몇 사람에 의해 시도되기도 했다. 원형갑의 『해석적 비평』(문예비평론, 서문당, 1982), 백운복의 『해석학적 비평의 이론과 실제』(현대문학비평론, 학연사, 1981), 고위공의 『해석학과 문예학』(서린문화사, 1983) 등이다. 그러나 본고에서 원용하고자 하는 해석학이란 이러한 비평의 한 방법론으로서의 해석학이 아니라 해석학 이론 자체의 원용이다. 해석학이 그동안 성경해석이나 경전의 해석을 위한 방법을 탐구하기 위해 이 영역에 국한되어 있었으나, 인문과학의 방법론으로 새롭게 인식되기 시작하면서 해석학을 이해할 수 있는 번역서나 논저들이 늘어가고 있다. 몇가지 예를 들면 다음과 같다.
  알뷘디이머, 백승균 역, 『철학적 해석학』(서울 : 경문사, 1982), 리챠드 E. 팔머, 이한우 역, 『해석학이란 무엇인가』(서울 : 문예출판사, 1988), 조셉 블라이허, 권순홍 역 『현대해석학』(서울 : 한마당, 1983), 에머리히 코레트, 신귀현 옮김 『해석학』(서울 : 종로서적, 1985), 에릭 D 허쉬, 김화자 역, 『문학의 해석론』(서울 : 이대출판부, 1988), 데이빗 호이, 이경순 역, 『해석학과 문학비평』(서울 : 문학과지성사, 1988), 김영한, 『하이데거에서 리꾀르까지』(서울 : 박영사, 1987), 김용옥, 『절차탁마대기만성』(서울 : 통나무, 1986)

특히 백철의 경우는 1927년부터 1931년까지 일본동경사범학교 영문과에서 유학한 외국문학 전공자였기에, 그가 일본에서 학습한 문학적 선이해는 그의 비평논리에 상당한 바탕을 형성했다.

그런데 백철의 선이해는 일차적으로 일본이란 공간에서 체득할 수 있는 소위 동경문단이 그에게 끼친 요소와 그가 전공한 외국문학적 요소로 나누어 볼 수 있으나, 이는 상당 부분 복합적으로 작용했다고 본다. 그래서 그의 비평논리 속에 나타나는 선이해를 동경문단의 요소와 외국문학적 요소로 나누기보다는 주요한 문학론 중심으로 살펴보고자 한다.

백철이 발표한 평문 중에서 국내에 발표된 공식적인 글은 「농민문학론」(조선일보, 1931)으로 볼 수 있는데, 여기에 나타나는 내용을 살펴보면, 그의 선이해의 한 양상을 이해할 수 있다. 백철은 이 평문에서 농민문학과 프로문학이 종국에 가서는 일치될지 모르나 현 단계에서는 빈농의 문학, 혁명적 농민의 이데올로기를 내용으로 하는 문학이 되어야 한다는 논지를 전개하기 위해 러시아에서는 농민문학을 동맹문학 이하의 것으로 생각한 대신에 일본서는 농민문학을 직접 프롤레타리아 문학으로 보아왔다는 입장에서 일본의 농민문학의 논리를 끌어들이고 있다.

예를 들면 『농민소설론』에서 立野信文은 「프롤레타리아 문학의 취재의 범위는 특색적으로는 두 가지 광범위한 세계 즉 노동자 세계나 농민 세계로 나뉜다. …云云. 또한 요미우리 신문에서 黑島傳治는 농민문학을 말할 때에 그것을 프롤레타리아 문학과 병립시켜서 대항적으로 말할 것은 아니고… 그것은 프롤레타리아 문학 내의 일분야이며 프롤레타리아 문학에 포함되는 것이다」라고 말하였다.

小林多喜二도 《중앙공론》에서 우리들이 농민문학이라고 할 때는 그것은 어디까지든지 프롤레타리아란 점에서 농민을 취급한 작품을 의미하는 것이요….

그렇게 직접적으로는 말하지 아니 하였으나 中野重治는 프롤레타리아 문학과 농민문학과의 관계를 프롤레타리아 문학과 민족문학과의 관계와 같이 보면서 형식은 민족적이나 내용은 프롤레타리아적이다 라고 한 데서 그도 최근까지 농민문학을 프로문학으로 보아온 것이 사실이다.[320]

농민문학의 성격을 규정하면서 立野信文, 黑島傳治, 小林多喜二, 中野重治의 개념들을 빌어와서 이를 백철 자신의 농민문학론 전개에 기조로 삼고 있다는 점에서 그의 농민문학론에 대한 선이해가 어디에 있는지를 쉽게 감지할 수 있다.

뿐만 아니라 농민문학의 귀착점을 논하면서도 柴田私雄이 <납프>에서 말한 "이 혁명적 빈농의 욕구와 이데올로기의 위에서는 문학 - 이러한 문학은 필연적으로 나타나지 않으면 안된다"[321]는 논지를 끌어들임으로써 그의 농민문학론 전개의 밑바탕은 일본 농민문학론에서 크게 벗어나고 있지 못함을 확인할 수 있다.

특히 당시 조선문단에서 활발하게 농민문학론을 제창해온 안함광의 프롤레타리아 리얼리즘에 입각한 기계적 좌익적 농민문학론을 넘어서는 논지전개는 中野重治의 관점에 힘입은 바 크

---

320) 백철, 「농민문학론」, 『백철문학전집』2, 신구문화사, 1968. p.36.
321) 백철, 같은 책, p.43.

다. 그래서 백철의 농민문학론은 결국 中野重治의 논설을 그대로 가져와 조선현실에 적용해온 것이라는 평가가 내려지기도 한[322] 것이다.

이렇게 백철의 농민문학론이 일본의 농민문학론의 선이해에 기대고 있음이 드러나지만, 그의 「창작방법론」(조선일보, 1932)에서도 이러한 선이해는 나타난다. 창작과 계급분석의 관계를 정리하면서 백철은 다니모또 기요시(谷本淸)의 견해를 그대로 수용하고 있기 때문이다.

　창작문제에서 어떤 의미로 계급분석이 필요한가 하면 우리들이 묘사하려고 하는 세계는 무엇보다도 계급사회라는 것이며, 그 계급사회에서는 계급적 모멘트라는 것이 가장 중심 문제인 까닭이다. 진정으로 정당한 계급분석이 없는 곳에 사회적 및 인간적 현실성에서 프롤레타리아 작품은 존재할 수 없는 것이다.[323]

谷本淸의 논지에 따라 백철은 「창작방법론」(조선일보, 1932. 3. 9)에서 정당한 창작적 방법에 의하여 명확한 프롤레타리아 작품이 제작된다는 말은 무엇보다도 그것이 적확한 구체적 계급분석을 통하여 제작되어야 한다는 것을 의미하는 것이라고 밝히고 있다. 왜 그러냐 하면 우리들이 일정한 작품을 대상하여 그것을 검토하며 평가할 때에는, 그 작품의 근저에 구체적 내용이 되어 있는 복잡한 사물 및 그의 온갖 관계가 유물변증법적으로 파

---

322) 박용찬, 「1930년대 백철문학론 연구」, 경북대 대학원 석사 논문, 1984. p.30.
323) 백철, 「창작방법론」, 『백철문학전집』 2, 신구문화사, 1968. p.15

악되며 인식되어 있다는 말은, 그 작품의 주요한 테마가 정당 적확한 계급적 분석에 의한 프롤레타리아트의 관점에서 정리되어 있다는 것을 기본적으로 의미하는 까닭이기[324] 때문이다.

그래서 백철은 유물변증법적 방법에 입각해서 작가들이 작품을 창작해야 함을 주장하고 있다. 그러나 이듬해에 소련작가동맹에 의해 사회주의 리얼리즘이 제창되자 백철은 다시 「문예시평」(조선일보, 1933)에서 사회주의 리얼리즘을 주장하고 나선다. 이런 연유로 해외에서 논의되는 새로운 문예이론을 생겨나는 대로 집어다가 조선문단에 이식하려 한다[325]는 비판을 받기도 하지만, 이는 그의 선이해는 바로 자신의 논지를 세우는 직접적인 도구가 되고 있다는 점을 확인시켜주는 대목이다.

백철의 「농민문학론」이나 「창작방법론」의 논의를 두고서, 우리는 그의 문학론이 일본문단이나 외국문학론의 선이해에 상당히 기대고 있음을 확인할 수 있지만, 1930년대 백철문학론의 중심에 놓이는 휴머니즘론도 이를 무시할 수 없다.

백철의 휴머니즘론은 「인간묘사론」을 시발점으로 해서 그 연장선상에서 논의된 「인간탐구론」과 본격 휴머니즘으로 나누어 볼 수 있는데, 그는 「인간묘사론」 나아가 「인간탐구론」을 펼치면서 외국문학론을 그의 선이해로 두고 있다. 「인간묘사론」에서 그는 과거의 작품들 중에 위대한 작품으로 성공한 것들은 언제나 인간을 그 시대와 현실 속에서 발견하고 전형화했기 때문이

---

324) 백철, 「창작방법문제」, 《조선일보》, 1932. 3. 9.
325) 채만식, 「작가로서 평론을 평함」, 《조선일보》, 1934. 2. 16.

라고 말하고, 그 근거 논리로 러스킨의 논지를 인용하고 있다.

> 시인이나 역사가임을 불문하고 위대한 사람들은 전혀 그 자신의
> 시대에 살고 있다는 것과 그들은 작품적인 큰 수확을 그들의 시대에
> 서 거두고 있다는 것은 명백하게 변함없는 사실이다. 단테는 13C의
> 이탈리아에서, 초오서는 14C의 영국에서, 마사쵸오는 15C의 플로
> 렌스에서, 틴토렛은 16C의 베니스에서이다. 그들은 언제나 생생한
> 그 시대의 진리에서 모든 것을 거두어 온 것이다.[326]

이렇게 백철은 시대와 그 시대전형의 인물형 창조를 논한 러스
킨의 논지를 바탕으로, 살아있는 인물의 창조가 문학이 추구해
야 할 제일의 덕목인 근거로 내세우고 있다, 즉 인간묘사가 문학
의 본론인데도 불구하고 현대문학에서는, 그것이 부르주아 문학
에서는 말할 것도 없고, 현대의 진보적인 문학으로서 프롤레타
리아 문학도 이 인간묘사를 등한시하거나 처음부터 인간 본체를
왜곡해서 쓰든가 하는 인간부재의 문학현상을 비판하는 논거로
삼고 있다.[327] 그리고 살아있는 인간묘사를 통한 진실한 휴머니
티의 추구가 실현될 때, 제2의 휴머니즘시대가 도래될 수 있다
고 봄으로써, 그의 휴머니즘에 대한 선이해는 근원적으로 역사
상의 르네상스에까지 뻗쳐 있음을 확인할 수 있다. 이는 백철의
「문예부흥을 望想할 時代」(동아일보, 1934. 9)에서 드러난다.

> 나는 다만 전부터 제기해 오던 인간묘사론, 인간탐구론의 속편으로

---

326) 백철, 「인간묘사론」, 『백철문학전집』 2, 신구문화사, 1968. p.78.
327) 백철, 같은 책, p.76.

서 이 논고를 쓰는데 지나지 않는다. 그런데도 내가 허두부터 르네상
스론에서부터 이야기를 끌어오고 있는 이유는 내가 근년에 생각해
오고 있는 상계의 논제 등과 관련하여 그 르네상스 이야기가 나의 논
지를 전개하는데 유력한 역사적 배경이 되고 있기 때문이다.[328]

그래서 백철은 현대가 황무지라고 형용할 정도로 비인간화되
어 있기에, 현대인 모두는 참다운 인간녹지를 동경향수하려 하
며, 여기에 새로운 인간탐구가 필요하다는 것이다. 그 새로운 인
간탐구의 전형으로 그리스 로마 시대와 르네상스 시대의 인간형
을 제시한다. 백철의 생각에는 당시의 암흑한 현실 속에서 문학
이 추구해야 할 하나의 방향은 인간상실에 대한 반항과 새로운
세기적인 인간의 탐구라고 보았고[329] 그 한 모형을 르네상스 시
대의 인간형에서 찾고 있었던 것이다.

백철의 휴머니즘론에서 확인되는 그의 선이해는 이렇게 먼 역
사적 사실에도 기초하고 있지만, 가깝게는 당시 일본문단과 세
계문단의 현대문예사조의 흐름과도 무관하지 않다. 백철은 당시
하나의 사조로 풍미하던 휴머니즘을 조선문단 현실에서도 적극
수용해야 함을 강조하고 있기 때문이다.

일본문단만 하더라도 금년은 문단사조로서 모랄리즘과 휴머니즘
의 일색으로써 해를 보낸 인상을 준 휴머니즘의 高潮時代! 이를테면
세계적인 온 문단의 주류 같은 현상이라 할 수 있다. 그런데 어찌된

---

328) 백철, 「어둠 속의 문예시대」, 『백철문학전집』 2, 신구문화사, 1968. p.109.
329) 백철, 같은 책, p.76.

일인지 우리 조선문단에서는 금년도까지 그 휴머니즘에 대한 이렇다 할 반응이 없이 일 년을 넘기고 말았다. 마치 그것은 對岸의 불같은 것, 우리에겐 직접 관계가 없다는 방관적인 태도였다고 할 수 있다.……

그러나 내가 판단하기에는 오늘의 휴머니즘의 현대사조만은 그때마다 나타난 외국문단의 신기성의 경향 같은 것과 달라서 우리 문단이 그대로 침묵 방관함으로써 대하는 것은 옳은 태도가 아닌 것 같이 본다. 무엇보다도 우리 문학을 더 한층 확고한 기본자세로 재건하기 위해서 이 휴머니즘의 도입은 유익하고 필요하다고 보는 것이다. 그 이유는 오늘의 시대성 그 자체가 역사적으로 휴머니즘을 일으키는 필연의 의미가 있다는 현실성 이전에 문학은 본시 확고한 인간옹호의 정신에 뿌리를 박아야 하는 것인데, 우리 문학이 민족사적인 환경론에 보다라도 특히 그 인간옹호의 입장을 고수해 왔어야 할 터인데 실제에 있어선 그렇지 못하고 항상 표면적인 시사성에 더 치중해 온 것은 그 주원인이 20년대 이래 우리가 주로 서구의 자연적인 사조와 방법에서 또는 프로문학의 외면적인 경향성에서 일을 해 온 때문이다. 그 원인이 어디에 있든 간에 우리 신문학사의 천박성을 극복하고 그 뿌리를 더 인간적인 깊은 면에 내리기 위해서는 오늘 휴머니즘에 외면하지 말고 받아들여 효용하는 것이 큰 기회라는 생각이 든다. 그 점에서 나는 우리 문단이 내 개인의 입장은 이 휴머니즘에 대한 친근감이 年來로 주장해 온 인간옹호론, 인간탐구론의 주제들과 일련의 관계를 갖고 있는 사실에서다. 그러나 더 중요한 것은 이 휴머니즘이 우리 문학을 위하여 문학운동사의 객관적인 입장에서 고착할 때에 먼저 말하다시피 우리 자신에게 유익하고 필요한 것이라는 뜻이 강조되어 있는 것이다.[330]

백철은 이렇게 서구의 휴머니즘이 조선에도 필요함을 역설하고, 그 개념을 세 갈래로 나누어 놓고 있다. 즉 러시아의 코뮤니즘적 휴머니즘과 독일의 국민주의적 휴머니즘, 그리고 프랑스의 인텔리겐차의 휴머니즘으로 나누고 조선 문단에 수용되어야 하는 휴머니즘은 오직 프랑스적 의미에서 지식계급의 입장에 선 휴머니즘뿐이다[331]라고 한정하고 있다.

이러한 백철의 지식계급 중심의 휴머니즘론 제기는 1936년 6월에 런던에서 열린 제2회 국제작가대회를 보고, 현 정세 속에서 지식계급의 역할과 시대적 사명에 대한 인식을 새롭게 한 선이해에 기초하고 있는 것이다. 이 사건 이후에 백철은 「지식계급론」(조선일보, 1938. 6.3)을 통해 지식인의 역할과 입장에 대한 논의를 계속하고 있다. 이로 볼 때, 그의 휴머니즘론은 유럽 및 일본문단의 논의와 깊은 연관이 있으며,[332] 외국문학 전공자로서의 선이해가 그의 휴머니즘론을 주도하게 된 요인이라 할 수 있다.

백철의 문학론에 있어서의 이러한 선이해는 일본의 橫光和一의 순수소설론의 견해를 빌려 순문학과 대중문학의 결합으로서 순수소설의 건설을 내세우고 있는 소설론에서도, 동경에서 논의된 세계사론이나 협동체론 등에 힘입고 있는 사실수리론에서도 확인할 수 있지만, 그의 정신사와 관련시킬 때 빠뜨릴 수 없는

---

330) 백철, 「현대사조로서의 휴머니즘」, 『백철문학전집』 2, 신구문화사, 1968. pp. 134-136.
331) 백철, 「지식계급의 옹호」, 조선일보, 1937. 5. 25.
332) 박용찬, 앞의 논문, p.68.

선이해의 한 대상이 지드이다. 지드에 대한 백철의 선이해는 그의 「작품평자의 변명」에서 지드의 「도스토예프스키」론을 통해 주아주의적인 비평태도를 드러내는 데도 나타나고, 인간묘사론과 휴머니즘 문학론을 연결시키는 「현대문학의 과제인 인간탐구와 고뇌의 정신」에서 금일문학의 중심과제는 새로운 인간형을 탐구하는데 있다는 지드의 논리를 전제하고 있는 데서도 나타나지만, 그의 전향과 부단한 논점의 변화와 관련해 볼 때 지드가 성실하려는 일념에서 하나의 태도에서 다른 태도로 끊임없이 입장을 바꾸어 나간 정신사적 흔적과 백철의 변모 자취가 상당히 닮아 있기 때문이다.

이상의 논의에서 알 수 있듯이 백철의 비평논리에서, 그의 선이해에 기초하지 않은 비평논리는 없다고 할 정도로 그의 모든 비평론에서 선이해의 양상을 찾아볼 수 있다. 이는 백철뿐만 아니라 모든 비평가들이 지니는 보편적 현상이라 할 수 있다. 그런데 백철의 경우, 그가 외국문학 전공자였기 때문에 이는 다른 비평가들보다 뚜렷이 나타나는 면모이다. 그런데 그의 선이해는 그가 서 있는 현실 속에서 충분히 소화되고 비판되어 성숙된 상태에서 자기화되어 드러나는 것이 아니라, 상당 부분 그대로 이식되어 있다는 점에서 그 한계가 드러난다.

백철의 현실 해석력과 부단한 변모추구

백철은 1930년대를 거치면서 하나의 비평론이나 문학론으로 일관한 비평가는 아니었다. 그의 관심은 쉼 없이 변했고, 그래서 그가 제기한 문학론도 일관성을 통한 깊이의 추구보다는 다양한 관심이 폭넓게 지속된 모습을 보인다. 즉 농민문학론에서 인간묘사, 인간탐구론 나아가 휴머니즘론 그리고 장편소설론에서 일제에 야합하는 사실수리론까지의 전개양상은 다채로운 양상을 띤다. 그런데 중요한 것은, 이렇게 백철이 보여주고 있는 1930년대 비평적 행로가 지니는 의미이다.

즉 부단한 변모를 추구해온 백철의 근원적 사고구조나 세계관과 관련된 정신사적 해명이다. 이 점이 근본적으로 해명되어야 백철 비평의 본질이 어느 정도 드러날 수 있기 때문이다. 그래서 그의 정신사적 변모과정을 그가 몸담고 있던 현실과의 관련 속에서 해석해 봄으로써 그의 정신사적 내면의 한 면을 읽어내고자 한다. 한 인간의 정신사적 움직임은 결국 그가 처해 있는 현실과의 대응관계 속에서 드러날 수밖에 없기 때문이다.

백철의 문학적 행로로 볼 때, 그가 현실을 자기 자신의 주체적 눈으로 바라보기 시작한 시기는 동경고등사범학교 시절로 볼 수 있다. 1927년에서 1931년까지 동경사범 시절이 계속되는데, 이때 이미 동경은 지식 청년층에서 아나키스트들의 허무주의적이고 퇴폐주의적인 풍조가 만연하고 있었고, 사회주의가 맹위를 떨치고 있었던 시절이다. 이런 당시의 현실 속에서 백철이 일본 프로 시운동의 중요한 몫을 담당하고 있던 「전위시인」의 동인

이 되고, 이들의 해체 이후 「프롤레타리아 시인회」에 참가하고 이어 NAPF의 맹원이 된 사실은 그의 정신사를 해명하는 데 있어 중요한 부분이다. 즉 백철이 NAPF의 맹원이 되기까지의 과정 속에서 우리가 주의 깊게 살펴야 할 부분이, 그의 프로문학에의 경도에 결정적 역할을 한 것이 무엇이었을까 하는 점이다. 사회주의 물결이 지식인 청년층을 중심으로 거대한 흐름을 형성하고 있던 당시의 현실 속에서, 사회주의에의 경도는 백철 자신의 주체적 의지도 작용했겠지만 또한 당시의 현실상황을 무시할 수 없다는 점이다.

백철의 사회주의에의 경도를 주체와 세계(현실)와의 관계성 속에 놓고 볼 때, 백철은 현실에 압도된 상태에서 사회주의에 물들기 시작했다고 본다. 그래서 백철 자신도 당시 상황을 회고하면서, 마르크스주의에의 감상적 공명을 기본적으로 드러냈던 시절로 떠올리고 있는[333] 것이다.

이런 사정을 감안할 때 백철의 정신구조는, 그가 우선 민감하게 관심한 것이 현실이며, 그 현실에 대해서 자신의 해석을 통해 자기논리를 펼쳐가고 있는데, 그 현실을 해석하는 태도가 주체를 우위에 두기보다는 객관적 현실을 우선시하는 입장을 보인다는 점이다. 즉 비평가의 현실해석이나 문학현실 해석이 언제나 주체나 객체 사이의 대응관계 속에서 이루어질 수밖에 없는데, 백철의 경우 그 관계의 설정 비중에 있어 주체 우위보다는 현실적 상황에 기울어져 있다는 것이다. 그가 귀국한 후, 첫 평문으

---

333) 백철, 「진리와 현실」, 백철전집, 박영사, 1925, p.141.

로 내놓은「농민문학론」논의도 이런 백철의 현실경도적 경향을 엿볼 수 있다. 당시 국내문단에서는 농민문학론에 대한 논의가 활발하게 전개되었고, 특히 안함광의 수차에 걸친 농민문학론은 두드러진 것이었기에 안함광의 논지를 반박하는 논리를 폄으로써 당시 현실문단에 뛰어드는 현실감각을 보여주고 있기 때문이다. 그러므로 백철의 현실경도는 현실감각과도 밀접하게 연관되어 있다. 즉 현실의 속성을 어떻게 인식하느냐 그리고 그 현실을 어떻게 수용할 것인가 하는 점에서, 백철은 현실을 늘 변하는 대상으로 인식하고 그 현실의 속성을 적극 수용하는 자세를 보이고 있다는 것이다. 이런 백철의 현실감각과 현실경도의 정신적 구조가 극명하게 드러나는 부문이 그에게 있어서는 전향이라 할 수 있다.

프로문학에 몸담은 백철이 프로문학 자체가 지닌 기계적 공식적 창작방법이나 태도에 반발하고 비판적 모습을 보인 것은 그 자체가 지닌 문제성도 있지만, 중요한 것은 백철이 세계를 보는 자세에서 비롯된 것이 아닌가 한다. 그는 하나의 절대적 신념을 가지고 그것을 끝까지 부여잡고 심화 확대하는 삶의 모습보다는 새롭게 변화해가는 현실 속에서 그 변화의 주체가 되는, 새로운 것을 추구해 나가는 태도를 보이고 있기 때문이다. 새로운 지식에 대해서는 항상 남보다 앞서고자 했고, 이를 토대로 현실을 이해하려는 성급함이 있었던[334] 것이다. 만일 백철의 삶의 방식이 하나의 신념을 굳게 붙들고 살아가는 자의 모습이었다면, 전

---

334) 류은랑,「백철의 문예비평연구」, 전북대 교육대학원 석사논문, 1990, p.59.

주사건으로 감옥체험을 한 후, 그는 더욱 자신의 프로문학에 대한 신념을 굳게 할 수밖에 없다. 그러나 백철은 전주사건에 연루되어 1년 6개월간의 옥고를 치르고 난 후, 그는 동아일보에 「비애의 城舍」를 발표하여 마르크스주의를 공식적으로 포기하게 된다. 이러한 백철의 전향은 내적으로 백철이 지닌 근본적인 문학관과 프로문학이 지향하는 바가 서로 조화롭게 만날 수 없는 점에 그 원인이 있기도 하지만, 당시의 현실문단 상황을 우선적으로 수용해야했던 현실경도적 태도 때문으로 볼 수도 있다. 즉 1935년 5월 21일 KAPF의 해산으로 문단의 현실상황은 급변해 있었고, 프로문학이 주도하던 문단은 이제 새롭게 자신의 모습을 만들어가야 했다. 소위 전향기 시대로 진입해 있어 새로운 문학양상이 모색되기 시작한 것이다. 그래서 백철이 인간묘사, 인간탐구로부터 시작한 휴머니즘론의 제창은 그러한 문단현실 상황 속에서의 문단주도론으로 인식될 수 있는 측면이 강한 것이다. 백철은 프로문학이 더 이상 현실적 의미를 펴기 힘들다는 현실인식을 분명히 함으로써 철저한 현실주의자가 되었다고 할 수 있다.

이렇게 백철은 현실에 경도되어 현실적인 화제나 문제를 그의 논의대상으로 삼음으로써 문단현실에 새로움을 제공했지만, 그가 현실 문제를 해석하는 시선은 결코 주체적이지 못했다. 이런 모습의 한 전형을 30년대 말에 그가 제시한 사실수리론에서 파악할 수 있다.

문제는 한 시대의 현실이 우연적으로 도래되었든지 혹은 주관적으

로 비위에 거슬리든지 간에 그것이 일차 우리 앞에 表象되고 定着
된 이상엔 偶然은 하나의 엄연한 사실이고 객관적이란 것이다. 그
한에서 偶然은 다른 시대의 정상적 현실과 같이 한 시대에 존재할
권리를 가진 객관적 事實이라는 것이다.[335]

백철이 말하는 한 시대는 당시 일제의 대륙침략이 시작된 이
후의 현실을 말한다. 그런데 그 현실을 저항하거나 부정하지 않
고 객관적 현실로 받아들여야 한다는 것이다. 이는 일제의 대륙
침략을 용인하는 발언 이상의 것으로 보기 힘들다. 그리고 이 발
언에서 중요한 것은 그러한 시대현실을 우연으로 인식하고 있
는 현실 인식력이다. 모든 현실이 다 필연의 결과로 나타나는 것
은 아니지만, 우연에다 현실인식의 틀을 맞춘다는 것은 그의 현
실인식 나아가 현실해석의 한계를 단적으로 드러내는 부문이다.
즉 현실을 우연으로 보았을 때, 현실 속의 어떤 사건이나 현상을
일관성 있는 관계 속에서 바라보기는 힘들다. 이는 바로 하나의
일관된 세계관으로 현실을 해석하고 이해하는 입장과는 거리가
멀다는 것이다.

이런 정신구조 때문에 백철은 신념화된 하나의 이데올로기로
무장해서 작품을 바라보고 해석해야 하는 프로문학에서 일찌감
치 벗어나, 주어지는 현실의 변화에 따라 적절히 대응해 가는 논
리를 펼쳐왔다고도 할 수 있다. 이러한 백철의 현실인식 나아가
세계해석의 정신구조 때문에 그가 내세우고 있는 비평체계도 프

---

335) 백철, 「시대적 우연의 수리」, 『조선작품년감』, 소화 14년판, p.302.

로문학비평에서 강조하던 하나의 일관된 신념체계를 요구하는
과학적이고 논리적인 것을 거부하고 개성적이고 주관적인 것을
자신의 비평논리로 도입하려 했던 것이다.

> 근년에 와서 내가 조그마한 비평체계의 독립을 위하여 노력해온
> 것은 그 비평태도에 있어 될 수 있는 대로 심정적이고 감성적이려는
> 것이었다. 그것은 과거에 주로 인간묘사론 이전에 있어 비평에 대하
> 여 취해온 태도, 될 수 있는 대로 이성적이고 과학적이고 분석적이
> 려는 그것과는 반대되는 것으로 그때까지 내가 그 소위 변증법적 이
> 해에 의하여 나의 빈약한 비평을 구하려고 노력한 것이 얼마나 내
> 자신의 성격과 재능에 반역적이었는가를 깊이 반성한 곳에서 결정
> 한 태도였다.[336]

이성적이고 과학적인 기준과 명제 대신에, 의욕과 심혼과 감명
을 통해 작품세계의 혼란된 심연의 한 가운데 일약으로 뛰어들
어서 무엇을 생생하게 붙잡으려는 백철의 비평체계는 결국 감
상주의적 비평 나아가 인상주의적 비평태도와도 관계가 있다.
인상주의 비평의 세계인식 태도는 근본적으로 영원히 존재하는
대상이나 미적 대상은 없다고 봄으로써 순간순간 그 대상의 미
적 진실을 포착하는 것이 문제시된다고 본다. 이런 문학적 인식
은 바로 세계인식 나아가 세계해석의 토대로부터 비롯되는 것으
로, 백철의 부단한 변신은 현실 나아가 세계에 대한 이런 해석관
에 기인하고 있다고 할 수 있다. 즉 주어진 현실에 주체가 어떻

---

336) 백철, 「과학적 태도와 결별하는 나의 비평체계」, 《조선일보》, 1936. 6. 27

게 일관성 있게 현실대응을 해왔느냐 하는 점보다 변하는 현실을 좇아온 결과라고 할 수 있다. 이는 한 주체가 현실에 대한 이해와 해석을 통해 그 현실을 넘어서는 자기인식을 보인 것이 아니라, 그 현실을 그대로 수용했다는 점에서 적극적인 현실해석력을 견지하지 못했다는 것이다. 주체적인 현실해석력을 견지하지 못하면 현실순응주의에 기댈 수밖에 없다. 이것이 백철의 사실수리론에서 확연히 드러난다.

이러한 백철의 현실이해와 그에 대한 자기대응방식을 두고 우리는 끊임없이 진전해간 자기성실을 보인 비평가로 긍정할 수도 있겠지만, 하나의 신념을 문제 삼을 때는 변명의 여지가 없는 한계에 부딪힌다.

백철 휴머니즘론에서의 인간이해

백철이 내보이는 선이해나 그가 부단히 추구한 문학론을 토대로 할 때, 그의 1930년대 문학론 중에서 비중을 두어야 할 부문이 휴머니즘론이다. 그러므로 백철문학론에서 가장 힘주어 해명해야 할 부문 역시 휴머니즘론이다. 그래서 그가 펼치고 있는 휴머니즘론의 전개과정을 해석학적 입장에서 살핀다. 휴머니즘론에서 그가 주시하고 있는 인간면모는 작품 속에서 구체화되어야 할 인간의 모습이기는 하지만, 이런 인간론의 제시는 그의 인간이해에서 비롯된다는 점에서 백철의 휴머니즘을 해석학적 입장에서 해명해 볼 필요가 있는 것이다.

백철이 그의 문학론에서 인간의 문제를 본격적으로 제시하고 있는 것은 「창작방법의 문제」(조선일보, 1932)에서이다.

> 정당한 계급분석에 의한 작품은 그것이 대상하는 사물 또는 인간이 추상적 사물 또는 일반적 인간성이라는 것이 아니고 일정한 계급적 조건에 제약된, 일정한 사회조건에서 구체적으로 생활하고 있는 인간으로서 다루어져 있어야 한다. 과거의 일반 부르주아 예술가들은 일정불변하는 인간성이란 것을 주장해 왔으며 또 현재도 그렇게 고집하고 있다. 그러나 프롤레타리아적 세계관에선 그리고 프롤레타리아 예술에서는 그것과는 근본적으로 구별되는 입지와 기준에서 인간을 대상하며 분석한다. 거기선 막연한 인간이란 문제시 되지 않는다. 오직 일정한 계급사회 속에 존재하는 인간이 있을 따름이다. 즉 인간적 본질이란 어떤 개개의 개인에게 內在해 있는 추상체가 아니고 현실적으로 인간적 본질은 사회적 제관계의 총체인 것이라는 의미에서 온다.[337]

백철이 여기에서 제시하고 있는 인간은 한 마디로 구체적으로 생활하고 있는 인간이다. 그러나 그 인간은 일정한 계급적 조건에 제약된 인간상이란 점에서 유물변증법적 인간이해 나아가 철저한 계급분석과 프롤레타리아적 관점에 서 있다. 이는 백철의 인간이해가, 이 당시에는 마르크스 레닌의 계급혁명의 이념에 대한 영향이 큰 것을 확인할 수 있다. 계급혁명론의 이데올로기 적용이 하나의 조건으로 되어 있는 인간상을 볼 수 있다는 것이다. 그래서 문학에 있어 계급분석을 강조하고 있다. 그러나 그가

---

337) 백철, 「창작방법론」, 『백철문학전집』 2, 신구문화사, 1968, p.17.

실제비평의 대상으로 삼은 「카프시인집」의 시집을 읽고는, 그 속에서 진정하게 계급분석의 방법에서 쓰인 작품을 만날 수 없었다고 불평한다. 대부분의 작품들이 주제를 혁명적으로 살리지 못하고 題材의 취급, 대중생활의 구체적 묘사들이 충실히 되어 있지 않아 진전된 프로문학의 모습을 보여주지 못하고 있다[338]는 것이다.

이는 당시 기계적이고 틀에 박힌 프로문학에 대한 비판이면서 자신의 인간이해를 드러내는 부분이다. 백철이 관심한 인간은 계급적 인간이면서도 고정화되고 기계화된 관념 속의 인간이 아니라, 구체적으로 살아있는 인간상을 제안하고 있다. 이렇게 살아있는 계급적 인간을 주창한 백철은 「인간묘사시대」로 오면 경향적 인간을 내세운다.

> 물론 그들의 작품에 등장하는 모든 무수한 인간은 막연한 인간이 아니고 시대성과 역사성을 띤 인간 그리고 무엇보다도 주의할 것은 경향적으로 묘사된 인간이라는 것이다.[339]

백철의 인간이해가 계급적 인간에서 경향적 인간의 묘사로 나아가고 있는데, 여기에는 그 나름의 이유가 있다. 현대문학에서 인간묘사가 본론인데도 백철이 생각할 때, 부르주아 문학에서뿐만 아니라, 프롤레타리아 문학에서도 인간묘사를 등한시하거나 처음부터 인간본체를 왜곡해서 쓰든가 하는 인간부재의 문학이

---

338) 백철, 앞의 책, p.19.
339) 백철, 앞의 책, p.79.

되고 있기에 줄기차게 인간묘사를 내세우고 있는 것이다. 사실 어느 작품이든 그 작품의 중심은 인간이다. 문학 자체가 근본적으로 인간을 다루기 때문이다. 그런데 왜 백철은 인간부재를 논하고 있는가. 작품에 인간은 등장하는데, 그 인간의 모습이 부르주아 문학에서는 단편화되고 해체되어 미물화 되어 있는 반면, 프로문학에서는 인간을 현실적으로 다루고 있지 못함으로 관념적이고 이데올로기에 도구화되어 있고, 기계적으로 고정화되어 있는 것이다. 즉 공식화 유형화된 죽은 인간들의 행렬이 작품 속에 등장한다는 것이다. 그래서 백철의 <산 인간>이란 인간상의 제시는 사실 앞서 창작방법론에서 확인한 바 있는 구체적으로 생활하는 인간상과 그렇게 멀지 않다. 산 인간의 일상적 모습이 생활하는 인간상이기에. 그래서 새 「인간묘사론」에서 백철이 제기하고 있는 경향적으로 묘사된 인간의 모습 역시 계급적 인간 이해에서 완전히 벗어나 있는 것이 아니다. 계급적 조건에 의해 제약받는 인간상에서 조금 구체화된 시대성과 역사성 그리고 경향성의 인간으로 그 모습을 제기하고 있긴 하지만, 자신의 논리만큼 그 인간의 구체적 양상이 잘 드러나지 않는다. 틀을 벗어나 살아 움직이는 산 인간상이란 범주에서 맴돌고 있다는 것이다. 이러한 백철의 인간이해는 「인간탐구의 도정」에 오면 다시 전형적 성격의 인간형 제시로 나타난다.

또 하나 더 구체적인 것은 가령 그 현대문학에서 형식상으로는 만물들의 이름이 나오고 있지만, 그것은 이름뿐이지 실지로 살아 움직이는 구체적인 인간으로서 묘사되어 있지 않다. 즉 그 시대 그 현실의 구체적 상황 속에서 그 인물들이 전형적으로 그려져 있지 않다는 것이다. 작품의 인물이 그 시대에 따라서 각각 일정한 시대적 내용과 전형적 성격을 가진 타입프로 생생하게 묘사되어 전형화될 때 비로소 인간 묘사다운 인물 창조는 이룩된다고 할 것이다.[340]

백철의 인간형 탐구가 일정한 계급적 제약 속에서 생활하는 인간에서, 시대성과 역사성을 띤 경향적 인간, 그리고 현실의 구체적 상황 속의 전형적 인간으로 이어지고 있다. 이런 인간형의 탐색을 위해서는 백철은 <개성과 집단>, <인간묘사와 자연묘사> 등의 항목을 통해 전형적 인간형이 어떻게 모색될 수 있는지를 살피고 있다.

중요한 것은 이런 인간형의 탐구를 위해 <사회적 조건>을 내세우고 있긴 하나, 백철은 여기서 새로운 인간으로서의 윤리문제까지 당착해야 한다고 봄으로써 인간은 단순히 외부적 묘사와 추상적 개괄에 의해 전형적 성격이 나타나는 것이 아니고, 먼저 내면적 자기 열정에 의한 적극성과 창의성이 필요하며 그러한 인간이 적극적으로 현실에 정면하여 실천하며 행동하는 곳에 전형적 인간형이 확립된다[341]고 본다. 그리고 이런 인간은 근대 리얼리즘이 추구한 가정적 사생활의 인간도 아니며, 기계적 유형의 노동자도 아니고 현실을 적극적으로 움직이는 인간으로서 구질서에 대한 현실과 새로운 질서에 대한 의지에 의하여 행동하여

---

340) 백철, 「인간탐구의 도정」, 『백철문학전집』 2, 신구문화사, 1968, p.85.
341) 백철, 앞의 책, p.104.

전진하는 행동적 존재로서의 인간임[342]을 다시 강조하고 있다.

백철이 프로문학의 고정화된 공식적 인간형에 반발하면서 제시한 살아있는 인간형의 모색은 결국 행동하는 인간형까지로 나아간다. 그러나 「苦行의 文學」에 오면 그가 탐색하고 있는 인간형의 행동적 존재로서의 인간보다는 양심적인 고민형으로 바뀌고 있다.

> 그러나 지금은 어떤가? 구체적으로 말하여 30년대 중반을 접어들면서부터 우리 문학은 그 행동의 세계에서 백보 후퇴를 하고 있는 때가 아닌가 하는 반문이다. 무엇보다 근년 56년간의 우리 작품들에서 주요한 인간형들을 고찰해 보면 내가 말하고 있는 후퇴의 대정세란 사실이 수긍이 될 것이다.[343]

백철은 지금의 인물형들이 전에 비해 후퇴하고 있다는 점을 강조하고 있다. 그런데 그 후퇴는 다름 아닌 그 인물이 지닌 행동성에의 후퇴란 점에서 백철이 지금까지 내세운 인간형과는 거리가 멀다. 그런데 백철은 이런 변화를 문단정세와 관련시키면서, 그런 문단정세에 어쩔 수 없이 고민하며 사는 인간형을 제시한다.

> 그렇게 보면 이런 문단 환경 속에서 우리가 지드의 새 인간의 창조를 그대로 창작의 슬로건으로 내놓는 것부터도 우리가 실감이 덜 느껴지는 비약적인 이야기가 되는 것 같다. 새로운 인간형보다 이 시대에 사는 데 있어서 어떤 것이 진실한 인간형일까 하는 것, 실제적

---

342) 백철, 앞의 책, p.105.
343) 백철, 앞의 책, p.104.

으로 이 정세 속에서 고민적으로 사는 양심형의 인물들이 더 실감
이 가는 우리 문학의 과제라는 것이다.[344]

그런데 백철이 제시한 고민형의 인간탐구는 그것 자체로서 완
결된 인간형이 아니라 현실에서 구체화되어야 할 과제를 가진
다. 그래서 백철도 자신이 그 동안 제안했던 인간묘사, 인간탐구
의 과제의 연속선상에서 계속 자신의 인간형을 현실 속에서 추
구해 가고자 한다.[345] 그래서 그는 이후「우리문단과 휴머니즘」
(조선일보, 1936, 12.23.~27)에서 본격적인 휴머니즘론을 통해
인간탐구를 계속하고 있다.

여기에서 백철은 휴머니즘론의 가장 큰 특질을 무규정성, 무한
정성으로 규정함으로써 그의 인간이해의 불투명성을 드러낸다.
이런 점에서 임화는 지식인의 무정견성을 드러내고 있다고 비판
하고 있다. 이는 현실 속에서 인간형을 탐색해 내려고 했던 백철
자신의 생각을 제대로 드러내지도 못했기 때문에 현실과 동떨어
진 관념적 인간이해에 머물고 있다는 것을 말한다. 이런 그의 휴
머니즘론의 구체성 결여를 넘어서기 위한 대안으로 제시된 것이
「동양인간과 풍류성」이다. 여기서 백철은 조선문학의 역사를 꿰
어 흐르는 인도적 정신을 동양인간의 풍류적 전통에서 찾고자
했다.

근대조선문학이 풍류적 전통을 계승하지 못한 것이 조선문학
이 윤택성을 잃고 빈곤해졌기에 풍류적 인간형의 탐구를 통해

---

344) 백철,「고행의 문학」,『백철문학전집』 2, 신구문화사, 1968, p.132.
345) 백철, 같은 책, p.133.

이를 극복해야 한다는 것이다. 이러한 복고주의적 인간성 탐구는 「풍류인간의 문학」에서도 추구되고 있으나, 동양의 전통적 인간형은 풍류적 풍취를 적극적으로 발전시켜 나가자는 것은, 당시 파시즘이 강화되는 현실로 보아 이는 공허한 논리일 뿐이었다. 결국 백철은 「지식계급론」에서 현대 휴머니즘론이 추구하는 새로운 인간은 사실의 세기, 이상시대에 맞는 인간, 지성과 육체가 서로 상반되지 않고 균형을 이루는 조화로운 인간이어야 함을 주장함으로써 현실에 저항하는 살아 있는 인간이 아니라, 현실과 조화를 이루는 인간형의 추구로 떨어져 버린다. 휴머니즘을 통해 진정한 인간형을 탐색했다고 하면, 그 당시의 상황과 현실에 순응하는 혹은 고민하는 인간형보다는 휴머니즘의 근본적인 정신인 인간해방을 가능하게 하는 인간형의 탐구가 지속되어야 했다. 그러나 백철의 인간탐구는 이런 방향으로 지향하지 못했다.

그러므로 백철의 인간형 탐구는 현실 속에서 살아있는 인간형의 탐구를 내세웠지만, 결국은 현실에 순응하는 인간형으로 귀착되고 말았다. 이는 백철이 탐구한 인간형의 한계이면서 1930년대란 특수한 상황 속에서의 우리 비평의 한계이기도 하다.

맺는말

지금까지 백철 비평 중, 1930년대의 비평론을 중심으로 그의 비평의 특징과 내용을 해석학적 관점에서 해명해 보았다. 그의 비평론에서 확인되는 사항 중 첫째로 지적할 수 있는 것은 그의 비평론의 전개는 그의 선이해에 기초하고 있다는 점이다. 이는 그의 전공이 영문학이었다는 사실 때문이기도 하지만 이는 남들보다 먼저 새로운 것을 추구하려는 그의 체질적 삶의 태도에 기인하는 점도 무시할 수 없다. 이러한 백철의 선이해에 바탕한 그의 비평론 제시로, 그는 단순히 외국의 새로운 문학적 정보를 전달하는 대리인이라는 비판도 받게 되지만 당시 한국문단의 입장에서 보면 새로운 문제제기로 문단을 이끌어간 점은 비평사적 측면에서 그 의의를 찾을 수 있다.

둘째, 백철은 1930년대에 쉼 없이 자기비평논리를 펼쳐나간 비평가로 해석할 수 있다. 그런데 그 비평논리는 일관된 하나의 논리가 아니라 다변화된 논의들이다. 이러한 논리전개의 태도나 방식은 그의 현실인식 나아가 현실대응 논리와 밀접이 관련되어 있다. 현실이란 고정 불변하는 대상이 아니고 늘 변화하는 특성을 지니고 있는데, 이런 부단히 변하는 현실에 제대로 대응하는 방식으로 백철은 하나의 일관된 논리로 대응한 것이 아니라, 그 변화하는 현실의 상황에 따라 대응한 논리로 나타난다. 그러므로 그의 비평론에서는 깊이보다는 폭을 만날 수 있으며, 이는 자신의 말처럼 그의 비평을 저널적 비평형태에서 크게 벗어나지 못하게 한 결과를 낳았다.

셋째, 1930년대 백철 비평에서 중요한 주제가 휴머니즘론인데 여기에서 나타나는 그의 인간탐구는 살아있는 인간형의 탐구가 심화 확대되기보다는 결국 현실 상황에 순응하는 인간형으로 바뀌고 있다. 즉 그의 인간탐구는 일정한 계급적 제약 속에서 생활하는 인간추구에서, 시대성과 역사성을 띤 경향적 인간, 그리고 현실의 구체적 상황 속에서의 전형적 인간, 나아가 행동하는 인간형의 모색으로까지 나아갔다가는 고민하는 인간형, 그리고 풍류적 인간형에서 끝내는 조화로운 지식인상을 내세움으로써 일제에 야합하는 인간상으로 전락하고 만다.

이러한 백철의 인간탐구 도정은 결국 그의 현실이해 나아가 해석과 맞물려있는 문제로 그의 선이해를 한국현실에 구체적이고 실질적으로 재해석하지 못한 결과로 보인다. 이는 백철이 1930년대 비평사에서 보인 한계이면서 외국문학이론을 뒤쫓는 비평가들이 언제나 만날 수 있는 극복과제라는 교훈을 얻게 된다. 백철의 정신사를 총체적으로 짚어내기 위해서는 1940년대 이후 그의 비평을 살피는 일이 과제로 남겨져 있다.

9장

1930년대 전환기 비평이 지니는
비평사적 의미

1930년대 비평을 해석학적 입장에서 해명해 보고자 한 것이 이 글의 목적이었다. 그래서 1930년대 비평을 대표하는 비평가로 지칭되는 김문집, 김환태, 최재서, 임화, 이원조, 백철의 평문들을 통해 그들의 비평이론, 비평 이론의 토대가 된 이론이나 사상, 그리고 그들의 실제 비평을 해석학적 관점에서 살펴보았다. 이들이 지니고 있는 해석적 입장은 다음과 같이 요약할 수 있다.

1.

김환태는 비평을 재구성적 체험이라고 파악함으로써, 작품 자체에 관심하여 작가의 의도파악에 주력하는 재구성적 해석의 입장에 서 있다. 즉 작품의 의미는 작가의 의도를 재구성하는데서 생성된다는 것이다. 그리고 김환태는 해석주체와 대상이 만남으로써 빚어지는 구성적 체험을 통한 재구성적 해석을 주장하고 있으나, 그 체험의 표현과 전달에 있어서는 비평가도 창조적 예술가가 되어야 한다고 본다. 즉 비평은 비평가가 작품과 만나는 체험의 단계에서는 재구성적 해석이 필요하나 표현과 전달의 측면에서는 창조적 해석이 요구된다는 것이다. 이러한 입장은 김환태의 선이해라 할 수 있는 아놀드와 페이터의 문학이론의 영향에서 비롯된 것이며, 그의 해석적 관점은 재구성적 해석과 창조적 해석을 종합하거나 자기화하여 창조적 해석으로 나아간 것이 아니라 단지 재구성적 해석 차원에 머물고 있다. 이는 그의 실제비평인 정지용론과 김상용론에서도 확인되는 바다.

이렇게 김환태가 해석 대상인 작품을 우선적으로 생각하며 그 작품의 의미를 파악하기 위해 작품 자체에 몰두하는 해석적 입장을 견지함으로써 작품을 무시하는 프로비평의 폐해로부터 벗어나긴 했지만, 그의 재구성적 해석은 작품이 지닌 역사성과 현실성을 도외시하고 오직 작품 의미의 재구성이란 선에 갇힌 결과가 되었다.

2.

김문집은 비평을 철저하게 새로운 미적 세계를 창조하는 가치체인 예술작품으로 인식함으로써 비평예술을 지향하고 있다. 그래서 그는 비평가를 신의 위치에다 두었으며, 신이 지닌 창조성을 비평에서 강조함으로써 다른 문학장르와 마찬가지로 비평도 창조성을 지닌 미적 대상이 되어야 한다고 보았다. 이를 위해 비평가는 미적 가치 창조의 본능체임과 동시에 구상화에의 시공자가 되어야 한다고 주장한다.

이는 해석주체가 지닌 개성을 중시하는 입장으로서 비평은 비평가가 작품에서 얻은 인상을 미적으로 생명감 있게 표현해야 한다는 탐미주의적이면서도 표현주의적인 경향에서 비롯된 것이며, 해석 대상인 작품 자체에 관심하기보다는 그것을 기반으로 해서 새로운 비평예술 작품을 창조해야 한다는 창조적 해석관에 기인하는 것이다.

이를 위해 김문집은 표현의 수단인 언어에 대한 관심이 각별했다. 그래서 언어를 통한 새로운 비평문학 건설과 비평예술의 재건을 기도했지만, 그의 감상적인 언어관 때문에 그가 추구한 언어미학은 감각적인 표현의 선에 머물고 말았다. 또한 그는 실제 비평 방법으로 비유적 표현이 자신의 주장대로 재미와 감동을 주는 예술성을 획득했다고 보기는 힘들다. 뿐만 아니라 그가 해석 대상인 작품을 무시하고 펼친 비평예술론과 실제 비평은 문화비평적 성격을 띠게 됨으로써 급기야는 잡문만을 남기는 파행적인 모습을 내보였다.

3.

최재서는 1930년대 상황을 사회문화적 혼돈기로 파악했고, 이 시기에 문학비평은 새로운 질서를 세우는 전제는 준비하는 노력이어야 한다는 요청을 강하게 의식하고 비평에 있어 가치체계의 정립에 부심한 비평가다. 그래서 그도 과도기로 인식되는 당시의 상황에서 삶과 문학을 하나로 묶어 줄 모랄의 탐색에 전력을 쏟게 된다.

리챠즈, 엘리어트, 리이드 등 영미비평가들의 모랄론들을 비판적으로 검토하면서 그가 내린 모랄의 방향은 개인과 사회 혹은 자아와 세계와의 조화로운 삶을 있게 하는 하나의 삶의 원리로 요약될 수 있다. 그리고 이러한 문학적 모랄의 하나로 1930년대 문단 위기를 극복하기 위해 풍자문학론을 제기했으며, 그 구체적 가능성을 김기림의 「기상도」와 이상의 「날개」를 통해 확인하고 있다. 그러나 최재서의 풍자문학론이 한국문학을 통해 역사적 장르로 구축되지 못하고 미래적이고 예언적인 이론적 장르로 제시된 한계를 지니고 있다. 그러나 규범이 상실된 혼란한 시대에 있어서 삶과 문학을 하나로 묶어 줄 가치체계를 세우려 하고, 그 원리의 탐구를 통해 작품을 비평하려는 규범적 해석태도는 비평의 체계화 혹은 과학화를 위한 남다른 노력으로 평가된다. 그러나 그가 일본 군국주의 체제에 주도적으로 야합한 지식인의 전형적인 모습을 지닌 비평가로서의 치욕은 씻을 수 없다.

4.

임화의 비평관은 무엇보다 현실을 중시하며 그 현실을 기초로 모든 문학적 의미가 파악되어야 한다는 입장이다. 그래서 그는 누구보다도 역사에 깊은 관심을 갖고 있다. 그의 역사관은 시간의 흐름에 따라 사물은 끊임없이 생성, 발전하는 과정 속에 있음으로 두 세력 간의 운동으로 새로운 면이 생성되고 낡은 면이 소멸된다는 변증법적 역사관이다. 이런 역사관 때문에 임화는 외적 강압에 의해 카프가 해체되고 프로비평이 퇴조한 1930년대 비평적 현실을 정상으로 보지 않는다. 그래서 그는 30년대 이전의 프로비평의 시행착오를 인정하면서 유물변증법적 사관에 입각해서 프로비평을 재건해 가려고 한다. 20년대 이후 조선의 비평을 살필 때, 프로비평이 비평다운 비평이었으며 조선의 비평이 나아갈 유일한 방향이 이 길이라고 생각하고 있었기 때문이다. 이러한 임화의 논리는 「비평의 고도」에서는 작품에 대한 고도와 함께 현실에 대한 고도를 가져야 한다고 구체화하며 「의도와 작품의 낙차와 비평」에서는 비평의 원천으로서의 현실을 재음미할 수 있어야 한다고 현실에의 인식을 강조하고 있다.

비평에 있어서 현실성을 강조한 임화는 그러한 현실을 가장 과학적으로 인식하는 문학론으로 사회주의 리얼리즘을 주창하고 있다. 그가 주장하고 있는 사회주의 리얼리즘은 현실에 바탕을 두고 그 현실을 개혁해 가는 마르크스주의에 입각한 비평노선으로서 기존의 가치를 부정하고 새로운 가치를 건설해 가는 주체가 신인이 되어야 한다는 「신인론」으로 이어지고 있다.

이러한 일련의 현실을 바탕으로 한 임화의 비평적 입장은 유물사관에 입각한 유물론적 해석관이라 할 수 있다. 즉 해석의 대상인 작품자체에서 비롯되는 의미추구보다는 해석주체가 서 있는 현실상황이 해석에 절대적 영향을 미친다는 입장에 서 있다. 이러한 임화의 해석주체가 처한 역사적 현실을 중시하는 유물론적 해석관은 비평의 시야를 문학 자체에서 현실로 넓혀주었다는 점에서 의의를 찾을 수 있을 뿐 아니라, 작품과 이론이 괴리되어 있던 30년대 이전의 프로비평의 약점을 어느 정도는 극복했다는 점에서 그 의의를 평가할 수 있다고 본다. 그러나 임화의 이러한 특정 이데올로기에의 경도는 또한 그 이데올로기에의 종속이라는 한계를 지니고 있는 것이다.

5.

이원조는 문학을 통한 세계인식에 있어, 문학을 부르주아 문학과 프롤레타리아 문학으로 나누어 프롤레타리아 문학을 옹호하는 유물론적 세계 해석을 보인다. 그리고 「순수문학과 대중문학」, 「불안의 문학과 고민의 문학」, 「오늘의 문학과 문학의 오늘」 등의 문화론 전개에 있어서 이원조는 개념분석에서 출발하여 그 개념의 범주를 상대적 개념 범주와 관련시키는 변증법적 세계해석관을 보인다. 그러나 이원조는 1930년대 후반 극도로 악화된 현실변화에 대해 그 현실에 대응해야 하는 해석자 지평을 포기하지 않고, 포오즈론과 제 3의 입장 등을 내세움으로써 양심의 차원에서까지 해석자 지평을 지켜가려는 윤리성을 보인다. 이러한 이원조의 세계해석의 토대가 되는 선이해는 여러 가지 요소가 있으나 우선 확인할 수 있는 것은 유가적 사유라 할 수 있다. 그러나 본고에서 확인한 이러한 이원조의 비평에 나타나는 해석적 관점들이 어떠한 선이해에 기초해 있는지에 대한 연구는 앞으로 좀 더 고구되어야 할 문제이다.

6.

백철은 1930년대에 쉼 없이 자기 비평논리를 펼쳐나간 비평가로 해석할 수 있다. 그런데 그 비평논리는 일관된 하나의 논리가 아니라 다변화된 논의들이다. 이러한 논리전개의 태도나 방식은 그의 현실인식 나아가 현실대응 논리와 밀접이 관련되어 있다. 현실이란 고정불변하는 대상이 아니고 늘 변화하는 특성을 지니고 있는데, 이런 부단히 변하는 현실에 제대로 대응하는 방식으로 백철은 하나의 일관된 논리로 대응한 것이 아니라, 그 변화하는 현실의 상황에 따라 대응한 논리로 나타난다. 그러므로 그의 비평론에서는 깊이보다는 폭을 만날 수 있으며, 이는 자신의 말처럼 그의 비평을 저널적 비평형태에서 크게 벗어나지 못하게한 결과를 낳았다.

또한 백철 비평에서 중요한 주제가 휴머니즘론인데 여기에서 나타나는 그의 인간탐구는 살아있는 인간형의 탐구가 심화 확대되기보다는 결국 현실상황에 순응하는 인간형으로 바뀌고 있다. 즉 그의 인간탐구는 일정한 계급적 제약 속에서 생활하는 인간 추구에서, 시대성과 역사성을 띤 경향적 인간, 그리고 현실의 구체적 상황 속에서의 전형적 인간, 나아가 행동하는 인간형의 모색으로까지 나아갔다는 고민하는 인간형, 그리고 풍류적 인간형에서 끝내는 조화로운 지식인상을 내세움으로써 일제에 야합하는 인간상으로 전락하고 만다.

이러한 백철의 인간탐구 도정은 결국 그의 현실이해 나아가 해석과 맞물려있는 문제로 그의 선이해를 한국현실에 구체적이고 실질적으로 재해석하지 못한 결과로 보인다. 이는 백철이 1930년대 비평사에서 보인 한계이면서 외국문학이론을 뒤쫓는 비평가들이 언제나 만날 수 있는 극복과제라는 교훈을 얻게 된다.

이상과 같이 논의 대상이 된 비평가들은 전환기로 명명되는 1930년대에 각기 다른 해석적 입장을 통해 비평의 전환을 시도했다. 김환태는 프로비평의 폐해를 극복하기 위해 비평에 있어서 해석 대상인 작품의 내면적 해석에만 몰두함으로써 작품과 괴리되어 있던 비평을 작품에고 눈을 돌릴 수 있는 분위기를 조성했고, 김문집은 이러한 토대 위에서 해석 대상과는 무관한 창조적 해석을 통한 창조적 비평을 주창함으로써 탐미주의로 기울어지긴 했지만, 평단에 예술비평을 소개한 셈이 되었다. 그리고 최재서는 삶과 문학을 하나로 묶어 줄 가치체계인 모랄의 정립에 부심함으로써 비평의 과학화를 새롭게 제기하였다.

이들과는 상대적으로 프로비평의 재건을 기도하며 유물론적 해석을 토대로 프로비평을 실천해간 임화는 20년대의 프로비평의 오류를 넘어서기 위한 차원에서 자신의 비평론을 펼쳐가고 있다. 또한 이원조는 임화와는 다른 차원의 유가적 사유에 의한 변증법적 해석의 논리를 보여주었으며, 백철은 부단한 자기 변화를 통한 현실적 대응 논리를 끝없이 모색해가는 변화무상함을 내보여주었다.

이러한 다양한 해석적 입장을 통한 비평활동은 30년대 비평 이전에는 볼 수 없었던 비평영역의 확대요 심화라 할 수 있다.

특히 김환태, 김문집, 최재서의 비평노선은 임화의 비평적 입장과는 상대적 위치에 놓이면서 비평사적 측면서는 순수비평의 토대를 마련하는 계기를 만듬으로써 그 이전의 비평에서는 보기 힘든 비평적 관심의 다양화를 가져왔다고 본다.

이는 1930년대 비평이 비평사에서 갖는 괄목할만한 의의라 할 수 있다. 이러한 긍정적 평가가 가능한 것은 이들이 이전에는 볼 수 없었던 전문비평가들이었다는 점에서 찾을 수 있다. 그러나 1930년대 비평을 다양하게 만든 비평에 있어서의 해석의 다양성은 개인적인 차원에 머물었지 해석공동체를 형성할 정도는 아니었다.

　즉 전환기 이전의 프로문학파, 민족문학파, 해외문학파는 각각
의 집단적 해석체계를 형성하고 있었으나, 김환태, 김문집, 최재
서, 임화, 이원조, 백철에 의해 제기된 재구성적 해석, 창조적 해
석, 규범적 해석, 유물론적 해석, 유물변증법적 해석, 현실대응
의 해석 체계는 개인적인 해석체계이지 앞선 집단들처럼 집단적
인 해석 공동체를 형성하지는 못했다는 것이다. 이는 과도기 혹
은 주조탐색기로 명명되는 전환기에 있어 어쩔 수 없이 나타나
는 해석의 다양성의 의의와 한계가 있다.

　또한 해석학적 측면서 김환태는 해석 대상인 작품에 너무 기울
어졌고, 김문집은 해석 대상인 작품을 무시하고 해석 주체인 개
성의 표현에 급급함으로써 현실이나 시대적 조류를 무시하는 결
과를 낳았다. 이와는 반대로 임화는 해석 주체인 비평가가 처해
있는 현실을 중시하여 유물론적 입장에서 비평을 실천함으로써
현실에 종속당하여 획일적인 비평적 시선에 갇힌 한계를 드러내
었다. 이런 점에서 최재서의 규범적 해석 태도는 해석 대상과 해
석 주체 사이의 조화를 실현하고자 했다는 점에서 주목된다. 즉
그는 비평의 지향점을 개인과 사회 혹은 자아와 세계와의 조화
로운 종합에 둠으로써 해석의 주체와 대상으로만의 경도를 극
복하고자 했다. 그러나 그의 실제비평에서는 이러한 이론적 방
향성 설정이 온전히 실천되지 못하고, 이론에 머물고 있음을 볼
때, 이러한 해석의 실천이 얼마나 힘든 것인지를 확인할 수 있게
된다. 그러므로 문예비평에 있어서 바람직한 해석은 해석 주체
와 대상이 서로 적절이 변증법적 조화를 이루는 데 있다고 본다.

그러나 해석주체가 서 있는 역사적 상황이 늘 변화하기 때문에 시대에 따라서 해석 주체 혹은 대상이 그 시대의 주류로서 강조되기도 하며 동시대에 있어서도 각자의 비평관이나 문학관에 따라 다양한 양상을 드러낼 수밖에 없다. 이런 점에서 30년대 전환기 비평에 나타난 해석의 다양한 모습은 주류가 형성되기 이전의 다양성으로 명명할 수 있다.

이러한 결론과 함께 본고에서 논의되지 못한 비평가들 역시 해석학적 관점에서 해명될 때, 1930년대 비평의 해석학적 모습은 더욱 선명하고 섬세하게 드러날 수 있으리라고 본다. 그리고 이러한 30년대 전환기 비평에 있어서의 다양한 개인적 해석체계가 1940년대에는 어떻게 집단화하는지 혹은 소멸해 가는지 하는 통시적 연구도 함께 남겨진 문제임을 부기해 둔다.

10장

1930년대 한국문학에 나타난
T.S 엘리어트의 영향
-최재서와 김기림을 중심으로-

머리말

　한국 현대문학사를 살펴보면, 한국문학의 전개는 외국문학과의 영향 관계 속에서 형성되어 왔음을 확인할 수 있다. 그 영향의 정도는 현재로 올수록 더 빠르고 다양하다고 할 수 있다. 특히 영문학의 경우 한국문학사에 끼친 영향은 지대하다. 이런 점에서 영문학이 한국문학에 끼친 영향을 전반적으로 파악하고 여기에 나타난 문제를 확인하는 일은 한국문학의 미래를 위해서는 반드시 거쳐가야 할 하나의 과정이다.

　이는 수용자의 입장에서 영문학이 한국문학에 끼친 긍정적인 요소와 부정적인 요소를 가려내어 한국문학이 지녀야 할 온당한 정체성을 세워야 할 필요성이 제기되기 때문이며, 한국문학이 세계문학 속에서 어떻게 자리 잡아야 할 것인지를 모색하기 위해서도 이 작업이 전제되어야 하기 때문이다.

그런데 이 작업을 총체적으로 조망하고 체계화하는 일은 너무 방대하기에 우선 본 연구에서는 영문학이 한국문학에 미친 영향의 한 부분으로서 T.S 엘리어트에 주목하고자 한다. 한국 현대문학에서 T.S 엘리어트가 끼친 영향은 그 어느 시인이나 평론가보다 광범위하고 많기 때문이다. 그리고 그 영향의 시기 역시 광범위하기에 본고에서는 우선 1930년대에 국한해서 시론과 비평론을 중심으로 살펴보고자 한다.

T.S 엘리어트가 한국문학에 끼친 영향연구는 김종길과 유종호의 선행 연구가 있는데 김종길의 영향연구는 시작품과 관련된 고찰이라면, 유종호의 경우는 비평에 초점이 맞추어져 있다. 김종길은 「우리시에 끼쳐진 영시의 영향」, 「엘리어트와 우리 현대시」(『시론』, 탐구신서, 1965) 등에서 엘리어트의 『황무지』가 김기림, 김종문, 민재식 등의 시에 영향을 미쳤다고 보고 있다. 그리고 유종호는 「영미 현대비평이 한국비평에 끼친 영향」(『동시대의 시와 진실』, 민음사, 1995)에서 1930년대 최재서의 주지주의 비평이 리처즈, 엘리어트, 허버트 리드, 루이스 등에 기대고 있음을 밝히고 있다. 그런데 최재서의 비평 수용 수준이 그가 의지하고 있는 비평가들의 수준에 미치지 못하고 있으며, 이들의 비평을 어디까지나 학습의 대상으로 파악했을 뿐 자신을 포함한 동시대인의 사회와 삶의 문제라는 자각이 뚜렷하지 못했다고 평가하고 있다.

이러한 논의는 1930년대 우리 비평의 수준을 점검해볼 수 있는 객관적인 평가이기는 하나, 이는 영문학자의 입장에서의 고찰이기에 국문학의 수용자 입장과 영문학의 발신자 입장이 함께 고려되는 연구가 필요하다. 그래서 본 연구에서는 엘리어트의 비평론이 최재서와 김기림에게 어떻게 수용되고 있는지를 살펴 1930년대 한국평단에서 엘리어트의 영향의 정도를 파악해 보고 자 한다. 이 두 사람은 1930년대 평단에서 외국문학을 그 누구 보다 적극적으로 수용한 논자이기 때문이다.

연구 방법

T.S 엘리어트의 시론이 1930년대 한국현대시론에 어떻게 수용 되어 영향을 미쳤는지를 살펴보기 위해서는 비교문학적 방법을 사용할 수밖에 없다. 영향을 끼친 주체가 되는 원천과 영향을 받 은 작가나 시론가들 사이에 형성되는 두 관계축 속에서 실현되 는 닮은 요소들을 검증하는 일이 비교문학적 연구의 기본적 과 제이다.

즉 영향의 주체가 되는 시론가를 A라 하고, 그의 시론을 A', 그 리고 영향을 받은 시론가를 B라 하고, 그의 시론을 B'라고 했을 때, 생겨나는 하나의 체계 속에서 비교문학적 연구가 가능해진 다. 이 체계를 도식화하면 다음과 같은 모형이 가능하다.

이 도식에서 A는 T.S 엘리어트, A'는 T.S 엘리어트의 시론, B 는 1930년대 한국 시론가, B'는 한국의 시론으로 대입해 놓을 수 있다. 여기에서 중요한 부분은 A와 B 사이의 직접적인 만남을 통한 영향을 생각할 수 있지만, T. S 엘리어트와 1930대 한국 현

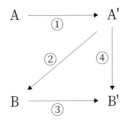

① 영향을 주는 시론가의 창작과정의 심리작용
② 영향을 받는 시론가의 수용과정의 심리작용
③ 영향을 받는 시론가의 창작과정의 심리작용
④ 두 작품 사이의 이론적인 상호작용의 관계

대 시론가들 사이에 직접적인 만남이 없었기에 ②와 ④의 관계
축 사이에서 나타나는 영향의 요소를 중심으로 살필 수밖에 없
다. 그리고 B의 대상으로 시론의 영향을 받고 있는 최재서, 김
기림을 중심으로 다루고자 한다. 이들이 T. S 엘리어트를 통해
1930년대 한국현대문학 담론의 중요한 맥을 형성해 놓았기 때
문이다.

영향사의 원천으로서 엘리어트의 비평론

엘리어트는 시인으로서 뿐만 아니라, 비평가로서 뚜렷한 자기
논리를 펼침으로써 현대비평에 많은 영향을 미쳤다. 그의 비평
목록을 살펴보면, 「전통과 개인적 재능」, 「비평의 기능」, 「비평
의 한계」, 「시의 사회적 기능」, 「시의 세 가지 음성」, 「형이상학
적 시인」 등의 원론 비평과 「보들레르론」, 「드라이든론」 등의

실제비평이 있다. 이 중 한국에 주로 소개된 비평론은 「전통과 개인의 전통」, 「비평의 기능」이 우선적으로 지목된다.

이 비평문은 엘리어트의 초기 비평의 바탕을 이루는 것으로 문학적 전통과 개성을 새롭게 해석하고 체계화함으로써 이후 현대 비평에 크나큰 영향을 주었다. 그래서 이 논의들이 19세기를 청산하는 20세기의 예술이론으로 꼽힌다. 이런 측면에서 1930년대 시론이나 비평론에 나타나는 엘리어트의 영향을 파악하려면, 다른 비평보다는 「전통과 개인적 재능」에 초점을 맞추어 영향관계를 살펴볼 필요가 있다. 그래서 우선 「전통과 개인적 재능」에 나타난 엘리어트의 비평론을 살펴본다.

엘리어트는 이 글에서, 영국에서 쓰인 저작물에 있어서 전통에 관해서 진술한 경우는 거의 찾아볼 수 없었다는 문제제기를 통해 전통의 새로운 인식이 필요함을 역설한다. 비평이란 것은 어쩔 수 없이 한 시인의 작품에 나타나는 개성을 발견하려고 노력하기에 과거의 시인들과의 다른 점을 설명하지 않을 수 없어서 전통의식은 비평에서 필수불가결하다는 것이다. 그런데 전통이라는 것을 바로 전 세대에 속하는 사람들이 남긴 성과를 맹목적으로나, 혹은 조심스럽게 추종한다는 데 있다면, <전통>은 반드시 위축되고 만다고 본다.

엘리어트가 생각하는 전통이란 상속되는 것이 아니라, 전통이 필요할 때는 크나큰 노력을 기울여서 획득해야만 하는 것이다. 그래서 전통에 있어서 필요불가결한 요소는 역사적 의식이다. 이 역사의식이라고 하는 것은 과거가 과거로서만 존재하고 있을 뿐만 아니라, 그것이 현재에도 존재하고 있다는 의식을 포함하

고 있는 것이다

　이러한 역사의식은 한 작가로 하여금 글을 쓰게 할 경우에 자기 자신의 세대가 자신의 골수 속에 존재하고 있을 뿐만 아니라, 호머 이후 유럽 문학 전체와 그 속에 있는 자기 나라의 문학 전체가 동시에 존재하고, 또한 동시적인 질서를 형성하고 있다는 것을 강하게 느끼게 하는 것이다. 또한 이 역사의식은 시간적인 동시에 초시간적인 것에 대한 감각이며, 또한 초시간적인 것과 시간적인 것이 합쳐진 감각이며, 이것이 작가를 전통적으로 만들고 있는 것이다. 그리고 이것은 동시에 작가로 하여금 시간 속에 있어서의 자신의 위치와 자신이 속하고 있는 시대성을 더욱더 명확하게 의식하도록 만들고 있다고 본다.

　이런 역사의식에 바탕을 둔 전통을 엘리어트가 내세우는 근본적인 이유는 어떠한 시인, 그리고 어떠한 장르의 예술가라고 할지라도 자기 단독으로는 완전한 의미를 가질 수가 없기 때문이란 것이다. 한 시인이 갖는 의의와 평가는 과거의 시인이나 예술가와의 관계를 평가하는 일이라고 본 것이다.

　그래서 현존하는 질서는 새로운 작품이 나타나기 이전에는 완전한 형태를 지니고 있지만, 새로운 작품이 첨가된 뒤에도 질서를 유지해 나가려고 한다면, 현존하는 질서 전체가 아주 조금이라도 변경되지 않으면 안 되는 것이다. 이렇게 함으로써 하나하나의 예술작품이 전체에 대한 관계나 균형, 또는 가치가 재조정되어 나가게 된다는 것이다. 그리고 이것을 엘리어트는 낡은 것과 새로운 것의 순응이라고 본다.

　이런 전통관 때문에 엘리어트는 시인은 과거에 대한 의식을 발전시켜 나가야 하며, 또한 파악해야 하며, 생애에 걸쳐서 이러한 의식을 항상 발전시켜 나가야만 한다는 것을 거듭 강조한다. 그래서 예술가의 진보라는 것은 부단한 자기희생과 부단한 개성멸 각이라고 선언한다.

이런 단정 때문에 엘리어트는 전통론과 개성멸각의 과정을 설명할 필요성을 느끼고, 하나의 암시적인 유추로서 산소와 이산화유황이 들어있는 용기에 가느다란 한 조각의 백금을 넣었을 때 일어나는 작용을 생각해 보라고 권한다.

지금까지의 엘리어트의 논의는 한 편의 시와 다른 작가가 쓴 다른 시와의 관계의 중요성에 대한 내용이었다면, 그는 계속해서 시와 그 작가와의 관계에 대한 해명을 논의하고 있다.

그는 예술가가 완성되어 있으면 있을수록 실생활에서 고민하고 있는 시인 자신과 시를 창조하는 정신과는 예술가의 마음속에서 완전히 분리되고 있으며, 정신은 시의 소재가 되고 있는 여러 가지 정열을 더 한층 완전하게 동화하고 그 성질을 변화시킨다고 본다. 그래서 시인의 정신은 무수한 감정이나 어귀, 그리고 심상을 포착하여 저장해 두는 그릇과 같은 것이어서 그 감정이나 어귀, 그리고 심상들은 새로운 복합체를 구성하기 위해서 세세한 부분이 모두 갖추어질 때까지 시인의 정신 가운데 머물러 있는 것이라고 한다. 이런 연유로 시에 있어서 결합의 형태가 다양하다고 말한다. 그래서 인간으로서의 중요한 인상과 경험은 시 속에 나타나지 않을 수도 있고, 시 속에서 중요하게 되는 인간, 즉 개성이 아주 작은 역할밖에는 행하지 못할 수도 있다는 것이다.

이런 결과로 시에 나타나는 정서는 매우 복잡한 정서이겠으나 실제 생활에 있어서 매우 복잡한 정서라든지 이상한 정서를 가진 사람들의 정서의 복잡함과는 다르다는 것이다. 그래서 시인이 해야 할 일은 새로운 정서를 발견하는 데 있는 것이 아니라, 보통 정서를 사용해서 이것을 시에 사용하게 될 때는 실제의 정서 가운데서는 전혀 찾아볼 수 없는 감정을 표현하는 일이라고 말하고 있다. 왜냐하면 엘리어트의 생각으로는, 시는 정서도 아니고, 회상도 아니며, 또한 문자 그대로의 의미에 있어서의 조용함도 아니고, 실제로 활동하고 있는 사람에게는 도저히 경험이라고는 생각할 수 없는 많은 경험이 집중된 것이며, 또한 집중한 결과로 생긴 것이라 할 수 있기 때문이다. 그런데 이러한 집중은 의식하거나 계획함으로써 행하여지는 것이 아니고, 회상되는 일도 없고 또한 조용함이란 하나의 분위기 속에서 결국 결합되고 있는 것에 불과하기에 그것은 다만 어떤 사건에 대해서 수동적으로 이루어지고 있다고 본다.

시를 쓰는 데 있어서 물론 의식적으로 목적을 가져야만 할 경우도 많지만, 엘리어트의 생각으로는 의식적으로 되어야 할 곳에서 무의식적으로 되고 무의식적으로 되어야 할 곳에서는 의식적으로 되어 시인을 개성적으로 만들고 있다고 본다. 그래서 엘리어트의 시관은 시란 정서의 해방이 아니라, 정서로부터의 도피이며 또한 개성의 표현이 아니라 개성으로의 도피라는 지점에 이른다. 물론 엘리어트는 개성과 정서를 가진 시인들만이 개성과 정서로부터 도피한다는 것이 무슨 뜻인지 알 수 있다고 덧붙인다. 이러한 엘리어트의 「전통과 개인적 재능」에 나타나는 시관은 낭만적 시관을 새롭게 전환시키는 계기를 마련했다.

다음은 엘리어트의 「비평의 기능」의 전반적 내용을 살펴볼 필요가 있다. 엘리어트는 이 글이 「전통과 개인적 재능」의 연속선상에 놓이는, 그 당시 진술한 원리들의 응용임을 밝히면서 서두를 시작하고 있기 때문이다. 당시 글을 썼을 때 엘리어트는 전통의식을 다루었으나 그것은 일반적으로 질서의 문제였다고 본다. 비평의 기능도 본질적으로 질서의 문제라고 생각한다. 엘리어트는 세계의 문학이라든가 유럽문학이라든가 혹은 또 한 나라의 문학을 개개의 작가가 쓴 작품의 집합체라고 생각하지 않고 유기적인 전체, 다시 말해서 하나의 문학작품이나, 한 사람 한 사람의 예술가의 작품이 그것과 관계를 가지고, 또한 관계를 가짐으로써 비로소 의의를 갖게 되는 체계라고 생각하고 있었던 것이다. 따라서 예술가의 외부에는 예술가가 충실히 순종해야만 하는 것이 존재하고 있다고 본다. 다른 말로 바꾸어 표현하라면, 예술가가 독특한 지위를 얻고 그것을 유지해 나가려고 한다면 역시 자신의 몸을 떠맡기고 희생하지 않으면 안 되는 종교적인 의무와 같은 것이 있다는 것이다.

하나의 공통된 유산과 공통된 근거가 있으면 예술가는 의식적이든 무의식적이든 서로 결합하게 된다. 그리고 그와 같은 결합은 대개의 경우 무의식적이라는 것을 인정해야만 한다는 것이다. 어느 시대를 막론하고 진정한 예술가들 사이에는 무의식적으로 서로 통하는 데가 있다고 엘리어트는 믿고 있기 때문이다. 일반적으로 우리들에게는 사물을 말끔하게 정돈하는 본능이 있기 때문에, 의식적으로 계획해서 할 수 있는 일을 무모한 무의식에다 떠맡겨버릴 수 있으므로, 비록 무의식적으로 일어나는 일이라고 하더라도, 의식적으로 계획하기만 한다면, 이것은 실천할 수 있으며, 또한 이것을 목적으로 삼을 수 있다고 말한다. 그리고 이러한 의견이 예술에 적용될 수 있다고 한다면, 한 걸음 더 나아가서 마땅히 이러한 의견을 갖는 사람은 비평에 대해서도 같은 의견을 갖지 않으면 안 된다고 본다.

그래서 비평은 대체로 예술작품의 설명과 취미의 시정이라고 하는 목적을 항상 지향하고 있지 않으면 안 될 것으로 본다. 그러므로 비평가의 작업은 비평가에 있어서 분명히 예정되어 있는 것처럼 보인다. 그러나 비평이란 단순하고 질서가 있어서 가짜가 나타나게 되면 당장에라도 거부해 버릴 수 있을 것 같은 즐거운 활동무대이기는커녕, 오히려 서로의 차이점조차도 분명하게 하는 일이 없이 논쟁만을 일삼는 논쟁애호가의 변사들이 모여드는 일요일의 공원 정도밖에 되지 않는다는 것을 알게 된다는 것이다.

그래서 엘리어트는 비평가가 자신의 존재에 대해서 올바른 존재 이유를 부여하려면 자신의 편견이라든가 혹은 잘못된 의견을 억제하고, 다른 사람들과 공동 협력해서 참된 판단을 찾고, 될 수 있는 한 많은 사람들과 함께 자신만이 가진 틀린 점을 교정해야만 한다고 생각한다.

이러한 비평론을 바탕으로 하여 엘리어트는 2장에서, 미들턴 머리(Johm Middelton Murry)의 고전주의와 낭만주의에 관한 진술에 대한 논평을 계속하고 있다. 머리는 "가톨릭교는 개인의 외부에 존재하는 엄연한 정신적 권위의 원리를 대표하고 있으며 또한 그것은 문학에 있어서의 고전주의의 원리이기도 하다"고 말하고 있지만, 여기에 대해 엘리어트는 가톨릭교나 고전주의에 대해서는 아직도 논의할 점이 많다고 보며 내부나 외부라는 말 역시 얼마든지 모호하게 사용될 수 있다고 본다.

이런 논쟁적 논의와 함께 엘리어트는 비평적이라거나 창작적이라는 용어의 사용법에 대해서 설명하고 있다. 사실상 작품을 쓰는 경우에 작가가 쏟고 있는 노력의 대부분을 차지하고 있는 것은 비평적 노력이라고 본다. 다시 말하지만 정선하고 결합하고 구성하고 삭제하고 수정하고 그리고 검사하는 따위의 노력을 말하는 것인데, 이러한 힘든 작업은 창조적일 뿐만 아니라 비평적이란 것이다.

그러나 창작 작업의 거의 대부분이 사실상 비평이라고 한다면, 소위 비평론이라고 불리는 것의 대부분은 실제로 창조적이라고 말할 수도 있지 않겠느냐는 질문을 한다. 여기에 대해서 엘리어트는 예술작품은 그 자체를 목적으로 하고 있으며, 비평은 그 정의상으로 보아 그 자체 밖의 것을 목적으로 하고 있다고 보아 비평을 창작 속으로 융합시키고 있는 것처럼 창작을 비평 속으로 융합시킬 수는 없다고 본다.

그렇지만 작가들 가운데는 그들의 비평적 능력을 다양하게 훈련하여 진정한 작품을 쓰기 위한 준비로서 건전한 상태로 유지해 나갈 필요가 있다고 생각하는 사람이 있는 것 같다고 본다. 따라서 엘리어트는 여기에 대한 하나의 일반적인 법칙이란 존재하지 않는다는 것이다. 이런 입장과 함께 엘리어트는 과거에 가졌던 비평가에 대한 극단적인 견해에 수정을 가하고 있다. 과거에 엘리어트는 읽을 가치가 있는 유일한 비평가라는 것은 그들이 설명했던 기술을 실천하고 더욱이 훌륭하게 실천했던 비평가뿐이라는 생각을 하고 있었는데, 몇 가지 중요한 내용을 포함시키기 위해서 이 범위를 확대하지 않을 수 없었다는 것이다.

그리하여 그가 발견한 비평가의 가장 중요한 조건은 가장 잘 발달된 감각을 가지고 있어야만 한다는 사실이었다. 그리고 이는 창작자가 행하는 비평이 특히 중요하다는 것을 설명해 주는 부분이라고 본다. 구체적으로 말해 시인 비평가의 비평이 가치가 있다고 본다. 결국 엘리어트가 이 글에서 내린 결론은 누구나가 적용할 수 있는 비평의 표준을 발견하려고 애써 왔으나 성공하지 못했다는 것이다.

최재서의 비평론에 나타난 엘리어트 수용양상

최재서는 「현대비평의 성격」에서 현대비평의 모랄론, 가치론, 역사관의 문제의 서론격을 논하면서 현대비평의 특징은 심미비평 혹은 창조비평을 넘어서는 데 있다고 보고, 이의 특징은 비평에서의 가치판단 회복이라고 말하고 있다. 그리고 이런 현대비평의 대표격으로 우선 리-드, 리처드, 엘리어트를 들고 있다. 특히 현대비평이 넘어서야 할 창조적 비평의 존재를 지적하면서, 엘리어트의 「비평의 기능」 속에서 논하고 있는 창작과 비평의 문제를 인용하고 최재서는 자신의 논지를 끌어가고 있다.

그런데 이들 모든 - 모든이라 하였지만 실제로는 그 중에서 몇 개만을 노래한데 불과하다 - 외부적인 조건은 제거하여 이런 창조적 비평이란 어떠한 것인가? 그것은 천재와 취미와의 사이에 남겨진 최후의 장벽까지도 철폐하여 비평이 일종의 창작행위로 변질되어버린 상태를 말한다. 비평의 유일한 의미가 앞시 말한 바와 같이 표현의 연구라면, 비평가 자신이 어느 정도로 에술가가 되지 않고선 비평이 되지 않을 것이다. 그런 경우에 비평가의 취미는 그 자신 속에서 예술작품을 재구성한다. 그 때에 그의 미적 판단은 창작행위 그 자체에 불과하다. 이리하여 '천재와 취미를 동일시하는 것은 근대사상의 최후 단계다'라고 스핑건은 말하였지만, 그것은 비평적 실천의 최후 단계이기도 하였다. 이 점에 관하여 우리는 엘리어트의 다음과 같은 말을 깊이 음미하여야 할 것이다.(최재서 평론집, p.6)

라고 밝힘으로써 엘리어트의 비평론에 기대고 있음을 본다. 또한,

창작 행위의 대부분이 비평행위라고 해서, 그 반대로 소위 창조적 비평이 성립되지는 않는다. 왜 그러냐하면 창작은 자기 목적적인데 비하여, 비평은 본래의 성질상 늘 자기 외의 다른 것에 관한 일이기 때문이다. 그러니까 우리가 비평을 창작에 연결시킬 수 있듯이, 창작을 비평에 연결시킬 수는 없다.(최재서 평론집, p.6)

는 엘리어트의 비평론을 그대로 인용하고 있다. 인용의 내용에서 확인할 수 있듯이 인상비평 나아가 창조적 비평은 작품에 대한 가치판단을 포기한 비평이기에 비평의 기능을 제대로 회복할 수 없다고 본 엘리어트의 입장을 최재서가 그대로 수용하고 있

는 것이다. 비평가가 감수성의 물결에 젖어 인상의 바다를 포괄하는 것이 허무하다는 자각에서 비평에서의 판단적 직능을 강조하고 있다는 것이 최재서의 현대비평에 대한 점검이다. 그러한 비평가의 한 사람으로서 엘리어트를 중요한 자리에 위치시키고 있다.

최재서가 엘리어트의 비평론을 좀 더 구체화하고 있는 글은 「비평과 모랄의 문제」, 「현대비평에 있어서의 개성의 문제」, 「현대주지주의 문학이론」 등에서다. 이들 각각의 논의에 나타나는 엘리어트의 비평론의 수용양상을 살펴본다.

비평은 그 궁극에 있어서 작품의 가치판단이고, 가치판단은 어떤 의미에 있어서나 선악의 변별을 포함하기 때문에 비평은 모랄을 가져야 한다는 것이 최재서의 입장이다. 그런데 이 모랄은 가치의식에서 출발하지만, 가치의식이 모랄이 되려면 도그마로 합리화되어야 한다는 것이다. 그리고 이 모랄이 내재적이냐 외재적이냐를 두고 볼 때, 최재서의 판단으로는 엘리어트는 낭만주의적 성향의 내재적 모랄보다는 외재적 모랄을 지향했다고 본다.

엘리어트에 의하면 비평가들은 부단히 자기자신을 희생하여 복종하지 않으면 안 되는 공동의 유산과 공동의 목적이 있다는 것이다. 그러므로 비평가가 자기의 존재성을 정당화하려면 부절히 그의 개성을 멸각하여 오로지 인류에 공통한 판단에 도달하도록 노력하지 않으면 안 된다고 본다. 이러한 엘리어트의 비평적 모랄의 측면을 최재서는 엘리어트의 전통론을 통해 소개하고 있다.

엘리어트는 외적인 권위에 따라서 자기의 개성을 멸각하여 인류공통의 판단에 도달하는 한편, 자기의 감수성을 교정 훈련하는 것을 비평가의 모랄이라고 간주했다. 그런데 중요한 것은 그 외적 권위가 무엇인가하면 바로 전통이란 점이다. 그래서 최재서는 엘리어트의 전통론을 다음과 같이 설명하고 있다.

비평가가 정당한 판단에 도달하려면 작품을 개개의 산물로서가 아니라 문학 전체의 일부분으로서, 다시 말하면 전통 속에서 고찰하지 않으면 안 된다. 근대의 한 사람의 작가를 과거의 작가와 비교하여 판단할 뿐만 아니라 새 작품이 나옴으로 말미암아 깨지는 구문학 지성의 조정을 도모하여 늘 전일적 유기체로서의 문학적 전통의 건설에 유의하여야 한다. 그것은 무엇보다도 비평가에게 역사적 의식을 요구하는 일이다. 그리고 역사적 의식이란 과거의 과거성 뿐만 아니라 과거의 현재성까지도 내포하는 의식, 현재의 현재성을 자각할 뿐만 아니라 그것이 과거의 모든 문화유산과 동시적 질서를 형성하는 것으로 시작하는 의식이다. 이러한 역사의식을 가짐으로써만 비평가는 시간상에 있어서의 자기의 위치를 자각하며, 더구나 작품 상호의 가치를 정당하게 판단할 뿐만 아니라 전통으로서의 문학의 질서를 유지 건설하여 나갈 수 있다.(최재서 평론집, p.19)

이러한 최재서의 전통론은 바로 엘리어트의「전통과 개인적 재능」의 내용을 그대로 수용하고 있는 것이다. 이런 측면에서 엘리어트는 예술가의 개성을 무시하였다는 것이다. 최재서는 이런 개성무시를 개성의 기능을 극도로 축소시켰다고 본다.

그런데 엘리어트는 그 이후 문학에 국한하지 않고 인생전체에 관하여 최고의 가치를 가톨릭적 도그마에 두었는데, 이는 하나의 동경, 하나의 주장에 끝나기 때문에 현대와 같은 분열과 혼란의 시대에 그것이 불가능함을 엘리어트 자신은 잘 알고 있었다고 본다. 다시 말해서 최재서는 엘리어트의 가톨릭적 모랄은 현실적으로 확정된 것이 아니고, 하나의 이상으로서 추구된 것이라고 본다.

그래서 엘리어트의 전통론은 일부의 보수주의자들처럼 고정불변한 것이 아니라는 것이다. 새로운 작품의 출현에 의해서 반드시 구질서는 파괴되지만 전통은 어느새 그것을 포섭하여 '탄타루스의 눈사람'처럼 커진다고 본다.

이렇게 엘리어트가 제시한 「전통과 개인적 재능」을 일단 긍정적으로 수용하면서도, 최재서는 엘리어트의 신념의 동요와 비평의 불철저함을 지적하고 있다. 즉 엘리어트가 "현재와 같은 시대에 있어서 가장 중요한 것은 도덕적 법전이 아니라 도덕적 의식이다"라고 말한 부분을 두고, 엘리어트가 추구하는 비평적 모랄이 변해왔다는 것이다. 조이스의 작품을 두고 엘리어트가 이단성이나 도덕성에 문제 삼지 않고 조이스가 전통적 의식을 충분히 가지고 있다는 점을 들어 평가하고 있는 점을 예거함으로써 이를 증명하려 한다.

그래서 최재서는 엘리어트를 두고, 전통론에서 출발하여 도중에 휴머니즘을 경멸했고, 마지막에 카토리시즘으로 전향하여 적어도 그 사람 개인은 구원된 것으로 생각하지만, 그의 신념의 핵심이라 할 수 있는 도그마에 관한 허다한 변명들을 두고 보면, 엘리어트 역시 모랄에 관하여는 얼마나 방황하고 있는가를 알 수 있다고 평가한다.

전통의 문제와 함께 엘리어트가 관심을 가진 것은 개성의 문제이다. 이 문제에 대해 최재서는 「현대비평에 있어서의 개성의 문제」에서 다루고 있다.

　엘리어트의 비평에 있어 나타나는 특색 중 하나가 시와 시인의 분리였다. "성실한 감상과 민감한 비평은 시에 대해서 행해질 것이지 시인에 대해서 행해질 것은 아니다"라는 엘리어트의 말을 인용하여 최재서는 엘리어트 시 비평의 방법론을 설명하고 있다. 시의 감정과 그 소재가 된 시인의 정서와를 구별해서 시를 판단하는 마당에서 시인의 화려한 생애에 현혹되는 것을 극도로 경계한다는 것이다. 이러한 엘리어트의 시 비평의 표본으로 최재서는 엘리어트의 「드라이든론」을 들고 있다. 엘리어트는 이 논문에서 시와 그 소재를 구별하고 종래에 드라이든이 낮게 평가된 것은 그의 시 때문이 아니라, 그의 소재가 된 정서가 평범하였기 때문이라고 단정한다. 그리고 시와 시인의 분리는 작가의 유전과 소질의 문제에 관해서도 마찬가지인데, 엘리어트의 「보들레르론」이 그 좋은 예가 된다고 보고 있다.

　엘리어트에게 있어, 시와 시인의 분리는 시인 속에 있어서의 시인과 인간과의 구별로 나아간다고 최재서는 설명한다. 이를 설명하기 위해 최재서는 엘리어트의 "예술가가 완전하면 할수록 그 예술가의 속에서 체험하는 인간과 창작하는 정신은 완전히 분리할 것이다. 그리하여 그만큼 더 완전하게 정신은 그 소재인 열정을 소화하고 변질할 것이다"는 논지를 끌어온다. 그리고 최재서는 '예술가 속에서 체험하는 인간과 창작하는 정신'을 시인과 인간의 분리로 이해하고, 인간이란 말 대신에 개성이란 말을 가져와 시와 개성을 분리했다고 말하고 있다.

그런데 최재서의 관심은 엘리어트는 전통적 질서에 도달하는 데 방해가 되는 개성을 심하게 비난했지만, 시의 소재가 될 개성의 존재는 인정하지 않을 수 없어서 나타나는 딜레마를 어떻게 해결했느냐 하는 점이다. "시는 정서의 해방이 아니라 정서로부터의 도피이다. 시는 개성의 표현이 아니라 개성으로부터의 도피이다. 그러나 개성과 정서로부터 도피하려고 바라는 것이 무엇을 의미하는 지는 물론 개성과 정서를 가진 사람만이 이해할 수 있는 바다"라고 한 것은 엘리어트의 이런 딜레마를 보여주는 부분이라는 것이다. 이 딜레마를 엘리어트는 인간적 개성과 시인의 개성을 통해 설명하려고 한다. 엘리어트의 설명에 의하면, 시의 소재를 제공하는 것은 시인 속에서 생활하는 자 인간인데, 이를 엘리어트는 인간적 개성으로, 창작정신으로서의 개성을 시인의 개성으로 명명하고 있다.

창작과정이란 엘리어트가 생각하기로는 일종의 화합으로 본다. 이 화합에 있어서 가장 중요한 역할을 하는 것은 시인의 개성이란 것이다. 그런데 이 개성은 중성적인 의미를 띤다는 것이다. 잡다한 요소들을 자유롭게 결합하여 화합을 일으킨다는 것과 중성이기 때문에 개성 자체는 화합에 의해서 조금도 영향을 받지 않는다는 것이다. 그래서 전혀 고유적인 자아에서 나온 정서나 감정은 시적 개성을 통과함에 따라서 전혀 비고유적인 시가 된다고 본다. 이는 엘리어트가 「시와 선전」에서 개성의 멸각은 개성의 완전한 사멸을 의미하는 것이 아니라, 자기에게 고유한 것이 비개인적이며 인간적인 것에 융합되어 완성되는 것과 방법으로 그것이 풍성하게 되고 확장되고 진전되고 가일층 어떤 고유하지 않은 것이 됨에 따라서 가일층 고유적인 것이 된다고 말한 것이 이 사실임을 밝히고 있다.

그리고 최재서는 이러한 엘리어트의 개성을 존재적 개성과 기능적 개성으로 나누어 설명하고 있다. 즉 엘리어트가 비난하는 개성은 존재적 개성이요, 그가 변호하는 개성은 기능적 개성이란 것이다. 그러나 이러한 시인과 인간의 분리는 아슬아슬한 비평의 재주넘기이고, 여러 가지 면에서 곤란과 모순을 포함하고 있다고 최재서는 생각함으로써 그의 비평논리를 일방적으로 수용만 하고 있는 것은 아님을 내보인다.

최재서는 「현대주지주의 문학론」에서 엘리어트의 문학론을 제일 먼저 소개하고 있다. 이 글은 현대주지주의 비평가들 - 흄, 리처즈, 리드 - 등을 논하면서 한 항목에서 엘리어트를 다루고 있다. 여기서 최재서는 엘리어트의 비평론 중 가장 아름다운 이론은 전통과 개성, 사실과 정서에 관한 치밀하고도 예리한 일련의 논문으로 보고 있다. 특히 최재서는 그 중 엘리어트는 「전통과 개인적 재능」에서 전통적 의식 또는 역사의식의 진의를 밝히고, 그 입장에서 잃어진 진실한 문학전통을 재인식하려고 하였다고 본다. 즉 엘리어트는 19세기 낭만주의 소위 <내부의 음성>과는 정반대의 가치건설 즉 고전주의적 또는 주지주의적 경향의 문학전통의 새로운 인식과 건설을 기도하였다는 것이다. 엘리어트가 말하는 전통은 단순히 구대의 모방을 의미하는 편협하거나 피상적인 의미가 아니고, 역사의식을 의미한다고 말한다. 이 역사의식이란 과거에 지나간 것을 지각할 뿐만 아니라 과거가 지금도 존재하고 있다는 것을 지각함을 의미한다는 것이다. 이는 바로 엘리어트가「전통과 개인적 재능」에서 논하고 있는 내용을 그대로 설명하고 있는 부분이다.

그리고 이어서 이러한 전통과 창작과의 관계를 논하고 있다. 이 관계를 설명하면서 최재서는 엘리어트가 말한 바를 그대로 인용하고 있다.

어떤 예술을 막론하고 단독으로선 아무 의미가 없다. … 우리는 예술가를 단독으로 평가할 수는 없다. 우리는 그를 죽은 예술가들과 대조하고 비교할 수밖에 없다. … 새로운 예술작품이 창작될 때 생겨나는 일은 기왕의 모든 작품에도 똑같이 일어난다. 현존한 기념물(즉 전통)은 자신 속에 한 이상적 질서를 이루고 있다. 그 질서는 예술의 새 작품이 기념물 가운데에 도입됨으로 말미암아 수정된다. 새 작품이 나타나기 전에 현존 질서는 완전하다. 그리고 새로운 물건이 들어온 뒤에도 여전히 질서가 유지되려면 현존 질서가 극히 근소한 정도일지라도 변화를 받지 않을 수 없다. 이리하여 예술작품의 전체에 대한 관계, 균형, 가치는 재수정된다. 이것이 소위 신구간의 적응이라는 것이다.(최재서 평론집, p.63.)

이렇게 최재서는 엘리어트가 전통에 주요한 지위를 부여했음을 확인하고는「전통과 개인적 재능」에서 중요하게 다루어지는 창작에 있어서의 개성을 어떻게 설명하고 있는지를 해명하고 있다. 그는 엘리어트가 말한 "예술가의 발전이란 부절한 자기희생, 부절한 개성멸각이다"라는 사실에 주목하여 엘리어트가 말하는 창작에 있어서의 개성멸각을 설명하고 있다. 엘리어트는 개성멸각을 과학적 비유로 설명하고 있는데, "예술의 창작과정은 산소와 이산화유황이 충만한 방안에 접촉매개로서 프라티나의 一片을 도입할 때 일어나는 반응과 마찬가지이다"라고 말한다. 이 때 두 기체는 작가의 정서와 감정이요, 프라티나는 작가의 개성을 대표한다는 것이다. 이 두 기체가 프라티나를 매개로 하여 혼합할 때 아유산을 합성한다. 이 합성은 프라티나가 존재할 때만 일어난다. 그렇지만 서로 합성된 이 아유산은 프라티나의 흔적을 조금도 포함하지 않고 또 프라티나 자체도 하등 변화를 받지 않는다. 시인의 정신을 이 一片의 프라티나와 같은 것으로 본 것이다. 그것은 부분적으로 혹은 전체적으로 그 사람 자신의 체험에 작용할런지는 모르나 예술가가 완전하면 할수록 그 사람의 내부에서 체험하는 인간과 창작하는 정신은 완전히 분리된다는 것이다. 그리고 그만큼 더 완전한 정신은 그 소재인 정열을 소화하고 변질한다고 본다. 그래서 결국 엘리어트는 "시는 정서의 해방이 아니라 정서로부터의 도피다. 시는 개성의 표현이 아니라 개성으로부터의 도피이다"라고 선언하기에 이른다고 보았다.

최재서는 비평에 있어서 질서의 중요성을 엘리어트가 강조하고 있다고 생각하고 있지만, 이 글에서는 엘리어트의 「전통과 개인적 재능」, 「비평의 기능」 등이 주 내용으로 나타나고 있다. 이는 엘리어트의 초기 비평론으로서, 엘리어트의 초기 비평론이 최재서의 비평론 전개에 영향을 미쳤다고 할 수 있다. 그리고 최재서 자신이 엘리어트의 비평론이 지닌 문제점을 의식하고는 있었지만 엘리어트의 비평론이 한국의 실제비평에 구체적으로 적용된 경우를 찾기는 힘들다. 이는 엘이어트의 비평론을 일차적으로 소개하는 차원에서 최재서가 엘리어트의 비평론을 논하고 있는 수준임을 말한다.

김기림의 시론에 나타난 엘리어트의 수용양상

김기림의 시론 전개 양상을 살피기 위해서는 1930년대 시론의 모습을 간략히 조감해볼 필요가 있다. 1930년대 시단의 시론의 전개 양상을 요약한다면, 크게 세 가닥으로 그 흐름을 파악할 수 있다. 그것은 모더니즘, 낭만주의, 리얼리즘의 사조로 나누어 체계화하기도 하고, 이러한 경향을 대표하는 시인들을 내세워 갈래짓기도 한다. 즉 모더니즘의 대표격으로 김기림을, 낭만주의는 박용철을, 리얼리즘은 임화를 내세워 30년대 시론을 구조화하는 것이 통례화 되어있다. 그러나 이런 구조화에는 많은 무리가 따르기에 서로의 연관성을 토대로 이들의 흐름을 파악해야 한다는 논지가 제기되기도 하고, 이런 입장에서 30년대 시론의 흐름을 구조적으로 체계화하는 시도가 이루어지고 있다.(오형엽, 「1930년대 시론의 구조적 연구」, 고려대학교 대학원 박사학위 논문, p.18)

박용철로 대표되는 낭만주의 시론은 소위 순수시론이다. 예술로서의 시의 존재성을 내세우는 이들의 시나 시론에서 사회나 현실에 대한 관심은 제외되어 있다. 이와 대척점에 놓이는 시론이 소위 프로시 계열의 시를 옹호하는 임화로 대표되는 리얼리

즘 시론이다. 현실을 인식하는 하나의 방식이 되고, 도구가 되어
야 한다는 입장이다. 이런 흐름에 새로운 틈새를 만들고 제기되
는 시론이 김기림을 중심한 모더니즘 시론이다. 이 모더니즘 시
론은 도시문명을 소재로 한 선명한 이미지의 추구와 시의 표현
의 세련성과 감각성 나아가 지성의 강조가 그 특징으로 강조된
다. 그런데 이 모더니즘 시론의 중심 구현자가 김기림이다. 여기
에 1930년대 김기림 모더니즘 시론은 서구 모더니즘 시론을 어
떻게 수용했는지를 분석해볼 필요성이 제기된다.

그런데 본고에서 다루고자 하는 바는 김기림의 시론에 나타나
고 있는 서구 모더니즘과의 영향에 대한 논의이다. 모더니즘 자
체의 원천이 서구이기 때문이다. 그래서 이 부분에 국한해서 논
의를 진행시키고자 한다.

김기림의 시론을 살펴보면, 초기에는 흄, 엘리어트, 파운드 등
의 이미지론이나 주지주의적 경향에 영향을 받고 있음을 확인
할 수 있고, 곧 스펜더의 시론에 기대게 되고, 리처드의 시론에
기대어 구체화된 과학적 시학 등으로 그 영향관계의 모습이 변
하고 있다. 이러한 시론의 변모 양상은 김기림 자신의 시의 본
질에 대한 탐색을 통해 나타난 것이 아니라, 상황의 변화에 따른
결과라는 점에서 단순한 서구 추수주의로 비판받기도 한다.(김
윤태, 「한국모더니즘 시론 연구」, 서울대학교 대학원 석사학위
논문, p.52)」

김기림의 초기 시론의 특징은 ① 센티멘탈리즘의 배격과 지성
에 의한 명랑함의 추구, ② 의도적 창작(기교)의 강조, ③ 선명
한 이미지의 포착을 통한 시의 회화성 중시 등으로 지적할 수 있

다.(김윤태, 앞의 논문, p.32) 이는 바로 흄, 파운드, 엘리어트로 이어지는 신고전주의에 바탕을 둔 반낭만주의적인 경향을 말한다. 특히 엘리어트는 몰개성론과 객관적 상관물의 개념을 통해 모더니즘 시론을 전개했다.

　김기림의 시론에 나타나는 엘리어트의 영향은 최재서의 경우처럼 엘리어트의 비평론을 한꺼번에 소개한다든지 주된 논의의 대상으로 삼고 있지는 못하다. 김기림이 자신의 『시론』을 논하면서, 엘리어트 비평론들을 끌어들여 부분적으로 활용하고 있는 장면들에서 그 영향의 일단을 찾아볼 수 있다.

　김기림의 시론에서 엘리어트와의 영향을 논할 수 있는 내용은 우선 몰개성론이다. 김기림은 「시와 언어」에서 시는 언어의 한 형태라는 점을 토대로 그 성격을 논하고 있다. 그는 여기서 시는 물론 일상회화에 기초를 둔 점을 부정하지 않는다. 그러나 시는 객관세계에 관한 지식하고는 아무 연관이 없다는 입장이다. 시는 다만 사람의 심적 상태의 어떤 조정에 봉사할 뿐이라고 본다. 그런데 우리의 심적 활동을 편의상 나누어보면 인식의 측면과 정의의 측면이 있는데, 시는 정의의 측면에 관련되어 있다는 것이다. 그런데 이 정의의 측면을 일부러 피하는 의도 아래 설계된 시가 있다는 것이다. 이를 고전주의적 주지주의적인 시로 규정한다. 그런데 이 계열의 시에 속하는 대상이 엘리어트와 흄이 주장하는 기하학적 예술에 속하는 부류들이라고 본다. 그리고 이들이 꺼리고 피하려고 한 것은 감상에의 침몰이었다고 김기림은 판단한다. 이는 바로 엘리어트가 주장하는 "시란 정서의 해방이 아니라 정서로부터의 도피이며, 또한 개성의 표현이 아니라 개

성으로부터의 도피이다"라는 명제에서 출발하고 있는 논의들이
다. 그래서 김기림은 엘리어트의 「창머리의 아름다움」을 예로
들어 이러한 시의 성격을 설명하면서, 이 작품은 객관적 진실을
추구하는 기술과는 무관하고, 다만 그 작품이 우리의 마음에 일
으키는 어떤 내부적 태도의 조정이 있을 뿐이라고 본다. 그러므
로 이런 시들을 통해서는 지식이 아니라, 지성에서 나오는 내부
적 만족을 얻을 수 있다고 본다.(김기림, 『시론』, pp.29-30)

그러나 김기림이 엘리어트의 시론을 바라보는 시선은 언제나
긍정적 수용만으로 일관하지는 않는다. 낭만주의 경향의 시를
넘어서는 하나의 방편으로 김기림은 모더니즘 시론을 적극 수용
하고 있지만, 1930년대 중반 파시즘의 만연으로 인해 불안과 위
기 상황이 도래하자, 곧 이를 넘어설 인간 정신을 모색하게 되어
휴머니즘을 강조하게 된다. 이런 상황의 변화와 함께 김기림은
문학의 기교주의를 비판하고 인간성을 내세운다. 즉 흄과 엘리
어트의 문학적 입장을 비판하고 있다.

> 문학에 있어서 인간을 거부하는 이러한 주장은 일즉이 영국에서
> T. E, Hulme이 체계를 세워서 나중에는 T.S 엘리어트에 의하여 계
> 승되었다. 문화가 인간적인 것을 洗條해버리고 그 독자의 세계로 증
> 발될 때 그것은 이윽고 진공의 상태에 이를 것이다.(김기림, 『시론』,
> p.226)

김기림은 흄의 신고전주의의 사상과 엘리어트의 몰개성론을
비인간적인 사상이라 하여 비판하고 있다. 이러한 비판의 토대
는 그의 휴머니즘에 대한 경도 때문이다. 그러나 김기림이 막연

하게 인간을 신뢰하는 낭만주의에 기초한 휴머니즘을 주장한 것은 아니다. 그는 낭만주의를 넘어서기 위해 서구 모더니즘을 수용했기에 일방적으로 낭만주의를 긍정할 수는 없는 입장이었다. 그가 모더니즘 시론을 펼쳐나갈 수밖에 없었던 것은 이런 연유 때문이다.

> 고전주의와 로맨티시즘은 단순히 문예사조상 반대 개념일 뿐 아니고, 예술가의 마음속에도 이 두 가지 정신은 끊임없는 투쟁을 계속하고 있다. 우리는 로맨티시즘이란 말 대신에 휴머니즘이란 말을 바꾸어 넣어도 좋다.(김기림, 『시론』, p.229)
>
> 나는 여기에 한 개의 비유를 제시하련다. 고전주의에 의하여 대표되는 지성을 시의 골격이라 하면 육체로써 대동되는 휴머니즘은 근육이요, 혈액인 것이다. 완전한 시란 결국은 골격과 근육과 혈액이 한 개의 전체로 통일된 건강한 체력을 연상시킨다. 너무나 여윈 지성은 도리어 육체를 동경할 것이고, 비만한 육체는 다른 견고한 골격에 대한 욕구를 가지게 될 것이다.(김기림, 『시론』, p.231)
>
> 현대의 새로운 고전주의(예를 들면 흄이나 엘리어트에 의하여 대표되는)는 문학에서 인간은 육체로 완전히 쫓아내기를 시도하여 인간의 냄새라고는 도무지 나지 않는 비잔틴의 기하학적 예술을 존중하겠다.(김기림, 『시론』, p.232)

김기림은 흄이 제시한 고전주의와 낭만주의에 대한 이해를 바탕으로 바람직한 문학적 방향을 고전과 낭만주의의 종합에서 찾고 있다. 이는 흄이 제시한 관점과는 다른 시각에서 종합을 시도하고 있는 것이다. 고전주의에서 지성만을, 낭만주의에서는 인간성만을 선별하여 그 장점만을 채택하여 종합, 통일하려는 절충적 입장은 사유의 단순성을 면하기가 힘들다. 문제는 김기림이 왜 이런 종합 내지는 절충주의적인 입장을 드러내었을까 하는 점이다.

지금까지 지성과 인간성의 종합으로 요약되는 전체성의 시론에 대해 대부분의 연구는 고전주의에서 지성을, 낭만주의에서 인간성을 그 장점만 취하여 종합, 통일하려는 기계주의적 절충론이라고 비판해왔다. 그리고 이러한 오류는 흄, 엘리어트를 수용하는 과정에서 피상적인 이해나 오해로부터 비롯되었다 라고 평가한다. 이런 평가에 대해 오형엽은 『1930년대 시론의 구조적 연구』에서 이 점을 충분히 인정하지만, 이러한 시론을 전개할 수밖에 없었던 당시 한국 현실과 문단의 상황을 고려해야 한다는 입장을 보이고 있다. 김기림 시론의 전반적인 특징은 서구 문학과 이론에 대한 피상적이고 도식적인 인식이라는 측면과 함께, 당시 한국현실과 문단이 요청했던 측면을 함께 고려해야 한다는 것이다.(오형엽, 앞의 논문, p.96)

수용자의 측면에서 보면 분명히 수용자가 서 있던 당시의 문단 상황을 고려하지 않을 수 없다. 그러나 그런 측면을 고려한다 하더라도 김기림이 원용하고 있는 엘리어트의 비평론은 본질에까지 근접해 있지는 못하다. 이런 점에서 앞서 인간을 거부하는 주지주의적인 흄, 엘리어트의 모더니즘의 비판 역시 이들이 내세운 본질을 이해한 바탕 위에서의 비판인지가 의심스럽다. 이런 모습은 김기림이 엘리어트의 『황무지』를 평가하는 데에서도 그대로 나타나고 있다.

> 우리는 일찍이 20C의 신화를 쓰려고 한 황무지의 시인이 겨우 정
> 신적 화전민의 신화를 써놓고는 그만 구주의 초토 위에 무모하게
> 도 중세기의 신화를 재건하려고 한 전철은 똑바로 보아 두었을 것이
> 다.(김기림, 『시론』, p.41)

이러한 김기림의 엘리어트 시 『황무지』에 대한 평가는 그의 시에 대한 이해가 깊지 못한 결과이다. 엘리어트는 성배전설이나 식물신화를 배경으로 현대인의 정신적인 『황무지』를 노래한 것이다. 그런데 김기림은 이를 정신적 화전민이라고 평가하고 있으니, 엘리어트 시에 대한 그의 이해가 피상적임을 알 수 있다. 작품 『황무지』는 김기림이 말한 대로 <중세의 신화를 재건하려고> 한 것은 결코 아니다. 엘리어트는 영적 노력을 상징하는 聖盤 Holy Grail이 중심이 된 중세기의 전설을 작품 구조의 바탕으로 사용하여 제1차 세계대전 이후의 절망과 불안에 빠진 사회와 그 안에 살고 있는 사람들의 정신상, 그리고 이를 극복하려는 정신의 고민과 싸움을 이 작품에서 노래하였다. 따라서 김기림은 작품구조의 배경을 이루고 있는 전설과 이 작품의 주제를 분간할 수 없을 만큼 전혀 『황무지』를 이해하지 못한 사실이 드러난 셈이다.(송욱, 『시학평전』, p.185) 이와 같이 원전의 이해가 피상적일 때, 자기식의 해석이 가능하게 된다. 이런 김기림의 이해와 해석의 모습은 「비평과 시론」에서도 확인할 수 있다.

김기림은 작가 또는 시인의 비평활동은 두 가지 방향으로 움직인다고 본다. 그 하나는 자신의 제작과 그 활동에로, 다른 하나는 자기 이외의 사람의 제작에로 향하는 것이다. 그런데 작가나 시인이 발표하는 비평 – 가령 시론 같은 데는 객관적 비평으로

응용할 수 있는 부문과 그의 생리에서 우러나온 부문이 뒤섞여 있는 것이 보통이란 것이다. 다시 말하면 쉴 새 없이 자기반성과 자기합리화의 작용을 계속하는 동안에 주관적 결점이나 장점에 대한 부정과 옹호의 노력이 어느새 이론화해서 스스로는 주관적이 아니라고 하는 생각이 그의 비평 속에 잠재해 있다는 것이다. 이러한 김기림 자신의 입장을 예증하기 위해서 끌어온 시인, 비평가가 엘리어트이다.

> 가령 T.S. 엘리어트가 개성에서의 도피를 권할 때에 그것을 얼른 비평으로서만 보기에는 무리가 많다. 그것은 차라리 자기반성의 비통한 선언이라고 돌릴 때, 그 의미는 더욱 밝아지는 것 같다. 즉 개성의 과잉 때문에 괴롬을 받는 바로 엘리어트 같은 사람에게만 개성에서 도피는 복음일 것이나 일률적으로 그것을 장려한다면 그 결과는 매우 우스울 것이다.
> 이렇게 한 작가나 시인이 동시에 비평가일 경우에는 우리는 그가 발표하는 비평 중에서 과연 어느 부분까지를 순수한 객관적 비평으로 받아들이고 어느 부분까지를 주관적 반성이나 합리화의 이론으로서 받아들일지는 매우 구분하기가 어려운 일이다.(김기림, 『시론』, pp.45-46)

김기림이 논의하고 있는 것은 창작과 비평을 함께하고 있는 시인이나 작가인 경우, 그가 행하는 비평이 사실은 주관적 입장에서 벗어나기 힘들다는 사실이다. 비평 자체가 자기합리화에 그칠 가능성이 많기 때문이다. 그런데 이를 논증하는 대상으로 엘리어트의 소위 몰개성론을 들고 있다는 점을 우리는 유의해야 한다.

몰개성론 자체가 김기림의 주장대로 정말 개성의 과잉 때문에 괴로움을 받는, 바로 엘리어트 같은 사람에게만 개성의 도피는 복음이기에 일률적으로 그것을 장려할 수 없다는 결론은 모더니즘 시론을 내세웠던 김기림의 입장에서 보면, 일관성이란 점에서 모순성을 읽어낼 수 있다. 몰개성론은 사실 엘리어트의 논지로 보면 단순한 개인적 작품에 대한 변호나 설명이 아니다. 이는 문학적 전통이라는 것이 어떻게 형성되어가며, 이 전통과 개인의 개성과의 관계는 어떤지를 해명하고 있는 것이다. 그러므로 이를 단순히 엘리어트 개인작품의 변호차원에서 논의할 문제는 아닌 것이다. 이런 모순성은 엘리어트에 대한 이해의 부족 혹은 피상성에서 비롯되었다고 할 수 있다. 어떤 한 비평가의 이론을 전체적으로 이해하지 못하면 자신이 이해한 부분만 가지고 자신의 논지를 입안하는 데 활용할 수밖에 없다.

　지금까지의 논의에서도 나타나듯이 김기림의 엘리어트에 대한 이해는 피상적이란 것이 일반적인 결론이다. 문제는 왜 그의 엘리어트 이해가 이런 수준으로 나타나고 있는가 하는 점이다. 여러 가지 요인이 있겠지만 우선은 그가 엘리어트에 머물지 않고 스펜드, 오든, 리챠드 등으로 나아갔다는 점이다. 이는 김기림이 1930년대 이후로 급변하는 문단적 상황 속에서 새로운 시론과 작품을 보여주어야 한다는 의식이 한 이론가의 이론에 머물지 않고 또 다른 이론가의 논리를 좇아 간 결과로 보인다. 그래서 김기림의 시론에 나타나는 외국시론은 엘리어트의 비평론보다는 I.A 리챠드의 시론이 더 많은 비중을 차지하고 있는 것이다.

마무리

1930년대 대표적인 평론가인 최재서와 시론가인 김기림을 중심으로 엘리어트와의 영향관계를 비교문학적 관점에서 살펴보았다. 그 결과는 다음 몇 가지로 정리할 수 있을 것 같다.

첫째, 최재서의 비평론에 나타나는 엘리어트의 영향은 주로 「전통과 개성적 재능」, 「비평의 기능」에서 확인할 수 있었다. 이는 엘리어트의 초기 비평론이다. 그러므로 최재서는 엘리어트의 초기 비평론에 영향을 받았다고 할 수 있다.

둘째, 최재서가 엘리어트의 비평론을 실제 작품론에 적용한 경우는 나타나지 않고, 엘리어트의 비평론을 주로 소개하는 차원에서 엘리어트의 비평론이 논의되고 잇다.

셋째, 김기림의 시론에 나타나는 엘리어트의 영향은 주로 개성의 몰각에 있는데, 이에 대한 이해가 피상적이어서 엘리어트의 의도를 제대로 파악하지 못하고 있다.

넷째, 이러한 김기림의 엘리어트 이해는 그가 엘리어트에만 관심을 가진 것이 아니라, 스펜더, 리챠드 등 다른 시론가들의 논의를 따라가기에 바빠 깊이 있는 엘리어트 이해가 이루어지지 않았기 때문이다.

결국 1930년대 우리 문학에 나타나는 엘리어트의 영향은 엘리어트의 초기 비평론을 소개하는 선이기에 엘리어트의 문학론을 비판적으로 수용하는 차원으로까지는 나아가지 못했다고 할 수 있다.

11장

N. 프라이 비평이
한국문예비평에 미친 영향

머리말

신화원형 비평[346]은 1960년대 이후로 그 어느 비평방법론보다 한국문학을 연구하고, 분석하는데 활발하게 원용되었다. 그리고 이 비평방법론이 지니는 특징 때문에 고전문학과 현대문학 양쪽에 모두 중요한 방법론으로 채용되었다. 그런데 신화원형비평 이론의 논의가 서구로부터 비롯되었기에, 이들의 이론이 한국문학을 분석하고 비평하는데 원용되면서, 어떻게 적용되었는지 그리고 어떤 소통과정을 통해 발신되고 수신되었는지에 대한 객관적인 정리가 완벽하게 되어 있지 않다.

---

346) 신화원형비평은 그 명칭이 신화비평, 원형비평, 신화원형 비평 등으로 명명되고 있으나 본고에서는 신화원형 비평으로 명명하고자 한다.

이러한 문제점은 앞으로 한국문예비평사를 영향사적인 관점에서 정리한다고 하면, 반드시 극복되어야 할 부분이다. 영향사적인 관점에서 비평이론이나 방법 자체에 대한 비판적 논의를 통해 비평이론을 정교화하고, 바르게 적용되지 못한 이론들에 대한 검토를 통해 오류를 극복해 갈 때, 문예비평의 실천은 더욱 온전해질 수 있기 때문이다. 이에 신화원형비평가 중 가장 영향력있는 활동을 한 노드롭 프라이를 대상으로 그의 비평방법론이 한국문예비평에 미친 영향을 고찰해 보고자 한다.

　이러한 검토는 노드롭 프라이 비평이론의 보편성을 검증하는 기회가 될 뿐만 아니라, 한국문예비평사에 있어서 서구이론의 수용사의 일부를 정리하는 일이 되며, 나아가 한국문예비평사가 지향해야 할 방향을 시사받을 수 있는 계기가 될 수도 있을 것이다.

　본 연구는 주로 노드롭 프라이와 한국에서 신화원형적 비평방법론으로 문학작품을 분석하거나, 연구한 연구자들이 남긴 문헌을 통해 연구를 했으며, 그 대상은 우선 현대문학 논의에 한정했다. 노드롭 프라이의 비평론 중 장르론에 대한 부분도 한국문학의 장르론에 상당히 영향을 미쳤지만, 이 부분은 따로 연구가 필요하기에 남겨두었다. 그리고 연구방법은 영향 연구라는 점에서 다음과 같은 비교문학적 연구방법에 기초해서 진행했다.

　영향의 주체가 되는 이론가를 A라고 하고 그의 비평론을 A′, 그리고 영향을 받은 국내의 연구자, 이론가를 B 하고, 그의 연구나 비평문들을 B′라고 했을 때, 생겨나는 하나의 체계 속에서 비교문학적 연구가 가능하다. 이 체계를 도식화하면, 다음과 같다.

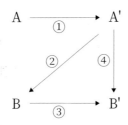

① 영향을 주는 이론가의 창작과정의 심리작용
② 영향을 받는 이론가의 수용과정의 심리작용
③ 영향을 받는 이론가의 창작과정의 심리작용
④ 두 작품 사이의 이론적인 상호작용의 관계

이 도식에서 A는 노드롭 프라이, A'는 프라이의 저작물들, 즉
그가 펼쳐 놓은 비평이론이나 실제비평을 말한다. B는 한국의
연구자나 비평가, B'는 한국의 연구자나 비평가들의 비평이론이
나 실제비평 혹은 연구물들로 대입해 놓을 수 있다. 여기서 A와
B 사이의 직접적인 만남을 통한 영향을 생각할 수도 있지만, 노
드롭 프라이와 한국의 연구자나 비평가와의 직접적인 만남이 없
었기에, 이 관계는 현실적으로 형성될 수가 없다.

그러므로 노드롭 프라이의 한국문예비평에 미친 영향의 고찰
은 실질적으로 ②와 ④의 관계축 사이에서 나타나는 영향을 살
필 수밖에 없다. 그리고 ②의 관계축은 프라이의 비평이론을 수
용하는 심리적 혹은 내적 과정에 해당하기에 객관적으로 이를
검토하는 것은 어려운 점들이 많다. 그래서 프라이의 비평이론
이 한국문예비평에 끼친 영향의 연구는 실질적으로 ④의 관계축
을 중심으로 이루어질 수밖에 없다. 이러한 비교문학적 연구방

법을 토대로 노드롭 프라이 비평이론이 한국비평에 끼친 영향을
고찰하고자 한다.

본론

1. 영향의 매개로서의 번역 현황

　각기 다른 문화권에서 제기된 문학이론이 다른 지역으로 전달
되어 영향을 미치려면, 일차적으로 그 이론의 발신자로부터 수
신자에게 전달되어야 한다. 전달되는 방법은 현실적으로 수용자
가 직접 문학이론의 원전을 통하는 길도 있지만, 대체적으로 번
역이란 과정을 통해 실질적으로 수용되는 경우가 많다. 번역이
란 원문의 언어를 번역문의 언어로 말을 바꾸는 작업이기는 하
지만, 이는 선진의 문학이론을 수용하여 자국의 문학이론으로
활용하려는 문화교류의 측면이 전제되는 것이다. 그러므로 번역
이란 언어, 민족, 이념, 문학, 과학, 및 문화 사이를 중개하는 것
이다.[347] 즉 의사소통이라는 맥락에서 번역을 이해할 수 있다[348]
는 것이다. 특히 외국문학 이론의 경우는 대부분 번역을 통해 타
국으로 전달된다. 그러므로 문학비평 방법론의 영향관계를 논하
는데 있어, 번역의 문제는 반드시 논의되어야 할 매개의 하나이

---

347) W. Koller, 박용삼역, 『번역학이란 무엇인가』, 숭실대학 출판부, 1990, p.52.
348) Roger T. Bell, 박경자, 장영준 옮김, 『번역과 번역하기』, 고려대 출판부,
　　　2000, p.29.

다. 외국문학 이론이 수용되는 나라의 말로 번역되는 번역서는 실질적이고 현실적인 영향원의 하나가 되기 때문이다.

프라이의 경우도, 그의 문학이론이 한국문학비평에 실질적으로 영향을 미치기 위해서는 프라이의 저술이 한국어로 번역되어야 한다는 것은 기본적인 사항이다. 그래서 프라이의 비평이 한국문예비평에 미친 영향을 고찰하는데 있어 프라이 저술의 한국어로의 번역상황을 살피는 것은 필수적인 과정이다.

프라이 저술이 국내에 처음 번역된 것은 1971년이다. 김상일에 의해 The Educated Imagination이 『신화문학론』으로 번역되었다. 사실 이 책의 내용은 프라이가 캐나다의 CBS 방송국에서 6회에 걸쳐 대중을 위해 방송한 원고를 책으로 묶어낸 것이다. 그 내용은 문학론, 문화론, 교육론 등으로 나누어 볼 수 있는 6장으로 나뉘어져 있다. 김상일은 책명을 『신화문학론』으로 명명하고 있으나, 사실 이 책에서 프라이가 신화문학론에 대한 본격적인 논의를 하고 있는 것은 아니다. 오히려 일반 대중을 상대로 문학공부가 왜 필요한지, 문학을 가르치고 연구하는 사람이 해야 할 일이 무엇이며, 문학연구는 사회적, 종교적, 정치적 태도를 이루는데 어떤 차이를 낳는가 등을 쉽게 안내하고 있는 책이다.

이런 측면에서 김상일이 번역을 하면서 <해제>에서 논하고 있듯이 이 책은 프라이의 이론체계를 알려고 하는 사람들에게는 필요한 입문서가 될 수 있다.[349]

---

349) N. 프라이, 김상일 역, 『신화문학론』, 을유문고 63, 1971, p.3.

그러나 이 책을 김상일이 책명으로 내세운 것처럼 신화문학론을 본격적으로 논의하고 있는 책으로 보기는 힘들다. 그런데 1971년에 김상일에 의해 번역된 이 책은 1987년에 이상우에 의해 다시 번역되었다.[350]

이상우는 프라이의 이 책을『문학구조와 상상력』이란 제목으로 번역·출간했다. 이상우 역시 6장을 그대로 번역하고 있는데, 장 제목은 동일하나 내용은 표현에 있어 약간의 차이를 드러내고 있다. 그 번역 내용의 차이를 다음 1장의 첫 단락을 통해 확인할 수 있다.

> 과거 25년 동안, 나는 어느 대학에서 영문학의 교육과 연구를 해왔다. 다른 직업의 경우에도 그럴 테지만, 마음에 집착하고 있는 의문이 있으니 그렇다고 누가 물어서가 아니라, 다만 그러한 위치에 있다고 하는 사실 때문에 지니게 된 의문이 있는 것이다. 문학의 연구는, 대체 무슨 소용이 있는 것일까? 문학을 연구하는 일은, 그것을 하지 않는 경우보다 더욱 명확하게 생각하게 되고, 혹은 더욱 예민하게 느끼며, 혹은 훌륭한 생활을 하는데 도움이 되는 것일까? 교사며 학자며, 그리고 나와 같이 비평가라고 불리는 사람의 직능은 무엇일까? 문학을 연구하게 되면, 사회적, 정치적, 종교적 태도에 어떠한 차이가 생기는가?[351]

이상의 내용을 이상우는 다음과 같이 번역하고 있다.

---

350) N. 프라이, 이상우 역,『문학구조와 상상력』, 집문당, 1987.
351) N. 프라이, 김상일 역,『신화문학론』, 을유문고, 1971, p.13.

나는 지난 25년 동안 대학에서 문학을 가르치고 연구해 왔다. 그런데 어느 직업이나 마찬가지겠지만, 몇 가지 의문들이 마음 속에 도사리고 있는 것이다. 그 의문은 사람들이 그것을 물어오고 있어서가 아니라, 문학을 연구하고 가르치는 자리에 있다는 사실 때문에 생기는 의문들이다. 문학을 연구하면 무슨 좋은 점이 있는가? 문학을 아는 것은 우리가 그것을 모르고 있을 때보다 더 명료하게 생각하게 하고, 더 예민하게 느끼게 하고 보다 더 행복하게 살 수 있게 하는가? 교사와 학자 또는 나처럼 문학비평가라고 불려지는 사람의 직능은 무엇인가? 문학연구는 사회적, 정치적, 종교적 태도를 이루는데 어떤 차이를 낳게 하는가?[352]

프라이의 The Educated Imagination을 두고 두 사람의 번역 문장은 표현이나 어휘선택에서 약간의 차이가 있다. 그러나 전체적인 내용의 핵심은 큰 차이가 없음을 확인할 수 있다. 이 책이 두 사람에 의해 번역되었다는 것은 프라이에 대한 관심의 정도를 나타낸다고 할 수 있다.

프라이의 두 번째 번역서는 『비평의 해부』(Anatomy of criticism)이다. 이 책은 1982년에 임철규에 의해 번역이 되었다.[353] 이 책은 현대비평에 새로운 전환점을 만든 책이기에 그 비중과 영향력은 프라이의 어느 저술보다 크다고 할 수 있다. 신화비평을 논하는 한국의 논자들은 거의 이 책을 프라이의 신화비평론의 원전으로 사용했기 때문이다. 이 책은 4개의 에세이로

---

352) N.프라이, 이상우 역,『문학구조와 상상력』, 집문당, p.12.
353) N. 프라이, 임철규 역,『비평의 해부』, 한길사, 1982.

구성되어 있는데, 첫째는 역사비평: 양식의 이론이며, 둘째는 윤리비평: 상징의 이론, 셋째는 원형비평: 신화이론, 넷째는 수사비평: 장르의 이론이다. <도전적 서론>에서도 프라이가 밝히고 있듯이 이 책은 비평이 비평으로서의 자기존재를 분명히 확립하는 문학연구가 필요하다는 뚜렷한 비평적 자의식을 전제로 구상된 저술이기에 일관된 체계와 도식이 특징적으로 나타난다. 그런데 이 책은 2000년 임철규에 의해 다시 판을 달리하여 출판되었다.[354] 이 책을 처음 번역된 책과 비교하면, 크게 달라진 것은 없으며, 부분적으로 표현과 오자를 고친 정도이다. <도전적 서론> 부분에 나타나는 손질된 부분을 살피면, '짜여져 있다'→'짜여 있다', '이 책에서 다루어지고 있는'→'여기서 다루고 있는', '가르침에 근거하고 있다'→'가르침에 근거를 둔다', '원리에서부터'→'원리에서', '석녀(石女)와 같다라든가'→'석녀(石女)와 같다' 등[355]의 문장 표현을 바꾼 정도이다. 그리고 역자의 말이 처음 번역서에는 짧은 인사말로 나타나 있지만, 두 번째 번역서에서는 프라이의 『비평의 해부』를 개관하는 내용으로 바뀌었다.

프라이의 세 번째 번역서는 『성서와 문학』[356]인데, 문학비평가의 입장에서 성서를 연구한 책이다. 프라이는 영문학을 가르치면서 영문학의 이해는 성서의 이해 없이는 불가능하다는 경험을 했다. 이 책의 저술은 이 경험으로부터 출발한다. 주로 성서 속

---

354) N. 프라이, 임철규 역, 『비평의 해부』, 한길사, 2000.
355) 위의 책 중 임철규의 새 번역서, pp.45-46.
356) N. 프라이, 김영철 역, 『성서와 문학』, 숭실대출판부, 1993. 이 책의 원제목은 The Great Code이며 부제가 the Bible and Literature이다.

의 설화와 이미져리의 통일된 구조를 소개하는 내용으로, 크게 1부 <말의 질서>와 2부 <예형의 질서>로 나뉘어져 있고, 성서 속에 나타난 언어, 은유, 신화, 예형론을 집중적으로 논하고 있다. 프라이의 첫 저술인『무서운 균형』(Fearful Symmetry)이나 그의 두 번째 저술인『비평의 해부』(Anatomy of Criticism)에서 제시된 체계들이 많은 부분 성서를 근거로 하고 있다는 점에서, 이 저술은 그의 다른 책들을 이해하는데 많은 도움을 준다. 뿐만 아니라, 오늘날 비평이론의 많은 쟁점들은 그 기원을 성서의 해석학에 두고 있다는 점에서, 그리고 현대의 많은 비평가들은 성서비평이 세속문학에 관련되어 있다는 점에서, 이 책이 지니는 의미가 크다.

프라이의 네 번째 번역서는『구원의 신화』(The Myth of Deliverance)이다. 이 책은[357) 프라이가 세익스피어 작품연구를 통해 희극이 지니고 있는 특징을 파악한 내용으로 구성되어 있다. 프라이는 1965년에『자연적 전망』이란 희극론을 펴낸 바 있지만, 1981년에 다시『구원의 신화』를 펴내어 희극의 개념을 인간의 체험과 관련시켜 현실적인 측면에서 파악하고 있다. 이 책은 부제가 <세익스피어의 문제희극 고찰>로 되어 있지만, 세익스피어 작품들은 논의의 대상으로 사용되었을 뿐이며, 이 저술의 논지는 희극에 대한 전반적인 양상을 통시적인 안목으로 심도있게 고찰하고 있다. 책의 전체 구성은 1장 <행위의 반전>, 2장 <힘의 반전>, 3장 <현실의 반전>으로 되어 있다.

---

357) N. 프라이, 황계정 역,「구원의 신화」, 국학자료원, 1995.

프라이의 다섯 번째 번역서는『두 시선』(The Double Vision)
이다. 이 책은[358] 프라이가 죽고 난 후에 발간된 그의 마지막 저
술이다. 그가 죽기 전 1990년에 엠마누엘 대학 동창회 모임 때
강연한 내용을 중심으로 꾸며져 있는데, 이 강연이 주로 캐나다
연합교회의 구성원을 대상으로 이루어졌다는 점에서 책의 내용
역시 종교적인 성격을 띠고 있다. 그러나 4장으로 이루어진 이
책은 프라이가 평생 추구해온 근본적인 생각들을 종합하여 강조
하고 있다는 측면에서 단순한 종교적 성격의 책을 넘어서고 있
다. <언어>, <자연>, <시간>, <신>이란 4개의 주제를 통해 그의
세계관과 사상을 압축하여 보여주고 있기 때문이다. 그는 이 책
을 통해 눈으로 볼 수 있는 세계에, 상상력의 실재인 보이지 않
는 세계를 우리에게 볼 수 있게 안내하고 있다.

그리고 프라이의 단행본은 아니지만, 『문학과 신화』라는[359]
주제로 펴낸 번역서에 프라이의「문학과 신화」,「문학의 원형」,
「신화 · 허구 · 변형」,「酒酊船 : 낭만주의의 혁명직 요인」 등이
번역되어 실려 있다.

이렇게 프라이의 저술이 한국어로 5권이 번역되어 있는데, 이
러한 번역의 상황은 프라이의 저술이 전부 30권이 넘는다는 사
실을 감안하면 그렇게 많이 번역되었다고 보기는 힘들다.

---

358) N.프라이, 남송우 역,『두 시선』, 세종출판사, 2003.
359) 이 책은 김병욱, 김영일, 김진국, 최정무 등이 참여한 편역서로서 <신화와 문
　　학>에 관한 16편의 글을 번역하여 실었다. 김병욱 등 3인 편역,『문학과 신화』,
　　대방출판사, 1982

2. 영향의 원천으로서 노드롭 프라이 비평이론

  프라이의 책이 5권 한국어로 번역이 이루어지기는 했지만, 실제 한국 문예비평사에서 신화비평론과 실제비평에 직접적인 영향을 미친 책은 『비평의 해부』이다. 이 책에서 프라이는 자신이 목표로 세웠던 '문학 자체가 지니고 있는 체계나 원리를 찾아내어, 이를 모든 문학의 해명에 적용할 수 있도록 하는 하나의 보편적 원리를 세우는 일'을 전개하고 있기 때문이다. 그러므로 그가 한국문예비평에 끼친 영향의 주요한 한 원천으로서 이 저서를 중심으로 그의 비평이론을 살펴볼 필요가 있다.

  이 책은 4개의 에세이로 구성되어 있는데, 첫 번째 에세이에서 그는 문학이 성립한 이래로 모든 문학작품들은 5가지의 역사적인 문학양식으로 기술될 수 있다고 보았다. 그 양식은 신화, 로만스, 고급모방, 저급모방, 아이러니인데, 전능한 신적 존재, 반인반신, 영웅, 보통사람, 그리고 인간 이하의 존재가 각각의 양식의 주인공이 된다.[360]

  그런데 각각의 문학 양식 속에 속해 있는 작품들은 그 속에서 복잡하기도 하고 소박하기도 하며, 비극적이기도 하고 희극적이기도 하다고 본다. 이는 바로 다양한 변화가 가능하다는 말이다. 즉 복잡한 희극적 로만스라든가 소박하고 저급한 모방적 비극 등으로 문학 작품을 설명할 수 있다는 것이다. 이는 바로 프라이가 주장하는 바가 하나의 문학작품이 주된 문학양식을 유지하면

---

360) N. 프라이, 임철규 역, 위의 책, p.28.

서, 다른 양식들과 관계될 수 있다는 점을 밝히는 것이다.

두 번째 에세이에서는 문학적 상징의 다섯 가지 양식에 대해 기술하고 있다. 우선 기술적 양식에서 문학언어는 지시적인 것으로, 문자적 양식에서는 비지시적인 것으로 형식적 양식에서는 자율적이고 사례적인 이미지로 되고 신화적인 양식에서는 문학언어가 원형을 드러내며 신비적 양식에서는 문학언어가 지시나 사례 등과 같은 사항에 의하여 구속될 수 없는 존재의 총체적인 상징을 제시하게 된다. 그래서 상징의 이론 다섯 가지 비평양상은 양식의 이론에서 보았던 다섯 가지 서술양식에 적절한 비평방법이 된다. 신비적 양상은 신화에, 신화적 양상은 로맨스에, 형식적 양상은 상위모방에, 기술적 양상은 하위모방에, 그리고 축자적 양상은 아이러니에 각각 대응하는 것이다.[361] 여기서 프라이는 신화적 양식 즉 원형비평에 제일 관심을 보이며, 이를 세 번째 에세이에서 다루고 있다. 언어와 비평에 관한 이론의 근저에는 일반적인 담론과 시적 담론을 분류하려는 프라이의 입장이 개재되어 있다. 또한 그는 교훈적 특징을 지닌 시학보다 정서적 환기력을 지닌 시학의 가치를 더욱 의미있게 생각한다.

세 번째 에세이 신화이론은 특히 프라이 비평의 독창성이 부각되는 부분이다. 프라이는 문학의 요소를 구조적인 것과 재현적인 것으로 구분하는데, 이 때 전자가 추상적인 형식이라면, 후자는 실제적 내용이 된다. 다른 비평체계들이 재현적 요소에 몰두한 나머지 작품의 외부에서 작품을 재단하는 기준을 끌어들인다

---

361) 위의 책, p.31.

고 생각하는 프라이는 작품 속에 내재되어 있는 문학고유의 구조적 원리를 밝히는 것을 비평의 목표로 삼는다. 문학을 자기충족적 구조로 볼 때, 그 기호의 문법에 해당하는 원리는 성서와 고전의 신화라는 것이 프라이의 견해다.[362] 그리고 문학비평의 전제는 문학의 구조적 원리인 원형이다. 문학적 원형과 문학적 인습에 관한 체계에 관심을 보이면서 신화비평은 문학의 사회공동체적인 양상에 역점을 두는 것이다. 즉 신화란 그 사회문화적인 산물이며 신화가 발생한 그 사회공동체와 무관할 수가 없기에 신화비평 역시 문학의 사회공동체적인 양상에 역점을 둔다는 것이다. 프라이는 여기에서 문학적 이미지와 구성, 인물들을 분류하는 한편, 역사의 초기에 발생한 문학의 범주를 로만스와 비극, 아이러니 그리고 희극으로 분류하고 있다. 이 각각의 영역은 신화탐구와 관계된다. 그리고 모든 문학작품들은 투쟁을 거쳐 혼란에 이르고, 다시 이를 거쳐 파멸에 이르고 죽음을 통과하고 소생하는 과정을 거친다는 재생의 패턴을 제시한다.

네 번째 에세이에서는 작가와 독자가 맺는 관계를 장르 구분의 기준으로 하여, 말하는 에포스, 인쇄된 픽션, 노래하는 서정시, 연기하는 드라마라는 네 장르를 구분하고 있다. 작가가 직접 독자에게 말을 거는 작품은 에포스의 장르에 속하고, 처음부터 인쇄를 의도한 작품은 픽션의 장르에 속한다. 그리고 시인이 전면에 드러나고 독자가 숨어서 발화를 엿듣는 형식이 서정시라면 작가가 배우 뒤에 숨어서 배우와 관객의 관계를 가로막지 않는

---

362) 위의 책, p.33.

형식은 드라마가 된다.[363] 또한 프라이는 이 4개의 장르를 앞의 에세이에서 논의한 바 있는 역사적 양식과 상징적 양식들과 관련시키고 있다.

이렇게 프라이는 네 개의 에세이를 통해서, 문학작품에 대한 이해를 시인의 의식적인 혹은 무의식적인 의도에 제한해 버리는 비평가들의 태도를 개탄하면서 표현주의 시학과 전기적 비평을 평가절하하였다. 작품의 원동력이 되는 것은 개인의 의도가 아니라 몰개성적이며 모든 것을 문학자체 속에 동화시켜 형식을 이루는 문학의 심미적 속성이라고 주장했다.

그런데 이러한 프라이의 체계는 여러 비평적 태도와 조화될 여지를 마련해 놓고 있다는 점에서 그의 비평적 폭을 생각할 수 있다. 예를 들면, 프라이의 원형비평은 문학외적인 요인을 중시하는 비평을 거부한다는 점에서 형식주의적인 측면과 닮아있다. 프라이는 맑시즘이나 프로이드의 정신분석비평 그리고 현상학은 문학 내적인 범위에서 개념적인 틀을 마련하지 않고 문학외적인 데서 문학을 해명하는 틀을 마련한다는 문제점을 지닌다고 비판한다. 즉 문학비평 원리들은 신학이나 철학, 정치학, 과학과 같은 분야에서 이미 만들어 놓은 것을 그대로 수용할 수 없다는 것이다.

그러나 문학은 자체의 독립성을 유지하면서 다른 분야들과 관계를 맺게 된다. 그런 점에서 원형비평은 역사와 윤리학의 경계에 접해 있다고 볼 수 있다. 이는 바로 문명이 이룩해 놓은 내용

---

363) 위의 책, p.36.

들을 문학 속으로 이동시켜 놓았다고 할 수 있다. 문학외적인 분야에 대한 관심을 원형비평이 제공할 수 있는 신화세계의 일부로 수용한 것이다.

　그러나 프라이는『비평의 해부』이후에 내놓은 그의 비평론들에서는 문학 자체에 대한 관심과 함께 사회문화적 관심을 함께 표명함으로써『비평의 해부』에서 견지했던 태도가 어느 정도는 바뀌게 된다. 즉 비평은 두 가지 양상을 지니게 되는데, 한 가지는 문학의 구조를 향해 있고, 다른 하나는 문학의 사회적 환경을 결정하는 문화적 현상을 향해 있다고 말한다. 그리고 이 두 가지 양상은 서로 균형을 맞추어 나간다고 주장한다. 이러한 그의 비평적 입장이 그가 펴낸 문학비평의 사회적 문맥을 광범위하게 다루고 있는『비평적 길』, 문학이 가진 상상력이 인간을 어떻게 문화적으로 성숙하게 만들어 가는가를 대중적 언어로 명쾌하게 제시하고 있는『교육된 상상력』, 그리고 캐나다에 있어서의 영어교육, 문학의 사회적 중요성, 문학교육, 인문학 교육, 교육으로서의 비평 등 교육의 문제를 사회문화적 측면에서 다양하게 다루고 있는『교육에 대하여』등에 잘 드러나고 있으며, 문학과 종교와 사상이 함께 융합되어 있으면서, 그의 사상의 정수를 드러내고 있는 그의 마지막 저술인『두 시선』에서는 이러한 그의 입장을 더욱 분명하게 확인할 수 있다. 그렇다고 프라이의 이런 태도를 문학의 자율성을 포기하거나 비평의 독립성을 비문학적인 사상의 분야들과 타협시키고 있는 것으로 이해해서는 곤란하며, 인간존재의 다양하게 분리되어 있는 영역들 사이의 관계를 소통시키려고 하는 그의 비평적 시야의 확대현상으로 이해해야 한다. 그래서 프라이의 이러한 비평적 행로는 체이스나 피들러, 버크가 보인 바 있는 문화비평적 성격을 지니게 된다.[364] 문화비평적 관점을 견지한 매슈 아놀드의 비평에 깊이 관심을 가졌던 프라이와 그의 비평론들이 현재 문화연구(Cultural Studies)의 한 대상으로 논의되는 이유도 여기에 있다.

또 하나『비평의 해부』이후 프라이 비평의 관심은『위대한 법전』이나『힘있는 말씀들』에 나타나는 바와 같은 성경을 중심한 언어와 은유, 상징과 원형 등의 분석이다. 두 저서는 연속적인 기획물로서[365] 프라이의 후반기 비평적 활동에서는 뺄 수 없는 중요한 비평적 성과물이다.

3. 수용으로서의 노드롭 프라이 비평의 양상

프라이의 비평론이 한국에서 전개되는 양상은 편의상 두 가지 흐름으로 나누어 볼 수 있다. 그 하나는 비평 이론적인 측면에서 소개되고, 논의되는 내용이고, 다른 하나는 그 이론을 토대로 실제 한국문학 작품을 분석하고 비평한 실제비평적인 측면이다. 그래서 이 두 측면에서 프라이 비평이론이 한국문예비평에 어떻게 영향을 미쳤는지를 중요한 텍스트를 중심으로 살펴보고자 한다.

---

364) A.C. Hamilton, "Northrop Frye as a Cultural Theorist", Rereading FRYE, University of Toronto Press, 1999, p.111.
365) Joseph Adamson, Northrop Frye A Visionary Life, ECW Press, 1993, p.80.

(1) 이론비평의 측면

이론적인 측면에서 프라이의 영향을 살필 수 있는 텍스트는 주로 신화원형비평방법론을 정리하고, 설명하고 있는 저술을[366] 통해서 나타난다.

이상섭은 그의 <신화비평 방법>에서[367] 프라이를 대표적인 신화비평가로 지목하고, 그의 이론을 소개하면서, 한국문학에서의 신화적 체계의 가능성을 예시하고 있다. 그가 프라이의 신화비평론을 소개하기 위해 주로 인용하고 있는 프라이의 이론은 <Literature and Myth>와 <The Archetypes of Literature>에 발표된 것인데, 이는 『비평의 해부』에 종합되어 있다. 이 중 이상섭이 주요하게 소개하고 있는 프라이의 신화이론은 사계의 신화와 원형적 심상이다.

사계신화는 봄, 여름, 가을, 겨울로 나뉘어지는데, 이는 하루의 시간으로 볼 때는 새벽, 정오, 석양, 어둠에 상응하며, 인생살이 단계로 보면, 출생, 결혼, 죽음, 해체의 단계에 해당한다.[368] 그리고 각 단계의 신화 내용으로는 봄은 부활과 재생, 창조의 신화가 있고, 여름은 인간의 신격화, 거룩한 혼인관계, 낙원에의 입장에 관련된 신화, 가을은 신의 사망, 영웅의 급작스런 죽음, 영

---

366) 국내에 출판된 문예비평론에 관한 책들에서, 신화비평방법론은 한 항목으로 언제나 소개되고 있기에 N. 프라이의 비평방법론을 소개하고 있는 책들은 많다. 그러나 여기서는 영향의 측면에서 대학에서 교재로 사용한 중요한 몇 권만을 다루고자 한다.

367) 이상섭, 『문학 연구의 방법』, 탐구당, 1972.

368) 위의 책, p.164.

웅의 고립에 관한 신화, 겨울은 대홍수와 대혼돈의 신화, 영웅 패배의 신화 등이 있음을 서술하고 있다.[369]

또한 원형적 심상부분에서는 ①인간의 세계 ②동물의 세계 ③식물의 세계 ④광물적 세계 ⑤형성되기 이전의 세계로 나누어 희·비극적 비전에 해당하는 원형들을 제시하고 있다.[370]

이선영은『문학비평의 방법과 실제』에서[371] 각 비평방법론을 설명하면서, <신화형성 비평 서설>에서 N. 프라이의 비평론을 제시하고 있다. 그런데 여기서 소개되고 있는 신화형성비평론의 내용은 셀던 노먼 그레브스타인이 쓴 <신화형성 비평가의 서설>을 번역한 글이다. 여기서 그레브스타인은 "신화형성론적 조망은 프라이의『비평의 해부』에 의하여 가장 인상적으로 대표되어 왔는데 이 책은 신화형성 비평운동 전체의 <시학> 노릇을 하고 있다"고[372] 전제하고, 이 책은 "이 세대에 출현한 문학이론서로서는 가장 자주적인 저술의 하나요, 현대의 비평가 어느 누구도 무시할 수 없는 책이라고 말해 두는 것이 타당한 결론이라고 생각된다"고[373] 밝히고 있다.

그리고 이선영은 해설에서『비평의 해부』를 중심으로 프라이의 신화비평론을 설명하고 있다.

현대 신화비평의 중심인물인 프라이는 원형을 고대의 제례의식에 있어서의 죽음과 재생, 구약성서에 있어서의 낙원 등의 관

---

369) 위의 책, p.164.
370) 위의 책, pp.165-166.
371) 이선영 편,『문학비평의 방법과 실제』, 동천사, 1983.
372) 위의 책, p.370.
373) 위의 책, p.371.

념에서 찾았다고 본다. 낙원의 행복이란 자기와 외계와의 조화 즉 자기동일성의 성취를 의미하고 그 대극에 있는 낙원상실이란 자기동일성의 상실에 지나지 않는다는 것이다. 이와같이 생각하면 문학작품의 근원적인 형태는 자기동일성 탐구의 신화로서 규정하는 일이 가능하다는 입장이다. 그런데 프라이는 『비평의 해부』 가운데 셋째 에세이 <원형비평 : 신화의 이론>에서 문학작품을 자기동일성의 성취와 상실이라는 양극 사이에서 주인공이 밟는 운명의 온갖과정에 따라 분류하였다고 평가한다. 이러한 과정에 맞추어 네 계절의 순환에 대응하는 희극(봄), 로만스(여름), 비극(가을), 아이러니(겨울)의 네 이야기로 대별했다는 것이다.[374]

또 프라이는 둘째 에세이에서 시적 언어의 상징을 논하면서 원형의 문제를 다루고 있는데, 그는 상징을 한 편의 시 속에 한정하여 논하지 않고 그것과 다른 시 속에 사용되는 시적 상징과의 관련에 주목하였다. 예컨대 우주의 4원소인 땅, 물, 불, 바람과 그 변형인 바다, 샘, 내, 산, 동굴, 혹은 정원, 나무, 도시 등의 시적 상징은 고대로부터 현대에 이르기까지 반복적으로 사용되고 있는데, 이것이 바로 복수의 시 속에 거듭 쓰이는 상징 즉 원형이라는 것이다.

그런데 이 원형은 각각 단독의 의미를 가지는 것만으로 끝나는 것이 아니라, 거기서 온갖 원형이 모여서 만들어내는 문학적 우주의 최소단위의 상징 즉 단자(monad)가 성립된다고 했다. 그

---

374) 위의 책, pp.18-19.

리고 이 단자로서의 원형에는 소망의 뜻이 들어 있으며, 제례의식과 꿈이라는 두 요소가 원형 속에 결합되어 있다는 것이다. 일반적으로 제례의식과 꿈의 표현이 신화라는 것을 생각하고 시적 상징을 역시 제례의식과 꿈을 지닌 원형으로서 파악하면 문학은 어떤 의미에서 신화인 셈이다. 여기서 말하는 신화는 신이 주인공이 되는 것과 같은 좁은 의미의 신화라기보다는 넓은 의미의 신화이다. 넓은 의미의 신화로서 문학작품이 현실성을 갖기 위해서는 좁은 의미의 신화에서 벗어나야 한다. 이것을 프라이는 <자리바꿈>이라고 불러 좁은 의미의 신화가 <자리바꿈하지 않은 신화>라면 넓은 의미의 신화 즉 문학은 <자리바꿈한 신화>가 된다고 설명한다.[375]

김열규는 신화비평론의 전개양상을 <신화비평론이 있기까지>, <신화비평의 비평사적 맥락>, <신화와 문학>, <신화비평의 국면들> 등으로 나누어 다루면서, 노드롭 프라이의 비평론을 소개하고 있다. <신화와 문학>을 다루면서 김열규는 신화와 문학의 관계를 다룰 때 두 가지 서로 다른 말의 차이를 인식하는 것은 매우 중요한 일이라고 보고, 무턱대고 둘을 한 족보에 싣고 문학을 신화의 支孫쯤의 자리에 앉히는 것은 온당하지 못하고 본다. 그래서 그는 노드롭 프라이가 말한 문학은 문학이 낳는다 라는 명제로 그의 신화비평의 처지를 주장한 것은 따라서, 상당한 유보조건을 붙여 이해해야 한다고[376] 주장한다.

---

375) 위의 책, p.19.
376) 김열규, 신화비평론, 신동욱 편, 「문예비평론」, 고려원, 1994, p.215.

즉 그의 명제에서 앞 자리를 차지하고 있는 문학을 덮어놓고 신화와 동화시켜서는 안 된다는 것이다. 이렇게 김열규가 신화와 문학과의 관계를 파악하고 있는 이유는 그가 파악하는 신화와 문학과의 관계는 이란성 쌍둥이에 견주어지기 때문이다. 신화가 먼저 생기고 뒤따라 그 속에서 문학이 생겨났다는 명제가 부분적으로 유효한 것은 사실이지만, 그 유효성은 어디까지나 부분적이라는 것이다. 이러한 김열규의 신화와 문학에 대한 논의는 노드롭 프라이가 신화와 문학과의 관계는 명시적이거나 함축적일지도 모른다는[377] 견해의 또다른 해석으로 볼 수 있다는 점에서 프라이의 신화와 문학론의 영향을 읽어낼 수 있다.

그리고 <신화비평의 국면들>에서는 프라이의 뮈토스 개념과 뮈토이 개념을 설명함으로써 그의 비평이론을 다음과 같이 소개하고 있다.

프라이의 이론에서 뮈토스는 다이아노이아와 짝지워져 양극의 대립을 이룬다. 희랍어에서 지식을 뜻하는 다이아노이아는 로고스와 대치될 수 있는 개념이다. 이것이 프라이에 의해 음악의 調(key)에 대응되는 것으로 설명되어 있다. 리듬에 견주어진 뮈토스와 함께 다이아노이아는 이미지 또는 상징이 조직체 또는 통합체가 된다. 이미지의 정적인 유형 또는 관념의 유형이 다이아노이아라면, 한 이미지의 구조에서 다른 이미지의 구조에로 옮겨가는 서사적 움직임이 곧 뮈토스라는 것이다.

그러나 프라이는 다시 뮈토이라는 개념을 설정한다. 이는 뮈토

---

377) 프라이, 김병욱 외편, 「문학과 신화」, 『문학과 신화』, 예림기획, 1998, p.23.

스의 순환적이고 변증법적인 움직임에서 유추할 수 있는 문학의 서사적 범주이다. 이 뮈토이라는 범주는 일반적인 문학장르보다 광범위한 포괄성을 지니거나 아니면 논리적으로 그것들보다 앞서 있는 前發生的 혹은 母胎的인 요소가 된다. 구체적으로는 성공과 실패, 노력과 휴식, 삶과 죽음 아니면 봄, 여름, 가을, 겨울 등의 순환하는 움직임이 뮈토스라면, 희극, 로망스, 비극, 그리고 아이러니(풍자 혹은 리얼리즘) 등은 뮈토이의 양상들이라는 것이다. 그리고 뮈토스나 뮈토이라는 두 개념에 걸쳐서 프라이의 신화라는 개념은 그 자체 이미 신비화 내지 신화화된 개념이라고 보고 있다.[378]

신동욱은 「신화비평론 서설」에서[379] 신화비평론을 다루면서 N. 프라이의 원형론을 소개하고 있다. 그가 다루는 원형은 다섯 가지 원형 즉 신, 인간, 동물, 식물, 광물계로서의 도시의 원형 등이 묵시적 심상, 악마적 심상, 유추적 심상에서 각각 어떻게 의미되는가를 살피고 있다.

묵시적 심상을 드러내는 묵시적 세계는 종교적인 하늘로서 인간문명의 노작에서 볼 수 있는 형태들에 의하여 지시된다고 보았다. 즉 인간의 욕망의 형태에서의 현실성의 테두리이다. 그리고 식물계에 부과된 인간의 욕망의 형태는 정원(흔히 동산, 에덴 동산), 농장(또는 목장), 숲 등이다. 동물은 길들인 것이어야 하고 흔히 양은 기독교적 표현의 은유로 그 대표적인 예가 된다.

---

378) 김열규, 같은 책, pp.225-226.
379) 이 글은 신동욱 외 지은 『신화와 원형』, 고려원, 1992에 실려 있다.

광물의 경우는 돌을 사랑의 힘으로 변형한 도시가 중요한 상징이 된다. 도시, 정원, 목장 등은 성경의 조직화된 은유들로서 기독교의 상징이며, 이것들은 묵시나 계시로 불리우는 책 속에서 완전한 은유적 동일화를 이룬다고 본다.[380]

그리고 악마적 심상은 묵시의 상징에 반대되는 세계로서 욕망이 성취되지 못하고 거절된 세계를 제시한다고 본다. 즉 악몽의 세계로서 희생, 구속, 고통, 혼란 등의 심상으로 표현되는 일체의 대상을 포괄하고 있는 세계이다. 묵시적 심상들은 시에 있어서는 종교적인 천국과 밀접하게 통합되어 있으나, 이 악마적인 세계는 정반대로 단테의 지옥과 같은 존재적인 지옥과 밀접하게 연결되어 있다. 악마적인 인간계의 심상을 보여주는 대표적인 경우로 도스토예프스키의 『죄와 벌』에서 라스콜리니코프로 하여 전당포의 노파를 살해하는 장면을 들고 있다.[381]

마지막으로 유추적 심상을 설명하는데, 묵시적 심상은 신화적 양식에 적합하고, 악마적 심상은 반어적 양식에 적합하나 나중에는 신화에 귀착하지만, 시에서는 영원히 불변하는 천국과 지옥의 두 세계를 다루기보다는 대개 덜 극단적인 다른 세 가지(영웅의 이야기, 높은 모방, 낮은 모방) 세계를 다룬다는 것이다. 이 세 구조들은 약간은 덜 엄격한 은유적인 세계로서 우리가 이르는 바 분위기라고 하는 의미심장한 심상들의 성좌들로 보고 있다.[382]

---

380) 위의 책, p.39.
381) 위의 책, p.41.
382) 위의 책, p.42.

이렇게 한국의 비평논자들의 신화원형비평론은 N. 프라이의 비평이론 중『비평의 해부』에 나타나는 신화원형비평 이론에 한정되어 있음을 볼 수 있다.

(2) 실제비평의 측면

김상일은 한국에서는 최초로 1971년에 노드롭 프라이의 방송원고인『교육된 상상력』을 번역 소개한 장본인으로서 프라이의 비평이론을 소개했을 뿐만 아니라, 실제 작품분석에 적용했다. 그 구체적인 작품은 황순원의「목넘이 마을의 개」이다. 그는 황순원의 이 작품은 역사주의적인 방법으로만 해석해서는 안되고, 문학의 구조원리인 상징체계 즉 원형을 찾아내는 접근을 해야 한다는 입장에서 분석하고 있다. 왜냐하면 이 작품에 이미 시사한 바와 같이 기원이 있었고, 또 전체 문학상 속에 기본적 요소처럼 되풀이 나타난 원형이나 상징과 대응을 보여주고 있었기 때문이라는 것이다.[383]

이런 토대 위에서 그는 <어디>라는 공간이 작품 속에서 지니는 상징체계를 어디→ 암흑→ 북녘→ 북간도→겨울→ 기아→ 붕괴→ 해체→ 죽음으로 분석하고 있다. 그리고 <목>이 지니는 상징체계는 목→ 수목→ 봄→ 탄생→ 재생→ 호흡→ 식도→ 목숨→ 여명→ 동쪽→ 대지→ 은→ 길로 나타나며, 이는 <어디>가 보여주는 상징체계와는 상반된 모습을 보여준다는 것이다. 즉 <

---

383) 김상일,「순원문학과 원형」,《월간문학》, 1975, 7, p.195.

어디>는 카오스, <목>은 빛과 대응되는 관계를 보여준다는 것이다. 그래서 어디→ 카오스→ 죽음이라는 상징체계와 목→ 빛→ 탄생이라는 상징체계로 다시 분석해 내고 있다.

또한 <개>가 지니는 의미를 분석하여 전체문학상 속에서 되풀이 나타나는 원형을 탐구하고 있다. 즉 개가 당하는 고통과 굴욕의 연속성에 주목하고 있다. 이는 작품의 발단에서 어디→ 암흑→ 죽음의 상징체계가 시사한 것처럼 절망적인 것이었다고 본다. 그런데 발단이 절망적인 이상 그 원인관계에 의해서 종말도 당연히 절망적인 파국으로 끝나지 않으면 안 된다고 보고 있다. 이는 노드롭 프라이가 『비평의 해부』에서 풍자적 플롯은 종말에서 발단으로 회귀하는 경향이 있다고[384] 지적한 바를 그대로 수용하여 작품분석에 적용한 결과이다.

김상일은 또 이 작품이 발단에서 이미 분석한 상징체계인 목→ 여명→ 탄생, 재생이라는 하나의 상징체계를 이 작품이 함축하고 있다고 본다. 그래서 결국 순원문학의 종말은 동시에 발단이요 또 탄생, 재생, 창조를 의미한다고[385] 결론짓고 있다. 이는 바로 프라이가 밝힌 풍자적 플롯은 종말에서 발단으로 회귀하는 경향이 있다는 명제에 따른 작품분석이다. 즉 노드롭 프라이의 비평적 관점이 한국문학 작품 분석에 적용되고 있는 경우이다.

오세영은 「한국의 현대시와 신화」에서 한국의 현대시에서 신화적 요소가 어떻게 투영되고 있는지를 살펴보고 있는데, 그는

---

384) 김상일, 같은 책, p.201.
385) 김상일, 같은 책, p.203.

시에 나타나는 신화언어의 의미론적 전이를 4가지로 나누어 보고 있다. ① M형 ② M>P형 ③ M=P형 ④ P형이 그것이다.

그런데 ① M형이란 창조적이며 새로운 의미의 첨가없이 신화적 상황에 있어서의 원래 신화의 일부로서 그 표면적인 의미를 그대로 간직한 경우, ② M>P형은 현대적인 것으로 의미변용을 하지만 그 창조적인 의미가 아직도 신화에 의하여 지배되는 그러한 의미를 뜻하며, ③ M=P형은 새로운 의미와 신화적 의미가 동등하게 융합되고 상호침투됨으로써 이상적인 의미를 형성하는, ④ P형은 원래의 신화적 의미와는 아무런 연관이 없는 새로운 의미를 갖는 형태로 각각 분류하고 있다.

그리고 이런 유형을 확인시켜 줄 시편들을 선택하여 현대시에 나타나는 신화적 요소들을 파악하고 있다. 그런데 오세영은 이 4유형을 분석하여 M=P형이 가장 이상적인 형태라고 지적하면서, 프라이의 신화이론과 관련시키고 있다.

이상의 4유형 속에서 가장 이상적인 것은 M=P형이라고 볼 수 있다. 시가 일상세계의 초극의 수단일 때 우리는 시 속에서 신화적 세계(영원한 세계)의 추구는 의식적이건 무의식적이건 시도하고 있을 것이며, 인식의 굴절이 큰 것이 M=P형이기 때문이다. M형은 너무나 신화적 상황에 집착하여 장식품으로 쓰이기 때문에 현실적인 공감을 주지 못하며 P형은 너무나 현실적인 사물의 의미를 추구하므로써 시에 있어서 영원성 또는 초월성의 이미지를 형상화 할 수 없다는 점에서 M=P형보다 열등한 것이라 할 수 있다. 노드롭 프라이는 신화의 이와같은 의미론적 굴절을 고차원적인 모방(High mimetic)과 저차원적인 모방(Low mimetic)이라고 말한 바 있는

데, 필자의 구분법을 이에 적용시킨다면 M형, M>P형은 고차원적인 모방에, M=P, P형은 저차원적인 모방에 해당될 것이다.[386]

　이상과 같은 오세영의 노드롭 프라이 이론의 원용은 프라이의 『비평의 해부』에 나오는 체계로서 그 적용 가능성은 충분히 인정할 수 있지만, 그 적용이 너무 도식적이라는 면은 있지만, 프라이의 신화비평론의 한국적 적용이라는 점에서 의미를 갖는다. 또 오세영은 「한국 현대시의 두 세계」에서[387] 프라이가 제시하고 있는 예시적 이미져리, 악마적 이미져리, 유추적 이미져리를 중심으로 이상과 소월 시를 분석하고 있다. 각 시인의 작품에 나타나는 이미져리의 빈도를 통계처리함으로써 이 시인들이 지니는 특성을 해명하고 있다.
　김병욱은 김동리의 작품을 신화비평적 관점에서 다루면서, 그가 노드롭 프라이의 비평방법을 수용하고 있음을 우선 다음과 같이 밝히고 있다.

　　동리문학의 본질을 구명하러 든다면, 현대비평의 현란한 여러 스펙트럼 중에서 자연히 그의 소재와 주제의 상관관계로 보아 신화비평(mythopoetic criticism) 혹은 민속비평(folk criticism)의 메스로써 다루게 될 것이다. 하이먼(S.E. Hyman)은 현대비평을 문학에 투영된 비문학적 기교와 지식의 조직적 사용이라 했다. 동리문학이 출발점부터 민속과 밀접한 관계를 가지고 있는 이상 그의 문학 분석

386) 오세영, 「한국의 현대시와 신화」, 『월간문학』, 1975, 12, p.209.
387) 오세영, 「한국 현대시의 두 세계」, 『문학비평의 방법과 실제』(이선영 편), pp.385-414.

은 어쩔 수 없이 신화비평 내지 민속비평의 시험대 위에서 작업이 이루어지기 마련이다.

또한 본고에서는 가치평가는 되도록 피하려고 한다. 프라이(N. Frye)의 말과 같이 역사와 사회적 상황에 따라서 가치의 척도는 달라지기 때문에 유동적인 척도에 의해 자칫 재단비평의 어리석음을 범하지 않으려는 의도 아래 분석에 그치고자 한다. 그러나 분석은 그 자체가 책임회피를 뜻하는 것은 아니다. 오히려 역사주의 비평의 극복을 시도한 프라이의 『비평의 해부』가 뜻한 노선에서의 분석이란 점을 밝혀둔다.[388]

이러한 입장에서, 김병욱은 김동리의 소설들(늪과 당고개 무당)은 인간 생의 아이러니를 통하여 낙원에의 향수를 해결한다고 분석하고 있다. 즉 그의 미학은 이 비극적 아이러니의 인식에서 싹트고 그 해결의 꽃을 희생의 제단 위에 꽃피운다는 것이다.[389] 또한 「향토기」, 「한내마을의 전설」 등에 나타나는 자연에 주목하고, 특히 달, 물, 여자의 상징의 탐색을 프라이가 제시하고 있는 원형에서 찾고 있다.

달, 물, 여자의 상징은 인류학, 민속학, 비교종교학에 있어서 언제나 동반하여 작용한다. 그것들은 보편적으로 상징의 원형들이다. 달을 에운 수많은 신화들 속에서 그들은 언제나 상관적 역학에 매어져 있다. 이러한 소재를 놓고 동리문학을 다룰 때 프라이의 이른 바 문예인류학(Literary Anthropology)을 상기하게 된다. 이런 신화적

---

388) 김병욱, 「영원회귀의 문학」, 『문학과 신화』, 예림기획, 1998, pp.338-339.
389) 김병욱, 같은 책, pp.340-341.

요소의 동일성을 놓고 그는 문학의 원형을 신화에 두고 있는 것이다.[390]

이러한 원형들의 분석을 통해 김병욱은 동리문학이 영원회귀의 지향이라는 점을 밝히고 있다. 이런 김병욱의 동리문학에 대한 접근은 "문학에 있어서 소위 신화비평은 문학의 어떤 종류와 양상에 대한 연구가 아니며, 더구나 특허된 비평적 방법론은 아니고 문학 그 자체의 구조적 원리, 특히, 관례, 장르, 그리고 재현되는 영상의 원형에 대한 연구다"라는[391] 프라이의 입장에 기초하고 있음을 확인할 수 있다.

이상우는 1987년에 프라이의 저서 『교육된 상상력』을 번역하였으며, 이를 바탕으로 김동리의 작품을 신화비평적인 관점에서 분석하고 있다. 이상우는 김동리의 『무녀도』와 『달』을 신화적 상상력이란 측면에서 분석하고 있는데, 이 작품에 나타나는 주인공들이 보여주는 죽음에 대한 비젼이 근원세계로 회귀하는 모습을 보인다는 측면에서 N. 프라이의 이론을 끌어들여 다음과 같이 해석하고 있다.

또한 이 두 소설은 탄생과 고난의 삶의 모습만이 아니다. 죽음에 대한 비젼까지도 보여준다. <毛火>가 더 이상 이 세상에서 삶의 의미를 느끼지 못하였을 때, 기꺼이 물 속으로 잠겨들었듯이 <정국>과 <달이>도 물 속으로 투신하는 것으로 종결짓고 있다. 이는 곧 근

---

390) 김병욱, 같은 책, p.346.
391) 노드롭 프라이, 김영일 역, 「문학과 신화」, 『문학과 신화』, 예림기획, 1998, p.29.

원세계로 회귀하는 모습들이다. 우리는 흔히 신화의 영웅이나 고소
설의 주인공들이 (a)천상계(혹은 지상계)에서 득죄하고 인간계에 유
배된 후, (b)시련 끝에 행복한 삶을 누리다가, (c)죽어서 다시 근원
세계로 회귀하는 것을 흔히 볼 수 있는데, 이러한 생의 과정은 N. 프
라이가 말했듯이 하늘에 떠오른 태양이 어둠에 묻혔다가 다시 떠오
르는 운행이나 사계의 변화에 따른 식물의 생장소멸을 반영한 것이
다.[392]

인용부분 중 프라이가 사계의 변화에 따른 식물의 생장소멸
을 반영했다는 표현은 프라이가 그의 저서 『The Educated
Imagination』에서 고전적 신화는 성서보다 훨씬 더 명확하게
영웅의 신이한 탄생, 승리와 결혼, 죽음과 배반, 그 결과로 일어
나는 재생이 태양과 계절의 리듬을 따르는 영웅에 관한 주요 신
화의 주된 삽화들을 우리들에게 제공해 준다는 구절을 인용한
것이다.[393] 이렇게 이상우는 N. 프라이의 비평적 이론을 원용하
여, 김동리 작품이 지닌 근원으로의 회귀성을 프라이의 신화이
론 중 신화가 지닌 특성과 관련지어 해석해 내고 있다.
　지금까지 다룬 몇 편의 실제 비평이나 연구논문에서 확인할 수
있는 바와 같이 N.프라이 비평이론의 한국문학에 대한 적용은

---

392) 이상우, 「동리문학과 신화적 상상력」, 『문학의 구조와 상상력』, 집문당, 1987,
　　 p.184.
393) The classical myths gives us, much more clearly then the Bible,
　　 the main episodes of the central myth of the hero whose mysterious
　　 birth, triumph and marriage, death and betrayal and eventual rebirth
　　 follow the rhythm of the sun and the seasons. N, Frye, The Educated
　　 Imagination, House of Anansi press, 1993, pp.46-47.

주로 프라이의『비평의 해부』에 집중되어 있음을 알 수 있다. 이는 N. 프라이의 중심 이론이『비평의 해부』에 집약되어 있기 때문이다. 1990년대까지 N. 프라이의 신화비평론들에 의해 한국문학 작품들이 분석되고 있기에 본고에서 다루지 못한 나머지 평문이나 연구논문에 대한 논의는 앞으로 남겨진 과제이다.[394]

마무리

한국문예비평 속에 나타난 N. 프라이 비평이론의 영향의 양상은 이론적인 측면이든 실제비평적인 측면이든 모두 프라이의『비평의 해부』를 중심한 신화원형비평에 거의 국한되어 있다. 프라이가『비평의 해부』이후에 전개한 성경을 중심한 문학적 언어나 은유, 상징, 원형에 대한 탐구와 사회와 문화를 향한 그의 문화비평적 성격에 대해서는 한국문예비평에서 그 영향의 모습을 찾아보기가 힘들다. 이는『비평의 해부』가 프라이의 원형비평을 본격적으로 보여준 저서이기도 하고, 이것이 프라이 비평론의 중심으로 인식되었기 때문에 이를 중심으로 그의 비평이론이 수용될 수밖에 없었다고 본다 그러나 프라이의 신화원형 비평이론을 통해 이전의 방법론으로는 인식하지 못했던 한국문학

---

394) 지면상 본고에서 다루지 못한 신화,원형 비평방법론에 의한 평문이나 연구논문들이 많다. 대표적으로 김종회의「한국소설의 낙원의식 연구」, 경희대 대학원 박사학위논문, 이광풍의「현대소설의 원형적 연구」, 집문당, 이덕화의「신화비평방법을 적용한 채만식의 <탁류> 분석」, 연세대학교 대학원 등이다.

작품을 새롭게 분석할 수 있었다는 점은 긍정적인 영향소로 생각하지 않을 수 없다.

한국문예비평사를 수용사적인 입장에서 파악해 볼 때 가장 문제가 되는 것은 우리가 외국의 비평이론을 수용할 때 한 비평가가 전 생애 동안 추구해온 비평적 관점이나 방법론을 온전하게 받아들이지 못하고, 쟁점이 되는 어느 한 부분만 강조해서 수용해 왔다는 점이다. 이러한 한계가 프라이의 경우에도, 프라이의 비평이 한국문예비평에 끼친 영향을 고찰해본 결과 그대로 드러나고 있다는 점을 확인할 수 있다. 그러나 본고에서는 1960년대 이후 N. 프라이의 신화원형비평이 왜 우리 비평사에서 수용되기 시작했으며, 당시의 다른 비평방법론들과의 관계상황에 대한 면밀한 검토, 그리고 장르론적인 측면에서의 영향의 문제 등은 제대로 다루지를 못했다. 이는 앞으로 계속 기워가야 할 남겨진 과제이다.

12장

N. 프라이 장르론이
한국문학 장르론에 미친 영향
-김준오를 중심으로-

서론

　문학 장르를 문학의 존재 양식, 또는 문학의 구성 원리라고 본
다면, 장르 연구 자체는 가장 문학적인 문학의 본질 연구이다.
그러므로 문학을 체계적으로 질서화하고, 문학적 체험의 본질
을 보다 잘 이해하기 위해서는 문학 연구에서 장르 연구는 매우
중요한 영역이다.

　그러나 한국문학연구 현장에서 장르 일반에 대한 연구는 주변
부로 밀려나 있는 형국이다. 장르연구는 개별 작가연구나 시나
소설 등과 같은 개별 장르연구보다는 더 넓은 시야를 확보하고
각 개별 장르들 간의 관계성을 종합적으로 체계화 시켜야 하는
부담이 있기 때문이다. 그렇다고 장르에 대한 연구가 전혀 없는
것은 아니다. 개별 장르사를 서술하는 연구자들 나름대로 장르

에 대한 관점이나 자신의 서술방법에 대해서 자의식을 갖고 지속적으로 논의를 해왔다. 그런데 그 논의들은 각 연구자의 서술대상이 되고 있는 개별 장르사의 방법에만 초점을 맞추었을 뿐, 일반론의 차원으로까지는 발전되지 않고 있다.[395] 한국문학의 특징을 세계문학 차원의 보편적인 논의의 차원으로 열어가려면, 한국문학의 장르적 연구는 필수적인 과제이다. 이에 한국문학의 장르적 차원의 연구필요성이 대두된다.[396] 그런데 장르 연구를 본격화하기 위해서는 지금까지 논의된 장르 연구들을 일차적으로 정리하고 체계화하는 작업이 필요하다. 이에 한국문학 장르 연구에 남다른 관심을 가지고 연구를 지속해 오다 타계한 김준오의 장르론을 대상으로 한국문학 장르론의 특성을 파악해 보고자 한다.

김준오는 장르 연구가 역사적이면서도 근본적으로 비평적이라는 인식을 토대로, 장르 연구의 문학사적 가치에 대하여 근원적인 탐색을 하고 있다. 이런 점에서 한국문학 장르 연구 분야에서 그가 이루어 놓은 업적은 괄목할 만한 것이다. 그러나 아직까지 김준오의 장르론에 대한 본격적인 연구는 전무한 실정이다.

그런데 김준오의 장르 연구는 상당한 부분 외국 장르이론에 기

---

395) 최유찬, 『한국문학의 관계론적 이해』, 실천문학사, 1998, p.81.
396) 한국문학을 장르적인 측면에서 본격적으로 논의한 대표적인 논저는 김준오의 『한국현대장르비평론』(문학과 지성사, 1990)과 조동일의 『한국문학의 갈래 이론』(집문당, 1992)이다. 이후 부분적인 논의가 있었지만, 별다른 진전은 없었다. 최유찬이 『한국문학의 관계론적 이해』(실천문학사, 1998)에서 「관계론에 기초한 문학연구 방법론」을 장르론 논의의 필요를 위한 하나의 새로운 문제로 제기하고 있다.

대고 있는 특색을 지닌다. 우리 문학 연구에 있어, 문예미학이나 장르론은 외국의 이론을 수용하지 않을 수 없는 문학적 상황의 연속이었기 때문이다. 또한 우리의 근대문학은 통시적이든 공시적이든 외국문학과의 영향 관계에 놓여있었고, 이 영향관계에 의해 변화해왔다는 점을 부인할 수 없기 때문이다. 따라서 한국문학의 장르 연구는 필연적으로 비교문학적이어야 하는 운명을 지니고 있다.

김준오의 장르론의 토대에는 헤르나디, 파울러, 토도로프의 장르 이론 등이 영향소로 작용하고 있는 것은 사실이다.[397] 그런데 이런 논자들의 이론이 N. 프라이의 장르론 논의에서 출발하고 있다는 점, 그리고 김준오 역시 N. 프라이의 장르론에 대한 비판적 수용을 「원형적 방법과 다원적 체계시학 - 노스럽 프라이의 장르이론」[398]에서 구체적으로 논의하고 있다는 점에서, 김준오의 장르 이론을 N. 프라이의 장르론과 비교 검토할 필요성이 있다.

김준오는 '동일성의 시론'을 출발점으로 해서 『시론』(삼지원, 1995) 입론자로 활동했지만, 그의 궁극적 관심은 한국문학의 장르론을 체계화하는 일이었다. 그는 학위논문 「한국근대문학의 장르론에 대한 연구」(계명대학교, 1987)를 펴내기까지 폴 헤르

---

397) 김준오는 헤르나디의 『BEYOND GENRE』를 번역하여 『장르론』(문장, 1983) 을 펴냈으며, 그의 장르론 논의에 활용된 외국논저들은, Adena Rosmarin, The Power of Genre, ROSALIE L. COLIE, The Resources of Kind, Ed Joseph P. Strelka, Theories of Literary Genre, TZVETAN TODOROV, Genres in Discourse, Alastair Fowler, Kind of Literature 등이다.

398) 이 글은 N. 프라이의 『비평의 해부』에 나타난 장르론을 비판적으로 정리한 글로서, 김준오의 장르론에서 N. 프라이의 영향을 분명하게 확인할 수 있는 글이다. 김준오, 『문학사와 장르』, 문학과 지성사, 2000, pp.156-181.

나디의『Beyond Genre』(문장, 1983)를 번역했으며, 학위논문을 마친 이후에는『한국현대 장르비평론』을 펴내기도 했다. 또한 그의 유고집『문학사와 장르』(문학과지성사, 2000)에서도 그의 지속적인 관심사가 장르론임을 잘 보여주고 있다. 그래서 김준오의 장르론이 체계적으로 기술되어 있는「한국근대문학의 장르론에 대한 연구」,『한국현대 장르비평론』, 그리고『문학사와 장르』를 기본연구 대상 텍스트로 하여, 김준오의 장르론의 특성을 살펴보고자 한다. 이들 텍스트에 김준오의 장르론의 핵심이 놓여 있기 때문이다. 그리고 비교연구 대상인 N. 프라이의 장르론은『비평의 해부』를 중심으로 한다. 여기에 프라이의 장르론의 핵심이 제시되어 있기 때문이다.

연구 방법

본 연구는 N. 프라이의 장르론이 김준오 장르론에 어떻게 영향을 끼쳤는가를 밝히는 영향 연구라는 점에서 다음과 같은 비교문학적 연구 방법을 원용하고자 한다. 영향의 주체가 되는 연구자를 A라 하고 그의 장르론을 A´, 그리고 영향을 받은 국내의 연구자를 B라 하고, 그의 연구나 장르론을 B´라 했을 때 생겨나는 하나의 체계 속에서 비교문학적 연구가 가능하다. 이 체계를 도식화하면, 다음과 같다.

이 도식에서 A는 N. 프라이, A´는 N. 프라이의 장르론, 즉 그가 펼쳐 놓은 장르이론을 말한다. B는 한국의 연구자, B´는 한국

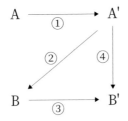

① 영향을 주는 연구자의 창작과정의 심리작용
② 영향을 받는 연구자의 수용과정의 심리작용
③ 영향을 받는 연구자의 창작과정의 심리작용
④ 두 작품 사이의 이론적인 상호작용의 관계

의 연구자의 장르론이나 실제 장르비평으로 대입해 놓을 수 있다. 여기서 A와 B 사이의 직접적인 만남을 통한 영향을 생각할 수도 있지만, N. 프라이와 김준오와의 직접적인 만남이 없었기에, 이 관계는 현실적으로 형성될 수가 없다.

그러므로 N. 프라이의 장르론이 김준오의 장르론에 미친 영향의 고찰은 실질적으로 ②와 ④의 관계축 사이에서 나타나는 영향을 살필 수밖에 없다. 그리고 ②의 관계축은 N. 프라이의 장르론을 수용하는 심리적 혹은 내적 과정에 해당하기에 객관적으로 이를 검토하는 것은 어려운 점들이 많다. 그래서 N. 프라이의 장르론이 김준오의 장르론에 끼친 영향의 연구는 실질적으로 ④의 관계축을 중심으로 이루어질 수밖에 없다. 이러한 비교문학적 연구방법을 토대로 N. 프라이 장르론이 김준오 장르론에 끼친 영향을 고찰하고자 한다.

이러한 영향연구는 한국문학을 장르론적 측면에서 다시 보게 하는 계기를 마련함과 동시에 한국문학을 장르론적 차원에서 새롭게 연구해 갈 수 있는 바탕을 마련해줄 수 있으리라 기대한다. 또한 김준오가 세운 장르론이 지닌 독창성과 한계도 드러날 수 있으리라고 본다.

본론

1. 영향의 원천으로서의 N. 프라이의 장르론

김준오의 장르론에 N. 프라이의 장르론이 어떻게 영향을 미쳤는지를 파악하기 위해서는 우선 그 영향의 원천이 되는 프라이의 장르론의 내용을 살펴보아야 한다. 프라이의 장르론을 살펴볼 수 있는 『비평의 해부』는 4개의 에세이로 구성되어 있는데, 첫 번째 에세이가 양식의 이론이고, 두 번째 에세이가 상징의 이론, 세 번째가 신화의 이론, 그리고 마지막 네 번째가 장르의 이론으로 구성되어 있다. 이 네 편의 에세이를 중심으로 N. 프라이의 장르론의 내용을 파악해 보고자 한다. 네 개의 에세이가 모두 다 본격 장르론을 논의한 것은 아니지만, 네 번째 에세이인 본격 장르론을 이해하기 위해서는 이전의 논의들에 대한 선이해가 필요하기에, 장르론과 연관되는 부분들은 네 개의 에세이를 통해 모두 논의하고자 한다.

(1) 양식론에서의 장르 논의

프라이는 그의 첫 에세이인 양식론을 아리스토텔레스의『시학
』제2절에서 출발하고 있다. 제2절은 등장인물의 탁월성의 차이
에 따라 문학작품 사이에 차이가 생긴다고 말하고 있다. 즉 어떤
작품(fiction)에서는 등장인물이 우리들보다 더 훌륭하기도 하
며, 또 어떤 작품에서는 우리들보다 더 악하기도 하고, 또 다른
작품에서는 우리들과 비슷하다는 것이다. 이런 내용이 현대비
평가들 사이에 큰 관심의 대상이 되고 있지는 않았는데, 그 이유
를 프라이는 아리스토텔레스가 이와 같이 선·악을 중시하고 있
다는 사실이 어느 정도 편협한 도덕적 문학관을 가졌었다는 것
으로 받아들여지기 때문으로 보았다. 그런데 아리스토텔레스가
사용하고 있는 선과 악을 나타내는 그리이스어인 스푸다이오스
(spoudaios)와 파울로스(phaulos)의 의미를 도덕적인 의미로
만 해석할 것이 아니라, 주인공의 행동능력, 다시 말하면, 우리
들보다 그 주인공이 행동능력이 더 큰가, 더 작은가, 또 같은가
하는 기준에 따라 문학작품을 분류할 수 있다고 봄으로써 문학
을 다섯 가지 양식으로 분류하고 있다.

첫째, 질적으로 주인공이 다른 사람들보다 뛰어나고, 또한 그
가 그들의 환경보다 뛰어난 환경에 처해 있다면 이 주인공은 신
적인 존재로서 그에 대한 이야기는 보통 신에 대한 이야기인 신
화가 될 것이라는 것, 둘째, 주인공이 다른 사람들보다 뛰어나
고, 또 자신이 처해 있는 환경보다 뛰어나더라도 이 뛰어남이 정
도의 차이에 지나지 않는다면, 그 주인공은 전형적인 로만스의
영웅이라는 것, 셋째, 다른 사람들보다 뛰어나지만 자신의 타고
난 환경보다 뛰어나지 못할 경우, 이 주인공이 상위모방 양식의

주인공이며, 넷째, 다른 사람들보다도, 또한 자신의 환경보다도 뛰어나지 못할 경우, 이 주인공이 하위모방 양식의 주인공이며, 다섯째, 힘에서도 지성에서도 우리들보다 뛰어나지 못한 까닭에 우리가 굴욕, 좌절, 부조리의 정경을 경멸에 찬 눈초리로 내려다 보고 있는 듯한 느낌을 그의 행위를 통해 받게 될 경우, 이 주인 공은 아이러니 양식에 속한다.[399]

프라이는 이렇게 인물들이 보이는 행동능력에 따라 신화, 로만 스, 상위모방, 하위모방, 아이러니 양식으로 다섯 개의 서사양식 을 분류하고는, 서구문학은 한결같이 신화에서 아이러니 양식 쪽으로 점차 그 중심을 옮겨왔다고 본다. 그리고 이 다섯 서사 양식을 다시 비극적 서사 양식, 희극적 서사 양식, 그리고 주제 적 양식으로 나누고 있다.

프라이가 말하고 있는 비극적 서사 양식은 신화에서는 신의 죽음의 이야기이며,[400] 로만스에서는 성도들의 순교적인 이야 기,[401] 상위모방 양식에서는 지도자의 몰락에 관한 이야기,[402] 하 위모방에서는 비애를 자아내는 알라존 같은 인물이야기,[403] 아 이러니에서는 산제물로서의 주인공 이야기가[404] 그 중심을 이룬 다. 그런데 프라이는 아이러니가 신화쪽으로 그 방향을 향하고,

399) Northrop Frye, Anatomy of Criticism, Princeton University Press, 1957, pp.33-34.
400) Ibid., p.36.
401) Loc.cit.
402) Ibid., p.37.
403) Ibid., p.39.
404) Ibid., p.41.

결국은 희생제의나 죽어가는 신의 모습이 어렴풋이나마 그 아이러니 속에서 재현되기 시작한다는 점을 지적한다. 앞서 논의한 다섯 가지 양식이 순환하고 있음이 명백하다[405])는 것이다. 또한 비극적 서사 양식은 주인공을 사회로부터 고립시키는 경향이 있음을 밝히고 있다.[406)]

그리고 희극적 서사양식에서, 신화는 아폴로적인 것으로서 주인공이 어떻게 신들의 사회에 의해 수용되어지는가에 대한 이야기이며,[407)] 로만스에서는 목가적인 세계로서의 자연으로서 전원시적이라고[408)] 할 수 있으며, 상위모방에서는 영웅적인 것과 아이러니적인 것의 결합이며,[409)] 하위모방에서는 사회적 지위의 상승이라는 결말이 포함되며,[410)] 아이러니에서는 산제물이 추방되는 이야기로 나타난다[411)]고 보고 있다. 그리고 비극적 양식을 논했을 때, 아이러니가 신화로 복귀하는 경향을 가졌듯이 이는 희극적 양식에 있어서도 똑 같이 적용된다[412)]는 것이다. 이러한 희극의 주제는 비극적 서사 양식이 주인공을 사회로부터 고립시

---

405) Ibid., p.42
406) In fiction, we discovered two main tendencies, a "comic" tendency to integrate the hero with his society, and a "tragic" tendency to isolate him.
　　Ibid., p.54
407) Ibid., p.43
408) Loc.cit.
409) Ibid., p.44
410) Ibid., pp.44-45
411) Ibid., p.45
412) What we have said about the return of irony to myth in tragic modes thus holds equally well for comic ones.
　　Ibid., pp.48-49.

키는 경향이 있음에 비해, 사회의 융화이며, 대개 중심인물을 사회 속에 통합시키는 형식을 취한다[413]는 입장이다.

프라이는 서사적 양식을 이렇게 정리하고 나서는, 아리스토텔레스가 시에 나타나는 여섯 가지 측면(선율, 어법, 스펙터클, 미토스, 에토스, 디아노이아)에서 논의한 디아노이아(dianoia)를 주제(theme)로 번역함으로써 서사적 양식과 대비되는 주제적 양식을 제시하고 있다.

> In such genres as novels and plays the internal fiction is usually of primary interest; in essays and in lyrics the primary interest is indianoid, the idea or poetic thought(something quite different, of course, from other kinds of thought) that the reader gets from the writer. The best translation of dianoia is, perhaps, "theme," and literature with this ideal or conceptual interest may be called thematic.[414]

일반적으로 어떤 작품에서는 이야기에 그 중점이 있고, 다른 문학작품에서는 주제에 중점이 있다고 쉽사리 말할 수 있다. 그러나 프라이는 서사 문학작품이라든가, 주제 문학작품이라든가 하는 것은 분명히 존재하지 않는다고 본다. 왜냐하면 주인공, 주인공을 둘러싸고 있는 사회, 시인, 그리고 시인의 독자들이라는

---

413) The theme of the comic is the integration of society, which usually takes the form of incorporating a central character into it,
   Ibid., p.43.
414) Ibid., p.52.

네 개의 윤리적(성격적) 요소, 즉 성격(ethos)에 관계되는 이 네 요소의 전부가 적어도 잠재적으로는 늘 작품 속에 나타나고 있기 때문이다. 묵시적이건, 함축적이건 간에 작가와 독자 사이에 어떠한 종류의 관계라도 없다면 문학작품은 거의 존재할 수 없다는 것이다. 시인이 본래 생각하고 있던 독자(청중)의 자리에 후대의 독자가 들어서게 되면, 그에 따라서 관계도 변하지만, 그와 같은 관계가 성립되고 있는 것은 변함이 없다는 것이다. 서정시나 에세이에서조차도 어느 정도까지 작자는 허구의 독자에게 허구의 주인공으로서 이야기를 하는 것이다. 그러므로 모든 문학작품에는 서사적인 면과 주제적인 면, 이 모두가 있으며, 어느 쪽이 중요한가의 물음은 해석에 있어서의 관점이나 강조의 차이에 불과한 것이다[415]라고 본다.

그런데 프라이는 서사문학에서 주인공을 그가 살고 있는 사회에 통합시키려는 <희극적> 경향과 주인공을 사회로부터 고립시키려는 <비극적> 경향으로 나누었듯이 주제중심의 문학에 있어서도 시인이 한 개인으로서 창작하고, 스스로의 개성의 독립과 스스로의 비전의 독자성을 강조하는 경우와 대사회적인 경우로 나누고 있다. 시인은 자기가 살고 있는 사회의 대변자가 되는 데 열중할 수도 있다[416]는 것이다. 그래서 고립된 개인의 시를 <서정시적> 경향으로, 시인의 사회적 역할이 중요한 사회 대변자의 시를 <서사시적> 경향으로 일컫고, 이를 장르와 관련지어 다시

---

415) Ibid., p.53.
416) Ibid., p.54.

명명하고 있다. 즉 <서정시적> <서사시적>이라는 용어를 버리고 <삽화적>과 <백과사전적>이라는 용어로 대신한다. 다시 말하면, <서정시적> 경우는 시인이 한 개인으로서 전달하는 경우로 이는 비연속적인 형식을 취하는 경향이 있고, <서사시적> 경우는 시인이 사회적 역할을 담당하고 있는 직업인으로서 전달하는 경우로 보다 더 확대된 패턴을 추구하는 경향이 있다[417]는 것이다.

이렇게 주제적인 양식을 <삽화적> <백과사전적>으로 나눈 프라이는 앞서 서사양식을 <비극적> <희극적>으로 나누고, 이를 신화, 로만스, 상위모방, 하위모방, 아이러니의 양식에 따라 논의한 것처럼 똑 같은 체계 속에서 분류를 시도하고 있다. 신화양식에서 백과전서적 형식은 시인이 신의 목소리를 대변하는 자로서 역할을 하고 있으며,[418] 삽화적 형식으로는 전형적인 탁선이 있고, 이차적인 형식으로 계명, 비화, 격언, 예언 등을 제시한다. 그리고 이러한 삽화적 형식을 싹으로 해서 백과사전적 형식으로 발전한다[419]고 본다. 로만스 양식에서 백과사전적 형식은 시인의 기능이 주로 기억하는 일에 있으며,[420] 삽화적 형식은 시인의 시적 정신이 하나의 세계에서 다른 하나의 세계로 옮겨가는 의식경계의 주제가 중심이다.[421] 상위모방양식에서 백과사전적 형식의 시들은 국민서사시이며 애국사상이나 종교적 사상으로 통

---

417) Ibid., p.55.
418) Loc. cit
419) Ibid., p.56.
420) Ibid., p.57.
421) Loc. cit

합되어 있으며,[422] 시인들은 설교가, 웅변가 궁전의전관 등[423]으로 있는 일이 많다. 그리고 삽화적 형식에서의 주된 주제는 구심적인 시선이며,[424] 형이상학파 시인들의 시에서 이를 확인할 수 있다[425]고 본다. 하위모방 양식에서의 백과사전적 형식의 시의 중심주제는 심리적 또는 주관적 정신상태를 나타내기 위해서 신화를 사용하는 신화적 서사시를 완성하려는 경향을 띠고 있으며,[426] 삽화적 주제의 중심은 주관적 정신상태를 분석하기도 하고 묘사하기도 하는데, 일반적으로 이 주제는 루소와 바이론에서 시작되는 문학운동의 전형적인 특징으로 보고[427] 있다. 마지막으로 아이러니 양식에서 백과전서적인 경향의 주된 주제는 순간적인 비전과 역사에 의해서 펼쳐지는 거대한 파노라마와의 비교이며,[428] 삽화형식의 중심이 되는 주제는 순수하지만 순간적인 비전, 영원에 대한 순간적인 미적 비전이다.[429]

이렇게 문학의 양식을 서사적인 면과 주제적인 면으로 분류해서 나름의 체계를 보여준 프라이는 이 장의 결론에서 이러한 구분은 비평사 전체를 통하고 있는 두 개의 문학관의 차이와 대응하고 있음을 지적하고 있다.[430] 즉 이 두 문학관은 아리스토텔레

---

422) Ibid., p.58.
423) Loc. cit
424) Loc. cit
425) Ibid., p.59.
426) Ibid., p.60.
427) Loc. cit
428) Ibid., p.61.
429) Loc. cit
430) Ibid., p.66.

스적 심미적 문학관과 롱기노스적 창조적 문학관이다. 전자는 문학을 작품으로 보고, 후자는 과정으로 보는 관점이다. 아리스토텔레스에게 시는 미적 인공물이며, 그의 중심개념은 카타르시스로 본다. 여기에 비해 롱기노스적 문학관의 중심개념은 망아 또는 몰입이다. 그런데 롱기노스의 망아 또는 몰입의 상태는 독자와 시, 그리고 때로는 적어도 이상적으로는 시인, 이 모두가 일체가 되는 상태를 말하고 있어, 독자를 거론하고 있는 점을 중시한다. 프라이는 롱기노스의 문학관이 주제 중심적 반응 또는 주제에 대한 개인적인 반응에 기초해 있다고 보기 때문이다. 그래서 아리스토텔레스 문학관이 극에 있어서 더 유효하듯이, 롱기노스 문학관은 서정시에 있어서 더 유효한 것으로 본다.[431] 이러한 프라이의 양식론과 문학관의 논의는 그의 양식론이 아리스토텔레스와 롱기노스의 문학관에 토대를 두고 있음을 알 수 있다.

(2) 상징론에서의 장르 논의

프라이는 두 번째 에세이에서 상징이론을 펼치고 있다. 그는 상징(symbol)이란 말을, 따로 분리시켜서 비평적 고찰을 할 수 있는 모든 종류의 문학구조의 단위를 의미하는 것으로 정의하고는 양상(phase)이란 개념을 통해 상징이론을 전개한다. 프라이는 문학작품의 의미는 단지 일련의 의미만을 생각하는 것이 아니라, 전체 문예작품이 자리잡을 수 있는 일련의 맥락, 또는 관

---

431) Ibid., p.67.

계를 생각하는 것이 좋다고 보고, 개개의 맥락은 그 자체의 디아노이아 즉 의미뿐만 아니라, 그 자체의 특징적인 미토스와 에토스를 가지게 되는데, 이러한 맥락 또는 관계를 양상이라고 명명하고 있다.[432]

이러한 의미의 양상을 프라이는 축자적 양상(literal phase), 기술적 양상(descriptive phase), 형식적 양상(formal phase), 신화적 양상(mythical phase), 신비적 양상(anagogic phase)으로 나누고, 이를 모티브로서의 상징(symbol as motive), 기호로서의 상징(symbol as sign), 이미지로서의 상징(symbol as image), 원형으로서의 상징(symbol as archetype), 단자(單子)로서의 상징(symbol as monad)으로 각각 명명하고 있다. 이러한 분류체계를 통해, 프라이는 첫 번째 에세이에서 다룬 양식(mode)과 두 번째 에세이에서 다루고 있는 양상(phase) 사이에는 하나의 대응이 성립된다고 봄으로써 상징이론 논의가 단순한 상징론을 넘어서고 있다. 즉 상징론을 양식론과 연관시키고 있다. 축자적 양상은 상징주의에 의해 도입된 주제중심적인 아이러니의 기법에, 기술적 양상은 하위모방 양식에, 형식적 양상은 상위모방 양식에, 신화적 양상은 로만스 양식에, 신비적 양상은 신화에 각각 대응시키고 있다.[433] 즉 상징이론의 다섯 가지 비평양상은 양식의 이론에서 보았던 다섯 가지 서술 양식에 적절한 비평방법이 되고 있다.

---

432) Ibid., p.73.
433) Ibid., p.116.

그리고 프라이는 <신화적 양상>을 논하는 부분에서, 장르연구에 있어서 중요한 유사성에 의해 나타나는 관습의 문제를 제기함으로써 장르 논의의 주요한 부분을 언급하고 있다. 우리가 전체 시의 한 단위로서 한 편의 시를 다른 시와 관련시켜서 생각하면, 장르 연구는 관습의 연구에 의거하지 않으면 안 된다[434]는 것이다. 하나의 시가 다른 시들과 가지게 되는 관계를 고려할 때, 우선 비평에 있어서 두 가지 고찰이 중요한 것으로 부각되는데, 관습과 장르가 바로 그것이라는 것이다.[435] 프라이가 말하는 관습의 문제는 예술이 어떻게 전달될 수 있는가라는 점에 초점이 가 있다. 프라이는 시를 단순히 자연을 모방하는 인공물의 집합체가 아니라, 전체적으로 본 인공 활동의 하나로 본다. 그리고 이 인공 활동에 문명이란 말을 사용할 수 있다면, 신화적 양상은 시를 문명기술의 하나로 볼 수 있다는 것이다. 이는 시의 사회적 측면에, 공동체의 초점으로서의 시에 관심을 가지는 것이다. 이 신화적 양상의 상징은 전달이 가능한 단위로서 프라이는 이를 원형(archetype)이라고 명명하고 있다. 말하자면 원형이란 전형적 또는 반복적인 이미지라는 것이다. 이렇게 프라이가 뜻하는 원형은 하나의 시를 다른 시와 연결하고, 그렇게 함으로써 우리의 문학경험을 통일하고 통합하는 상징이다. 그리고 이 원형은 전달이 가능한 단위이기 때문에, 원형비평은 주로 사회적 사실로서의 그리고 전달의 양식으로서의 문학에 관심을 가진다.

---

434) Ibid., p.96.
435) Ibid., p.95.

그래서 원형비평은 관습과 장르의 연구에 의해서, 개개의 시를 전체의 집단에 다 맞추어 넣으려고 한다[436]고 본다.

하나의 시를 다른 시에 연결시켜주는 원형적 또는 관습적인 요소를 인정하지 않는다면, 우리는 문학을 읽는 것만으로는 체계적인 지적 훈련을 쌓을 수 없다는 것이다. 그러나 만일 우리가 문학을 알고 싶어하는 욕구에 문학을 어떻게 아는가를 알고 싶어하는 욕구를 첨가하면, 우리는 이미지를 문학의 관습적인 원형으로 확장시키는 것이, 우리가 모든 책을 읽을 때, 무의식적으로 일어나는 과정임을 알게 될 것이라고 본다.[437]

(3) 신화이론에서의 장르 논의

두 번째 에세이에서 상징이론을 통해 원형개념을 확립한 프라이는 세 번째 에세이에서 원형비평을 통해 신화이론을 전개한다. 프라이는 문학에 있어서의 신화와 원형적인 상징에는 세 가지 구조가 있다고 본다. 첫째가 전위되지 않는 순수한 신화로서 일반적으로 신과 악마에 관한 이야기다. 은유에 의해 신은 바람직한 존재, 악마는 바람직하지 못한 존재로 완전히 동일시 하는 두개의 대조적인 세계이다. 이 두 세계는 이러한 문학과 같은 시대에 속하고 있는 종교가 그려내고 있는 천국, 지옥과 동일한 것으로 간주되고 있다. 이 두 개의 은유의 구조를 프라이는 묵시

---

436) Ibid., p.99.
437) Ibid., p.100.

적, 악마적이라고 부른다. 두 번째가 로만스적이라고 부르는 인간의 경험과 아주 밀접하게 연관되고 있는 세계 속에 감추어져 있는 신화적인 패턴을 떠오르게 하는 경향이다. 세 번째는 사실주의 경향을 갖고 있는 아이러니의 문학에 나타나는 신화적 패턴을 문제삼고 있다.[438] 그러나 실제 프라이가 신화의 이론에서 논하고 있는 내용은 묵시적 세계와 악마적 세계의 이미지 그리고 두 세계의 중간적인 이미지 구조의 해명과 이러한 이미지 구조의 동인이 되고 있는 발생원적인 이야기인 미토스의 해명이 중심이 되고 있다.[439]

묵시적 세계는 종교에 있어서 천국으로 나타나는데, 이것은 결국 성서의 묵시록, 즉 계시록이 묵시적 이미지의 문법이란 것이다.[440] 이러한 성서의 묵시적인 세계는 신의 세계에서는 한 분의 신으로, 인간의 세계에서는 한 사람의 인간으로, 동물의 세계는 한 마리의 어린 양으로, 식물의 세계는 한 그루의 나무로, 광물의 세계는 한 개의 사원으로 패턴화 된다[441]고 본다.

이에 비해 악마적 이미지는 묵시적 이미지와는 정반대로, 전적으로 바람직하지 않는 세계가 제시된다. 말하자면, 악몽과 산 제물의 세계, 속박과 고통과 혼란의 세계, 인간의 상상력이 아직 그 세계에 대해서 작용을 하지 않고, 인간에게 있어서 바람직한 이미지가 아직 확고하게 확립되어 있지 않은 도착되고 황폐된

---

438) Ibid., pp.139-140.
439) Ibid., p.140.
440) Ibid., p.141.
441) Loc. cit

세계, 폐허와 무덤의 세계, 고문도구와 바보천지들이 우글거리는 세계가 제시된다[442]는 것이다. 그래서 악마적인 이미지의 중심주제의 하나는 패러디로서, 이 패러디란 <실인생>(real life)을 소재로 모방하는 듯이 암시하지만, 실제로는 그 인생을 풍자·과장의 기법으로 조롱하는 방법을 일컫는다[443]고 보았다.

그런데 중요한 것은 프라이는 묵시적 이미지는 신화적 양식에 적합하고, 악마적 이미지는 아이러니 양식에 적합하다고 연계시킴으로써 첫 번째 에세이에서 논한 양식론의 틀과 두 번째 에세이에서 논한 이미지론(상징론)을 결합시키고 있다는 점이다. 즉 양식론에서 논한 신화와 아이러니의 세계는 묵시적 이미지와 악마적 이미지에 대응시키고, 나머지 로만스, 상위모방 양식, 하위모방 양식을 유비적 이미지로 논하고 있다. 로만스에서 나타나는 이미지를 순진무구의 아날로지(analogy of innocence)라고 부르고, 상위모방의 영역에서 나타나는 이미지를 자연과 이성의 아날로지(analogy of nature and reason)라고[444] 일컫는다. 그리고 하위모방의 영역에서 나타나는 이미지를 경험의 아날로지(analogy of experience)로[445] 명명하고 있다.

그런데 이 다섯 개의 이미지 중 묵시적 세계와 악마적 세계는 순수한 은유에 의해서 동일시되는 구조이므로 영원히 변하지 않지만, 나머지 세 개의 중간 영역은 하나의 구조에서 또 다른 하

---

442) Ibid., p.147.
443) Loc. cit
444) Ibid., p.151.
445) Ibid., p.153.

나의 구조로 이전되는 움직임이 포함되어 있다[446]고 본다. 이 움직임에는 자연의 질서 내에서의 순환운동과 자연의 질서에서부터 상부의 묵시적인 세계로 움직이는 변증법적인 운동으로 나눈다. 자연적인 주기에서 위의 절반은 로만스의 세계이며 또한 순진무구의 아날로지인 반면, 아래 절반은 리얼리즘의 세계이며 경험의 아날로지인데, 이들이 로맨스 내에서의 운동, 경험 내에서의 운동, 하강운동, 상승운동이라는 네 개의 주된 유형으로 나타난다[447]는 것이다. 그리고 이런 운동의 주체가 되는 로만스, 비극, 희극, 아이러니(또는 풍자)라는 보통 문학의 장르들보다 선행하는 문학의 네 개의 범주가 존재한다고 본다. 이 장르 발생 이전의 이야기 문학의 네 개의 요소를 프라이는 뮈토스 즉 플롯의 유형이라고 일컫고[448] 있다.

그런데 이 네 개의 뮈토스는 두 개의 상반되는 짝을 만들고 있다는 것이다. 즉 비극과 희극은 서로 어울려 있기보다 오히려 서로 대립하고 있고, 이상적인 것과 현실적인 것을 각각 옹호하고 있는 로만스와 아이러니도 서로 대립하고 있다는 것이다. 한편 희극은 알지 못하는 사이에 한 쪽 끝에서는 풍자로 서로 어울리고, 다른 한쪽 끝에서는 로만스와 어울린다[449]는 것이다. 중요한 것은 이러한 네 개의 뮈토스를 프라이는 계절의 순환과 결합시키고 있다는 점이다. 즉 봄의 뮈토스를 희극에,[450] 여름의 뮈토

---

446) Ibid., p.154.
447) Ibid., p.158.
448) Ibid., p.162.
449) Loc. cit
450) Loc. cit

스를 로만스에,[451] 가을의 뮈토스를 비극에,[452] 겨울의 뮈토스를
아이러니와 풍자에[453] 각각 대응시킴으로써 순환론적 관점에서
문학을 분류하는 신화이론을 보여준다.

(4) 장르이론에서의 장르 논의

프라이는 네 번째 에세이에서 본격적인 장르론을 펼치고 있
다. 프라이는 문학에서의 장르 구별은 기본적인 제시의 방식에
의거하고 있다고 본다. 그 제시방식은 말이 관객 앞에서 연행되
는 경우, 듣는 사람 앞에서 얘기되는 경우, 노래로서 읊조려지
거나 영창되는 경우, 또는 독자를 위해서 글로 씌어지는 경우로
나눈다.[454] 프라이는 장르라는 것은 시인과 그가 대상으로 하는
공중 사이에 확립된 여러 조건에 의해서 결정된다고 본다. 그런
데 기본적인 제시형식이 구술로 이루어지는 작품을 기술하기 위
해 프라이는 에포스(epos)란[455] 용어를 사용한다. 이는 음송과
그것을 듣는 청중이라는 문학적인 관습을 보존하려고 얼마만큼
시도하고 있는 모든 문학 - 운문이든 산문이든 간에 -을 포함하
는 개념이다. 그리고 인쇄된 책의 장르를 나타내는 말로서 픽션
(fiction)이란[456] 용어를 사용한다. 작가가 직접 독자에게 말을

---

451) Ibid., p.163.
452) Ibid., p.186.
453) Ibid., p.206.
454) Ibid., p.223.
455) Ibid., p.247.
455) Ibid., p.248.
456) Loc. cit

거는 작품은 에포스의 장르에 속하고, 처음부터 인쇄를 의도한 작품은 픽션의 장르에 속한다는 것이다.

그래서 에포스와 픽션은 문학의 중심 영역을 차지하고 있으며, 그 양 측면에 극과 서정시가 자리를 잡고 있다[457]는 것이다. 극은 제의와 깊이 연관되어 있고, 서정시는 꿈이나 비전 즉 개인의 자기 자신과의 대화에 연관되어 있으며, 서정시와 극은 어느 쪽도 직접 전달의 모방은 피한다[458]고 본다. 그리고 에포스에는 뭔가 비교적 규칙적인 운율이 지배적이고, 픽션에서는 산문이 지배적인 경향이 있다는 것이며, 극은 그 자체의 특유한 지배적인 리듬을 갖고 있지 않지만, 초기의 양식에서는 에포스에, 후기의 양식에서는 픽션에 아주 밀접하게 결부되어 있는 것으로 본다. 서정시에서는 시적이지만 그렇다고 반드시 운율적인 것은 아닌 리듬이 지배적인 경향으로 나타난다[459]는 것이다. 그래서 프라이는 계기의 리듬을 에포스로,[460] 지속의 리듬을 산문으로,[461] 데코럼의 리듬을 극으로,[462] 연상의 리듬을 서정시로[463] 각각 규명하고 있다.

에포스는 제시형식이 구술이며, 시인이 직접 청중에게 말하는 형식이고, 청중은 집단적인 성격을 지닌다. 여기에 비해 산문인 픽션은 제시형식이 책 또는 인쇄된 페이지이며, 시인은 독자로

457) Ibid., p.250.
458) Loc. cit
459) Loc. cit
460) Ibid., p.251.
461) Ibid., p.263.
462) Ibid., p.268.
463) Ibid., p.270.

부터 숨겨져 있고, 청중은 개인으로서의 독자이다. 극은 제시형식이 가상적인 인물들에 의해서 연행되고, 시인은 청중의 눈으로부터 숨겨져 있고, 청중은 집단으로서의 관객 또는 청중이 된다. 그리고 서정시의 제시형식은 나 - 너의 관계의 가설적인 형식이며, 시인은 자기 자신이고, 청중은 엿듣는 것으로 그 각각의 특징을 제시한다.

그리고 이러한 장르의 특징을 양식과 관련시켜 논하고 있다. 여러 양식이 역사적 변천을 겪어감에 따라 개개의 장르는 차례차례로 다른 장르보다 어느 정도 우월한 지위에 오르는 것처럼 보인다. 즉 신화와 로만스는 주로 에포스에서 표현되며, 상위모방 양식에서는 새로운 국민의식의 대두와 세속적인 수사의 확대로 상설극장에서의 극이 전면에 등장한다. 하위모방 양식은 픽션과 산문의 점차적인 사용을 초래하고 마침내 산문의 리듬이 운문에 영향을 주기 시작한다. 서정시의 장르는 아이러니 양식 및 의미의 축자적인 레벨에 특별히 일정한 관련을 맺고 있는 것으로 보고 있다.[464]

이러한 장르와 양식간의 관계 설정과 함께 프라이는 <극의 형식>,[465] <주제문학의 형식>(서정시와 에포스),[466] <지속적 형식>(산문픽션)[467]으로 나누어 극, 에포스, 서정시, 산문의 세부적인 내용을 다시 다루고 있다. 첫 번째 에세이 양식론에서 문학을 서

---

464) Ibid., pp.270-271.
465) Ibid., p.282.
466) Ibid., p.293.
467) Ibid., p.303.

사적 양식과 주제적 양식으로 나눈 그 토대를 네 번째 에세이인 장르론에 와서도 활용하고 있음을 본다. <극의 형식>에서는 신화극에서 성극, 역사극, 비극, 희극, 소극, 가면극 등에 이르는 극의 여러 특수형식을 원환적인 입장에서 논하고 있으며, <주제문학의 형식>에서는 서정시 형식으로서 탁선적인 시, 찬미시, 만가, 송시, 풍자 경구, 향락의 시, 인식의 시 등이 논의되고 있으며, 에포스 형식으로는 기도, 발라드, 비극적 찬미시, 서간시, 풍경시, 우화, 비화 등이 제시되고 있다. 그리고 <지속적 형식>에서는 소설, 고백, 아나토미, 로맨스들의 주요한 흐름을 분석하고 있는데 이들은 서로 얽혀 있으며, 이 중 소설이 다른 세 개의 형식을 어떻게 서로 결합하고 있는가를 밝히고 있다.[468] 또한 다른 형식들이 서로 뒤섞여 있는 잡종형식의 존재를 확인하고 있다.

그리고 프라이는 이 장을 마무리하면서, 성서를 중심으로 <백과전서적 형식>을,[469] 비문학적인 산문 속에 나타나는 문학적인 의도 즉 어떤 문학적인 요소를 찾아내는 <비문학적 산문의 수사학>을[470] 논함으로써 그의 장르론을 마무리하고 있다.

2. 김준오의 이론장르 논의에 나타난 N. 프라이의 장르론

장르의 개념은 순전히 사변적으로, 연역적으로 규정되기도 하고, 구체적 작품의 관찰의 소산으로 귀납적으로 규정될 수도 있

---

468) Ibid., p.312.
469) Ibid., p.315.
470) Ibid., p.326.

다. 토도로프는 전자를 추상적 분석이라 했고, 후자를 경험적 관찰이라고 기술하고 있다.[471] 장르연구는 이론과 실제를 겸해야 한다는 점에서, 김준오 역시 그의 장르론에서 이를 함께 실천하고 있다. 그래서 편의상 이론장르와 역사적 장르로 나누어 영향 관계를 논의하고자 한다. 먼저 이론장르 논의에서 N. 프라이의 장르론에 기대고 있는 중요 부분은 「원형적 방법과 다원적 체계 시학」에서이다. 이 내용을 검토함으로써 그의 N. 프라이에 대한 영향을 살펴보고자 한다.

김준오는 이 글의 서두에서 프라이의 『비평의 해부』가 우리 국문학 연구에 있어서 원형이론과 장르이론에 끼친 영향을 결코 경시할 수 없다[472]고 전제하고, 그의 장르론을 비판적으로 점검하고 있다. 특히 토도로프가 지적한, 장르연구는 이론적 장르와 역사적 장르가 함께 연구되어야 하는데, 프라이는 역사적 장르 개념이 결여되어 있다는 점을 지적한다. 이런 전제와 함께 김준오는 프라이의 장르체계를 내보이는 첫 번째 에세이인 양식론이 통시적임을 밝힌다. 그래서 이 양식이론에 프라이는 적절하게 역사적 비평이란 제목을 붙였다[473]는 것이다. 이 양식론은 매우 독창적인 분류 체계임에도 불구하고 가장 말썽이 많은 부분으로 본다.

프라이의 양식론은 아리스토텔레스가 모방의 대상에 따라 문

---

471) Tzvetan Todorov/Translated by Catherine Porter, Genres in Discourse, Cambridge university press,,1990, p.17.
472) 김준오, 『문학사와 장르』, 문학과 지성사, 2000, p.157.
473) 김준오, 같은 책, p.166.

학을 분류한 것을 변형한 것이라는 일반적인 평가를 바탕으로 양식론의 근거를 해명하고 있다. 아리스토텔레스는 보통사람보다 나은 선인과 못한 악인, 그리고 보통사람의 세 부류로 나누어, 서사시와 비극은 보통사람보다 나은 선인을 모방한 것이고, 풍자와 희극은 보통 이하의 악인을 모방한 것으로 분류했는데, 프라이도 주인공의 행동능력과 그의 환경에 따라 문학을 다섯 가지 양식으로 분류했다[474)]는 것이다. 그것이 신화, 로망스, 상위모방, 하위모방, 아이러니이다. 그런데 이러한 분류는 이론상 적어도 9개의 양식이 가능하다는 스콜스의 논의를 원용해 프라이의 체계가 비체계적임을 지적한다. 이런 비체계성 때문에 구조주의자들은 프라이의 양식체계에 따라 소설을 정확하게 분류하기 어렵다는 점을 문제삼는다고 보았다. 즉 프라이의 양식체계는 독단적으로 강제된 느낌을 주고 역사적인 문제에 만족스러운 해답을 주지 못하고 있다[475)]는 것이다.

그리고 김준오는 프라이의 양식이론에서 또 하나 특이한 점인 양식을 크게 허구적 양식과 주제적 양식으로 나눈 점에 주목한다. 허구적 양식은 주인공과 그의 사회라는 작품 내적 허구에 초점을 맞추고 주제적 양식은 작가와 독자라는 작품 외적 허구에 초점을 맞춘 것[476)]이라고 보았다. 그러나 프라이는 허구문학과 주제문학 작품은 분명히 존재하지 않는다고 단언한 점을 그대로 수용한다. 왜냐하면 이 네 요소의 전부가 적어도 잠재적으로 늘

---

474) 김준오, 같은 책, p.167.
475) 김준오, 같은 책, p.172.
476) 김준오, 같은 책, p.173.

작품 속에 나타나고 있기 때문이다. 사실 내적 허구와 외적 허구는 강조점의 문제에 지나지 않는다[477]는 것이다. 김준오의 관심은 프라이가 제기한 주제적 양식이 지니는 의미이다. 루트코프스키는 두 가지 종류의 <나-너>(작중인물들끼리의 의사 소통과 작가 독자 사이의 의사소통)를 구분함으로써 서정, 서사, 극의 3대 장르 어디에도 귀속되지 않는 교훈문학을 설정했는데, 프라이는 4가지 인격요소에 의해서 주제적 양식을 설정했다[478]는 것이다. 이 주제적 양식의 설정은 제4장르의 설정이라는 의미심장한 장르론적 문제를 제기한다는 것이다. 김준오는 조동일 교수가 서정, 서사, 극, 교술의 4분법의 장르 체제를 세웠을 때, 그가 사용한 작품내적 자아와 세계, 작품외적 자아와 세계의 4단위는 바로 프라이의 네 인격요소와 일치하는 것으로 평가한다. 작은 갈래론자인 파울러에 의하면 주제적 양식은 장르가 아닌 문학의 한 구성요소에 지나지 않는 면이 있지만,[479] 양식론을 통해 제4장르를 설정한 것에 대해서는 그 의미를 부여하고 있다.

　김준오는『비평의 해부』의 두 번째 에세이인 상징이론에서 보여주는 장르론적 부분은 건너뛰고, 세 번째 에세이인 신화이론에서 보이는 장르론을 점검하고 있다. 프라이에게 장르는 플롯구조와 언어구조의 일반적 특징을 가리키는 두 가지 의미로 사용되고 있는데, 그에 의하면 시(문학)는 자연의 한 모방이 아니라, 하나의 전체로서의 자연의 질서를 모방한 것이다. 여기서 자

---

477) Loc. cit
478) Loc. cit
479) 김준오, 같은 책, p.174.

연의 질서란 봄, 여름, 가을, 겨울의 반복으로 이루어지는 주기적 과정이다. 이 과정의 기본형식은 물론 순환적 운동이고, 이 순환운동의 여러 형식에서 문학의 여러 원형을 프라이는 가정하고 있다는 것이다. 이 여러 원형은 문학장르보다 폭이 더 넓거나 논리적으로 더 앞서는 이야기 문학의 4범주로 희극, 로만스, 비극, 아이러니이다. 이 범주들을 프라이는 플롯유형들 또는 미토이 라고 명명하고 있음을 밝힌다. 그런데 김준오는 프라이가 사계의 자연신화와 문학장르를 관련시킨 이 도식적 미토이 이론은 혼란을 보이고 있다[480]고 지적한다. 『비평의 해부』에서는 봄의 미토스를 희극으로, 여름의 미토스를 로만스로 규정해 놓았지만, 51년 「문학의 여러 원형」에서는 봄의 미토스를 로만스로, 여름의 미토스를 희극으로 규정했다[481]는 것이다. 그러나 프라이의 4범주론이 현실적인 것(아이러니)과 이상적인 것(로만스)을 기준으로 하고 있으며, 근본적으로 변화가 없는 세계(로만스와 아이러니)와 변화가 있는 세계(비극과 희극)에 의하여 문학을 분류하고 있음을 지적하면서, 이것은 자연 신화와 장르를 무리하게 대응시킨 도식성을 상쇄시키는 유익한 관점임[482]을 인정하고 있다.

그리고 프라이가 논한 희극과 비극에 대한 특징을 개관하고 있다. 프라이가 이상적인 것에서 현실적인 것으로의 하강운동인 비극과 현실적인 것에서 이상적인 것으로의 상승운동인 희극을

---

480) 김준오, 같은 책, p.162.
481) Loc. cit
482) 김준오, 같은 책, p.163.

구분한 것은 작품 세계에 초점을 둔 모방론적 관점이란 것이다. 그러나 프라이가 구속과 자유에 의해서 비극과 희극을 구분했을 때 그는 또한 세계관에 초점을 둔 표현론적 관점과 형식에 관점을 둔 구조론적 관점까지 취하고 있다[483]고 보았다. 자유의 제한 이라는 비극의 본질과는 달리 희극은 기존 사회의 속박으로부터 젊음과 자유에 의해서 지배되는 사회로의 움직임이며 사건을 역 전시켜 주인공으로 하여금 이런 속박을 벗어나 안정되고 조화로 운 질서에 이르게 하는 행위의 구조라는 것이다.[484] 또한 프라이 는 화해와 배척을 희극과 비극을 구분하는 중요한 기준의 하나 로 두고 있음을 지적한다. 비극의 주인공은 사회로부터 고립되 는 데 반하여 희극의 주인공은 사회와 화해한다[485]는 것이다.

그런데 주인공의 소원성취와 좌절은 비극과 희극을 갈라놓는 가장 일반적인 정의인데, 프라이가 희극을 봄의 미토스로 규정 하면서 죽음에서 재생으로, 겨울에서 봄으로, 밤에서 아침으로 움직이는 순환으로 정의함으로써 프로이트의 쾌락원칙을 넘어 서고 있다[486]는 점을 문제 삼는다. 내세지향적 욕구를 포함시킴 으로써 프로이드의 쾌락 원칙의 개념을 확대시키고 있다는 것이 다. 이를 복음주의적이라고 비판하고 있다. 이는 그가 희극을 더 옹호하고 두둔한 점에서 분명히 나타난다는 것이다.

이어 프라이의 네 번째 에세이에서 김준오가 관심하고 있는 부

---

483) Loc. cit
484) Loc. cit
485) 김준오, 같은 책, p.164.
486) 김준오, 같은 책, p.165.

분은 제시형식에 의해서 문학장르를 구분하고 있다는 점이다. 문학작품들은 상황이 어떠하든간에 구술되고, 인쇄되고, 가창되고, 연행되는데, 이러한 제시형식은 우리 국문학의 장르들을 규명하는데, 아주 유용하다는 입장을 밝히고 있다.[487] 프라이가 장르를 제시형식의 면에서 구별한 것은 우리에게 시사하는 바가 크다는 것이다.

　프라이의 양식이 제재에 대한 시인의 태도라면 장르를 결정짓는 기본 제시형식은 청중에 대한 그의 태도이다. 그런데 이 청중에 대한 태도라는 점에서 장르비평의 기초는 수사적이라는 프라이의 입장을 그대로 받아들인다. 김준오는 이를 수사비평을 장르론의 바탕으로 본 이상 그는 문학을 언어구조로 고려하는 구조론적 입장에 서 있다[488]고 평가한다. 이런 수사의 문제는 어법의 문제라고 본다. 그런데 프라이가 운문과 산문의 차이가 그대로 장르의 구분이 될 수 없음을 인식하면서도 어법의 유형에 따라 에포스, 산문, 극, 서정시로 4분한 것은 납득이 가지 않고 적어도 용어상의 문제가 여전히 남아 있다[489]고 비판한다. 프라이가 에포스를 반복의 리듬이 우세한 문학장르로 규정하고 이를 의미의(지속의) 리듬이 우세한 산문과 엄격히 구분하면서도 기본적인 제시형식이 구술로 이루어지는 모든 문학 작품 - 운문이든 산문이든 - 을 포함하는 말로 사용하는 혼란을 보인다는 것이다. 또한 프라이 자신이 말하고 있듯이 산문에 연결시킨 허구를

---

487) 김준오, 같은 책, p.175.
488) 김준오, 같은 책, p.176.
489) 김준오, 같은 책, p.177.

첫 번째 에세이에서는 이야기 형식을 가리키는데 사용하면서, 네 번째 에세이에서는 인쇄된 책의 장르를 나타내는 용어로 사용하고 있다[490]는 것이다.

이러한 용어의 문제와 함께 장르론에서 여전히 불씨가 되고 있는 것은 픽션과 산문 그리고 소설의 개념 차이임을 밝히고 있다. 프라이에게 허구는 아리스토텔레스가 역사와 비교해서 시를 정의한 것처럼 제작의 의미, 곧 상상문학·창작문학의 의미를 띠고 있으며(이런 점에서 논픽션과 대립된다), 무엇보다 기본적으로 지속적 형식 곧 거의 항상 산문으로 된 것이다. 그리고 픽션은 유개념으로 소설은 종개념으로 구분하여 문제의 불씨를 간단히 그리고 명쾌하게 해결하고 있다[491]고 보았다. 그래서 소설을 픽션으로서가 아니라 픽션의 한 형식으로서 고찰하고 있다. 여기서 프라이는 픽션에는 소설, 고백, 해부, 로만스가 서로 얽혀 있다고 보았다. 소설이 나머지 고백, 해부, 로만스의 형식들과 어떻게 서로 결합하고 있는가를 보여준다는 것이다.

이 논의를 통해 김준오는 프라이가 장르의 복합형식이나 혼합장르가 실존하는 것임을 밝혀내고 있다[492]고 보았다. 그리고 이는 의미심장한 부분임을 지적한다. 프라이가 장르의 순수성을 고집하는 중세적 장르관과는 달리 장르의 비순수성을 시사하고 있기 때문이다. 특히 프라이가 제시한 이러한 혼합장르의 문제는 우리 문학의 개화기의 「거부오해」, 「금수회의록」, 「소경과

---

490) Loc. cit
491) 김준오, 같은 책, p.178.
492) 김준오, 같은 책, p.179.

안즘방이 문답」 등 토론소설과 이재선, 조남현 교수 등이 정립시킨 지식인 소설을 장르비평적 관점에서 규명하는 데 크게 기여한 것으로 평가하고 있다.

그러나 소설, 로만스, 고백, 해부를 지적인 것과 개인적인 것, 내향적인 것과 외향적인 것을 범주로 해서 구분한 것은 토도로프가 지적한 것처럼 또 한번의 논리적 일관성의 결여를 드러낸 것으로 본다.[493] 개인적인 것과 지적인 것의 범주와 내향적인 것과 외향적인 것의 범주는 전혀 차원이 다른데도 불구하고 같은 분류체계에 적용시키고 있으며, 전자의 경우 개인적인 것은 공중적인 것과 짝을 이루어야 통일성이 있기 때문이다.

이렇게 프라이의 장르론을 세 개의 에세이를 중심으로 분석한 김준오는 결론적으로 프라이 장르론이 지닌 장점과 그 한계를 분명히 하고 있다. 프라이는 미토스, 양식, 기본적 제시형식의 3가지 좌표체계로 문학을 총체적으로 파악할 수 있는 하나의 지식체계를 세웠다는 것이다. 그는 원형비평적 관점에서 이 세 좌표를 고립시키지 않고 유기적으로 통합시켜 문학을 고찰했다는 것이다. 이 통합적 지식체계는 통합적 서사체계가 그 주종이 되고 있는데, 그의 이론적 장르는 사실 여간 명쾌하고 정교하지 않다는 평가를 내린다.[494] 그러나 비평을 하나의 통합적 지식 체계로서의 인문과학으로 끌어올리려 했음에도 불구하고 기독교적 복음주의에 경도된 나머지 헤르나디가 지적한 것처럼 과학적 야

493) 김준오, 같은 책, p.180.
494) Loc. cit

망과 복음주의적 야망이 조정되지 못한 한계를 벗어나지 못하고 있다고 비판하고 있다. 그럼에도 불구하고 프라이의『비평의 해부』는 문학의 기본적인 연구로서 장르이론을 고무시키는데 크게 기여했다[495]고 평가한다. 이러한 김준오의 프라이의『비평의 해부』를 중심한 장로론에 대한 검토는 객관적이고 실질적인 논의로 보인다. 그러나『비평의 해부』전체 논의가 장르적인 측면에서 네 편의 에세이 모두 마지막 장의 장르론과 연관되어 있다는 점을 감안한다면, 김준오가 두 번째 에세이인 <상징의 이론> 부분을 논의에서 제외시킨 것은 아쉬운 부분으로 남는다. <상징이론>은 세 번째 에세이인 <신화이론>의 토대를 마련해 주고 있는 논의이기 때문이다. 또한 상징이론의 다섯가지 비평양상은 양식의 이론에서 보았던 다섯 가지 서술 양식에 적절한 비평방법이 되고 있음을 밝힘으로써 프라이는 양식론과 신화이론 사이에 놓이는 가교로서 상징이론을 펼치고 있기 때문이다. 또 프라이는 <신화적 양상>을 논하는 부분에서, 장르연구에 있어서 중요한 유사성에 의해 나타나는 관습의 문제를 제기함으로써 장르논의의 주요한 부분을 <상징이론>에서 언급하고 있기 때문이기도 하다.

3. 김준오의 역사적 장르 논의에 나타난 N. 프라이의 장르론

김준오는 이론적 장르의 모색과 함께 한국문학의 현장 속에서,

---

495) 김준오, 같은 책, p.181.

역사적 장르로서의 특징들을 논하고 있다. 개화기 시기, 1930년대 문학, 70~80년대 문학으로 크게 나누어 논하고 있어, 이 순서를 따라 역사적 장르 논의 속에 나타나는 영향소를 살펴본다.

우선 개화기시기 문학을 논하면서, 그는 프라이가 장르론에서 제시한 장르혼합의 개념과 제시형식을 중요한 잣대로 활용한다. 개화기는 어느 시기보다 변화가 많은 시기이기에 장르혼합의 형태가 많이 나타나고 있다. 4행시의 창가, 가사, 시조 중 어느 장르에 귀속되는지 쉽게 파악되지 않는 경우처럼 개화기 시가는 육당을 대표로 갖가지 형식적인 실험을 시도한 시기이기에 장르가 미처 정착하지 못해 잡종으로밖에 기술할 수 없는 작품들이 많이 나타나 있다[496]는 것이다. 김준오는 개화기 시가에 관한 지금까지의 연구는 장르변화의 한 요인인 이런 장르 혼합을 거의 간과하고 있다고 본다. 잡종은 장르들끼리의 얽힘의 현상이므로 장르들 사이의 관계의 문제로 본다. 그러므로 장르내적 요인들에 의해서 장르의 변화를 규명하는 작업이 요청되는데, 이를 장르혼합이란 현상으로 풀어내고 있다.

또한 그는 개화기 시가의 장르 기술이 유난히 제시형식에 의존하고 있는 점도 두드러진 한 특징임을 지적한다. 제시형식은 개화기 시가를 분류하는 중요한 기준이며, 장르의 변화를 기술하는 참조틀이란 것이다. 그래서 제시형식에 의존하지 않고는 개화기 시가의 장르적 성격을 제대로 규명할 수가 없다[497]고 본다.

---

496) 김준오, 『한국현대장르비평론』, 문학과 지성사, 1990, p.107.
497) Loc. cit

이런 입장에서 김준오는 개화가사와 창가의 장르적 성격을 논한 여러 논자들의 논의를 검토하고 있다. 그 논의의 핵심은 개화기 시가가 노래로 불리워졌느냐, 곡조는 전통 음악인가 서양음악인가 혹은 리듬에 의하여 음영되느냐 하는 것 등이 제시형식의 문제로 제기되었으며, 이 제시형식이 시가를 분류하는 기준이 되었다[498]고 해명한다. 그런데 김준오의 관심은 개화기 시가에서 가장 중요한 국면은 이 제시형식과 연관되는 기능적 측면에 가 있다. 개화기 시가가 율격을 채용하고 노래로 불리도록 의도된 것은 개화기 시가가 문학으로서가 아니라, 사회적 또는 정치적 운동의 수단이었다는 사실에 근본적으로 기인한다는 것이다. 즉 개화기 시가는 운동의 개념으로서 문학이란 것이다. 개화기 시가의 율격도, 음악의 곡조도 이런 운동의 효과적인 수단이었다는 것이다. 여기서 개화기 시가의 반미학적 양상이 기본적인 문제로 제기된다[499]고 평가한다.

그런데 개화기 시가의 이런 반미학적 성격에 장르로서의 새로운 의의를 부여하고 체계화한 논자로 조동일을 지목한다. 조동일은 가사의 장르적 성격이 개화기 시대정신과 일치하므로 가사는 개화기에 과거보다 오히려 더 중요한 역할을 하게 되었다고 주장한다. 즉 그에 의하면 가사는 일정한 사실을 전달하거나 주장하는 것을 본질로 삼는 교술장르라는 것이다. 교술은 기존 현실 세계에 대한 논의와 비판을 본령으로 하는 토의문학인데, 토

---

498) 김준오, 같은 책, p.110.
499) Loc. cit

의문학은 창작행위가 가해지지 않는 비허구적 문학이란 것이다. 조동일이 주장하는 교술이 결국 작가와 독자, 곧 작품 외적 자아와 세계의 관계에 초점을 둔 주제문학임을 밝힘으로써 조동일의 교술문학론에 개재되어 있는 프라이의 주제적 성격의 문학론을 김준오가 확인하고 있는 것이다.

다음으로는 개화기 소설을 다룬, 이재선의 「개화기 서사문학의 세 유형」을 논하는 부분에서 프라이 장르론의 영향소를 발견할 수 있다. 이재선은 이 글에서 개화기 소설을 경험적 서사체와 허구적 서사체, 그리고 희화우의적 서사체의 세 가지로 분류하고 있다. 개화기 소설을 이처럼 3분한 것에 대해 김준오는 모방론과 표현론, 구조론, 효용론의 어느 관점에서도 타당한 것으로 보고 있다. 그리고 이재선이 명명한 세 번째 유형이 짐승과 아이러닉 모드의 인간을 원용했다[500]고 봄으로써 프라이의 양식론을 시사한 것으로 평가한다. 이러한 이재선의 관점은 장르비평의 또 하나의 입장을 보인다는 점에서 주목의 대상이 되고 있다.

김준오는 개화기문학뿐만 아니라, 1930년대의 소설론을 다루면서도, 프라이의 장르론을 원용하는 모습을 보인다. 우선 안회남의 「통속소설의 이론적 검토」를 논하는 내용에서 이를 확인할 수 있다. 안회남은 소설은 사상과 행동의 융합이고 또 융합이어야 하는데, 이 두 요소 중 어느 한 쪽이 우세하느냐에 따라 소설은 순수소설과 대중소설로 분류된다고 본다. 순수소설은 사상이 우세하고 주관적이며 필연적이고 기록적이고 일상성과 보편성

---

500) 김준오, 같은 책, p.121.

을 갖는데 반하여, 대중소설은 행동이 우세하고 객관적이며 우연적이고 허구적이며 일시성과 특수성을 갖는다고 그 특성을 제시한다. 그리고 전자는 정신이 중심이고 질을 고집하는 데 반하여 후자는 관능이 중심이고 양을 고집한다는 것이다. 그런데 안회남이 제시하고 있는 이러한 순수·대중의 2분법은 서구 장르이론에서 사상이 우세한 주제적 thematic 문학과 플롯이 우세한 허구적 fiction 문학의 분류에 해당한다[501]고 해명함으로써 김준오는 프라이의 주제적 양식론을 원용하고 있다. 그리고 안회남은 소설은 다른 어느 장르보다 상식의 문학이라고 규정하고, 순수소설은 상식의 수준을 높이고 대중소설은 상식의 수준을 언제나 추종한다고 보았다. 그런데 통속소설은 상식을 저하시키고 타락시킨다고 보았다. 통속소설에는 상식의 논리적 의미가 제거되어 있기때문에 일견 상식적인 것 같으면서도 전체적으로 보면 비상식, 몰상식하며 사상의 탐구도 없고 행동의 논리도 없다는 것이다. 이러한 상식문학의 개념으로 통속소설을 비판하고 있는 안회남의 소설장르 개념을 김준오는 프라이의 하위모방론과 유사하다[502]고 보고 있다. 그러나 프라이가 제시하고 있는 하위모방 양식에서 논의되는 리얼리즘 소설들이 안회남이 제시하고 있는 상식문학으로서의 소설과 어떻게 유사한 지에 대한 구체적 논증이 더 필요한 아쉬움이 있다.

김준오는 1930년대 소설론 중에서 가장 논리적이고 본격적 장

---

501) 김준오, 같은 책, p.153.
502) 김준오, 같은 책, p.154.

르비평의 성격을 띤 것은 최재서의 소설론으로 본다. 최재서의 장편소설의 장르인식도 다른 비평가들처럼 통시적 고찰에 주로 의존하고 있는데, 그의 「소설과 민중」에서는 고대 영웅 문학인 서사시, 중세 기사 문학인 로망스, 16,7세기 귀족문학인 비극과 대비시켜 근대소설을 시민 사회를 형성한 민중의 문학이라고 정의함으로써 프라이의 양식론을 상기시키고 있다[503]고 해석한다. 또한 최재서는 「서사시·로망스·소설」에서 로망스가 듣는 문학인데 반하여 소설은 읽는 문학이라고 하여 문학의 제시형식이 장르 구분의 한 기준임을 시사함으로써 우리의 주목을 끈다[504]고 밝히고 있다. 이는 프라이의 장르론에서 제기된 제시형식을 김준오가 원용하고 있음을 확인할 수 있는 대목이다.

　김준오가 한국문학에서의 역사적 장르를 검토하면서 가장 관심을 많이 가진 부분 중의 하나는 제시형식과 장르혼합 양상이다. 제시형식에 대한 논의는 앞서도 논의되었지만, 70~80년대 <서사시>론을 펼치면서 이 문제는 집중적으로 논란이 된다. <연희화의 제시 형식>에서 그는 현대의 미학은 전달개념을 중심으로 하고 있기에, 장르 구분의 한 기준인 제시형식이 문제가 된다고 본다. 개인적 서사장르인 소설은 인쇄되어 개개인에게 읽히는데, 주관적인 장르인 서정시는 가창되거나 낭송된다는 것이다. 그러나 서정시는 청중이 필요없어 엿들어지는 장르가 된다는 것이다. 이에 반해 민족이나 국가의 운명을 다루는 집단적인

---

503) 김준오, 같은 책, p.170.
504) 김준오, 같은 책, p.171.

서사장르인 서사시는 청중에게 구연되는 것이 그 제시형식이다. 청중에게 구연된다는 이런 제시형식 자체는 공적 전달 목적을 반영하고 있어서 서사 시인은 당대 사회와 민중의 대변자가 된다[505]는 것이다. 그런데 이런 제시형식에 가장 관심을 많이 보인 평자가 서사시론 논자 중에서 염무웅이라고 평가한다. 염무웅은 『국경의 밤』중 가장 희곡 형태를 띤 대화 부분을 파인이 창극 또는 가극을 염두에 두지 않았나 하고 추리하고 있다고 판단한다. 대화를 노래로 주고받는 시간 속도는 일상생활과 연극의 시간 속도와는 다르기 때문에 독특한 예술적 효과를 획득할 수 있다는 것이 그 근거이다. 이것은 문자로 씌어진 작품이 연희화되는 제시형식의 효과를 말한 것[506]이라고 본다.

그리고 김지하의 담시를 논하면서도, 담시는 우리의 전통 구전 장르인 판소리의 제시형식으로 연희화되고 있다고 본다. 판소리는 언제나 전문적인 광대가 동작과 노래로 청중들 앞에 연출하는 형태가 그 제시형식인데, 이를 김지하의 담시가 활용하고 있다는 것이다. 제시형식은 청중에 대해서 예술가가 취하는 태도인데, 청중에 대한 태도인 이상, 수사법이 문제가 된다[507]고 밝힘으로써 프라이의 장르론의 토대를 원용하고 있다. 즉 김지하의 담시들은 판소리 사설처럼 이중적인 문체, 곧 유식한 문자와 상스런 말을 구사해서 공적인 전달을 꾀하고 있다는 것이다. 그만큼 폭넓은 청중을 의도하고 있다는 것이다.

---

505) 김준오, 같은 책, p.192.
506) Loc. cit
507) 김준오, 같은 책, p.194.

프라이는 장르론에서 장르혼합 혹은 장르의 잡종화를 논하고 있는데, 김준오도 <장르해체론>에서 이러한 장르의 혼합에 대해 논하고 있다. 프라이는 소설, 고백, 해부, 로만스가 서로 얽힌 잡종형식이 존재함을 발견하고, 이것을 그는 '산문허구' 라는 명칭을 부여했는데, 특히 그는 심포지엄 같은 논의, 여담으로 흐르는 서사체, 비평가들에 대한 조롱, 토론형식 등과 같은 해부의 양상들이 소설에 나타나고 있음을 분석하고 해부와 소설이 결합된 유형의 예로 사상소설, 프롤레타리아 소설을 내세웠다는 것이다. 그런데 국내 소설들 중 비평과 소설이 혼합된 이런 소설유형을 지식인 소설로 명명하게 되었다는 것, 이 중 최인훈의 소설은 전통소설의 해체양식으로서 그 표본적인 작품이 되었다[508]고 평가한다. 그리고 장르해체란 주변장르의 격상이라는 장르순위의 변화가 그 중요한 요인이 되었지만, 장르들 사이의 수평적 관계에서도 장르변화가 일어난다[509]는 것이다. 그 가장 중요한 변화요인이 장르혼합이란 것이다.

김준오는 장르혼합은 우리 현대문학의 변화를 가져오는 가장 중요한 요인으로 본다. 왜냐하면 이것은 다른 어떤 변화 요인보다 문학의 폭넓은 가능성의 지평을 제공하고 있기 때문이라는 것이다. 혼합의 양상은 앞서 지적한 바와 같이 소설에서도 나타나지만, 가장 두드러진 양상을 시의 서사화에서 찾고 있다. 서정주는『질마재 신화』에서 이야기를 도입함으로써 시에서 금기되

---

508) 김준오, 같은 책, p.209.
509) 김준오, 같은 책, p.213.

어 있는 설명적 요소를 도입하고 있다[510]는 것이다. 그리고 신경림의 시집 『농무』는 이야기를 통한 행위에 의한 시적 긴장을 예술적으로 성공시킨 사례로 평가한다. 신경림은 리듬과 이미지에 의해서가 아니라 행위를 통한 구체적 삶의 장면에 의해서 주제를 형상화하고 있다[511]는 것이다. 즉 신경림은 서정주와는 달리 '우리' 라는 복수 일인칭의 시점을 선택하여 화자를 중립화시킴으로써 화자 지향의 주관적 형식인 전통시의 관습을 깨트리고 화제 지향의 객관적인 형식을 취하고 있다는 것이다.

김준오는 개화기 시기, 1930년대, 그리고 7~80년대 문학을 대상으로 우리 문학의 모습을 역사적 장르라는 입장에서 논의하고 있다. 그의 이론 장르논의에서 제시된 많은 입론들이 역사적 장르 논의에서 일일이 점검된 것은 아니지만, 장르를 제시형식의 측면에서 바라보고 있는 관점과 역사적 장르의 성격상 필연적으로 제기될 수밖에 없는 장르혼합의 문제가 상당히 비중 있게 논의되고 있다. 이러한 장르논의는 프라이가 장르론에서 강조한 제시형식이란 관점과 장르의 혼합이라는 측면을 상당히 원용한 결과로 보인다.

결론

지금까지 김준오의 장르론을 영향사적인 관점에서 살펴보았다. 김준오의 장르론 논의에 영향을 미친 장르론자들이 많지만,

---

510) 김준오, 같은 책, p.218.
511) 김준오, 같은 책, p.219.

본고에서는 N. 프라이의 장르론이 어떻게 영향을 미쳤는지를 살폈다. 김준오의 이론 장르 모색이나 역사적 장르 논의에서 프라이의 장르론이 상당히 영향을 미친 것으로 확인되었다. 특히 장르론의 중요한 한 측면인 제시형식에 대한 이론적 모색은 전적으로 프라이가 제기한 이론에 근거하고 있다. 이 제시형식에 김준오가 특별히 관심한 것은 제시형식에 대한 변화는 장르의 변화를 가져오는데, 한국문학의 장르 연구가 이 점을 간과해 왔기 때문이다. 또한 혼합 장르에 대한 논의 역시 김준오가 프라이의 장르론에서 원용한 중요한 내용 중의 하나이다.

그런데 김준오의 장르론에서 확인되는 중요한 것은 프라이의 장르론을 일방적으로 수용만 하고 있지는 않다는 점이다. 그는 프라이의 장르론이 지닌 한계와 문제를 어느 정도는 인식하고, 이를 비판적으로 수용하고 있다. 김준오가 N. 프라이의 장르론을 비판적으로 검토하고 있는 부분은 다음과 같다.

(1) 장르론은 이론적 장르와 역사적 장르의 논의가 함께 이루어져야 하는데, N. 프라이의 경우 역사적 장르개념이 결여되어 있다는 점

(2) N. 프라이의 이론적 장르는 사실 명쾌하고 정교하며 독창적이나 기독교 복음주의에 경도된 나머지 헤르나디의 지적처럼 과학적 야망과 복음주의의 야망이 조정되지 못한 한계를 벗어나지 못한다는 점

(3) 이론적 장르의 도식주의가 빚어내기 마련인 이론과 실제 사이의 불일치, 논리적 일관성의 결여와 불균형성 등을 지적하고 있다.

이러한 문제점의 확인은 N. 프라이 장르론의 비판적인 수용이란 점에서 의미를 지닌다. 한국문학 연구 현장에서 장르 연구는 아직까지 취약한 영역이다. 그런데 김준오의 장르 연구는 한국문학 연구에서 장르 비평의 필요성을 새롭게 제기한 점을 부인할 수 없다. 그러므로 이에 대한 체계적인 연구는 한국문학 연구 분야에서 장르 연구를 활성화할 수 있는 계기 마련이 가능하다고 본다. 본고에서 다루지 못한 다른 영향소들에 대한 영향 연구를 통해 한국문학장르론 연구의 토대와 함께, 한국문학 장르론 연구에 새로운 계기를 마련할 수 있기를 기대해 본다.

　김준오의 장르 연구는 단순히 장르 이론에만 국한되어 있는 것이 아니다. 이론 장르적 측면에서의 고구와 함께 역사적 장르에 대한 체계화를 실천하고 있기 때문이다. 이러한 김준오의 장르론에 대한 이해는 장르 해체가 급속화되고 있는 한국문학 현장의 특성을 해명하는 데 참조틀로 기여할 수 있으리라고 본다. 즉 장르 혼합, 탈장르, 초장르 등으로 다변화되고 있는 문학 현상의 근저를 해명할 수 있는 이론적 토대를 제공하고 있다는 것이다. 그러나 그의 역사적 장르에 대한 논의가 특정한 시기에 국한되어 있다는 점은 후학들이 풀어가야 할 과제이다. 그는 장르가 연속성과 변화성을 가지고 있다는 관점에 서 있었지만, 특정시기의 장르 논의에 국한됨으로써 변화에 더 초점이 맞추어져 있기 때문이다. 또한 프라이의 장르론들이 너무 도식성에 기울어져 있듯이 김준오의 장르론이 구조론에 기울어져 있는 점도 앞으로 극복해 가야 할 과제의 하나로 남겨져 있다.

13장

이원조 비평의 해석학적 연구(II)

-해방공간을 중심으로-

머리말

  해방공간(1945~1948)에 대한 연구는 분단문학사적인 측면에서 볼 때, 이는 바로 직접적인 전사(前史)에 해당된다는 점에서 그 중요성과 의의는 어느 시기보다 크다고 할 수 있다. 남북분단 체제의 고착은 해방공간에 대한 연구를 의식 혹은 무의식적으로 제약해 온 것이 사실이다.

  그러나 70년대 말 이후 점진적으로 이루어져 온 사회과학 분야의 연구에 힘입어 해방공간에 대한 문학적 연구도 어느 정도 그 가능성을 확보해 왔고 해금조치 이후에는 그 연구의 장이 새롭게 열려졌다고 할 수 있다.[512] 이후 해방공간에 대한 연구는

---

512) 특히 80년대 전 기간을 걸쳐 해방직후의 역사, 특히 해방공간(1945.8.15.-

엉성한 자료의 복원과 정리 그리고 사적 고찰이 이루어지고 있다.

이 시기의 문학에 대한 본격적인 연구는 『해방전후사의 인식』에 게재된 임헌영의 「해방 후 한국문학의 양상」과 김윤식의 「해방공간의 문학」[513]에서 시작되었다고 할 수 있다. 이후 권영민의 『해방직후의 민족문학 연구』 신형기의 『해방공간의 현실주의 문학연구』 이우용의 『해방공간의 민족문학사론』 등이 연구결과로 주목된다.

이들의 연구는 대체적으로 문예사상적 문맥과 당시 문단의 조직론이나 운동양상에 대한 고찰에서부터 작가 작품론의 방향으로 확산되었으며 북한문학과의 비교고찰이 시도되기도 하였다. 이러한 그 동안의 논의를 감안할 때 해방공간 문학의 연구작업도 상당히 진척되었다고 할 수 있다. 그러나 아직도 장르별 작가별 연구는 많은 부분이 미진한 상태로 남아 있다.[514] 특히 정치적 앙양기라 할 수 있는 해방공간에 있어 가장 민감하게 반응해야 하는 운명에 놓여 있던 비평에 대한 개별연구는 아직도 많은

1948.8.15.9.19)에 대한 탐구는 치열한 바 있었으며 그 성과는 일정한 수준에 이른 것으로 평가하고 있다. 그 구체적 성과로는 『해방전후사의 인식』 6권(한길사, 1980-1989), 김남식 『남로당 연구』(돌베개 1984), 김남식, 심지연 편 『박헌영 노선 비판』(세계,1986), B 커밍스 김주환 역 『한국전쟁의 기원』 상.하 (청사, 1986) 등을 들 수 있다.

　김윤식, 『한국현대문학사상사론』, 일지사, 1992, p.173, 참조.

513) 이 논문은 1985년 발간된 『해방전후사의 인식』에 실려 있는데, 이후 김윤식 교수는 이와 연관된 해방공간 문학에 대한 연구를 확장해 1989년에 『해방공간의 문학사론』을 발간했다.

514) 신형기, 「해방기 문학 연구의 두 성과」, 《오늘의 문예비평》 1991, 가을호 p.224.

과제를 남겨 두고 있다.[515]

그래서 본고에서는 임화와 함께 조선문학건설본부(문건)의 중심인물 중의 하나였던 이원조를 대상으로 그가 해방공간에 남긴 비평문을 통해 그의 비평적 입지를 살펴보고자 한다. 이원조에 특별히 주목하는 이유는 그가 해방공간에서 누구보다 당시 현실을 민감하게 인식하고 있었고, 그 혼란기 혹은 새로운 건설기를 자신이 생각하는 방향으로 주도해 가려는 뚜렷한 흔적을 남겨 놓았기 때문이다. 그러므로 해방공간에서의 이원조 비평을 살피는 일은 가장 정치적이었던 시기에 비평가의 정치적 선택이 갖는 의미를 점검해 볼 수 있는 측면도 역시 지닐 수 있다. 즉 그가 박헌영의 정치노선에 따라 평양도 서울도 아닌 제3의 장소인 해주를 선택한 근원적 동기를 그의 비평을 통해 해명해 볼 수 있는 가능성을 갖는다는 것이다.

이러한 내용의 해명을 위해 본고에서는 해방공간에 발표된 이원조의 평문들[516]을 해석학적 입장에서 접근해 가려고 한다. 이원조의 경우는 해석자의 현실적 역사적 상황과 관련지어서 모든 현상을 해석하고 파악하려는 입장으로 많이 기울어져 있다. 이는 해방공간이 혼란기 혹은 건설기라는 현실적 이유도 크게 작

---

515) 부분적이기는 하나 장르별 혹은 작가별 개별연구에 접근을 시도한 작업으로는 김윤식의 『해방공간문학사론』(서울 출판부, 1989), 신형기의 『해방기 소설 연구』(태학사, 1992), 김승환의 『해방공간의 현실주의 문학연구』(일지사, 1991), 이우용의 『해방공간의 민족문학사론』(태학사, 1991) 등을 들 수 있다.

516) 이원조가 해방공간에 발표한 평문은 1945년에 5편, 1956년에 15편, 1947년에 1편, 1948년에 1편 정도로 정리된다. 본고에서 주로 다루는 대상 평문은 이동영 편 『오늘의 문학과 문학의 오늘』에 실려 있는 10편과 『개벽』지 발표된 「비평가의 임무」를 주된 논의 대상으로 삼았다.

용했지만, 그의 선이해가 이러한 세계해석을 가능하게 하는 바탕이 되었으리라 본다. 특히 해방공간은 실천성이 강조되는 시기였기에 현실상황에 대한 대응력 혹은 해석력이 정치성과 뗄 수 없는 관계에 놓여 있었다.[517] 이런 점을 감안하여 그의 비평론과 현실문학운동 나아가 정치적 선택을 해석학적 관점에서 풀어 보고자 한다.

해방공간 현실의 변증법적 인식

1945년 8월 15일 남북한 각각의 정부가 수립되기까지 3년간을 일반적으로 나라만들기의 시기[518]로 파악하고 있다. 그런데 이 시기는 각각의 정치적 집단들이 대립과 갈등을 빚고 있었기에 그 어느 시기보다 혼란이 심화된 시기이기도 하다. 이원조가 8.15 이후의 정황을 우선 혼란으로 인식하고 있음은 이런 사정을 보여 준다.

　그러한 意味에서 그 自然스러운 衝動과 歡呼가 곧 必然的인 것으로 發展하지 못 할 때는 그것이 곧 한 개의 混亂狀態로 轉煥되고 마는 것이니 이것은 八月十五日 以後 지금에 이르는 七十餘日間의 모든 事態를 觀察해 본다면 特히 政治界에 있어서의 混亂狀態가 가장

---

517) 해방공간의 문학운동은 단체운동이었고 이 단체운동은 정치적 선택과 불가분의 관계를 지닌다는 점은 당시 문학운동의 특수성으로 지적되고 있다.
　　신형기,『해방직후의 문학운동론』제3문학사, 1988, p.12 참조.
518) 김윤식『한국현대문학사상사』, 일지사, 1992, p.176.

代表的인 것의 하나이지마는 그 밖에도 이와 類似한 混亂이 各 部分에 나타난 것만은 否認할 수 없는 일이었습니다.[519]

비평가 앞에 놓여 있는 현실이 제 모습을 찾기 힘든 혼란으로 인식되었을 때 그 현실을 극복하기 위한 노력은 자연스럽게 나타나게 된다. 즉 혼란을 극복하기 위한 몸짓을 내보이게 됨이다. 그래서 비평가는 체질적으로 이 혼란이 어디서 온 것이며 또 어떻게 해야 이를 넘어 설 수 있겠다[520]는 인식의 체계를 나름대로 갖게 되는 것이다. 그런데 중요한 것은 이러한 인식체계를 통해 우리는 이원조의 세계해석의 입장을 읽어낼 수 있다는 점이다.

이원조는 이 해방공간의 70여 일의 현실을 단순히 혼란 자체만으로 인식하지 않고 8.15와 그 이후의 현실을 나름대로의 역사적 시각으로 바라보고 있기 때문이다.

8月 15日 우리 民族이 日本帝國主義로부터 解放된 그 순간 우리의 모든 任務는 革命的 段階에 들어선 것이다. 다시 말하면 우리 民族解放이 우리의 革命的 鬪爭의 結果로써 성취된 것이 아니고 聯合國의 對파시즘전쟁의 승리로 말미암아 된 것이므로, 우리의 民族解放을 곧 大韓獨立이란 觀念으로 생각하기 쉽지마는 실상인 즉 우리의 일본제국으로부터의 解放은 본래 우리의 革命的 鬪爭을 통해서 성취되어야 할 것이므로 비록 해방은 他力으로 되었다고 하더라도 解放된 순간부터는 革命的 단계에 들어선 것이라는 것을 認識하지 아니하면 안 될 것이다. 이러한 의미의 8月 15日은 우리가 日本

---

519) 이원조, 평론집, p.223.
520) 이원조, 평론집, p.224

帝國主義에 대해서 解放의 終結인 同時에 -段落的 意味에서- 自主 獨立을 위해서는 革命의 最初이라고 規定하지 않으면 안 될 것이 다.[521]

여기서 우리는 이원조의 현실인식, 나아가 세계해석의 입장을 읽어낼 수 있다. 즉 8.15 해방을 민족사적 입장에서 혁명적 단계 의 최초로 인식하고 있음이다. 혁명적 단계의 현실인식이란 현 실의 모순을 직시함에서 비롯되는 인식체계이다. 현실모순을 극 복하기 위한 하나의 방안이 혁명으로 나타나기 때문이다. 이러 한 이원조의 현실인식은 현실모순의 인식에 눈이 먼저 가 있다 는 점에서 변증법적 인식론에 기초하고 있다고 할 수 있다. 현실 모순의 부정을 통해 새로운 혁명의 단계를 꿈꾸고 있기 때문이 다. 그러면 이원조는 당시의 현실에서 구체적으로 무엇을 부정 하고 있는가.

그러면 이 段階를 革命的 段階라고 規定한 뒤 革命이라면 그것은 鬪爭對象이 있어야 하는 것이다. 그러면 現 段階에 있어서 우리의 鬪爭對象은 무엇이냐? 그것은 政治에 있어서 親日派, 民族反逆者 의 掃蕩, 다시 말하면 日本帝國主義의 殘存勢力을 徹底히 掃蕩할 것을 絶叫하는 것과 마찬가지로 역시 우리 文學 속에 들어있는 모 든 日本的 要素를 完全히 淸掃하지 않으면 안 될 것이다.[522]

이원조는 해방공간의 현실 속에서 청산해야 할 대상으로 우선

---

521) 이원조, 평론집, p.213.
522) 이원조, 평론집, p.214.

일본제국주의의 잔존세력을 내세운다. 진정한 민족국가를 만들기 위해서는 일본잔존세력을 일차적으로 혁명의 대상으로 삼아야 한다는 것이다. 진정한 민족독립을 위해서는 민족을 강점해 있었던 일제로부터 완전히 자유로워지는 것이 필요한데, 그 일차적 작업이 일본제국주의의 잔존세력의 철저한 소탕이 되고 있다.

　당시의 현실로 보아 나라만들기의 정치적 실천이 가장 시급했기에 정치적 영역에 있어서의 일제 잔재세력의 소탕은 자연스럽다. 그러나 이원조의 관심은 이러한 정치적 청산 작업과 함께 조선문학에 있어서 청산해야 할 일본적 요소가 무엇이냐에 관심이가 있다.

　　그러면 朝鮮文學에 있어서 日本的 要素는 무엇이냐 할 때 우리는 이 問題를 두 가지 側面으로 보아야 할 것이다. 그 하나는 日本帝國主義의 政治的 壓迫으로 말미암아 文化 全般에 긍(亘)한 日本的 要素의 浸透한 것의 文學的 部面에 潛在한 것. 이것은 두 말 할 것도 없이 言語의 問題인 것이다. 그리고 그 다른 하나는 日本文學이 朝鮮文學에 끼친 日本的 요소인데, 이것은 주로 樣式의 問題에 속하는 것이다.[523]

　이원조는 조선문학에 있어서 청산하고 부정해야 할 것으로 두 가지를 내세우고 있다.　그 첫째는 언어적인 요소요, 둘째는 문학의 양식문제이다. 언어적인 요소로서 그는 취입(吹込)이니 체절(締切)이니 진면목(眞面目)이니 하는 말과 축전 대신 제전으

---

523) 이원조, 평론집, p.214.

로 사용되는 말들을 지적하고 있다. 이와 같이 이원조가 언어에 대해 각별히 관심을 갖는 것은 "우리말이란 것이 언제나 어떠한 시대에서든지 그 시대적 호흡과 역사적 의식과 생활양식을 표현할 수 있게 변하고 생성해서 우리의 의사를 완전히 표현하고 우리네 문화를 자유스럽게 발달하게 할 수 있다"[524]는 언어관 때문이다. 즉 언어를 통해 의식과 문화가 형성된다고 생각하고 있기에 일제의 제국주의 청산을 일제의 언어청산에서 찾고 있는 것이다.

그리고 양식의 문제에 있어서는 일본문학 양식의 하나인 사소설이 우리 작가에게 영향을 미쳐 나타난 소위 대중문학을 심각하게 숙청해야 한다고 역설한다. 그 이유는 이 대중문학이 그 원래 사명인 객관적 진리의 파악이라든지 생활의 인식수단이라는 것은 말할 것도 없이 흔히 말하는 사회의 거울이라거나 인간성의 옹호조차 망각하고 말초신경을 자극하고 병적 심리를 촉발해서 대중의 취미에 부합하기에만 연연했으며 더구나 역사소설에 있어 인물의 우상화, 사건의 엽기적 전개 등으로 문학을 순전히 상품의 대상으로 만들었다고 보기 때문이다.

그러므로 이러한 인물의 사소설 영향을 받은 대중소설은 철저히 배격되어야 한다고 보았다.

이렇게 이원조는 당시 현실을 혁명의 초기로 보고 부정해야 할 요소들을 정치적으로는 일제잔재의 소탕을, 문학 혹은 넓은 의미의 문화적으로는 일제의 언어와 문학적 양식을 내세웠다. 그리고

---

524) 이원조, 평론집, p.229.

그는 나아가 봉건적 잔재에 대한 부정을 또한 제안하고 있다.

　　그 다음에 우리의 鬪爭對象은 무엇인가. 이것은 두말할 것 없이 封建的 殘滓인 것이다.…… 그러면 우리의 封建的 殘滓는 日本帝國主義가 退治되는 날부터 掃蕩되느냐 하면 그것은 결코 그런 것이 아닌 것이다. 아니 도리어 우리의 封建的 殘滓 勢力은 본래 日本帝國主義의 庇護하에서 지탱해온 그 代理者였던 만큼 日本帝國主義가 물러나는 날부터 封建的 殘滓 勢力이 도리어 主人格으로 君臨하려 하는 것이다.[525]

일제 침략 때 이중적 고통을 당했던 대다수 농민들이 해방은 되어 일제의 압제에서 벗어났다고는 하나 토착지주계급과 신흥 부르주아들에 의해 소작농들은 여전히 착취의 대상이 되고 있다. 이 현실적 모순의 근본해결은 봉건제도의 타파 및 토지혁명을 통하는 길밖에 없다. 그래서 이러한 현실을 부정하고 새로운 세계를 창출하려면 적극적이고 과감한 투쟁을 전개해야 한다고 주장한다. 이러한 그의 주장은 해방공간에서는 가장 중요한 과제의 하나였기에 「여성과 문학」을 논하는 자리에서도 반복되고 있다.

　　이 때까지 우리가 歷史的으로 보아 다른 나라에 뒤떨어진 모든 묵은 制度 -封建的 殘滓-를 하루 빨리 根本的으로 變革하지 아니하면 안 되겠습니다. 이것은 왜 그러냐 하면 日本帝國主義가 일찍이 우리를 마음대로 壓迫하고 搾取하기 위해서 現代文化를 助長시키는

---

525) 이원조, 평론집, pp.217-218.

것보다는 케케묵은 옛날 封建社會의 모든 勞力으로 잔뜩 결박해 두
는 것이 매우 편리한 때문에 朝鮮의 大地主들과 서로 손을 잡고 될
수 있는 대로 그러한 옛날 制度를 그대로 維持하기에 힘써 온 때문
입니다.[526]

해방은 되었지만 아직까지 해결되지 않고 있는 봉건잔재의 타
파는 일조일석에 성취될 일이 아니다. 그래서 이원조는 이는 꾸
준하고 성실한 투쟁으로만 가능하다고 본다. 그런데 남은 문제
는 이러한 봉건잔재를 타파해 갈 주체가 누구냐 하는 점이다. 즉
혁명의 주체를 누구로 삼고 있느냐 하는 점이다. 모순된 현실을
풀어갈 주체를 어디에 두느냐 하는 점 역시 세계인식과 밀접히
연관되어 있는 문제이다. 이원조는 이 점에 있어 무산자 계급이
혁명의 주체가 되어야 한다는 점을 분명히 하고 있어 마르크스
계급이론에 많이 기대고 있음을 확인할 수 있다.

그러므로 이런 文化革命의 當面課題를 이렇게 定한다면 이 革命
은 누구의 손을 통해 어떠한 方法으로 展開되고 成就될 것인가. 이
것은 두말할 것도 없이 프롤레타리아 作家·評論家를 領導的 主格으
로 한 廣範에서 進步的 民主主義 文學者의 統一戰線 속에서 民族
文學의 發展이 프롤레타리아 文學의 完成의 길로 通하지 않으면 안
되는 것이다.[527]

---

526) 이원조, 평론집, pp.224-225.
527) 이원조, 평론집, p.220

일제잔재의 소탕, 봉건적 잔재의 타파 나아가 문화적 문학적
모순의 극복을 위해서는 프롤레타리아 작가 평론가들이 주축
이 되어 프롤레타리아 문학의 완성의 길로 통하지 않으면 안 된
다는 것은 바로 프롤레타리아 혁명에 앞서 먼저 반제·반봉건의
새로운 부르주아 민주주의 혁명단계를 밟아야 한다는 의미다.
이는 공산주의 운동에 있어서 일반적인 성책으로서 프롤레타리
아 혁명의 예비적 단계로서 노동자 농민의 독재에 의한 혁명적
단계인 것이다.[528] 부르주아 사회로의 이행이 완전치 않은 전 부
르주아 단계에 있어선 먼저 부르주아 민주주의 혁명이 선행되어
야 하기 때문이다. 그런데 이 단계에선 언제나 민족통일전선을
병행하도록 되어 있다.[529] 그래서 이원조는 문학혁명의 과정에
서 지녀야 할 태도로 극우와 극좌를 배제한 연합전선을 펼침으
로써 유물론적 사관에 바탕을 둔 세계해석의 입장을 보인다.

> 우리 문학혁명의 역사적 과업을 두 어깨에 걸머쥔 프롤레타리아
> 작가·評論家들이 歷史的으로 賦與된 領導性을 마치 當局에서 받은
> 勳章처럼 여기고 함부로 領導性만 主張한다거나 共産主義 理論만
> 들고 나서면 다른 놈은 모두 반동적이라고 몰아세우는 左衝右突式
> 의 極左的 傾向은 더 한층 排除하지 않으면 안 되는 것이다.……그
> 러므로 우리 文學革命은 이러한 極右, 極左의 兩面的 傾向을 절대
> 로 排除하면서 廣範한 統一戰線 가운데서 展開되고 成就될 것이란
> 것을 確言하는 바이다.[530]

---

528) 신형기, 『해방직후 문학운동론』, 제3문학사, 1989, p.38.
529) Loc, cit.
530) 이원조, 평론집, pp.221-222.

이원조가 좌충우돌식의 극좌적 경향을 더 한층 배제하지 않으면 안 된다고 하는 저의는 사실 구 프로예맹파의 당파성·인민성·계급성의 극단적 논리에 대한 반격이기도 하지만[531] 당시 현실 속에서의 이원조의 뚜렷한 노선이란 점에서 그 특징이 나타난다. 달리 말하면 이는 극좌 극우 두 영역의 부정을 통한 제3의 통합 혹은 생성의 논리를 의미한다. 그래서 이러한 극우 극좌의 배제는 이원조에게는 당시 현실의 모순을 넘어서기 위한 현실적 대안으로의 의미를 지닌다. 즉 소련에서 있었던 프롤레타리아 문학혁명의 이론과 실천이 보여주었던 교훈을 이원조는 해방공간에서 새롭게 적용해 보려는 것이다. 기계적인 마르크스주의 문학이론의 단순한 대입이 아니라 한국의 상황에 적절이 변용되어야 한다는 이원조의 세계 해석관의 결과라고 할 수 있다. 이는 이론과 현실 사이에 게재되어 있는 거리를 적절히 메워 가려는 적응력의 문제이기도 하지만, 나아가서 이론과 실천 혹은 이데올로기와 현실 사이에 가로놓여 있는 간극을 통합해 가려는 변증법적 사고체계의 소산물이라 할 수 있다. 즉 해방공간 현실의 혼란을 모순으로 인식하고 이를 혁명의 시초로 인식했던 이원조의 현실인식은 그러한 현실 극복을 위한 대안적 사고를 변증법적 논리에 두고 있었다는 것이다.

그러면 이제 이원조가 이러한 현실 해석력을 바탕으로 그가 펼치고 있는 해방공간에서의 건설기 문학론을 통해 그의 유물론적 해석의 내용을 살핀다.

---

531) 김윤식, 『한국현대문학사상사론』, 일지사. 1992. p.264.

건설기 문학론에 나타난 유물론적 해석관

해방공간에 있어 이원조 비평의 특징은 민족문학의 건설이라는 점에 있다. 나라만들기의 일환으로 민족문학 건설론이 제기되고 있다. 그래서 그의 관심은 어떻게 민족문학을 건설해 갈 것인가에 놓여 있다. 그런데 이원조의 민족문학론은 단순한 문학자체만의 건설이 아니라 민족문화라는 포괄적인 범위 속에서 논의되고 있다.[532] 그런 점에서 먼저 그의 민족문화건설에 대한 논의를 살펴볼 필요가 있다. 해방공간이 한국 현대사에는 가장 격동적인 전환기란 점에서 무엇보다도 새로운 질서의 불가피한 재편이 요구되던 시대였기에 민족적인 자기반성이나 과거를 보는 일정한 眼識이[533] 필요했다. 그래서 이원조 역시 민족의 전통문화를 점검하고 그 바탕 위에서 새로운 건설기의 문학을 정립시키고자 했던 것이다.「민족문화의 발전개념」,「민족문화계승과 유산계승에 관하여」는 이런 그의 일련의 문화적 인식물이다. 그래서 이를 중심으로 우선 그의 문화에 대한 해석적 입장을 살핀다.

오늘에 있어서도 우리 문화는 역시 民族文化 建設이 當面의 課題이지만 이 民族文化란 부르주아 民族文化가 아니라 無産者 階級革命의 一部分으로서의 民族文化 다시 말하면 進步的 民主主義의 民

---

532) 스스로 새로운 건설의 입안자라고 생각한 많은 좌익논자들의 시각은 문학을 넘어 문화전반에 확대되었다. 민족문학 논의 역시 민족문화론의 하위 범주로 다루어졌던 것이다.
　　신형기, 앞의 책, p.24.
533) 송희복,『해방기 문학 비평 연구』, 동국대 대학원, 박사학위 논문, 1991 p.19.

族文化란 것이다. 그리고 이러한 民族文化는 우리 國家의 樹立이 進步的 民主主義 國家로 樹立이 되는데서만 可能하다는 것을 明言하는 바이다.[534]

이원조가 생각하는 민족문화의 모습은 우선 진보적 민주주의 민족문화란 명제로 나타난다. 이는 단순한 민주주의 민족문화가 아니라 진보적 민주주의 민족문화란 점에서 혁명적 과정을 통해서만 실현되는 민족문화이다. 그가 3.1 운동을 문화혁명과 관련시켜 역사적 의미를 파악하고 있는 것은 이런 이유 때문이다. 즉 새로운 민족문화는 민족적 자각에서 싹이 트는데, 이 자각이란 민족적 대충격 혹은 격동에서 시작한다[535]는 것이다. 그러므로 이원조는 해방기에 있어서의 민족문화 건설에도 이러한 혁명적 단계가 필요하다고 본다. 이는 바로 이원조의 역사이해가 역사과정은 순차적 진화론적으로 발전하는 것이 아니라 때로는 비약적인 발전을 하는 혁명기가 있는 것이 항상 역사발전의 진정한 상태라고[536] 보는 유물론적 역사주의의 관점에 서 있음을 말한다. 즉 계급갈등을 통한 역사의 진보가 무산계급 혁명에 의해 이루어진다는 유물론적 역사이해가 그의 문화발전 개념에도 기반이 되고 있음이다. 우리 민족의 근본적인 혁명세력으로 동학을 들고 있는 것도[537] 이런 그의 역사이해와 무관하지 않다.

이렇게 이원조는 문화의 발전에 있어서 혁명적 단계를 내세움

---

534) 이원조, 평론집, p.247.
535) 이원조, 평론집, p.240.
536) 이원조, 평론집, P.246.
537) 이원조, 평론집, P.244.

으로써 유물론적 역사관에 의해 민족문화의 건설에 필요한 기본적 터를 마련하고자 했다. 그리고 민족문화건설의 구체적 방법에 있어서는 비판적 계승이란 변증법적 인식에 기초하고 있음을 보인다.

> 文化遺産을 계승하는 具體的 方法으로 史料의 判斷이라든지 原典의 解釋이라든지 價値의 決定 같은 것은 眞正한 歷史學的 方法의 採用이 있어야 할 것은 두말할 것도 없으나 이 遺産繼承의 歷史的 要請과 그에 따른 焦點은 우리 日帝 때문에 일찍이 遂行하지 못한 民主主義 革命을 이제야 遂行하면서 우리 文化에 있어서도 封建遺制를 打倒하고 그 속에서 다만 民主主義 民族文化를 건설하는데 必要한 部分만 批判的으로 繼承하지 아니하면 안 된다는 것은 한 개의 변할 수 없는 原則인 것이다.[538]

혁명기에 있어서 건설이란 일반적으로 현실의 모든 것을 부정하는 것으로 인식된다. 그러나 이원조의 민족문화건설 방향은 현실 혹은 기성의 것의 부정을 통해 혁명을 실현하되 새롭게 건설하는데 필요한 부분은 비판적으로 계승해야 한다는 입장이다. 그래서 이원조는 민주주의 혁명이 비록 봉건사회와는 대립물이라 하더라도 그(봉건사회-필자) 문화 속에서 내용으로나 형식으로 또는 양식으로나 새로운 민족문화를 건설하는데 필요한 부분은 전부 섭취하고 살려야 한다[539]고 본다.

모든 문화유산을 그대로 연속적으로 무조건하고 받아들이는

---

538) 이원조, 평론집, pp.265-266.
539) 이원조, 평론집, p.265.

것이 아니라 비연속적으로 비판을 통해 받아들이고자 함이다. 현실의 모순을 극복할 수 있는데 소용되는 요소들은 취사선택할 수 있어야 한다는 것이다. 이는 모든 대상의 일방적 긍정이 아니라 모순의 발견 나아가 비판을 통한 계승이란 점에서 변증법적 인식론에서 멀지 않다.

이렇게 이원조는 민족문화 건설을 위한 논의에서 유물론적 역사관과 변증법적 인식론을 내보이고 있는데, 이를 바탕으로 그의 민족문학건설론을 구체화하고 있다.[540] 그 내용을 그의 「민족문학론」에서 살핀다.

우선 그는 이 「민족문학론」에서 많은 경우 민족문학의 개념이 아전인수되고 있음을 비판하면서 극우 혹은 극좌적 민족문학론자들이 사용하는 민족문학의 개념에 있어서의 문제를 지적한다.[541] 그러면서 자신은 민족문학의 개념이 두 가지 면에서 취급되어야 함을 내세우고 있다.

그 첫째는 일반적인 의미로서의 민족문학이며, 둘째는 역사적 범주로서의 민족문학이다. 일반적 의미의 민족문학이란 각 민족의 언어와 영토와 경제상황과 심리, 습관 등을 표현한 각 민족의 문학으로서 다른 민족과 구별되는 것을 말한다. 그러나 이러한 민족문학의 구별은 이것만으로 그치는 것이요, 그 외 다른 의의

---

540) 이는 이원조의 세계해석이 크게는 프롤레타리아 이데올로기에 기초해 있음을 말한다.
　　신형기, 『해방직후의 문학운동론』 제3문학사, 1988, p.49.
541) 극좌적 입장에 서 있는 자들이 민족이란 개념을 구체적 계급에서 찾아야 한다고 보는 점, 극우론자들이 비민주적이고 반민족적인자들까지 포함하여 논하고 있는 점에 대해 이원조는 각각 비판적 입장에서 논하고 있다.

를 가지는 것도 아니며 가질 수도 없다[542]고 본다.

그래서 이원조가 관심있게 생각하는 민족문학은 이런 일반적 의미로서의 민족문학이 아니라 역사적 범주로서의 민족문학이다. 즉 역사적 범주의 어디에 속했느냐를 불문하고 각개 민족의 고유한 각 민족문학을 문제 삼는 것이 아니라 봉건사회에는 가부장적 문학으로 표현되고 사회주의 사회에서는 계급문학으로 표현되듯이 이러한 역사적인 각개 계급에서 민족문학은 어느 역사적 범주에 속하느냐가 중요하다[543]는 것이다.

이렇게 이원조가 민족문학의 개념에 있어서, 역사적 범주로서의 민족문학에 더 관심이 가 있으며 이를 본격적인 개념으로 이해하고 있다는 것은 그의 세계해석과도 밀접히 관련되어 있는 점이다. 즉 그의 관심은 단순한 민족 개념보다는 그 민족의 역사를 누가 주체하고 있느냐 하는 점에 쏠려 있다. 다시 말하면 역사의 주체를 통해 민족의 개념을 파악하려고 함으로써 역사를 계급간의 갈등으로 이해하는 유물론적 세계해석이 나타나고 있다는 점이다. 그래서 이원조는 민족문학의 건설을 위해서는 우선 중요한 주체를 계급적 입장에서 찾고 있다. 이원조가 일차적으로 논의의 대상으로 삼은 계층은 부르주아다. 반봉건·반제의 민주개혁에 있어 현재의 역사적 단계는 부르주아 혁명단계에 속한다고 보았기 때문이다. 그러나 일본제국주의를 종주로 하고 인민 억압의 양 날개 역할을 했던 지주와 자본가가 조선의 봉건

---

542) 이원조, 평론집, p.269.
543) 이원조, 평론집, p.269.

잔재를 청산하고 제국주의 잔재를 소탕한다는 것은 자기 자신의 청산이며 소탕이기에 이는 불가능하다[544]고 보았다. 그래서 이원조가 내세운 계급이 무산자 계급을 중심한 인민[545]이다.

以上에서 보아온 바와 같이 우리의 건설해야 할 民主主義·民族文學은 부르주아 民主主義를 內容으로 하는 것도 아니요 프롤레타리아 民主主義를 內容으로 하는 것도 아닌, 資本主義社會의 發展에 있어서 가장 高度의 進步的 段階이며 새로운 局面(에프 엔 올레슈고 著『戰後 歐羅巴 各國의 民主主義 發展』(20p.-解放文庫版)으로서의 人民的 民主主義는 半封建·反帝의 民主改革에 있어 歷史的 부르주아 革命段階에 속하나 부르주아지는, 老衰한 垂死의 帝國主義는 變했으므로, 이러한 民主改革에 參加하지 못할 뿐 아니라 人民의 搾取者, 壓迫者, 專制者로서 民主改革에서 打倒의 對象이 되고 그 대신 이 改革은 歷史의 새 擔當者일 프롤레타리아를 中心으로 農民, 인텔리 都市小市民의 全勞動人民의 손으로 遂行되는 民主主義인 것이다.[546]

이원조가 내세우고 있는 인민에 의한 인민적 민주주의 민족문학의 건설은 극좌적 논리를 펼치는 안막, 윤세평 등의 당파성 주

---

544) 해방직후 중간층 시식인들의 의식전이 양상은 쉽게 찾아볼 수 있지만 부르주아지의 자기갱신은 근본적으로 힘든 상황으로 정치적 분당이 형성되었다.
　　신형기, 「해방직후 중간층 작가의 의식전이 양상」, 『해방기 소설 연구』 태학사 1992. p.109.
545) 사실 인민이란 말은 해방공간에 있어서는 민족 구성원의 대다수를 차지하는 핍박받아온 대상을 지칭하는 말로, 민족주권의 수립이란 그대로 인민주권의 수립을 뜻할 정도로 일반화된 용어였다. 그래서 해방 공간에 있어서 인민은 곧 민족과 등치될 수 있었다.
　　신형기, 앞의 책, p.132 참조.
546) 이원조, 평론집, p.285.

장에 대한 반격이기도 했지만,[547] 사실 이는 모택동의 신민주주의론[548]에 기대고 있는 자신으로서는 포기할 수 없는 논리요 신념이었다. 그래서 그는 "인민이 민족의 주인공이 되어 인민의 자유와 평화와 행복을 위한 인민정권 하에서 인민의 자유독립국가를 건설하는 것이 오늘날 인민적 민주주의 정치적 행동강령이라면 이러한 국가건설을 위해 싸우고 이러한 국가에 복종하는 것이 인민적 민주주의 민족문학의 과업"[549]으로 파악하고 있다. "그렇지 않은 문학은 그 표방하는 것이 무엇이든지 간에 그것은 인민의 문학이 아니며 따라서 민족문학이 될 수 없다"[550]고 단호한 어조를 보인다.

인민적 민주주의 민족문학이란 새로운 명제가 이원조가 생각하는 해방공간의 건설기 문학내용이었던 것이다.

그런데 이러한 인민적 민주주의 민족문학의 건설은 인민이 정권을 잡는 민주 자주 독립국가를 건설할 때만 가능하다는 점에서 이원조는 문학보다는 정치의 우위성 혹은 문학의 정치 예속성을 보인다. 이는 바로 마르크스주의 문학의 전형적 모습으로서 이원조의 유물론적 세계관의 결과로 볼 수 있다. 즉 이원조

---

547) 김윤식, 『한국현대문학사상사론』, 일지사, 1992, p.286.
548) 특수한 논리를 보편화 시키려고 한 점에서 그 한계를 지적하기도 한다. 한계를 김윤식 교수는 지식인으로서의 독서체험의 한계라는 함정으로 설명한다. 첫째 모택동의 신민주주의론이란 1940년에 씌어졌다는 점, 중국 공산당의 1940년 혁명단계에 상응하는 이론에 지나지 않는 신민주주의 문화론이란 1940년이라는 역사적 단계의 중국이라는 특수상황의 산물에 지나지 않아 해방공간에 놓인 조선적 현실에서 바라볼 때는 사정이 크게 달라진다는 것이다.
　김윤식, 앞의 책 p.286.
549) 이원조, 평론집, p.286.
550) 이원조, 평론집, p.286.

에게 있어 인민적 민주주의 민족문학의 건설은 바로 인민의 민족국가의 건설이란 명제에 맞닿아 있었다. 그래서 그는 건국이나 혁명은 어느 나라를 물론하고 그것이 정치인 동시에 위대한 문학의 태반이라고[551] 보고 있다. 나아가 그는 "우리가 세우려는 인민적 민주주의 민족문학은 다른데 있는 것이 아니라 인민의 나라, 아름다운 조국, 인민공화국이 탄생되려는 거룩한 진통, 인민의 몸부림 그 속에 있는 것이다"[552]라고 외침으로써 그의 민족문학 건설론은 결국 인민에 의한 민족국가 건설이라는 정치적 언술로 변하고 있다.

이에 해방공간에서의 이원조 비평의 모습을 좀 더 구체화하기 위해서는 그가 관여한 해방공간의 문단과 정치적 행로를 짚어볼 필요가 있는 것이다.

문단 그리고 정치적 선택과 월북

이원조의 해방공간에서의 비평에 나타난 세계해석의 결과를 더욱 뚜렷이 확인하기 위해서는 그의 문단행적과 정치적 입지를 살펴보아야 한다. 해방공간은 그 어느 시기보다 문학의 운동성이 요구된 때였고,[553] 그 문학의 운동성은 조직이라는 집단성을 띠었으며 그 집단성은 곧 정치적 조직과 무관할 수 없었기 때문

---

551) 이원조, 평론집, p.289.
552) 이원조, 평론집, pp.289-290.
553) 김윤식, 『한국현대문학사상사론』, 일지사. 1992. p.264.

이다. 특히 소위 좌익문단은 정치세력에 복속됨과 함께 그 주도적 인물들이 정치세력의 한 구성원으로서 편입되었는데[554] 이원조 역시 그 중의 한 사람이었기 때문이다.

그래서 이원조가 소속되었던 문학단체와 정치집단을 살펴봄으로써 그의 비평적 실천의 행적을 확인해 본다.

해방 후 가장 먼저 조직의 실체로 등장한 문학단체는 조선문학건설본부이다. 백철의 기록에 의하면 해방된 이틀 후인 8월 17일 안국동의 어느 중국집에 30여 명의 문인이 모여 결성을 선언한 것으로 나타나 있다. 이 단체는 정치적 현실감각이 뛰어났던 이원조에 의해 주도되었음이 다음의 기록에서 확인된다.

> '마침 잘 왔습니다'하고 이원조가 이야기했다. '지금 우리는 조선문학의 역사적인 출발을 하기 위하여 선언문을 만들고 있는 중입니다. 임화 형이 준비한 건데 같이 좀 듣고 토론을 하십시다.'했다. 아마 이원조는 준비위원회의 사무국장 역할을 하고 있는 것 같았다.[555]

당시 좌익 계열이었던[556] 이 문학단체가 임화와 이원조의 주도로 결성되었음을 통해 이원조의 문단적 위상을 가늠할 수 있다. 즉 이원조는 해방공간에서 좌익계 문단의 중심인물로 활동했음

---

554) 신형기,『해방직후의 문학운동론』, 제3문학사, 1989, p.25.
555) 백철,『문학자서전』, (하) 박영사, 1975, p.290.
556) 해방공간에서의 문학단체는 좌익계열 우익계열 중도파로 대별되며 그 구체적 중심인물들은 좌익계열은 임화 이원조 등을 비롯한 조선문학건설본부 구성원과 그뒤 조직된 이기영, 한설야 등의 조선 프롤레타리아 동맹원들이며 우익계열은 전조선문필가협회를 조직한 정인섭, 박종화, 김광섭 등과 청년문학가협회를 결성한 김동리, 조연현, 조지훈 등을 내세울 수 있다. 그리고 중간파의 논리를 편 자로서는 백철, 김광균, 홍효민 등을 들 수 있다.

을 확인할 수 있다. 그런데 이전의 카프진영의 한 무리가 이 집단에서 제외되었다는 점에서 좌익계열은 또 다른 하나의 문학집단을 출현시켜야만 했다. 즉 카프진영 중 한설야, 한효, 이기영, 송영 등이 이 조직체에서 제외되어 있었기에 이들은 한 달 뒤인 9월 17일 조선 프롤레타리아 문학동맹을 조직한다. 이 집단의 중심인물인 이기영, 한설야, 송영 등은 구 카프의 인물들이고 그 구성원 역시 구 카프계의 일원이란 점에서 구 카프의 복원이라고도 할 수 있다.[557]

　이렇게 좌익계열 문학단체가 양분됨으로써 다시 통합되어야 하는 운명에 놓이게 된다. 결국 이 두 좌익계열 문학단체는 조선공산당의 문화담당 총책임자 박헌영의 오른팔이라 할 수 있는 김태준에 의해 1945년 12월 13일에 조선문학가동맹으로 통합되는데, 이후 이는 남로당의 실질적인 문화단체로 활약하게 된다. 그러나 통합 이후에도 실질적으로는 조선문학건설본부의 임화와 이원조가 조선문학가동맹을 주도하게 되고 노선에 회의와 문제를 제기하던 구 카프의 구성원이던 조선프롤레타리아문학동맹원들이 일찌감치 월북하여 자신들의 입지를 위해 평양에 북조선예술총동맹을 결성함으로써, 서울을 중심으로 한 문학가동맹은 남한의 우익세력들의 대항적 집단으로서 자리를 잡기까지 활동하게 된다. 그러나 1946년 10월 남로당의 박헌영이 월북함에 따라 그의 정치노선을 따르던 임화, 이태준, 박치우 등이 해주 제1인쇄소로 배치되었고 이원조도 이들과 함께 근거지를 옮

---

557) 김윤식,『한국현대문학사상사론』,일지사. 1992. p.195

기지 않으면 안 되었다.

　이러한 해방공간 속에서의 좌익계열 문학단체의 행적에서 우선 눈에 띄는 것은 당시의 현실정치에서 조금도 자유로울 수 없었던 것이 문학단체였다는 점이다. 이는 바로 해방공간에서 활동했던 나라만들기에 참여한 정치체제의 선택에 따라 문학의 방향성이 저절로 따라온 현상이라 볼 수 있다.[558] 그러므로 이원조의 비평적 행적 역시 이러한 정치적 상황과 떼어서 생각할 수 없는 것이다.

　해방공간 당시에 있어서 정치세력은 크게 좌·우·중도의 3개 그룹으로 분류할 수 있는데[559] 좌익은 남한에서 사회주의체제(또는 진보적 민주주의체제)를 실현할 것을 추구하며 소련 또는 북한 공산당의 노선에 동조하거나 추종하며 조직면에서 건준, 인공, 민주주의 민족전선, 좌익정당 합당 작업 등에 일관되게 참여해 온 정당, 정파들을 말한다. 이에 비해 우익은 남한에서 의회민주주의 정치체제와 기본적으로 자본주의적인 경제질서를 실현할 것을 추구하며, 미국의 노선에 동조하거나 소련 및 북한 공산당의 노선에 반대하는 입장을 보였다. 그리고 조직면에서는 건준과 인공에 대한 반대, 반탁운동단체를 포함한 여러 우익정당연합체에 일관되게 참여해 온 정당, 정파들을 말한다.

　그리고 중도파는 이념면에서는 친 사회주의로부터 친 자본주의에 이르기까지 다양하나 완전한 사회주의나 자본주의는 반대

---

558) 김윤식,『해방공간의 문학사』,서울대 출판부, 1989, p.19.
559) 梁東安외『현대한국정치사』, 정신문화원, 1987, p.39.

하며, 때로는 소련 및 북한 공산당의 노선에 동조하고 또 때로는 미국의 노선에도 동조하여 조직면에서는 좌익연합체와 우익연합체 사이를 오가며 좌우익의 연합체에 동시에 모두 가담하거나 또는 어느 쪽에도 전혀 가입하지 않은 정당, 정파들이었다.

그런데 이들 정파들 중 이원조가 "8월15일 이후 모든 혁명적 기운에 따라 정치적 노선이 여러 가지로 나왔으나 가장 정당한 정치노선을 일반 민중에 제시한 것은 조선공산당 뿐이라"[560]고 확언하고 있으며 또한 이 노선에 따라 비평적 실천을 행해 왔다. 그러므로 조선공산당이 지향한 기본노선을 확인하면 자연 이원조의 비평적 입지도 좀 더 선명하게 나타나게 된다.

조선공산당의 기본노선은 박헌영이 해방직후에 발표한 「8월 테제」에 나타나 있는데, 그 중심내용은 ① 당시의 혁명단계는 부르주아 민주주의 혁명단계라는 점 ② 이 혁명의 기본과업은 민족의 완전독립과 토지문제의 완전해결이라는 점 ③ 부르주아 혁명단계에서는 노동자·농민·도시소시민과 인텔리겐치아가 동력이 되어야 하고 프롤레타리아만이 혁명의 영도자가 될 수 있다는 점 ④ 대중운동의 전개에 있어서는 근로인민의 이익을 대표하는 인민정권의 수립을 위해 민족통일전선을 조직해야한 다는 점 등으로 요약할 수 있다.

이러한 「8월 테제」의 내용은 실제 이원조의 해방공간 비평문에서 쉽게 찾아볼 수 있는 부분이란 점에서 그의 비평적 행적과

---

560) 이원조, 평론집, p.221.

정치적 입지를 쉽게 확인할 수 있다. 즉 이원조의 해방공간 비평을 통해 비평과 정치가 한 얼굴을 하고 있는 모습을 보게 된다는 것이다. 그러므로 해방공간의 서울에서 우익계열의 정치집단이 제자리를 잡아가자 결국 박헌영의 정치집단을 따라 평양도 서울도 아닌 제3의 해주를 선택하지 않을 수 없었던 것은 이원조에게 있어서는 정치적 선택이면서도 마르크스주의의 한국적 적용을 위한 구체적 실천이라 할 수 있다.

그의 이러한 실천이 평양을 중심한 북한 공산당의 정치세력에 의해 무산되지만, 이는 바로 비평적 실천이 정치적 선택으로 이어졌던 해방공간 문학이 지닌 참 모습 중의 하나며 동시에 한계이기도 한 것이다. 이를 이원조가 전형적으로 보여주었다는 점에서 그의 비평이 해방공간에서 지니는 의의는 실로 의미심장하다고 할 수 있다.

맺는말

해방공간의 비평문학을 연구한다는 것은 비평의 정치성을 관찰하는 일과 같은 것이다. 이는 모든 문학활동이 정치성과 관계를 맺지 않을 수 없는 상황이 해방공간이었기 때문이다. 이런 점에서 이원조의 비평을 유물론적 해석학의 입장에서 해명해 보았다. 그 결과 다음과 같은 몇 가지 결론을 얻을 수 있었다.

① 이원조는 당시 해방공간의 현실을 혼란과 모순으로 인식하고 이를 극복하기 위한 혁명의 초기단계로 파악하고 있다. 이는

역사를 변증법적으로 인식하는 그의 역사해석의 결과로 볼 수 있다.

② 이원조는 해방공간에서 청산해야 할 요소로 일제잔재와 봉건적 잔재를 내세우고 있으며 이를 청산할 주체를 프롤레타리아를 중심한 노동자·농민·도시 소시민과 인텔리겐치아로 삼음으로써 통일전선을 내세우고 있다는 점이다. 즉 부르주아 민주주의 혁명을 주창함으로써 유물론적 세계해석을 드러내고 있음이다.

③ 이원조는 해방공간에 건설해야 할 민족문학을 인민적 민주주의 민족문학으로 규정함으로써 그의 민족문학 건설론은 결국 인민에 의한 민족국가 건설이라는 정치적 언술로 변하고 있다는 점이다.

④ 이원조의 월북은 그의 비평적 실천의 결과이기는 하지만 이는 당시 자신이 속해 있었던 문단활동과 정치적 집단의 행적과 불가분의 관계에 놓여 있었다는 점이다. 즉 이원조의 해방공간의 행적을 통해 비평과 정치가 일치된 모습을 확인할 수 있다는 점이다. 다시 말하면 정치에 예속된 비평가의 한계와 실체를 함께 인식할 수 있는 전형적인 모습을 이원조에게 발견할 수 있다는 점이다.

이상과 같은 결론과 함께 본고는 아직까지 이원조의 선이해의 바탕이 되는 주자학과의 관계 그리고 그가 많은 영향을 받았던 모택동 사상과의 영향문제에 대한 해석학적 과제를 남겨두고 있다는 점을 부기해 둔다.

14장

1950년대 고석규 비평의
해석학적 연구

머리말

 1950년대 한국비평사를 개관해 보면, 평단의 새로운 세 얼굴이 유난히 뚜렷한 개성적인 몸짓을 하고 있다. 그들이 유종호, 이어령, 고석규이다. 유종호, 이어령은 이후 지속적으로 현재까지 비평활동을 계속해옴으로써 한국 평단의 한 맥을 형성해왔다. 그래서 이들의 존재는 비평가로서의 자기 위상을 분명히 지니고 있다. 이해 비해 고석규는 1958년에 요절함으로써 이후 한국 평단에서는 잊혀진 존재가 되었다. 한 인간으로서 고석규는 일찍 사라졌지만, 1950년대 비평을 살피게 되면, 그는 언제나 살아있는 존재로 부각된다. 여기에 고석규 비평을 논의해야 하는 당위성이 제기된다.

 고석규의 문학활동 기간을 시와 산문이 보이는 1952년 이후로 잡는다면, 1958년까지 6 - 7년에 해당되는 짧은 시간이다.[561] 짧은 시간에 비해 그가 남겨 놓은 글들은 쉽게 건너뛰기 힘든 무게를 지니고 있기에, 50년대 한국비평사를 다룰 때는 간과할 수 없는 대상이 되고 있는 것이다. 그러나 1990년대가 다가올 때까지 고석규는 한국비평사의 논의 대상에서 제외되어 있었다. 그런 중에 1990년대에 고석규의 유고 평론집 『여백의 존재성』(지평, 1990)이 나오면서, 고석규의 평가는 새로운 국면을 맞게 되었다. 유고집 발간 이후 고석규 비평에 대한 논의가 시작되었기 때문이다. 그러면 우선 고석규 비평 연구는 지금 어느 수준에 와 있는가를 간략히 살펴본다.

고석규에 대한 실질적 논의는 고석규의 유고 평론집 『여백의 존재성』이 나오고 난 뒤, 김윤식 교수가 『고석규의 정신적 소묘 – 50년대 비평 감수성의 기원』을 발표하면서부터라고 할 수 있다. 그는 이 글에서 『초극』에 실린 고석규의 평문들의 전반적 성격을 6.25 이후 50년대의 시대적 상황과 관련지어 그 의미를 문학사적, 정신사적 흐름 속에서 파악하고 있다. 『여백의 존재성』이 지닌 릴케의 변용개념에서부터 윤동주, 이육사, 이상, 김소월의 시세계를 통해 고석규가 추구한 정신적 내전을 밝혀냄으로써, 그의 내면적 흔적을 엿보고 있다. 김윤식 교수가 내린 정신사적 재구의 결론은 고석규가 한국의 50년대 전후문학비평 감수성의 발견과 그 전개의 기점이 되고 있다[562]는 점이다.

---

561) 고석규는 1932년 함남생이며 1952년 부산대학국문과에 입학하였다. 이후 『신작품』, 『시조』, 『시연구』 등의 동인활동을 활발히 하였으며, 1957년 김재섭과 함께 『조국』을 간행하였고 『문학예술』지에 「시인의 역설」을 연재하였다.

562) 김윤식, 「고석규의 정신적 소묘」, 고석규 전집 5, 책읽는 사람, 1993, p.90.

이러한 김윤식의 고석규에 대한 관심은 『1950년대 한국문예비평 3가지 양상』에로 이어진다. 이 글에서 김윤식은 1950년대 비평양상을 이어령의 화전민 의식, 유종호의 토착어 의식, 고석규의 근대성의 파탄과 죽음의 형이상학으로 3분화하여 파악함으로써 고석규 비평의 특징을 구체화[563]하고 있다.

또한「전후문학의 원점」에서는 고석규의 정신사를 릴케, 로댕, 윤동주와 연결시켜 파악해 내어[564] 이를 <청동의 계절>과 <청동의 관>이 지닌 의미로 전이시켜 가고 있다. 이러한 김윤식의 정신사적 탐색은「청동의 계절에서 청동의 관까지」로 다시 이어진다. 여기에서 김윤식은 고석규의 비평적 글쓰기를 <자외선으로서의 글쓰기>로 명명하고, 이를 벤야민의 글쓰기와 대비시키고 있다. 또한 <청동의 관>이란 <청동의 계절>이란 이름의 산문 즉 자외선으로서의 글쓰기에 대한 밑그림에 해당하는 관계로 파악하고 있다. 즉 고석규의 시집인 『청동의 관』의 바탕 위에 <청동의 계절>인 자외선의 글쓰기가 가능했다[565]는 것이다.

이러한 지속적이고 열정적인 김윤식의 고석규의 정신사적 탐색은「전후문학과 실존주의」,「고석규와 더불어 범어사에 가다」등으로 이어진다. 전자는 실존주의적 측면에서 후자는 고석규의 일기와 관련해서 그의 정신사를 재구성하고 있는 내용이다. 김윤식 교수의 고석규에 대한 6편이나 되는 남다른 관심과

---

563) 김윤식,「1950년대 한국문예비평 3가지 양상」, 고석규 전집 5, 책읽는 사람, 1993, p.94.
564) 김윤식,「전후 문학의 원점」, 고석규 전집 5, 책읽는 사람, 1993, p.108.
565) 김윤식,「청동의 계절에서 청동의 관까지」, 고석규 전집 5, 책읽는 사람, 1993 p.127.

탐색은 고석규의 면모를 총체화하는데 상당한 기여를 했을 뿐만 아니라, 50년대 한국비평사에서 고석규가 차지하는 위상을 제대로 회복시킨 작업으로 평가된다. 그러나 고석규의 정신사적 탐구는 이제 다양한 측면으로의 접근에 의해서 보완되어야 할 여지를 남겨놓고 있는 것도 사실이다.

　이런 측면에서 임태우의 「고석규 비평문학 연구」는 김윤식의 고석규 연구를 바탕으로 한 또 다른 진전으로 볼 수 있다. 고석규 비평에 대한 본격 연구 중의 하나가 임태우의 「고석규 비평문학 연구」이기 때문이다. 그는 이 논문에서 50년대 실존주의 비평 논의의 한 대상으로서 고석규의 실제비평을 통해 그 특징을 분석하고 있다. 그가 고석규 비평을 다루면서 사용한 비평의 인식 소는 '부정성 사유'인데, 이 부정성이 고석규 비평에서의 두 가지 양상으로 나타나고 있다고 본다. 첫째는 존재론적 차원에서 전개되는 부정성이다. 이는 릴케의 미학을 수용하면서 이루어진 것으로 죽음의 테마를 통해 새로운 삶의 내용을 획득하고자 하는 시도로 나타난다고 보았다. 그리고 이러한 부정성은 죽음을 배제하는 것이 아니라, 그것을 규정적으로 부정하여 삶의 원리를 발견하려고 하고 있기 때문에 죽음의 테마를 변증법적으로 인식하고 있는 것으로 파악한다. 또한 이러한 부정성 사유를 고석규는 이육사와 윤동주의 작품을 분석하고 규명하는 자리에서 전형적으로 보여주고 있다[566]고 평가한다.

　둘째의 부정성 사유는 부정 내지 저항의 개념을 자유로 파악하

---

566) 임태우, 「고석규 문학비평 연구」, 고석규 전집 5, 책읽는 사람, 1993, p.213.

는 실존주의의 사유방식에 접근하면서 그것 자체의 가치를 절대화한 경우로 분석한다. 이때의 부정성 사유의 태도로서의 부정을 말한다고 밝힌다. 그리고 이런 부정정신은 소월과 이상에 대한 분석과 해석 속에서 발견된다[567]는 것이다. 그런데 고석규는 이 두 가지 차원의 부정성 사유를 통합적 시각 속에서 전개해 내지 못하고 병립적으로 전개해 나가고 있다고 보았다. 그러한 한계를 고석규는 사랑의 개념을 설정하여 이를 실제비평에서 논함으로써 실존주의적 사유방식이 새롭게 전이될 수 있는 계기를 마련해 주고 있다고[568] 평가한다.

이러한 고석규의 실존주의적 비평 체계의 분석과 함께 임태우의 관심은 비평적 글쓰기의 특징을 해명하는 데 있다. 즉 임태우는 고석규의 에세이적 글쓰기를 비지시적 언어관을 통해 해명하고 있는데, 이러한 에세이적 글쓰기는 보편적 가치관과 이념적 지향점이 그 설득력을 상실하게 되는 위기의 시대에 나타나는 글쓰기라는 점에서 일단 그 의미를 발견할 수 있다고 본다. 위기의 시대에는 가치관이 혼란되고 언어와 대상 사이의 괴리 즉, 개념의 외연이 불투명해지게 되는데 고석규는 에세이적 글쓰기를 통하여 당대의 위기를 문학 속에 반영하고 또 그에 대응해 나간 것으로 파악하고 있다.

이러한 임태우의 고석규 비평문학 연구는 고석규의 평문 중 「시인의 역설」을 중심으로 그의 실존주의적 비평양상을 해명한

---

567) 임태우, 앞의 논문, p.213.
568) 임태우, 앞의 논문, p.252.

본격논문이란 점에서 의의를 지닌다. 그러나 「시인의 역설」 외의 평문 즉 「시적 상상력」이나 그의 시작품과 관련된 비평적 글쓰기와의 관계성 해명 등은 앞으로 해명되어야 할 과제로 남겨 놓고 있다.

　임태우와 같은 선상에서 「시인의 역설」을 중심으로 고석규 비평을 논한 글이 문혜원의 「역설을 주제로 한 고석규 비평 연구」이다. 문혜원은 이 글에서 고석규는 역설이란 개념을 내세워 이육사, 이상, 윤동주, 김소월 등을 논하고 있는데, 여기서 그는 역설이 문학 내적인 것에 그치지 않고 개인의 실존의 모습까지 아우르는 개념으로 사용되고 있다고 본다.

　이러한 역설개념은 실존의 상황 자체가 역설적이라는 키에르케고르의 입장을 수용하고 있는 것으로 이해하고 있으며, 예시한 시인들은 실존의 각 단계에 위치하며, 그 중 가장 높은 단계에 올라 있는 대상이 윤동주라고 판단한다.[569]

　그리고 이러한 고석규의 실제비평은 시인의 개인적 측면과 작품상의 주인공 또는 화자를 동일시하는 오류를 지니고 있다는 비판을 받을 수는 있지만, 전후공간에서 작품을 면밀히 분석하는 일례를 보여주고 있다는 점에서 문학사적 의의를 획득한다고 평가한다. 그러나 문혜원의 고석규 비평론 역시 「시인의 역설」 한 편에만 국한된 아쉬움을 남기고 있다.

　지금까지의 고석규 비평의 연구현황 개관 가운데서도 드러났

---

569) 문혜원, 「역설을 주제로 한 고석규 비평 연구」, 고석규 전집 5, 책읽는 사람, 1993, p.194.

듯이 고석규 연구는 90년대 초반에서 시작되어, 이제 그 초기 단계라고 할 수 있다.[570] 그러므로 고석규 비평은 여러 가지 측면에서 해명되어야 할 여지를 많이 남겨 놓고 있는 것이다. 그래서 본고에서는 고석규의 비평을 해석학적 입장에서 접근해 보려고 한다. 해석학이란 근본적으로 이 세계에 대한 이해 방식이며, 그 이해의 결과를 드러내는 하나의 삶의 방식이기도 하기 때문이다. 그러므로 해석학적 입장에서 고석규의 평문을 읽어보면, 좀 더 넓은 시야 속에서 드러나는 고석규 비평의 특징을 짚어낼 수 있으리라 기대하기 때문이다.

이 연구의 목적은 고석규의 문학비평을 선이해의 측면과 실존론적인 측면에서의 이해와 세계해석의 통합적 시선을 해석학적 측면에서 해명함으로써 고석규의 정신사에 접근해 보고자 한다.

고석규의 선이해

고석규의 선이해는 참으로 다양한 요소들로 채워져 있다고 할 수 있다. 그는 4천여 권에 해당하는 국내외 저서들에 언제나 둘러싸여져 있었기 때문이다. 다양한 독서체험의 결과들이 다양한 선이해를 이루고 있음을 쉽게 찾아낼 수 있다. 그래서 그의 선이

---

570) 고석규에 대한 지금까지의 글들은 크게 세 가지 유형으로 나누어 볼 수 있다. 첫째는 김춘수의 「고석규의 비평세계」, 김정한의 「고석규에의 추억」과 같은 회고록 둘째는 고석규 비평의 중요성을 환기시키는 남송우 「고석규, 그 미완의 비평적 행로」, 구모룡의 「고석규 혹은 역설의 비평가」 같은 평문, 셋째는 김윤식 「고석규의 정신적 소묘」, 임태우의 「고석규 비평문학 연구」 등과 같은 본격 연구 글이다.

해는 복잡하게 헝크러진 형국을 하고 있다. 그러나 크게는 철학과 문학 두 영역으로 나누어 고석규의 선이해를 정리할 수 있을 것 같다. 그가 남긴 글들 속에서 그의 이러한 독서경향을 찾아볼 수 있기 때문이다.

1. 철학적 사유와 관련된 선이해

고석규의 비평에서 가장 흔하게 만나는 단어는 실존주의이다. 고석규가 접하게 된 실존주의 양상은 다양하지만 키에르케고르, 하이데거, 사르트르 등이 중요한 선이해의 바탕을 이루는 대상들이다.

먼저 키에르케고르의 사유에 대한 고석규의 선이해를 살펴본다. 고석규는 「불안과 실존주의」에서 무를 불안과 원죄의 근원으로 이해하고 있다. 그래서 고석규는 키에르케고르의 불안을 2단계로 보았다. 그런데 이러한 불안은 인간의 자유와 밀접한 관계를 지니고 있으며, 이 자유는 어지러움으로 나타난다는 것이다. 즉 우리가 깊은 심연에 이르렀을 때, 아슬아슬한 심연의 깊이와 동시에 느끼는 것은 그 심연에 직면한 우리들 자신의 위기위식이다. 심연을 바라보고 싶었던 우리들의 자유가 하나의 어지러움으로 되살아오는 까닭이다. 그래서 불안은 자유의 어지러움이란 정의로 바뀌게 되고, 인간의 자유는 언제나 결핍상태에 놓이며 그러한 결핍상태가 극도에 다다랐을 때, 비로소 인간은 절망을 느낀다는 것이 키에르케고르의 논리라는 것이다. 그런데 발전된 불안의 마지막 형태인 절망에서 인간이 어떻게 구제

될 수 있는가 하는 점에서 키에르케고르는 신의 능력을 믿었다는 것이다. 이리하여 키에르케고르는 신 앞에서 무릎을 꿇을 수 있는 외로운 인간을 실존이라 불렀으니 불안은 실존하려는 실존의식에 있어서 가장 두드러진 심리현상이라[571] 보았다.

이렇게 고석규는 키에르케고르의 불안개념을 통해 실존주의의 특징을 이해하고 있다. 그런데 이러한 인간 실존의 양태는 키에르케고르에게 있어서는 아이러니로 해명되기도 한다. 그래서 고석규는「문학적 아이러니」[572]에서, 키에르케고르의 극적인 부정성으로서의 아이러니를 그대로 수용하고 있다.

이렇게 고석규의 키에르케고르에 대한 이해는 그가「시인의 역설」을 논하는 자리에서 이상 시를 분석하는 하나의 참조틀이 되고 있다. 이상 시에 나타나는 절망은 고석규가 볼 때는 표현하는 절망으로서, 아니면 절망의 형태로 나타난다는 것인데, 이를 그는 최초의 절망 나아가 방법적 아이러니로 본다. 즉 이상이 시에서 소설을 쓰기까지 시에 있어서의 반산문적인 요소를 차츰 산문화해 내는 과정이나 반대로 반시적 충동을 애써 시화한 그 잠재적 노력이 분명히 최초의 절망이 지닐 바 방법적 아이러니라고 보는 것이다.[573]

또한 이상에게 있어 방법적 아이러니는 결국 이상의 성격적 아이러니와 더욱 깊이 연속된 것으로 보고, 고석규는「오감도」일부와 그보다 뒤진 후기 시들을 대상으로 이상의 성격적 아이러

---

571) 고석규,「불안과 실존주의」, 고석규 전집 1, 책읽는 사람, 1993, p.40.
572) 고석규,「문학적 아이러니」, 고석규 전집 1, 책읽는 사람, 1993, p.120.
573) 고석규,「시인의 역설」, 고석규 전집 1, 책읽는 사람, 1993, p.198.

니를 파악하고 있다. 이는 이상의 인간적인 측면에 맞추어 이상 시를 분석해보려는 의도의 결과로, 이상은 자아와 대상 간의 갈등에서 오는 절망을 작품으로 표현하고, 다시 작품 안의 절망에 빠져듦으로써 절망을 객관화시키지 못하고 있다고 보았다. 이는 바로 이상의 성격적 아이러니는 실패로 끝났다는 판단이다. 이러한 고석규의 이상 시 분석은 아이러니를 다분히 수사학적 차원에서 바라본 것이 아니라, 실존의 한 과정으로 보고, 아이러니를 통해 인간 이상의 존재론적 역설을 밝히려는 한 결과로 볼 수 있다.[574] 즉 문학적 차원의 역설과 인간 존재의 역설을 동시에 설명하고자 하는 오류를 범하고 있는 부분이다.

다음은 하이데거에 대한 고석규의 선이해의 정도를 살펴본다. 하이데거에 대한 이해의 출발은 "불안이란 무를 시현하는 것이다"라는 무에 대한 인식에서부터이다. 어둠 속의 촛불과도 같이 자기존재를 제외한 모두를 온통 <무>로 돌리는 부정력에 충실함으로써 자기 존재를 더욱 눈부시며 환한 것으로 비치려는 것이 이른바 하이데거의 실존주의라는 것이다.

비록 던져진 자기존재일망정 세계의 필연성에 대항하는 초월적인 가능성을 저버리지 않기 위해서 인간은 언제나 <무>를 시현하려는 불안에 싸이며 은근히 자기존재와 불안과의 일치를 바라고 있는데, 하이데거는 이러한 근원적 불안에 투철함으로써 자기존재는 실존하게 되는 것이며, 근원적 불안을 캐는 일이 형

---

574) 문혜원, 「역설을 주제로 한 고석규 비평 연구」, 고석규 전집 5, 책읽는 사람, 1993, p.188.

이상학의 목적이라고 피력한 바를 고석규는 긍정적으로 수용하고 있다.[575] 그래서 하이데거의 <불안에의 용기>를 긍정적으로 나아가 현대인의 감추어진 신앙으로 인식한다. 이러한 고석규의 하이데거의 실존주의에 대한 이해는 그의 「지평선의 전달」 속에서 우선 용해되어 나타난다.

> 무의 적극화는 무의 부정화일 것이며 나아가선 무의 수동성을 초월함일 것이다. 던져짐에서 던져감으로 역승하려는 나의 현존은 던져짐의, 즉 있었던 바를 새삼 부정타게 하는 데서만 가능할 줄 안다. 이리하여 나의 피투는 나의 투기로 나의 수동은 다시 나의 능동으로 각각 전기된다.
> 모든 나의 탈아, 그리고 저물어가는 형상의 노을들, 지금에 있는 나란 어디까지나 무에 걸려 있는 무로 돌아오는 아니 무로 장래하는 시간성 그것이 되어야 한다. 하이데거에 의하면 그러한 시간은 있는 것이 아니라 익어가는 것이다.[576]

고석규는 하이데거의 실존적 시간의식에 바탕을 두고, 자신의 지평선을 위해 중간자의 고민을 과거성과 미래성에 대한 고민으로 드러내고 있다. 또한 「시인의 역설」에서, 고석규는 부정의식에 투철한 시인으로 김소월을 지목하고 그의 시 「먼 후일」에 나타나는 믿기지 않아서 잊었다는 언어내용이란 긍정될 수 없는 바이며, 오늘도 어제도 아닌 먼 후일에 그렇게 잊었다는 미래적 과거는 부정의식의 소산으로 보고 있다. 이런 부정의식은 믿음

---

575) 고석규, 「여백의 존재성」, 고석규 전집 1, 책읽는 사람, 1993, p.41.
576) 고석규, 「지평선의 전달」, 고석규 전집 1, 책읽는 사람, 1993, p.53.

의 약속을 부정하고 있지 않음의 기억을 부정하고 다시 요즈음 현재를 부정하는 그 모든 부정을 통해 무의 개념을 재촉함으로써 하이데거의 무개념을 떠올리고 있다.

고석규의 실존주의 철학에 대한 이해는 키에르케고르, 하이데 거 뿐만 아니라, 사르트르에게로 나아가고 있다. 고석규가 사르 트르의 실존주의에서 관심을 가진 것은 무의 존재인 나를 인식 함으로써 실존하는 인간의 책임의식이다. 이 책임의식은 바로 행동으로서, 나에 대한 반성을 촉구하는 불안 속의 행동이며 실 존의 행동이다. 충만되어 있기 때문에 변해갈 수도 없고, 행동하 지 않는 즉자적 존재와는 달리 대자적 존재는 끊임없이 행동하 고 부정하면서, 무를 세계에 끌어들이는 존재로 이해하고 있다. 이러한 사르트르의 실존사상의 이해는 고석규의 「불안과 실존 주의」에서 잘 드러나고 있다.[577]

이렇게 선이해 된 사르트르의 실존적 행위의 강조는 고석규가 「민족문학의 반성」을 논하면서 그대로 차용하고 있음을 다음에 서 확인할 수 있다.

전후의 사르트르가 소유의 문학을 실행의 문학으로 대치시킨 것은 그만큼 의식적 행동성을 자극하려는 목적에서였다고 보는데 참된 민족문학엔 참된 민족적 행동성이 발로되어야 하며 그것은 또한 자 유라고 불리우는 현존적인 의식으로서 구축되어야 함은 의론할 여 지가 없다.[578]

---

577) 고석규, 「불안과 실존주의」, 고석규 전집 1, 책읽는 사람, 1993, p.42.
578) 고석규, 「민족문학의 반성」, 고석규 전집 1, 책읽는 사람, 1993, p.133.

고석규의 참된 민족문학이 나아가야 할 방향을 설정하는 데 있어 민족적 행동성을 요청함으로써 사르트르의 실존적 행위의 강조라는 측면에서 이해된다. 뿐만 아니라 고석규는 「시인의 역설」에서 이육사의 시를 논하면서, 사르트르의 「존재와 허무」 속에서의 부정의 기원을 소개하며 논의의 준거를 마련하고 있어 사르트르에 대한 선이해가 엿보인다.

사르트르에 따르면, 존재 밖에서 존재조건으로 널려있는 실재가 바로 허무인 부정이며 동시에 존재에 의하여 받침되어 있는 것도 역시 부정 그것이라는 것이다. 그런데 허무엔 불안 공포라는 것이 가장 중요한 모티브로 되어 있으며, 인간은 언제나 이 허무에 질려 있다고 본다.[579] 그리고 죽음이란 상황이 가장 두드러진 부조리로서 나타나며, 이 문제를 육사의 시에서 확인하고 있다.

이상에서 살펴본 것처럼 고석규의 철학적 이해는 키에르케고르부터 사르트르에 이르는 실존주의자들에게 기울어져 있었음을 확인할 수 있다. 이러한 고석규의 실존주의에 대한 관심은 1955년에 그가 번역한 P. 프울께의 『실존주의』에서도 그대로 드러나고 있다.[580]

---

579) 고석규, 「시인의 역설」, 고석규 전집 1, 책읽는 사람, 1993, p.181.
580) 고석규는 실존주의 소설 따윈 읽었어도 실존주의 논쟁은 엿들을 만한 기회가 없었다고 말하면서, 이러한 형편을 타개할 만한 P.프울께의 실존주의를 영역판으로 번역한다고 역자 후기에서 밝히고 있다.

2. 문학적 사유와 관련된 선이해

문학하는 작가로서 고석규의 비평적 사유에 깊이 관련되어 있는 자들은 국내외적으로 많다. 그러나 이들 중 대표적인 몇 사람을 든다면, 릴케, 엘리어트, 까뮈 등을 먼저 그 대상으로 떠올릴 수 있다. 먼저 릴케의 경우를 살펴본다.

릴케의 사상 중 고석규의 산문에서 엿보이는 부분은 미의 사상과 변용개념이다. 릴케는 예술에 있어서 미란 무엇인가를 그의 「로댕론」에서 다음과 같이 펼치고 있다.

> 누구 하나 여태껏 미를 만들어낸 사람은 없습니다. 우리는 오로지 때때로 우리한테 머물고 싶어하는 것에 대해서 친밀하거나 또는 숭고한 경우, 가령 제단이나 과실 또는 불꽃을 만들 수가 있을 뿐입니다. 그 밖의 것은 우리 힘이 미치지 못합니다.
> (전광진역, 『로댕』, 여원교양신서, 1960, p.90.)

릴케가 로댕의 조각품 「청동시대」를 바라보며 사유한 미적 개념의 특징은 미를 만든다는 것은 불가능한 일이며, 따라서 아무도 미를 만든 바가 없다는 점이다. 그래서 다만 사람이 할 수 있는 것은 자기가 만든 물건에는 어쩌면 미가 찾아오게 되리라는 어떤 조건이란 것이 존재하고 있음을 알고 있을 뿐이라는 것이다. 그래서 시인의 사명이란 이 조건에 능통하는 일이며, 또 이 조건을 만들어 낼 수 있는 능력 기르기에 있다고 본다. 고석규는 릴케의 「로댕론」에 나타나는 이러한 미개념을 그의 「여백의 존재성」에서 그대로 담아내고 있다.

L여! 이것은 릴케가 나에게 알린 사상이올시다. 나는 릴케의 존재성이 얼마나 이 <들리지 않는 소리>를 위하여 괴로워하였는가를 먼저 알게 되었습니다. 그는 이렇게 말하고 있습니다. 어디에 아름다움이 따로 있다고 남과 같이 말할 순 없습니다. 스스로를 넘으려는 유용의 힘을 위한 충동에 따라 자기작품에 아름다움이 걸어올 수 있는 어떤 조건의 존재를 믿을 따름입니다. 나의 사명이란 이 조건을 밝히는 것과 그러한 조건을 내기 위한 힘을 기르는 데 있습니다.

(고석규, 『초극』, pp.25-26.)

다음은 릴케의 변용개념을 살펴본다. 릴케의 변용이란 눈에 보이는 세계를 또 다른 눈에 보이는 세계로 모습을 바꿔 놓는다는 뜻이 아니라, 눈에 보이는 세계(삶)를 눈에 보이지 않는 세계(죽음)로 바꿔 놓는다는 뜻이다. 이것은 인간이 자신의 죽음의 가능성을 즉 자신이 소멸해간다는 것을 극도의 인내 속에서 승인하는 것, 그리하여 죽음이란 공포의 공간을 긍정적인 삶의 공간으로 전이시키는 것이다.

그러므로 릴케의 변용개념은 죽음의 내면화를 통해 어두운 긍정의 세계를 여는 사고과정이다. 이러한 변용개념은 고석규에게 있어서는, 부재의 존재성[581]을 말하고 있는 「여백의 존재성」에서 다음과 같이 서술되고 있다.

나는 보노라 지금에 없는 것을
나는 아노라 일찍이 없는 것을

579) 김윤식, 「고석규의 정신적 소묘」, 고석규 전집 5, 책읽는 사람, 1993, p.72.

나는 만드노라 또 잊어지는 것을[582)]

지금에 없는 것을 보는 것, 일찍이 없었던 것을 아는 것, 장차 있을 것을 만드는 것, 이것이 고석규에게는 여백의 존재성인데, 이는 바로 부재의 존재성을 말한다.

이렇게 고석규는 릴케의 사유를 자신의 사색의 한 터전으로 삼고 있음과 동시에 그의 실제비평 「시인의 역설」에서 윤동주를 논할 때 릴케와의 대비를 통해 윤동주의 정신사를 드러냄으로써 그의 릴케에 대한 선이해를 보여주고 있다. 그래서 고석규는 「R.M 릴케의 영향」을 논하는 자리에서도 1940년대의 진공에 홀로 떨어져간 시인 윤동주를 지목하고 있다. 그를 릴케적 불안과 공포에서 불태워진 싸늘한 희생으로 바라보고 있으며, 윤동주의 「또 다른 고향」은 완전히 릴케와의 동시대적인 불안을 빚어내고 있다[583)]고 보았다. 이런 연유로 김윤식 교수가 릴케와 윤동주 그리고 고석규를 이어지는 하나의 맥으로 파악하고자 한 점[584)]을 이해할 수 있다.

다음은 까뮈에 대한 고석규의 이해를 살펴본다. 고석규의 까뮈에 대한 관심은 그가 번역한 「탐색적 인간주의자」, 「알베르 까뮈의 문체론」에서 확인된다. 전자에서는 까뮈의 인간과 삶 그리고 사상에 대한 전반적 소개와 함께 그의 부정적 사고력과 끊임없는 탐색적 인간주의를 고귀한 서구라파의 고귀한 유산으로 평

---

582) 고석규, 「여백의 존재성」, 고석규 전집 1, 책읽는 사람, 1993, p.19.
583) 고석규, 「R.M 릴케의 영향」, 고석규 전집 1, 책읽는 사람, 1993, pp.243~244.
584) 김윤식, 「고석규의 정신적 소묘」, 고석규 전집 5, 책읽는 사람, 1993, p.80.

가하고 있는 글이며, 후자는 까뮈의 문체적 특징을 부조리를 추론하는 산문적 자기와 부조리를 창조하는 시적 자기와의 격렬한 전장이 까뮈의 문체 영역이라고 해명하고 있는 내용이다.

이러한 까뮈의 인간의 부조리성에 대한 부단한 추구는 고석규가 이상의 작품을 논하는 「문학적 아이러니」에서 그대로 인용되고 있다.

> 이상의 산문은 동작 아닌 동태를 그리는 데 집중되었다. 「보이스」(태)의 기능을 시에 이르러 「무우드」(법)의 활용으로 다시 전기되었다. 이상은 철저히 언문일치를 배격했던 것이다. 즉 이상의 「에고」는 하나의 「에고」를 다른 「에고」로 소통하기 위한 작품양식에 구애될 수 없었다.
>
> 까뮈가 동사의 시제를 은폐하고 지주인 인과관계를 제거하는 문체를 수립한 것은 그다지 이국정취가 아닐 터이다. 까뮈의 「에고」가 그대로 이상의 「에고」와 어느 면에서 동일한데 그들이 호응하며 제약당한 세계와 정신성은 대치없는 무덤이었겠다. 즉 반어적인 충동이며 희생일 것이다. 까뮈 자신 「부조리의 창조」 속에서 「악령」의 「끼리로브」가 저승의 영생을 믿느냐는 답변으로 아니 여기의 영생을 믿는다는 실존을 얼마나 구가하였던가.[585]

이상의 「지주회시」를 고석규가 평하면서, 이상이 지닌 반산문적인 산문가이며 반시적인 시인임을 해설하면서 제기하고 있는 위의 인용문은 바로 까뮈가 지닌 문체적 특징인 부조리를 추론하는 산문적 자기와 부조리를 창조하는 시적 자기와의 격렬한

---

585) 고석규, 「문학적 아이로니」, 고석규 전집 1, 책읽는 사람, 1993, pp.121~122.

결전장이란 표현과 동일한 선에서 이해될 수 있는 부분이다. 까뮈에 대한 고석규의 선이해는 사상적 측면도 무시할 수 없지만, 까뮈의 사상적 측면은 주로 사르트르에 의존하고 있는 듯 보이며, 문체적인 측면을 통한 부조리(아이러니)의 이해가 부각되어 나타나고 있다.

다음은 엘리어트에 대한 고석규의 이해를 살펴보고자 한다.

고석규의 엘리어트에 대한 이해는 그의 비평전반에 걸쳐 나타나고 있지만, 특히 현대시 혹은 모더니즘을 논하는 자리에서는 언제나 등장하는 대상이 되고 있다. 번역 「T.S 엘리어트의 인간적 경위」, 「신뢰적 극작가 T.S 엘리어트」, 「T.S 엘리어트 관견」, 「모던이스트운동은 종식되다」 등에서 보이듯이 고석규의 엘리어트에 대한 관심은 남다른 것으로 나타난다. 그러나 이런 고석규의 엘리어트에 대한 관심은 「현대시의 형이상성」을 논하면서,[586] 어느 정도 자기화된 목소리로 전달된다.

이 글은 현대시의 한 성격을 형이상성적 측면 즉 사고에 의하여 변화된 감수성이 다시 사고와 결합되는 영원한 운동이 <불일치의 일치>라는 시적 모습을 지니고 있다는 사실을 밝히는 글이다. 여기서 고석규는 현대시의 난해성을 엘리어트의 「형이상학적 시인론」에 의존해서 풀어내고 있으며, 「시와 비평의 효용」을 통해 현대시의 주지적 경향을 해명함으로써 현대시의 불일치의 일치성이 지닌 특성을 드러내고 있다.

고석규의 엘리어트에 대한 이해는 「시의 기능적 발전」에 이어

---

586) 고석규, 「현대시의 형이상학성」, 고석규 전집 1, 책읽는 사람, 1993, p.76.

지고 있다. 여기서 고석규는 엘리어트가 말한 훌륭한 시가 있으면 훌륭한 비평이 부진하고 많은 비평이 있으면 시의 질이 저하된다는 명제를 수용하면서, 이런 입장은 시의 기능을 비평의 기능과 일치시켰다고 해석하고 있다. 또한 시는 쓰는 경험과 시를 들려주는 경험의 이중적 경험을 내포하고 있는데, 엘리어트에 있어서 시극의 가능성은 이 두 가지 경험을 상관 통일하는 정신의 방법[587]으로 보고 있다.

또한 「비평가의 문체」를 논하면서도, 고석규는 엘리어트의 「비평가의 기능」 중 "실제로 한 작품을 적는 일의 태반은 비평하는 일이며 음미, 조합, 구성, 삭제, 퇴고, 검토하는 노력이란 창조적이라기보다 오히려 비평적인 것이다"라는 한 부분을 통해, 이는 무엇을 어떻게 적느냐의 기능을 말한 것[588]이라고 해석함으로써 비평가의 문체가 지향해야 할 방향성을 설정하는데 필요한 토대로 삼고 있다.

그리고 「비평가의 교양」[589]에서 현대비평의 모습을 진단하면서, 엘리어트가 말한 "나는 현대의 비평을 검토할 때 우리들은 여전히 아놀드의 시대에 머물러 있다는 것을 믿지 않을 수 없다"고 한 부분을 인용함으로써 고석규는 현대비평의 준거틀을 상당 부분 엘리어트에 의존하고 있음을 확인할 수 있다.

이상은 고석규가 펼친 현대시 혹은 모더니즘과 관련된 원론적

---

587) 고석규, 「시의 기능적 발전」, 고석규 전집 1, 책읽는 사람, 1993, p.83.
588) 고석규, 「비평가의 문체」, 고석규 전집 1, 책읽는 사람, 1993, p.103.
589) 고석규, 「비평가의 교양」, 고석규 전집 1, 책읽는 사람, 1993, p.105.

비평논의에서 확인되는 고석규의 엘리어트에 대한 이해의 양상이다. 그런데 고석규의 엘리어트에 대한 이해는 그의 실제비평인 「시인의 역설」에서도 나타난다. 고석규는 「시인의 역설」에서 이육사 시에 나타난 죽음의 이미지를 평하면서, 그는 엘리어트의 「황무지」의 초장인 「시체의 매장」을 인용하며, 여기에 나타나는 죽음의 양상과 이육사 시에 나타나는 죽음의 이미지를 대비시키고 있다. 엘리어트의 계절과 스폰타니티(spontanity)에 대한 평가는 죽음에 대한 상태를 의식적으로 선택하려는 실존적인 방법이며, 고도한 비평작용으로 이는 심미와 고뇌를 함께 지지한 부정력으로 평가하며, 이를 역설로 보고 있다.[590]

　이러한 고석규의 엘리어트에 대한 이해는 그의 학위논문인 「시적 상상력」에서 공상과 상상력을 정리하면서도 나타난다. 엘리어트가 「시의 효용과 비평의 효용」에서 밝히고 있는 상상력과 공상과의 차이점과 이를 지양하여 실현되는 상상력의 성취가 한 시대와 그 시대를 지배하는 비평정신과 상호일치된다는 사실을 중시하고 있다. 즉 엘리어트는 상상력의 종합적인 균형과 조화를 강조함으로써 코울리지의 상대적 우위론을 극복할 수 있었다고 본다.

　이렇게 엘리어트는 고석규가 관심을 가지고 있던 현대시의 해명과 그 방향성의 정립이란 과제를 푸는데 상당한 토대로 작용하고 있음을 확인할 수 있다. 그러나 그의 엘리어트에 대한 관심의 폭이 넓은 만큼 그의 시론과 비평론 자체의 종합적인 체계화

---

590) 고석규, 「시인의 역설」, 고석규 전집 1, 책읽는 사람, 1993, p.186.

를 통한 자기화는 힘들었던 것 같다. 이는 엘리어트의 비평론의
적용이 산발적이고 단편적인 선에 머물고 있기 때문이다. 이는
바로 50년대 당시 고석규 자신에게는 실존주의에 대한 관심과
이해가 더 절실했기 때문이 아니었나 하는 추정을 할 수 있을 것
이다.

실존주의적 존재해석

고석규의 실제비평에서 특징적으로 드러나는 양상 중의 하나
는 실존주의적 존재 이해이다. 이는 그의「여백의 존재성」에서
부터 드러난다. 고석규의「여백의 존재성」은 L에게라는 불특
정 대상을 향한 편지형식의 글이다. 이 편지형식의 에세이는 그
의 초기의 비평의식 뿐만 아니라, 당시의 고석규의 면모와 의식
을 잘 보여주는 글이다. 그런데 이 글에서 고석규는 <여백의 존
재성>이라는 명제를 통해 부재의 존재성을 드러내고 있다. 이는
바로 현 존재 및 존재의 가능태들을 탈은폐시키는 존재의 해석
학[591]을 보여주고 있다[592]는 말이다. 고석규가 이 글에서 내린 다
음과 같은 결론은 이러한 존재의 근원적 문제를 제기하고 있다.

여백은 존재를 증명하기 위한 부재의 표현에 지나지 않습니다. 우

---

591) 하이데거는 존재의 해석학을 현 존재의 본래적인 가능성들에 대한 분석이며,
　　이는 바로 실존의 실존성에 대한 분석이라고 본다.
592) 리챠드 E. 팔머, 이한우 역,『해석학이란 무엇인가』, 문예출판사, 1988, p.194.

리들 부정 속에 내재되는 새로운 긍정을 위하여 L여! 우리는 다만 진실한 우리들의 작업을 멈추지 않아야 할 것입니다.

나의 이 글은 내가 생각하였던 단편에 불과합니다. 나는 나의 여백을 한 동안 믿어야 할 것입니다. 그것이 이 절박한 시간을 극복하는 나의 안정이라 할 것 같으면 나는 나의 불투명한 여백과 부재의 사고에서 새로운 투명과 새로운 존재를 다시 발견할 것이 아닙니까.[593]

여백은 존재를 증명하기 위한 부재의 표현에 지나지 않는다는 것은 비존재와 존재 사이의 관계를 드러내면서 비존재(부재)가 어떻게 존재로 나타나게 되는지를 인식케 하는 대목이다. 즉 여백 자체가 하나의 존재성을 분명 지니고 있는 가능태라는 사실을 통해 존재의 실존성을 의식케 한다는 것이다. 이러한 고석규의 의식은 부정 속에 내재되는 새로운 긍정을 위하여 우리들의 작업을 멈추지 않아야 한다는 선언을 통해 그의 존재 의식은 부정성에 맞물려 있음을 발견하게 된다. 그래서 고석규의 여백은 부재만을 상징하는 것이 아니라 죽음으로까지 그 의미가 확대된다. 그가 절박한 시간을 극복하는 안정으로 여백을 믿고 수용하고 있는 것은 여백이 지닌 이런 상징성을 뒷받침 해주는 문맥이다.

그런데 중요한 것은 부정 속에 내재되는 새로운 긍정을 위하여 작업을 멈추지 않음으로써 여백과 부재에서 투명과 존재로의 새로운 발견을 추구하고 있다는 점이다.

---

593) 고석규, 「여백의 존재성」, 고석규 전집 5, 책읽는 사람, 1993, pp.19~20.

이러한 존재성 자체에의 관심과 그 존재성을 드러내는 작업은 단순히 어떠한 하나의 텍스트(작품)에 대한 해석이나 평가가 아니라, 사상(事象)을 은폐로부터 벗겨내는 근원적 해석행위[594]라는 점에서, 고석규는 존재의 근원적 해석에 먼저 관심이 가 있다. 즉 사물들이 존재 및 현재의 존재의 가능태들을 탈은폐시킴으로써 존재론적 해석력을 보여주고 있는 것이다. 그런데 고석규의 관심은 사상(事象)의 존재론적 해석에만 머물지 않고 있다. 그는 여백의 존재성 자체의 해명을 통해 결국은 <나의 여백>성을 끌어들이고 있기 때문이다.

여백의 존재성 일반에서, <나의 여백>이란 구체적인 사실로 존재를 자기화 함으로써 고석규의「여백의 존재성」은 존재론에서 실존성의 차원으로의 이행을 보여주고 있다는 것이다. 존재의 본질을 여백의 존재성을 통해 해석해내고는 이 존재를 현존재의 상황성과 결부시킴으로써 존재의 실존성을 부각시키고 있다. 이는 바로 고석규 자신의 실존에 대해 자기에게 물음을 던지고 있다는 말이다. 실존을 자기화함으로써 자신에게 부과된 실존적 상황을 능동적으로 기투하고 고석규는 탈아를 시도하고 있다.

> 실상 나는 던져진 것이다. 하이데거의 가슴을 해치지 않아도 던져진 의식에서 나는 안타까운 종말에의 눈을 뜬다. 그것이 다가오는 내일만을 뜻함이 아니라 지난 어젯날과 더더욱 지금의 오늘이라는 울뇌(鬱惱)에 집중되었을 때 나는 지금에 나를, 즉 현존(Dasein)인 나를 저버리지 못한다…

---

594) 리챠드 E. 팔머/이한우 역, 『해석학이란 무엇인가』, 문예출판사, 1988, p.191.

그러나 어찌할 것인가. 던져진 나는 저 하강의 거센 압력에 대하여 설사 반항할 수 있었던가. 지낼수록 휘감기는 어둠의 질펀거림에서 던져짐을 회복하려는 나의 역승은 오히려 던져짐을 선택하는 계기적 심정으로 스스로를 벗는 것이 아니었던가…

무의 적극화는 무의 부정화일 것이며 나아가선 무의 수동성을 초월함일 것이다. 던져짐에서 던져감으로 역승하려는 나의 현존은 던져짐의, 즉 잊었던 바를 새삼 부정 타개하는 데서만 가능할 줄 안다. 이리하여 나의 피투는 나의 투기로 나의 수동은 다시 나의 능동으로 각각 전기된다.[595]

자신의 존재가 던져진 존재라는 실존적 인식은, 이를 넘어서야 한다는 새로운 자의식을 수반할 수밖에 없다. 그것은 던져진 현존을 무화하는 부정정신으로 나타나며, 이 정신이 결국은 새로운 존재의 탄생을 가능하게 한다는 하이데거적인 존재인식으로 나타난다. 시간이 지남에 따라 무화될 수밖에 없는 현존재를 그대로 수용하는 것이 아니라, 피투를 투기로 능동화 함으로써 나를 탈아(脫我)시켜간다는 것이다. 이것이 고석규가 자기 존재성을 실존주의적 토대 위에서 인식하고 난 이후의 사유 방식이다.

전쟁을 통해 죽음을 체험한 고석규에게 있어, 전쟁은 존재를 무화시키는 현실적 상황이다. 이러한 실존적 상황 속에서 자기 존재성을 여백의 존재성으로 확인한 고석규는 여백과 부재성을 넘어설 사유의 방향성을 실존주의에서 찾고 있는 것이다. 그 방향성의 하나가 실존적 상황을 여백의 존재성이란 역설로 받아

---

595) 고석규, 「지평선의 전달」, 고석규 전집 1, 책읽는 사람, 1993, pp.50~53.

들이는 일이며, 다른 하나는 실존의 기투적 성격이었다고 본다. 이러한 역설성과 기투성이 함께 잘 나타나고 있는 평문이 「시인의 역설」이다. 임태우는 「시인의 역설」에 나타나는 역설을 부정성 사유로 파악하여, 이육사와 윤동주에게서 존재론적 차원의 부정성을, 소월과 이상에게서 부정내지는 저항의 개념의 부정성 사유를 밝혀내고 있는데,[596] 이러한 역설성의 토대는 이미 그의 「여백의 존재성」과 「지평선의 전달」 속에서 나타난 존재의 실존성과 실존의 기투적 성향에 뿌리를 두고 있었다고 할 수 있다.

통합적 해석력

고석규는 「비평가의 문체」에서 우리 신문학사는 <무엇>을 담았느냐에 주로 관심을 둠으로써, 글쓰기에 있어 문체적 측면에 대한 관심과 노력이 부족했음을 지적하고 있다. 그리고 <무엇>을 <어떻게> 읊고 적었는가에 관심을 가져야 한다는 입장을 피력하고 있다. 특히 비평에 있어서도, 실제 작품은 내용과 형식면에서, 많은 변화가 있어왔는데, 비평가의 관심은 주로 <무엇>에만 기울어져 있었음을 문제로 지적한다. 그래서 고석규는 <무엇>을 적는 비평보다는 <어떻게> 적는 비평가를, 나아가선 <무엇을 어떻게> 적는 비평가를 요청하고 있다.[597] 이러한 고석규의

---

596) 임태우, 「고석규 문학비평 연구」, 고석규 전집 5, 책읽는 사람, 1993, p.213.
597) 고석규, 「비평가의 문체」, 고석규 전집 1, 책읽는 사람, 1993, p.102.

비평문 쓰기에 대한 관심은 <무엇>보다는 <어떻게>에 더 관심을 가지고 있음을 보여주는 부분이다. 그러나 그는 어느 한쪽에 비중을 더 두려는 입장보다는 <어떻게>의 방법을 질적으로 확대하여 <무엇>과의 동시동화를 실현할 수 있는 비평가의 문체를 요청하고 있다.[598]

여기서 고석규가 말하고 있는 <무엇>과 <어떻게>의 동시동화란 비평적 글쓰기에 있어서 내용과 형식을 함께 통일하는 것을 말한다. 고석규의 이러한 시선은 하나의 문체를 두고, 무엇과 어떻게로 나누어 보는 양면적 시선 나아가 세계를 양가적으로 바라보는 시선이 나타나기도 하지만, 그는 이 양가적 측면을 하나로 통일하려는 종합적 시선도 지니고 있음을 동시에 확인할 수 있다.

그리고 고석규는 비평을 구체화하는 과정 속에서 <무엇>과 <어떻게>를 비평의 텍스트와 비평가 자신으로 각각 대체시켜 논의를 진전시킴으로써 비평행위 자체가 본질적으로 지니는 양면적 구조로 논의를 끌어가고 있다. 사실 비평이 갖는 형식과 내용을 통해 비평의 문체를 논하다가 비평의 주체와 비평의 대상인 비평자체의 구조적 두 요소를 중심으로 비평문체를 논한다는 것은 논의 대상의 초점이 분명 달라지고 있다고도 볼 수 있다.

그러나 이런 논의 과정을 따라가면서 놓칠 수 없는 부분은 이 양면적 요소를 통일해야 하며, 그 통일을 촉발하는 요소로 동경을 제시하고 있다는 점이다. 고석규의 생각에 따르면, 동경은 파

---

598) 고석규, 위와 같은 책, 같은 곳

토스와 로고스의 절정에 위치한 것으로서 이 두 요소를 통일하는 힘이며, 문학과 인간의 절대한 가능성을 의미하는 요소로 보고 있다. 두 요소를 하나로 묶는 힘임을 말한다. 즉 통합력이라고 할 수 있다.

이는 또한 비평대상에 대해 비평가 자신이 그 작품에 자신을 투영시키고 자기화하는 자기투입력으로 명명되고 있기도 한다. 이러한 자기투입력은 작품해석 단계에 있어, 의의 추구의 단계로 볼 수 있다. 주어진 작품에 대한 단순한 의미의 재구성 단계가 아니라, 주어진 작품이 지니는 의미를 자신과 관련시켜 의의를 확충해냄으로써 비평문체는 개성을 지닐 수 있고, 역동적인 새로운 형상과 가치를 창조해낼 수 있다는 것이다. 이런 측면에서 비평가의 문체는 비평가 자신이 지닌 주관적 세계와 비평대상인 작품이 지닌 객관적 대상이 만나 빚어내는 제 3의 새로운 세계를 드러내는 모습을 보여야 한다는 말이다. 주객의 합일 또는 주객이 통일됨으로써 빚어내는 가능성의 세계를 나타내 보여야 한다는 말이다. 이런 측면에서도 고석규의 논지에서 드러나는 두 세계의 통합적 시선을 만나게 된다.

이러한 통합적 시선은 그의 평문 「비평적 모랄과 방법」에서도 그대로 이어지고 있다. 이 글은 이무영의 「애정 비평시론」에 대한 고석규의 비평적 입장을 피력하고 있는 글인데, 여기에서 고석규는 이 글이 기성이나 신진들 모두가 지니고 있는 모순을 지적하고 있는 글임을 밝히고, 이를 지양해 나갈 가능성을 발견하고 있다.

즉 양 세대 간의 모순은 한 마디로 모랄과 방법의 대립이라고 할 수 있는데, 이무영씨는 그의 「애정 비평론」에서 이러한 세대 간의 대립을 해소할 동기에서 애정으로 대표되는 모랄과 방법문제를 동시에 제기하고 있다고 보았다. 이렇게 고석규가 이무영의 「애정 비평론」을 신진과 기성문인 양쪽의 문제제기로 인식함과 동시에 양 세대 간에 지니고 있는 모순을 모랄과 방법으로 나누고, 이를 다시 해소하는 논리를 바라보고 있다[599]는 사실에서 그의 통합적 시선을 확인할 수 있다.

고석규의 이런 시선은 그가 「비평적 모랄과 방법」에서, 새롭게 제기하고 있는 <선택>의 논리에서도 드러난다. 그는 비평가에게 독자적인 권위가 부여된다면, 그것은 <선택>의 자유라고 본다. 그런데 <선택>에는 자유와 더불어 엄중한 책임이 있다고 본다. 즉, 선택의 자유라고도 할 비평의 목적이 <선택>의 책임이라고도 할 비평의 방법과 동시에 결부되게 될 때, 비로소 우리는 자유와 책임을 겸한 <선택>이며 목적과 방법을 겸한 비평의 권위를 옹호할 수 있게 된다고 본다.

그런데 이런 <선택>의 자유가 <작용>면에 더욱 치우칠 때, 그 비평가는 과학자가 되는 것이며, 선택의 책임이 <효용>의 면에 더욱 치우칠 때, 그는 모랄리스트가 된다는 것이다. 그리고 비평에 있어서, 모랄과 방법은 오직 <선택>이라는 비평가 자신의 매개적이며 조화적인 체험에 의하여 하나로 논하여져야 한다는 입장을 보인다. 즉 비평가의 <선택>이 자유와 책임, 방법과 모랄, 그리고 작용과 효용이라는 양극단에 동시적으로 움직임으로써

---

599) 고석규, 「비평적 모랄과 방법」, 고석규 진집 1, 책읽는 사람, 1993, p.114.

하나의 질서감을 누려볼 수 있다는 것이다.[600] 여기서 우리는 다시 고석규의 대상 인식 방법이나 사유방식이 대립된 두 세계의 상정과 이의 하나로의 통합을 지향하고 있음을 발견한다.

고석규의 통합적 해석력은 그가 공들여 정리한 「시적 상상력」에서도 그대로 드러나고 있다. 그는 여기서 현대시를 현대의 상황을 반영하며 비판하기 위한 시인 자신들의 언어활동으로 정의하고 있는데, 이 정의에서 <반영>하는 기능과 <비판>하는 기능을 서로 대위적인 입장에서 파악한다.[601] 이 대위는 곧장 지양되며 온전한 종합적 체험으로 동시에 발전될 수 있으리라고 보고, 이 종합적 체험을 이룩하는 것이 바로 시적 상상력임을 밝히고 있다. 나아가 그는 <반영>하는 기능이 보다 유동적인 <감성>에 의하여 지배되는 대신에 <비판>하는 기능은 보다 고정적인 <지성>에 의하여 지배된다는 대위적인 입장으로 양자를 파악하여, 시인들의 개별적인 언어활동에 있어서 <반영>하며 <비판>하는 두 가지 기능인 감성과 지성의 작용들을 하나에로 종합할 수 있는 체험의 가능성[602]을 <시적 상상력>을 통해 실현해 보고자 한다.

이렇게 고석규가 현대시의 양상을 반영과 비판이란 특성으로 파악하고, 이를 인간이 지닌 감성과 이성의 작용으로 대체해서 둘을 하나로 종합하려는 논리를 세우고 있는 것은, 앞서 「비평가의 문체」나 「비평적 모랄과 방법」에서 확인한 것처럼 논의 대상을 대립된 양자로 인식하고, 그 양자를 통합하는 새로운 논의

---

600) 고석규, 위와 같은 글, p.117.
601) 고석규, 시적 상상력, 고석규 전집 1, 책읽는 사람, 1993, p.246.
602) 고석규, 위와 같은 글, p.247.

를 내세우는 사유방식과 동일한 모습을 보여주고 있다. 그러면 현대시의 특성을 해명하기 위해 체계화한 시적 상상력의 이론은 구체적으로 어떠한 통합적 시선으로 정리되고 있는가.

먼저 고석규는 <지각과 기억>에서, 아리스토텔레스의 「시학」과 학슬리의 「시력의 방법」을 중심으로 <지각과 기억>의 개념적 특징을 정리하고, 베르그송의 「물질과 기억」을 통해 <지각과 기억>을 종합하는 상상력의 기능을 자유에서 도출해 내고 있다. 베르그송에 의하면, 기억과 지각은 서로 대각으로 교착되는 두 개의 직선과도 같은 것이나, 순수지속이란 운동개념에 의해 이 직선들은 휘어져 서로 방향과 위치를 한 줄기로 연장함으로써 온전한 운동도식인 원을 가상할 수 있게 된다[603]는 것이다. 이것이 상상력의 결과라는 것이다. 그러므로 상상력은 <지각과 기억>을 통합하는 힘이라고 본다.

다음 <고정상상과 자유상상>에서는, 리챠즈의 『문예비평원리』에서 제시된 고정상상과 자유상상을 통해 상상적 사고 즉 시적 상상력의 역할을 설명한다. 즉 고정상상이란 기호화된 악보나 문자를 통해 직접적으로 전달되는 상상인데 반해, 자유상상은 보다 시각적인 현상에 가까운 것으로서 악보나 문자의 여러 가지 경과에 있어서 이해되는 간접적인 상상을 말하는데, 상상적 사고가 이 두 가지 상상을 하나로 종합할 수 있는 상호작용이란 것이다.

---

603) 고석규, 위와 같은 글, p.254.

베르그송과 리챠즈를 중심으로 상상력의 본질을 종합 혹은 통합이라는 측면에서 논한 후에, 고석규는 이들의 두 요소가 어떻게 대립되어 있으며, 그 대립을 넘어서는 방향에서 시적 상상력의 힘을 논하고 있다.

즉 <공상과 상상력>의 문제에는 지성과 감성, 고전주의 대 낭만주의, 합리주의와 비합리주의, 신과 인간과의 대위가 언제나 놓여 있다고 보았다. 이 두 개의 대립적 요소는 두 개의 가치체계와 두 개의 문학적 태도를 낳았으며 계속적인 갈등을 반복하였다는 것이다.

고석규의 관심은 이 양자의 조화와 통일을 현대시가 어떠한 방향으로 나아가야 할 것인가 하는 점이었다. 그가 내린 결론은 현대시의 난해성이며, 현대시의 효용가치도 결국은 종합적 체험인 상상력으로 말미암아 결정되는 것이라고 본다. 그래서 이 종합적 체험을 위해서 시인 각자들의 전체적 인격(whole personality)이 준비되고 발전되어야 한다[604]는 제안을 부기하고 있다.

이러한 고석규의 시적 상상력의 논의는 결국 대립적인 두 측면 혹은 두 가치 체계를 종합하고 통합하는 시선의 견지에서 비롯되고 있음을 알 수 있다. 이는 결국 고석규가 두 세계를 하나로 통합하려는 통합적 세계 해석력의 결과라고 할 수 있다.

---

604) 고석규, 위와 같은 글, p.296.

맺는말

지금까지 1950년대 고석규가 남긴 비평문을 중심으로, 그의 비평을 해석학적 관점에서 해명해 보았다. 다음 몇 가지 사실을 연구결과로 정리할 수 있을 것 같다.

첫째, 고석규의 선이해는 여러 방면에서 다양하게 논의될 수 있으나, 철학적 사유와 문학적 사유로 나누어 볼 수 있다. 철학적 사유의 측면에서는 키에르케고르, 하이데거, 사르트르 등의 실존주의자들의 선이해가 많이 나타나며, 문학적 사유의 측면에서는 릴케, 까뮈, 엘리어트 등의 문학적 사상과 이론이 고석규 비평의 선이해의 토대를 이루고 있다.

둘째, 고석규의 「여백의 존재성」에서는 존재의 실존성이, 「지평선의 전달」에서는 실존적 기투를 엿볼 수 있으며, 이러한 실존주의적 존재해석은 「시인의 역설」속에서는 이육사, 윤동주, 이 상, 김소월 등의 작품분석을 통해 구체화되고 있다.

셋째, 고석규가 「비평가의 문체」에서 무엇과 어떻게를 동시동화하려는 자세나 「비평적 모랄과 방법」에서 자유와 책임, 방법과 모랄, 작용과 효용이라는 양 극단을 하나의 질서 속에 두려는 입장은 세계해석에 있어서의 통합적 해석력을 엿보는 부분이다.

특히 「시적 상상력」에서 반영하며 비판하는 현대시의 두 가지 기능을 종합할 수 있는 체험의 가능성을 시적 상상력을 통해 실현하고 있는 것은 고석규의 통합 혹은 종합적 해석력을 드러내는 부분이다.

이러한 고석규의 문학비평의 특징들을 일기, 번역, 시 등 그의 나머지 작품들과 연관시켜 해명하는 일은 앞으로의 과제로 남겨져 있는 부분이다.

참고문헌

자료

1930년대 비평자료집 영인본 1- 18권
고석규, 고석규 전집, 책읽는 사람, 1993
권영민 편, 한국현대문학 비평사 자료 1-5권, 단국대출판부 1981
김문집 비평문학 영인본, 국학자료원, 1982
김시태 편, 식민지 시대의 비평문학, 이우, 1982
김환태, 김환태 전집, 현대문학사, 1972
김활, 최재서 평론집, 형설출판사, 어문총서 117, 1982
마쯔모토 세이쪼, 김병걸 옮김, 북의 시인 임화, 미래사, 1987
백철, 백철문학전집, 신구문화사, 1968.
백철, 『문학자서전』, (하) 박영사, 1975,
이원조, 『오늘의 문학과 문학의 오늘』, 형설출판사, 1990
임헌영, 홍정선 편, 한국근대비평사의 쟁점, 동성사, 1986
임화, 문학의 논리, 영인본, 학예사, 1940
임화, 문학의 논리, 서음출판사, 1989
최재서, 문학과 지성, 인문사, 1938
최재서, 최재서 평론집, 청운출판사,. 1961
최재서, 증보문학원론, 신원도서, 1963
홍경표, 김환태 비평선집, 형설출판사, 어문총서 120, 1982

저서 및 논문

강계숙, 「명확성의 원리로서의 문학어- 문학의 언어를 둘러싼 임화의 비평
       적 사유」, 『인문학연구』 59, 2020
강남주, 『수용의 시론』, 현대문학사, 1986
강돈구, 「해석학적 순환의 인식론적 구조와 존재론적 구조」, 『한신대 논문
       집』 제5집, 1988
고봉준, 「지성주의의 파탄과 국민문학론 : 중일 전쟁 이후의 최재서 비평을
       중심으로」, 『한국시학연구』 17, 2006

고봉준,「전형기 비평의 논리와 국민문학론 -최재서 비평을 중심으로」,『한국현대문학연구』24, 2008

고위공,『해석학과 문예학』, 서린문화사, 1983

곽은희,「제국과 경계 : 감각의 조형술: 아비투스와 로컬리티 사이 -최재서의 국민문학론에 대하여-」,『인문연구』73권, 2015

권성우,「한국근대문학비평에 나타난 타자의 현상학 연구 -김환태의 비평을 중심으로」,《세계의 문학》68호, 1993

권성우,「임화와 김남천 -동지, 우정, 고독-」『한민족문화연구』39권, 2012

권성우,「임화의 산문에 나타난 연애, 결혼, 고독」,『한민족문화연구』42권, 2013

김권호,「마르크스주의 문학론」,『고신대논문집』19집, 1982

김기한,「백철의 30년대 비평연구」, 건국대학교 대학원 석사학위 논문, 1988

김동식,「낭만주의·경성제국대학·이중어 글쓰기 -김윤식의 최재서 연구에 관한 몇 개의 주석」,『구보학보』22, 2019

김동식,「임화 문학의 현재성 ; "리얼리즘의 승리"와 텍스트의 무의식 -임화의「의도와 작품의 낙차와 비평」에 관한 몇 개의 주석-」,『민족문학사연구』38권, 2008

김병욱,「영원회귀의 문학」,『문학과 신화』, 예림기획, 1998

김선, 「1930년대 중후반 문화 담론과 김문집의 '散論'」,『한국학연구』55, 2019

김선학,「설화의 시적 수용 - 질마재 신화를 중심으로」,『한국문학연구』25, 1981

김세익,「임화 시에 대한 마르크스주의 이론적 분석 -단편서사시를 중심으로」,『시민인문학』30권, 2016

김수업,『배달 문학의 갈래와 흐름』, 현암사, 1992

김수이,「임화의 '신성한 잉여'의 세 가지 의미 : 임화의 비평에 나타난 시차(視差, parallax」,『우리문학연구』29, 2010

김열규,「신화, 시의 은유와 자유」,『문학사상』, 1973

김열규외 7인 공저,『현대문학비평론』, 학연사, 1987

김열규,「신화적 재생, 상징, 그 형성과 원리」,『문학과 비평』, 1989

김영민,「파시즘에 대한 저항과 휴머니즘 논쟁」,『한국문학비평논쟁사』, 한길사, 1992

김영범,「임화 초기문학론 재론」,『현대문학연구』67권, 2019

김영한, 『하이데거에서 리꾀르까지』, 박영사, 1987

김용권, 「신화비평, 현대의 비평이론」, 『월간문학』, 1968

김용권, 「E.D Hirsh의 해석론」, 《세계의 문학》 제8권 3호, 민음사, 1983

김용옥, 『동양학 어떻게 할 것인가』, 통나무, 1986

김용직외 3인편, 『한국문학연구 입문』, 지식산업사, 1882

김윤식, 「전형기 비평연구」(상), 『국어교육』 12호, 한국국어교육 연구회, 1965

김윤식, 「늪인 김환태 연구-한국문예비평가연구1」, 『서울대 교양학부 논문집』1, 서울대, 1969

김윤식, 『근대한국문학연구』, 일지사, 1973

김윤식, 『한국문학 연구에 있어서의 장르의 문제』, 청파문학 11집, 1973

김윤식, 『한국근대문예비평사 연구』, 일지사, 1985

김윤식, 「김환태 비평의 비평사적 의의」, 『김환태 전집』, 문학사상사, 1988

김윤식, 『해방공간의 문학사』, 서울대 출판부, 1989

김윤식, 「이원조의 인민민주주의 민족문학론」, 《한길문학》, 1991년 여름호.

김윤식, 「시민성 파시즘 인민성」, 《현대예술비평》, 1991년 가을호

김윤식, 「이원조론-부르조아 저널리즘과 비평」, 《한국학보》, 1991년 가을호.

김윤식, 『한국현대문학사상사론』, 일지사, 1992

김윤식, 「현실주의 문학사상 '비판」, 『한국현대문학사상사론』, 일지사, 1992

김윤식, 「고석규의 정신적 소묘」, 『고석규 전집』 5, 책읽는 사람, 1993

김윤식, 「1950년대 한국문예비평 3가지 양상」, 『고석규 전집』 5, 책읽는 사람, 1993

김윤식, 「전후 문학의 원점」, 『고석규 전집』 5, 책읽는 사람, 1993

김윤식, 「청동의 계절에서 청동의 관까지」, 『고석규 전집』 5, 책읽는 사람, 1993

김은정, 『1930년대 한국심미주의 비평연구 -김환태와 김문집을 중심으로』, 대구카토릭 대학교 대학원 박사학위 논문, 2015

김은정, 「소설쓰기와 비평행위의 함수관계- 김문집의 경우」, 『인문과학연구소』 33권, 2018

김응교, 「임화와 일본 나프의 시」, 『현대문학의 연구』 40권 2010

김재홍, 「낭만파 프로 시인 임화」, 《한국문학》 89년 7월호, 한국문화사, 1989

김재홍, 「백철의 생애와 문학」, 『문학사상』 85년 11월호, 1985

김종대, 「1930년대 휴머니즘 논쟁에 대한 고찰」, 『어문논집』 19. 1985

김종원, 「미적체험의 본질연구」, 서울대학교 대학원, 석사학위 논문, 1984

김종회, 「한국 소설의 낙원의식 연구」, 경희대 박사논문, 1989.8.

김주언, 「임화(林和)의 낭만주의론(浪漫主義論), 그 의미와 한계」, 『어문연구』 29권 4호, 2001

김주연, 「비평의 감성과 체계」, 『문학과 지성』 10호, 1972

김준오, 『장르論』, 문장, 1983

김준오, 「개화기 시가의 장르비평적 연구」, 『국어국문학』 22, 부산대학교 국어국문학과, 1984

김준오, 「한국근대문학의 장르론에 대한 연구」, 계명대 대학원 박사학위 논문, 1986

김준오, 「현대한국 장르비평연구 : 최재서의 장르론」, 『국어국문학』 23, 부산대학교 국어국문학과, 1986

김준오, 『한국현대쟝르비평론』, 문학과지성사, 1990, 107-219쪽

김준오, 『문학사와 장르』, 문학과지성사, 2000, 156-181쪽

김중하, 「박태원 시고」, 《세계의 문학》 1988년 가을호, 민음사, 1975

김중하, 「풍자문학론」, 『국어국문학』 12집, 부산대 국어국문학과, 1975

김지혜, 「임화의 단편서사시의 의미와 감정의 분화」, 『현대문학의 연구』 55권, 2015

김진희, 「1930년대 후반 임화의 저널리즘론과 비평」, 『어문연구』 44권 2호, 2016

김창래, 「나은 이해 또는 다른 이해?」, 『범한 철학』 51, 2008

김학동, 『한국문학의 비교문학적 연구』, 일조각, 1980

김학동, 『비교문학론』, 새문사, 1985

김학중, 「임화시에 나타난 태평양의 의미연구」, 『한민족문화연구』 52권, 2015

김 현, 『쟝르의 이론』, 문학과지성사, 1987

김현양, 「임화 문학의 현재성 ; 임화의 "신문학사" 인식과 전통 -"구소설"과 "신소설"의 연속성-」, 『민족문학사연구』 38권 2008

김흥규, 「최재서의 문학이론」, 《문학과 지성》 통권 33호, 문학과 지성사, 1976

김흥규, 「최재서 연구」, 『문학과 역사적 인간』, 창작과 비평사, 1980

김흥규, 「최재서 연구- 1934-1941년 간의 문학비평활동에 대한 비교문학적 비평사적 연구」, 서울대 대학원 석사학위 논문, 1972

노재찬,『한국근대문학논고』, 삼영사, 1972

류은랑,「백철의 문예비평 연구」, 전북대학교 교육대학원 석사학위 논문, 1990

문덕수,「원형비평의 시도」,『현대문학』, 1971.10.

문혜원,「역설을 주제로 한 고석규 비평 연구」,『고석규 전집』5, 책읽는 사람, 1993

바이스슈타인, 울리히, 이유영 옮김,『비교문학론』, 기린원, 1989

박남훈,「최재서론」, 부산대학교 대학원 석사학위 논문, 1983

박영희,「신흥문학의 대두와『개벽』시대 회고」,《조광》제32호, 조광사, 1938

박용찬,「1930년대 백철문학론 연구」, 경북대 대학원 석사학위 논문, 1984,

박정선,「임화 문학의 현재성 ; 민족국가의 시쓰기와 탈식민의 수사학 -해방 후 임화 시에 대하여-」,『민족문학사연구』38권, 2008

방경태,「1930년대 예술주의 비평 연구」,『대전어문학』16호, 1999

배경렬,「최재서의 모더니즘 규정에 대한 비판적 고찰」,『한국사상과 문화』67, 2013

백문임,「임화(林和)의 조선영화론 -영화사의 좌표와 "예술성과 기업성"의 변증법을 중심으로」,『대동문화연구』75권, 2011

배주자,「김문집 연구」, 부산대학교 대학원 석사학위 논문, 1982

배지연,「해방기 "민족"이라는 기호의 변화양상과 그 의미 -임화의 "민족", "민족문학" 개념을 중심으로」『현대문학이론연구』55권, 2013

백철 편,『비평의 이해』, 현음사, 1982

백철, 「한국비평사를 위하여」,『중앙대논문집』8, 중앙대학교, 1964

서승희,「1930년대 최재서의 문화기획연구」,『한국문학이론과 비평』47권, 2010

서승희,「식민지 데카당스의 정치성 - 김문집의 일본어 글쓰기론」,『한국문학이론과 비평』57권, 2012

서준섭,「자본주의의 화려한 옷으로 변신한 1930년대 경성거리」,『역사비평』15, 1991

서준섭,「문학과 지성 -1930년대 최재서의 주지적 문학론 비판」,『한국현대문학 연구』2, 1993

서형범,「비평가의 자리와 비평의 기능론을 통해 본 김환태 비평론 연구」,『한국현대문학연구』32, 2010

송병삼,「감성의 재현 양상과 문학담론 ; 일제말 근대적 주체되기의 감성과

　　문화담론 - 1930년대 후반《인문평론(人文評論)》지(誌) 문화론을
　　　　중심으로」,『용봉인문논총』36권. 2010

송현호,「이원조 문학론 연구」,「한국근대소설론연구」국학자료원, 1990

신동욱,『한국 현대비평사』, 한국일보사, 1975

신동욱 외,『신화와 원형』, 고려원, 1992.

신두원,「임화 문학의 현재성 ; 변증법적 사유와 실천의 한 절정 -1940년을
　　　　전후한 시기의 임화-」,『민족문학사연구』38권, 2008

신재기,「이원조 비평의 전환논리」,『문학과 언어』 10집, 1989

신제원,「임화의 `현실`과 사회주의 리얼리즘」,『국제어문』66권, 2015

신형기,『해방직후의 문학운동론』제3문학사, 1988

신회천,「'이어도'의 원형에 관한 연구」,『북악농촌』3. 1985

Shim Sang-wook , Park Kyoon-cheol「Difference between Kim
　　　　Munjip's Mark Criticism and Ch'oe Chaeso's 'Realism' on Yi
　　　　Sang's "Wings"」,『일본어문학』68권 2016

梁東安 외『현대한국정치사』, 정신문화원, 1987

양선규,「한국현대소설에 나타난 낙원회복의 원형연구」, 경북대 석사논문,
　　　　1980

양왕용,『정지용시 연구』, 경북대학교 대학원 박사학위 논문, 1987

양왕용,『한국근대시 연구』, 삼양시, 1982

오세양,「30년대의 문학적 상황과 순수문학의 대두」,『한국문학 연구 입
　　　　문』, 지식산업사, 1982,

오세영,「한국현대시와 신화」,『월간문학』, 1975

오하근,「김환태의 인상비평과 윤규섭의 경향비평」,『한국언어문학』57호,
　　　　2006

유석환,「경쟁하는 잡지들, 확산되는 문학(2) -1930년대『중앙』과『사해공
　　　　론』,『조광』의 사례」,『한국문학연구』53, 2017

유창근,「임화론」,《시문학》89년 6월호, 시문학사, 1989

윤수영,「김환태론 -그의 순수비평을 중심으로」,『한국어문학 연구』5, 이
　　　　화여대한국어문학회, 1964

윤수영,「전환기 문학비평연구」, 이화여자대학교 대학원 석사학위 논문,
　　　　1968

윤호병,『비교문학』; 민음사, 1994

원형갑,「해석적 비평의 길」,《현대문학》6-4호 , 현대문학사, 1960

엄성원,「1930년대 인상주의 비평 연구 – 김환태 비평론의 정립과정과 실제

시 비평을 중심으로」,『민족문화연구』46호, 2007

우문영,「김문집 비평연구 –비평문학을 중심으로」,『청람어문교육』57, 2016

이기성,「“운명”과 “고백” 사이 -1930년대 후반에서 해방기까지 임화의 시 쓰기」,『민족문학사연구』, 46권, 2011

이도연,「박영희, 임화비평의 사유체계와 인식소들」,『우리문학연구』62권, 2018

이동민,「김환태의 비평이론」,『현상과 인식』6권 2호, 한국인문사회과학 원, 1982

이동영,「이원조 문학비평의 변모」,『한국동립유공지사열전』, 육우당기념 회간 1992

이명재,「백철문학연구서설」,『어문논집』19. 1985

이상섭,『문학연구의 방법』, 탐구당, 1972

이선영,『문학비평의 방법과 실제』, 동천사, 1983

이선영 편『1930년대 민족문학의 인식』, 한길사, 1990

이성혁,「1920년대 후반 임화평론에 나타난 아방가르드 수용과 예술의 정 치화」,『미학예술학연구』37권, 2013

이유영,『독일문예학 개론』, 삼영사, 1979

이은애,「김환태의 인상주의 비평연구」, 서울대학교 대학원 석사학위 논문, 1985

이철호,「카프문학비평의 낭만주주의적 기원, : 임화와 김남천 비평에 대한 소고」,『한국문학 연구』47권, 2014

이헌구,「신념으로 문학을 지킨 김환태 형」,《현대문학》9-2호, 현대문학사, 1963

이혜순,『비교문학』, 문학과지성사, 1985

이혜진,「최재서 비평론의 연속과 단절」,『우리어문연구』51권, 2015

임경순,「비평 행위와 현실 인식의 상관성에 관한 연구 -임화의 문학 비평을 중심으로-」,『한국언어문학』51권, 2003

임동현,「1930년대중반 임화와 홍기문의 사회주의 민족어 구상」,『민족문 화연구』77권, 2017

임명진,「김환태 문학비평의 특성과 그 문단사적 의의」,『한국문학논총』 30, 2002

임태우,「고석규 문학비평 연구」,『고석규 전집』5, 책읽는 사람, 1993

임화, 「잡지문화론」,『비판』제45호, 비판사, 1938

전영태, 「김환태의 인상주의 비평 – 그 효용과 한계」, 『개신어문연구』 4, 1985

전철희, 「1930년대 후반 임화의 "학문적 글쓰기" 전략」, 『민족문학사연구』 49권, 2012

전철희 「운명과의 만남 -김윤식의 임화론에 대한 몇 가지 주석-」, 『동아시아 문화연구』 76권, 2019

조동일, 『문학연구방법』, 지식산업사, 1980

조동일, 「최재서」, 『한국문학 사상사 시론』, 지식산업사, 1979

조동일, 『한국소설의 이론』, 지식산업사, 1993

정영호, 「김문집의 문예비평 고찰」, 『어문학 교육』 10집, 한국어문교육학회, 1987

정영호, 『1930년대 비평관 연구』, 동아대학교 대학원 박사학위논문, 1991

진영백, 「이원조 비평의 연구」, 부산대학교 대학원, 석사학위 논문, 1992

최순열, 「1930년대 순수문학연구 -김환태 비평을 중심으로」, 『동악어문논집』 11, 동부어문학회, 1978

최병구, 「비평정신과 테크놀로지 -식민지 시기 임화의 근대성 인식과 성찰」, 『구보학보』 21, 2019,

최완기, 『한국성리학의 맥』, 느티나무, 1973

최유찬, 『한국문학의 관계론적 이해』, 실천문학사, 1998, 81쪽

최은혜, 「저변화된 낭만, 전면화된 사실 : 1920년대 후반 · 30년대 중반 임화 평론에 나타난 '낭만성' 재검토」, 『우리문학연구』 51, 2016

최호진, 「혁명적 낭만주의로 본 임화의 시관」, 『현대문학이론연구』 55권, 2013

클로동 프랑시 외, 김정란 옮김, 『비교문학 개요』, 동문선, 2001

하정일, 「30년대 후반 휴머니즘논쟁과 민족문학의 구도」, 『1930년대 민족문학의 인식』, 한길사, 1990

한국문학평론가 협회편, 『문예비평론』, 서문당, 1982

韓明洙, 「퇴계의 敬에 관한 연구」, 『퇴계학 연구』 제1집, 경상북도, 1973

한형구, 「한형구의 「한국 탐미주의 비평의 한 사례 -1930년 후반 김문집 비평의 문단 위상과 그 미 이론의 형성 배경」, 『어문론집』 47, 2011

함부르거, 캐테, 장영태 옮김, 『문학의 논리 : 문학 장르에 대한 언어 이론적 접근』, 홍익대학교 출판부, 2001

황경, 「김문집의 일본어소설 연구 -『아리랑 고개』를 중심으로-」, 『한민족문화연구』 39권, 2012

홍경표, 「눌인 김환태 비평 논고」, 『김환태 비평선집』, 형설출판사, 1982
홍문표, 「한국현대문학 논쟁의 비평사적 연구 –30년대 전환기의 비평과 그 논쟁을 중심으로」, 『관동대 논문집』 2, 관동대학, 1973
홍문표, 『한국 현대문학 논쟁의 비평사적 연구』, 고려대학교 대학원 박사학위 논문, 1978

번역서 및 외서

노드롭 프라이, 김상일 역, 『신화문학론』, 을유문화사, 1971
노드롭 프라이, 김영철 역, 『성서와 문학』, 숭실대 출판부, 1993
노드롭 프라이, 남송우역, 『두 시선』, 세종출판사, 2003
노드롭 프라이, 이상우 역, 『문학의 구조와 상상력』, 집문당, 1987
노드롭 프라이, 임철규 역, 『비평의 해부』, 한길사, 1983
노드롭 프라이, 황계정 역, 『구원의 신화』, 국학자료원, 1995
David Couzens Hoy, The Critical Circle, 이경수 역 『해석학과 문학비평』, 문학과 지성사, 1988
Robert Heiss, Wesen und Formen der Dialektik, 황문수 역, 『변증법』, 일신사, 1981
Raymond Williams Marxism and Literature, 이일환 역, 『이념과 문학』, 문학과 지성사, 1982
R, Bultamann, Neues Testament und Mythologie & Das Problem der Hermeneutik, 유동식, 허혁 옮김, 『성서의 실존론적 이해』, 현대신서 8, 대한기독교서회, 1969
R.S Furness, Expressionism, 김길중 역, 『표현주의』, 서울대 출판부, 1985
Richard E, Palmer, Hermeneutics, 이한우 역, 『해석학이란 무엇인가』, 문예출판사, 1988
R. V Johnson, Aestheticism, 이상옥 역, 『심미주의』, 서울대 출판부, 1975
Matthew Arnold, The Complete Prose work of Matthew Arnold, 윤지관 역, 『삶의 비평』, 민지사, 1985
Maren-Grisebach, Methoden der Literaturwissenschaft, 장영태 역, 『문학연구의 방법론』, 홍성사, 1982

Northrop Frye, Anatomy of Criticism, 임철규 역, 『비평의 해부』, 한길사, 1982

Wolfgang Kayser, Das Sprachliche Kunstwerk, 김윤섭 역, 『언어예술작품론』, 대방출판사, 1982

Virgil C Aldrich Philosophy of Art, 오병남 역, 『예술철학』, 경문사, 1982

Leon Edel, novel and Camera, 김병욱 편, 최상규 역, 『현대소설의 이론』, 대방, 1983,

E.D. Hirsch, Jr, The Aim of Interpretation, 김화자 역, 『문학의 해석학』, 이화여자대학 출판부, 1988

Emerich Coreth, Grundfragen der Hermeneutik, 신귀현 역, 『해석학』, 종로서적, 1985

Wilfred L Guerin, Earle G Labor, A Handbook of Critical Approaches to Literature, 정재완, 김성곤 역, 『문학의 이해와 비평』, 청록출판사, 1978

I, A Richard, Principle of Literary Critical, 김영수 역, 『문예비평의 원리』, 현암사, 1977

Josef Bleicher, Contempory Hermeneutics, 권순홍 역, 『현대해석학』, 한마당, 1983

Paul Hernadi, What is Criticism, 최상규 역, 『비평이란 무엇인가』, 정음사, 1984

P. Brunel, D. Madelenat, J. M. Gliksohn et D. Couty, LA Critique Litteraire, 정상옥 역, 『문학비평』, 탐구당, 1984

Terence Hawkes, Metaphor, 심명호 역, 『은유』, 서울대 출판부, 1978

David Cayley, 『Northrop Frye in Conversation』, Press Anansi House, 1992

E.D Hirsh Jr, The aim of Interpretation, The university of Chicago press, 1976

Ed by David Boyd an Imre Salusinszky, 『Rereading Frye』, University of Toronto Press, 1999

Edited by Robert D. Denham and Thomas willord, 『Northrop Frye』, PeterLang, Publishing Inc, 1991

Edited by Robert D. Denham. 『A World in a Grain of Sand: Twenty-Two Interviews with Northrop Frye』, New York:

Peter Lang, 1991

Edited by Robert D. Denham. 『Reading the World: Selected Writings』, 1935-1976. New York: peter Lang, 1990

Edited by Robert D. Denham. 『Myth and Metaphor: Selected Essays』, 1974-1988: Charlottesville: University Press of Virginia, 1990

Edited by Robert Sandler Markham. 『Collection of Review Essays』, Chicago: University of Chicago Press, 1978

Hans-Georg Gadamer, Truth and Method, Cross Road New York, 1982

Joseph Adamson, 『Northrop Frye A visionary Life』, ECW press,1993

Northrop Frye, 『Fearful Symmetry: A study of William Blake』, Princeton:Princeton University press, 1947.

Northrop Frye, 『Anatomy of Criticism: Four Essays』, Princeton: Princeton University Press, 1957. pp.33-326

Northrop Frye, 『The Educated Imagination』, Toronto: CanadianBroadcasting Corporation, 1963.

Northrop Frye, 『Fables of Identity: Studies in Poetic Mythology』, NewYork: Harcourt, Brace & World, 1963

Northrop Frye, 『The Well- Tempered Critic』, Bloomington: Indiana University Press. 1963.

Northrop Frye, 『A Natural Perspective: The Development of Shakespearean Comedy and romance』, New York: Colombia University Press, 1965

Northrop Frye, 『The Return of Eden: five Essays on Milton's Epics』, Toronto: University of Toronto Press, 1965

Northrop Frye, 『Fools of Time: Studies in Shakespearean Tragedy』, Toronto: University of Toronto Press, 1967

Northrop Frye, 『The Modern Century』, Toronto: Oxford University Press,1967

Northrop Frye, 『A Study of English Romanticism』, New York: Random House, 1968

Northrop Frye, 『The Stubborn Structure: Essays on Criticism and Society』, Ithaca: Cornell University Press, 1970

Northrop Frye, 『The Critical Path: An Essay on the Social Context of Literary Criticism』, Bloomington: indiana University Press, 1971

Northrop Frye, 『The Secular Scripture: A Study of the Structure of Romance』, Cambridge Harvard University Press, 1976

Northrop Frye, 『Spiritus Mundi: Essays on Literature, Myth, and Society』, Bloomington: indiana University Press, 1976

Northrop Frye, 『Creation and Recreation』, Toronto: University of Toronto Press, 1980

Northrop Frye, 『The Great code: The Bible and Literature』, New York: Harcourt Brace Javanovich, 1982

Northrop Frye, 『Words with Power: Being a Second Study of the Bible and Literature』, New York: Harcourt Brace Jovanovich, 1990

Northrop Frye, 『The Double Vision: Language and Meaning in Religion』, Toronto: United Church Publishing House. 1991

P.D.Juhl, Interpretation, An Essay in the Philosophy of Literary Criticism, Princeton university press, 1980

Paul Ricoeur, Hermeneutics & Human Science, Cambridge university Press, 1983

Richard E. Palmer, Hermeneutics, Northwestern university press, 1969

Robert D. Denham, 『Northrop Frye and Critical Method』, The Pennsylvania State University Press, 1999

Tzvetan Todorov/Trans catherine porter, Genre in Discourse, Cambridge University press, 1990, p.17

한국 문예비평의 해석학적 연구

초판 인쇄 2020년 12월 15일
초판 발행 2020년 12월 20일

지은이/ 남송우
펴낸이/ 이진서
펴낸곳/ 글넝쿨

　　　　출판등록. 제 2020-5호
　　　　주소. 부산광역시 동래구 온천장로 125번길 69
　　　　전화. 051-758-3487
　　　　메일. lsblyb@naver.com

ISBN 979-11-9727430-5　 03800
책값은 표지에 있으며, 잘못된 책은 바꾸어 드립니다.

이 도서의 국립중앙도서관 출판예정도서목록(CIP)은
서지정보유통지원시스템 홈페이지(http://seoji.nl.go.kr)와
국가자료종합목록 구축시스템(http://kolis-net.nl.go.kr)에서
이용하실 수 있습니다. (CIP제어번호 : CIP2020051096)

　이 책은 부산문화재단의 2019년도 문화예술분야 연구창작활동 지원사업에 의해
발간되었습니다.